中国诗歌研究动态

第十六辑·古诗卷

教育部人文社会科学重点研究基地
首都师范大学中国诗歌研究中心 主办

学苑出版社

图书在版编目（CIP）数据

中国诗歌研究动态. 第16辑，古诗卷/赵敏俐主编. —北京：学苑出版社，2015.12
ISBN 978-7-5077-4942-7

Ⅰ. ①中… Ⅱ. ①赵… Ⅲ. ①古典诗歌-诗歌研究-中国 Ⅳ. ①I207.22

中国版本图书馆 CIP 数据核字（2015）第 308804 号

出 版 人：孟　白
责任编辑：刘　丰
出版发行：学苑出版社
社　　址：北京市丰台区南方庄2号院1号楼　100079
网　　址：www.book001.com
电子信箱：xueyuan@public.bta.net.cn
销售电话：010-67601101（营销部）、67603091（总编室）
印　刷　厂：北京京华虎彩印刷有限公司
开本印张：787×1092　1/16
印　　张：30
字　　数：475千字
版　　次：2015年12月第1版
印　　次：2015年12月第1次印刷
定　　价：99.00元

编 委 会

主　　编：赵敏俐
执行主编：姚苏杰　孙晓娅
编　　委：（按姓氏笔画为序）
　　　　　王光明　王兆鹏　方　铭　左东岭
　　　　　刘福春　李昌集　吴伏生　吴思敬
　　　　　吴相洲　林　莽　施议对　钟振振
　　　　　钱志熙　徐　炼　黄卓越　蒋　寅
　　　　　蔡　毅
编　　务：马富丽
本期编辑：亓　晴　刘奶景　滕祥辉
　　　　　闫　祺　秦帮兴

目　录

专题研究

主持人语：出土文献与诗歌研究的思考　◇胡可先/1

21世纪出土文献与唐诗研究综述　◇胡可先　杨　琼/3

新出石刻与贺知章研究综述　◇虞越溪/33

吟诵专题

吟诵教育专题/44

从事吟诵教育二十四年感言　◇陈少松/45

儿童的心性　儿童的诗歌
　　——从吟诵角度谈小学语文教材革新　◇马凡美/52

"吟诵——中国式语文教学法"的继承与创新　◇徐自强/63

我们一起来吟诵——盈视吟诵学习法　◇朱畅思/77

论文索引与摘要

2012年中国古典诗歌研究论文索引　◇滕祥辉　整理/86

2012年中国古典诗歌研究硕士论文索引　◇闫　祺　整理/188

2012年中国古典诗歌研究博士
　论文索引及摘要　◇闫　祺　整理/239

研究综述

《诗经·周颂》研究综述　◇张旭晖/346

近年来汉代骚体辞赋研究综述　◇钟婷婷/358

试论谢灵运山水诗对赋体艺术的接受　◇袁　丁/375

书 评

别真伪　辨疑惑　正传误
　　——评陈尚君先生《唐女诗人甄辨》　海　滨/387

诗吟和健康
　　——代广青陇先生著《诗吟艺术的本质和形式》推荐词
　　　◇吉野让堂　◇莫婷婷译/394

旧时王谢堂前燕
　　——评《子弟书与清代旗人社会研究》　◇冷纪平/402

广博精专，缉熙于学
　　——评《宋玉研究资料类编》　◇亓　晴/405

一部承前启后的呼唤之作
　　——朱则杰先生《清诗考证》评介　◇秦帮兴/410

搜罗历代之珍版，汇萃各家之庋藏
　　——评黄灵庚教授《楚辞文献丛刊》　◇孙巧云/414

为元人写心，写元人之心
　　——评查洪德教授《元代诗学通论》　◇唐　萌/419

《全元诗》与杨镰先生的学术　◇张建伟/424

会议综述

第三届日本汉诗日中合作学术研讨会在日本福山召开　◇赵敏俐/433
"诗歌研究：文献与方法"学术研讨会综述　◇亓　晴/435

学人志

鲁洪生教授　/436
谢思炜教授　/448

首都师范大学中国诗歌研究中心动态

首都师范大学中国诗歌研究中心　◇赵敏俐/459

主持人语：出土文献与诗歌研究的思考
◇胡可先

随着学术视野的扩展，通过出土文献以从事文学研究越来越引起学界的关注。在学术史上，新材料的发掘和运用一直贯穿着近代学术发展的整个过程。竹简和帛书促进了上古文明史进程的研究，石刻和写本呈现出中古时期湮没在历史中的片段细节，这样使得我们今天对古代社会的构建可以逐步从单一走向多元、平面迈向立体，对于我们寻找古代曾经失去的世界具有重要的促进意义。20世纪初期以来，出土文献日渐兴盛，推动着古代学术和文学研究的日益发展，甚至在有些领域产生了革命性的变化。

王国维在《最近二三十年中国新发见之学问》中曾论证"古来新学问起，大多由于新发见"，他认为"自汉以来，中国学问上之最大发现有三：一为孔壁中书；二为汲冢书；三则今之殷墟甲骨文字，敦煌塞上及西域各处之汉晋木简，敦煌千佛洞之六朝及唐人书卷，内阁大库之元明以来书籍档册。此四者之一已足当孔壁、汲冢所出，而各地零星发见之金石书籍，尚不与焉。故今日之时代可谓之'发见时代'，自来未有能比者焉"。就文学研究而言，诸如通过新出楚简以研究《诗经》、《楚辞》等秦汉以前文献，成果卓著，甚至对于上博楚简《孔子诗论》的研究形成了举世瞩目的热点。有关敦煌文学的研究，也成为敦煌学的重要组成部分。但相对而言，新出土的竹简和帛书文献，主要作用于上古的学术史研究，而对文学史的研究，往往是间接的；新出土的石刻和写本文献，对于文学史研究的作用则更大，这主要是因为汉代纸张替代简帛之后，文学渐趋繁盛，文学自觉意识的增强，文学与学术的界线也渐趋明显。

就出土文献对唐诗研究而言，我们就能够发掘其多方面的价值：我们不仅在写本中发现了大量的佚诗，如徐俊撰著的《敦煌诗集残卷辑考》、张锡厚辑录的《全敦煌诗》、陈尚君纂辑的《全唐诗补编》，而且在石刻当中也有散佚唐诗的辑录，即如新出土墓志盖上的唐诗就多达60余首，甚至在考古遗址中还会发现成批唐诗，如长沙窑瓷器题诗的数量多达100余首；有些唐代诗人，传世文献很少见其事迹的记载，但本来几无足征的诗人事迹因为新出墓志而彰显于世，这以《王之涣墓志》的出土最为学界所瞩目；有时不仅是诗人一方墓志出土，而是连带出土其家族墓志多方，比如韦应物家族，我们已经见到丘丹撰写的《韦应物墓志》，韦应物撰写的其妻《元苹墓志》，杨敬之撰写的韦应物之子《韦庆复墓志》，韦退之撰写的韦庆复妻《裴棣墓志》，此外还有韦应物之父《韦銮墓志》，这样的发现，对于研究诗人的家族传承无疑是至关重要的；新出土墓志当中，夫妻墓志同时出土，称为"鸳鸯墓志"，近代以来学者们颇为重视，近代名人于右任就有"鸳鸯七志"之藏，并以名斋，甚至特殊的鸳鸯墓志中还有妻子为丈夫撰写的墓志，在新出土的唐代诗人墓志中，就有鸳鸯墓志15对30方，这对于研究诗人的婚姻家庭，尤其是研究唐代悼亡诗所产生的人物主体和原生环境具有极为重要的作用。

因此，我们研究出土文献与唐代诗歌的关系，目的不是对与唐诗有关的出土文献本身的解读，而是通过出土文献的解读，进一步对产生出土文献的唐代社会与唐代文学这一世界的解读，通过出土文献这一新的载体而对于唐代文学的原生状态与发展情况进行深层的拷问：出土文献反映出唐代文学哪些形态？出土文献所表现的唐代诗人的生存环境与文学环境是怎样的？通过出土文献，如何能进一步研究唐诗的演变史？通过出土文献的解读与阐释，能够提供哪些新的学术视角，催生出怎样的学术思想？出土文献与21世纪的唐诗研究乃至整个学术研究，具有什么样的关系？

尽管近年来古代文学研究者对于出土文献已颇为重视，但与历史学和考古学界相比，其重视程度和研究成果，都显得非常薄弱，比如历史学界对于中古碑志的研究，近20年来已经由边缘走向中心，但文学研究界利用新出墓志来从事诗歌研究的综合成果还是很罕见。本栏目推出"出土文献与诗歌研究"这一专题，目的是通过相关成果的清理，以总结21世纪这一领域的研究成绩，找出相关研究的薄弱环节，以便开拓新的研究空间，确立新的研究定位。

（作者单位：浙江大学中文系）

（编辑：亓　晴）

21世纪出土文献与唐诗研究综述[①]

◇胡可先　杨　琼

唐代文学以唐诗最为繁盛,在相当长的一段时间内,唐诗研究一直是学术研究的热门领域。对唐诗研究的高度推重一度使传世文献被利用殆尽。与此同时,自宋代以来,以墓志、碑刻为代表的石刻史料文献不断出土,经过历代学者的收集与整理,已逐渐形成一个规模宏大的资料库。21世纪更是考古发现的鼎盛时期,新出土的石刻文献数量极为繁多。而出土文献中所蕴涵的极为丰富的唐代诗歌与诗人资料无疑扩展了唐诗研究新视野。

新出土文献对于唐诗研究的重要价值在于,一方面为作家、作品以及背景研究提供了较为原始的材料,另一方面出土文献中记录的散佚诗作也推进了我们的辑集、校录工作。出土文献与唐诗的专题研究性成果则相对丰富,主要集中在诗人墓志研究、诗人事迹研究、唐诗文本研究和唐诗名物研究等方面。

一、诗人墓志研究

对于唐代文学研究而言,新出土碑志当中,诗人墓志是最值得研究和探讨的对象。据笔者收集,新出土文献当中,唐代诗人碑志多达120余方,已经出土而尚未公布的诗人墓志也在不断增加,如《韩休墓志》、《刘济墓志》、《房孺复墓志》等。对于新出土诗人碑志进行专门的研究,不仅可以进一步厘清诗人的事迹,而且可以借此了解诗人的创作历程,以及与唐诗相关的政治、文化等各方面的环境。对于唐代

[①] 作者简介:胡可先,浙江大学中文系教授、博士生导师,研究方向为唐宋文学;杨琼,浙江大学中文系博士研究生,研究方向为隋唐五代文学。

基金项目:2014年度国家社会科学基金重大项目"考古发现与中古文学研究"(批准号:14ZDB065)阶段性成果。

诗人碑志进行专门研究的论文在21世纪逐渐增多，涉及的诗人大多是著名诗人或者是身份特殊的诗人，这些成果大多是21世纪产生的，而为了完整起见，本文也连带追溯到20世纪对于唐代诗人墓志研究的成果。收录范围则是《全唐诗》和《全唐诗补编》所载的诗人以及新出土墓志载有佚诗的诗人墓志。

1. 薛元超墓志研究

胡可先《薛元超墓志与初唐宫廷文学》①，以《薛元超墓志》为重点，参证传世典籍，对以薛元超为主的薛氏文学家族与初唐宫廷文学的关系得出新的认识。胡可先《出土墓志与唐代河东薛氏文学家族考论》②，则在前文的基础上展开对于薛元超一系家族的系统研究，重点探讨四个方面内容：新出土墓志与薛氏文学世家，薛稷撰书碑志及其书画与文学，《薛儆墓志》看薛氏与皇室姻缘，新出土《薛贻矩墓志》考论。从而彰显出影响薛元超文学家族政治兴衰、文化传承和文学成就的重要因素。樊英峰《唐薛元超墓志考述》③，牛致功《薛元超与武则天：读〈薛元超墓志铭〉》④，陶敏《初唐文坛盟主薛元超》⑤，或考证《薛元超墓志》的相关史实，或衡定薛元超的文学成就。

2. 刘祎之墓志研究

《刘祎之墓志》近年出土于洛阳，墓主是唐高宗和武后时期著名的文士和宰相，是具有重要影响的政治人物和文学人物。毛阳光《洛阳新出土〈刘祎之墓志〉及其史料价值》⑥，首先公布的该志拓片，认为墓志对于志主的家世、仕宦、卒葬等记载翔实，尤其是刘祎之早年仕宦经历、赐死时间等能够充实和纠正两《唐书·刘祎之传》记载的不足和错误，也为解决"北门学士"的出现时间提供了线索。

3. 上官婉儿墓志研究

上官婉儿是初唐时期著名的诗人和政治家。李明、耿庆刚《〈唐昭容上官氏墓志〉笺释——兼谈唐昭容上官墓相关问题》⑦，公布了墓志拓片，墓志明确记载了上官昭容的世系、经历、死因、葬地等具体信

---

① 《唐代文学研究》第13辑，广西师范大学出版社2010年版，第309—327页。
② 《中国文学研究》第24辑，复旦大学出版社2014年版，第18—43页。
③ 《人文杂志》1995年第3期，第88—91页。
④ 《碑林集刊》第六辑，陕西人民美术出版社，2000年，第228—234页。
⑤ 《古典文学知识》2000年第5期，第60—64页。
⑥ 《史学史研究》2012年第3期，第38—43页。
⑦ 《考古与文物》2013年第6期，第86—91页。

息，具有非常重要的史料价值。作者还通过对墓志文本释读，指出上官昭容的葬礼与墓葬被毁都与太平公主有关，解释了考古发掘情况与墓志文字的对应关系。该文通过墓志这一第一手历史资料，从史学和考古学层面体现对墓志书写和演变的认识。上官婉儿墓被发掘及墓志公布之后，引起了学术界和媒体的高度重视，《光明日报》、《中国社会科学报》、《东方早报》、《西安日报》、《西部时报》、《人民文摘》、《华夏时报》、《中国新闻周刊》、《青年时报》、《中国妇女报》等刊载相关论文和报道超过 10 篇。此后，亦有不少学者对上官婉儿墓志进行了进一步的研究。胡可先《上官氏家族与初唐文学——兼论新出土〈上官婉儿墓志〉的文学价值》① 从家族文学的层面出发，考察了上官氏家族的政治浮沉与文学传承、上官氏家族与初唐诗歌的演进问题，从人物传记和文学作品的角度出发阐释了上官婉儿墓志的文学价值。仇鹿鸣《碑传与史传：上官婉儿的生平与形象》② 结合墓志与传世文献，探讨了上官婉儿的政治角色，及皇权性别转换的现实与才女政治的关系，并以上官婉儿在景龙年间的守制与起复为中心，分析了中宗朝政局的复杂性。刘玉璞《上官婉儿籍贯与历史定位新考》③ 经过对新出土的上官婉儿墓志铭的研究，认为上官婉儿是天水人，而且她在当世的评价远远高于后来史书的记载。

4. 王之涣墓志研究

对出土文献中唐代诗人墓志研究最早且最受重视者是《王之涣墓志》。岑仲勉从《曲石精庐藏唐墓志》中发现了《王之涣墓志》以后，王之涣的籍贯、仕历、生卒年等问题都昭然若揭。后来，陈尚君又从《千唐志斋藏志》中发现王之涣夫人《李氏墓志》及其族人的有关墓志，王之涣的家世与亲缘关系也就非常清楚了。④ 曲石精庐主人李根源之子李希泌有《盛唐诗人王之涣家世与事迹考》⑤，傅璇琮《唐代诗人丛考》中的《靳能所作王之涣墓志铭跋》，则是综合前人成果又加开拓创新之作，王之涣的事迹由不详到清楚，都是这一出土墓志带来的结

---

① 《求是学刊》2014 年第 5 期，第 163—172 页。
② 《学术月刊》2014 年 5 月第 46 卷，第 157—168 页。
③ 《天水行政学院学报》2014 年第 2 期，第 116—118 页。
④ 陈尚君：《跋王之涣祖父王德表、妻李氏墓志》，载《文学遗产》1987 年第 6 期，第 125—128 页。
⑤ 《晋阳学刊》1988 年第 3 期，第 97—103 页。

果。近又有秦帮兴《王之涣行第补说》利用王之涣及其族人墓志与传世文献相对证，对王之涣世系和行第做了若干补正和论说，并认为学界"王之涣行第为七"的说法缺乏确凿证据，应当慎提，不可用于更广泛和深入的考证。①

5. 邵炅墓志研究

《全唐诗》有诗人"邵景"，实为"邵炅"之讳改。邵炅墓志近年也已出土。高慎涛《新出土唐邵炅墓志考释》②，首次对于邵炅祖系、名字、籍贯、生卒、科第、官历进行考证，钩沉了邵炅存世和散佚的作品，附带论述了邵炅之兄邵升的事迹和文学成就。

6. 丁元裕墓志研究

丁元裕是唐代的一位诗人，但他并没有诗作传世，新出土的《丁元裕墓志》载录他题利州传舍的一首绝句："闻道巴賨地，由来猛兽多。待余为政日，方遣渡江河。"赵力光《新出唐丁元裕墓志研究》③，在公布和释录墓志拓片的基础上，考察了丁元裕的家世、仕宦，尤其是丁元裕书法成就和作诗情况。对于墓志序、铭的分撰体制和墓志的撰书者也做了特别的考证。

7. 许景先墓志研究

胡可先《出土文献与唐代诗学研究》首次对《许景先墓志》做了较为详细的笺证，并考证了墓志记载的许景先与重要文人的交游，探讨了许景先的文学成就。④ 随后，高慎涛《洛阳出土唐代文人许景先墓志考疏》⑤，进一步探讨了许景先的字号、籍贯、科第、仕宦，论述了许景先的文学成就，同时对于许景先与墓志撰者韩休的关系以及韩休的文学情况进行了叙说。

8. 邢巨墓志研究

邢巨是盛唐著名文士。高慎涛《洛阳新出盛唐文士邢巨墓志考述》⑥，考证了邢巨家世、生卒、籍贯、登科、仕宦等问题，对于墓志撰者萧昕，主要考证其撰志时的官职及其文章存佚情况。

---

① 《景德镇高专学报》2013年8月第4期，第32—34页。
② 《中国典籍与文化》2013年第4期，第24—27页。
③ 《唐研究》第19卷，北京大学出版社2013年版，第601—612页。
④ 胡可先：《出土文献与唐代诗学研究》，第257—275页。
⑤ 《中国韵文学刊》2014年第2期，第98—101页。
⑥ 《攀枝花学院学报》2014年第1期，第46—48页。

9. 刘宪墓志研究

刘宪是唐代官僚兼史学家和文学家。毛阳光《新出土刘宪墓志疏证》①，考察了刘宪及其妻卢氏墓志记载刘宪家世、科举、仕宦、婚姻等情况，刘宪在武后、中宗时期的政治沉浮，以及墓志刻画了一位品德纯厚、文采横溢、有正义感的官僚士大夫形象。通过墓志与史书的对比，补充两《唐书·刘宪传》以及其他文献记载的许多疏漏。《刘宪墓志》撰文者岑羲也是武后、中宗时期著名官员和文士。

10. 郑虔墓志研究

新出土的《郑虔墓志》，不仅为我们进一步了解郑虔的家世、生卒年、科第、仕历、交游等提供了不可多得的第一手资料，而且也为杜甫等盛唐诗人研究开拓了新的空间。朱关田有《唐郑虔墓志新释》②，较早根据墓志对郑虔的事迹加以考证，并且公布了墓志的拓片。陈尚君《〈郑虔墓志〉考释》③，致力于考证郑虔的生平事迹，以订补传世典籍中的错误和缺漏，厘清郑虔的家世，探讨郑虔与杜甫的诗歌渊源关系，并指出临海一带有关郑虔的传说与遗迹有待重新审视，还对郑虔的诗文、著作、字画等做尽可能完备的勾勒。胡可先《新出土〈郑虔墓志〉考论——兼及郑虔与杜甫的关系》④，在对全篇墓志笺证的基础上，进一步探讨郑虔的交游、著述与后世的情况，突出其与杜甫的关系。以为在杜甫一生的交游中，郑虔是真正值得信赖的朋友之一。任军伟、郭建设《郑虔生平及其书画艺术探微》⑤，则通过出土墓志和传世文献的对照以探讨其书画艺术的成就。

11. 苑咸墓志研究

《苑咸墓志》是近年出土的重要文献。《洛阳新出土墓志释录》首先公布了该志的拓片，同书所载郭茂育《唐苑咸墓志考释》已对该志进行了初步探讨，为苑咸研究的进一步展开提供了坚实的基础。胡可先《新出土〈苑咸墓志〉及相关问题研究》⑥，以为苑咸是关联开元、天宝之际政治思想与文化学术的重要人物，政治上，前期受到著名宰

---

① 《中原文物》2013年第1期，第80—87页。
② 《书法丛刊》2007年第6期，第32—37页。
③ 《传统中国研究集刊》第3辑，上海人民出版社2007年11月版，第315—334页。
④ 《杜甫研究学刊》2008年第1期，第47—55页。
⑤ 《荣宝斋》2006年第5期，第54—69页。
⑥ 《清华大学学报》2009年第4期，第57—67页。又见于胡可先著《出土文献与唐代文学研究》，中华书局2012年版，第28—52页。

相张九龄的赏识，后期又与关涉唐代政治盛衰的关键人物李林甫具有密切的关系；文学上，与盛唐大诗人王维、卢象、崔国辅、郑审诗歌酬唱，关系甚为密切；思想上，崇奉佛教，且佛学造诣精深。从《苑咸墓志》中，我们可以探索开元、天宝时期的文士与官吏，从政治思想到文化学术状况的某些侧面。

12．高力士墓志研究

高力士是盛唐时期的大宦官，在中国历史上是一位重要人物，也是一位极具争议的人物。高力士还是一位诗人，他的诗作《全唐诗》尚存《感巫州荠菜》一首及《流巫州时作》残句一则。他的墓志铭和神道碑都已出土，邢福来、李明《唐高力士墓发掘简报》公布了墓葬形制、壁画、线刻画以及随葬品情况，并披露了高力士墓志。牛致功《有关高力士的几个问题——读高力士的〈神道碑〉及〈墓志铭〉》①，考证高力士本名为冯元一，他帮助唐玄宗取得了政权、巩固了政权，也伴随唐玄宗失去了政权，还论述了"高力士与柳芳撰史"、"高力士的年龄"等问题。曾北洋《从千年墓志铭看高力士重大历史功绩》②，王连龙《〈高力士墓志〉研究补证》③，王连龙《高力士宦绩考实——读〈高力士墓志〉》④，张应超《高力士若干事迹考证》⑤，黄日初《高力士研究四题——以高力士及其后嗣的碑志为中心》⑥，都对《高力士墓志铭》进行了不同层面的研究。

13．郭虚己墓志研究

《郭虚己墓志》是近年出土的最为重要的诗人墓志之一，书者是大书法家颜真卿，故而研究者多从书法和历史的层面展开。首次公布该墓志者是樊有升、鲍虎欣《偃师出土颜真卿撰并书郭虚己墓志》⑦，随后刘涛《颜真卿郭虚己墓志相关问题的探讨》⑧，展开其书法的研究。黄寿成《〈郭虚己墓志〉发微》⑨，通过郭虚己任剑南节度使的记载，

---

① 《史学月刊》2003年第4期，第43—47页。
② 《南方论坛》2007年第5期，第82—83页。
③ 《古籍整理与研究丛刊》2007年第5期，第32—34页。
④ 《文物世界》2008年第4期，第29—32页。
⑤ 《唐都学刊》2008年第4期，第14—17页。
⑥ 《浙江社会科学》2008年第8期，第96—101页。
⑦ 《文物》2000年第10期，第85—90页。
⑧ 《书法丛刊》2003年第2期，第2—11页。
⑨ 《唐史论丛》第14辑，陕西师范大学出版社2012年版，第216—226页。

对其出身入仕经历进行考述,再与其他节度使比较,可以看出唐玄宗天宝年间对于剑南节度使的任命非常重视。

14. 徐峤墓志研究

赵振华《唐徐峤墓志与徐峤妻王琳墓志初探》[①],重在《徐峤墓志》和《王琳墓志》的释读,同时考证了二者的世系和婚姻情况。王金文《唐徐峤墓志》[②],则考证了徐峤的生平家世和墓志涉及的几位人物。

15. 韦应物墓志研究

韦应物墓志的出土,是21世纪唐代出土文献的一件大事,该墓志一公布,就受到唐代文史研究者的极大关注。2007年10月24—26日,为了庆祝西安碑林九百二十周年华诞,西安碑林博物馆主办了以"西安碑林与碑刻研究的历史文化空间"为主题的国际学术研讨会[③]。会上,马骥《新发现的唐韦应物夫妇及子韦庆复夫妇墓志考》披露了唐代大诗人韦应物家族的四方墓志。随后,《文汇报》2007年11月4日刊载了一组文章,即陈尚君《韦应物一家墓志的学术价值》、马骥《新发现的唐韦应物夫妇及子韦庆复夫妇墓志简考》等。陈尚君指出这组墓志的价值有三个方面,即提供了韦应物生平的基本线索;韦妻元苹墓志,为韦应物亲自撰文并书写,抒写了对于亡妻的深切悼念,且留下了诗人的书迹;提供了唐代士族文化传承的珍贵个案。马骥系统论述了五个方面:即关于韦应物的世系;关于韦应物的身世;韦应物的夫人;韦应物的儿子韦庆复;关于丘丹及其对韦诗的述评。马骥还发表过《唐韦应物书〈元苹墓志〉》[④]。陶敏《韦应物生平再考》[⑤],则根据韦应物墓志及其家族的四方墓志考证韦氏生平的四方面内容:关于韦应物籍贯;韦应物卒年与赠官;韦应物生平和享年;关于韦应物仕历。这样就使得传世文献中韦应物生平事迹的缺误得到了厘清和补正。赵生泉《韦应物家世释疑》[⑥]借新出土韦应物父亲《韦銮墓志》考察了韦应物家族的相关情况,包括韦应物祖父韦令仪经历、父亲韦銮的

---

① 《唐史论丛》第9辑,三秦出版社2007年版,第239—258页。
② 《中原文物》2013年第4期,第106—109页。
③ 参王其祎、周晓薇《纪念西安碑林九百二十周年华诞国际学术研讨会综述》,载《纪念西安碑林九百二十周年华诞国际学术研讨会论文集》,第641—647页。
④ 《书法丛刊》2007年第6期,第38页。
⑤ 《文学遗产》2010年第1期,第136—138页。
⑥ 《社会科学战线》2014年第6期,第114—121页。

仕途、辍仕原因与闲居生活以及韦銮的家庭与韦应物的身份，有助于我们更深入地理解韦应物其人其诗。

16. 王素墓志研究

《全唐诗》未见王素其人，而新出土《王素墓志》则载其诗。李少咏、高慎涛《洛阳新出梁宁所撰王素墓志考疏》①，主要考述王素生卒字号、家世籍贯、历官交游、思想倾向，以及通过梁宁所撰四方墓志以探讨王素的佛教信仰及其家庭背景。

17. 窦牟墓志研究

《窦牟墓志》是韩愈所撰的重要文章之一，收录于《韩昌黎文集》之中，千百年来，一直是通过集本流传。2005 年夏，河南省洛阳偃师市首阳山出土了该墓志的原石，为我们研究韩愈的这篇文章提供了珍贵的原典文献资料。胡可先《韩愈〈窦牟墓志〉考论》②，以《窦牟墓志》的石本与集本相印证，对墓志进行详尽的考证与阐释，订正集本的字句讹误，补足集本的阙漏遗佚，同时挖掘墓志中丰富深邃的文学与政治内涵，揭示出该志体现的文学史与文化史意义。

18. 韦渠牟墓志研究

《韦渠牟墓志》近年出土于西安市附近，该志为权德舆所撰，《权载之文集》及《全唐文》亦收录集本，因而可以就出土文献和传世文献相互印证。陆武《唐韦渠牟墓志释证》③，即以石本考证《全唐文》本，对比了 21 处异文。对于《韦渠牟墓志》所载墓主事迹，根据传世文献进行了印证。对于该志的撰者权德舆和书者房次卿，也做了简要的说明。

19. 卢士玫墓志研究

近年来唐代重要世族卢氏家族墓志出土了数十方，其中有诗人卢士玫夫妇的墓志。牛红广《唐卢士玫墓志及相关问题考释》④ 进行了较为详细的考释，以墓志与传世文献参校，梳理其家族世系、婚姻科第等情况，订正了两《唐书》本传的一些讹误。胡可先《新出石刻史料

---

① 《牡丹江师范学院学报》2014 年第 1 期，第 37—39 页。
② 《中国古代文章学的成立与展开——中国古代文章学论集》，复旦大学出版社 2011 年版，第 113—138 页。
③ 《文博》2012 年第 4 期，第 56—59 页。
④ 《中国国家博物馆馆刊》2012 年第 6 期，第 67—74 页。

与唐代卢氏文学家族考论》①，专门探讨了卢士玫夫妇墓志及其撰者情况、卢士玫名字正误及诗文创作，并对其族系、婚姻及其家庭文学传承进行了全面的研究。

20. 卢载墓志研究

卢载是唐代诗人，但其事迹不详，故《全唐诗》置于世次爵里无考诗人之中，而近年来卢载自撰墓志的出土，填补了这一空白。陈尚君评论说："卢载自撰墓志是很有特色的一篇。卢载不按当时的习俗备载家世阀阅，而是自称'性灵疏愚，言语方质，才知耸善，未及有方'，并引与友人书，以为'身不登神仙，道不济天下，过此以往，则皆略同，便当处山'，可见其自负之高。……此篇墓志的发现，让我们有机会了解一位傲兀文人的自负和追求。"②胡可先《文学自传与文学家传：新出土唐代墓志的家族因素》③，则从本篇自撰墓志所记诗文篇目就文学自我表述的层面，阐述这些诗文虽然大多散佚而没有流传下来，但透过这些篇名，还是可以了解志主的文学成就的。胡可先《新出石刻史料与唐代卢氏文学家族考论》④，勾勒了卢载墓志及卢载所撰其妻郑氏墓志的情况、论述了卢载的文学成就，并辨明了《全唐诗》中的诗人"卢贞"应为"卢载"之误。

21. 李益墓志研究

《李益墓志铭》2008 年出土于偃师，较早公布墓志录文并进行研究者是王胜明，他撰写了《新发现的崔郾佚文〈李益墓志铭〉及其文献价值》⑤，考证并厘清了李益生平的一些问题，包括籍贯、生卒年、初仕官职及授官时间等；纠正了《新唐书》和《唐会要》的错误记录；还考证了墓志铭作者崔郾的情况、崔郾和李益的关系等。王胜明、李天道《李益佚文及其文献价值》⑥，重点就李益所撰其夫人《卢氏墓志铭》探讨了该志可以补唐文总集之遗和对李益生平、婚姻、子嗣研究的作用。朱关田《李益志浅释》⑦，首次公布墓志的拓片，并对与墓志相关的撰者问题与李益生平等进行了考证。何新所有《新出李益墓志

---

① 《唐研究》第 20 卷，北京大学出版社 2014 年版，第 337—390 页。
② 《唐代石刻文献的重要收获》，《碑林集刊》第 12 辑，第 330 页。
③ 《浙江大学学报》2013 年第 5 期。
④ 《唐研究》第 20 卷，第 337—390 页。
⑤ 《文学遗产》2009 年第 5 期，第 130—133 页。
⑥ 《文献》2009 年第 4 期，第 56—59 页。
⑦ 《书法丛刊》2009 年第 5 期，第 32—39 页。

相关问题研究》①，对已发表的 3 篇文章提出了一些不同的看法，同时更关注李益的婚姻关系，以及《李益墓志铭》与唐代传奇《霍小玉传》的关系，审视这篇小说的可信程度。王胜明还有《由新发现的〈李益墓志铭〉质疑"〈从军行诗序〉为李益自作"》②，将《李益墓志铭》提供的信息与《从军诗序》文本结合起来考察，发现作为传世材料的《从军诗序》所叙李益生年、仕历等材料多处与墓志铭所载不一，认为《从军诗序》极有可能非李益所作。

22. 张万顷墓志研究

《张万顷墓志》，李纾撰，褚湊书。程义《唐〈张万顷墓志〉考释》③，主要有四个方面的内容：墓志录文、相关词汇和术语的考释；张万顷的其他事迹、张万顷的经历与著述；张万顷是一位特殊的历史人物，在安史之乱发生时接受伪官，因而正史中也有一些记载；墓志和史书对于他接受伪官的不同处理，有助于我们对于这段历史产生新的认识。李由《盛唐诗人张万顷墓志考释》④，涉及张万顷三个方面的内容：早前资料综述，张万顷及严仁墓志考释，几个尚待证实的问题，即墓志为什么没有记载河南法曹的经历、新旧唐书为什么无传、张万顷有无其他著述。

23. 李昂墓志研究

有唐一代名为李昂者较多，除唐文宗之外，作为文人至少还有考功员外郎李昂、仓部员外郎李昂等，洛阳新出土仓部员外郎李昂墓志是《全唐诗》所收诗人李昂之一。徐俊《唐仓部李昂续考》⑤，考证此李昂诗不仅《全唐诗》中存录，而且新出的敦煌写卷中也有其诗的钞写。李昂牛红广《唐李昂夫妻墓志考略》⑥，在对李昂夫妻墓志释录的基础上，探讨李昂家世生平和李昂的诗文成就。

24. 李收墓志研究

新出土《李收墓志》，中书舍人李纾撰，秘书省校书郎郑絪书。郭

---

① 《河南社会科学》2010 年第 1 期，第 162—165 页。
② 《文献》（双月刊）2013 年 3 月第 2 期，第 83—87 页。
③ 《碑林集刊》第 17 辑，三秦出版社 2011 年版，第 37—42 页。
④ 《北京大学学报》2014 年第 6 期，第 152—157 页。
⑤ 《中国唐代文学学会第十五届年会暨唐代文学研究国际研讨会论文集》，天津南开大学 2010 年 10 月。
⑥ 《河南科技大学学报》2014 年第 2 期，第 89—92 页。又载《沧桑》2014 年第 2 期，第 51—54 页。

茂育《唐李收墓志》①，主要研究该志书法，认为其志文书法，疏朗峻整，结体紧密，顿挫有姿，法度森严。书风劲挺秀丽，清雅之致，和欧书风格相似，兼具虞（世南）书之特点。其用笔方圆相济，内含刚柔，姿美而遒劲，是中唐之后楷书高度成熟时的作品。

25. 卢沐墓志研究

唐张为《诗人主客图》记载"清奇雅正主"李益以下入室十人中有"卢休"，录其《寒月联句》，又有五个残句。《全唐诗》卷七九五据《诗人主客图》收入，置于"世次爵里无考"卷中。胡可先《新出石刻史料与唐代卢氏文学家族考论》②考证出《大唐西市博物馆藏墓志》中收录的《卢沐墓志》，志主即《寒月联句》诗的作者，"卢休"当为"卢沐"，乃文献传钞翻刻致误。其事迹因墓志的出土而昭然于世。

26. 陆亘墓志研究

《全唐诗》未载陆亘其人，《全唐诗补编》录其佚诗。赵水森《唐陆亘墓志研究》③以陆亘墓志与正史比勘，从三个方面论述了该墓志的价值：墓志能够补纠文献之阙误，墓志关涉文献索证，陆亘官品人格之现代意义。赵振华、何汉儒《唐陆亘侯紃墓志考释》④，对新出土的陆亘夫妇墓志进行较为全面的考释，包括墓志标点整理、陆亘侯紃家世、陆亘仕历交游、陆亘宗教信仰等问题。

27. 廖有方墓志研究

《廖有方墓志》是2006年西安碑林博物馆在西安东郊征集到的唐代安南（今越南河内）诗人墓志。张安兴《诗人、义士、交趾人廖有方：从一方新出土唐墓志说起》⑤，首先公布该墓志的拓片图版，并对于《廖有方墓志》做了初步的研究，使这方墓志的史料价值有了一定程度的体现。胡可先《新出土唐代诗人廖有方墓志考论》⑥，进而考证研究其名字与籍贯、科举与仕宦、婚姻与家庭、交游与经历等情况。认为墓志对了解与研究安南人物在唐代的进身出处、家族迁移等方面，

---

① 《书法》2015年第2期，第36页。
② 《唐研究》第20卷，第337—390页。
③ 《郑州大学学报》2003年第5期，第132—135页。
④ 《洛阳新出土墓志释录》，第187—196页。
⑤ 《碑林集刊》第13辑，陕西人民美术出版社2008年版，第64—69页。
⑥ 《中山大学学报》2009年第5期，第37—44页。

具有较大的启发意义。唐雯《〈廖游卿墓志〉补考》①，就廖有方事迹等问题对于张安兴的文章有所补充和拓展。

28. 独孤申叔墓志研究

柳宗元所撰的《独孤申叔墓志》，是近年出土的重要诗人墓志之一。因独孤申叔卒时仅二十七岁，其经历甚为简单，故柳宗元撰写墓志时，侧重于其交游情况，也就成为传世唐代墓志中记载交游颇为突出的一篇。周晓薇《新出土柳宗元撰〈独孤申叔墓志〉勘证》②，首先对墓志石本展开研究，并首次揭载了墓志的拓本。墓志已收入《柳宗元集》，但与新出土石本比较，在文字上有较大差异，周晓薇已做了校勘。列出19处异文，并做了辨证，总体以为石本文字优于集本流传的文字。

29. 裴夷直墓志研究

《裴夷直墓志》及其妻《李弘墓志》是近年出土的重要文献。胡可先《新出土〈裴夷直墓志〉考论》③，认为裴夷直是唐代著名的诗人，又是关联宗室斗争、宦官专权、牛李党争、幕府辟署、科举制度等方面的重要政治人物。并以新出土墓志中裴夷直入幕与贬谪为切入点，对其卷入宗室斗争、宦官之争以及牛李党争的诸种情事加以考察，进而阐发裴夷直贬谪诗的深层内涵，对墓志中涉及的其他重要问题也加以探讨。邰三亲《中晚唐诗人裴夷直生平考》④，也以裴夷直墓志为依托，并结合裴夷直妻李弘、裴夷直之侄裴岩、裴夷直孙裴筠三方墓志加以申论。

30. 郑居中墓志研究

赵振华《唐郑居中夫妇墓志发覆》⑤，考述了郑居中家世及其他、郑居中生平、郑居中崇道与传奇故事之关系、郑居中夫人崔氏家族与郑氏旧茔等问题。郑居中童年一度入观学道，晚年寻道访宫于王屋、嵩少，终卒山寺。其事迹演绎为《逸史》道仙故事，墓志为其文学素材。

31. 姚合墓志研究

《姚合墓志》是近年出土的著名诗人墓志，《书法丛刊》2009年第

---

① 《碑林集刊》第14辑，陕西人民美术出版社2009年版，第20—25页。
② 《中国典籍与文化》2002年第3期，第36—41页。
③ 《中国典籍与文化论丛》第11辑（2008年），第107—120页。
④ 《西北大学学报》2010年4期，第121—124页。
⑤ 《洛阳工学院学报》2002年第4期，第5—16页。

1期刊载了该志的拓片图版。姚合夫人卢绮墓志也同时出土。《书法丛刊》还同时刊载朱关田《姚合卢绮夫妇墓志题记》，对姚合及夫人墓志的出土情况、姚合的生平、墓志的撰者等做了考索。陶敏在《文史》2011年第1期上发表了《读姚合、卢绮二志札记》，是姚合夫妇墓志出土之后的重要研究成果。作者2008年曾在《文史》上发表《姚合年谱》，本文则是对于《姚合年谱》的补充，对姚合生平事迹重新做了一番审视。

32．李郃墓志研究

《李郃墓志铭》拓片图版，载于中国社会科学院考古研究所《偃师杏园唐墓》①，并有简要的说明文字以揭示该志的主要内容。胡可先《新出土〈李郃墓志铭〉发隐》②，认为李郃墓志铭的出土，不仅可以补史之阙，订史之误，更为重要的是对我们研究晚唐宦官专权与牛李党争的政局有着重要的作用。王勋成《李郃年谱稿》③根据新出土的《李郃墓志铭》对李郃身世进行重新研究，参合排比传世文献所编写的第一部李郃年谱。李文初、周松芳《晚唐诗人李郃的籍贯问题》④对王勋成《李郃年谱稿》一文推断李郃的祖籍在洛阳一带提出了质疑，认为关于李郃的籍贯问题在没有发现新的有说服力的材料之前，依据现有文献材料仍应系为延唐，最多可表示存疑。

33．皇甫澈墓志研究

陶敏《唐皇甫澈家族墓志研究》⑤，就近年洛阳出土之皇甫澈、皇甫映、皇甫燠、皇甫炜等七方墓志，考察了中晚唐诗人皇甫澈、皇甫曙世系与生平，并对白居易家族与皇甫曙家族的婚姻状况有全面的了解。

34．杨收墓志研究

新出土《杨收墓志》及杨收夫人《韦东真墓志》对于杨收事迹及晚唐政治文化和文学艺术的研究都具有重要意义。张应桥《唐杨收及妻韦东真墓志研究》⑥和毛阳光《晚唐宰相杨收及其妻韦东真墓志发

---

① 科学出版社2001年版，第335页。
② 《中国典籍与文化》2003年第1期，第60—64页。
③ 《中国典籍与文化论丛》第8辑，北京大学出版社2005年版，第102—109页。
④ 《中国典籍与文化》2009年第70期，第30—32页。
⑤ 《衡阳师范学院学报》2012年第5期，第68—72页。
⑥ 《洛阳理工学院学报》2011年第2期，第68—75页。

微》①。两篇文章分别对墓志进行了录文整理，并初步梳理了杨收的家族世系、婚姻仕宦等问题，并对杨收的贬谪赐死与平反昭雪各自提出了自己的看法。胡可先《新出土唐杨收墓志考论》②以墓志文本为基础，以出土文献和传世文献相印证，对于杨收墓志进行全面的笺证，并在此基础上对杨收的家世、婚姻、科举、学术、文学以及与晚唐政治事件密切相关的问题进行集中的讨论。

35. 程紫霄墓志研究

程紫霄是一位道士，也是一位诗人。墓志全称为《故左街威仪九华大师洞玄先生赐紫程公玄宫记》。这方墓志没有铭文，是墓志的特殊体式，故题称"玄宫记"。雷闻《新见〈程紫霄墓志〉与唐末五代的道教》③，研究了该墓志相关的三个方面内容：墓志录文及其撰人；程紫霄的生平与性情；程紫霄的师承。

36. 宋若昭墓志研究

宋若昭是两《唐书》后妃传中唯一一位以内学士尚宫入传的女官、才女，宋氏姊妹共同撰写的《女论语》一书在后来女教中产生了重大影响。赵力光、王庆卫《新见唐代内学士尚宫宋若昭墓志考释》④一文通过比较碑传和史传的差异，较为全面地整合出宋若昭及宋氏姐妹的事迹，补正了史传中的部分问题，对研究唐代宫官及女性史具有较高的价值。

37. 刘复墓志研究

刘复是中唐之季声名斐然的诗人，然正史无传，文献的阙如令其湮没无闻。王学文《唐〈刘复墓志〉及相关问题考释》⑤考察了刘复的家世阀阅、仕途宦历、生平学术等方面，并由此延伸出对中唐时期士林交游的考察。

38. 樊骧墓志研究

高慎涛《洛阳新出唐〈樊骧墓志〉及相关问题考释》⑥根据墓志所载志主生卒、籍贯、科第、历官、交游等情况，补充了樊骧的生平

---

① 《唐史论丛》第14辑，三秦出版社2012年版，第89—102页。
② 《中文学术前沿》第7辑，浙江大学出版社2013年版，第25—52页。
③ 《隋唐辽宋金元史论丛》第3辑，上海古籍出版社2013年版，第115—127页。
④ 《考古与文物》2014年第5期，第102—108页。
⑤ 《黄河科技大学学报》2014年第4期，第36—40页。
⑥ 《西华师范大学学报》2014年第3期，第1—4页。

事迹及其及第与长庆至会昌间科举士庶之争的关系。

39. 韦璀墓志研究

韦璀是唐代著名世家大族京兆韦氏成员之一，也是唐代十分重要的文学家。刘强《新见唐代状元韦璀墓志考释》①，公布了录文与拓片，并对韦璀生平事迹做了考释，使其书法价值和史料价值有了一定程度的体现。

40. 王涣墓志研究

岑仲勉《从王涣墓志解决了晚唐史一两个问题》②，首先进行《王涣墓志铭》的释录，其次探讨了王涣的家世、进身，再者由此墓志推断《旧唐书》记载徐彦若代李茂贞为凤翔节度使的错误，最后由墓志关于"都都统"的记载，论证该志对晚唐史乘确有补助之功。

唐代诗人墓志的研究，也逐渐从单篇墓志的考释走向较为系统的综合研究。胡可先《新出土唐代诗人碑志综论》③，考察了新出土唐代诗人的碑志价值、诗人碑志的类型、诗人碑志的撰书者以及诗人碑志的内容等重要问题。值得注意的是，近年的学位论文对唐代诗人墓志的研究也颇有涉及，且较为综合。曹圆《唐代诗人墓志丛考》④，设定三个章节，第一章《唐代传世诗人墓志丛考》，考证了马怀素、王无竞、王仲舒、元稹、韦渠牟、韦丹、王绩、杜牧、卢殷、邢群、张众甫、段弘古的墓志；第二章《唐代出土的墓志丛考》，考证了李邕、张锡、许景先、赵冬曦、赵璜、杨牢、杨宇的墓志；第三章《唐代诗人及其家族墓志丛考》，考证了王之涣、崔泰之、韦承庆、韦应物等诗人的家族。唐光磊《初唐诗人墓志研究》⑤，对于初唐诗人墓志铭的界定较为广泛，既包括志主为初唐诗人，也包括墓志铭作者为初唐诗人。作者通过诗人墓志铭对初唐墓志铭这种文体的发展进程做了总体的描述，归纳出初唐诗人墓志铭创作的总体特征，还以陈子昂为个案从一般特征和个性特征两个方面论述了墓志铭的文学特性。

---

① 《书法丛刊》2014 年第 4 期，第 68—75 页。
② 《历史研究》1957 年第 9 期，第 55—62 页。
③ 《唐研究》第 17 卷，北京大学出版社 2011 年版，第 71—91 页。
④ 复旦大学硕士学位论文，2008 年 5 月。
⑤ 华中师范大学硕士学位论，2010 年 5 月。

二、诗人事迹研究

利用新出土文献研究唐代诗人事迹,已经是 21 世纪唐代文学研究者颇为关注的事情。取得的成果,既有群体诗人的考证,也有个体诗人的研究。就群体诗人的综合考证而言,胡可先、魏娜《唐代诗人事迹新证》①,主要通过新出土的碑志,考证了崔颢的郡望与仕历、韩愈的交游、苗发的行第,以及杨巨源、刘禹锡等诗人的事迹。对于以正史为主的诗人传记数据的讹误,通过出土文献进行了订正。胡可先、杨琼《新出墓志与〈丹阳集〉诗人考辨》利用近年新出土《马挺墓志》,使马挺的生平得到了完整呈现,又纠正了学界"马挺为马怀素之弟"的论述错误;利用《蔡希周墓志》使得《丹阳集》中蔡希逸、蔡希周、蔡希寂兄弟三人的事迹得到了补充;利用《包陈墓志》对包融、包佶、包何父子三人生平与创作进行了考察;新出墓志有关《丹阳集》诗人丁仙芝、申堂构、孙处玄的材料,也为他们的仕历研究提供了重要线索。现有成果当中,对于个体诗人研究者较多,现举其要者录之。而诸如韩愈所撰《窦牟墓志》可以考证韩愈的事迹,新出土碑志中涉及韩愈的交游亦不少,上文已经提及,这里就不再列目加以叙述了。

1. 卢照邻事迹研究

卢照邻之弟《卢照已墓志》,2005 年 1 月出土于洛阳市洛南新区,洛阳市第二文物工作队发布了《洛阳唐卢照已墓发掘简报》②,公布了该墓志的拓片。胡可先《新出土〈卢照已墓志〉及相关问题研究》,由此墓志进一步考订了卢照邻的世系、卢照邻的籍贯、卢照邻的生年、卢照邻的名字、卢照邻的兄弟等一系列问题,解决了前此卢照邻事迹研究中未曾涉及或没有解决的问题。

2. 贺知章文学研究

新出土墓志对于唐代诗人研究具有重要意义,贺知章是一个典型的事例。贺知章有著名诗作传世,但其文章传世者不多,而出土文献则使得这样诗人兼文章家的面目表露于世。戴伟华《贺知章所撰墓志的史料价值》③ 就新出土贺知章撰写的 6 篇墓志论其史料价值;陈尚君

---

① 《浙江大学学报》2010 年第 5 期,第 27—35 页。
② 《文物》2007 年第 6 期,第 4—8 页。
③ 《中山大学学报》2011 年第 6 期,第 19—25 页。

《贺知章的文学世界》①更扩而大之，搜罗了新出土贺知章所撰墓志 8 方，将贺知章的文学世界展现在读者面前；胡可先《新出墓志与唐代文学研究的拓展——以〈大唐西市博物馆藏墓志〉为中心》②则以新出土贺知章所撰 10 篇墓志为例，以展现新出土墓志对于唐代具代表性名家研究的重要价值。韦娜《贺知章撰许临墓志跋》③，陶敏《贺知章撰许临墓志考释》④，毛阳光《洛阳新出土贺知章撰姚彝墓志考释》⑤，则是对新出土贺知章所撰墓志的个案研究。

3. 李白生平研究

出土文献对于李白研究的作用在 20 世纪已得到凸显，郁贤皓教授证定李白二入长安说，就运用了《千唐志斋藏志》中的资料以坐实李白的生平。朱玉麒《许圉师家族的洛阳聚居与李白安陆见招——大唐西市博物馆藏〈许肃之墓志〉相关问题讨论》⑥，通过新出土的《许肃之墓志》探讨了李白、许浑与许氏家族之间的关系，以尽可能还原历史中的李白原貌。诸如《许肃之墓志》所记载的许圉师四世孙许肃之，是李白夫人许氏在洛阳的一个远房侄子。咸晓婷《李白赠何昌浩诗系年》⑦，利用新出土的《何昌浩墓志》以探讨李白与何昌浩的交往，进而考定李白《赠何七判官昌浩》、《泾溪南蓝山下有落星潭，可以卜筑，余泊舟石上，寄何判官昌浩》二诗作于至德二载。由此连带解决了安史之乱后李白行踪的一些问题。李秀蓉《从〈刘复墓志〉试探李白、王昌龄的江宁之会》⑧一文则利用新出土《刘复墓志》探讨了刘复在天宝六载曾访王昌龄、李白于江宁，从而考得李白于天宝五载春下吴越，曾与王昌龄相会于江宁王昌龄任所，天宝六载夏秋之际离开。

4. 杜甫事迹研究

陈尚君《〈郑虔墓志〉考释》，胡可先《新出土〈郑虔墓志〉考论——兼及郑虔与杜甫的关系》，通过郑虔与杜甫的交往，考证了杜甫相关事迹。陈尚君《新出石刻与唐代文学研究》，曾专门举证有关杜甫

---

① 《杭州师范大学学报》2012 年第 3 期，第 23—29 页。
② 《北京大学学报》2013 年第 4 期，第 42—48 页。
③ 《河南科技大学学报》2005 年第 2 期，第 23—25 页。
④ 《中原文物》2012 年第 3 期，第 88—92 页。
⑤ 《中国典籍与文化》2013 年第 4 期，第 71—75 页。
⑥ 《唐研究》第 17 卷，第 93—112 页。
⑦ 《文学遗产》2010 年第 2 期，第 149—152 页。
⑧ 《绵阳师范学院学报》2013 年第 1 期，第 22—24 页。

的石刻以考证杜甫的事迹和解读杜甫的作品：《杜并墓志》提供考证杜甫家世的线索，新出苏源明撰写的碑志解读杜甫的《八哀诗》，新出《韦济墓志》解读杜甫的《奉赠韦左丞丈二十二韵》，新出阳济墓志考察杜甫在湖南的事迹等①。胡可先《出土碑志与杜甫研究》一文，从家世探源、作品解读、书史实证这三个层面论述出土碑志对杜甫研究和书法史研究具有双重意义。陶敏《出土墓志中所见之"斯文崔魏徒"》②，根据新出土崔翘所撰《崔尚墓志》和崔尚所撰《卢医王墓志》探讨了两个问题：崔尚墓志的出土纠正了传世文献中关于崔尚记载的若干错误，澄清了人们的一些误解；墓志全面记叙了崔尚的家世、生平、仕履、文学、政事，其中特别强调了崔尚的文学成就。胡可先《杜甫叔父杜并墓志铭笺证》③，除了对于墓志本身进行详细的笺证之外，还考察了"杜并墓志的撰者情况"，"杜甫世系及先世迁居襄阳的情况"，"由杜并墓志推测杜甫的终葬之地"。周维扬《从草堂唐碑出土略谈古今草堂寺之争》，则由杜甫草堂2001年发掘的唐碑《益州正觉寺故大德行感禅师塔铭并序》④，研究杜甫在浣花溪上营建草堂的情况，以及与草堂寺先后的关系。

5. 刘长卿事迹研究

近年出土的唐代墓志，有三方涉及到刘长卿，胡可先《刘长卿事迹新证》⑤根据这三方墓志与史籍参证，进一步探讨刘长卿生平事迹的四个问题：为陈留浚仪县尉时间在天宝十一载；登进士第时间在天宝七载或八载；为监察御史时间在至德元载；为鄂岳转运判官时间在大历三年或稍前。

6. 卢纶事迹研究

通过新出石刻以研究卢纶事迹，20世纪已引起学者们的注意，傅璇琮《卢纶家世事迹石刻新证》⑥，对卢纶事迹以及卢纶家族的考证方面有所发覆。21世纪以来，研究更有所推进，史广超、涂显镜《卢纶

---

① 《六朝隋唐学术研讨会论文集》，第707—708页。
② 《傅璇琮先生八十寿庆论文集》，中华书局2012年版，第75—81页。
③ 《杜甫研究学刊》2001年第2期，第35—44页。
④ 《杜甫研究学刊》2002年第1期，第101—104页。
⑤ 《学术月刊》2008年第6期，第148—151页。
⑥ 《文学研究》第1辑，南京大学出版社1992年版。收入傅璇琮《唐宋文史论丛及其他》，大象出版社2004年版，第240—244页。

家世生平补考》①，补充了卢纶四世祖"茂礼"的名字，并考证了卢纶母氏家族与卢纶关系重大者韦皋、韦渠牟的情况。生平方面则涉及卢纶生年、早年行踪和后来的任官。赵林涛的《卢纶研究》②，亦利用新出土的卢纶家族墓志以探讨卢纶的家世和事迹。胡可先《唐代诗人卢纶家族新出墓志考论》③，则探寻了新出土墓志与卢纶家世、卢纶家族的任职历程、卢纶家族的婚姻情况、卢纶家族的文学成就、新出土卢纶家族墓志与卢纶边塞诗等五个问题。

7. 元稹事迹研究

谢思炜《元稹母系家族考——兼及崔莺莺之父》④，以新出墓志为主要数据，考察了元稹母系系统"官族甲天下"的渊源，进而进一步推论《莺莺传》中崔莺莺之父可能为郑本柔之族"崔鹏"，而郑本柔之族又与元稹之母郑氏同族。余静的硕士学位论文《唐代河南元氏家族研究》⑤，也利用新出墓志材料研究河南元氏家族中的重要文学家元结、元稹等，探讨其家族的总体地位以及到唐代转型成为典型的文士家族的原因。

8. 白居易事迹研究

胡可先、文艳蓉《新出石刻与白居易研究》⑥，由《白胜碑》考证白居易的先世，由《会王墓志》证定白居易为翰林学士的时间，由《白敏中墓志》考订白居易的家世和对白敏中的影响，由《张浑墓志》考证白居易晚年的交游，由《白邦彦墓志》考证白居易的子嗣，由新出土经幢考订白居易受佛教的影响。谢思炜《洛阳所见白公胜碑真伪献疑》⑦，针对《新出石刻与白居易研究》中有关《白胜碑》展开讨论，认为该碑疑点较多，认为此碑不大可能是唐碑，但也排除近人伪作的可能。文艳蓉《白居易子嗣考辨》⑧，通过新出土的《白邦彦墓志》和新发现的《白居易家谱》考订白居易是以侄孙阿新为后，阿新

---

① 《贵阳师范学院学报》2008年第3期，第68—70页。
② 河北大学博士学位论文，2007年。
③ 胡可先、孟国栋、武晓红：《考古发现与唐代文学研究》，浙江大学出版社2014年版，第178—203页。
④ 《文献》2008年第3期，第78—84页。
⑤ 首都师范大学硕士学位论文，2005年5月。
⑥ 《文献》2008年第2期，第23—32页。
⑦ 《文献》2009年第3期，第140—143页。
⑧ 《重庆社会科学》2009年第2期，第107—109页。

为白景受之子白邦翰。白景受即龟郎，他作为嗣孙之父，而作为白居易的嗣子。其《白居易家族婚姻考论》①将白居易家族相关人员的新出土墓志与传世文献结合起来，厘清了白氏家族与杨氏、皇甫氏、张氏家族的婚姻关系，并认为白居易家族在选择婚姻对象时有重文学传统，重进士科第，在政治上隶属牛党的特点。温玉成《白居易故居出土的经幢》②，张乃翥《记洛阳出土的两件唐代石刻》③，对于公布白居易的重要文献也具有首创之功。

9. 张籍事迹研究

王其祎、周晓薇《应予关注的中晚唐文学研究新史料——新见张籍撰〈唐阳城县主李应玄墓志铭〉》④，认为该墓志的发现可以成为《张司业集》的集外作品补编，同时也能够使我们看到他的碑铭体散文的真面目，且对他诗歌以外的文学成就和语言风格以及当时的学派与学源关系的史实考察等，也有新的认识和评判。尤其是通过李玄应之夫翼王府长史丘运之记载，可以考定张籍《哭丘长史》诗之"丘长史"为丘运。

10. 李商隐文学研究

钟明善《李商隐〈王翊元夫妇墓志铭〉》⑤对李商隐所撰《王翊元夫妇墓志铭》展开初步研究，重在衡定其书法价值。该文又刊于《西安交通大学学报》2011年第4期，题即为《从〈王翊元夫妇墓志铭〉看李商隐的诗文与书法》。张玖青《试论新出李商隐撰书〈太原王公墓志铭〉》⑥，认为该志是非常珍贵的文献资料，不仅可补史之缺，而且可以据之考察李商隐的古文创作及其渊源，同时墓志也有很高的书法价值，有助于全面深入研究李商隐文学及书法成就。

三、唐诗文本研究

唐代诗歌文本有写本、刻本、石本以及其他类型如长沙窑瓷器题诗等，刻本大多产生于宋代之后，又与出土文献关系不大，故不在本

---

① 《古籍整理研究学刊》2012年第1期，第50—56页。
② 《四川文物》2001年第3期，第63—65页。
③ 《河南科技大学学报》2005年第1期，第20—22页。
④ 《唐研究》第17卷，第113—126页。
⑤ 《第八届中国书法史论国际学术研讨会论文集》，文物出版社2011年版，第292—299页。
⑥ 《武汉大学学报》2013年第4期，第97—102页。

文的考察范围。

1. 石　本

最为珍贵的是出土唐代墓志中新发现的诗歌石本，陈尚君在评论《全唐文补遗·千唐志斋新藏专辑》中说："崔朏《刘元贞墓志》是体例很特殊的一篇墓志……在墓志末则附歌一首：'面松岳兮小有阳，东望溴兮饮太行。夹河洛兮地一藏，奉天劳兮憩北邙。窀穸奄兮不重光，大贤邮兮物感伤。甫奇谷兮三畛强，永为古兮从此张。'体式还是墓志中常见的骚体，但称为歌，值得注意。在墓志中引诗作，《特辑》中只有一例，即卢蕃《唐故越州剡县尉卢府君（广）夫人陇西李氏合祔墓志铭》引录卢广赴剡县任时，吟诗云：'挂席日千里，长江乘便风。无心羡鸾凤，自若腾虚空。'《全唐诗》没有收录卢广的诗。附带说到，《洛阳新出土墓志释录》收《崔尚墓志》，收录崔尚所献《温泉诗》和贾升颂美崔尚诗的断句，为石刻存诗的最近例证。"① 陈尚君《最近二十年新见之唐佚诗》②，举到一些典型的新发现的石本唐诗。如拓本《韦志杰墓志铭》，叙述韦志杰因父丧"泪尽丧明，因少一目"。"因赋诗曰：'江上一目龙，日中三足鸟。三足不言多，一目何嫌少。''左慈瞎一眼，师旷无两目。贤达尚悠然，如何怀耻辱？''耻贵不耻贫，贵义安贵身。故故闭一眼，不看天下人。'……时文士王适、陈子昂，虎踞词场，高视天下，睹斯而叹，许以久大之致焉。"这样的石本佚诗，不仅栩栩如生，而且记录了陈子昂等对墓主的评价，至为珍贵。新出唐诗石本一种特殊的类型是墓志盖上的挽歌，胡可先《墓志新辑挽歌考论》③，通过辑得墓志盖上的18首挽歌和墓志铭中的1首挽歌对挽歌进行了系统的研究，认为挽歌是古代丧葬礼仪的一个重要环节，也是哀挽文学的一种特定体裁。以新发现墓志所载挽歌与传世挽歌进行比较研究，有助于认识挽歌特殊的文学价值与社会文化学意义。梁海燕《唐代墓志盖题诗考论》④，利用在河北正定发现之墓志盖文物资料，对此前学界公布的唐人墓志盖题诗重新予以校证，并辑录新见题诗八首，还论述了这些题诗体现了唐代诗歌与这些地区民间丧葬礼俗结合的特

---

① 陈尚君：《唐代石刻文献研究的重要收获——评〈全唐文补遗·千唐志斋新藏专辑〉》，《碑林集刊》第12辑，第331页。
② 《东方早报》2013年9月29日。
③ 《浙江大学学报》2009年第3期，第175—183页。
④ 《中国典籍与文化》2011年第4期，第9—16页。

殊文化形态。王庆卫《从新见墓志挽歌看唐五代泽潞地区民间的生死观念》①，则通过近年来刻有挽歌的墓志全部发现于唐五代的泽潞地区，以探讨这些挽歌材料表现了当时的人们为了获得来世的幸福和永生，融合儒、道、释等各种观念形成朴素的生死信仰。

2. 写　本

敦煌文献中唐诗写本是写本文献的一大宗，这在20世纪已经引起学者们的极大重视。21世纪最初的时期，徐俊《敦煌诗集残卷辑考》集敦煌唐诗写本辑集与研究之大成。该书以写本叙录和作品辑校相结合的方式进行，分上下两编，上编共校定诗集63种，诗1401首，下编辑录零散诗篇524首，二者合计1925首。大量佚失已久的诗作得以发现，很多散见零篇得以缀合，各种文字复杂的诗钞经过校订。作者基于写本的原生状态以确定整理的标准，关注文学的发展以进行叙录的撰写，突出了"写本时代"诗集的特点，是精审的文献整理与深层的诗学探源相结合的示范著作，对于唐诗研究具有不可替代的作用。2006年张锡厚主编的《全敦煌诗》由作家出版社出版，则是21世纪敦煌诗歌文献整理的又一项重大成果。该书从敦煌遗书的2万余首诗中，去其重复，所得4500余首，其中有1200余首是从未面世过的诗歌，其时代从先秦到宋初，而唐诗则占有绝对大的比重，因而具有发覆和集成两个方面的重大价值。伏俊琏、冷江山有《见于传世本的唐代文人诗作——敦煌的唐诗讲座之一》②、《敦煌遗书保存的唐代文人佚诗——敦煌唐诗讲座之二》③二文，前文梳理了敦煌写卷中见于传世写本的唐代文人诗作概况，从存诗和佚诗两个方面肯定了敦煌文人诗在校正今本的"字义龃龉"、"制度不合之处"，勘定今本"音律失检"、"修辞句法不宜"的地方，决疑辨伪三个方面的价值。后文则介绍了久已失传、赖敦煌遗书的发现重见天日的唐代文人诗作，在此基础上探讨了这些作品的文学价值和文学史料价值。兰州大学荆玉杰有硕士学位论文《法藏敦煌诗文选集叙录——以P.3619、P.3885等为中心》④。文章选取了七卷法藏敦煌诗文选集作叙录，在叙录过程中，准确描述了写卷形态，说明诗歌存佚情况及作者生平，概括诗歌主旨，依据写卷形态及

---

① 《陕西师范大学学报》2012年第3期，第111—117页。
② 《丝绸之路》2012年第12期，第25—34页。
③ 《丝绸之路》2012年第16期，第16—23页。
④ 兰州大学硕士学位论文，2013年5月。

卷中讳字等信息，判断了写卷的抄写年代。陈静《敦煌诗歌写本的传播特征及其形成原因》①探讨了敦煌诗歌写本诗集名称、作者、编者信息缺失严重，无明确编集思想，异文现象突出的传播特征，总结了敦煌诗歌写本传播特征形成的原因。王彦明《敦煌本〈高适诗集〉考述——以敦煌写本形成时间为中心》②，就敦煌本《高适诗集》所收诗歌的创作时间和唐代避讳入手，认为 P. 3862 写卷为高适在哥舒翰幕中对其诗集加以整理形成的抄本，其抄写时间应该在天宝十三载冬（754年）至天宝十五载七月（756年）。郭殿忱《唐写本陶翰〈古意诗〉校考》③ 从文字发展、史地名物等角度考察了敦煌残卷《唐写本唐人选唐诗》所收陶翰《古意》诗认为诗歌作者应为陶翰而非王季友，在《塞下曲》、《古塞曲》诸多诗题中应以《古塞下曲》为佳并对诗句 14 处异文分别进行了考辨。顾浙秦《敦煌诗集残卷涉蕃唐诗综论》④ 提出敦煌唐人诗集残卷 P. 2555、P. 3812 中的涉蕃诗集中形象地展现了落蕃文人被羁用的生活境遇与其精神面貌，其诗作关涉 8 世纪中期河陇陷蕃后社会状况、民族关系以及吐蕃社会生活的各个方面，是填补历史文献记载阙如的必要史料。

21 世纪唐诗写本还在吐鲁番文献中发现，朱玉麒《中古时期吐鲁番地区汉文学的传播与接受——以吐鲁番出土文书为中心》⑤，以为吐鲁番文书的写本形态，可归纳为写本书籍、临习摹写、创作草稿三类，展现了吐鲁番汉文文学生产的流动过程和细节。吐鲁番文书从外形到内在的"双重碎片"模式，以其丰富性、多样性，构建了中古时期吐鲁番汉文文学传播与接受的过程与现场。李肖、朱玉麒《新出吐鲁番文献中的古诗习字残片》⑥，在梳理习字残片中古诗的发现和文书的缀合基础上，探讨古诗习字的文学史料价值在于提供了补佚文学史料的新内容，而其文学史意义则在于为研究吐鲁番在西州时期的文学提供了第一手资料，此外还可以通过这一写本考察吐鲁番的文化习尚变迁。朱玉麒《吐鲁番文书中的玄宗诗》⑦，揭示吐鲁番出土文书中的玄宗诗

---

① 《首都师范大学学报》2013 年第 3 期，第 111—116 页。
② 《社科纵横》2012 年第 1 期，第 111—113 页。
③ 《保定学院学报》2014 年第 4 期，第 69—71 页。
④ 《西藏研究》2014 年第 3 期，第 73—82 页。
⑤ 《中国社会科学》2010 年第 6 期，第 182—194 页。
⑥ 《文物》2007 年第 2 期，第 62—65 页。
⑦ 《西域文史》第 7 辑，科学出版社 2012 年，第 63—76 页。

残片，是文学研究中"碎片模式"的一个个案示例。作者首先对于玄宗诗残片进行文献缀合和流散考察，从英国图书馆玄宗诗残片的释读，到日本书道博物馆玄宗诗残片的发现与缀合，确认为玄宗《初入秦川路逢寒食》诗，并梳理玄宗诗残片反映的吐鲁番文书的近世流散史；其次考察玄宗诗残片的文学价值与政治意义，认为玄宗诗歌作为范本而接受，因为政治而流传。从而从文学史的角度提醒我们关注文学作品的文献价值和文学价值区别的存在，也提醒我们关注非文学因素特别是政治因素对于文学影响的存在。

3. 题　刻

除了石本和写本之外，还有一些特殊类别的唐诗，如题刻在瓷器上的诗歌，我们就称为"题刻"。这里举长沙窑出土唐诗为例：长沙窑出土瓷器所题唐诗，是继敦煌文献之后发现的唐人题刻唐诗的重要文献，具有极高的文化价值与文学价值。有关长沙窑出土瓷器题诗的整理，从20世纪迄今为止，不断有成果问世，由搜集的50余首，扩大到80余首，现今已超过百首。这些新出土的诗作，为清人所编《全唐诗》所未及，当代的《全唐诗补编》也没有完全收录，故而作为遗佚之诗，具有独立的整理和校勘价值。在校录方面，也产生了一系列成果，如单篇论文傅举有《长沙窑新发现的唐诗》①，周世荣有《长沙窑唐诗录存》②，徐俊有《唐五代长沙窑瓷器题诗校证》③ 等；研究著作《湖南古墓与古窑址》④、《解读长沙窑》⑤ 的相关章节，也有关于诗歌的增补和校订。

综合石本、写本和题刻，在唐诗的辑佚方面，21世纪取得的成就也颇为可观，而且具有可以期待的前景。陈尚君《最近二十年新见之唐佚诗》⑥，认为新见佚诗主要来源于敦煌文献、域外文献、出土文献、佛道二藏和传世文献。就出土文献方面的唐佚诗而言，一是诗人墓志偶有引诗，二是摩崖石刻的唐诗最近通过文物普查发现，三是长沙窑瓷器题诗的完整发表。这些佚诗的作者和价值，陈尚君说："新见佚诗

---

① 香港《大公报》1985年10月26日。
② 《中国诗学》第5辑，南京大学出版社1997年版，第67—71页。
③ 《唐研究》第4卷，北京大学出版社1998年版，第67—97页。
④ 岳麓书社2004年版。
⑤ 文物出版社2006年版。
⑥ 《东方早报》2013年9月29日。

半数以下是无名氏之作，一般学者都不太重视此类作品，但从文化社会学和文学传播学的立场看，则有特殊的意义。"当然也有一些名家如卢照邻、贺知章、张渭、王仁裕以及女诗人李冶的佚诗，其价值则是不言而喻的。

四、唐诗名物研究

新出土文物虽然不是直接的文学文献，但有些出土文物对于唐诗研究很有作用，比如唐诗中名物研究就是如此。这方面代表性著作是紫禁城出版社2004年出版的扬之水所著的《古诗文名物新证》。该书利用考古发掘和传世的文物，关合历史文献和绘画图像，对古代诗文展开研究，开辟了古代文学与文物研究新领域，其中有关出土文物和唐诗关联的名物很多。王筱芸在评论中说："从具体的名物考证入手，每一次历史细节的发现，都引领作者看见一片新景致，发现一片新天地。特别是这种历史的细节，被现代考古发掘和传世的文物、历史文献、古代诗文和绘画图像三种不同的话语和文本、三证归一、相证如一的时候，更具有惊人的历史冲击力。"① 2007年由上海古籍出版社出版的王纲怀、孙克让所编的《唐代铜镜与唐诗》，首次将唐镜这种形体和唐诗联系起来，揭示了唐诗文献与铜镜实物之间存在着一定的关系，从而为学术研究打开了一个窗口。利用出土文献研究唐诗名物的单篇论文虽然不多，但也颇有启发意义。胡可先、武晓红《"蹙金"考——一个唐五代诗词名物的文化史解读》②，利用法门寺地宫出土的五件蹙金绣，对唐五代诗词当中经常出现"蹙金"这一常见诗词名物展开研究，挖掘其中深层的佛教意涵和丰富的文化史内涵。胡可先、武晓红《金银饰品与唐五代诗词》③，特别注意将考古发现及现藏于各博物馆的实物与唐五代诗词中出现的金银饰品相印证，致力于文学文本与新出文献、出土遗物和图像资料的综合利用。论文从四个方面展开，即唐五代诗词中金银饰品的类别划分、金银饰品与唐五代诗词的声色表现、金银饰品与唐五代诗词的意象组合与传递、金银饰品与唐五代诗词的

---

① 王筱芸：《颠覆与建构：另一种历史叙述的意义——评〈古诗文名物新证〉》，《文学评论》2005年第3期，第190—193页。
② 《浙江大学学报》2011年第4期，第46—55页。
③ 《浙江大学学报》2014年第1期，第42—63页。

情感寄托。高启安《释"烧尾"——一个唐代名宴称谓的文化人类学解读》①，从文化史的层面解读"烧尾"这一唐代饮食名物，其中运用了不少出土文献与唐代诗文的材料。葛承雍《胡人的眼睛——唐诗与唐俑互证的艺术史》②，利用唐诗与唐俑对胡人眼睛的描绘，展现胡汉文化最醒目的区别标志，用文物图像展现的诗史景观，使人走入心灵对话的新境界，突破了只见文字描述不见人形灵魂的固定模式。研究方法上注重史诗互证、以图证史，是传统诗史互证的拓展。范淑英、杨兵《唐诗所见唐代铜镜的流通及与考古资料的印证》③，是一篇专门搜集铜镜资料与唐诗相互印证的论文，从而表现出唐代铜镜流传的情况和唐人的交往方式和文化现象。庄思璐《"天马锦"小考》④，通过新疆阿斯塔那墓出土的唐食草天马纹织锦与传世文献相参证，订正当代研究著作和唐诗注释本中杜牧《张好诗诗》中"赠之天马锦"的释读错误。

五、唐诗综合与关联研究

1. 综合研究学术研究

由个案到整体，由专题到综合，是一个较为复杂和旷日持久的工程，因此到目前为止，出土文献与唐诗的综合研究成果相对较少，已有的成果分为综合整理和专门研究两个方面。综合整理在20世纪便已有了可观的成果，尤其以陈尚君先生《全唐诗补编》最具代表性，其中的补佚之作有不少来源于出土文献。再就是上文论及的徐俊《敦煌诗集残卷辑考》，是以敦煌诗为主的辑佚、整理、考订之作。在唐代诗学领域进行实证性研究的成果则至21世纪方繁盛起来。然从已有成果来看，多偏向于个案研究，显得较为零散，专门性的研究著作目前仅

---

① 《唐研究》第16卷，北京大学出版社2010年版，第325—341页。
② 《中国国家图书馆馆刊》2012年第11期，第32—45页。
③ 《考古与文物》2010年第3期，第64—70页。
④ 《古典文学知识》2011年第1期，第140—144页。

见胡可先的《出土文献与唐代诗学研究》①。该书共九章，利用出土文献提供的第一手可信的原始史料，挖掘其与唐代诗学的关联，对唐代的诗人事迹、诗人文本、诗歌背景和诗歌影响等方面均作了详尽的分析。作者发现了一些与唐代诗学发展密切相关的重大问题，提升了相关出土文献在唐代诗学研究中的地位与意义。该书以现代史学规范作指导，立足文本，并以传世文献与出土文献做基础，尽可能对文学展开了多样化的研究，开拓了21世纪唐代文学研究的新视野。

2. 关联研究

胡可先、童晓刚《〈本事诗〉新考》②，通过新出土孟启家族墓志，对《本事诗》进行新的探讨：考证了作者的名字、籍贯与生平经历，梳理了《本事诗》的成书年代。陈尚君《〈本事诗〉作者孟启家世生平考》③，根据《全唐文补遗》第八册收录的河南洛阳新出土的孟启家族四方墓志，探讨了相关的五个问题，即孟启家族墓志的发现；《本事诗》作者可确定为孟启；孟启家族先世事迹；孟启父孟琯生平著作考略；孟启的生平经历。并附录《孟琯〈岭南异物志〉辑存》。乔栋《新获唐代孟氏墓志浅析》④、龚方琴《〈本事诗〉成书年代新考》⑤、龚方琴《〈本事诗〉作者姓名生卒考补正》⑥都对于孟启的家世名字情况做了探讨，确定为"孟启"，而传世文献中"孟棨"是不准确的。赵盼盼《孟启〈本事诗〉研究》则综合了乔栋、胡可先、龚方琴的成果，对于孟启生平做了更详细的考证。⑦

陈尚君《唐代石刻文献的重要收获：评〈全唐文补遗·千唐志斋

---

① 胡可先：《出土文献与唐代诗学研究》，中华书局2012年版。有关该书的评论，可以参考查屏球、徐炯《〈出土文献与唐代诗学研究〉评介》，《书品》2013年第3辑，第46—55页；郭桂坤《胡可先著〈出土文献与唐代诗学研究〉》，《唐研究》第十九卷，北京大学出版社2013年版，第613—619页；孟国栋《集腋成裘，守正创新：胡可先教授〈出土文献与唐代诗学研究〉读后》，《唐代文学研究年鉴》2013年号，广西师范大学出版社2013年版，第242—248页；陈才智《出土文献与唐代诗学研究》（书评），《中国文学年鉴》，中国文学年鉴社2013年版，第759—760页。

② 《中国典籍与文化》2004年第1期，第78—80页。

③ 《唐代文学研究》第12辑，广西师范大学出版社2006年版，第721—735页；又载《新国学》第六卷，巴蜀书社2006年版，第1—14页。

④ 《耕耘论丛》第2辑，科学出版社2003年版，第195页。

⑤ 《古典文献研究》第13辑，南京大学出版社2010年版，第301—314页。

⑥ 《兰台世界》2013年第17期，第143—144页。

⑦ 赵盼盼：《孟启〈本事诗〉研究》，浙江师范大学硕士学位论文，2014年，第4—10页。

新藏专辑〉》①，通过新出土《崔尚墓志》以及魏启心所撰《杨氏墓志》考证杜甫《壮游》诗，通过《源律师墓志》考证诗僧清江，并揭示该书收录了新出土的八方诗人墓志的研究价值，再就是通过诗人王之涣家族墓志论述新出墓志对于研究文学世家的作用等，都是富有启发性的创见。陈尚君《〈洛阳新获七朝墓志〉新史料评述》②，涉及诗人夫妇墓志有赵骅《唐故检校仓部员外郎赵郡李府君墓志铭并叙》、王颜《唐故仓部员外郎赵郡李公夫人京兆韦氏墓志铭并序》，诗人事迹有卢象事迹，唐人佚诗有阳修己与崔融赠答诗、王素佚诗。

陈尚君《〈才调集〉编选者韦縠家世考》③，根据出土韦縠弟《韦毅墓志》考出韦縠是京兆杜陵人，昭宗时宰相韦贻范之子。并推测其编选《才调集》和官至侍御史都可能在前蜀时期。韦氏为关中显族，文化传承极其丰厚。韦縠一族虽避难入蜀，但取得了稳定的社会地位。其有从容的心态编选《才调集》是与其家族的生存状态分不开的。

胡可先《新出墓志与隋唐诗人卢思道、卢藏用家族的考察》④ 以新出墓志与传世文献相印证，厘清了卢氏一族的来龙去脉，考察了诗人卢思道的文学成就及其对家族影响，探索了卢藏用的散文创作成为唐代古文运动的先声，从而衡定了卢藏用在唐代文学史上的独特地位。其《出土墓志与唐代河东薛氏文学家考论》⑤ 对薛氏家族诸多方面进行了探讨，薛氏家族中有多位著名诗人，如薛元超、薛稷等，作者利用新出石刻史料对薛氏文学世家的政治兴衰、文化传承和文学成就等诸多重要问题进行了梳理和考察。胡可先另有《"城南韦杜"与"杜陵野老"释证》⑥ 以新出土文献作为考察基础，与传世典籍相参证，结合杜诗进行文本分析，进一步探寻出"城南韦杜"的渊源，加深了对唐代韦氏和杜氏家族的认识，了解具有代表性的望族在唐代的兴衰情况，加深了对杜甫"杜陵野老"等称谓的理解。

---

① 《碑林集刊》第12辑，第328—335页。
② 《洛阳师范学院学报》2011年第12期，第1—10页。
③ 《罗宗强先生八十寿辰纪念文集》，中华书局2009年版，第389—394页。
④ 《厦大中文学报》创刊号，厦门大学出版社2014年版，第54—66页。
⑤ 《中国文学研究》第24辑，复旦大学出版社2014年版，第18—43页。
⑥ 《复旦学报》2014年第5期，第81—88页。

六、总结与思考

陈伯海在总结20世纪的唐代文学研究时说:"唐诗学由古典向现代学术形态的转变,关键倒不在史料的发现,而在于观念的更新。"① 故而20世纪的唐诗研究,虽在利用出土文献进行整理补佚方面成果卓著,而进行整合研究,并且上升到诗学学理化层面者较少。进入21世纪以来,这种情况大有改观,通过出土文献和传世文献进行参证,探讨诗学问题的论文时有所见。而且因为从事这项研究难度较大、门槛较高,因此从已发表的成果而言,无论是质量还是发表的刊物,大多具有较高的品位和档次。但与历史学界对于出土文献的重视以及所取得的成果相比,文学研究方面的利用无论是从量还是质的方面都还远远不够。

目前我们对于出土文献与唐诗的研究,主要还处于零散的状态,以新出土的某一墓志进行单篇考证者居多,而其考证往往又集中于志主的事迹等基本的层面。将出土文献研究向深入、多元和前沿的方向推进,是我们应该竭力去做的。如新出土的唐代诗人《韦瓘墓志》,已有的文章主要局限于韦瓘本人科举成就的研究,实质上,我们放在中晚唐政治、社会和文学的大背景下加以考察,可以发现就文学方面而言,韦瓘家族是中晚唐绵延数代的文学世家,他自己在诗歌、散文和小说方面都有文学成就;就科举方面而言,不仅他自己中了状元,他的父辈也有多人及第,这也与其家族的文化传承很有关系;就政治而言,他与晚唐宰相李德裕也有着复杂的关系;通过韦瓘墓志,我们还可以发杜甫研究的未发之覆,即元稹撰写杜工部墓志铭的可能原因。

我们还可以做这样的思考:出土文献反映出唐代诗歌的哪些形态?出土文献所表现的唐代诗人的生存环境与文学环境是怎样的?通过出土文献,如何能进一步研究唐诗的演变史?通过出土文献的解读与阐释,能够提供哪些新的学术视角,催生出怎样的学术思想?出土文献与21世纪的唐诗研究乃至整个学术研究,具有什么样的关系?怎样将以观念更新为中心的唐代诗学研究转变为以文献挖掘为基础的唐代诗学研究,仍然是21世纪唐代文学研究者需要思考的重要问题,如何通

---

① 陈伯海:《唐诗学史稿》,河北人民出版社2004年版,第786页。

过材料的原创以开创唐代文学研究总体成果的原创性的新局面，是我们 21 世纪学者所应该致力的方向。

　　作者附记：本文是在作者《新世纪唐代文学与出土文献研究综述》（《唐代文学研究年鉴》2014 年号）有关唐诗的基础上增补而成，特予以说明。

（编辑：亓　晴）

新出石刻与贺知章研究综述①

◇虞越溪

贺知章是盛唐时期的大诗人,其所作诗歌脍炙人口,流传至今,可惜其作品并没有编写结集,历代传世者仅有其诗一卷,其文则散佚殆尽,传世仅《上封禅仪注奏》、《唐龙瑞宫记》两篇,前者篇幅较短,后者漫漶严重,文史研究价值俱不高。所幸近代以来,新出石刻所见贺知章作品较多,既有其诗作,不过更多的是他撰写的墓志铭,共有10篇,大大弥补了这一缺憾。这些新出文献兼具文学价值和史料价值,是我们研究贺知章生平事迹和诗文创作的重要文献,故研究成果颇丰。笔者拟对这些研究成果进行横向的归纳和梳理,以体现新出石刻与贺知章研究目前所达到的程度,并对其文学研究提出自己的思考。

一、新出石刻贺知章佚诗研究

近人柯昌泗《语石异同评》卷四记载贺知章《醉后逢汾州人寄马使君题抱腹寺□》,称"唐人题诗石刻较多,其著录罕见者,为贺知章题抱腹寺诗,即刻抱腹寺碑右侧,传拓每不及之。诗前题'《醉后逢汾州人寄马使君题抱腹寺□》,四明狂客贺季真,正癫发时作。'诗凡六韵,十二句。诗曰:'昔年与亲友,俱登抱腹山。数重攀云梯,□颠□□□。一别廿余载,此情思弥潺。不言生涯老,蹉跎路所艰。八十余数年,发丝心尚殷。'附此一癫,此二州镇俯狂痫。第三韵下注云:'将与故人苏三同上梯,寺僧以两匹布(缺十字),然后得上狂喜。更不烦人力直上,至今不忘。忽逢彼州信,附此一首,以达马使君,请送至寺,题壁上幸也。'末署:'庚辰岁首十二日,故人太子宾客贺知

---

① 作者简介:虞越溪,浙江大学中文系博士研究生,研究方向为隋唐五代文学。
基金项目:2014年度国家社会科学基金重大项目"考古发现与中古文学研究"(批准号:14ZDB065)阶段性成果。

章敬呈.'季真本盛唐诗家巨擘,此诗题及注,老笔挥洒,恢诡不群。说部言季真知举,立梯墙外,以避众举子。据此诗则游山亦梯而登者,可为四明狂客又添一故实矣,不独补唐诗之逸也"①。业师胡可先《出土文献与唐代诗学研究》将此诗录入《新出石刻唐代佚诗考》一节,说明是贺知章开元二十八年所作。②陈尚君《最近二十年新见之唐佚诗》云:"估计是他醉颠之际,乘兴所写,收诗人马使君也遵嘱将他的原诗原信一并刻石,保留了这位已经年近八十的诗人率真狂癫的状态。庚辰为开元二十八年,是贺知章请度为道士的前三年。"③陈尚君进而以该诗与其佚诗《春兴》对照,再与《偶游主人园》以及长沙窑瓷器题诗中的民歌比较,从而发现唐人文学写作中很有趣的现象,即同样的内容和感受,写成古诗和律诗,是舒缓而绵长、渐进而连续的,写成绝句则是片断、集中且更浓烈的。

二、贺知章生平事迹的相关考证

新出土贺知章所撰墓志铭多达10方,由已出土的墓志推测,贺知章所撰墓志的总数应在50方或60方以上,这是很大的数量,是他文字写作的重要方面。④新出贺知章撰写的墓志,往往一公布就会引起学者们的重视,学者们在研究中既勘墓志之误,又补旧史之阙,对大部分墓主的家世、生平、卒葬地等情况都进行了全面而又详细的考证。为了能更清晰地展现这十方墓志的题署情况,现先将其以表格的形式简略罗列于下:

墓主	墓志名称	时间	题署官职
戴令言	唐故朝议大夫给事中上柱国戴府君墓志铭并序	开元二年(714)	太常博士

---

① 柯昌泗:《语石异同评》卷四,中华书局1994年版,第223—224页。
② 胡可先:《出土文献与唐代诗学研究》,中华书局2012年版,第625页。
③ 陈尚君:《最近二十年新见之唐佚诗》,《东方早报》2013年9月29日。
④ 陈尚君:《石刻文献与唐代文学研究》,《华夏文化论坛》第九辑(2013年6月),第8—21页。

续表

墓主	墓志名称	时间	题署官职
许临	唐故银青光禄大夫使持节曹州诸军事曹州刺史上柱国颍川县开国男许公墓志铭并序	开元三年（715）	朝议郎行太常博士上柱国
姚彝	唐故光禄少卿上柱国虢县开国子姚君墓志铭并序	开元四年（716）	起居郎
张有德	大唐故银青光禄大夫沧州刺史始安郡开国公张府君墓志	开元九年（721）	秘书少监
封祯	大唐故银青光禄大夫行大理寺少卿上柱国渤海县开国公封公墓志铭并序	开元九年（721）	秘书少监
陆景献	大唐故大理正陆君墓志铭并序	开元十三年（725）	礼部侍郎
杨执一	大唐故金紫光禄大夫行鄜州刺史赠户部尚书上柱国河东忠公杨府君墓志铭并序	开元十五年（727）	右庶子集贤学士
王内则	大唐故司空窦公夫人邠国夫人王氏墓志铭并序	开元十五年（727）	右庶子集贤学士皇子侍读
郑绩	大唐故中散大夫尚书比部郎中郑公墓志铭并序	开元十五年（727）	无
王氏	皇朝秘书丞摄侍御史朱公妻太原郡君王氏墓志并序	开元二十年（732）	秘书监集贤学士

1. 贺知章的仕历

陶敏将戴令言墓志与许临墓志中太常博士的题署相联系，知贺知章在开元二、三年（714、715）均在太常博士任，说明两《唐书》所记官太常博士一事无误。不过就两《唐书》所载，但陶敏还提出了两点质疑：一是据贺知章授官告身所载，贺知章仅任四门助教，两《唐书》"国子四门博士"的记述可能是错误的；二是《新传》记载贺知章在证圣元年（695）考中进士，但延和元年（712）也就是18年后方授官，似乎并不合理。陶敏还从墓志末尾的表述中得知贺知章与许临应是中表关系的亲属，可惜详细情况无从考证。根据姚彝墓志的题署可

35

见贺知章在开元四年（716）任起居郎。① 赵君平、赵文成则认为贺知章"撰写《许临墓志》时任朝议郎行太常博士这个官职，正可以补贺知章何年所迁'太常博士'的时间阙失"②。不过，因戴令言墓志撰写时间更早一年，故贺知章迁太常博士的时间下限还应以开元二年为准。毛阳光还列举了《嘉泰会稽志》中记载"绍兴府学有贺知章在开元四年八月授起居郎的告身石刻"③，并援引《文苑英华》中的《授贺知章起居郎制》加以佐证。业师胡可先则将同写于开元十五年（727）的杨执一墓志和王内则墓志题署联系考察，后者在前者题署"右庶子集贤学士"的基础上还多了"皇子侍读"。这与《新唐书·贺知章传》所记颇相吻合。④

2. 贺知章的交游

业师胡可先著有专门考证的文章，其中就有两人与贺知章所撰墓志相关。一是陆象先，他是陆景献的兄长，陆景献墓志中也曾提到陆象先担心做官早有损弟弟的寿命故阻止朝廷为弟弟授官。史书记载他与贺知章相亲善，可能就是他托贺知章为其弟写墓志铭的。二是郑展，乃是郑绩之子，开元十五年贺知章为庆王侍读时受郑展所托为其父写了墓志铭。而墓志中可能也存在着贺知章的交游对象。⑤ 陈尚君认为戴令言墓志着重记述的墓主傲兀的个性和追求自由的性格，实际上在一定程度上寄托了贺知章本人的人生选择与好恶，可见贺知章对戴令言的这种性格是十分激赏的。陈尚君还认为这种性格在李白身上表现最为强烈，"由此也可以理解贺知章赏识李白的深层原因"⑥。除了贺知章所撰的墓志铭，也有在他人墓志铭中涉及贺知章的情况，这类墓志铭对研究贺知章的交游情况亦非常有价值。如出土的徐浚墓志中就有这样的记载："常与太子宾客贺公、中书侍郎族兄安贞、吴郡张谞、会稽贺朝、万齐融、余杭何瞽为文章之游，凡所唱和，动盈卷轴。"业师胡可先在考释徐浚墓志时，就关注到了吴越一带这种诗人交往的情况，

---

① 陶敏：《贺知章撰唐许临墓志考释》，《中原文物》2012年第3期，第88—92页。
② 赵君平，赵文成：《河洛墓刻拾零》，书目文献出版社2007年版，第214页。
③ 毛阳光：《洛阳新出土贺知章撰〈姚彝墓志〉考释》，《中国典籍与文化》2012年第4期，第71—75页。
④ 胡可先：《新出墓志与唐代文学研究的拓展——以〈大唐西市博物馆藏墓志〉为中心》，《北京大学学报》2013年第4期。
⑤ 胡可先：《贺知章交游考》，《徐州师范学院学报》1992年第4期，第42—50页。
⑥ 陈尚君：《贺知章的文学世界》，《杭州师范大学学报》2012年第3期，第23—29页。

并对贺知章进行了一定的考证。① 张艮《贺知章交游考论》，也根据新出土贺知章墓志考证其与许临、李瑛、姚奕、徐浚等人的交游。②

三、贺知章所撰墓志的文本考释

1. 《许临墓志》

陶敏在对许临墓志的考释中，援引了新旧《唐书》中关于许临的相关记载进行参照互补。墓志中，许临祖父的名字就漫漶难认，陶敏考证出许临祖父名为叔牙，并认为许叔牙"没有担任过'太宗文武圣皇帝侍读'，墓志所云有误"。关于许临之父许子儒，陶敏也指出墓志中提到的许子儒曾为太上皇侍读，也即睿宗李旦的侍读这一点是史书上所缺漏的。根据墓志所提供的家世信息，陶敏还校勘出《元和姓纂》一书中"晋陵"一望下的错简夺文一处，并提出了一个新的问题，即为何将"丹阳许氏"置于"晋陵"一望之下。在对许临生平仕宦的考证上，因两《唐书》并无其传，故陶敏只是引用了史书中相关其他人物如武则天、唐玄宗的传记以及一些官名的考释，从侧面补充并详述了许临的仕宦经历。③ 戴伟华在研究这方墓志时对于许临明升暗贬的原因进行了论述，认为正因许临是睿宗的人，玄宗刚即位时帝位不稳，未敢动他，而一旦事态稳定后便要让他远离政治中心了。④ 韦娜、赵振华也同样结合两《唐书》等史书文献对许临墓志进行了详细的分析解读，尤其还提到了两个人。一是墓志中并没有出现的许子安，他跟子儒是亲兄弟，这是在另一篇许子安之女许氏的墓志中使人得知两者的关系，许氏跟许临是堂兄妹。二是许临长子许嵩，他应是六朝史专著《建康实录》的作者。许嵩的家世生平，学界一直没有弄清楚。陈尚君认为"这篇墓志最有学术价值的记录就是提到其长子嵩"，根据这一记载不仅可知许嵩录南朝事实是得承家学，还可推算得知《建康实录》成书时许嵩的年龄。许临墓志拓片收于齐运通所编的《洛阳新获七朝墓志》一书中，陈尚君评价该书时亦对许临之子与《建康实录》的关

---

① 胡可先：《新出土徐浚墓志考述》，《吉首大学学报》2000年第4期，第11—15页。
② 张艮：《贺知章交游考论》，《西南交通大学学报》2014年第1期，第117—123页。
③ 陶敏：《贺知章撰唐许临墓志考释》，《中原文物》2012年第3期，第88—92页。
④ 戴伟华：《贺知章所撰墓志的史料价值》，《中山大学学报》2011年第5期，第19—25页。

系加以详细阐释。贺知章撰《许临墓志》，载其"有子嵩、昆、岗、巎、岸、嶔、巚、岌等"。许临开元三年卒时年五十三，许嵩居长而下有七弟，估计年龄应近三十。《建康实录》叙事止于肃宗至德年间，知成书时应已年过七旬了。①

2. 《姚彝墓志》

毛阳光则将《姚彝墓志》与新旧《唐书》及《姚彝神道碑》结合考察，具体叙述了其宦海生涯的沉浮经历，特别还对姚彝在神龙元年（705）左授延州司马的原因加以考证推测。据《旧唐书·姚崇传》的记载，姚崇在中宗复位时对武则天仍心怀眷恋，故以此遭贬，姚彝也当是受其父牵连而左迁。毛阳光又将姚彝任海州刺史期间的墓志夸耀功绩的表述同《旧唐书·姚崇传》和神道碑所载做对比，指出墓志确有虚美的成分。②

3. 《封祯墓志》

张国华、沈阳对《封祯墓志铭》的考释较为简略，只是根据墓志概括了封祯的家族世系和生平经历，亦未引用其他文献记载作为补充印证，对墓主葬地封氏墓群的情况也只做了大致的介绍。③ 陈尚君则特别注意到了封祯在神龙、唐隆两次政变中皆有立功这一尤为难得的情况，因"在这两次重要政变中都参与并立功者，极为少见"④，惜未做进一步的考证说明。

4. 《陆景献墓志》

王丽梅结合《陆景献墓志》与新旧《唐书》、《册府元龟》对墓主其人进行了大致的考证。首先是世系考证。根据墓志叙事与两《唐书》中对其父、祖父、曾祖父记载相印证，使得墓主的家族世系更为清楚。其次是事迹考证，文章援引《旧唐书》、《唐会要》等文献记载重现了陆景献入仕前、如何入仕及入仕转折点的史实情况。其中，特别对墓志所载陆景献从前途远大的清选之官明升暗贬为大理正这一繁剧之职以及任职后不久就亡故了的原因提出自己的猜测。据墓志中所说，由于陆景献善于处理疑讼之事，为了人尽其才故委以大理正之职，其去

---

① 陈尚君：《贺知章的文学世界》，《杭州师范大学学报》2012年第3期，第23—29页。
② 毛阳光：《洛阳新出土贺知章撰〈姚彝墓志〉考释》，《中国典籍与文化》2012年第4期，第71—75页。
③ 张国华、沈阳：《唐代封祯墓志铭考释》，《文物春秋》2013年第2期，第58—60页。
④ 陈尚君：《贺知章的文学世界》，《杭州师范大学学报》2012年第3期，第23—29页。

世也是因为丧亲悲伤过度所致。但是王丽梅基于以下几处疑点推测此事当另有隐情。又从墓志前文记载的陆景献刚正不阿的性格描述推测其被任命大理正一职应是遭人暗算，加上与兄一起遇母丧丁忧在家，可能有人落井下石，故最后抑郁去世了。①

5.《杨执一墓志》

王翰章较早地对《杨执一墓志》做出叙录："墓志内容与唐代诗人张说撰写的《杨执一墓碑》(《张燕公集》二十五卷)基本相同，惟生平经历详略互有出入。……贺知章以骈体四六文的形式，仅以两千多字，记述了杨执一的生平经历，补足了史书的不足，是一方很有价值的墓志。"② 且杨执一两《唐书》均无传，其任凉州都督时在河西一带征讨突厥、安抚边疆的史实《新唐书·突厥传》也记载简略。贺忠辉《杨执一墓志记事考补》则就杨执一墓志记事情况对照两《唐书》、《唐会要》、《全唐文》以及《杨执一墓碑》进行了非常详尽的考索，记事考补共达十五条之多，涉及墓主世系、亲眷、生平、仕宦等方方面面。③ 此外，杨斌有《〈唐杨执一墓志记事考补〉商榷》④、《论唐杨执一墓志的文献价值》⑤ 等文，论述了该志可补贺知章传世散文之阙，并印证其文学成就之高。

6.《郑绩墓志》

在对《郑绩墓志》的考释中，王关成、刘占成、吴晓丛将其与《新唐书·宰相世系表五》所载相对比补充，概述了郑系一族的家世渊源，并指出《宰相世系表》中的错误，根据墓志加以勘误。因墓志用较多篇幅称颂了郑绩的文章道德，故王关成等亦对此方面详加考证。可惜郑绩所撰著作今均不见于世，甚至于传世的文献目录中亦未有记载。其中《拓州记》表明唐与吐蕃的疆域分界活动，不见于新旧《唐书》，可补正史之不足。至于《甲子纪》、《古今录》虽无可供参考的资

---

① 王丽梅：《新出唐大理正陆景献墓志铭考略》，《唐史论丛》第 14 辑，第 169—175 页。

② 王翰章：《陕西考古发现唐代文学家撰写的墓志铭》，《唐代文学研究年鉴 1983》，陕西人民出版社 1984 年版，第 342 页。

③ 贺忠辉：《杨执一墓志记事考补》，《碑林集刊》第二辑，陕西师范大学出版社 1994 年版，第 73—79 页。

④ 杨斌：《〈唐杨执一墓志记事考补〉商榷》，《鸡西大学学报》2014 年第 8 期，第 138—140 页。

⑤ 杨斌：《论唐杨执一墓志的文献价值》，《广州广播电视大学学报》2014 年第 4 期，第 40—43 页。

料，但从其篇幅之长亦可知其内容之盈，价值之高。① 陈尚君则仅据书名推测，"认为《新文类聚》是仿《艺文类聚》体例而主收唐人诗文的大型类书，而《甲子纪》应属《春秋》以来历史大事记一类著作"②。不管猜测是否正确，不容否认的是郑绩这一学者墓志的出土为我们研究唐代文化提供了新的重要资料。

四、贺知章文章风格及墓志书法的归纳评价

研究文献虽多偏重于对墓志史料价值的考证挖掘，但仍有不少学者对其中一些墓志的文章风格和书法价值做出了一定的归纳和评价，虽然大部分只是进行笼统的概括，但对我们深入研究还是具有一定的启发作用。

1. 文章风格评价

韦娜等认为贺知章在撰写许临墓志时已步入老年，故所作之文"视野开阔，看法通透，出古入今，纵横捭阖，随心所欲"③。张国华等对封祯墓志的印象是该墓志"用词古奥，典故颇多，文辞朴素，亲切感人"④。王关成等对郑绩墓志铭的文学价值探讨要更为具体深入一些。就文章风格而言，王关成等认为墓志全文以散体为主，杂以对偶句形，"行文奔放洒脱，既有散文气韵，又有韵文的铿锵节奏，活泼自由，朗朗上口"，给人耳目一新之感。在文章情感上，墓志感情真挚，不落窠臼，"多以朴实清淡的笔调，历述死者生前著述和成就，如数家珍，寓推重惋惜之情于平易无华的叙述之中"。王关成等还特别注意到郑绩墓志铭文采用骚体的形式，"文字流畅，音韵优美，形式整饬"⑤。陈尚君则在其研究文献中略有提及张有德墓志内容一般，但杨执一墓志"叙述周详，价值很高"。在文风上，几篇墓志铭体现出转变时期的文章特

---

① 王关成，刘占成，吴晓丛：《郑公墓志铭及其史料价值》，《文博》1989年第4期，第36—39页。
② 陈尚君：《贺知章的文学世界》，《杭州师范大学学报》2012年第3期，第23—29页。
③ 韦娜，赵振华：《贺知章撰许临墓志跋》，《河南科技大学学报》2005年第1期，第23—25页。
④ 张国华，沈阳：《唐代封祯墓志铭考释》，《文物春秋》2013年第2期，第58—60页。
⑤ 王关成，刘占成，吴晓丛：《郑公墓志铭及其史料价值》，《文博》1989年第4期，第36—39页。

点,虽仍有骈俪文风的残留,但"叙事明快晓畅,骈散兼行"①。针对杨执一墓志,王军兵也给予了很高的评价,他认为整篇墓志"虽骈句仍占主体,但是散体已杂期间,以贺知章之才,虽在墓志这种实用文体之下,仍然尽责地描绘出了一个犯颜直谏的直官形象"②。同时这篇墓志不但政治立场适当、叙事性较强,且语言句式的运用也可称为不可多得的佳作。

2. 书法风格评价

毛阳光着重关注姚彝墓志的楷书书法成就,认为其"书法挺劲优美,颇有法度,当为名家所书"③。业师胡可先曾提到王内则墓志"书法精美,尤其能够凸显唐玄宗时期流行八分书的风气"④,而这篇墓志的散文骈体相结合的文章风格更别具特色。张国华等对封祯墓志的印象是书法"文字流畅,字体清秀俊逸,堪称盛唐书法艺术之佳作"⑤。张同印对王氏墓志的书法艺术也做了较为详尽的评价,他认为整幅作品虽"格调娟秀艳丽,华贵典雅",但由于缺少变化和奇态,其装饰性和程式化的倾向反而超越了所拥有的艺术含量。在唐隶中可属上乘,却远远不及汉隶。这些书法艺术与贺知章的墓志手笔相映衬,使得新出土的十方墓志都成为重要的艺术珍品。⑥值得注意的是,贺知章也是一位大书法家,其作传世者还有《草书孝经》,藏于日本东京国立博物馆。雨田以为该帧书法前后呼应,一气贯注,瘦不露骨,肥不涨目,意态活泼,风致雅逸,清新俊逸,用笔精绝,字里行间流逸出一种施逸清秀之气,既见诗人之气质,又见名士之风度,既蕴豁达率真的天性,又蕴清鉴风流的操行。⑦当然,墓志书法不一定是贺知章所书,但我们了解贺知章的书法成就对于我们解读新出土贺知章所撰的墓志,也会有一定的启迪作用。

---

① 陈尚君:《贺知章的文学世界》,《杭州师范大学学报》2012年第3期,第23—29页。
② 王军兵:《新出土墓志与唐代文学研究——以陕西地区近三十年出土墓志为考察对象》,西北大学中国古代文学专业硕士学位论文,2011年。
③ 毛阳光:《洛阳新出土贺知章撰〈姚彝墓志〉考释》,《中国典籍与文化》2012年第4期,第71—75页。
④ 胡可先:《新出墓志与唐代文学研究的拓展——以〈大唐西市博物馆藏墓志〉为中心》,《北京大学学报》2013年第4期。
⑤ 张国华、沈阳:《唐代封祯墓志铭考释》,《文物春秋》2013年第2期,第58—60页。
⑥ 张同印:《隋唐墓志书迹研究》,文物出版社2003年版,第144页。
⑦ 雨田:《从草书孝经看贺知章的书法艺术》,《上海文博论丛》2006年第2期,第83—86页。

窥一斑可见全貌，贺知章所撰的这几方墓志铭富有很高的文学造诣和书法价值，学者们的研究更让贺知章文学写作的面貌逐渐还原在我们眼前，也使我们对贺知章"以文词知名"的认识更为直观深刻了。

五、贺知章文学研究的几点思考

1. 对墓志现有研究的空白点

学者们对于贺知章所撰墓志的研究虽然取得不少成果，但仍有多篇墓志还待进一步考释研究。如上文所说，戴令言、张有德、王内则、王氏四人的墓志尚未见有专门的考释文献，而实际上这几篇墓志具有极高的研究价值，特别是戴令言墓志和两篇女性墓志。陈尚君就给予戴令言墓志很高的评价，认为其"着力写有独特精神世界的不平凡人物，明确表达自己的好恶，是难得的佳作"①。贺知章自身就是一位旷达不羁、清淡风流之人，跟他一样"博学、任侠、好道、孤傲"②的墓主戴令言自然更能引起他的共鸣，故在墓志创作情感上也就更为饱满真挚。女性墓志本就是墓志铭中一个十分值得研究的领域，贺知章所撰的两篇女性墓志铭相较于其他墓志铭，更有自身鲜明的特点，对研究当时女性的生活风貌以及社会思想观念亦是一份重要的参考资料。

2. 现有研究对墓志的误读

现有研究成果在考证的过程中难免会犯一些错误，对一些值得深入挖掘的点有时也未详加考证，甚至在考证过程中又提出了新的问题尚待解答。例如王丽梅在考释陆景献墓志时曾提到是"刘升与墓主陆景献为好友，而刘升托贺知章撰写了志文"③，这与事实情况有较大出入，可见王丽梅误解了原文的意思。墓志原文为："中书舍人彭城刘升与其友，故托铭焉。"刘升是陆景献的朋友这一点毋庸置疑，但"故托铭焉"的意思却并不是托贺知章写志文，而是贺知章委托刘升写铭文。墓志铭作为一种志墓的文体，实际上是由两部分组成的。前半部分为"志"，古人习惯称之为"序"，往往由"铭曰"等格式引出的后半部分则古今都称之为"铭"。"志"与"铭"互有联系，却万万不能混为

---

① 陈尚君：《贺知章的文学世界》，《杭州师范大学学报》2012年第3期，第23—29页。
② 陈尚君：《贺知章的文学世界》，《杭州师范大学学报》2012年第3期，第23—29页。
③ 王丽梅：《新出唐大理正陆景献墓志铭考略》，《唐史论丛》第14辑，第169—175页。

一谈，王丽梅可能正是把"志"与"铭"视为一物才会有所疏漏。这种志、铭分撰的情况在唐代墓志铭中不时会有出现，师兄孟国栋也曾撰文对此详加考证①，陆景献墓志可为这种现象的研究提供一绝佳范例。

3. 文学主体研究的缺失

纵观学术界对新出石刻贺知章相关研究，在综合研究和文学研究两个方面都是有所欠缺的。首先，在文学价值的探讨上，学者们都将目光投向了文章风格的研究，且多以大体概括风格为主。实际上，如果从传记文学的角度考察贺知章所撰墓志铭的文体特点和人物形象，以及探讨贺知章对传记文学的开拓是十分有意义的。其次，研究者大多关注于志文的文学性，而较为忽视铭文的价值。其实铭文相对于志文而言，更近于诗的表达，应更具有文学性的探究价值。贺知章所撰的铭文还具有骚体入铭和铭文分段的特点，探究价值更高。志与铭往往是紧密联系、不可分割的，而将志文与铭文联系起来考察，方能全面衡量一篇墓志铭文学价值的高低。最后，缺乏对新出土贺知章所撰全部作品文学性的综合考察。贺知章所撰墓志已出土10篇，佚诗发现1首。戴伟华只探讨了6方墓志铭的史料价值，较少涉及文学成就，陈尚君略述了8篇墓志的内容和价值，但遗憾的是在文学方面对诸多问题引而未发。因此，对于已出土的贺知章所撰全部10方墓志铭进行综合并且深入的文史考察，是极具必要性的。

（作者单位：浙江大学中文系）

（编辑：亓　晴）

---

① 孟国栋：《碑志所见唐人合作撰文现象研究》，《唐研究》第17卷，北京大学出版社2011年版，第145—158页。

吟诵教育专题

编者按:

吟诵是吟咏和诵读的合称,是中国传统的诵读方式。从先秦开始,吟诵在私塾、官学等教育系统中,口传心授,代代相承,流传至今。吟诵符合汉语言的特点和汉诗文作品的创作规律,优美动听,易学易记,还能深化理解、涵养性情,是中国传统最基础的教育和学习方法,是祖先们几千年的发明和总结,特别适合于学习中国传统文化。吟诵是中华经典和诗文的活态和原貌。

鉴于吟诵对经典文化传承的重要作用,吟诵得到了国家与社会的关注与支持。自2009年中华吟诵学会成立以来,已有1万多名教师参加过中华吟诵学会、首都师范大学中国诗歌研究中心举办的各类师资培训班,这些教师在本班开展吟诵教学,并带动周边老师参与,预计全国已有50多万的学生在学习吟诵。

随着吟诵工作的开展,吟诵教学法的研讨显得十分重要,本期诗歌动态特开设吟诵教育专栏,邀请南京师范大学文学院陈少松教授、广州第四中学徐自强老师、北京景山学校朱畅思老师、成都泡桐树小学西区分校马凡美老师等在吟诵教学领域有深入研究与实践的名师,分别论述在大学、中学、小学开展吟诵教学的经验与方法,希望对全国开展吟诵教学的教师有所借鉴与裨益。

(编辑:刘奶景)

从事吟诵教育二十四年感言

◇陈少松

从1987年秋季开始,我在南京师大中文系给高年级本科生开设"古诗文吟诵"选修课,至今已有二十四个年头。记得开课之前,有位前辈同人非常友善而不无疑虑地对我说:"吟诵作为一门课来开,得慎重!现在的青年学生还会喜欢这传统的玩意儿吗?"我说:"试试看吧。我做好了失败的思想准备,不过,我会加倍努力的!"开课以后的情况如何呢?第一年有69名学生报名选修,第二年增加到88人,第四年98人,第六年118人,以后选修这门课的学生总是络绎不绝。高校扩招后,由于选修这门课的学生人数太多,就分成两个班,秋季和春季都开课。系里见这门课颇受学生欢迎,将它确定为一门主干选修课,并制订出"《古诗文吟诵》教学大纲"。开课二十四年来,共有2680多名南师大学生(其中包括来自日本、韩国、新加坡、马来西亚等国和港澳台的留学生)选修了这门课。另外,有些年曾给系里研究生以及无锡教育学院、南师大中北学院和南京晓庄学院的本科生开过这门课,共有540多名学生选修。除了开吟诵选修课,还应邀在南京师大、南京大学、东南大学、河海大学、东华大学、北京语言大学等高校给大学生们做过多场吟诵讲座,均受到热烈欢迎。二十四年的教育实践不仅让我坚信,有着几千年悠久历史的中华吟诵仍然深为当代的青年大学生们所喜爱,而且使我在探索之路上备尝甘苦,体会良多。

在二十四年的吟诵教育中,我着重在以下两个方面做了探索,收到了一定的成效。

一、多方激发兴趣,充分调动学生学习吟诵的积极性

开课的头几年,每当系里将"选修课说明"一贴出,总有一些学生跑来问我:"选修吟诵这门课究竟有没有意思?我们在汉语课上已学

过用现代的方法朗诵，不是很好？为什么还要学这个传统的老办法呢？"我说："学会吟诵究竟有没有意思，你们听完两堂课后自会做出回答。"我知道系里有规定，选修课试听两周后如不感兴趣可以弃修，因此，为了能吸引住选修的学生，十分重视上好开头两堂课。在举例界说吟诵的概念、简要叙述我国吟诵的悠久历史后，着重从以下四个方面讲了学会吟诵的重要意义。

第一，吟诵是我国传统的美读诗词文章的方法，学会吟诵可提升欣赏和教学古典美文的层次，更好地"因声入境"，充分领略古诗文的意境美和音乐美。为了让学生真切地感受到这一点，请他们先用现代的方法朗诵《诗经·关雎》、杜牧《山行》、李清照《声声慢》等名作，然后我用传统的方法吟诵。一吟诵，同学们马上表现出兴奋的情绪，不时报以热烈的掌声，这是因为他们不仅感到新奇，而且觉得老师上述所言不虚。

第二，吟诵是门关乎文学、音乐、美学、心理、生理等多学科的有声语言艺术，学会吟诵可提高多方面的文化素质，使自己具有能吟会诵古典美文的独特才艺，并给丰富多彩的生活增添不少情趣。为了说明这一点，我讲了自己从师学习吟诵后在许多方面得到提高的切身体会；讲了一些前辈学人和我自己平时在读书、教学、赏月、游览、联欢、开会等各种场合吟诗诵文的乐趣；还列举这门课学得好的同学在教育实习和毕业后工作中出色运用吟诵艺术而受到所在单位欢迎的事例。这样一讲，古文献专业的学生更多地想到，学会了吟诵，以后研读古籍时就增添了悠游涵泳的情趣；播音和节目主持专业的学生更多地想到，学会了吟诵，以后就业时在诵读才艺方面就比别人多了份优势；师范专业的学生则更多地想到，学会了吟诵，以后在教学古典作品和开展学生课外兴趣活动时就多了个独特的本领……

第三，吟诵因带音乐性而便于记忆，学会吟诵可神奇地记住古典美文。为了使学生相信这一点，我先放了一段一个学生的外祖母（小时候在常熟读过私塾）87岁高龄时滚瓜烂熟背吟《岳阳楼记》和《阿房宫赋》的录音，接着又现身说法地背吟了20世纪50年代我读初中时一位文学老师教吟的《岳阳楼记》和《石壕吏》。这样一来，同学们觉得选修这门课还有实用价值，不仅要达到系里规定每人必须背诵的古典作品的指标就不难，而且以后一直受用，脑子里记住的古典美文会越来越多。

第四，吟诵是中华传统文化中的一门绝学，学会吟诵对增强民族自豪感、弘扬优秀民族文化、促进对外文化交流具有重要意义。为了使学生充分认识这一点，我先讲我国的吟诵具有鲜明的民族特色，唐诗宋词和其他古典美文连同吟诵艺术，无疑是中华传统文化中的瑰宝，足令每个炎黄子孙感到自豪！

台湾高雄市有位叫刘春源的工学博士酷爱中华古典诗词和吟诵艺术，他在来函中说："你的吟诵CD出版了，我表示衷心祝贺！邮购三套，送两套给我最要好的朋友，一起共享。过去，一位英国殖民者曾说过：'东方拿一百个印度次大陆换我们一个莎士比亚，我们不干！'我要对这位英国殖民者说：'你们拿一百个莎士比亚换我们一个李白或杜甫，我们也不干！'"

刘博士来函中的这段话博得同学们热烈的掌声。接着我又讲，我国的吟诵之学现在面临着失传的严重危险。十多年前，日本有个一百多人的吟诗团访问我国一个大城市，提出要进行对等交流，希望我方也派一百多人参加，这可被将了一军，哪儿去找这么多会吟诗的人呢？后来好不容易从大学、图书馆等单位觅来了几位老先生招架了一下。我问学生：如果你当时与会，作为一个中国人，见到那么多日本朋友在台上高吟汉诗，会有怎样的感受？这些年随着改革开放，不时有日本、韩国、新加坡等国的吟诗团来华访问，国内尚有老一辈学人上台对吟。要是我们年轻的一代不赶紧学好吟诵，十年、二十年后外国吟诗团来访问交流，我们没人能上台对吟，那个时候我们又会是一种什么滋味？这样一讲，油然激起同学们的民族自尊心和历史使命感，表示一定珍惜时光，学好吟诵。

两堂课上过后，没见一个学生弃修，表明大家觉得选修这门课挺有意思，对学习吟诵产生了兴趣。但我清醒地知道，要使这门课长久地吸引学生，还得上好以后的每一堂课，把他们的学习积极性充分调动起来。这方面我着重抓了三个环节。

第一，根据"循序渐进"的原则，在安排教学内容时，先教诗的吟诵，再教词的吟诵，最后教文的吟诵；教诗的吟诵，又依近体诗（绝句——律诗）——古体诗（四言诗——骚体诗——五七言古诗）的次序，这样由易到难地进行教学，易使学生学而有得，得而生趣，不断鼓起学好新内容的劲头。

第二，丰富教学内容，给学生以新鲜有趣的感觉。教会学生用某种调子吟诵各体诗、词和古文,是这门课的一个重要内容。我国的吟诵调很多,客观地讲,吟诵调有的美听,有的不怎么美听。课上教学的自然应选美听的调子,但是,开一个学期的课,如果自始至终教一种调子,那学生学起来肯定会觉得单调乏味,产生审美疲劳,因而影响学习的积极性。为了避免出现这种情况,我转益多师,博采众长,选择美听而又很能吟出情味的几种调子来进行教学。如教吟近体诗和古体诗、婉约词和豪放词,用的都是前辈学人传授的不同调子,教吟近体诗和古文都用两种调子。另外,为了丰富教学内容,增长学生的见识,我还常在教吟一首作品后,用模仿或放录音录像的方式让学生欣赏其他名家(包括日本友人)吟诵这一首作品的调子。这样做,不仅让学生多学会几种美听的调子,多增添几份自娱娱人的本领,多领略一点不同吟诵调丰富多彩的音乐美,而且有效地防止在教学过程中出现审美疲劳,学生觉得教学内容既新鲜又有趣味,因而进一步喜爱上了吟诵。

第三,既严格要求,又鼓励竞争。教师不严格要求,学生就会马虎了事。同样地,学习没有竞争,差者就不急,优者也会没劲。我上吟诵课,平时对学生的每次作业都认真批改和检查,尤其对学生期中和期末两次当众的吟诵表演进行严格的考核,并逐一评点,充分肯定其长处,同时指出其不足和需要改进之处。由于考核前宣布了评定成绩的标准,故每当哪位学生上台做了出色的吟诵表演,老师和学生们准会不约而同地一起报以热烈的掌声。考核前,我总要告白学生:凡成绩得"优"者,你可以对外做当众吟诵表演,可以去教你将来的学生;得"良"者,还差点儿,努力提高一步后方可;得"中"以下者,不宜对外做当众吟诵表演,更不宜去教你将来的学生,待奋发努力、真正学好后方可。这样的考核办法很受学生欢迎,对激励学生努力学好吟诵起到了一定的促进作用。另外,每当校内外有重要的吟事活动,我总要努力争取能让学生参加。节目和人数确定后,通过竞争,选拔出吟诵得好的学生参加演出,这固然是为了保证演出的质量,但同时也是对学生学好吟诵的激励。学生对参加这样的吟事活动表现出浓厚的兴趣和极大的积极性,如1992年4月89级学生参加同日本三重县津市吟诗访华团的吟诗交流、2001年5月98级学生参加与新加坡华文教师朗诵艺术团的吟诵交流、2009年9月07级学生参加的南京夫子庙祭孔典礼上的吟诗诵文表演等。记得98级有位叫唐敏的女生,课上才教吟完秦观的《满庭芳》词,课后就自告奋勇要求第二天与新加坡代表团的交流演出由她独吟秦观的这首名作。我根据她的试吟和上台表演的综合条件都不错，果断地将重任交给了她。她彻夜练习，精心准备，第二天的独吟表演出色，获得一致好评。

二、从理论和实践的结合上进行教学，努力培养学生举一反三的能力

"古诗文吟诵"课的实践性较强，但倘若只是教会学生吟几首诗词、几篇文章，就偏离了开设这门课的宗旨。系里制订的"《古诗文吟诵》教学大纲"明确指出："开设本课程的目的，是在青年学生中培养一批喜爱并能承传吟诵这门中华绝学的人才，提升他们欣赏和教学古典美文的层次，为继承和弘扬祖国优秀的传统文化做出贡献。"我以为，要成为一个合格的吟诵传人，除了要十分喜爱吟诵外，首先，必须从理论和实践的结合上真正学会吟诵。我的课重视吟诵理论的教学，因为我觉得，理论能让你明白为什么要这样吟诵，这样吟诵的奥妙在哪里，能指导你怎样将这首作品吟诵得更好些。比如，近体诗吟诵怎样"依字行腔"？吟家们总结出了一条带有普遍性的规则——"平长仄短"，若要追究为什么"平长仄短"，可就音韵学和诗律学的角度从理论上解释清楚。再如，鲁迅先生《从百草园到三味书屋》一文中，有一段描写寿镜吾老先生大声朗读"铁如意，指挥倜傥，一座皆惊呢~；金叵罗，颠倒淋漓噫，千杯未醉嗬~"的情景，一位中学语文老师讲到这里时，忽然有个学生问："老师，为什么寿老先生读到这里时，总是微笑起来，而且还摇头晃脑呢？"这个问题可难住了老师，不知如何回答，却又要面子，就来个反问："我又不是寿老先生，怎么知道他会这样的呢！"其实脸露微笑和摇头晃脑是吟诵时常有的体态表现，如果他有了一定的吟诵理论修养，就不难回答学生的提问：从现代生理学的角度考察，吟诵时的摇头晃脑是人的身体用有节律的动作来再现作品的节奏；从文艺心理学的角度考察，脸露微笑、摇头晃脑往往出现在读到作品精彩处入神动情时，是因声入境、欣赏作品达到极致的重要标志。我的课所以重视吟诵理论的教学，还有一个考虑，就是学生将来要肩负传授吟诵之学的重任，希望他们不仅要教会他们的学生能吟会诵古典美文，而且在理论上要能讲出个道道来，这样，传承绝学的效果会更好。话得说回来，我虽重视吟诵理论的教学，可一点也不

轻视吟诵实践的教学——吟诵方法的传授和吟诵技能的训练，因为我知道，吟诵是门特殊的有声语言艺术，实践性是很强的，理论学得再多再好，却不会吟诵或吟诵得不美听，这样的空头理论有什么用？我在教学时间的分配上，吟诵实践的教学要多于吟诵理论的教学。在教学方法的运用上，坚持理论和实践相结合。比如，在教吟杜牧的七绝《山行》时，先从理论上讲解吟诵的审美要求之一——"因声入境"；然后结合对这首名作的欣赏，具体教授吟诵这一首诗如何行腔使调、如何在行腔使调中巧妙运用"一音三韵"、抑扬顿挫等技巧，一边讲解，一边做示范吟诵；之后再教学生学吟几遍。再如，在教吟晏几道的令词《临江仙》［梦后楼台高锁］时，先和学生一起对这首词的内容做了赏析；接着从理论上讲了诗词押韵与抒情的关系，指出此词押的是"支"韵（"垂"、"时"）和"微"韵（"飞"、"衣"、"思"、"归"），韵脚字音给人以细声细气的感觉，很适宜传写词中主人公隐藏在心底的眷念歌女小蘋的深情；然后教授学生用优美圆润的曼声柔音和摇曳多姿的行腔吟诵，以展现小晏令词那种"娉娉袅袅"的特有风神。这样教学，融理论、欣赏、实践于一炉，使学生容易领悟和掌握吟诵的要领，因而收到很好的效果。

孔子说："举一隅不以三隅反，则不复也。"（《论语·述而》）我以为，没有一定的举一反三的能力，不能成为合格的吟诵传人。为什么呢？因为课堂上老师教吟过的作品数量毕竟有限，以后肯定会遇到许多老师没有教吟过的作品，怎么办？要是你没有一定的举一反三的能力，那就很尴尬；反之，要是你有较强的举一反三的能力，碰到这种情况，就能独立地解决好问题，并有可能在师承的基础上有所突破和创新，将吟诵之学发扬光大。在这方面，近代著名的国学大师和教育家唐文治堪称典范。当年他在出使日本期间，曾向桐城巨子吴汝纶请教吟诵之法。据钱师仲联先生讲，吴汝纶只给唐老夫子吟诵一篇王安石的《泰州海陵县主簿许君墓志铭》。可他凭借深厚的国学功底、超高的悟性和特强的举一反三的能力，在吴汝纶传授的吟诵之法基础上创造了富有特色的吟诵腔调——风行大江南北的"唐调"。我在教学中常用这个例子激励学生，同时采取以下举措来培养学生举一反三的能力。

第一，加强吟诵基本理论和基本技能的教学，使学生举一反三能力的提高有个较好的基础。

第二，重视类推套吟的教学与训练。吟诵与歌唱有一点不同：歌唱，一首歌有一首歌的调子；吟诵则同一格式的诗和同一词牌的词可用同一个调子进行类推套吟。比如，李白的《早发白帝城》和杜牧的《清明》都是平起式的七绝，学会了吟《早发白帝城》，就可用同一个调子来套吟《清明》。套吟时调子的基本框格不变，但必须按照"准于情"的原则进行，即根据作品所表达的思想感情及其起伏变化恰当地处理音调、节奏和旋律。由于不同作品表现的思想情感有所不同，所以套吟时虽然调子的基本框格不变，但行腔使调时在感情色彩、速度和某些音节的特殊处理方面允许、也应该有所不同。为了培养学生类推套吟的能力，我在课上先重点教吟一首作品，再类推教吟一首同一格式而表现不同情感的作品，然后布置类推套吟作业，下节课严格检查，表扬类推套吟得好的学生。这样做，对培养学生举一反三的能力起到一定的作用。

第三，根据"因材施教"的原则，给不同水平的学生进行有针对性的指点。学生的水平与悟性高低不一，学习的内容也有难易之分，因而对学生举一反三能力的培养也应因人而异。少数学生乐感差些、悟性低些，对学好吟诵产生畏难心理，对他们主要是帮助树立信心，并给予耐心辅导，让他们尽力学会吟诵老师教过的作品。那些悟性较高、学得好而快的学生，有时对课堂上讲授的内容感到吃不饱，我就指点他们课后参阅有关文献，鼓励他们大胆地去练吟课上没教过的作品，然后我来评点。实事求是地说，他们中的多数能较好地类推套吟同一格式的诗和同一词牌的词，而尚不能不教而会吟不同词牌的词和古文。这在客观上一是因为词和古文的吟诵比起诗来确实要难些——如词，有一千多种格式，不同格式的词在字数、句式、平仄、押韵等方面都是不同的，你学会了吟苏轼的《念奴娇》，不好就用吟《念奴娇》的调子去简单套吟李清照的《声声慢》；二是因为一个学期每周两课时的教学时间很紧张，不可能安排多一点的时间教吟词和古文——我常常为此而感慨不已！不过，也有些学习尖子知难而进，尝试通过自己的钻研，能吟老师没教过的词，我对这些学生总是热情鼓励，需要帮助时做些指点。比如有个学生很喜欢苏轼的《江城子》[十年生死两茫茫]，可课上没教吟这首词，他就反复玩味词境、推敲音调，在我稍加指点下，便将这首词吟诵得美听动人。

（作者单位：南京师范大学文学院）

（编辑：刘奶景）

儿童的心性　儿童的诗歌
——从吟诵角度谈小学语文教材革新
◇马凡美

前段时间，上海进行教材革新，说是为了给孩子减轻识字和背诵的压力，让古诗词从小学一年级语文课本中"退役"。事实上，就如网络上一位分析者所言：对于一国教育来说，古诗词入不入课本，重视与不重视，传递的是政府对经典文化的态度。于是，有了习总书记在2014年教师节前夕在北师大的谈话，有了北师大版小学语文教材打算增选古诗词的说法。

小学语文教材是应该革新，然而，革掉的不应该是世世代代耳熟能详的古典诗词，它们应该成为中华民族文化的基因。教材的革新应该考虑是否运用了儿童喜闻乐见的教学方式，浩如烟海的经典诗词，按照中国式读书法——吟诵一读，每一首都是美妙动听的歌。在全国各地，老师们将吟诵运用到中小学古诗文的课堂教学，吟诵无一例外地成了学生们最喜欢的"学堂乐歌"。即使相隔百年、千年，但借助还原母语读书的声音，且歌且吟中恢复了经典古诗文的灿烂与美丽，让诗的种子轻柔地落入孩子的心田，更让学生与古圣先贤情感交融，与民族文化心灵相通。

同时，教材的革新不是考虑减少教材中古诗文的量，更应该考虑选入教材中的古典诗文是否契合儿童心性，是否能让儿童自发主动地在记诵中传承古典诗词渗透的本民族文化精神。

现行小学语文教材编选的古诗词让人失望，除了量的积累不够的问题，还存在小学语文现行教材录入的古诗内容不适合小学生的问题，我所采用的北京师范大学出版的小学语文教材录入的古诗词算是比较多的了，小学六年共有75首诗歌。有消息说近年会增加到整个小学阶段不少于100篇。

我运用吟诵进行小学语文古诗教学，从2010年探索至今，越来越感受到，有了合适的教学方式——吟诵，还应该有最适合孩子的教学内容。小学古诗教学内容必须契合儿童的身心实际，符合儿童旋律感和节奏性极强的特点。带孩子进行吟诵学习，才能达到古诗吟诵教学的最佳效果：儿童在喜闻乐见的"学堂乐歌"中见识古诗文优美的旋律，不知不觉受到传统精神和文化的熏陶。

现行小学语文教材编选的古诗词让人失望，除了量的积累不够的问题，还存在以下两方面的不足。

首先是入选教材中古诗的文体问题。

中国古典诗歌的文体分为古体诗和格律诗。从吟诵的角度看，古体诗节奏均匀，吟诵起来生动活泼，可自由换韵，对韵字声情的理解是吟诵教学的重点。格律诗都押平声韵，平长仄短，节奏比较自由。因为格律谨严，吟诵起来也显得比较稳重、拘谨，对韵部声情、声音的高低长短和声调的旋律起伏等都是教学中值得探索的内容，理解相对比较深入。

小学语文教材中多选入一些吟诵起来显得有些老气横秋的律绝。以北师大版教材为例，在选入的74首诗歌中，只有14首是古体诗，只占18.91%。从理解的深度和吟诵的旋律感来说，都让孩子们对诗歌的喜爱程度有所减弱。

比如选入一年级上册阅读教学里的《登鹳雀楼》，从声韵和意象的角度分析，这首诗承载的古典文学的信息量非常大，也是一年级的孩子难以理解的。特摘录中华吟诵学会秘书长徐健顺教授的文字如下。

《声音的意义》（节选）

这首诗以两个入声字开始，乃强调之意，强调的就是"白日"。……吟诵一下就明白了。"山"是长音，表示有很多的山，而日落是个过程，它是顺着山脉慢慢滑落的。所以"白日"，天上的太阳，"依山——"，靠到了西山上，慢慢地，终于，"尽！"整句话就像一个电影慢镜头。

"河"是长音，表示黄河很长。现在朗诵的人常常把"河"读得很短，那就不是黄河了，是小水沟。那么长、那么大的黄河怎样了呢？"入"是入声字，是短音，表示一下子就到海里去了，非常之快。这就是汉诗的流水意象，表示生命流逝，前已论及。用"尤"韵，有愁思深远之意。

前两句合起来：那么大的太阳终于也落山了，那么长的黄河也一下子到海里去了。意思很清楚：时光流逝，人生苦短。

第三句一头一尾两个入声字。前文说过，入声字是可以用来发誓的，经常表示决绝之意。《登鹳雀楼》四句中，只有这句是有力量的。"穷"是长音，因为要穷尽很遥远的地方。"千里"是中音，"里"是仄声为高音，表示强调里程之多。这句是要留住时间、留住生命的意思。

最后一句"更上"是仄声高音，承上句之有力，然而"层楼"又是长音，兼回到"尤"韵，又回到了绵远之感，这是怎么回事呢？

因为中间有个"一"字。"一"这个字看起来很正常，实际上很不正常。欲穷千里之目，怎能只上一层楼呢？更上了那一层楼，就可以比目下望出千里之远吗？……"一"是入声字，有强调的意思，强调就是这么一层楼。这是什么意思呢？这就要看题目了。古人作诗，题目也不是乱起的。为什么杜甫的《登楼》没有说登的什么楼？王粲的《登楼赋》也没说，王之涣这首却要说是"鹳雀楼"？题名必有用处。鹳雀楼者，三层也。王之涣在第二层上，他只有一层楼可上了。所以他说我欲穷千里之目，我要更上层楼，可惜，只能上"一"层啊，所以"楼"回到"尤"韵，有无限感慨。"青山遮不住，毕竟东流去。"时光是抓不住的。

回头来看整首诗，吟诵凸显的声音，使诗歌大不同了，实际上是我们的理解角度大不同了。这首诗的主题是汉诗最常见的人生苦短，四句之中，起承转合，婉转迂回，起伏跌宕，几经反复，这才是我们的汉诗。短短二十个字，有多少情绪收放、感慨起伏？

教学实践证明，面对一年级的孩子，老师无法讲这么多，只能加上动作来大致诠释诗歌含义，如"白日依山尽"句，双手做圆圈，表示"白日"，合拢放到耳边，头靠过去，表示"依山"，尽，一下子就落下去了。即使加上这些动作，让孩子理解了诗歌比较浅表的意思，孩子们吟诵起来，长长短短的节奏间，整个课堂氛围也是不积极的。

然而，相对于格律诗，古体诗在孩子们中间受欢迎的程度就是地下与天上的感觉了。

在北师大版教材中，如一年级上册收入的《咏鹅》、《锄禾》、《古朗月行（节选）》都非常不错。请试看一则教学后记。

《咏鹅》教学后记

依然是按照一读字音准，二诵节奏准（入声短读、韵字拉长），三吟美旋律的教学程序带着孩子们学习，然而吟诵时出现了一个小插曲：

"老师，这首诗让我特别想加上自己的动作吟诵。"小青小手举得很高。

"非常棒的想法啊。我们全班跟着录音吟诵，一起来看看你的动作吧。"

"鹅，鹅，鹅——，曲项向天歌——"全班吟诵。小丹没有像平时那样手掌放在嘴巴前面，做叫的动作。而是伸出右臂，大拇指和四指对合，然后轻轻地张了三下，长长的手臂似乎是长长的脖子，非常优雅地跟着轻轻地动了起来。

"白毛浮绿水"，双手从肩膀至下，轻柔地划过，一直舒展到腰部，似乎从上到下全是雪白的羽毛，铺展在绿水之上。

"红掌拨清波——"，双手往两边划动，似乎是美丽的脚掌轻柔地划水。

出现在孩子的眼前的，应该是一只优雅而美丽的大白鹅。

在教学中，我给孩子们补充了上古歌谣《击壤歌》。全文如下：

日出而作，
日入而息。
凿井而饮，
耕田而食。
帝力于我何有哉？

这首诗是一首四言为主的古体诗，短小，节奏均匀，快乐，入声字很多，而且只能且诵且吟。尤其是第一句"日出而作，日入而息"，其中"日、出、作、入、息"全是入声字，八个字就有六个入声字，如此顿挫的声音，在表达什么呢？这么多个突然，显然是干脆的意思，"日出而作，日入而息"那是自然给予我的生命时钟。人也是自然的一分子，就该遵循自然母亲的哺育。而入声字多，是该怎样就怎样，毫不犹豫的意思。既然毫不犹豫，当然就与别人的意志无关，所以最后反问道："帝力于我何有哉？"

原以为这首诗离孩子们时代久远，孩子们会非常难以接受，然而出乎我的意料，这份自由与快乐，孩子们吟诵着感悟到了，所以且诵且吟之间，显出一种非常自在而满足的状态。我们班一直有孩子过生日、全班吟诵过生日的孩子点的诗歌作为礼物的传统。学完《击壤歌》之后好长一段时间，孩子们为自己的生日点歌，《击壤歌》的点击率之高出乎我的想象。因为孩子们一向是选择自己最喜欢的诗歌来做生日颂诗的。这个与他们时间跨度非常遥远的上古歌谣居然能让他们如此欣赏和喜欢，只能说是古体诗的且诵且吟的魅力，均匀节律贴合儿童崇尚自由与快乐的天性。

各种版本的小学语文教材都分别安排了短小的古诗和旋律、文辞皆非常优美的对韵歌。就拿我执教的北师大版小学语文教材来说，教材在二年级安排了《对韵歌》（脱胎于蒙学对课书籍《声律启蒙》），也是极为不错的教学内容。

到了中高段，我试着把北师大教材只选入了某些诗句的长诗全文也用吟诵的方式来学习，权当积累，因为节律比较均匀、声韵婉转悦耳、画面感或情境感非常强，孩子们不知不觉地击节而歌，学习起来也非常快乐，我们在四年级上学期还吟诵了白居易的《琵琶行》全文、张若虚的《春江花月夜》全文，五年级上学期吟诵学习岑参的《走马川行奉送封大夫出师西征》全文、李白的《蜀道难》全文、毛泽东的《清平乐·会昌》全文，一周或者两周早读就吟诵一首诗歌，没有给孩子们任何课外时间去背记，背记积累的效果也非常好。

记得四年级上学期期末全区调研考试，很多孩子都把教材里选入的那句"忽如一夜春风来，千树万树梨花开"当成了描绘春色的诗句。我们班的孩子一个也没有出错。因为学习了岑参的《白雪歌送武判官归京》全文后，孩子们很明白这首诗的开头即是："北风卷地白草折，胡天八月即飞雪。"接下来才是"忽如一夜春风来，千树万树梨花开"。孩子们一吟诵，就知道是写雪景的诗歌。

事实证明，当吟诵和儿童心灵相契合，就能协调儿童的身体、优美儿童的灵魂、开启儿童的心智。小学生对节奏均匀的诗歌非常感兴趣，因此，无论从学生的学还是老师的教的角度，选择古体诗歌吟诵学习是首选。这应该是小学，尤其是小学中低段小学语文教材古诗重构的方向。

其次是渗透汉诗文声调意义的问题。

语言学家严学宭在1982年为陈独秀遗著《小学识字教本》作序时说："汉字是一个整体，形、音、义三要素相互联系、制约、协调，处在合乎规律不可分割的关系之中。造字是有义以有音，有音以有形；识字是审形以知音，审音以知义。一字必兼三者，三者相互依存，相互证明，必须交错互求，才能揭示汉字的全部内容。"

所有的经典汉诗都是可歌可吟的。韵是一首诗歌的主旋律，包含着非常重要的意义。诗歌要表达什么样的情绪，就当选择什么样的韵，不是根据情绪的悲喜来定，而是根据悲喜的方式、风格来定，这就是择韵。

汉语有四个声调，什么声调表达什么情绪是由我们汉民族发声时声音的起伏状态约定俗成的。比如，没有多少情绪色彩的字、中正平和的字都是平声字。上声字，婉转，常常表达细小、亲密、惋惜等情感。去声字，表达明确肯定等坚决的情绪。入声字，比较复杂，是情绪色彩最强烈的一组字，非常极端，要么就是极为活泼轻灵的，要么就是决绝、压抑、痛苦的。

从先秦时期的上古语音发展到隋唐时期的中古语音，汉诗语音发展变化比较大，但是直到民国末年，甚至现代的古典诗歌创作，都是宋朝人以隋唐语音以来的中古语音为基础的，总结的三十六部平水韵为标准创作的。

因此，小学语文教材古诗重构，除了从文体方面选择合适的教学内容，所选诗歌不光应该以古体诗为主，而且应该注重选择古体诗的韵。从培养孩子热爱民族文化，传承的角度上来说，引导孩子发现汉语声音表意的功能，所选诗歌的韵应该是四种声调俱备，能让孩子们初步了解汉语诗歌声调表意特点的。而现行教材里的诗歌，基本以律绝为主，即使是古体诗，也常常押平声韵。

现行小学语文教材由于编者在这方面知识缺乏，所以完全忽视。但也不自觉地选入了一些代表性的诗歌。

在上声韵方面，比如北师大教材一年级下册选入孟浩然的《春晓》，三年级下册选入范仲淹的《江上渔者》，都押的是上声韵。《春晓》拉长的韵字"晓、鸟、少"都属于上声第十七个韵部——小韵，充分表达了对美丽的生命——落花飘零的感伤和惋惜。《江上渔者》则用上声第四个韵部——纸韵中的"美、里"两字，展现了范仲淹对"江上渔者"的深切怜惜和同情。

去声韵方面，则以贾岛的《寻隐者不遇》和王维的《竹里馆》为代表。请看我在三年级教学《寻隐者不遇》时的教学设计。

《寻隐者不遇》教学设计（节选）

1. 简介诗人

1）简介贾岛引入：今天我们要学的诗歌是唐朝著名"苦吟诗人"贾岛的诗歌，谁听说过他的"推敲"故事？

2）指名讲故事，如果学生不知道，教师讲述。

2. 解题

1）今天我们就学习这位"苦吟诗人"贾岛的诗歌，请孩子们一起读题目：《寻隐者不遇》。

2）师讲解：隐者：古代指不肯做官而隐居在山野之间的人，这种人一般都是学识渊博，但非常清高的人。他们一般在家乡办个私塾，教学生琴棋书画，或者亲自耕种田地养活自己。

3）诗人听说这里住着一位学识修养都很高的隐者，兴致勃勃地专程去登门拜访，却——不！遇，心情如何？

学生吟诵之后回答。

4）师总结：所以诗人用了一个表示压抑的入声字和一个从最高音降到最低音的去声字。心情真的很不愉快。

3）再读题目，读出诗人心情来。

3. 吟诵诗歌，读准字音，吟出声韵（5分钟）

1）现在，我们吟诵着走进诗歌故事里，看看诗人得到了什么消息，情绪这么低落呢？

马老师教一句请孩子们跟着吟诵一句，三遍

2）问答式吟诵两遍，注意指导读出入声字的坚决、明确和肯定：

师吟：松下问童子：小朋友，你的老师去哪里啦？

生吟：言师采药去。

师问：去什么地方采药了呀？

生吟：只在此山中，云深不知处。

3）四人小组分角色吟诵，表演汇报。

4. 理解诗意及押韵的秘密

1）孩子们，请再读题目。

2）这个"童子"的回答让诗人完全不抱任何希望，为什么？

（注意理解字面意思外，渗透入声韵表达的声音情感：去声表示坚决、肯定。是呀，这首诗，诗人用了一个闭口音，而且是去声的六御韵来写的。声音从高降到了最低。心情也由开心转为失望。）

入声字是古典诗词创作时运用的中古语音绕不过去的坎，也是非常有意义的一种语调。

以北师大版二年级下册的古体诗《所见》为例，这是一首押入声韵的古体诗，因为情景感、画面感非常强，入声字恰好表达的是轻快、停滞的意思，我执教这一课的时候，孩子们也非常开心，请大家看本课的课堂实录节选。

《所见》教学实录（节选）

师：可爱的小牧童们，你的歌声那么悠扬动听，怎么突然就停住了？

（出示一只蝉儿在树枝上的插图在课文插图的底图上）

请看看图，或者联系上下文看看，想想原因。

生1：见到蝉了，想去逮住它。

生2：是因为如果自己一直唱歌的话会把蝉吓走的。

生3：吓走了他就逮不住蝉了，所以就不唱歌了呀。

师：是呀，诗人也想用文字的声音来描绘出这个情景，孩子们再吟诵一下第一、二行诗歌，看诗人用了一个什么字让牧童的歌声巧妙地停住了。

生：他用的入声字"樾"！

师：是呀，这个入声字一读出来就得停住，一下子就让小牧童的歌声停住了。这就是诗歌的妙处，不吟诵是不知道的。大家再吟诵一下这第一、二行诗，体会一下吧。

诗歌声韵的妙处在吟诵中自然呈现，认真读下去，"鸣"字拖得特别长，呵呵，原来是在模拟蝉儿不间断的鸣唱啊！同时也说明了蝉儿完全没有发现小牧童已经来到了身边，还自顾自地专注高歌。再看看小牧童的表现，"然"字拉长，仿佛在凝神做准备，"闭口立"三个仄声字速度很快，尤其是"立"字非常短促，孩子们吟诵起来的时候常常会突然站起来。询问原因，孩子说："'立'字就是突然站立起来的意思啊。小牧童是趁着蝉儿不注意，突然站起来去逮蝉儿呢。"

袁枚不愧为"乾隆三大家"，他是在用抑扬顿挫的声音为我们讲述这个自己亲眼见到的、充满童趣的故事呢。

其实，孩子们在不断的吟诵学习中能感受到，我们的每一个汉字，读出来，是鲜活的诗，是流动的画，它们合在一起组成的一篇篇诗文，不光是凝固在纸上的文字在讲故事，更是用婉转起伏的声音为我们描述着如同发生在我们眼前的生动故事。

最后是选入的律绝很多不适合儿童。

前面举到的《登鹳雀楼》是一例，柳宗元临终前写下的古诗《江雪》是一首藏头诗与联尾诗，合起来是"千万孤独，雪翁灭绝"，而且押的是极端痛苦的入声韵，即使是只作为一首冬景诗歌，也未免显得太过冷清、凄凉，根本不该是天真烂漫的儿童学习的诗歌，但是入选到二年级语文教材里，真是让人哭笑不得的。

然而，在我的教学实践中也发现，尽管律绝有着长长短短的平仄节奏，孩子们比较拘谨，但是对于声韵朗朗上口、画面感、情景感很强的律绝，依然能激发孩子的学习体验参与度，达到极好的学习效果。

比如，我在教学时补充了白居易的一首小诗《池上》，教学设计中准备了一个故事，如下。

《池上》教学设计（节选）

四、故事讲述，动作理解（10—12分钟）

1. 过渡

孩子们读得真好！好听的故事来了。

2. 教师讲述

那是一个夏日的清晨，蓝蓝的天空漂着丝丝缕缕的白云，空气非常清新，小鸟在枝头欢叫着，大诗人白居易来到一个池塘边散步。他站在池塘边一棵大树下，放眼望去，呀，池塘里种了许多莲藕，碧绿的莲叶中间露出亭亭玉立的莲花来，有红的，有白的，有黄的，其中一朵白色的莲花开得最美。莲叶下碧绿的浮萍布满了整个水面。

白居易正在欣赏这美丽的池塘，突然，他发现一个小男孩又蹦又跳地朝着池塘这边走过来，一边走，一边东张西望，好像在确认周围有没有人发现他。白居易赶紧躲到大树后面去，悄悄地观察这个小男孩，看他到底要干什么。

只见这个小男孩来到池塘边，使劲往池塘里看。不一会，他拍了拍小手，喊道："就是它！"接着一溜小跑，走到了池塘的一个角落里。不一会，他撑着一艘小艇划进了池塘里。得意扬扬地吟唱："小娃——撑小艇。"

他到底要干什么呢？白居易继续观望着。

不一会，小男孩头顶着一片大大的荷叶，撑着小艇又出来了。小艇上多了一枝雪白的莲花，白居易仔细一瞧，池塘里那朵最美的莲花已经不见了。池塘里留下了一道小艇划过后，浮萍分开的水路。

小男孩把小艇放回了原处，手里拿着那朵白荷花上了岸。嘴里哼唱着、又蹦又跳地朝白居易这边走来。白居易一听，这小男孩唱的是（放录音）："小娃撑小艇，偷采白莲回。看我开怀乐，无人知我来。"（愿意跟小男孩学唱的孩子可以一起唱）

白居易实在忍不住了，他大声笑着走了出来："小朋友，你唱得不对。应该是这样：'小娃撑小艇，偷采白莲回。不解藏踪迹，浮萍一道开。'你采了这朵最美丽的白莲花，就算我看到了不说，可是你的小艇分开了浮萍，留下了这么一道水路。就等着你爸爸妈妈等会发现了打你的小屁股吧！"然后白居易就在池塘边反复吟唱起来。（愿意跟白居易学唱的孩子可以一起唱）

小男孩转头一看，妈呀，真的，那小艇刚才留下了好长好宽的一条水路啊，我怎么就没有想到边划边把后面的浮萍

吟诵专题

弄回原处呢。他再也没有了刚才的得意,一只手举着白莲花,一只手摸着小屁股,一溜烟就跑得没影了。

白居易笑了,他一边走,一边回忆刚才的情景,回到家,就把刚才吟出的这首小诗誊写到了纸上。于是,一千多年以后,我们就读到了这首诗《池上》。

3. 吟诵诗歌

带动作教读:想不想跟老师一起,用我们美妙的歌声讲讲这个有趣的故事?老师教一句,请孩子们跟着吟唱一句。

这样的内容,教学时在老师亲切的故事讲述和动作引导下,孩子们边吟诵体验,边跟着诗歌自身的旋律,手舞足蹈,无论是学习的速度、效果还是体验,质量都是非常高的。

总之,小学语文教材古诗亟须引入一些符合儿童心性的古体诗歌来做吟诵教学,让古诗真正成为儿童喜闻乐见的诗歌,让最喜欢均匀节律的孩子们更加直观地感受古诗自由的表达与优美的声韵,更加爱上美妙灿烂的民族文化经典,更加自觉传承、理解、欣赏汉诗文的经典,直至创作出更精彩和美妙的文学作品,迎来汉文化新的曙光。

(作者单位:成都市泡桐树小学西区分校)

(编辑:刘奶景)

"吟诵——中国式语文教学法"的继承与创新

◇徐自强

一

当代著名哲学家方立克先生在中国哲学史学会中医哲学专业委员会成立大会上曾经说过：中医"为什么会几十年争论不休呢？关键是在哲学理论上出了问题，在思维方式上出了问题。就是西方重分析、重实证的思维方式被看作是唯一科学的思维方式，而把东方的系统整体思维、阴阳平衡理论看作是非科学的，甚至指责为'伪科学'。……所谓'废其医，存其药'，就是让中医理论失去'体'的地位，仅给中药保存一点'用'的价值，走进了'西体中用'的严重误区。"20世纪以来，中国的语文教学的遭遇和中医的遭遇是何等相似啊！中国语文教学也是几十年争论不休，也曾经出现过类似"废其医，存其药"的局面，同样关键是在哲学理论上出了问题，在思维方式上出了问题。

吟诵教学法本来是三千年来中国式的语文教学法，它的思维方式正是东方的系统思维，这就是中华民族的文化基因。传统的吟诵教学法是一个"多元一体"的教学法。所谓"多元"，就是说，这一教学法并不是只由"吟诵"这单一元素组成；所谓"一体"，就是说，这一教学法无论组合元素多少，但的的确确是由吟诵贯穿教学的全过程，构成了中国语文教学这一整体。

《周礼》的《春宫·宗伯》篇有这样的记载："大司乐，以乐语教国子，兴道讽诵言语。""乐语"，就是诗歌，可以配合着音乐来歌唱的语言。"国子"，就是士大夫的子弟。"大司乐"，就是"国子"的老师。全句意思是：古代士大夫的子弟的老师，用兴、道、讽、诵、言、语六种训练方法，教他们学习诗歌。其中，"讽"，就是背诵；"诵"，就是吟诵。这就是"兴道＋讽诵＋言语"的语文教学模式。

吟诵专题

《三字经》是童蒙读物，相传是宋代学者王应麟编的。它记载的吟诵教学法是："曰国风，曰雅颂，号四诗，当讽咏。"就是说：《诗经》分别有国风、大雅、小雅、颂四个类型，叫作"四诗"，应当用背诵和吟诵的方法学习。"讽"，就是背诵；"咏"也是吟诵。这就是"吟诵+背诵"的语文教学模式。日本人对中国古代私塾这种教学法称之为"素读"。

　　到学校出现，旧学校的语文教学模式是：吟诵+串讲+评点。所谓"串讲"，"讲"就是讲解，讲解文本中字词句的形音义；"串"就是串联，把上下文连接起来。"讲"和"串"结合起来，就是"串讲"。所谓"评点"，"评"就是评论，"点"就是圈点、点拨。

　　到20世纪40年代，叶圣陶、朱自清先生针对当时语文教学的一些偏差，提出了"吟诵+讨究"的语文教学模式。他们在《精读指导举隅》前言中说："语文学科，不该只用心与眼来学习；须在心与眼之外，加用口与耳才好。吟诵就是心、眼、口、耳并用的一种学习方法。从前人读书，多数不注重内容与理法的讨究，但在吟诵上用工夫。这自然不是好办法。现在的国文教学，在内容与理法的讨究上比从前注重多了；可是学生吟诵的工夫太少，多数只是看看而已。这又是偏向了一面，丢开了一面。唯有不忽略讨究，也不忽略吟诵，那才是全面不偏。"

　　总而言之，历代的"多元一体"的吟诵教学法传统，既符合世界上独一无二的以单音、四声、独体、方块为特征的汉字的特点，又符合汉语文整体观念、普遍联系的特点，为中华文化的传承和发展立下了汗马功劳，功不可没。

　　当代语文教育最大的失误是：背离传统，趋向西化，致使语文学科一直成为纷争不断、折腾最多而社会满意度很低的一个学科。其间，不能说完全没有过成功的探索，但语文教学总的趋势是：用西方的分析思维教学法，去教中国的综合思维语文；课改也往往是以另一种西方分析思维教学法，去改革原来某种西方分析思维教学法。20世纪50年代苏式"《红领巾》教学法"的课改和80年代美式"布卢姆的目标教学法"的课改就是一个明证。这也许就是1978年吕叔湘先生所说的"十年的时间，2700多课时，用来学习本国语文，却是大多数不过关，岂非咄咄怪事"，以及30多年后，2012年主持修订新课标的温儒敏先生所说的语文十年课改"成效不大"的最主要原因吧。

然而，正如著名语文课程与教学论专家倪文锦先生所说的那样："真正优秀的语文教育传统，它可以被人们淡忘一时，但绝不可能永远淡出语文教育。"（《清末民国时期语文教育观念考察》序言）物换星移，在21世纪到来的时候，式微已久的中华吟诵终于在中华大地复苏了，并且又从复苏进而复兴了，其势不可阻挡。一场以吟诵为切入点的新"多元一体"的新课改，正由下而上生机勃勃地酝酿着。这一切都让我们看到了寻找哲学的力量、寻找中国语文教学的有效基因的端倪。

二

天地间最美的是生生不息，而生生不息一刻也离不开继承与创新。继承是创新的前提和基础，而创新是继承的必然和发展。拒绝借鉴外国的先进经验和理论是愚蠢的，但中西的融合并不是50对50，不分高下，不分主次，不分彼此，平起平坐。季羡林先生早就警告说："融合必须是不对等的，必须以东方文化为主。"如果不是这样，那么，我们中华文化的基因就会变异。然而，我们需要的是基因的优化，而不是基因的异化。因此，我们的主张是：继承而不泥古，扬弃而不伤根，创新而不离宗。

吟诵虽然也可以"唱"，也可以"演"，但它毕竟是中国式的读书法，让吟诵重新进入我们的语文课堂，这才是吟诵的历史使命。老子说：大道至简。我们把新时期课改的吟诵教学模式概括为"一线四结合"。所谓"一线"，就是说以"吟诵"为主线，贯穿语文教学的全过程。所谓"四结合"，就是：吟诵与背诵相结合，在吟诵中背诵，在背诵中吟诵；吟诵与细读相结合，在吟诵中细读，在细读中吟诵；吟诵与想象相结合，在吟诵中想象，在想象中吟诵；吟诵与练笔相结合，在吟诵中练笔，在练笔中吟诵。

当然，语文教学从来就不是"自古华山一条路"，而是"条条大路通罗马"。教学有法，但无定法，无定法是更高明的有法。不过，没有规矩不能成方圆，"有法"是首当其冲的。

1. 以吟诵为主线，贯穿教学的全过程

以"吟诵"为主线，贯穿语文教学的全过程，这是新吟诵教学法的第一法。

教学过程一般可分解为 开讲→展开→延伸→结课 四大组成部分，"开讲"之前还可有一个"启动"。"凤头——猪肚——豹尾"是元乔吉提出的古典散曲、戏曲审美命题。陶宗仪《辍耕录》载，乔吉"尝云，作乐府亦有法，曰'凤头、猪肚、豹尾'六字是也。大概起要美丽，中要浩荡，结要响亮。尤贵在首尾贯穿，意思清新"。教学过程也应"开讲"为凤头，"展开"、"延伸"为猪肚，"结课"为豹尾，而吟诵则一以贯之。

目前，小学高年级和中学的吟诵教学，有两个值得注意的走向。一个是以吟诵代替讨究，以为不这样不是吟诵课；另一个仍然是只注重内容与理法的讨究，吟诵只作为一种"佐料"，开讲时吟一吟，结课时也吟一吟。其实，吟诵是可以贯穿教学的全过程的，不只是"开讲"和"结课"。例如，窦桂梅老师的《清平乐·村居》吟诵课，就是这样处理的。

师：……说说这首词中，你眼前出现了哪些画面？

生："茅檐低小"，我眼前浮现出一座茅草屋，屋檐非常低小。（教师随机再现相应画面）

师：你说得好，用诗中的词语讲出了特点。草屋只一间，如此而已，真是一种特别的乡村气息啊。带着你的感受吟一吟。（生读时，强调了"低小"，吟出了味道。）

……

生：我还看到溪上有很多青草，可茂盛啦，可能还会在水中留下倒影。词中说是"青青草"，这里的草不是"草色遥看近却无"。而这里是溪上青青草，应该是绿油油的，像一首歌词中唱的那样"青青河边草，悠悠天不老"。

师：草经常会成为诗人笔下的物象。像白居易的"离离原上草"，虽然地点不同，年代不同，但共同的是要表达那绿绿的颜色，就如同诗人的生命一样充满生机。你的引发真好，请你再吟一吟。（学生吟。）

……

师：再大胆想象，词人会是画里的谁？

生：还有可能，诗人就是那个翁，他想象自己就在茅屋前和自己的老伴说话呢！

生：是呀，他看到小儿，有可能就把自己想象成了这个样子，仿佛回到自己小时候在溪边玩耍、剥莲蓬的情景哪，他好开心。

师：真是人在画中游，已是画中景，也是画中人啊。那让我们再次吟诵起来吧！（学生美美地吟诵全诗。）

你看，吟诵和讨究在这里已融为一体了，你中有我，我中有你，水乳交融。

2. 在吟诵中背诵，在背诵中吟诵

在吟诵中背诵，在背诵中吟诵，吟诵与背诵相结合，这是新吟诵教学法的第二法。

吟诵与背诵古代并称"讽诵"或"讽咏"，它们自古以来就是共生的。现代美学家、文艺理论家朱光潜说："私塾的读书程序是先背诵后讲解。在'开讲'时，我能了解的很少，可是熟读成诵，一句一句地在舌头上滚将下去，还拉一点腔调，在儿童时却是一件乐事。我现在所记得的书，大半还是儿时背诵过的，当时虽不甚了了，现在回忆起来，不断地有新领悟，其中意味，确是深长。""拉一点腔调"就是吟诵。

福建师范大学文学院教授、福建作家协会副主席孙绍振回忆说："我开始学语文的时候，……就是背古文，用老法子念，抑扬顿挫，像唱歌似的，很好玩。直到今天，绝大部分我还能背得出。……我的语文一直都是名列前茅。现在看来，这是因为早期的背诵培养了我良好的语感。""像唱歌似的"就是吟诵。

20世纪上半叶，中国文坛、史坛、哲坛、教坛的上空群星璀璨，光芒四射，他们是蔡元培（1868）、陈垣（1880）、鲁迅（1881）、夏丏尊（1886）、陈寅恪（1890）、胡适（1891）、郭沫若（1892）、梁漱溟（1893）、顾颉刚（1893）、叶圣陶（1894）、钱穆（1895）、金岳霖（1895）、林语堂（1895）、冯友兰（1895）、傅斯年（1896）、茅盾（1896）、朱自清（1898）、老舍（1899）、沈从文（1902）、梁实秋（1903）、巴金（1904）、吴晗（1909）、钱钟书（1910）、曹禺（1910）、季羡林（1911）、饶宗颐（1917）、穆旦（1918）、张爱玲（1920）等。这些大师们，无一不经过吟诵和背诵的洗礼。国学大师钱穆能背诵全本《三国演义》，文学大师茅盾能背诵全本《红楼梦》、巴金能背诵 200 篇的《古文观止》，这些都已成为一代佳话，他们就是用吟诵方法背诵的。反观 20 世纪下半叶，再也没有涌现这样的大师群体，除了别的原因之外，是不是与我们的教育再也不提倡吟诵与背诵中华经典有关呢？

　　现代人往往认为背诵并不重要，要检索的东西用网络一搜，全部都呈现在眼前。殊不知，背诵的功能是检索所不能比拟和替代的。荀子早就说过："少不讽诵，壮不议论，虽可，未成也。"（《大略》）事实也正是如此，学生时代背过些什么与没有背过些什么，成长之后，是大不相同的。一个人的语文功底深厚与否，是和背诵的质量与数量成正比的。连著名的国际教育家日本的七田真博士也认为"背诵行为本身打造聪明的大脑"。

　　用吟诵的方法背诵是我国传统的高效语文学习方法。用这种方法，不仅记得牢，而且理解得深、体味得深。因为吟诵的过程就是理解的过程、审美的过程、记忆的过程。

　　3. 在吟诵中细读，在细读中吟诵

　　在吟诵中细读，在细读中吟诵，吟诵与细读相结合，这是新吟诵教学法的第三法。

　　这里的细读不是指源于 20 世纪西方文论中的一个重要流派——语义学。在我国，细读，是属于传统语文教学的涵泳读书法。而涵泳这种读书法，是我国具有厚重民族文化心理积淀的语感体悟方法，历来受到语文大家的极力推崇。宋代陆九渊说："读书切戒在慌忙，涵泳工夫兴味长。"可是，一直以来，有关语文教学法的专著，对细读都论述不多。其实，细读是语文教师的基本功，最能见一个语文教师的功力，学生也是一样。

　　前人是十分重视细读的。宋代朱熹说："读书须是仔细。逐句逐字，要见着落。若用工粗卤，不务精思，只道无可疑处。非无可疑，理会未到，不知有疑尔。"（《朱子语类辑略》卷二）又说："看文字须入里面猛滚一番，要透彻，方能得脱离。若只略略地看过，恐终久不能得脱离，此心又自不能放下。"（《朱子读书法》卷一）明代金圣叹说："吾最恨人家子弟，凡遇读书，都不理会文字，只记得若干事迹，便算读过一部书了。"（《金圣叹文集》）

　　今人中的有识之士，也十分重视细读。朱自清说："不求甚解的那份能力正是经过分章析句的学习过程而得到的，必须有了咬文嚼字的教学培养后，才能真正达到那种不求甚解的境界；没有经过一番文字分析的训练，欲不求甚解，也不易得呢。"（《了解与欣赏》）又说："没有受过相当的咬文嚼字的训练或者是没有下过相当的咬文嚼字工夫的人，是不能了解大意的，至少了解不够正确。"（《国文教学》序）

下面是常用的三种细读方法。不过，无论哪一种细读，吟诵都应贯穿其中。

(1) 语境揣摩法

语境，指人们在运用语言进行信息传递时所处的特定语言环境，它制约着并影响着传递过程中言语意义的确立。有些词语，在常态语境中并无特色，但在特定语境中会产生出十分奇妙的效果。

陈琴老师谈过她一个细读的精彩例子，她说："比如，辛弃疾《破阵子·醉里挑灯看剑》，按照一般的解读，学生印象并不深刻。但是，你看看，吟诵有什么神奇的效果：'醉～里！挑灯——看剑！'吟诵的规则是平长仄短，'灯'长'剑'短。'挑灯'是挑灯芯，是个慢慢的动作，'看剑'是拔剑出鞘，是个快动作，这个'挑灯'和'看剑'的动作在吟诵中体现得活灵活现，孩子们一下子就感受到逼人的剑气和诗人的豪迈英武。'马作的卢飞快，弓如霹雳弦惊'，'的卢'是马名，因为这匹马跑起来的马蹄声是'的卢的卢'的。按照平长仄短的规则，'的卢'读作'的！（短促）卢——（拉长）'你就听见马蹄声连成一串！所以说'飞快'。'弓如霹雳弦惊'，'霹雳'是两个入声字，吟诵起来读得很短，你能听见弓弦铿然一声的爆响，所以说'弦惊'。如果仅是讲解，没有把字中平仄蕴涵的深意读出来，学生对这首词的感知始终有限得很。而读好了'的卢''霹雳'两个词，沙场就会呈现在学生眼前。诗句中笔墨之外的神韵，都得通过吟诵来透视其奥秘。"这一吟诵细读教法，只有懂格律、会吟诵的老师才会这样设计。

(2) 比较推敲法

比较推敲法是对文本的字词、句子、段落、笔法甚至标点符号等采用加一加、减一减、调一调、换一换的方法，让学生在比较中鉴别，体验言语运用之妙，以培养语感。这也是传统的语文教学细读的继承和发展。

白晶老师在讲《黄鹤楼送孟浩然之广陵》一课时，谈到首句"故人西辞黄鹤楼"为什么不用合律的'故友'而用变格的'故人'这一问题时，有这样的一段精彩的教学实录。

师：要想知道李白为什么要变格，就要先把这第一句读好。伸出手来，预备，起。

生：故人——西辞——黄鹤楼——。

师：我们这叫平长仄短的读法，来，看着老师的手势，我们把平声字再拖长一点读。这个时候你一边读，你脑海中要一边浮现出画面来。当声音拖长了之后，你的眼前会有怎样的情景？会出现谁？

（师生齐读：故人——西辞——黄鹤楼——）

师：当你把头两个字拖长读的时候，"故人——"，你眼前会看到谁？

生：孟浩然。

师：你能看到孟浩然，为什么？

生：拖长读以后，就把情感表示出来了，表现了李白对孟浩然的不舍。

师：好，那我们再读读这句诗"故友西辞——黄鹤楼——"

（生齐读）

师：你有什么发现吗？读两句诗的时候你眼前的画面有没有什么不同？

生：读"故友西辞黄鹤楼"的时候，"友"是仄声字，一读短，就感觉这个"友"一下子就过去了？而读"故人——"的时候，声音一拖长，孟浩然这个人就突出了，就显得很重要。

师：你瞧，这就是李白改格律的原因，按照古人读诗的方法，平声字是要拖长的，所以用上"人"这个字，读的时候一旦拖长声音，眼前就容易浮现画面，这样就把孟浩然这个人表现出来了，鲜活地出现在我们面前。

白晶老师这一教法，教出了声音的意义，这与上面陈琴老师的教法一样，是吟诵教学中的细读教学的成功尝试。

（3）文本比照法

此外，我们还有一种比较推敲法，那就是课文文本与原稿或未定稿或不同版本比较。鲁迅先生在《不应该那么写》中说："凡是已有定评的大作家，他的作品，全部就说明'应该怎样写'。只是读者很不容易看出，也就不能领悟。'不应该怎样写'如何知道呢？恐怕最好是从那同一作品的未定稿本学习了。在这里，简直好像艺术家在对我们用实物教授。"

例如，崔颢的《黄鹤楼》前两联是这样的：

昔人已乘黄鹤去，此地空余黄鹤楼。
黄鹤一去不复返，白云千载空悠悠。

首句，有的版本则是"昔人已乘白云去"。学生吟诵之后，我们将两种不同版本提供给学生对比，引导学生边吟诵边思考：哪个版本更好？学生带着问题"读思结合"，可从音律上、从意义上、从结构上读出自己的个性体验，思考的结果可能会完全不一样，不过，这就是他们细读的过程，细读之后得到的体悟要还原到吟诵当中去，在吟诵当中再次感受到，这才达到了细读的真正目的。最后，老师总结说："昔人已乘黄鹤去"，一作"昔人已乘白云去"。二者孰优？第一，"白云"不合典实。"昔人"指骑黄鹤的仙人，都是驾鹤仙去，并无乘白云的记述。故金圣叹质疑云："'白云'出于何典耶？"第二，从意义讲，第三句"黄鹤一去"正承首句"已乘黄鹤去"，若作"已乘白云去"则前后意不相贯，下面"空余"、"不返"都无着落。第三，从章法讲，前三句叠用三个"黄鹤"，一气翻下，空灵飞动，表现出奔放豪迈的气势，堪称绝调。总结之后再用吟诵方法背诵这两联，这样的吟诵细读，很受学生欢迎。。

4. 在吟诵中想象，在想象中吟诵

在吟诵中想象，在想象中吟诵，吟诵与想象相结合，这是新吟诵教学法的第四法。

想象，就是人们在已有表象的基础上通过大脑加工创造出新形象的一种思维活动。想象是思维的花朵、艺术的精灵、创造思维的核心。

刘勰认为："文之思也，其神远矣。故寂然凝虑，思接千载，悄然动容，视通万里，吟咏之间，吐纳珠玉之声；眉睫之前，卷舒风云之色；其思理之致乎。故思理为妙，神与物游。"爱因斯坦认为："想象力比知识更重要，因为知识是有限的，而想象力概括世界上的一切，推动着进步，并且是知识进化的源泉。"科学实践和历史进程一再证明，所有政治家、科学家、艺术家、文学家等，以及所有被称为人才、奇才、鬼才，无一不是具备出色的想象力的。

我们中华民族是一个富于想象力的民族。指南针、火药、造纸术、活字印刷术的四大发明，女娲补天、后羿射日、嫦娥奔月等的神话故事，屈原的问天、李白嗟叹蜀道之难、张若虚咏春江花月夜等诗作，其实都是非常美妙的，充满辉煌动人的想象力，绝对是世界一流的。

然而，一个国际评估组织曾对全球21个国家进行的调查显示，中国孩子的当今计算能力排名世界第一，而想象力却排名倒数第一。姑勿论这一结果是否以偏概全，但不能不让现代的中国人为之汗颜，而警钟长鸣。

想象力将影响孩子一生的成长，很难设想一个没有想象力的孩子长大后会成为真正的富有想象力的创造型人才。没有想象的民族，是落后的民族；没有想象的语文课，不是真正的语文课。

想象以其创造性起点的不同，可概括为再造想象和创造想象两大类。

（1）再造想象

再造想象，就是根据诗文文本，在自己头脑中形成新形象的过程。"留白"是意象创作的特色，指诗人在写诗时有意留下想象的空间。例如，贾岛的《寻隐者不遇》：

松下问童子，言师采药去。
只在此山中，云深不知处。

这首诗不直接写隐者，而是通过诗人与童子的对话来表现一个超凡脱俗、行踪飘忽、高深莫测的隐士形象，是中国古典诗歌中运用"留白"艺术手法的典范之作。诗中三次问答，按理要六句才能完成，现在只用四句，留下了大量的空白。学生读懂了这些留白，这首诗就真正读懂了。

《石壕吏》一诗，"吏呼一何怒，妇啼一何苦！听妇前致词"之后，全都是老妇的哭诉："三男邺城戍。一男附书至，二男新战死。存者且偷生，死者长已矣！室中更无人，惟有乳下孙。有孙母未去，出入无完裙。老妪力虽衰，请从吏夜归。急应河阳役，犹得备晨炊。"显然在当时差吏抓人，百姓躲避的情形下，老妇不会一口气将家里的情况介绍得那么完全，更不会舍弃家里的孩子自愿服役。那么在老妇哭诉的过程中，差吏做了怎样的反应就有了很多想象的空间。我们要求学生将这段独白设计成对白，补充差吏的问话。通过这样的练习，让学生更能体会"吏呼一何怒，妇啼一何苦"的情感，也更自觉地思考，诗人为什么省略掉"吏呼"的这一部分。在这一环节教学中，前后用吟诵贯之。

（2）创造想象

创造想象，就是不全以现成的诗文文本为依据，在头脑中创造出全新的形象的心理过程。

比如，《关雎》：

> 关关雎鸠，在河之洲。窈窕淑女，君子好逑。
> 参差荇菜，左右流之。窈窕淑女，寤寐求之。
> 求之不得，寤寐思服。悠哉悠哉，辗转反侧。
> 参差荇菜，左右采之。窈窕淑女，琴瑟友之。
> □□□□，□□□□。□□□□，□□□□。
> 参差荇菜，左右芼之。窈窕淑女，钟鼓乐之。

近来，有研究者认为，原诗应为三章，每章各八句。第三章前面大约由于脱简之类的原因，丢了四句。诗词大家霍松林先生说："我们现在按三章的结构分段抄写，再结合孔子'《关雎》之乱'的话来考虑，便感到这种'脱简'的说法很有道理。孔子曾说：'师挚之始，《关雎》之乱，洋洋乎盈耳哉'！'乱'是副歌，即每唱一遍都要重复的部分。就《关雎》看，'参差荇菜'等四句反复出现三次，文字基本相同，就是所谓'乱'。由此可见孔子看见的《关雎》共分三章，每章后都有'乱'。我们看到的第三章只有'乱'，可能是在流传过程中丢失了与第一、第二两章相对应的前四句。"我们根据这一考证，设计了一道创造想象题，要求学生找回"丢失"的四句。

首先，集体讨论，根据第二章开头的"求之不得"，找到了可能是丢失的第三章的第一句："友之不得"。然后每人分头去找可能是丢失的第二、第三、第四句。最后个人吟诵、集体吟诵。这是一道思维强度很大的想象题。

总而言之，不论哪种类型的想象训练，都是对文本丰富内涵的挖掘和玩味，教师在引导中起到的作用是方法的点拨。想象后反复吟诵，吟诵中丰富想象内容，两者紧密结合，让文字的艺术、画面的艺术和声音的艺术、情感的艺术水乳交融，使得诗歌的鉴赏再上一个台阶。

5. 在吟诵中练笔，在练笔中吟诵

在吟诵中练笔，在练笔中吟诵，吟诵与练笔相结合，这是新吟诵教学法的第五法。

"读写结合"是我国古代传统的语文教学极其丰富和宝贵经验之一。古语云："熟读唐诗三百首，不会吟诗也会吟。"随文练笔，不但是写作的好帮手，而且是阅读的深化。

练笔的方法多种多样，属对、仿句（仿写）等等是也。

（1）属对

一提到传统语文教学，往往人们头脑中涌现出"枯燥"、"呆板"、"乏味"的字眼。其实，事实上并不完全如我们所想象的那样。比如属对，实是我国传统语文教学一绝，在今天还有顽强的生命力。

郭沫若幼年上私塾时，有一次和同学偷吃了庙里的桃子。和尚向老师告状，但没人承认。老师于是出了个对子，说谁对出即可免罚。上联是：

昨日偷桃钻狗洞不知是谁

幼年郭沫若即对：

他年攀桂步蟾宫必定有我

这下联既委婉承认自己偷吃了桃子，又说出了自己心中的远大志向。这是多有趣味性和教育性的一例。

张志公先生对属对有极高的评价。他在《传统语文教育初探》一书中说："属对是一种实际的语言、词汇的训练和语法训练，同时包含修辞训练和逻辑训练的因素。可以说，是一种综合的语文基础训练。"

由此可见，属对实在是一种深深打上中国汉语汉字烙印的举世无双的综合思维训练方法，拉丁语言拼音文字是绝对对不起来的。不但如此，而且，属对只有基本要求（与上联对得起来），但无标准答案，又实在是聚合思维和发散思维的巧妙结合。这正如著名教育家蔡元培所说的那样：对课是作文的开始。总而言之，属对能体验汉语文字之美、声韵之美、意境之美。

属对并不神秘，无论中国学生，还是外国学生；无论大学生，还是中学生，甚至小学生，都可以进行训练。以"风声雨声读书声声声入耳，国事家事天下事事事关心"这副名联为例，要学生仿作下联。外国学生竟对出精彩幽默的下联。如："汉语日语西班语语语精通""足球篮球乒乓球球球能赢"。出上联"鹤舞千年树"，小学生竟对出"龙游万里天"，这似乎比古人"凤鸣百尺楼"的境界还要阔大。

实践证明，每课一对，把属对与阅读相结合——如以回目形式给课文拟题、以对子形式概括段意或评价作品等，是完全可行的。

对子是可以吟诵的，2014年3月7日，李克强总理参加山西代表团审议。谈到改善民生时，他现场就吟诵了多年前在晋祠看到的对联：

　　同声相应，同气相求，同人共乐千秋节
　　乐不可无，乐不可极，乐事还同万众心

（2）仿句（仿写）

张志公在《传统语文教学初探》中说："如果我们能从前人进行属对训练这个方法中得到一些启发，研究出适合于我们需要的训练方式，再配合上简要知识的讲解，也许能为我们的基础训练找到一条可行的道路。"仿句，是带有属对味儿但比属对宽松、自由的练笔，与属对有异曲同工之妙。同属对一样，仿句也是不讲语法理论、修辞理论、逻辑理论，而实际上是相当严密的语法训练、修辞训练、逻辑训练。毫不夸张地说，迄今为止，仿句就是张志公所说的"可行的道路"中最出彩的一条。

下面是学生学了《声律启蒙》之后，通过集体讨论仿写"真"韵的一节：

◇邪对正，假对真，举国对全民。天涯对海角，三令对五申。鸡唱晓，鸟鸣春。答复对咨询。笔落惊风雨，诗成泣鬼神。青山有幸埋忠骨，白铁无辜铸佞臣。大肚能容，容天下难容之事；开口便笑，笑世间可笑之人。

下面是诗文的仿写，其实填词已是创作了：

◇《忆江南·夜》　春水碧，明月映湖中。鱼戏月光闲作乐，水潭花影似长虹。云影已朦胧。（深圳市园岭小学五年级　张馨心）

◇《忆江南·秋》　秋天到，来到果园中。苹果鸭梨沉甸甸，葡萄桑椹异常红。老少庆年丰。（深圳市园岭小学五年级　陈钰霏）

◇**仿写《孔融让梨》**：吾七岁，与全家同食。吾先盛饭与父母，后盛与己。父问故，吾曰："长者先，幼者后。"（广州市华南师范大学附属小学一年级　陈致一）

属对和仿句（仿写），均可以边吟边写，边写边吟。

（作者单位：广州市第四中学、广州市四中聚贤中学）

（编辑：刘妫景）

我们一起来吟诵——盈视吟诵学习法[1]

◇朱畅思

编者按：

在长期的学习和教学实践当中，盈视[2]探索出一套给中小学生以及古典诗文吟诵爱好者普及吟诵知识的学习体系。学习涉及蒙学作品、经典选文及小学初中必背古诗文。本套学习法的特点是有次第的学习：由易到难，由简到繁，一步步掌握吟诵规则，熟悉吟诵的味道。此套书籍的音频配套文件都是盈视和学生们的吟诵，配以吉他伴奏。是如今吟诵界唯一的青少年吟诵合集，也是最为前沿的吟诵研究。本着发展是最好的继承这一理念，吉他伴奏的吟诵音频，悠扬时尚，并且易于现代的孩子接受，又小心谨慎，努力反映传统的味道。请跟随盈视一步步接近吟诵，轻松快乐的学习。

序：知止而定，成章而行

我是一个吟诵学习者，这不是谦虚，谦虚是需要有一定的水平的，我只能说实话。于是，我总想站在一个学习者的角度思考问题。

为什么要学吟诵？薛瑞萍老师说，因为吟诵是真的。徐健顺老师说，自古以来皆吟诵。就是说一个字一个字、一下一下点头蹦字式的读书，其实是错的。我们的诗词歌赋其实都是曲调悠扬，如唱一般地"读"的。我们的民族文化经历过一段休克期，如今，我们总会感到很"危险"，说不定我们已经习惯了的那些学习内容、那种学习方式其实不是"正版"的。

然而，话说回来，"正版"一定就这么重要吗？就因为它是真的，

---

[1] 本文为朱畅思《我们一起来吟诵——盈视吟诵学习法》一书序言，未出版。
[2] 盈视：朱畅思老师自号。

我就一定要继承吗？让我说得功利一点：吟诵真是好东西。我在多年的教学和学习中，感觉到，无论是从记忆角度还是从理解角度，之前听到的一些原以为很虚幻的言辞，如今都感觉要逐渐接近了。比如什么"熟读成诵"，什么"其义自现"，原来都是真的。

我现在总在想，"要学习传统文化"，"传统文化有种种好"，这已经不用争论了。可是，古书就摆在那里，我们是不是拿起来看就够了呢？怕的是，这只找回了传统文化的一半而已，又或许谬之千里，则更恐怖了。古人的学习还有方法呢。学与习的配合是一种方法——这是《论语》里说的，预防、适时、循序、观摩也是一种方法——这是《礼记》里说的，吟诵更是一种方法，这几乎到处都是证据了。用古人的方法学古人的内容，或许才可以找到"传统"的真谛。这是我要学习吟诵的原因。这特别像武侠小说里说的，有些人拿到一本武林秘籍，怎么学都学不会，越练越走火入魔。有的人误打误撞的先学会了心法，再来练习这样的武林秘籍，一下子就成了高手。——我们不能接近传统的真相，或许是我们的方法用错了。

用古人的方法学习古人的内容是不是就要"反现代"呢？我不喜欢因为学了传统文化于是显得暮气沉沉的人。这会使人觉得我们的文化没有活力，事实上我们的文化一直是不断与"当代"融合，不断出新的，我总觉得不能接受现代的人，在学习传统文化的道路上似乎"不通"。对于传统文化的学习，我的建议是：要理会精神，不要机械模仿。吟诵是依字行腔的，可以借鉴昆曲味道，可以吸收诵经之声，那么自然也可以有现代之感。只是，借鉴后，不再是戏曲，不同于梵呗，自然，有了现代元素也不等同于要把吟诵唱成流行歌曲。

这便是吉他版吟诵的原则，核心是传统的，包装是时尚的，或者说，时尚本身就是传统，传统本身就很时尚。

开宗明义的说完了这些，来说说到底什么是吟诵，怎么会消失，现在为什么又要恢复呢？徐健顺老师说，吟诵是中国式读书法。我觉得这是最明了的表达。要想再知道得清楚一点，那就随便听一首吟诵好了。它是有声的文化，光靠文字是说不清楚的。朱立侠博士告诉我说，他在云南的小乡村里上小学的时候，读书的样子可能就是吟诵，因为那是与说话明显不同的，是有腔调的。于是，你是在说话还是在读课文，区别相当明显。后来他考到了县城里的中学读书，发现大家都不那么读，觉得自己反而很土气，他也就慢慢"抛弃"了那种读法。

朱立侠博士年纪不大，但是他的经历，好像我们的"吟诵现代史"啊。吟诵是有腔调的读书，近一百年，被西方传进来的朗诵干掉了。因为我们一直觉得我们的文化是落后的，文化发展与教育改革一切"向西看"。今天，传统文化强势回归，自然吟诵也该一起恢复。都说民族的才是世界的，你拿不出自己民族典型的东西，你又怎么在世界舞台上与别人交流呢？我有一个学生，叫张晓霓，大家在这本书的配套录音中也可以听到她的吟诵作品。她初中毕业后准备申请到加拿大最好的女子高中学习，加拿大的校长给她面试，她于是和人家大谈吟诵，仅仅十四岁的小姑娘对自己的民族文化最精妙的东西了解得如此清晰，这给加拿大的校长留下了深刻的印象，最后这所学校决定提前录取她。

而我是一个教师，我更在乎怎么让学习者更有效地学习。吟诵，它能引起学习者的兴趣，它可以帮助学习者坚持，它可以给学习者带来快乐，它还是理解古诗文的绿色通道，让学习者学起来事半功倍，何乐而不为。

当我走了过来，站在吟诵教学的前沿，我就总在回忆当初的困惑与茫然，我也总能听到类似于我当年的声音——吟诵学习该怎么开始，以什么样的顺序学习会比较合适？那些吟诵的好怎么实现？于是我一直致力于摸索出一套吟诵的学习法，让大家循序而进。所以我这本书是面对吟诵学习者的，无论您是想带孩子吟诵的父母，还是要充电的教师，抑或是超过十岁的学生，都是可以用的。而教学法的事情可能要在另一本书中详谈。当然，教师是完全可以用这本书教学的，只是怎样落实，您可以发挥您的本事。我先来设计一套学习方案。

我提出了一句话：知止而定，成章而行。

"知止而定"四个字，摘自《大学》，凡事先确定了最终要到达的地方才可不偏颇，即便在行进中为了各种原因绕了弯路也会不迷失大方向。我所理解吟诵技巧的最终境界有三。第一，每字必论，这是朱立侠博士告诉我的，就是说一篇诗文的每个字在吟诵的时候都很重要，吟诵者都要根据诗意以及各种不同情况来努力表现。第二，千人千调，这是我跟随徐健顺老师学习吟诵，一开始就知道的，就是说，一千个人有一千个甚至不只一千个调子。越是如此越说明调子其实不重要，重要的是法则，掌握了吟诵的法则，调子是自然出现的。于是，调子每次与每次都不一样，每首与每首都有所不同，每人与每人都有很大差别。调子是不用学的，也无所谓创，学到了法则，自然张嘴就能吟诵。第三，妙在随心，这是老先生们说的，就是说所有的法则都不是铁纪律，根据诗意，根据吟诵者的理解，根据当时的感情所触可以调整变化。不可在技巧上死死纠缠。

如此说来，吟诵的门槛有点高了，我们的习惯是，有规则的东西好把握，这妙在自然、重在"心传"的事情，就有点复杂了。况且，一开始就去学习这份自然，只学了从心所欲，却不知道后面还有"不逾矩"三个字，便容易出现乱象了。所以我建议，先把吟诵的门槛降下来，先学习易于接受的规则，慢慢走向最终的境界。

这样，由易到难，由简入繁，吟诵或许就可以把握了。但这里有两个问题，一是，"先学简单"不能牺牲正确，如何做到"简"而不错，这需要研究。二是，学什么不学什么，哪些重要哪些次要这一定是不能统一认识的，这一点还希望大家不断指正。

"成章而行"四个字来自《孟子》，解释的版本有许多，我将它理解为学习是有次第的，完成一个阶段的学习再进入下一个环节，一股脑的学习容易什么也抓不住。我将我几年学习吟诵以及教授吟诵而总结出的次第罗列于这本书中，并将我所教学生时选用的内容也放进来，希望大家跟随着这个顺序，也能渐渐掌握基本的吟诵规则。

我的吟诵学习顺序，本着由易到难、由简到繁的原则安排。这套书籍计划分为上编和下编两个部分，上编主要学习诗歌的吟诵，下编主要学习古文的吟诵。这一本书，我打算分为四章来展现诗歌吟诵学习的次第。

第一章叫"中国式歌唱"。中国式歌唱不写歌谱，见字就唱，方法是依字行腔，依义行调。当然，这八个字几乎说尽了吟诵的规则，而在刚开始，我建议用简单的文本作为学习内容，用简单而单一的方法诠释这"八字箴言"，以此了解中国式歌唱的旋律产生。

最开始学习依字行腔，建议不强调入声字，不强调平长仄短，让初学者专心在旋律的诞生上。大多数人感觉吟诵的不同，在于它有腔调，像唱歌，虽然吟诵绝不是唱歌，也不以丰富优美的旋律为骄，但它的好毕竟表现在有旋律的乐音比那枯燥的"干读"强许多倍，可以瞬间改变我们学习传统文化的现状。所以我建议初学吟诵可以直接就唱，有些小朋友初学吟诵的年龄很小，只要要求他不把字音唱倒，也是不会影响他正音识字的——而且小朋友因为乐于尝试，也没有包袱，学得会比成人快许多。这样，我们就成功地培养了一个习惯——见到古诗文就唱，不再蹦字般地冷冷读书了。

对于依义行调来说，门道很深，根据不同诗歌的不同情感要用不同的腔调吟诵，对于长篇诗歌来说，还要不断调整感情，这实在不易。好把握的规则就是"高低分层，快慢有情"。我建议先学这两点。我的吟诵调大多从高调开始，起一个新层次的时候就再起一个高调。这一点，仅仅在初学时期是很简单而有效的，在简单的旋律重复中，一首诗歌尤其是长篇诗歌的吟诵调就很容易产生了。自然，吟诵调自然不都是高起低收的，很多调子甚至是低起的，这要根据诗意来决定。我却担心这对于初学者来说太难，好不容易调整好了一首吟诵，下一首又不会了，这也不太适用于大规模的读书。我们要急于改变的是干巴巴读书的现状，不如先高起低落的简单设计调子，日后再调整不迟。

于是，这一章，选用名字歌入手，这是经过大量一线实践后得来的经验。依字行腔，高低回环的设计调子，将班级或亲朋好友的名字以如此规矩设计成一首歌曲，学习者瞬间就了解了浅显的吟诵规则。我建议接下来选用儿歌及低年龄段蒙学作品来学习，《三字经》、《弟子规》等浅显蒙学作品与儿歌的文意并不复杂，简单的高起低落的设计调子，对于文意理解不会出现太大差池，如此设计调子，可以逐渐习惯吟诵着读书。

缓急的设计，也是吟诵的奥妙。我们先简单把它解释为"快慢"。三字蒙学、四字蒙学，每句字数少，就是为了吟诵起来节奏欢快、均匀，招小朋友喜欢的——我们的古人肯定是研究过儿童心理学的。但是《蒙学》作品的某些具体内容的确不适宜吟诵得太快，所以也可以在某些部分将节奏放缓来处理，而总体是欢快的。我这样做是在为将来的吟诵学习做铺垫，这样的设计可以让学习者在开始学习的时候就了解吟诵"快慢有情"的特点，也就是说这是系统学习的有意安排。

第二章叫作"急促与悠扬"，从这一章开始，学习一些短篇的古体诗。古体诗的吟诵，最简单的规则就是入短韵长——在熟悉了依字行腔之后，开始调整自己的吟诵，有些字的长短在吟诵中是不一样的，入声字短读，韵字拖长读。熟悉吟诵的朋友都知道"平长仄短"四个字，就是二四六的平声吟诵时要拖长，仄声则不必那么长。但其实这是近体诗吟诵的严格标准，古体诗吟诵没这么严格。我在想，如果一开始就学习近体诗吟诵，一个句子中既要拉长二四六的平声，还要拉长韵字，还要短读入声字，我觉得这是有一定难度的。本着由易到难、由简到繁的学习次第宗旨，我建议先学习短篇的古体诗（大概四句到六句的古体诗）。吟诵者在明确的吟诵规则上只需要注意入短韵长就可以了，上手比较容易。

我有一次和久而（我教的吟诵班级的名称）的学生一起吃饭，让他们帮我反思学习的次第，他们只有初中毕业的年龄，却一个个已经是吟诵的小专家了。大家也觉得该从近体诗开始学习吟诵较好，只有杨钧宇认为应该先从古体诗开始学习。同学们则反驳说，近体诗的吟诵有规律可循，古体诗也不是只需要入短韵长的，还要讲究感情把握。我则反问，那近体诗也是需要感情把握的。同学们继续说，近体诗必定有了一个平长仄短的框架，好把握了，古体诗是自由的，于是对于初学者来说就不知道怎么把握了。杨钧宇说，要让大家一开始就努力去自我感悟，自我把握，只强调入声短读、韵字拉长就好，其余的让大家自己发挥，这才是吟诵。如果一开始就学习近体诗，容易让人觉得所有规矩都定好了，就没有自己发挥的空间了，吟诵就学死了。还有，要相信小朋友自己有能力跟随着声音去感悟。这番发言于我心有戚戚焉。

只是长篇的古体诗的确不太好把握，所以我建议先从短篇的古体诗开始。本书中，学习徐健顺老师及其团队的吟诵符号标注法，古体诗歌只标注入声字和韵，其余的字鼓励大家依义行调的发挥。

第三章叫作"长短与高低"。学完短篇古体诗歌的吟诵，我们既学会了入短韵长的"读书"方法——古人的读书绝大多数情况是吟诵的，又知道了吟诵还有自我发挥的余地。我们现在再加上要长读的字——二四六的平声，近体诗歌的吟诵就出现了。我们先努力做到节奏点的平声拖长，仄声不必长，这就是所谓的"平长仄短"，再试着调整自己的调子做到平低仄高就好。在这样的长长短短和高高低低中努力体会作者要表达的情感。我们就算是完成了学习近体诗吟诵的任务了。

有几部蒙学作品适合用来做学习近体诗的铺垫，比如《声律启蒙》、《笠翁对韵》。这里面的一字对、两字对是对联练习，五字对、七字对是近体诗练习，多字对则是骈体文的练习了。所以《声律启蒙》、《笠翁对韵》的吟诵就要讲究长短高低了。

学习近体诗的吟诵，先吟诵绝句，再吟诵律诗，律诗往往是八句的，绝句像是把律诗砍了一半一般。所以绝句练会了，律诗也就不难了,但是律诗的调子不是将绝句的调子唱两遍这么简单,这个我会在后面详说。

词与曲的吟诵可以仿照近体诗的吟诵规则,除了入短韵长以外,还要讲究平长仄短——在二四六的平声处拖长,仄声往往处理得高一些。长调的词曲分上下阕,便将它处理为两个段落,用起高调来表现就好。当然,更高级的吟诵要根据具体诗文具体设计高低调。

第四章叫作"流动与歌行"。我建议最后进入长篇的古体诗吟诵学习。长篇的古体诗,吟诵起来基本上遵循入短韵长就够了。只是古体诗写多少句都有可能,它们往往是四句、六句、八句一个层次,要用吟诵调体现这些层次的变化。我的吟诵调总是高起的,用高起来表示分层,实践证明,这很容易掌握。而吟诵调的分层是要"依义行调"的,根据诗意的不同设计高低分层,所以可以在熟练了高低分层的基本特征之后根据诗意调整调子的高低。

古体诗吟诵讲究气息的流动,总体来说比较快,但在这其中依然要把握轻重缓急。对于吟诵者来说,首先要气息足,这需要练习发声法,再有就是调动感情,根据文意、句式不断调整你的气,最后要充分了解吟诵的规则,在吟诵时不断灵活运用。短篇的古体诗,因为篇幅短,情感开合也不复杂,往往好把握。而长篇古体诗则在情感表现上丰富得多,吟诵起来就复杂了。这便是最后学习长篇古体诗吟诵的原因。

我觉得,不要追求一次性就把一首古体诗歌吟诵好。我给学生录制吟诵,长篇的古体诗往往要录制许多次,一开始录制的时候,鼓励孩子们依字行腔、入短韵长、高低回环地设计调子,孩子们马上就可以吟诵下来,觉得长篇古体诗也不难,敢于亲近这样的文本了。我便拿着这样的音频来讲课,或者给更多的孩子用来练习。当大家都熟悉了文本内容后,觉得这首诗的吟诵某些地方该有所调整,我便带领吟诵者再录制一遍,吟诵的学生便在轻重缓急、气息流动上把握得更好了。有时不过是因为某一遍的录制效果不够好,重新录制的时候,孩子们的气息风格便有所调整,出现了更合适的演绎。所以我想,只要我们心里知道什么是对的,并不追求在某一次达到完美,是可以越来越好的。

中国的诗歌发展由四言到五言再到七言,长篇古体诗吟诵的学习顺序也可以如此。四言古诗以《诗经》为例。《诗经》吟诵相对简单,入短韵长是基本规则。《诗经》是分章的，就是分段，每个段落一个层次，高起低落是最简单的办法，根据诗意不断调整高低则更好。先学习短篇的国风，文字浅显，内容也容易亲近，再学习雅、颂的诗歌会比较好。

五言诗歌的吟诵，前面学古体诗的时候已经有所接触，只需要注意入短韵长就好，长篇的五言古体诗吟诵还要注意诗歌的层次把握，一般情况下换韵就是换了一层，这也是要先习惯了入短韵长才能学习的。没有换韵的诗歌，要根据意思分层，这是要充分理解依义行调才可以别把握的。最后努力调整气息。我建议用魏晋时期的长篇五言古体和唐诗中的五言古体作为学习的内容。

要特别注意的是七言的长篇古体诗，一般情况下，这种古体诗都是歌行体。每句话的吟诵大概都是四拍，节律是均匀的。于是如歌而行，比近体诗吟诵得快。但是一首歌行体的诗歌某些部分的表情达意会有变化，也要依义行调的调整速度。歌行体有时也是以七言为主的杂言诗歌，不同的句式有不同的吟诵方法，要根据句式调整，所以我建议七言歌行体放在最后学习。

本书有四个章节，每个章节里还有若干个步骤来细化学习的内容。学习学习，有学则还应有习。本书的每个章节的最后一步都是"学而时习"，便是将一个章节所强调的内容再用一些诗歌举例，复习这一章节重点学习的吟诵规则。在"习"的章节里，还会引导大家思考一些事情，请学习者努力跟随，一起玩味。

吟诵的学习不是学会一门技巧这么简单。吟诵好比一把钥匙，它可以让我们顺利地打开古诗词文的大门，更容易理解里面的道。如此说来，我们不该过分地"玩钥匙"，而应努力地开门，到门后的世界里去游历。希望大家刚开始学习吟诵的时候，努力学习规则，调整自己读书的声音，学到最后，不要纠结在一个个小的吟诵规则上，而要通过方方面面的材料，去探寻诗歌背后的文化与精神，结合吟诵的味道去理解。所以，本书设计了"我们一起来吟诵"的版块，应是努力将诗歌背后的故事与声韵的分析以及吟诵的建议都放在这里，与大家分享。因为篇幅的问题，放在书中的相关文字不会太多。我会链接一些网站或是我的视频课给大家看，希望大家可以喜欢。

古人对于吟诵的研究性文字不多，更无系统的著作，今人从不同的出发点有许多论述出现。我们都在学习的路上，要认真阅读这些书籍，经过自己的思考，选择性地接受，再用实践去体验，最终得来我们的感受，不要着急树立门派，"本位"地学习。放空自己，从零开始，让我们一起来吟诵。

（作者单位：北京景山学校）

（编辑：刘奶景）

2012年中国古典诗歌研究论文索引

◇滕祥辉　整理

＊每个条目所列内容为：
序号 题目//作者//发表刊物（出版地）//期数//页码

简明目录：
一、总论
1. 古代诗歌通论；2. 跨代诗歌研究；3 诗歌翻译研究
二、先秦诗歌
1. 先秦诗歌总论；2. 诗经；3. 楚辞
三、汉代诗歌
1. 总论；2. 辞赋；3. 乐府歌诗
四、魏晋诗歌
1. 总论；2. 三曹；3. 陶渊明
五、南北朝诗歌
1. 永明体；2. 元嘉三大家；3. 其他
六、隋唐五代诗歌
1. 隋唐诗歌总论
2. 初唐诗歌：（1）初唐四杰；（2）其他
3. 盛唐诗歌：（1）杜甫；（2）李白；（3）边塞诗派；（4）山水田园诗派；（5）其他
4. 中唐诗歌：（1）元白；（2）韩孟；（3）柳宗元；（4）李贺；（5）其他
5. 晚唐诗歌：（1）李商隐；（2）其他
6. 曲子词及文人词：（1）花间词派；（2）南唐词

七、宋代诗歌

1. 宋诗总论

2. 北宋诗：（1）黄庭坚；（2）欧阳修；（3）苏轼；（4）其他

3. 南宋诗：（1）中兴四大家；（2）其他

4. 宋词总论

5. 北宋词：（1）黄庭坚词；（2）柳永词；（3）苏轼词；（4）秦观词；（5）其他

6. 南宋词：（1）李清照词；（2）辛派词；（3）陆游词；（4）其他

八、辽金元诗歌

1. 总论；2. 元好问

九、明代诗歌

1. 诗；2. 词曲

十、清代诗歌

1. 诗；2. 词曲：（1）纳兰词；（2）其他

十一、近代诗歌

1. 诗；2. 词

十二、诗歌理论

1. 诗学；2. 词学；3. 曲学

十三、文献考订、书评及研究综述

1．文献考订；2. 书评；3. 研究综述

一、总　论

1．古代诗歌通论

1．把握诗歌意象间关系的妙用//王琰//语文学刊·下半月刊（呼和浩特）//第 7 期//第 72—73 页

2．"比"、"兴"新说//孙明材//文艺评论（哈尔滨）//第12 期//第 30—32 页

3．重新审视古典诗歌的社会功能//张思京//湖湘论坛（长沙）//第 25 卷第 2 期//第 95—100 页

4．传播与接受视域中的中古赋及中古赋论//彭安湘//湖北大学学报：哲社版（武汉）//第 39 卷第 2 期//第 13—17 页

5．词牌、曲牌与文人、乐人之关系//项阳//文艺研究（北京）//

第1期//第47—56页

6. 从蝉诗看象征诗歌意境的"有""无"//樊洁//芒种（沈阳）//第11期//第139—140页

7. 从古代诗歌中看形式美的人文内涵//常品//黑河学刊（黑河）//第12期//第15—16，20页

8. 从心理学视角看中国古诗鉴赏过程//鲍艳丹，曲海燕，张晶//黑龙江教育学院学报（哈尔滨）//第31卷第1期//第118—120页

9. 从中日诗话异同看古代大众传播//闫志强//名作欣赏·下旬（太原）//第1期//第126—128页

10. 点点滴滴说"梧桐"：古典诗歌中梧桐意象简析//李胜//现代语文·学术综合（曲阜）//第8期//第61—62页

11. 都市人的精神家园：诗性想象中的杭州西湖//王晓静//南通大学学报：社科版（南通）//第28卷第1期//第36—39页

12. 古典诗歌含蓄美的形态探析//葛金平//学术论坛（南宁）//第35卷第3期//第65—68，76页

13. 古典诗歌品评的意识形态向度//李胜清//淮阴师范学院学报：哲社版（淮安）//第34卷第3期//第374—377页

14. 古典诗歌赏析：关于开头和结尾//韩永松//科教文汇（合肥）//第09B期//第57—58页

15. 古典诗歌意象解读技巧//杨名富//科学咨询（重庆）//第5C期//第119页

16. 古典诗歌中常见的景物描写手法及其作用//聂红珍//学园·教育科研（昆明）//第22期//第113页

17. 古典诗歌中"黄昏"意象的情感指向//王善明//连云港文学（连云港）//第2B期//第54—55页

18. 古代诗歌意境理论的形成//李定通//语文学刊·上半月刊（呼和浩特）//第5期//第24—25页

19. 古代诗歌与安庆地区交通述论//司娅娇//商丘师范学院学报（商丘）//第28卷第2期//第114—118页

20. 古典诗歌中潮意象分析//官禹平//沙洋师范高等专科学校学报（荆门）//第13卷第4期//第59—61页

21. 古典诗歌中"兰"的比兴寓意探微//黄湟//昭通师范高等专科学校学报（昭通）//第34卷第2期//第37—43页

22. 古典诗歌中的人造意象举例//白志平，杨国芳//教育教学论坛（石家庄）//第10B期//第239—240页

23. 古典诗歌中的自然意象//陈正喜//文学教育（武汉）//第5C期//第24—25页

24. 古典诗歌中女性的呐喊//王凤//时代文学（济南）//第6B期//第171—172页

25. 古典诗歌中视角的叠加//高原//语文学刊·下半月刊（呼和浩特）//第8B期//第53—55页

26. 简论征军诗歌的艺术特征//吴辰//海南广播电视大学学报（海口）//第4期//第13—19页

27. 江南僧诗的意趣情感及其文化因缘//查清华//学术月刊（上海）//第44卷第4期//第108—114页

28. 结构：诗歌的内外组合美学原则//李骞//当代文坛（成都）//第3期//第95—98页

29. 空间性语言、空间语法和中国古代诗歌的空间性：从言、象、意论中国古代诗学的空间性之一//邓伟龙，尹素娥//殷都学刊（安阳）//第1期//第53—61页

30. 历代咏虞美人草诗词的情感意蕴与文体特征//许芳红//古典文学知识（南京）//第6期//第88—93页

31. 炼意与炼字：中国古典诗歌解决"言不尽意"矛盾的常用方法//孙新潮//凯里学院学报（凯里）//第30卷第2期//第113—116页

32. 论登楼意象的发展与定型//刘城//中国韵文学刊（湘潭）//第26卷第4期//第70—74页

33. 论互文性理论视阈的诗歌用典//余小平//江西社会科学（南昌）//第3期//第81—85页

34. 论古代贬竹文学//王三毛//阅江学刊（南京）//第4卷第1期//第137—141页

35. 论古代诗歌创作的美学意象//郑益兵//求索（长沙）//第4期//第141—143页

36. 论古代诗歌的音乐美//王渊//文学教育（武汉）//第11C期//第45页

37. 论古代文学中的萱草意象//付梅//阅江学刊（南京）//第4卷第1期//第142—148页

38. 论古典诗歌学问化//魏中林，宁夏江//民族文学研究（北京）//第 5 期//第 19—27 页

39. 论诗歌叙事语符对诗歌叙事文本语义的结构主义阐释//罗军，辛苗//哈尔滨师范大学社会科学学报（哈尔滨）//第 3 卷第 6 期//第 99—101 页

40. 论四言诗音节分化与五言诗的发生//沈亚丹//社会科学研究（成都）//第 3 期//第 191—195，207 页

41. 论用典与咏史及述本事的关系//陈丕武//阜阳师范学院学报：社科版（阜阳）//第 6 期//第 1—5 页

42. 论中国古典诗歌的光色描写//杨春艳//写作·上半月刊（武汉）//第 12 期//第 38—40 页

43. 论中国古典诗学譬喻性的传统//姜玉琴//上海大学学报：社科版（上海）//第 29 卷第 1 期//第 97—107 页

44. 论中国诗歌精神对主体意识与危机意识的超越//李慧，王晓勇//西安交通大学学报：社科版（西安）//第 3 期//第 16—17 页

45. 朦胧美的本体价值及历史发展：以宋前诗歌发展史为中心//徐艳//河北学刊（石家庄）//第 32 卷第 3 期//第 99—104 页

46. "明星"典故与古典诗歌的误读//李秋霞//贵州文史丛刊（贵州）//第 3 期//第 97—102 页

47. 拟与避：古典诗歌文本的互文性问题//蒋寅//文史哲（济南）//第 1 期//第 22—32 页

48. 品鉴诗歌语言之美：诗歌鉴赏与诗歌教学刍议（一）//佘红云//语文学刊·上半月刊（呼和浩特）//第 4 期//第 118—119，136 页

49. 气象书写在中国古代诗歌欣赏中的意义//王东//名作欣赏·中旬（太原）//第 4 期//第 86—88 页

50. 浅论"言不尽意"：以中国古典诗歌中作者本意的隐匿为例//王梦琪//开封教育学院学报（开封）//第 32 卷第 2 期//第 28—31 页

51. 浅论中国古典诗歌的空间形式//莫文甫//重庆科技学院学报：社科版（重庆）//第 8 期//第 109—112 页

52. 浅析古代诗歌的艺术风格//张萱//芒种（沈阳）//第 8B 期//第 90—91 页

53. 浅谈古代诗歌中形象的塑造//陈进，鲜跃勇//时代文学（济

南）//第 1B 期//第 191—192 页

54. 浅析古代诗歌的鉴赏//张利华//科学咨询（重庆）//第 3A 期//第 114 页

55. 浅析意象解读在诗歌鉴赏中的作用//陈志银//新课程学习·中旬（山西）//第 9 期//第 78 页

56. 浅析隐逸诗歌的意象美和意境美的再现//林濂瑜//剑南文学·经典教苑（绵阳）//第 1 期//第 88—89 页

57. 浅析原始型的诗歌//韩莹莹//现代语文·学术综合（曲阜）//第 4 期//第 4—5 页

58. 浅析中国古典诗词中的兴手法的心理特征//吕亚萍//芒种（沈阳）//第 8B 期//第 92—93 页

59. 浅析中国古今诗歌仄声韵//李明//哈尔滨职业技术学院学报（哈尔滨）//第 6 期//第 61—62 页

60. 巧用古籍版本差异赏析诗歌语言//郭跃辉//语文月刊（广东）//第 2 期//第 28—30 页

61. 秦系诗中的陶然之趣与豪放之气//邹晓春//文艺评论（哈尔滨）//第 12 期//第 40—43 页

62. 情感：诗歌结构的符号艺术//李骞//文艺争鸣（长春）//第 10 期//第 90—95 页

63. 儒家诗教生成的礼乐政治背景//李金善,受志敏//河北大学学报：哲社版（保定）//第 37 卷第 1 期//第 36—40 页

64. 诗歌，读出来的美丽：析中国古典文学鉴赏理论"因声求气"//单轶文//文学教育（武汉）//第 9B 期//第 112 页

65. 诗歌解读的评价视角//赵卫,李南//山东社会科学（济南）//第 2 期//第 84—88 页

66. 诗歌里的月意象解析//汤凌云//文学教育（武汉）//第 11C 期//第 38—39 页

67. 诗歌物语：值得注意的中国诗歌语言现象//郑时雍//中华文化论坛（成都）//第 2 期//第 15—18 页

68. 诗歌意象的作用概要//毛翰//安徽理工大学学报：社科版（淮南）//第 14 卷第 3 期//第 70—74 页

69. 史诗与叙事诗关系的诠释与思考//冯文开//民族文学研究（北京）//第 2 期//第 143—148 页

70. 试论诗歌剑意象之文化心理成因//受志敏//时代文学（济南）//第2B期//第209—210页

71. 试论中国诗歌意象的塑造//侯力玮//科学咨询（重庆）//第6C期//第85页

72. 试探中国古典诗歌中的"化美为媚"//罗明月//语文知识（郑州）//第2期//第3—5页

73. 疏解诗家语//黄丽清//语文学刊·上半月刊（呼和浩特）//第10期//第1—2页

74. 瞬间性和持续性：古典诗歌的两种意境：以咏雪诗为例//孙绍振//名作欣赏·上旬（太原）//第1期//第11—13页

75. 随顺与抗争：明清时事剧作探究//李江杰//四川戏剧（成都）//第3期//第27—29页

76. 谈古诗词的教与写//李继华//语文学刊·上半月刊（呼和浩特）//第2期//第156—157页

77. 谈谈儿童题材的古典诗歌//白红艳//文学教育（武汉）//第1A期//第105页

78. 唐宋秋千词略论//梁俊仙；岳玉平//名作欣赏·下旬（太原）//第4期//第85—86页

79. 唐宋乐化词的歌词性及其启示//翁朝霞//福州大学学报：哲社版（福州）//第25卷第6期//第86—90页

80. 为"意象"正名：古典诗歌意象艺术札记之一//陈伯海//江海学刊（南京）//第2期//第14—23页

81. 文化再现中的"他者"女性：中国古典文学中的女性身份研究//傅美蓉//文艺评论（哈尔滨）//第12期//第153—156页

82. 文人身份与中国古代赠序和远游诗的兴起//石中华；孙文宪//河南社会科学（郑州）//第20卷第4期//第98—101页

83. 我国古典诗歌超稳态的基础：双言结构和三言结构//孙绍振//名作欣赏·上旬（太原）//第11期//第16—23页

84. 西域乐舞的南传与陈代诗歌中的胡笳意象//宿月//西域研究（乌鲁木齐）//第3期//第107—114页

85. 行人辞令与五凉文化积淀和流布//庆振轩//北方论丛（哈尔滨）//第1期//第6—10页

86. "以才学为注"：中国古代诗歌阐释的传统模式//明月熙//社

会科学（桂林）//第1期//第119—122页

87．言不尽意与古典诗歌的含蓄美//李艳//剑南文学·经典教苑（绵阳）//第3期//第94页

88．移情换位情更浓：浅谈古典诗歌思乡怀人之情之表现手法//韩桃林//语文学刊·上半月刊（呼和浩特）//第8A期//第18—19页

89．"移情"与诗歌意境的构成//徐治堂//牡丹江教育学院学报（牡丹江）//第2期//第1—2页

90．以韵入散：诗歌与小说的交融互动//李鹏飞//北京大学学报：哲社版（北京）//第49卷第3期//第63—67页

91．艺苑从来万古新：谈谈旧体诗的复兴现象//王新平//山西日报（太原）//12月19日//第C1页

92．犹抱琵琶半遮面：论会话隐涵与中国诗歌意境//周菁蔚//语文学刊·下半月刊（呼和浩特）//第8B期//第65—66页

93．游走于宋词元曲间的萨都剌咏史词//陈忻//重庆师范大学学报：哲社版（重庆）//第2期//第67—71页

94．约会一场浅"吟"低"诵""穿越"千载情韵诗词//叶嘉莹//中国图书评论（沈阳）//第3期//第9—14页

95．"月破"与"月破黄昏"//白灵阶//名作欣赏·中旬（太原）//第5期//第83—85页

96．"载道"的乌鸟：辞赋中的乌意象论略//付元琼//学术探索（昆明）//第2期//第128—131页

97．再析诗歌语言略弹性之美//赵艳//重庆交通大学学报：社科版（重庆）//第12卷第2期//第135—137页

98．自我叙事：中国古代诗歌自传传统的形成//周剑之//北京大学学报：哲社版（北京）//第49卷第6期//第113—120页

99．中国古代茶花诗歌的忠君体国的忧患意识//孙培华//作家（长春）//第10期//第142—143页

100．中国古代城市诗歌中的野趣探源//卢玉//时代文学（济南）//第10期//第172—173页

101．中国古代诗歌中的月意象//王强//濮阳职业技术学院学报（河南）//第25卷第5期//第65—67页

102．中国古典诗歌常用艺术手法分析//张弋//文学教育（武汉）//第10B期//第18—19页

103．中国古典诗歌的审美意象∥林玲∥湖北广播电视大学学报（湖北）∥第32卷第5期∥第59—60页

104．中国古典诗歌的诗题论∥颜庆余∥作家（长春）∥第11期∥第172—173页

105．中国古典诗歌营造情景交融意境的方法∥俞蕾∥文学教育（武汉）∥第8B期∥第134页

106．中国古典诗歌语言与私人语言∥李智星∥中山大学研究生学刊：社科版（广州）∥第33卷第4期∥第56—71页

107．中国古典诗歌之美感特质∥（加）叶嘉莹∥河南大学学报：社科版（开封）∥第52卷第5期∥第108—115页

2. 跨代诗歌研究

108．白居易诗歌与日本平安朝文学∥张永吉∥语文教学与研究·读写天地（武汉）∥第5期∥第32页

109．承变之际：晚唐诗人对陶渊明的接受∥罗时进，姜鹏∥安徽大学学报：哲社版（合肥）∥第36卷第3期∥第53—58页

110．陈子昂《感遇》诗与《庄子》的哲学关系∥鲍鹏山∥上海师范大学学报：哲社版（上海）∥第3期∥第73—82页

111．楚辞对柳宗元贬谪诗歌的影响∥吴玲玲∥凯里学院学报（凯里）∥第30卷第5期∥第81—83页

112．传承与悲剧成因探讨：《代悲白头翁》与《葬花吟》比较∥温瑜∥黑龙江史志（哈尔滨）∥第3期∥第78—80页

113．从美学角度出发比较中日诗歌中的"空灵"美：以王维和松尾芭蕉为例∥李晓光∥文学界（长沙）∥第12C期∥第64，66页

114．从民间乐府到文人乐府的华彩转身：论"三曹"诗歌对汉乐府民歌的继承与发展∥霍雅娟∥赤峰学院学报：汉文哲社版（赤峰）∥第33卷第12期∥第113—115页

115．从儒学的盛衰转变看建安诗歌的一些特点∥路美艳∥兰州教育学院学报（兰州）∥第28卷第8期∥第5—6页

116．从三首题画像诗看北宋诗坛对杜甫的接受∥吴华峰∥中国文化研究（北京）∥第2期∥第67—71页

117．从意象的继承上看《古诗十九首》对曹植诗歌的影响∥张卓群∥忻州师范学院学报（忻州）∥第28卷第6期∥第28—30页

118．　"点染"法：论意象主义诗歌对中国古典诗歌的吸纳与创新∥

杜爱平//哈尔滨职业技术学院学报（哈尔滨）//第1期//第37—38页

119. 歌诗在诗歌与歌词之间：论新诗与歌诗//龙超//中外诗歌研究（重庆）//第2期//第31—32页

120. 方回对杜甫诗歌的品评//石影//科教导刊（武汉）//第6B期//第131，174页

121. 方回与纪昀评点杜甫沉郁顿挫诗风的不同视野//廖洪昌，誉高槐//武汉大学学报：人文社科版（武汉）//第65卷第2期//第77—83页

122. 风雅传今日，云山想昔时：论王维诗歌对宋词的影响//刘京臣//鲁东大学学报：哲社版（烟台）//第29卷第1期//第42—46页

123. 《古诗十九首》对屈原诗歌意象的赓续//解文超//芒种（沈阳）//第9B期//第124—125页

124. 汉唐诗歌中两种比喻模式的交替演进//张一南//文学遗产（北京）//第1期//第39—48页

125. 何景明对李白诗歌的接受//李启迪//重庆科技学院学报：社科版（重庆）//第9期//第103—105页

126. 黄庭坚对杜甫诗歌的接受与创新//骆德林//文学教育（武汉）//第8A期//第148—150页

127. Image与"象"：意象派诗歌和中国古典诗歌的意象比较研究//陈思宇//长城（石家庄）//第3B期第90—91页

128. 简论明清徽商的诗歌创作//周生杰//文学评论（北京）//第3期//第77—84页

129. "讲述"与"展示"：纳兰与苏轼悼亡词比较一种//陈鑫//文学界（长沙）//第12C期//第223，225页

130. 绝响遗音，直接唐人：论文廷式《云起轩词》对花间词之接受//陆有富//名作欣赏·中旬（太原）//第11期//第154—155页

131. 跨文化的辨析与诗歌：从柏拉图与孔子谈起//唐晓华//作家（长春）//第8期//第168—169页

132. 李白和白居易诗歌中女性形象比较//李春芳//鸡西大学学报（鸡西）//第12卷第5期//第107—108页

133. "梁甫（父）"题材诗歌的演变及其审美特征//阚文文，郝玉龙//理论界（沈阳）//第10期//第119—121页

134. 陆游诗歌对李杜诗风的继承与发展//张艳清//太原城市职业

技术学院学报（太原）//第3期//第190—192页

135．略论古典诗歌情景关系的演变：以先秦至唐代诗歌为考察对象//马宇扬//邢台学院学报（邢台）//第27卷第4期//第93—95页

136．略论昆曲对词体四声规律的继承与发展//刘芳//东南大学学报：哲社版（南京）//第14卷第6期//第91—94页

137．论朝鲜汉诗对韦应物及其诗歌的接受//曹春茹//云南大学学报：社科版（昆明）//第11卷第2期//第74—81页

138．论楚声与汉乐府的"以悲为美"//田海花//牡丹江师范学院学报：哲社版（牡丹江）//第6期//第8—10页

139．论戴望舒诗歌对中国古典诗歌意象的接受//章杏玲//巢湖学院学报（巢湖）//第14卷第1期//第79—84页

140．论地域文人集群与地狱诗派的形成：以南园诗社与岭南诗派为例//陈恩维//学术研究（北京）//第3期//第127—134页

141．论杜甫诗歌对宋诗的影响//左汉林，韩成武//三峡大学学报：人文社科版（宜昌）//第34卷第6期//第36—40页

142．论杜诗风格在宋代诗歌中的再现//左汉林//南阳师范学院学报（南阳）//第11卷第10期//第40—45页

143．论杜诗在稼轩词中之接受//单芳//杜甫研究学刊（成都）//第1期//第57—62页

144．论黄庭坚对庾信诗赋的接受//何世剑，吴艳//南昌大学学报：人文社科版（南昌）//第43卷第6期//第91—97页

145．论李东阳对李白的接受//张海//重庆师范大学学报：哲社版（重庆）//第2期//第85—90页

146．论李商隐对曹植的心灵共鸣//周玉华//求索（长沙）//第3期//第195—196，251页

147．论柳宗元诗歌特点、意义及在宋代的影响//赵东丽//商丘职业技术学院学报（商丘）//第11卷第1期//第57—58页

148．论六朝诗歌的批评与整理在明代中期的兴盛//吴冠文//上海大学学报：社科版（上海）//第29卷第6期//第51—60页

149．论梅尧臣诗歌的艺术特征及其与杜诗的关系//左汉林，高付军//河北民族师范学院学报（承德）//第32卷第4期//第15—17页

150．论上官婉儿诗歌对楚辞的接受//白玉婕//内蒙古农业大学学报：社科版（呼和浩特）//第14卷第6期//第326—327页

151. 论《四库全书总目提要》对唐宋《诗》学之批评：兼谈唐、宋《诗》学的承与变//刘挺颂//海南大学学报：人文社科版（海口）//第29卷第6期//第113—120页

152. 论唐宋巴蜀词的民俗传承//王玫//文艺评论（哈尔滨）//第12期//第89—93页

153. 论晏殊词对花间词风的继承和开拓//谢煜//岳阳职业技术学院学报（岳阳）//第27卷//第6期//第90—93页

154. 论"永嘉四灵"对魏晋风度的体认与承袭//赵彦，张维民//北方民族大学学报：哲社版（银川）//第2期//第132—134页

155. 论乐府歌诗创作在近体诗形成过程中的作用//周仕慧//名作欣赏·中旬（太原）//第1期//第81—83页

156. 论朱敦儒"神仙风致"对李白"诗仙风骨"的接受与承继//肖林桓；尹楚兵//名作欣赏·中旬（太原）//第6期//第17—19页

157. 秘响傍通，恍惚相似：论李贺诗与梦窗词艺术处理之异同//钱锡生//北京大学学报：哲社版（北京）//第49期第2卷//第80—87页

158. 明代文人视野下的李杜诗歌比较//韩昀//长春工业大学学报：社科版（长春）//第24卷第4期//第88—90页

159. 明清俗语辞书与同义词研究//曾昭聪//绵阳师范学院学报（绵阳）//第31卷第12期//第1—8页

160. 明清咏剧诗歌对于戏曲接受史研究的特殊价值//赵山林//文学遗产（北京）//第5期//第104—115页

161. 南朝与南宋诗歌对比研究//姚文文//语文学刊·上半月刊（呼和浩特）//第2期//第17—20页

162. 清人对宋季遗民词的批评接受及其词学意义//祝东//孝感学院学报（孝感）//第32卷//第4期//第27—33页

163. 浅析《万叶集》防人歌与边塞诗之相似点//孙静冉//长春理工大学学报：社科版（长春）//第25卷//第10期//第163—165页

164. 浅析韩愈诗歌对欧阳修的影响//张宁//文学教育（武汉）//第6A期//第146—148页

165. 浅析屈原对郑澈诗歌创作的影响//王莹//科教文汇（合肥）//第10A期//第67—68页

166. 浅析宋初白体诗人对白居易诗歌体裁的学习//于向辉，张艳

存//作家（长春）//第 10 期//第 138—139 页

167. 儒家仁学对唐宋诗歌的影响//刘佳丽//文教资料（南京）//第 26 期//第 81—83 页

168. 三苏与杜诗//左汉林//北京青年政治学院学报（北京）//第 21 卷第 3 期//第 104—110 页

169. "山水诗兴起说"：从谢灵运到王元化：兼及《文心雕龙创作论》佚文释疑//夏中义//南方论坛（南宁）//第 2 期//第 16—22 页

170. 邵雍和白居易：兼论北宋中后期洛阳诗人群对白居易的接受//赵艳喜//聊城大学学报：社科版（聊城）//第 6 期//第 14—23 页

171. 身世原非杜拾遗，凄凉偏读拾遗诗：试析杜甫对林纾诗歌创作的影响//徐瑛//福建工程学院学报（福州）//第 10 卷第 5 期//第 509—513 页

172. 三国至隋唐时期的辽东诗歌//张春鹰//辽宁经济职业技术学院学报（沈阳）//第 4 期//第 37—38 页

173. 诗歌巨匠描桥秀景，诗赋名家吟桥颂月，语言大师倚桥抒怀：唐宋诗歌《州桥》《天津桥春望》中的古桥名赏析//宁珊珊//中国地名（北京）//第 5 期//第 67 页

174. 诗中圣哲与词坛飞将：再论杜甫与辛弃疾//赵晓岚//中国文学研究（长沙）//第 2 期//第 66—70，78 页

175. 试论杜甫"诗史"在宋代的接受//黎青//杜甫研究学刊（成都）//第 1 期//第 50—56 页

176. 试论湖畔派早期诗歌对古诗的借鉴与创新//罗燕玲//文学教育（武汉）//第 7A 期//第 144—145 页

177. 试论陆游诗歌对李白浪漫风格的接受//黄云姬//长春师范学院学报：人文社科版（长春）//第 31 卷第 7 期//第 75—76 页

178. 试论庞德意象派诗歌中的中国古典诗歌影子//李亚妮//作家（长春）//第 7 期//第 81—82 页

179. 宋代咏菊词与陶渊明//王慧刚//芒种（沈阳）//第 11B 期//第 122—123 页

180. 苏轼词对白居易诗的化用//马丁良//名作欣赏·中旬（太原）//第 3 期//第 15—17 页

181. 苏轼词对唐诗的化用与择取//张艳//语文学刊·上半月刊（呼和浩特）//第 11 期//第 19—20 页

182. 唐末至宋初的宗白诗风//陈毓文//湖南农业大学学报：社科版（长沙）//第13卷第4期//第83—88页

183. 唐宋茶诗之茶山审美//蔡定益//湖南农业大学学报：社科版（长沙）//第13卷第1期//第70—76页

184. 唐宋联章词的叙事性探析//袁九生//浙江工业大学学报：社科版（杭州）//第11卷第1期//第115—120页

185. 唐宋粤西民间文化景观与诗歌创作//钟乃元//广西民族大学学报：哲社版（南宁）//第34卷第2期//第148—152页

186. 唐诗宋词中的象声词//赵爱武//湖北师范学院学报：哲社版（黄石）//第32卷第2期//第42—45页

187. 陶渊明四言诗与《诗经》传承关系考论//李金坤//中州学刊（郑州）//第1期//第165—168页

188. 陶渊明与李白诗歌酒意象之比较//张美乐//鸡西大学学报（鸡西）//第12卷第11期//第93—94页

189. 王国维词对纳兰词的接受：以"人间"意象为例//孟洋//北方论丛（哈尔滨）//第3期//第21—24页

190. 文化家园与元明诗文之走向//曹胜高//古代文明（长春）//第6卷第1期//第63—71页

191. 梧桐半死红颜老，天上人间寻芳魂：贺铸和纳兰容若悼亡词之比较//张红//文学界（长沙）//第12C期//第234—235页

192. 谢庄《月赋》与欧阳詹《秋月赋》形制之比较//陈铃美//北京化工大学学报：社科版（北京）//第1期//第19—24，15页

193. 一点灵犀必暗通：试论李商隐诗对苏轼词的影响//郭自虎，黄学义//东方论坛（宁波）//第5期//第114—118页

194. 以图形—背景理论解读唐诗与意象派诗歌中色彩的重复：以四首诗歌为例//杨岭楠//语文学刊·下半月刊（呼和浩特）//第2期//第70—71页

195. "意象"差异背后的文化特质：意象派与中国古典诗歌//简澈//芒种（沈阳）//第7期//第130—132页

196. 意象主义诗歌和中国古典诗歌中的意象比较研究//米海燕//短篇小说：原创版（吉林）//第4期//第20—21页

197. 在传承古典诗歌艺术中发展新诗//姚国建，李桦//淮北师范大学学报：哲社版（淮北）//第33卷第5期//第97—101页

198. 在诗歌中寻唐筝演变的足迹//陈凌//乐器（北京）//第3期//第50—53页

199. 郑珍诗歌与杜诗的渊源关系研究//龙飞//贵阳学院学报：社科版（贵阳）//第7卷第1期//第54—58页

200. 中国古典诗歌审美特征形成路径浅探：从《西洲曲》到《春江花月夜》//张洪波//名作欣赏·下旬（太原）//第12期//第135—137页

201. 中国古典诗歌之咏物寄托与西方诗之直接抒情//孙绍振//名作欣赏·上旬（太原）//第2期//第15—18页

202. 中日古典诗歌中的梅花意象比较//孙静冉//重庆文理学院学报：社科版（重庆）//第31卷第4期//第5—97，152页

203. 中西诗歌"意象"嬗变中的相异与契合//孙昶临//芒种（沈阳）//第7期//第151—152页

3. 诗歌翻译研究

204. 从拜伦诗歌《依依离别情》三种中译本看古典诗歌翻译原则//菅亚珏//天津职业院校联合学报（天津）//第14卷第4期//第63—66页

205. 从几组唐诗的译文看古典诗歌的今译//唐瑛//长城（石家庄）//第6B期//第201—202页

206. 从李清照词看文化意象词的翻译//伍嘉，刘祥清//文学界（长沙）//第11C期//第244—246，248页

207. 从模糊角度看诗歌翻译//林桂红//科教文汇（合肥）//第7B期//第137—138页

208. 从生态翻译视角看《周南·关雎》中"君子"的翻译//李砚霞//名作欣赏·中旬（太原）//第2期//第147—148页

209. 从诗歌翻译浅谈翻译美学//董海楠，徐爽//新课程学习·中旬（山西）//第3期//第70—71页

210. "纯诗"与"信、顺"：梁宗岱和梁实秋译《十四行诗》对比//张晓波，郭莎莎//长春理工大学学报：社科版（长春）//第25卷第12期//第153—154，157页

211. 《道德经》英译本中文化负载词的翻译对比研究：以陈荣捷和Peter Merel的译本为例//郭倩//现代语文·语言研究（曲阜）//第10期//第121—123页

212. 杜甫诗歌英译研究在中国（1978—2010）//文军，李培甲//杜甫研究学刊（成都）//第3期//第78—88页

213. 杜甫诗歌中常见修辞格的英译//翟颖璐//西安外国语大学学报（西安）//第20卷第2期//第122—125页

214. 读者的审美趣味在诗歌翻译中的意义//刘爱兰//湖南科技学院学报（永州）//第33卷第7期//第179—181页

215. 俄罗斯的《诗经》翻译与研究//阎国栋，张淑娟//社会科学战线（长春）//第201卷第3期//第140—146页

216. 翻译标准多元化视角下的中国古典诗歌英译//冯占锋//长春师范学院学报：人文社科版（长春）//第31卷第7期//第45—46页

217. 翻译美学视角下诗歌意境的传译：以《葬花吟》英译为例//王雪莲//作家杂志·下半月刊（长春）//第9期//第189—190页

218. 古典闺怨诗中的双性同体与译者的双性意识//曹万忠//文艺评论（哈尔滨）//第12期//第157—160页

219. 古诗意象思维英译研究：以特称与总称意象的翻译为例//张保红//广东外语外贸大学学报（广州）//第23卷第6期//第76—81，108页

220. 《关雎》两个法译本的比较//孙越//法国研究（武汉）//第5期//第11—19页

221. 关联理论视角下对诗歌中专有名词翻译的研究//黄建华//短篇小说：原创版（吉林）//第10期//第94—95页

222. 国内《春晓》英译研究：评述与建议//甘霞，文军//天津外国语学院学报（天津）//第19卷第2期//第31—35页

223. 互文性与诗歌翻译：从中国古典诗歌中"愁"字的翻译谈起//陈垚//吉林广播电视大学学报（长春）//第2期//第112—113页

224. 《黄鹤楼送孟浩然之广陵》一诗英译的关联理论评析//吴力群//牡丹江师范学院学报：哲社版（牡丹江）//第1期//第102—104页

225. 霍姆斯翻译理论视角下中国古典诗歌形式的翻译//周心怡//莆田学院学报（莆田）//第19卷第1期//第69—72页

226. 基于"本源概念"的古诗英译意象重构技巧//王晓惠//广西社会科学（南宁）//第4期//第164—167页

227. 基于语料库的译者风格研究：以《木兰辞》译文为例//王

峰；刘雪芹//广西民族大学学报：哲社版（南宁）//第34卷第2期//第182—188页

228. 基于语料库的中国古典诗词译本中的翻译共性研究：以《诗经》英译本为案例//高博，陈建生//外国语言文学（福州）//第4期//第257—262页

229. 《蒹葭》四种译本的多视角分析//李锐，赵敏//黑龙江教育学院学报（哈尔滨）//第31卷第5期//第105—106页

230. 简析诗歌翻译中的意象处理//郑瑾//芒种（沈阳）//第6B期//第113—114页

231. 《江雪》的意象解剖及其英译//李言实//中北大学学报：社科版（太原）//第28卷第6期//第54—58页

232. 解构主义视角下诗歌的翻译：以唐诗《夜雨寄北》翻译为例//张小华//哈尔滨职业技术学院学报（哈尔滨）//第3期//第108—110页

233. 李白诗歌英译历史//周蓉//西南农业大学学报：社科版（重庆）//第10卷第1期//第105—106页

234. 李清照《醉花阴》词的含蓄美在英译中的传达//闫朝晖//江汉大学学报：人文社科版（武汉）//第31卷第1期//第89—92页

235. 刘勰的"三文"与译诗的"三昧"//陈大亮//天津外国语学院学报（天津）//第19卷第1期//第27—33页

236. 《论语》关键词英译的文化变迁//姚腾//新余学院学报（新余）//第17卷第6期//第57—59页

237. 论《关雎》英译的解构主义视角//王克明，杨群//南京财经大学学报（南京）//第6期//第97—100页

238. 论诗歌翻译中形似的重要性//王剑果//河南师范大学学报：哲社版（新乡）//第39卷第5期//第149—150页

239. 论王维诗歌英译过程中的意境转换//姚婷婷//文教资料（南京）//第10期//第22—24页

240. 论"五四"时期的诗歌翻译//张硕//剑南文学·经典阅读（绵阳）//第4期//第72页

241. 美学视角下古诗叠字可译性研究：以《诗经·采薇》第六章英译为例//李瑞凌//重庆科技学院学报：社科版（重庆）//第21期//第102—104页

242. 目的论视窥下诗歌翻译策略探解//王桂莲//语文学刊·下半

月刊（呼和浩特）//第6期//第26，32页

243. 乔治·斯坦纳阐释翻译论视野下的译者主体性研究：以小烟熏良译《李白诗集》为例/高庆华//名作欣赏·下旬（太原）//第4期//第132—134页

244. 诗歌《春望》中的英译补偿策略探析//曹慧敏，习海宇//长城（石家庄）//第3B期//第198—199页

245. 诗歌翻译的风格对等//邓静茹//大学教育//第1卷第5期（广西）//第124—126页

246. 诗歌翻译是翻译的"黄灯特区"：论诗歌翻译//桂乾元，周美华//语言与翻译（武汉）//第3期//第47—51页

247. 诗歌翻译中的"陌生化"处理//刘晓萍//金陵科技学院学报：社科版（江苏）//第26卷第3期//第29—32页

248. 诗歌翻译中的前景化成分：以李白诗歌《行路难》英译为例//马越涧，廖志勤//西南科技大学学报：哲社版（四川）//第29卷第4期//第69—74页

249. 诗歌翻译中应注意的"三美"探究//吴振兰//现代交际（吉林）//第1B期//第53—54页

250. 诗歌意境的"情景交融"与"象外之象"：Burton Watson译《寻隐者不遇》评析//陈大亮//宁波大学学报：人文版（宁波）//第25卷第4期//第52—57页

251. 全球化语境下汉诗英译的意象传递策略//王晓惠//广西师范大学学报：哲社版（桂林）//第48卷第2期//第146—150页

252. 诗歌中"绿"水"青"山译法的认知范畴化研究//祝瑶//湖南工业职业技术学院学报（湖南）//第12卷第2期//第68—69，73页

253. 试析庞德的中国古典诗歌翻译：基于生态翻译学的视角//刘伟//淮海工学院学报：人文社科版（连云港）//第10卷第18期//第81—83页

254. 试论清末民初翻译文学语言的归化倾向//邓伟//海南大学学报：人文社科版（海南）//第30卷第6期//第29—34页

255. 斯坦纳阐释学视角下唐诗英译中的创造性叛逆：以寒山诗歌英译为例//李庆明，陈彩采//山西农业大学学报：社科版（山西）//第11卷第8期//第769—772页

256. 探究诗歌翻译的策略//李金英//时代文学（济南）//第5B

期//第110—111页

257. 唐诗文化意象翻译的信息论视角//孙德亮，栾述//中国石油大学学报：社科版（东营）//第27卷第6期//第95—99页

258. 王维诗歌及英译的意象图式分析//栾义敏//鸡西大学学报（鸡西）//第2卷第8期//第9—71页

259. 卫礼贤德译本《道德经》诗性美感的再现//华少庠//广西社会科学（广西）//第12期//第125—128页

260. 文化缺省与李白诗歌英译之补偿//田南竹//长春理工大学学报：社科版（长春）//第25卷第10期//第133—134，140页

261. 系统功能语法视角下汉诗《春夜喜雨》及其三英译本的及物性分析//王春梅//重庆交通大学学报：社科版（重庆）//第11卷第6期//第131—133页

262. 燕燕于飞，差池其羽：《诗经·燕燕》的三个英译文的比较研究//乔景辉//黑龙江教育学院学报（哈尔滨）//第31卷第12期//第144—145页

263. 意象诗歌的翻译单位//袁周敏//南京邮电大学学报：社科版（南京）//第14卷第1期//第83—89，114页

264. 在诗歌翻译实践中探析传达诗歌音乐性的重要性//王剑果//芒种（沈阳）//第11B期//第112—113页

265. 中国传统诗学视域下的诗歌意象翻译//丛滋杭//浙江树人大学学报（浙江）//第12卷第2期//第68—73页

266. 中国古典诗歌的模糊性及其英译//陈德喜，黄焰结//鸡西大学学报（鸡西）//第2卷第2期//第68—71页

267. 中国古典诗歌英译的互文性解读//李玉洁//内蒙古农业大学学报：社科版（呼和浩特）//第14卷第4期//第398—400页

268. 中国古典诗歌在国外的译介与影响//党争胜//外语教学（陕西）//第33卷第3期//第96—100页

二、先秦诗歌

1. 先秦诗歌总论

269. 从地方志收录咏庄诗歌多寡看庄周故里之所在//肖若然//中共济南市委党校学报（山东）//第4期//第59—64页

270. 从先秦"用诗"看其诗歌观念//王丽娟//阿坝师范高等专科学校学报（四川）//第29卷第1期//第84—85，110页

271.《礼记》中服饰类名物词的礼仪文化涵蕴//张雪玲，王玲娟//绵阳师范学院学报（绵阳）//第31卷第10期//第101—105页

272. 论孔子的"诗可以怨"与"哀而不伤"的美学原则//刘伟//重庆科技学院学报：社科版（重庆）//第14期//第100—101，105页

273. 论先秦文化中茅的作用及意义//江曙//船山学刊（长沙）//第1期//第97—100页

274.《孟子》"以"的复音词研究//段丽//红河学院学报（云南）//第10卷第6期//第92—97页

2. 诗经

275. 百年来已出土文献研究《诗经》之分野及评述//白军鹏//中国史研究动态（北京）//第1期//第3—10页

276. 楚简《缁衣》、子思子与引《诗》证说//廖群//中国文化研究（北京）//第1期//第83—89页

277. "《春秋》无达辞"与"《诗》无达诂"//刘明华//社会科学战线（长春）//第1期//第134—143页

278. 从《诗经》看儒家伦理与周部族文化的关系//王中江//湖南社会科学（长沙）//第2期//第171—175页

279. 从《诗经》看诗经时代的爱情婚姻观//薛文素//名作欣赏·中旬（太原）//第7期//第11—12，65页

280. 从《诗经·秦风》看秦人的尚武精神//张连举//西安财经学院学报（西安）//第25卷第1期//第99—101页

281. 从《诗经》修辞同义词看先民们对事物的认识能力//程国煜，王亚慧//赤峰学院学报：汉文哲社版（赤峰）//第33卷第7期//第90—91页

282. 从《诗经》中的"君子"看周人的人格范型//赵娜//语文学刊（呼和浩特）//第3A期//第14—15，37页

283. 从《诗经》中的乐器名称看周代社会的音乐文化生活//喻林//长春师范学院学报：人文社科版（长春）//第31卷第1期//第193—197，155页

284. 从文化生态学角度解读《诗经·国风》中的桑意象//梁高燕//中北大学学报：社科版（太原）//第28卷第1期//第77—81页

285．从荀子论《诗》看荀子的《诗》学观念//赵东栓//东岳论丛（济南）//第33卷第2期//第103—105页

286．出土文献与《诗经》研究//陈良武//福建论坛：人文社科版（福州）//第11期//第118—122页

287．"《春秋》无达辞"与"《诗》无达诂"//刘明华//社会科学战线（长春）//第1期//第134—143页

288．对《诗经》中"鸟"类兴辞的诗学研究//杨滨//烟台大学学报：哲社版（烟台）//第25卷第1期//第56—60页

289．《东方圣典》中的《诗经》//吴伏生//社会科学战线（长春）//第201卷第3期//第134—139页

290．贵神韵与赏新奇：姚际恒诗经阐释的美学观//纳秀艳//中南大学学报：社科版（长沙）//第18卷第6期//第29—133页

291．《国风·邶风·二子乘舟》诗史稽考//王尔//文艺研究（北京）//第11期//第52—57页

292．"《国风》好色"论发微//张节末，杨建群//社会科学研究（成都）//第3期//第182—190页

293．关于《诗经》作为史著典范的定位思考//杨玮//历史教学问题（上海）//第2期//第87—92页

294．驾舟与乘车：《诗经》婚恋诗蠡测//李颖//中国文化研究（北京）//第1期//第135—141页

295．经典的穿越与对接：《再别康桥》与《关雎》之关系发微//王渭清//安徽农业大学学报：社科版（合肥）//第21卷第6期//第70—73页

296．李杜诗歌与《诗经》的渊源关系//叶艳玲//文学教育（武汉）//第6C期//第24—25页

297．"乐而不淫，哀而不伤"与孔子"中和"美学精神//赵玉敏//北方论丛（哈尔滨）//第1期//第20—23页

298．论阿瑟·韦利《诗经》翻译中的人类学探索//李玉良，吕耀中//青岛科技大学学报：社科版（青岛）//第28卷第1期//第104—109页

299．论郭店竹简的《诗》学批评//谭德兴//河北大学学报：哲社版（保定）//第35卷第1期//第54—59页

300．论孔颖达对《诗经》"六义"问题的贡献//韩宏韬//理论月

刊（武汉）//第6期//第53—56页

301．论《毛诗序》主体部分产生于西周春秋//郝桂敏//沈阳师范大学学报：社科版（沈阳）//第36卷第2期//第68—70页

302．论蒙古族早期诗歌的修辞手法：兼论与《诗经》表现手法的异同//吴玉琴//赤峰学院学报：汉文哲社版（赤峰）//第33卷第9期//第181—183页

303．论《诗经·国风》中的"水"描写及影响//杨华轲//华北水利水电学院学报：社科版（郑州）//第28卷第3期//第14—16页

304．论《诗经》婚恋诗中的男子形象//于新//名作欣赏·下旬（太原）//第2期//第95—96页

305．论"《诗经》是我国第一部诗歌总集"//杨德春//职大学报（包头）//第1期//第42—47页

306．论《诗经》中的忧患意识//唐建强//名作欣赏·中旬（太原）//第4期//第89—90页

307．《毛诗序》的阐释特征及汉唐《诗经》学阐释体系的形成//刘茜//学术月刊（上海）//第44卷第12期//第90—98页

308．譬万钧之洪钟，无铮铮之细响：刘勰论《诗经》之地位//胡辉，孙玉荣//黑龙江史志（黑龙江）//第19期//第23—24页

309．剖析《关雎》的诗歌与音响之间的关系//杨云惠//职大学报（包头）//第3期//第42—43，25页

310．秦代焚书对《诗》学传承的影响//葛立斌//北方论丛（哈尔滨）//第3期//第5—8页

311．情定"东门"：《诗经》"东门"印象//赵会莉//语文学刊·下半月刊（呼和浩特）//第12期//第67，80页

312．日本现存诗经古写本与当代诗经学//王晓平//社会科学战线（长春）//第201卷第3期//第125—133页

313．如之何勿思：浅析《诗经》中征夫思妇的相思之情//杨世勤//牡丹江师范学院学报：哲社版（牡丹江）//第1期//第1—3页

314．上古弃子废后的经典案例与经典文本：对宜臼、申后之弃废及《诗经》相关作品的文化阐释//尚永亮//学术研究（广州）//第4期//第134—142页

315．《生民》文本在符号学视野中呈现的诗性智慧//牟秀文//古籍整理研究学刊（吉林）//第5期//第101—108页

316. 《诗经》：经典诗歌的当代阐释//俞晓红//中国大学教学（北京）//第 7 期//第 49—51 页

317. 《诗经》联绵词特点探微//高锐霞//吉林省教育学院学报（吉林）//第 28 卷//第 2 期//第 109—110 页

318. 《诗经》联绵词语音研究//刘芹//殷都学刊（安阳）//第 33 卷第 4 期//第 97—105 页

319. 《诗经·齐风·鸡鸣》"无庶予子憎"正诂//李玉萍；刘精盛//语文学刊·上半月刊（呼和浩特）//第 2 期//第 13—14，52 页

320. 《诗经》虚实相生艺术手法的分析//受志敏//名作欣赏·下旬（太原）//第 3 期//第 137—138 页

321. 《诗经·鄘风·蝃蝀》中"蝃蝀"意象的文化内涵//王志芳//广西社会科学（南宁）//第 1 期//第 153—157 页

322. 《诗经》与韩国古代诗歌发展//（韩）金英娥//北方论丛（哈尔滨）//第 3 期//第 9—11 页

323. 《诗经·郑风·溱洧》民俗文化探究//赵会莉//语文学刊·上半月刊（呼和浩特）//第 11 期//第 60—61 页

324. 《诗经》中的周代陕西诗歌考论//刘生良//陕西师范大学学报：哲社版（西安）//第 41 卷第 6 期//第 125—131 页

325. 《诗经》中相思诗与后代情诗的传承和辉映//丁红梅//管子学刊（山东）//第 4 期//第 77—78 页

326. "《诗》无达诂"及其出生时域和场域探赜//李有光//湖北师范学院学报：哲社版（黄石）//第 32 卷第 1 期// 第 11—14，92 页

327. 《诗》语义与儒家诗教体系的形成//李翠叶//文艺评论（哈尔滨）//第 2 期//第 60—64 页

328. 《诗》源批评与赋的国家意识形态属性//刘志伟，李娜//兰州大学学报：社科版（兰州）//第 40 卷第 3 期//第 41—45 页

329. 试论曹植诗歌对《诗经》的继承与发展//李隆胜//辽宁师专学报：社科版（辽宁）//第 2 期//第 25—26 页

330. 试论《卫风·有狐》与《越人歌》在电影中的"误读"//王博雅//电影评介（贵阳）//第 10 期//第 20—21，23 页

331. 水边与高台：《诗经》婚恋诗蠡测//李颖//文艺研究（北京）//第 11 期//第 43—51 页

332. 属采附声，与心徘徊：读《商颂·那》//赵逵夫//古典文学

知识（南京）//第6期//第106—110页

333. 硕人之美//侯素馨//语文学刊·上半月刊（呼和浩特）//第2期//第21—22，25页

334. "桃夭"的语义原型及其演变//余珩//江汉大学学报：人文科学版（湖北）//第31卷//第6期//第102—105页

335. 《野有死麕》、《草虫》、《鹊巢》、《何彼襛矣》系年辑证：《诗·召南》系年辑证之二//罗姝//宁夏大学学报：人文社科版（银川）//第33卷第6期//第84—88页

336. 伊藤仁斋与日本《诗经》学的转向//张小敏//社会科学战线（长春）//第201卷第3期//第147—150页

337. 《郑》笺、《孔》疏与朱熹《诗集传》"兴"论略析//刘顺//广西社会科学（南宁）//第2期//第151—155页

338. 中国文学史上最早的弃子逐臣之作：《小弁》作者及本事平议//尚永亮//安徽大学学报：哲社版（合肥）//第36卷第1期//第8—18页

339. 中国最早的"剩女"：《诗经·召南·摽有梅》中的女子形象分析//李婕//名作欣赏·中旬（太原）//第1期//第4—5页

340. 《周颂·有瞽》与周代观乐制度//姚小鸥，李文慧//文艺研究（北京）//第3期//第45—49页

3. 楚辞

341. 出土文献对宋玉研究的影响//汤漳平//中州学刊（郑州）//第2期//第167—171页

342. 出土文献与《天问》所见商末周初史事//代生，江林昌//四川师范大学学报：社科版（成都）//第39卷第1期//第125—129页

343. 楚辞五体源流论//陈桐生//学术研究（广州）//第2期//第129—136页

344. 《楚辞》颜色词研究//潘玉华，李顺琴//语文学刊·上半月刊（呼和浩特）//第2期//第57—59页

345. 《古诗十九首》对屈原诗歌意象的赓续//解文超//芒种（沈阳）//第9B期//第124—125页

346. 九死而不悔的是独立人格：《离骚》"虽九死其犹未悔"节选重解//杨朴//名作欣赏·中旬（太原）//第1期//第6—8页

347. 论楚辞、楚歌的判断标准//周苇风//广西师范大学学报：哲

社版（桂林）//第 48 卷第 1 期//第 42—46 页

348．论《楚辞》的民本思想及其时代特征//韩红宇//第 3 期//第 237—239，236 页

349．浅析屈原对郑澈诗歌创作的影响//王莹//科教文汇（合肥）//第 10A 期//第 67—68 页

350．屈骚神境论//张世磊//陕西理工学院学报：社科版（汉中）//第 30 卷第 1 期//第 28—32 页

351．屈骚意境影响杜诗论//李金坤//武陵学刊（湖南）//第 37 卷第 6 期//第 103—108 页

352．屈原美学思想浅谈//王菁//绥化学院学报（绥化）//第 32 卷第 6 期//第 136—138 页

353．屈原《天问》史学价值论析//吴成国，彭忠德//文艺研究（北京）//第 11 期//第 35—42 页

354．试论楚辞对郑知同诗歌创作的影响：以《屈庐诗稿》为例//李淑清//贵州文史丛刊（贵州）//第 4 期//第 119—123 页

355．《天问》"死则又育"、"后帝不若"再释//徐广才//北方论丛（哈尔滨）//第 1 期//第 30—33 页

356．《天问》中昆仑神话新释//周晶晶//西南交通大学学报：社科版（成都）//第 13 卷第 2 期//第 38—42 页

357．萧云从《离骚图》及序跋注文研究//潘啸龙，陈欣//安徽师范大学学报：人文社科版（芜湖）//第 40 卷第 3 期//第 325—330 页

358．小型《楚辞》汉英平行语料库的创建与应用//刘孔喜//湖北民族学报学报：哲社版（恩施）//第 30 卷第 1 期//第 122—125 页

359．中西文化精神表征方式与价值诉求的分殊：《离骚》与《约旧记》比较谈//侯博，韩鹏云//名作欣赏·下旬（太原）//第 4 期//第 105—106，121 页

三、汉代诗歌

1．总论

360．汉魏六朝诗歌中的宫廷女性之怨//郭建勋，刘祥//湖南大学学报：社科版（湖南）//第 26 卷 第 2 期//第 70—74 页

361．汉魏六朝诗文中的"陇首"意象及其文学意蕴//王晓玲//中

南大学学报：社科版（长沙）//第18卷第2期//第140—143页

362．论汉魏六朝的杂体诗//时国强//中南大学学报：社科版（长沙）//第18卷第1期//第141—147页

363．论刘桢诗歌的艺术特色//宫伟伟//重庆三峡学院学报（重庆）//第28卷第5期//第65—69页

364．张衡《同声歌》：一部用诗歌形式写成的女诫//许云和//文学遗产（北京）//第1期//第33—38页

2．辞赋

365．班固对汉赋的改造与六朝典雅文范的生成//徐华//湖北大学学报：哲社版（武汉）//第39卷第2期//第8—12页

366．赋《诗》与作《诗》：汉魏六朝赋学批评分歧的内在理路//田瑞文//文艺评论（哈尔滨）//第2期//第65—68页

367．汉代皇家所藏汉赋文本的搜集方式//孔德明//新世纪图书馆（南京）//第2期//第70—72页

368．汉赋自然意象的神学思维：兼论儒教神学对魏晋自然审美的开启意义//刘敏//当代文坛（成都）//第2期//第117—120页

369．汉赋礼仪功能的式微与文学意蕴的形成//孙少华//中南民族大学学报：人文社科版（武汉）//第32卷第1期//第142—148页

370．黄老养生思想与汉代散体大赋的形成//魏鸿燕//文学遗产（北京）//第1期//第25—32页

371．论汉代赋颂问题的交越互用//易闻晓//文学评论（北京）//第1期//第49—54页

372．＂诗源说＂与赋体文学创作：汉魏六朝赋体文学创作论探微//徐柏青，罗晓茜//湖北师范学院学报：哲社版（黄石）//第32卷第2期//第11—16页

373．士之不遇与盛世之悲：从《旱云赋》谈贾谊的政治人生//张坤//名作欣赏·下旬（太原）//第4期//第81—82页

3．乐府歌诗

374．汉魏六朝郊祀歌辞句式、韵式研究//李敦庆//海南大学学报：人文社科版（海口）//第30卷第1期//第11—16页

375．汉乐府诗歌的个体生命关怀//董雅慧，祁国宏//理论导报（江西）//第1期//第59页

376．汉乐府诗中女性形象解析//陆丽丽//重庆科技学院学报：社

科版（重庆）//第 22 期//第 116—118 页

377．汉乐府音乐、诗歌艺术特点：以《孔雀东南飞》为例//张力泉//时代文学（济南）//第 3B 期//第 176—177 页

378．焦仲卿殉情原因及意义探析//谭秀芝//名作欣赏·中旬（太原）//第 2 期//第 7—9 页

379．《陌上桑》的文化观照//刘爱媛//名作欣赏·下旬（太原）//第 2 期//第 97—98 页

380．乐府诗换韵与乐曲的关系//朱刚//陕西师范大学学报：哲社版（西安）//第 41 卷第 2 期//第 25—30 页

四、魏晋诗歌

1．总论

381．《百一诗》与应璩的诙谐：兼谈易代之际士人的困境与抉择//张影洁//名作欣赏·中旬（太原）//第 1 期//第 75—78 页

382．别具一格的"中兴之时秀"：庾阐诗歌创作三论//杨健//阜阳师范学院学报：社科版（阜阳）//第 3 期//第 64—66 页

383．从李建勋诗歌创作看共仕宦人格//田双//边疆经济与文化（哈尔滨）//第 3 期//第 127—128 页

384．从《拟古十二首》浅析陆机对古诗之雅化//何红霞//辽东学院学报：社科版（辽宁）//第 14 卷第 5 期//第 100—105 页

385．从儒学的盛衰转变看建安诗歌的一些特点//路美艳//兰州教育学院学报（兰州）//第 28 卷第 8 期//第 5—6 页

386．从《文选》中的诗人自序看魏晋诗歌的创作和阐释//龚方琴//语文学刊·上半月刊（呼和浩特）//第 9A 期//第 11—13，21 页

387．从《吴都赋》解读六朝初期南京的城市文化气象//朱逸宁，王东//南通大学学报：社科版（南通）//第 28 卷第 1 期//第 32—35 页

388．从与嵇喜的赠答诗看嵇康的性格形成//张远东//名作欣赏·中旬（太原）//第 5 期//第 73—75 页

389．对钟嵘、刘勰给予"三张"诗歌评语的疏证//任秋菊//龙岩学院学报（龙岩）//第 30 卷第 1 期//第 78—82 页

390．傅玄、傅咸父子辞赋比较研究//马黎丽//安徽师范大学学报：人文社科版（芜湖）//第 40 卷第 2 期//第 245—252 页

391. 建安拟代诗的源流与范本价值//杜红亮//河南师范大学学报：哲社版（新乡）//第39卷第2期//第191—194页

392. 论建安、正始、太康五言诗山水题材的嬗变//木斋，尚雪红//学术交流（哈尔滨）//第4期//第173—176页

393. 论兰亭山水玄言诗的特色及其影响//宋展云//船山学刊（长沙）//第1期//第162—165页

394. 论西晋诗风的二元对立//王澧华//上海师范大学学报：哲社版（上海）//第41卷第6期//49—54，94页

395. 六朝送别诗与文人生活//叶当前//北方论丛（哈尔滨）//第1期//第69—72页

396. 潘岳隐逸思想探析//刘秋朵//西藏民族学院学报：哲社版（咸阳）//第33卷第1期//第113—117页

397. 情爱背后的君臣之感：阮籍《咏怀》诗其二解析//李卫锋//名作欣赏·中旬（太原）//第2期//第10—11页

398. 任气使才，骋节争驱：建安诗歌盛因探源//张凤梅//西藏教育（拉萨）//第2期//第23—25页

399. 万马齐喑究可哀：析东晋诗坛爱国诗歌的稀缺//曾晓洪//四川职业技术学院学报（遂宁）//第22卷第6期//第24—27页

400. 为文不在多，一颂了伯伦：从《酒德颂》看魏晋之际酒文化的本质//林媛//辽东学院学报：社科版（丹东）//第13卷第6期//第81—85页

401. "魏晋风度"与求仙诗//赵玲玲//社会科学辑刊（沈阳）//第1期//第227—230页

402. 魏晋玄学与诗歌意境之探析//何秋瑛//西南农业大学学报：社科版（重庆）//第10卷第2期//第117—120页

403. 小议谢道韫及其诗歌//陈元瑞//兰州教育学院学报（兰州）//第28卷第9期//第16—17页

404. 《游仙诗》方术修炼的艺术表现及其对诗歌发展的贡献//赵沛霖//上海师范大学学报：哲社版（上海）//第41卷第5期//第58—64页

405. 中唐西晋诗歌批评简论//曾毅//前沿（呼和浩特）//第7期//第197—198页

2. 三曹

406．曹操《短歌行》剩义拾零//袁传璋//安徽师范大学学报：人文社科版（芜湖）//第40卷第1期//第95—101页

407．曹操诗歌对"建安风骨"的影响//鲁燕//时代文学（济南）//第10A期//第205—206页

408．曹操诗歌中的"山"意象探微//马福兰//四川文理学院学报（达州）//第22卷第4期//第86—89页

409．曹丕《燕歌行》其一情景模式的形成及影响//张克锋//古典文学知识（南京）//第6期//第36—42页

410．曹植女性题材作品中女性视角之转变//王萍//读书（北京）//第3期//第133—141页

411．曹植诗歌抒情艺术解析//陈瑞华//教师博览：科研版（江西）//第4期//第20页

412．沉雄·清婉·纵逸：论"三曹"诗歌的不同风格//陈西川//作家杂志·下半月刊（长春）//第8期//第139—140页

413．理想抱负责任使命：从曹操诗歌窥其人生追求//皮锦华//芒种（沈阳）//第10B期//第124—125页

414．论曹操诗歌的悲情色彩及审美体认//马志英//北方民族大学学报：哲社版（银川）//第2期//第128—131页

415．论曹操诗歌的生命格局//张荣//语文教学与研究·综合天地（武汉）//第3期//第100—101页

416．论曹植诗歌中的"女子"意象//孙达时//文学界（长沙）//第6C期//第10—11页

417．《拟古》其四：感悟北邙与骋望平原：春蚕的故事：曹植的人生低谷与精神高原（七）//范子烨//名作欣赏·上旬（太原）//第12期//第43—45页

418．试论"三不朽"思想对曹植诗歌的影响//庚伟//中国科教创新导刊（北京）//第1期//第122—123页

419．浅析曹植诗歌与道教及道教思想//孙鸣晨//剑南文学·经典阅读（绵阳）//第8期//第92—93页

420．浅析曹植诗歌中白日意象的情感寄托//呼丹华//丝绸之路（甘肃）//第16期//第72—73页

421．浅析曹植诗歌中的少年意象//孙达时//文学教育（武汉）//

第8B期//第26—27页

422．清水出芙蓉：析曹丕《燕歌行》的美学意蕴//马雪艳//青岛农业大学学报：社科版（青岛）//第24卷第4期//第80—83页

423．儒家思想对曹操诗歌创作的影响//曹李梅//中国科教创新导刊（北京）//第11期//第120—121页

424．"英雄情结"对曹操诗歌的影响探析//杨国荣//作家杂志·下半月刊（长春）//第4期//第113—114页

425．招揽人才的诗歌"求贤令"：曹操《短歌行》新解//余晓栋//名作欣赏·下旬（太原）//第7期//第124—125页

3. 陶渊明

426．大音希声、大象无形：简析陶渊明诗歌语言的白描艺术//张鹏丽，陈明富//名作欣赏（太原）//第3期//第68—69页

427．论陶渊明对玄言诗风的审美超越//边利丰//三峡大学学报：人文社科版（宜昌）//第34卷第6期//第41—45页

428．论陶渊明诗歌的理想化倾向//林家骊，杨健//浙江学刊（杭州）//第1期//第50—56页

429．论陶渊明诗歌的不"平"与不"淡"//巩建鹏//重庆科技学院学报：社科版（重庆）//第23期//第105—107页

430．论陶渊明诗意栖居的精神历程//曹章庆//南昌大学学报：人文社科版（南昌）//第42卷第2期//第127—132页

431．浅议陶渊明诗歌情感的真淳美//杨飞//教育教学论坛（石家庄）//第11B期//第222—223页

432．生态视境下的陶渊明及其诗歌//段幼平//湖南人文科技学院学报（娄底）//第1期//第39—42页

433．谁是陶渊明，谁的陶渊明？陶渊明之谜与陶渊明经典之变迁//卞东波//古典文学知识（南京）//第6期//第43—52页

434．试论陶渊明诗歌的叙事艺术//沈夏云//作家杂志·下半月刊（长春）//第12期//第121—122页

435．陶诗"道狭草木长"之"长"音义辨正：兼释"孟夏草木长"之"长"//陈明富//东方论坛（宁波）//第6期//第102—105页

436．陶渊明诗歌创作中的玄学思想//刘爱丽//辽宁行政学院学报（沈阳）//第14卷第1期//第145—147页

437．尊农乐农，诗意栖居：论陶渊明的田园农事诗//魏丽苹//农

五、南北朝诗歌

1. 永明体

438. 从观物取象道比德于君子：谢朓的两首咏竹诗解读//李浙江，李映杏//名作欣赏·下旬（太原）//第6期//第80—81页

439. 论沈约诗歌超越前代的新变//陈瑜//时代文学（济南）//第10B期//第169—170页

440. 论谢朓诗歌语言的新变//马晓//文艺评论（哈尔滨）//第10期//第19—22页

441. 谢朓《怀故人》赏析//段宁//名作欣赏·下旬（太原）//第12期//第15—16，19页

442. 谢朓诗艺术成就综论//郭文丽//湖南社会科学（长沙）//第2期//第181—184页

2. 元嘉三大家

443. 鲍照山水诗的般若空观和涅槃境界//崔爱举，张润平//名作欣赏·中旬（太原）//第1期//第79—80页

444. 鲍照诗歌的"禽鸟"意象//龙江洪//贵阳学院学报：社科版（贵阳）//第7卷第5期//第78—80页

445. "即色游玄"对谢灵运山水审美之影响//熊红菊，刘运好//北方论丛（哈尔滨）//第6期//第18—22页

446. "去饰取素"与谢灵运辞赋审美观的玄学色彩//孙晶//烟台大学学报：哲社版（烟台）//第25卷第1期//第49—55页

447. 《诗品》关于谢灵运诗歌评价之考证//孙乐琪//文学教育（武汉）//第8C期//第15—17页

448. 谢灵运诗文化用《易》曲方式研究//张一南//云南大学学报：社科版（昆明）//第11卷第2期//第94—101页

449. 玄学与谢灵运诗歌考论//蔡彦峰//南京师范大学文学院学报（南京）//第3期//第63—69页

450. 颜延之对五言新诗体的探索//石磊//古籍整理研究学刊（吉林）//第5期//第63—67页

3. 其他

451. "边缘"性处境与汉末文人的生命悲歌：论《古诗十九首》的审美内涵//伍宝娟//文艺评论（哈尔滨）//第 2 期//第 14—17 页

452. 从《古诗十九首》看东汉士人的忧生忧世情结//张铁慧//长春师范学院学报：人文社科版（长春）//第 31 卷第 11 期//第 39—41 页

453. 从娱神到娱人：南朝乐府之神弦歌//吉凌//扬州大学学报：人文社科版（扬州）//第 16 卷第 1 期//第 74—79 页

454. 地域文化视野下的北朝咏侠诗//贾立国//湖北民族学院学报：哲社版（恩施）//第 30 卷第 4 期//第 89—92 页

455. 《伐乌林》：赤壁诗歌之渊薮//魏一峰//时代文学（济南）//第 1B 期//第 190—191 页

456. 《古诗十九首》与玄学//张节末//文艺理论研究（上海）//第 32 卷第 1 期//第 97—106 页

457. 魂兮归来哀江南，江南一哀成千古：浅析庾信《哀江南赋序》//王庆国//名作欣赏·中旬（太原）//第 4 期//第 115—117 页

458. 梁朝女诗人诗歌解读//李彤//黔南民族师范学院学报（贵州）//第 32 卷第 5 期//第 7—11，16 页

459. 略论《文选》诗歌的思想内容//张和群//教育教学论坛（石家庄）//第 1C 期//第 29—30 页

460. 论陈叔宝文学集团的形成及其诗歌意义//杨淑敏//长江师范学院学报（重庆）//第 28 卷第 3 期//第 81—86 页

461. 论唐前赋得诗的特点、地位和影响//张明华//上海大学学报：社科版（上海）//第 29 期第 1 卷//第 86—96 页

462. 齐梁诗歌语言结构根源探析//方梅，卢巧琴//文艺评论（哈尔滨）//第 8 期//第 63—66 页

463. 试论南朝文人的艳情乐府诗//刘加夫//山东师范大学学报：人文社科版（济南）//第 56 期第 6 卷//第 39—45 页

464. 文学与历史的完美组合：北朝谣谚赏评//卢有泉//名作欣赏·中旬（太原）//第 5 期//第 107—109，112 页

465. 吴声西曲与永明体成立关系的诗律学考察//杜晓勤//陕西师范大学学报：哲社版（西安）//第 41 卷第 2 期//第 45—54 页

466. 梧桐秋月，自饶凉气：试论江总诗歌创作中悲情色彩的展

现//宿月//作家杂志·下半月刊（长春）//第11期//第166—167页

467. 萧统诗歌真伪及相关问题考论//徐艳，朱梦雯//兰州大学学报：社科版（兰州）//第40卷第3期//第46—52页

468. 以数立言：庾信《周五声调曲》以文法、赋法为歌及其礼乐背景//曾智安//河北师范大学学报：哲社版（河北）//第35卷第6期//第90—96页

469. 阴铿诗歌用韵考//李蓉//忻州师范学院学报（忻州）//第28卷第6期//第47—49页

470. 庾信出使情况及相关诗歌研究//郑颖//贵州师范学院学报（贵州）//第1卷第5期//第1—4页

471. 钟嵘的永明诗歌风格论//蔡平//湖北社会科学（武汉）//第8期//第123—127页

六、隋唐五代诗歌

1. 隋唐诗歌总论

472. "边塞生活体验"对唐代西域边塞诗审美意象的影响//唐红//名作欣赏·中旬（太原）//第4期//第51—52页

473. 此花开尽更无花：试论唐诗中菊花意象的文化内涵//王映霞//名作欣赏·中旬（太原）//第2期//第22—23页

474. 从历代著名唐诗选本看李白杜甫诗歌的接受//申东城//中华文化论坛（成都）//第2期//第19—25页

475. 从唐代诗歌看士大夫心理结构的差异//张海芹//作家杂志·下半月刊（长春）//第6期//第145—146页

476. 从唐诗看唐代的爱情、别情、亲情//廖伦建//名作欣赏·中旬（太原）//第4期//第48—50页

477. 道教文化与诗歌意象：以有关天台山道教的唐诗为对象//陈再阳//上海师范大学学报：哲社版（上海）//第41卷第5期//第65—70页

478. 地域·岭南·唐代诗歌//刘儒，戴伟华//古典文学知识（南京）//第2期//第54—61页

479. 简述唐代诗歌中的女性王国的兴起//周浩//齐齐哈尔师范高等专科学校学报（东北）//第4期//第49—50页

480．略论中晚唐绍兴诗人群体的诗歌创作//吴佳佩//文教资料（南京）//第9期//第11—12页

481．论诗与小说配合对唐诗创作的影响//杨国荣//咸宁学院学报（咸宁）//第32卷第4期//第71—72，105页

482．论唐代的"工具赋"//朱国伟//辽东学院学报：社科版（丹东）//第13卷第6期//第71—74页

483．论唐代贬谪诗歌中的巴渝//李毅，张华清//现代语文·学术综合（曲阜）//第3期//第17—18页

484．论唐代鄱阳湖景观诗歌特色//章年卿//江西科技师范学院学报（江西）//第1期//第104—107页

485．论唐代诗歌中的卜居主题及其文化意蕴//王颜，庞瑜//宁夏大学学报：人文社科版（宁夏）//第34卷第4期//第62—65，70页

486．论唐代文人的仕宦生涯对诗歌的影响//何山//芒种（沈阳）//第8B期//第102—103页

487．论唐前赋得诗的特点、地位和影响//张明华//上海大学学报：社科版（上海）//第29卷第1期//第86—96页

488．描写与阐释：唐代诗体通感的投身方向及结构//雷淑娟//当代修辞学（上海）//第1期//第89—94页

489．浅谈唐代诗歌光耀文坛的原因//刘华//北方经贸（黑龙江）//第7期//第127页

490．浅析唐诗中"水"的认知隐喻//郭晓添//绥化学院学报（绥化）//第32卷第1期//第81—83页

491．浅谈唐诗中的游侠精神//周俊瑛//山西煤炭管理干部学院学报（太原）//第24卷第4期//第54—55，60页

492．唐代分题诗初论//张明华，袁贝贝//阜阳师范学院学报：社科版（阜阳）//第6期//第58—64页

493．诗歌用典艺术在唐代的发展变革//刘峨//郑州航空工业管理学院学报：社科版（郑州）//第31卷第6期//第37—39页

494．唐代"代言体"诗歌创作动因和艺术特征研究//王淑梅，杨柳，苏虹//名作欣赏·下旬（太原）//第4期//第83—84页

495．唐代干谒诗的助考功能//胡洁//名作欣赏·中旬（太原）//第1期//第86—87页

496．唐代宫廷文化视野中的《长恨歌》研究//姚榕华//南京师大

学报：社科版（南京）//第 6 期//第 121—127 页

497．唐代京城与贬地诗歌传播的差异考察：以元和诗人传播境遇的比较为中心//洪迎华//漳州师范学院学报：哲社版（漳州）//第 26 卷第 3 期//第 117—122 页

498．唐代客籍文人涉蛮诗研究//中南大学学报：社科版（长沙）//第 18 卷第 1 期//第 148—153 页

499．唐代名臣张说流钦州后的诗歌创作//梁德林//广西文史（广西）//第 2 期//第 54—58 页

500．唐代女冠与唐代诗歌研究//于佳丹//文学界（长沙）//第 3C 期//第 167，171 页

501．唐代鄱阳湖景观诗歌论析//章年卿，徐佩瑛//鄱阳湖学刊（江西）//第 3 期//第 83—88 页

502．唐代诗歌的夸张及其审美//于广元//平顶山学院学报（河南）//第 27 卷第 4 期//第 112—116 页

503．唐代诗歌中的服饰美学观//要彬//服饰导刊（湖北）//第 1 卷第 1 期//第 89—91 页

504．唐代诗歌中的"天津桥"意象述评//卢苏玉//剑南文学·经典教苑（绵阳）//第 11 期//第 35 页

505．唐代诗格中的用事理论//李江峰//广西社会科学（南宁）//第 6 期//第 136—140 页

506．唐代狩猎诗研究//谷文双//社会科学家（桂林）//第 2 期//第 121—125 页

507．唐代体育诗歌的审美特征//丁桂香//时代文学（济南）//第 1B 期//第 169—170 页

508．唐代体育题材诗歌探析//张宏志//短篇小说：原创版（吉林）//第 14 期//第 127—128 页

509．唐代咏石诗的新变与转型//朱易安，王书艳//上海师范大学学报：哲社版（上海）//第 41 卷第 1 期//第 96—102 页

510．唐代优伶题材诗歌主题意蕴初探//肖弘哲//淮海工学院学报：人文社科版（江苏）//第 10 卷第 21 期//第 20—23 页

511．唐代有关河湟诗歌的诗史意义（安徽）//余恕诚，王树森//学术界//第 8 期//第 162—175 页

512．唐代乐伎诗歌创作研究//王晓霞//山东大学学报：哲社版

（山东）//第6期//第149—154页

513. 唐代乐舞诗中音乐、舞蹈、诗歌的结合：以《霓裳羽衣和微之》为例//杨丽萍//文史博览·理论（湖南）//第11期//第18—22页

514. 唐代庄园别业中诗歌创作的同题共咏现象研究//杨国荣//福建广播电视大学学报（福建）//第3期//第18—21页

515. 帝王光环下的个人情怀：唐帝王诗研究//孙桂平//华南理工大学学报：社科版（广州）//第14卷第3期//第97—100页

516. 唐末五代袁州诗歌考论：基于交通形势和及第进士数量变化的考量//段双喜//江淮论坛（安徽）//第1期//第154—160，81页

517. 唐人论孟诗诠论//钱志熙//阅江学刊（南京）//第4卷第1期//第92—98页

518. 唐诗"寻访不遇"主题的审美探析//黄雪敏，林丹纯//江淮论坛（合肥）//第1期//第161—164页

519. 唐诗中的丝路文化//郭文庭//青海民族大学学报：社科版（西宁）//第38卷第1期//第154—158页

520. 唐诗中的扬州都市空间//张兴龙//扬州大学学报：人文社科版（扬州）//第16卷第1期//第99—103，123页

521. 唐诗中的乐伎形象//王晓霞//广播电视大学学报：哲社版（呼和浩特）//第1期//第32—37页

522. 文儒之士，复变之诗：论唐初江南文人的群体特征//周衡//江南大学学报：人文社科版（无锡）//第11卷第1期//第104—108页

523. 先唐游仙诗仙术意象研究//朱立新//社科纵横（兰州）//第27卷第3期//第105—109页

524. 兴象之美：唐代桃源诗的审美特征之一//郭鹏//名作欣赏·中旬（太原）//第4期//第53—55页

525. 于夹缝中绽放一线光芒：试析隋代女性诗歌中的女性意识//方雪梅//名作欣赏·中旬（太原）//第2期//第88—89，92页

526. 玉中仍是青琅轩：从唐诗玉石诗词看外来文明（三续）//陈艺鸣//语文学刊·上半月刊（呼和浩特）//第1期//第86—87页

527. 中国唐代天台山诗歌分类研究//应银华//兰州教育学院学报（兰州）//第28卷第9期//第20—22页

528. 重诗风尚与催妆婚俗相融合的艺术结晶：试论唐代催妆诗的产

生条件及特征//艾瑛//语文学刊·上半月刊（呼和浩特）//第10期//第42—43,84页

2. 初唐诗歌

（1）初唐四杰

529．从绮合到兴寄：试论王勃五言绝句之新变//吴可//名作欣赏·中旬（太原）//第12期//第4—6页

530．骆宾王诗歌用韵考//张兴茂，滕腾//怀化学院学报（湖南）//第31卷第4期//第80—83页

531．品初唐"四杰"诗歌魅力价值的时间律//徐祝林//唐都学刊（西安）//第28卷第1期//第11—13页

532．王勃《送杜少府之任蜀州》辨析//施权新//成都大学学报：社科版（成都）//第2期//第48—52页

（2）其他

533．陈子昂与初唐诗风的变革//张澎//语文学刊（呼和浩特）//第3A期//第21—22页

534．从王绩饮酒诗看中国诗酒文化//耿胜英//名作欣赏·中旬（太原）//第11期//第81—82页

535．从脂粉绮罗走向荆钗布裙：王绩诗歌浅析//陈玲玲//学周刊·教育科学（河北）//第9期//第204—205页

536．佛教与上官仪及其诗文创作之关系//胡玉兰//求索（长沙）//第10期//第145—146,159页

537．鬼门关外容颜老：沈佺期流驩州期间的诗歌创作//梁德林//广西文史（广西）//第3期//第14—18页

538．寒山诗歌在欧美"垮掉的一代"中受欢迎的根本原因//姬振亭//文教资料（南京）//第1期//第5—6页

539．华赡飚举，首开宗风：评苏颋《奉和春日幸望春宫应制》//岳德虎//重庆科技学院学报：社科版（重庆）//第20期//第139—140,145页

540．略论帝京长安的多元文化与初唐诗歌//韩鹏飞//绥化学院学报（绥化）//第32卷第6期//第79—81页

541．论初唐流贬岭南诗人的生命体验及其诗歌创作//钟乃元//广西师范大学学报：哲社版（广西）//第48卷第3期//第77—82页

542．论崔融诗歌的艺术特征//李军//巢湖学院学报（巢湖）//第

14卷第5期//第9—12页

543. 论王绩诗歌的文学价值和历史价值//张申平//重庆科技学院学报：社科版（重庆）//第3期//第114—116页

544. 浅析杜审言诗歌题材内容的新变//黄侃侃//文教资料（南京）//第3期//第11—13页

545. 浅议王绩的平淡诗风//郎瑞萍，叶会昌//河北北方学院学报：社科版（河北）//第28卷第5期//第18—21页

546. 试析《春江花月夜》中的虚实结合//刘秀芳//名作欣赏·中旬（太原）//第2期//第12—15页

547. 唐蕃战事及其诗歌表现//马青芳//芒种（沈阳）//第12B期//第118—119页

548. 唐高宗武后时期骚体诗歌创作探究//李荣//乐山师范学院学报（四川）//第27卷第8期//第21—23，28页

549. 王绩诗歌用韵考//唐海英//桂林师范高等专科学校学报（广西）//第26卷第4期//第75—77页

550. "五律"寻踪：王勃《送杜少甫之任蜀州》诗解读//张起//中华文化论坛（成都）//第2期//第134—139页

551. 殷璠《丹阳集》选诗风格论//周衡//名作欣赏·中旬（太原）//第12期//第146—147，165页

552. 张若虚的《春江花月夜》与生命意识//葛力力//名作欣赏·中旬（太原）//第4期//第56—58页

3. 盛唐诗歌

（1）杜甫

553. "本我""自我"和"超我"的徘徊：析杜甫旅食京华十载的诗歌创作//殷卉茹//重庆科技学院学报：社科版（重庆）//第13期//第85—86页

554. 从杜甫诗歌喻象的审美特征看诗歌欣赏的特质//曹霞//信阳农业高等专科学校学报（信阳）//第22卷第3期//第74—77，80页

555. 从杜甫诗歌喻象的心路历程看失意不失志的圣人情怀//曹霞//时代文学（济南）//第8B期//第173—175页

556. 从生命视角解读杜甫晚年诗歌//孙士雪//作家杂志·下半月刊（长春）//第7期//第105—106页

557. 杜甫的生存状态与诗歌世界解析//韩凤芝//长城（石家

558．杜甫《旅夜书怀》的诗格理论分析//杨星丽//杜甫研究学刊（成都）//第1期//第22—26，44页

559．杜甫前期诗歌及其忧民意识的探讨//于海洋//西安文理学院学报：社科版（西安）//第15卷第6期//第10—12页

560．杜甫取法《文选》诗艺举隅//林英德//名作欣赏·中旬（太原）//第4期//第59—61页

561．杜甫诗歌的梳理与探究//吴奇亮//文学教育（武汉）//第7B期//第21页

562．杜甫诗歌的现代接受状况简论//孔令环//贵州社会科学（贵州）//第3期//第88—93页

563．杜甫诗歌与情感教育//李迎春//文学教育（武汉）//第8A期//第42—43页

564．杜甫诗歌诗中妻子性格特征浅析//郭艺丁//剑南文学·经典教苑（绵阳）//第11期//第74页

565．杜甫诗歌中的女性观//焦福维//湖南科技学院学报（永州）//第33卷第11期//第32—33，54页

566．杜甫诗歌中的情感//赵俊平//内蒙古电大学刊（内蒙古）//第2期//第32—33页

567．杜甫诗歌主题的多样性研究//郭隆明//学园·教育科研（昆明）//第22期//第76页

568．杜甫与成都西山//张放//杜甫研究学刊（成都）//第1期//第16—21页

569．杜甫与李泌（下）//邓小军//杜甫研究学刊（成都）//第4期//第70—78页

570．杜甫战争诗歌叙述视角研究//张楠//杨凌职业技术学院学报（陕西）//第11卷第2期//第91—93，96页

571．"杜诗疗疟"考//李宗鲁，赵羽//重庆科技学院学报：社科版（重庆）//第14期//第113—115页

572．杜诗《投简咸华两县诸子》诗题、编年考订//曾晓云//甘肃联合大学学报：社科版（甘肃）//第28卷第1期//第49—51页

573．杜诗为何不提颜真卿//余祖坤//海南大学学报：人文社科版（海口）//第30卷第1期//第17—21页

574．杜诗原意的传递、接收与解读：论仇兆鳌《杜诗详注》引陶潜注的相关问题（续）//黄伟豪//杜甫研究学刊（成都）//第4期//第55—63页

575．略论杜甫《西山三首》//张宗福，张晓英//杜甫研究学刊（成都）//第1期//第9—15页

576．论杜甫的乱前诗歌与其在开天诗坛的地位//万伯江//宁夏大学学报：人文社科版（宁夏）//第34卷第4期//第49—55页

577．论杜甫对庾信诗歌的接受与其自身诗歌理论构建之关系//仲瑶//文艺理论研究（上海）//第5期//第43—48页

578．论杜甫家训诗歌中的教育思想//闫续瑞，张艳萍//时代文学（济南）//第1B期//第193—195页

579．论杜甫诗歌的人民性//李红//现代语文·学术综合（曲阜）//第4期//第17—18页

580．论杜甫诗歌对宋诗的影响//左汉林，韩成武//三峡大学学报：人文社科版（宜昌）//第34卷第6期//第36—40页

581．论"兴寄"说与杜甫"沉郁顿挫"诗风//王抒凡//西南农业大学学报：社科版（重庆）//第10卷第3期//第143—146页

582．浅谈杜甫的别类才情及其诗歌表现//向昕//文学界（长沙）//第5C期//第216，220页

583．情致深沉　韵味隽永：读杜甫的《登高》//莫建方//德宏师范高等专科学校学报（云南）//第24卷第4期//第54—56，53页

584．"三吏"、"三别"的两难情感结构和艺术表现//周鸿彦//西南民族大学学报：人文社科版（成都）//第32卷第12期//第192—195页

585．山水与风骨：试论杜甫夔州诗中的自然写作//彭沁沁//华中农业大学学报：社科版（武汉）//第1期//第111—116页

586．说"诗圣"//张忠纲//安徽大学学报：哲社版（合肥）//第36卷第1期//第36—42页

587．谈杜甫的诗歌特点及思想//罗敏//漯河职业技术学院学报（河南）//第11卷第6期//第109—111页

588．唐代亲情诗的主题意蕴分析：以杜甫亲情诗为中心//詹志红//牡丹江师范学院学报：哲社版（牡丹江）//第3期//第10—12页

589．天下朋友皆胶漆：论杜甫交友之道//刘咏涛//杜甫研究学刊

（成都）//第 4 期//第 99—104 页

590．一曲卓绝千古的悲秋之歌：杜甫《登高》解读//闪明琴//名作欣赏（太原）//第 3 期//第 72—73，161 页

591．运用图形——背景理论解读杜甫诗歌//朱海燕//语文学刊（呼和浩特）//第 3A 期//第 6—7，8 页

592．致君尧舜上，再使风俗淳：浅谈杜甫诗歌的现实主义精神//张晨//文教资料（南京）//第 1 期//7—8 页

（2）李白

593．从概念整合理论解读李白诗歌中的水意象//王乐，任培红//重庆科技学院学报：社科版（四川）//第 15 期//第 81—82 页

594．从李白的诗歌谈其思想的复杂性//杨国荣//长城（石家庄）//第 1B 期//第 93—94 页

595．浮生若梦：读李白《春夜宴桃李园序》//郁梅//名作欣赏·中旬（太原）//第 2 期//第 18—19 页

596．关于李白诗歌的美学探索//何英//赤峰学院学报：汉文哲社版（赤峰）//第 33 卷第 11 期//第 96—97 页

597．《静夜思》：以隐喻写转喻的经典范例//江飞//名作欣赏·中旬（太原）//第 12 期//第 102—103 页

598．李白超尘出世思想在其诗歌中的反映//张杏丽//齐齐哈尔师范高等专科学校学报（齐齐哈尔）//第 2 期//第 51—53 页

599．李白"道论"诗歌的生态解读//冯芬//长城（石家庄）//第 3B 期//第 106—107 页

600．李白"道论"诗歌中的生态诗格与人格//冯芬//文艺评论（哈尔滨）//第 2 期//第 18—20 页

601．李白对文化的创新与突破：从李白诗歌明月意象谈起//柯志芳//福建基础教育研究（福建）//第 1 期//第 50，94 页

602．李白《将进酒》新考//赵海菱//社会科学辑刊（沈阳）//第 2 期//第 182—185 页

603．李白诗歌的比喻模式：从"叶想衣裳花想容"说起//张一南//文史知识（北京）//第 2 期//第 25—29 页

604．李白诗歌青天意象探析//胡筠//名作欣赏·中旬（太原）//第 8 期//第 72—73，85 页

605．李白诗歌用韵小考//张萍//语文学刊·上半月刊（呼和浩

特）//第12期//第16—17页

606．李白诗歌中的程度副词考察//陈群//绵阳师范学院学报（绵阳）//第31卷//第1期//第26—30页

607．李白诗歌中的生态意识及思想渊源//李澍//科技资讯（北京）//第14期//第246页

608．李白诗歌中的"星"意象研究//段慧娟//牡丹江师范学院学报：哲社版（牡丹江）//第1期//第4—7页

609．李白诗歌中的月亮意象//欧萍//湖北成人教育学院学报（武汉）//第18卷第1期//第87—88页

610．李白诗歌中对"风流"人物的品藻//王桂先，夏小凤//文艺评论（哈尔滨）//第2期//第69—72页

611．李白诗歌中水意象的概念隐喻分析//何丽荣//湖南人文科技学院学报（娄底）//第1期//第46—48页

612．李白诗歌中"月亮"的象征意义//张君香//生活教育（北京）//第7B期//第58—60页

613．李白游仙诗歌中的道教文化意蕴//伍桂蓉//文学教育（武汉）//第3C期//第30—31页

614．李白与皖南//余恕诚，朱文根//江淮论坛（合肥）//第2期//第5—14页

615．论李白巴蜀诗与唐宋诗歌演化//申东城//内江师范学院学报（四川）//第27卷第1期//第85—88页

616．论李白的批评家身份和批评体系：以他对玄宗诗坛的批评为中心//刘青海//文艺理论研究（上海）//第32卷第1期//第107—113，137页

617．论李白的知识结构与诗歌创作之关系//万伯江//中国韵文学刊（湘潭）//第2期//第14—21页

618．论李白"内儒外道"人格类型对其诗歌的影响//李竹//文教资料（南京）//第19期//第4—6页

619．论李白诗歌中的崇高美：以朗吉弩斯的《论崇高》为观照//张芳//桂林航天工业高等专科学校学报（广西）//第17卷第1期//第113—115页

620．《梦游天姥吟留别》梦境别解//朱家亮//语文学刊·上半月刊（呼和浩特）//第2期//第1—2页

621. 浅论李白诗歌的艺术特色//张清鑫//文教资料（南京）//第8期//第9—10页

622. 浅谈李白诗歌叠字式容词的相似性//杨春燕//现代语文·语言研究（曲阜）//第10期//第18—21页

623. 浅谈道教对李白诗歌的影响//任娟//剑南文学·经典教苑（绵阳）//第12期//第39，41页

624. 浅析李白诗歌展现出的艺术魅力//赵宇//芒种（沈阳）//第10B期//第101—102页

625. 浅析李白诗歌之"仙"气//米崐//太原城市职业技术学院学报（山西）//第1期//第178—179页

626. 圣代复元古，大雅振心声：李白《古风》（其一）再解读//薛天纬//江淮论坛（合肥）//第1期//第143—148页

627. 诗以气为美：李白诗歌与气新论//徐定辉//江汉论坛（湖北）//第11期//第89—93页

628. 试论李白诗歌中的体育活动意象//丁道旭//成都体育学院学报（成都）//第38卷第7期//第38—40，53页

629. 唐人选唐诗中李白诗歌异文刍议//房本文//文学遗产（北京）//第3期//第59—67页

630. 月光下穿越时空的追问：对李白《把酒问月》的互文性解读//徐红霞//湖北成人教育学院学报（武汉）//第18卷第3期//第91—92页

（3）边塞诗派

631. 岑参诗雷同举隅//张培阳//河南师范大学学报：哲社版（新乡）//第39卷第2期//第209—212页

632. 风流名士：崔颢//张海亮//黑龙江教育学院学报（哈尔滨）//第31卷第1期//第121—123页

633. 讽刺还是诗歌：试论高适《燕歌行》的主旨//胡勇//名作欣赏（太原）//第3期//第70—71页

634. 高适河西之行对其宗教思想的影响//张馨心//学术交流（哈尔滨）//第1期//第157—159页

635. 李颀歌行体人物诗与盛唐气象//魏景波，魏耕原//文史哲（济南）//第1期//第111—118页

636. 王昌龄送别诗探析//陈娟//语文学刊·上半月刊（呼和浩

特）//第2期//第26—27页

637. 隐喻视野下王昌龄《闺怨》主题//王德艳//语文学刊·下半月刊（呼和浩特）//第10期//第35，39页

（4）山水田园诗派

638. 从《辋川集》看王维儒释道合一//刘昕//山东工商学院学报（烟台）//第26卷第2期//第120—123页

639. 例析王维诗歌中的禅意//董小伟//文学界（长沙）//第5C期//第186，197页

640. 论孟浩然的诗歌美学观及其文化品相//石在中//湖南大学学报：社科版（湘潭）//第15卷第4期//第115—119页

641. 论孟浩然诗歌"浓情淡写"的艺术特征：兼与王维比较//李园//名作欣赏·中旬（太原）//第1期//第158—160页

642. 论王维诗歌创作中剪裁与"诗中有画"//赵东丽//濮阳职业技术学院学报（濮阳）//第25卷第1期//第90—92页

643. 论王维诗歌的三重境界//李迎春//名作欣赏·中旬（太原）//第6期//第47—48页

644. 论王维诗歌中的色彩//傅绍磊//文教资料（南京）//第24期//第1—3页

645. 孟浩然诗歌中的佛学意趣//张培//湖州师范学院学报（湖州）//第34卷第6期//第10—13页

646. 浅论王维诗歌"诗中有画"的艺术特色//刘树森//时代经贸（北京）//第6B期//第13，15页

647. 情意山水：试论孟浩然山水诗的特色之一//张双英//阅江学刊（南京）//第4卷第1期//第99—106页

648. 如何解读王维山水诗中的禅意//张冬梅//语文学刊·上半月刊（呼和浩特）//第2期//第28—29页

649. "诗佛"的诞生：一种诗歌美学境界的标举//袁晓薇，谭庄//山东社会科学（济南）//第5期//第55—59页

650. 使至塞上：大唐盛世的豪迈歌唱//孙桂平//古典文学知识（南京）//第6期//第27—31页

651. 王维诗歌的艺术特色//李丽黎//前沿（呼和浩特）//第20期//第142—143页

652. 王维诗歌"意象并置"九大类型的文学史奇观//罗漫//中南

民族大学学报：人文社科版（湖北）//第32卷第6期//第120—122页

653．王维诗歌中的佛教词语例释//张瑞兰//兰州教育学院学报（兰州）//第28卷第7期//第11—12，100页

654．王维诗中的大明宫//王静//陕西青年职业学院学报（陕西）//第4期//第80—82页

655．《望洞庭湖赠张丞相》新解：兼谈"羡鱼"二说//孙浩宇//名作欣赏·上旬（太原）//第12期//第37—42页

656．夷门抱关，屠肆鼓刀：赏析王维诗《夷门歌》//王国春，周月光//名作欣赏·中旬（太原）//第6期//第49—51页

657．亦官亦隐的两重文化心理：王维《春日与裴迪过新昌里访昌逸人不遇》赏析//张羽华//名作欣赏·中旬（太原）//第2期//第16—17页

658．主体间性自洽认知模式：王维诗歌的多域概念整合分析//李昌标，王文斌//外语研究（江苏）//第6期//第11—16页

（5）其他

659．风景元无异，遥看各不同：王维、李白、杜甫诗歌赏析//李术文，曲文静//名作欣赏·下旬（太原）//第12期//第27—29页

660．李杜诗歌数词的形象色彩探析//唐晋先//四川民族学院学报（四川）//第21卷第4期//第82—86页

661．李白、杜甫诗体与唐诗嬗变//申东城//安徽大学学报：哲社版（合肥）//第36卷第1期//第43—49页

662．论盛唐诗人祖咏诗歌风格的多样性//杜巧月//许昌学院学报（许昌）//第31卷第6期//第50—51页

663．论张九龄诗歌的艺术特征//李军//梧州学院学报（广西）//第22卷第2期//第57—64页

664．清新潇洒，淡而有味：贺知章诗歌赏析//万洪莲//现代语文·学术综合（曲阜）//第6期//第8—10页

665．王翰及其诗歌考论//潘鸣//南京理工大学学报：社科版（南京）//第25卷第1期//第61—66页

666．在互补整合中实现总体的价值超越：论李杜诗歌研究的"分"与"合"//曾永成//杜甫研究学刊（成都）//第1期//第1—8，81页

4. 中唐诗歌

（1）元白

667．白居易的道教信仰与诗歌创作//徐翠先，石东升//山西师大学报：社科版（山西）//第39卷第3期//第62—65页

668．从白居易的诗歌看其长安情感的变迁//汤德伟//洛阳师范学院学报（洛阳）//第31卷第7期//第70—74页

669．白居易诗歌本体论命题之内涵、价值及经学影响//刘疏影，吴建民//江苏教育学院学报：社科版（江苏）//第28卷第5期//第95—97页

670．白居易诗歌创作及其传播//董超//名作欣赏·中旬（太原）//第4期//第62—64页

671．白居易诗歌的人际传播//沈正赋//安庆师范学院学报：社科版（安庆）//第31卷第1期//第28—33页

672．白居易诗歌理论之再认识//马瑞//现代语文·学术综合（曲阜）//第2期//第10—12页

673．白居易中隐思想诗歌创作的影响//宋峻峰//剑南文学·经典阅读（绵阳）//第6B期//第77页

674．长恨无绝期，浩叹贯千古：也谈《长恨歌》的主题及艺术魅力//张纯美//辽宁师范大学学报：社科版（大连）//第35卷第1期//第92—97页

675．从诗歌交游看张籍诗派意识承传的诗史意义//郭春林//文艺评论（哈尔滨）//第8期//第67—71页

676．论白居易的音乐思想与讽喻诗创作//柏红秀//河南师范大学学报：哲社版（新乡）//第38卷第6期//第189—192页

677．论疾病与白居易诗歌的关系//蒙祖富//贵阳学院学报：社科版（贵阳）//第7卷第4期//第91—95页

678．论元、白唱和及其诗歌演进//巩本栋//西南大学学报：社科版（重庆）//第38卷第4期//第120—129页

679．论元白唱和诗情感交流的类型//张敬雅//贵阳学院学报：社科版（贵阳）//第7卷第5期//第74—77，106页

680．《琵琶行》中入声韵的妙用//胡艳//中华文化论坛（成都）//第2期//第26—30页

681．浅论元稹诗歌的艺术特色//万建军//宿州教育学院学报//第

15卷第6期（宿州）//第110—111，161页

682．唐诗中的"衾"意象与唐人诗风诗境：以白居易诗歌为例//曾艳红//金陵科技学院学报：社科版（南京）//第26卷第2期//第46—50页

683．三年留滞在江城：论白居易的入蜀诗歌//王定璋//文史杂志（四川）//第6期//第45—48页

684．试论白居易在诗歌中对女性的态度//陈燕，周维，刘旺//池州学院学报（安徽）//第26卷第5期//第78—81页

685．试析《琵琶行》中月的意象//张丽//理论观察（齐齐哈尔）//第6期//第168—169页

686．元稹：初恋诗歌里的梅花落//陈家萍//躬耕（中唐）//第4C期//第4—5页

687．元稹诗歌中的女性形象//常庆//新余学院学报（新余）//第17卷//第2期//第72—74页

688．志在兼济，行在独善：白居易诗歌、文集所折射出的音乐美学思想//杨溢//音乐创作（北京）//第6期//第115—117页

（2）韩孟

689．韩孟体论析：以韩孟联句诗为中心//郭春林//聊城大学学报：社科版（山东）//第6期//第24—29页

690．韩愈"审丑"诗歌二题//许海岩//现代营销（吉林）//第5期//第208—209页

691．韩愈诗歌风格略论//王惠丹//长春师范学院学报：人文社科版（长春）//第31卷第10期//第82—85页

692．韩愈诗歌中漫画形象的解读//宋惠珍//鸡西大学学报（鸡西）//第12卷第7期//第122—123页

693．韩愈尊孟对其诗歌创作的影响探析//兰翠//文学遗产（北京）//第1期//第145—148页

694．解读韩愈诗歌奇险怪异的审美风格//陈玲玲//大学教育（广西）//第1卷第8期//第52—53页

695．论韩愈诗歌的奇险与平易//陆涛//社科纵横（甘肃）//第27卷第9期//第80—83页

696．浅谈韩愈诗歌的诙谐幽默//孔倩倩，胡文文//语文教学与研究·综合天地（武汉）//第5期//第88—89页

（3）柳宗元

697．柳宗元清幽冷峭与奇崛沉郁的诗风研究：以永州诗与柳州诗为例//游锡剑//名作欣赏·中旬（太原）//第6期//第52—53页

698．柳宗元诗歌与文人画荒寒意境//卢春苗//柳州师专学报（柳州）//第27卷第5期//所15—17页

699．柳宗元永州时期山水田园题材诗歌特点探微//游锡剑//作家杂志·下半月刊（长春）//第9期//第147—148页

700．柳宗元永州时期诗歌创作研究之诗体选择//游锡剑//作家杂志·下半月刊（长春）//第3期//第151—152页

701．柳宗元永州时期诗歌创作艺术特色之多维艺术风格研究//游锡剑//前沿（呼和浩特）//第8期//第156—157页

702．论柳宗元诗歌中的客寓意识//刘城//柳州师专学报（柳州）//第27卷第4期//第24—28页

703．唐诗经典影响史的三个层次：柳宗元《江雪》影响研究//殷学国//安徽师范大学学报：人文社科版（芜湖）//第40卷第1期//第102—106页

704．《永州八记》的诗歌情怀//邵行红//柳州职业技术学院学报：综合版（柳州）//第12卷第5期//第68—70，74页

（4）李贺

705．从《李凭箜篌引》看李贺诗歌修辞运用的丰富性//薛和平//语文知识（郑州）//第4期//第60—61页

706．李贺诗歌的黑暗情结//谢凤英//文教资料（南京）//第11期//第6—7页

707．李贺之病对其诗歌意象的影响//李春红//阜阳师范学院学报：社科版（阜阳）//第1期//第88—90页

708．论中唐诗人李贺诗歌的怀才不遇之感//王景凤//短篇小说：原创版（吉林）//第8期//第113—114页

709．浅析李贺诗歌对庄子的接受//张庆//宿州教育学院学报（宿州）//第15卷第2期//第25—27页

710．谈李贺诗歌语言的词语艺术//张翠玲//湖北广播电视大学学报（湖北）//第32卷第6期//第59—60页

711．无奈的追寻与心灵慰藉：论李贺的王孙情结//韩大强//郑州大学学报：哲社版（河南）//第45卷第6期//第122—124页

（5）其他

712．从怪变至平淡：贾岛诗风变迁的诗史意义//郭春林//南昌大学学报：人文社科版（南昌）//第42卷第2期//第133—137页

713．从盛唐气象到大历诗风：刘长卿诗歌创作的阶段性转变//肖献军//湖南社会科学（湖南）//第5期//第182—185页

714．简析刘禹锡《竹枝词》内容的艺术特色//吴平胜//金田（广西）//第9期//第57页

715．交游对钱起诗歌创作的影响//王莉莉，朱倩//科教导刊（武汉）//第1B期//第90—91页

716．解读刘长卿诗歌中的舟船意象//刘真//时代文学（济南）//第6B期//第173—174页

717．令狐楚镇守汉中期间的诗歌创作//李青石//陕西理工学院学报：社科版（汉中）//第30卷第1期//第12—14页

718．刘商诗歌艺术综论//王增学//河北大学学报：哲社版（保定）//第37卷第1期//第46—49页

719．刘禹锡诗歌的陌生化魅力//范芳//语文学刊·上半月刊（呼和浩特）//第2期//第6—8页

720．刘禹锡与"竹枝词"的诞生//梁颂成，艾瑛//湖南科技大学学报：社科版（湖南）//第15卷第6期//第134—136页

721．论朝鲜汉诗对韦应物及其诗歌的接受//曹春茹//云南大学：社科版（昆明）//第11卷第2期//第74—81页

722．论刘商诗歌独特的个性情怀//刘杨//作家杂志·下半月刊（长春）//第7期//第107—108页

723．论刘禹锡诗歌中对历史与人生的深刻感悟//张薇，李高金，张伟//时代文学（济南）//第7B期//第169页

724．论裴铏《传奇》中穿插诗歌的艺术方式//付春辉//文学界（长沙）//第11C期//第250—251页

725．论中唐悯农诗歌的史学价值//余颖//长春大学学报·社会科学（长春）//第22卷第1期//第56—59页

726．图像、仪轨与文学：略论中唐密教艺术与韩愈的险怪诗风//黄阳兴//文学遗产（北京）//第1期//第49—60页

5．晚唐诗歌

（1）李商隐

727．寄托深而措辞婉：李商隐诗歌创作艺术赏析//刘茜雯//语文学刊·上半月刊（呼和浩特）//第11期//第33—34，36页

728．简论李商隐的文章艺术//张远东//名作欣赏·中旬（太原）//第4期//第65—66，69页

729．李商隐《锦瑟》诗解读中的诸问题//郭鹏//语文学刊·上半月刊（呼和浩特）//第2期//第23—25页

730．李商隐诗歌中的"蝉"意象//景方方//绵阳师范学院学报（绵阳）//第31卷第3期//第21—23，27页

731．李商隐诗歌中的现代性特征//孙波//赤峰学院学报：汉文哲社版（赤峰）//第33卷第7期//第71—74页

732．李商隐无题诗与"兴寄"//王抒凡//中南大学学报：社科版（长沙）//第18卷第2期//第144—148页

733．论李商隐诗歌学杜的阶段性及其原因//陈婷婷//巢湖学院学报（巢湖）//第14卷第4期//第55—59页

734．论李商隐诗歌意象的迷离与遥深之美//葛稳罡//淮阴师范学院学报：自然科学版（淮安）//第11卷第4期//第423—426页

735．浅探李商隐的诗歌风格//胡旭梅//文学教育（武汉）//第1A期//第130页

736．浅析李商隐诗歌的现代主义色彩//李平//黑龙江教育学院学报（哈尔滨）//第31卷第4期//第107—108页

737．浅析李商隐诗歌的意象特征//冀明霞//剑南文学·经典教苑（绵阳）//第2期//第35—36页

738．浅析李商隐诗歌的用典特色//胡敬文//都市家教·下半月刊（江西）//第9期//第258页

739．柔婉与风骨的统一：谈谈李商隐诗歌风格//黄凌云//宜春学院学报（江西）//第34卷第6期//第83—86页

740．试论李商隐骈文创作对其诗歌创作的影响//卢姗//文学教育（武汉）//第8B期//第31—32页

741．在光与影中徘徊：论李商隐诗歌中灯烛意象的感伤色彩//陆立玉//乐山师范学院学报（四川）//第27卷第2期//第20—22页

(2) 其他

742．从寒山诗歌看佛教的财富观//邵之茜//五台山研究（山西）//第4期//第56—60页

743．杜牧攻讦元白诗的儒家思想立场及意义//向铁生//苏州科技学院学报：社科版（江苏）//第29卷第5期//第33—39页

744．韩偓诗歌艺术解析：冷艳字眼下的孤寂//李倩//艺海（湖南）//第1期//第121—122页

745．回族女诗人李舜弦及其诗歌创作简论//唐海宏//楚雄师范学院学报（云南）//第27卷第4期//第18—22页

746．苦吟中的"自我"重构：对中晚唐苦吟诗风的另一种解读//张宇慧//中国青年政治学院学报（北京）//第31卷第2期//第138—143页

747．论杜牧诗歌中的直接和间接着色//潘秀贞//文学教育（武汉）//第6A期//第46页

748．论裴铏《传奇》中穿插诗歌的艺术方式//付春辉//文学界（长沙）//第11C期//第250—251页

749．南唐诗艺之"雅"与士人心态//李磊//名作欣赏·中旬（太原）//第2期//第93—95页

750．试论道教对赵嘏诗歌创作的影响//闫莉颖//语文学刊·上半月刊（呼和浩特）//第2期//第11—12页

751．试论温庭筠诗歌中的佛教意蕴//吴坤//甘肃联合大学学报：社科版（甘肃）//第28卷第4期//第65—69页

752．叹花声里的别样景致：杜牧《叹花》与本事疏离后的传释//李娜//名作欣赏·下旬（太原）//第1期//第12—14页

753．唐五代诗格中的体、势诸范畴//李江峰//山西师大学报：社科版（临汾）//第39卷第2期//第72—76页

754．晚唐五代"苦吟"诗风的"比物讽刺"内涵及其意义//郭鹏，尹变英//山西大学学报：哲社版（山西）//第35卷第6期//第25—29页

755．晚唐铮铮者许浑的诗歌思想内涵探微//高国庆//前沿（呼和浩特）//第13卷第13期//第196—198页

756．温庭筠诗歌异文浅析//杨雪//剑南文学·经典阅读（绵阳）//第6B期//第91—92页

757. 张祜诗歌的艺术性//李军//重庆广播电视大学学报（重庆）//第24卷第2期//第57—60页

758. 郑谷承袭温李绮艳诗风论//崔霞//前沿（呼和浩特）//第20期//第133—134页

6. 曲子词及文人词

（1）花间词派

759. 花间词意象特色论//魏玮，刘锋焘//齐鲁学刊（曲阜）//第2期//第115—118页

760. 《花间集》的编辑传播与新词体的建构//李飞跃//中州学刊（郑州）//第3期//第169—174页

761. 论《花间集》中的线条美//司真真//海南师范大学学报：社科版（海口）//第25卷第3期//第50—56页

762. 论温庭筠的情感寄托//陈际斌，李秋菊//求索（长沙）//第3期//第197—199页

763. 略论花间词的情绪记忆//黄学敏//湖州师范学院学报（浙江）//第34卷第5期//第6—10页

764. 浅析历代对温庭筠《菩萨蛮》词的诠释//袁九生//名作欣赏·中旬（太原）//第4期//第67—69页

765. 温庭筠词中的鸟意象探析//张传传//长春理工大学学报：社科版（长春）//第25卷第10期//第168—170页

766. 温庭筠词中女性的装饰美//任建//湖州师范学院学报（湖州）//第33卷第5期//第42—45页

767. 温庭筠与韦庄词之女性形象研究述评//杨岚//甘肃广播电视大学学报（甘肃）//第22卷第4期//第16—18页

（2）南唐词

768. 断裂与和谐：李煜的词语人生//张丽//华北电力大学学报：社科版（北京）//第1期//第107—111页

769. 闺怨之外的家国之恨与人生悲慨：李璟词作《山花子》赏析//王琳//名作欣赏·中旬（太原）//第2期//第24—25，28页

770. 李煜词与花间词及冯延巳词意象比较//王娜娜//重庆科技学院学报：社科版（重庆）//第15期//第78—80，85页

771. 李煜《虞美人》的重新审视与解读//贾如洵，张志慧//河北北方学院学报：社科版（河北）//第28卷第6期//第8—11页

772. 论李煜词作的悲凉意蕴//姚晓娟，王淼//哈尔滨师范大学社会科学学报（哈尔滨）//第 3 卷第 4 期//第 77—80 页

773. 试论李煜词中"愁"的种类//程琴//名作欣赏·中旬（太原）//第 5 期//第 37—38 页

774. 论李煜词的意象选择与情感表达//师文瑞//新疆职业大学学报（新疆）//第 20 卷第 2 期//第 53—56 页

775. 李珣词的道教文化意蕴解读//赵丽//古籍整理研究学刊（东北）//第 5 期//第 78—80 页

776. 李煜《虞美人》的重新审视与解读//贾如洵，张志慧//河北北方学院学报：社科版（河北）//第 28 卷第 6 期//第 8—11 页

777. 李煜词前后期意象比较//王娜娜//咸阳师范学院学报（陕西）//第 27 卷第 3 期//第 97—100 页

778. 试析李煜后期词的雅化//张艳东//语文学刊·上半月刊（呼和浩特//第 11 期//第 13—14 页

779. 雄奇沉郁，凄婉苍凉：李煜后期词风形成之探索//刘晓黎//成才之路（黑龙江）//第 29 期//第 12 页

七、宋代诗歌

1. 宋诗总论

780. 高斯得诗歌"诗史"探微//张晓利，操瑞文//南京理工大学学报：社科版（南京）//第 25 卷第 3 期//第 51—54 页

781. 两宋出使辽金诗阐论//陈大远//北方论丛（哈尔滨）//第 6 期//第 23—26 页

782. 论宋初百年台谏制度建设与士人气节及诗歌变迁之关系//王培友//求是学刊（哈尔滨）//第 29 卷第 1 期//第 133—139 页

783. 论宋代律诗叙事功能的增强//周剑之//江西社会科学（南昌）//第 32 卷第 5 期//第 188—191 页

784. 论宋代诗歌阐释的学问化特色//颜文武//广西社会科学（南宁）//第 1 期//第 158—161 页

785. 论宋代中秋词中的嫦娥与桂花意象//于莎雯//名作欣赏·中旬（太原）//第 2 期//第 34—36 页

786. 论宋人本意还原的诗歌阐释方法//王祝英//江西社会科学

（南昌）//第32卷第5期//第104—107页

787．论宋诗话《韵语阳秋》的创作特色//张乡里//求索（长沙）//第4期//第138—140页

788．诗与故事的联姻：宋诗中的"传奇"与"志异"//周剑之//云南大学学报：社科版（昆明）//第11卷第6期//第83—89页

789．试论宋代诗人诗歌创作叶音及其语音根据//刘晓南//语文研究（安西）//第4期//第1—10页

790．宋初天台宗僧诗刍论//张艮//河南师范大学学报：哲社版（新乡）//第39卷第6期//第158—161页

791．宋初隐逸诗歌艺术风格探析//刘辰//衡阳师范学院学报（湖南）//第33卷第5期//第73—77页

792．宋代《海棠》诗归属考//涂小丽//古籍整理研究学刊（吉林）//第5期//第81—83页

793．宋代两浙地区民俗诗创作的多维透视//蒋冬玲//江西社会科学（南昌）//第1期// 106—109页

794．宋代女作家自我意识的觉醒及其诗词呈现//谢嫱//湖南农业大学学报：社科版（长沙）//第13卷第1期//第87—92页

795．宋代"贫民诗"成因探析//何蕾//北方论丛（哈尔滨）//第1期//第11—14页

796．宋代诗歌观念的转变//颜庆余//江苏教育学院学报（江苏）//第28卷第2期//第123—125页

797．宋代书目中的宋赋研究//许净瞳//甘肃联合大学学报：社科版（兰州）//第28卷第1期//第72—75页

798．宋代洗儿诗初论//王友胜；吴春秋//中国文化研究（北京）//第1期//第90—97页

799．宋诗纪事的发达与宋代诗学的叙事性转向//周剑之//文学遗产（北京）//第5期//第74—86页

800．宋太宗与升平诗歌//赵润金//船山学刊（湖南）//第3期//第141—149页

801．《西昆酬唱集》的道教底色//罗争鸣//武汉大学学报：人文社科版（武汉）//第65卷第1期//第76—80页

802．西山南浦：意象之外的意象：兼论宋代文人情感构造的视点//伍德林，童春林//湖南师范大学社会科学学报（长沙）//第41卷第1

139

期//第116—119页

803. 响遏行云，字定乾坤：论宋代诗学中的"响"字说//王梽先//广西师范大学学报：哲社版（桂林）//第47卷第6期//第59—63页

2. 北宋诗

（1）黄庭坚

804. 点铁成金功夫，标新立异境界：试论黄庭坚诗歌中的数词//江建高//湖南科技学院学报（永州）//第33卷第1期//第36—38页

805. 黄庭坚"以诗为词"及其文学史意义//梅华//唐都学刊（陕西）//第28卷第6期//第96—99页

806. 静穆与洒脱：论黄庭坚对佛禅"静观"的融摄与其诗歌创作之关系//左志南//中国石油大学学报：社科版（东营）//第28卷第1期//第82—86页

807. 论黄庭坚诗歌中的禅意化意象：以莲、竹意象为例//范香君//文学界（长沙）//第2C期//第182—183页

（2）欧阳修

808. 从对偶范畴角度看骈文与欧阳修的散创作//张思齐//广东社会科学（广州）//第2期//第151—158页

809. 略论欧阳修滁州诗歌//叶洪珍//滁州学院学报（安徽）//第14卷第4期//第4—5，8页

810. 论欧阳修诗歌艺术的复合式结构及其历史地位//王培友//中国文化研究（北京）//第1期//第98—106页

（3）苏轼

811. 论苏轼诗歌的月意象//胡秦葆//南方职业教育学刊（广东）//第2卷第1期//第6—11页

812. 论苏轼以赋为诗的艺术表现//沈章明//西南民族大学学报：人文社科版（四川）//第33卷第5期//第176—180页

813. 佛教典籍与苏轼诗歌创作探微：以《金刚经》为中心//丁庆勇，阮延峻//社会科学论坛（石家庄）//第2期//第51—54页

814. 浅谈苏轼诗歌的理趣特征//王江丽//赤峰学院学报：汉文哲社版（赤峰）//第33卷第8期//第132—134页

815. 浅析苏轼在凤翔府时期的诗歌创作倾向//郝米娜//成功·教育（山西）//第8期//第282—283页

816. 试析苏轼诗歌中生命主体意识的升华//苏罗密//楚雄师范学

院学报（云南）//第27卷第5期//第22—25页

817. 谁知圣人意，不尽书籍中：苏轼诗歌用典研究//沈章明//学术界（安徽）//第4期//第149—159页

818. 苏轼诗歌的现实主义精神//王艳辉//开封教育学院学报（开封）//第32卷第4期//第1—3页

819. 苏轼诗歌的雨意象探析//陆婵娣//乐山师范学院学报（四川）//第27卷第3期//第11—13页

820. 苏轼咏月诗文中的人格魅力//王金川//名作欣赏·中旬（太原）//第5期//第8—9，36页

821. 形似、神似，诗意：苏轼《书鄢陵王主簿所画折枝二首》精义解析//胡立新//社会科学战线（长春）//第1期//第265—267页

822. 寓意于物，造平淡于绚烂中：论苏轼饮食题材作品的创作风格//陈喜珍//名作欣赏·中旬（太原）//第2期//第96—98页

（4）其他

823. 北宋陕西路蓝田吕氏家族诗歌创作浅论//宁雯//陕西青年职业学院学报（陕西）//第3期//第82—85页

824. 北宋陶弼滨海诗歌创作研究//宋坚//广西民族大学学报：哲社版（南宁）//第34卷第4期//第161—165页

825. 北宋重要诗案与诗歌发展的转向//杜若鸿//浙江大学学报：人文社科版（浙江）//第42卷第3期//第168—177页

826. 晁迥诗歌探微//刘京臣//开封大学学报（河南）//第26卷第1期//第4—6，31页

827. 晁说之诗歌"好议论"论略//刘京臣//济宁学院学报（山东）//第33卷第1期//第39—42页

828. 晁说之诗歌简论//李朝军//上饶师范学院学报（江西）//第32卷第5期//第39—43页

829. 程颢的精神世界与其诗歌意趣之观照//罗旻//宁夏大学学报：人文社科版（宁夏）//第34卷第6期//第83—91页

830. 独卷疏帷成默坐，暗虫相应作秋声：宋祁在淮南的诗歌创作//温洁//长城（石家庄）//第6B期//第91—92页

831. 贺铸诗歌中的骚人情怀//刘永霞//文学教育（武汉）//第5B期//第19页

832. 论北宋后期诗歌的宗唐倾向//左汉林//内江师范学院学报

（四川）//第27卷第11期//第48—52页

833．论晁补之诗歌的用典//刘京臣//黄河科技大学学报（河南）//第14卷第5期//第94—96页

834．彭汝砺诗歌特色评析//司志杰，王晶//上饶师范学院学报（江西）//第32卷第1期//第5—8，104页

835．浅论北宋诗僧惠洪的诗歌创作方法//范昕//社科纵横（甘肃）//第27卷第11期//第78—79页

836．秦少游诗歌研究述评//孙斯提//职大学报（包头）//第3期//第46—49页

837．《诗集传》叶音再辨//陈鸿儒//古汉语研究（长沙）//第1期//第73—78页

838．试论庆历诗歌中的"以文字入诗"//梁玉竹//重庆科技学院学报：社科版（重庆）//第10期//第131—133，153页

839．天下第三行书《黄州寒食诗帖》解读//熊泽文//名作欣赏·中旬（太原）//第1期//第168—170页

840．《王荆文公诗李壁注》二题//李晓黎//中南大学学报：社科版（长沙）//第18卷第2期//第149—152页

841．王庭珪诗论及其意义//连国义//绥化学院学报（绥化）//第32卷第4期//第100—102页

842．周敦颐与"二程"的文学特点比较//龚祖培//湖南城市学院学报（益阳）//第33卷//第5期//第1—12页

3．南宋诗

（1）中兴四大家

843．从陆游的诗歌看古代诗人骑驴//刘瑞娟//黄冈师范学院学报（黄冈）//第32卷第4期//第64—66页

844．简论陆游从戎南郑时期的诗歌//罗超华//剑南文学·经典阅读（绵阳）//第12期//第63页

845．陆游诗歌的爱国主义情怀//王英姿//短篇小说：原创版（吉林）//第9期//第111—112页

846．略论范成大诗歌中的道家思想//孙魏//许昌学院学报（许昌）//第31卷第1期//第56—58页

847．南宋中兴诗人群体论纲//曾维刚//兰州大学学报：社科版（兰州）//第40卷第2期//第21—26页

848．浅析陆游诗歌的民族精魂//朱元元//成功·教育（武汉）//第7期//第291页

849．杨万里诗歌创作进阶与"诚斋体"的成型//熊海英//南昌大学学报：人文社科版（南昌）//第43卷第1期//第122—127页

850．杨万里诗歌中的话语描写初探//余轩宇，韩晓光//学语文（芜湖）//第2期//第50—51页

851．"以史证易"与杨万里诗歌意象选择//程刚//北方论丛（哈尔滨）//第1期//第15—19页

（2）其他

852．传统诗歌创作阵地的坚守者：王延龄诗集《骊马情》序//段国超//陕西社会科学（西安）//第2期//第59—64页

853．从《沧浪诗话》看汉魏诗歌的优长与不足//韩国良//许昌学院学报（许昌）//第31卷第6期//第36—41页

854．从学书与学诗的角度考察赵孟頫的五言古诗//徐拥军//内蒙古大学学报：哲社版（呼和浩特）//第44卷第1期//第103—108页

855．道是"不值"却有"值"：叶绍翁《游园不值》解读的多个层面//赵泽学//名作欣赏·中旬（太原）//第6期//第57—59页

856．对永嘉四灵诗歌思想的多重解读//兰芳方//科教导刊（武汉）//第3B期//第127—128页

857．洪迈诗歌用韵频率考//黄燕妮//湖北广播电视大学学报（湖北）//第32卷第1期//第72—73页

858．论剑说诗，醉舞狂歌：从诗词看宦海沉浮中辛弃疾的多面性//卢森焕//名作欣赏·下旬（太原）//第2期//第9页—100页

859．论刘克庄晚年诗歌主流：从"效后村体"谈起//侯体健//北京大学学报：哲社版（北京）//第49卷第4期//第78—85页

860．论南宋后期诗歌从宗唐到学杜的转变//左汉林//楚雄师范学院学报（云南）//第27卷第10期//第26—32页

861．论《苕溪渔隐丛话》的宋诗史价值//殷海卫//南昌大学学报：人文社科版（南昌）//第42卷第6期//第116—123页

862．论王灼诗歌中的爱国思想//钟琳//文学界（长沙）//第6C期//第161—162页

863．论袁桷诗歌之"清"//梁益萍//浙江纺织服装职业技术学院学报（浙江）//第11卷第3期//第117—120页

864．南宋后期辞赋创作探微//刘培//厦门大学学报：哲社版（厦门）//第3期//第39—47页

865．南宋《胡笳十八拍》集句诗之书写及其历史意义//（新加）衣若芬//浙江大学学报：人文社科版（杭州）//第42卷第1期//第128—138页

866．南宋诗歌地位、作用、功能之变迁//史伟//社会科学家（桂林）//第9期//第124—128页

867．南宋台州戴氏家族诗歌创作及承传//何方形//台州学院学报（浙江）//第34卷第2期//第5—9页

868．诗歌审美范畴的全新开拓：论"诚斋体"主于"趣"//熊海英//江南大学学报：人文社科版（江苏）//第11卷第3期//第100—105页

869．诗言志：试论姜白石诗歌思想//朱耀辉//黑河学刊（黑河）//第4期//第43—45页

870．试论四灵诗歌的艺术渊源及特色//吴侃民//萍乡高等专科学校学报（江西）//第29卷第4期//第49—53页

871．宋代诗人周紫芝及其诗歌综论//王辉斌//中华文化论坛（成都）//第1期//第87—94页

872．辛弃疾诗歌用韵考//殷衍韬，鞠文浩//绥化学院学报（绥化）//第32卷第3期//第129—132页

873．叶绍翁两首经典诗歌的异文比较//李鹏//古典文学知识（南京）//第4期//第138—140页

874．《夷坚志》诗词著录刍议//段晓华，赵宏祥//江西社会科学（南昌）//第1期//第116—118页

875．朱熹诗歌的美学思想刍议//张品端，张蕾//武夷学院学报（福建）//第31卷第6期//第1—5页

876．朱熹诗闲适意趣的文化审美视境//邱蔚华//北京工业大学学报：社科版（北京）//第12卷第2期//第65—69页

4．宋词总论

877．论宋词与女乐之关系//余皓//黄钟//第1期//第69—74页

878．论宋代多片词//赵雪沛，陶文鹏//江海学刊（南京）//第1期//第194—200页

879．论宋代艳情词中的寄托//陈丽丽//中州大学学报（河南）//

第29卷第5期//第43—46页

880. 论宋代中秋词创作的背景//于莎雯//作家杂志·下半月刊（长春）//第12期//第131—132页

881. 弱势外交下的宋代使金词//彭国忠//安徽师范大学学报：人文社科版（安徽）//第40卷第6期//第703—712页

882. 宋词创作观念矛盾与词文学美学体征的变化//蔡燕//曲靖师范学院学报（云南）//第31卷第6期//第34—41页

883. 宋词的传播方式探析//黄懿//名作欣赏·中旬（太原）//第1期//第90—91，94页

884. 宋词"镜"意象的审美探析//林盛禹//安徽理工大学学报：社科版（淮南）//第14卷第2期//第67—70页

885. 宋词"无语"修辞的审美考察//郭守运//文学评论（北京）//第1期//91—96页

886. 宋词中的长安书写//张文利，张东//西北大学学报：哲社版（西安）//第42卷第2期//第146—150页

887. 宋词中的颜色词语//董佳//西北大学学报：哲社版（西安）//第42卷第3期//第174—176页

888. 宋代边塞词的战争文化解读//董继兵//名作欣赏·中旬（太原）//第5期//第44—46页

889. 宋代词人词调运用的定量分析//刘尊明，杨东林//中国文化研究（北京）//第1期//第59—73页

890. 宋代山水画与词的关系及其寄托情结//王万发，冯云轩//重庆社会科学（重庆）//第11期//第70—73页

891. 宋代社交生活的"新宠"：从宋代社交词的定量分析谈起//王伟伟//东岳论丛（济南）//第33卷第4期//第106—112页

892. 宋代咏茶词的审美意蕴//罗璇//文教资料（南京）//第26期//第95—97页

893. 宋夏战争对宋初词学创作风貌的影响//郭艳华//北方民族大学学报：哲社版（银川）//第6期//第90—94页

894. "醉里挑灯看剑，梦回吹角连营"：宋代爱国梦词论析//李紫薇//贵州广播电视大学学报（贵州）//第20卷第3期//第58—61页

5. 北宋词

（1）黄庭坚词

895．黄庭坚"以诗为词"及其文学史意义//梅华//唐都学刊（西安）//第28卷第6期//第96—99页

896．籍黄庭坚笛词观照词人的文化性格//周建梅//现代语文·学术综合（曲阜）//第12期//第21—23页

897．浅论山谷词的"由俗入雅"风格//赖智龙//文教资料（南京）//第26期//第113—115页

898．山谷雅词创作与其词学观//付旭阳//文教资料（南京）//第26期//第110—112页

（2）柳永词

899．从现代审美意识看柳永词的艺术//何山//名作欣赏·中旬（太原）//第5期//第39—40页

900．柳永才是豪放词真正创始者//王立厚//宁夏大学学报：人文社科版（银川）//第34卷第1期//第51—60页

901．柳永词的美学特质探析//张斯特//中国科教创新导刊（北京）//第26期//第92页

902．柳永词的市民意识浅探//裴军//重庆科技学院学报：社科版（重庆）//第23期//第100—102页

903．柳永词中的女性形象探微//谢慧明//时代文学（济南）//第12B期//第158—159页

904．论柳永词在形式与艺术上的革新//朱志祥，吴宁//文学教育（武汉）//第11C期//第36—37页

905．论柳永都市词的意象美//肖爱招//黑龙江教育学院学报（哈尔滨）//第31卷第5期//第109—111页

906．论柳永对宋代山水词的贡献//李亮伟//宁波大学学报：人文版（宁波）//第25卷第2期//第20—26页

907．文学传统与柳词的"俗"//梁必彪//西北民族大学学报：哲社版（兰州）//第1期//第128—133页

（3）苏轼词

908．巴蜀文化对苏轼词风的影响//李朋//黄冈职业技术学院学报//第14卷第6期//第70—73页

909．从表演角度看苏轼词革新//汪倩//广东第二师范学院学报

（广东）//第32卷第4期//第68—73页

910. 东坡词中提到的女子//梅茗//各界（西安）//第11期//第75—77页

911. 和韵而似原唱：苏轼《水龙吟》（次韵章质夫杨花词）的艺术成就//李宜蓬//东北农业大学学报：社科版（哈尔滨）//第10卷第2期//第113—117页

912. 论苏轼词中的自然生态美学思想//张雷宇//南昌大学学报：人文社科版（南昌）//第43卷第6期//第98—103页

913. "眉山记忆"与苏轼词风的嬗变轨迹//马里扬//文学遗产（北京）//第1期//第69—80页

914. 梦里栩然蝴蝶，一身轻：试析苏轼词中的《庄子》典故及意象//陶慧//文教资料（南京）//第27期//第11—14页

915. 浅谈道家思想与苏轼超旷词风//李清//语文学刊·下半月刊（呼和浩特）//第10期//第47—48页

916. 试析苏轼的"以诗为词"//张炜//兰台世界·上旬（辽宁）//第10期//第89—90页

917. 谁见幽人独往来，拣尽寒枝不肯栖：苏词《卜算子》（缺月挂梧桐）的思想解读//高菊梅//名作欣赏·中旬（太原）//第1期//第26—28页

918. 苏东坡黄州二赋一词创作过程初探//王启鹏//黄冈职业技术学院学报（湖北）//第14卷第5期//第10—15页

919. 苏轼词对唐诗的化用与择取//张艳//语文学刊·上半月刊（呼和浩特）//第11期//第19—20页

920. 苏轼词风浅议//黄思逾//文学界（长沙）//第9C期//第222，224页

921. 苏轼月词中的主观精神//王淑玲名作欣赏·下旬（太原）//第4期//第70—71页

922. "自成一家"与苏轼关注柳永词的文化动因//曹志平//湖北理工学院学报：人文社科版（湖北）//第29卷第6期//第52—54，61页

（4）秦观词

923. 风格的演变//朱国伟//名作欣赏·中旬（太原）//第1期//第88—89，127页

924. 论《淮海词》月意象的三重性//高文//求索（长沙）//第11期//第98—100页

925. 论秦观词的愁怨情结//贺超//芒种（沈阳）//第9B期//第122—123页

926. 凄凉其词，高尚其志：秦观后期词探论//庆振轩//福州大学学报：哲社版（福州）//第25卷第6期//第75—80页

927. 浅谈秦观词之女性化特征//刘高宏//现代语文·学术综合（曲阜）//第11期//第11—13页

928. 试析秦观慢词对赋法的吸收与新变//李洋//安徽广播电视大学学报（安徽）//第4期//第107—110，128页

929. 析秦观词作的伤感意境//张海燕，杜晓霞//语文学刊·上半月刊（呼和浩特）//第11期//第101—102页

930. "艳情"渐隐，"身世"渐显：论秦观词艺术风格的演变//朱国伟//名作欣赏（太原）//第2期//第88—89，127页

（5）其他

931. 富贵气象难掩落寞之情：浅论魏夫人词//李玥//现代语文·学术综合（曲阜）//第9期//第8—9页

932. 论北宋词坛中"拗相公"之独特词风//张荣//文教资料（南京）//第26期//第89—91页

933. 论江西诗派之词学及其意义//王睿//海南大学学报：人文社科版（海南）//第30卷第6期//第21—28页

934. 论欧阳修词学观与词创作的背趋性//周建军，伍玖清//江西社会科学（南昌）//第32卷第11期//第102—106页

935. 论清真词的"时空转换"//汪洋，孔哲//东方论坛//第5期//第119—125页

936. 论王安石词"脂粉语"的问题//阮琼//文教资料（南京）//第26期//第107—109页

937. 落拓公子的悲情世界：晏几道其人其词研究//赵云洁//济源职业技术学院学报（河南）//第11卷第4期//第118—120页

938. 谱遍佳词难传闺音：浅析晏殊词中的女性描写//魏蔚//剑南文学·经典教苑（绵阳）//第12期//第86页

939. 千回百折，哀感无端：晏殊词风格探微//钱鸿瑛//北京大学学报：哲社版（北京）//第49卷第1期//第60—66页

940．浅析欧词《玉楼春》之"豪放"与"沉著"//汪泽//剑南文学·经典阅读（绵阳）//第 11 期//第 32—33 页

941．从"诗词互证"看王安石晚年闲适词创作//孙敏//文教资料（南京）//第 32 期//第 38—40 页

942．试论慢词在北宋的发展//包佛忠//中国科教创新导刊（北京）//第 36 期//第 102，104 页

943．试论王安石"以诗为词"的创作倾向//姚莹//文教资料（南京）//第 26 期//第 104—106 页

944．苏辛农村词比较//杨茜//中国文学研究（长沙）//第 1 期//第 61—64 页

945．太平宰相，富贵词章：晏殊其人其词研究//赵云洁//信阳农业高等专科学校学报（河南）//第 22 卷第 4 期//第 102—103 页

946．瞎邪之大雅，豪士之鼓吹：再论《小山词》的思想特质和艺术成就//刘凌，张学忠//学术交流（哈尔滨）//第 2 期//第 159—164 页

947．赵佶词创作及其成因//黄锐//剑南文学·经典阅读（绵阳）//第 8 期//第 69 页

6．南宋词

（1）李清照词

948．从两首《如梦令》中看李清照的词美艺术//邓晓丽//语文学刊·上半月刊（呼和浩特）//第 10 期//第 46—47 页

949．李清照词意象美嬗变论析//王长顺//文艺评论（哈尔滨）//第 2 期//第 46—49 页

950．李清照词作的 ICM 探析//杨虹艳//芒种（沈阳）//第 11B 期//第 126—127 页

951．李清照的人生经历与作品风格//张艳红//名作欣赏·下旬（太原）//第 4 期//第 72—74 页

952．李清照"梅"词中的修辞赏析//张筱//时代文学（济南）//第 2A 期//第 187—188 页

953．李清照诗词创作中女性形象浅论//钱忠相//名作欣赏·中旬（太原）//第 3 期//第 74—76 页

954．李清照"香词"审美意蕴探析//陈娜//文学界（长沙）//第 12C 期//第 230—232 页

955. 李清照咏梅词两首之比较//张宏//名作欣赏·中旬（太原）//第2期//第159—161页

956. 李清照朱淑真词风比较//方蔚//文学教育（武汉）//第12A期//第54—55页

957. 论李清照词的人性魅力//康丽云，罗智伟//宜春学院学报（江西）//第34卷第9期//第86—89页

958. 论李清照词中的生命自觉//廖小春//产业与科技论坛（河北）//第11卷第17期//第120—122页

959. 论易安词中的"故实"//梁俊仙，罗翠梅//名作欣赏·下旬（太原）//第3期//第131—132页

960. 浅论早期易安词中梅意象的悲伤情怀//吕睿//文学教育（武汉）//第11B期//第26页

961. 文情并茂、精粹绝伦：读李清照《声声慢》//龙杰//名作欣赏·中旬（太原）//第1期//第15—16，19页

962. 一曲人生的悲歌：读李清照词《声声慢》//陈玉//现代语文·学术综合（曲阜）//第11期//第13—14页

963. 语言符号构建的三维境界：李清照《点绛唇·蹴罢秋千》赏析//周北南//名作欣赏·中旬（太原）//第2期//第32—33，36页

964. 怎一个"愁"字了得：李清照词悲剧情结探微//李松林//文教资料（南京）//第30期//第5—6页

965. 走进李清照：坚毅刚健、婉约清新//王兰芳//湖北科技学院学报（湖北）//第32卷第10期//第85—86页

（2）辛派词

966. 从唱和词观陈亮对辛弃疾词作的影响//汪许莹//社会科学家（桂林）//第5期//第121—124页

967. 儿女情长背后的英雄气短：三味稼轩婉约词作//杨昕蔚//林区教学（黑龙江）//第11期//第28—30页

968. 稼轩词大我之境的成因//聂晓轩，孙丽//吕梁学院学报（山西）//第2卷第4期//第1—4页

969. 稼轩词追步渊明诗初探//李俊//集宁师专学报（内蒙古）//第34卷第1期//第37—41页

970. 酒月无声人境外：谈辛词中的酒与月意象//秦璇//成功·教育（湖北）//第11期//第265—266页

971. 刘克庄词的谐谑从俗风格//姚红彩//郑州航空工业管理学院学报：社科版（郑州）//第31卷第6期//第40—43页

972. 刘克庄词作格调略论//王宏武//咸阳师范学院学报（陕西）//第27卷第3期//第101—104页

973. 论稼轩词的情感美//张岳伦//湖南科技大学学报：社科版（湘潭）//第15卷第1期//第132—135页

974. 论稼轩词中的俳优传统//王毅//社会科学（上海）//第2期//第185—192页

975. 论稼轩词的情感美//张岳伦//湖南人文科技学院学报（娄底）//第2期//第42—44页

976. 论辛弃疾的咏事词//谭小琴，黎修良//名作欣赏·下旬（太原）//第12期//第110—113页

977. 论辛弃疾在南宋思想史上的典型性：从瓢泉词出发//秦帮兴//语文学刊·上半月刊（呼和浩特）//第11期//第15—16，18页

978. 欧阳修词与政治心态的内在转向//马里扬//北京大学学报：哲社版（北京）//第49卷第1期//第67—75页

979. 浅析辛弃疾词作雄奇刚健之美//常巍//现代交际（吉林）//第7B期//第70—71页

980. 试论辛弃疾的题咏词//黎修良，谭小琴//名作欣赏·中旬（太原）//第12期//第106—109，117页

981. 辛弃疾词对《史记》典故的接受研究//余学娟//沧州师范专科学校学报（河北）//第28卷第4期//第58—62页

982. 辛弃疾农村词浅析//徐程//开封教育学院学报（开封）//第32卷第3期//第9—11页

983. 英雄无觅处，词中遗悲辛：辛弃疾之《青玉案·元夕》赏析//陈婧//现代语文·学术综合（曲阜）//第12期//第24—26页

984. 忧国伤时稼轩词//李俊//名作欣赏·中旬（太原）//第2期//第29—31页

（3）陆游词

985. 陆游词体探析//庄庭兰//华南师范大学学报：社科版（广州）//第5期//第89—93页

986. 陆游词写春情怀背后的心灵世界探幽：以《沁园春》（粉破梅梢）为例//李倩//剑南文学·经典教苑（绵阳）//第12期//第59—

60页

987. 陆游词中的功名心态//张鹏//文教资料（南京）//第32期//第46—48页

988. 论陆游词中的江南意象//郑华萍//文教资料（南京）//第32期//第49—52页

989. 论陆游的侧艳词//杜聪//湖北第二师范学院学报（湖北）//第29卷第10期//第18—20页

（4）其他

990. 观光自照，肝胆皆冰雪：张孝祥其人//孙洪杰//名作欣赏·中旬（太原）//第6期//第65—67页

991. 论南宋"和清真词"现象：以方千里、杨泽民、陈允平为核心//杜丽萍//兰州学刊（兰州）//第1期//第160—165页

992. 论姜夔梦词//王敏//文学界（长沙）//第9C期//第225—226，228页

993. 论南宋姜夔"清空"词风//郭华义//呼伦贝尔学院学报（内蒙古）//第20卷第3期//第52—54页

994. 论周密词与其笔记的内在关联//操瑞文，张晓利//湖州师范学院学报（浙江）//第34卷第5期//第20—25页

995. 南宋词科取士与制文之体关系论略//管琴//北京大学学报：哲社版（北京）//第49卷第2期//第88—98页

996. 浅论王沂孙词中的"梅花"意象//涂静文//文教资料（南京）//第32期//第53—55页

997. 浅析王沂孙的咏物词//邢馨月，周奇文//长春师范学院学报：人文社科版（长春）//第31卷第10期//第88—89，100页

998. 深思清艳：试评张抡词//方新//现代语文·学术综合（曲阜）//第11期//第15—17页

999. 吴梦窗赠施枢词编年补证//孙虹//江南大学学报：人文社科版（江苏）//第11卷第6期//第107—111页

1000. 朱淑真词中的女性形象：兼谈与李清照词的异同//王中田//名作欣赏·中旬（太原）//第5期//第41—43页

1001. 《竹山词》的雅与俗//周雅杰//绵阳师范学院学报（绵阳）//第31卷第9期//第46—49页

八、辽金元诗歌

1. 总论

1002. 多元文化背景下葛逻禄迺贤的诗歌创作//叶爱欣//沈阳师范大学学报：社科版（沈阳）//第36卷第1期//第49—54页

1003. 顾瑛其人与《玉山璞稿》研究//张文姗//语文学刊·上半月刊（呼和浩特）//第2期//第30，59页

1004. 基于图形背景理论的《天净沙·秋思》认知诗学解读//梁昭，刘代英//名作欣赏·中旬（太原）//第3期//第20—21，34页

1005. 即小见大、目击道存：论元初作家赵文诗文特点//李超//名作欣赏·中旬（太原）//第4期//第121—123页

1006. 简谈元代诗歌总集与诗歌流变//唐朝晖//甘肃社会科学（甘肃）//第4期//第233—236页

1007.《荆南倡和诗集》与元明之际吴中文人雅集方式的变迁//周海涛//山西师大学报：社科版（山西）//第39卷第6期//第91—95页

1008. 刘祁诗歌述论//杜成辉//商丘师范学院学报（河南）//第28卷第10期//第38—41页

1009. 论金词之别宗：全真道士词//于东新//求是学刊（哈尔滨）//第39卷第2期//第119—123页

1010. 论马祖常诗歌的民族特色//赵艳驰//芒种（沈阳）//第7B期//第107—108页

1011. 论元代北方少数民族词人群体特征//袁志成//民族文学研究（北京）//第1期//第115—121页

1012. 论元杂剧公案戏中"判词"的文化形态及其史学价值//李丽萍，沈逸//中国文化研究（北京）//第2期//第113—120页

1013. 情动于中而形于言，论激于心而发于声：张养浩《山坡羊·潼关怀古》赏析//姜春//名作欣赏·中下旬（太原）//第2期//第37—38页

1014. 生机与汇流：民族文化交融中的辽金元诗歌//张晶//辽宁工程技术大学学报：社科版（辽宁）//第14卷第2期//第113—126页

1015. 吴澄李杜比较观述评//潘殊闲//安徽大学学报：哲社版（合肥）//第36卷第1期//第50—55页

1016. 《西厢记》爱情本质的现代解读//杨秋红//艺术评论（北京）//第 6 期//第 102—104 页

1017. 用世·感世·避世·玩世：陈铎散曲文本中的心态解读//刘英波//兰州学刊（兰州）//第 1 期//第 166—168 页

1018. 虞集与《十花仙》杂剧//邓绍基//文学遗产（北京）//第 3 期//第 101—106 页

1019. 元杂剧曲词叙事性片论//王璐璐//齐齐哈尔大学学报：哲社版（黑龙江）//第 5 期//第 63—66 页

1020. 儒学义理对马祖常诗歌悲慨沉郁风格的影响//赵艳驰//作家杂志·下半月刊（长春）//第 11 期//第 170—171 页

1021. 元初的"金宋遗老"及其诗歌创作//王辉斌//民族文学研究（北京）//第 1 期//第 106—114 页

1022. 元代诗歌中僧诗现象的评论分析//唐小玲//芒种（沈阳）//第 6B 期//第 109—110 页

1023. 元代桃源诗歌新变与成因初探//杨宏//开封教育学院学报（开封）//第 32 卷第 3 期//第 12—16 页

1024. 元代作家乔吉散曲的美学意象//陆晓春，童晓峰//名作欣赏·下旬（太原）//第 3 期//第 135—136 页

1025. 元人诗序概说//韩格平//中国文化研究（北京）//第 1 期//第 74—82 页

1026. 元上都扈从诗中的边塞诗风//杨富有//广播电视大学学报：哲社版（呼和浩特）//第 1 期//第 28—31 页

1027. 元诗叙事纪实特征研究//杨镰//文学评论（北京）//第 2 期//第 181—188 页

1028. 元杂剧对元代讽喻文的影响//赵欢//名作欣赏·中旬（太原）//第 6 期//第 158—159 页

1029. 张可久散曲的"诗"类意象与诗话倾向//王雪枝//河北师范大学学报：哲社版（石家庄）//第 35 卷第 2 期//第 70—74 页

1030. 赵孟頫诗歌的整体呈现及其文学史意义//刘竟飞//长春工业大学学报：社科版（长春）//第 24 卷第 6 期//第 103—105，140 页

2. 元好问

1031. 金元之际北方雅俗双栖作家群与散曲：以受元好问影响的双栖作家为例//张艳//西北民族大学学报：哲社版（兰州）//第 2 期//

第 158—162 页

1032. 论元好问对宋词的继承与创新//黄春梅//长春师范学院学报：人文社科版//第 31 卷第 2 期//第 93—95，44 页

1033. 效体·辨体·破体：论元好问的词体革新//赵维江//文艺研究（北京）//第 1 期//第 57—64 页

1034. 元好问的杜诗学//郝兰国//杜甫研究学刊（成都）//第 1 期//第 34—44 页

1035. 郑允端诗歌中的苏州文化//王希玉//文学界（长沙）//第 3C 期//第 62—63 页

九、明代诗歌

1. 诗

1036. 八股冲击下的明诗位移//郭万金//晋阳学刊（太原）//第 1 期//第 131—136 页

1037. 茶陵派非"派"试论："茶陵派"命名由来及相关问题的考辨//何宗美//文学遗产（北京）//第 6 期//第 98—110 页

1038. 陈霆诗歌意象探微//芦笑娟//鸡西大学学报（鸡西）//第 12 卷第 6 期//第 104—105 页

1039. "诚意说"与刘宗周的诗歌//创作//段宁//文艺评论（哈尔滨）//第 12 期//第 47—50 页

1040. 出医入文，医文融通：李梴"穴位即景诗"浅析//沈琛//名作欣赏·中旬（太原）//第 2 期//第 42—44 页

1041. 从方外到方内，味趋大全：明初僧诗述论//李圣华//贵州社会科学（贵阳）//第 2 期//第 40—47 页

1042. 从李贽的"童心说"看朱元璋的诗歌创作//邹祖尧//江淮论坛（安徽）//第 3 期//第 176—180 页

1043. 从"首届"翰林院庶吉士到河南左布政使：《运甓漫稿》所见李昌祺的人生轨迹与诗风变迁//陈文新，李华//哈尔滨工业大学学报：社科版（哈尔滨）//第 14 卷第 1 期//第 87—91 页

1044. "道衍终为未了僧"：吴梅村与佛禅的关系及对其诗歌的影响//韩升//苏州教育学院学报（江苏）//第 29 卷第 4 期//第 58—61 页

1045. 丁耀亢诗歌中的"菊"意象研究//王江东//和田师范专科

学校学报：汉文综合版（新疆）//第31卷第5期//第44—46页

1046．胡应麟诗史观之检讨//邓富华//浙江学刊（杭州）//第1期//第57—63页

1047．黄道周诗歌的精神境界//李建英，丁光耀//山西大同大学学报：社科版（山西）//第26卷第2期//第50—53页

1048．建构大历诗观的桥梁：唐汝询对大历诗歌的评介暨渊源与影响//雷恩海//河南师范大学学报：哲社版（新乡）//第39卷第2期//第204—208页

1049．六朝之外：对于汤显祖两首诗的鉴赏和解读//刘竞飞//名作欣赏·中旬（太原）//第12期//第110—111页

1050．略论张煌言诗歌特点//高小燕//鸡西大学学报（鸡西）//第12卷第12期//第112—113页

1051．论高启诗歌观念及诗歌风格的前后变化//贺雯婧//湖北民族学院学报：哲社版（恩施）//第30卷第5期//第92—94页

1052．论黄道周拟骚之作//郑晨寅//中州学刊（郑州）//第2期//第172—176页

1053．论李贽的诗歌创作//于浴贤//北京科技大学学报：社科版（北京）//第28卷第4期//第39—44页

1054．论明代杜诗选注和评点的特色//王燕飞//杜甫研究学刊（成都）//第1期//第63—72页

1055．论明代桂林石刻诗歌//何婵娟//柳州师专学报（柳州）//第27卷第1期//第18—21页

1056．明代北京诗人王家谟古体诗用韵的几个特点//孙强//苏州大学学报：哲社版（苏州）//第33卷第2期//第134—139页

1057．明代复古派论格调与诗体关系//李思涯//北方论丛（哈尔滨）//第2期//第11—13页

1058．明代歌诗考：兼论明代诗学的歌诗品质//孙之梅//文学评论（北京）//第1期//第97—105页

1059．明代青海诗人张问仁诗歌研究//马海龙//青海师范大学学报：哲社版（青海）//第34卷第5期//第79—82页

1060．明代诗赋外交的先声：建文时期中期交往中的文学诉求//马铁浩//河南理工大学学报：社科版（河南）//第13卷第4期//第448—453页

1061．明代先唐诗歌选本编选的诗歌史意识//解国旺//殷都学刊（安阳）//第33卷第2期//第54—56页

1062．明末才女李因："一枝留待晚春开"//王苗//名作欣赏·中旬（太原）//第6期//第4—5页

1063．明清易代之际越中诗歌中的生死节义与故国之思//李灿朝//绍兴文理学院学报（绍兴）//第32卷第5期//第7—11页

1064．浅析沈光文诗歌中的意象与情感//余丹//浙江万里学院学报（浙江）//第25卷第6期//第55—59页

1065．瞿佑与《归田诗话》及其诗歌创作：兼论《剪灯新话》诗歌与小说之关系//李圣华//北方论丛（哈尔滨）//第2期//第6—10页

1066．伤心人别有怀抱：明代宗臣《钓台赋》避祸主题探析//顾国华//名作欣赏·中旬（太原）//第2期//第39—41页

1067．诗情心路张太岳：关于张居正诗歌的文化解读//郭万金//苏州大学学报：哲社版（江苏）//第33卷第6期//第151—159页

1068．试析明代后期文学思想的世俗化倾向//罗宗强//天津社会科学（天津）//第6期//第96—102页

1069．尚丽崇悲，情气相合：读陈子龙易水诗//吴思增//名作欣赏（太原）//第3期//第84—85，98页

1070．唐寅笔下的"花前月下"：浅析唐寅诗歌中"花"与"月"的意象//惠佳俞//文教资料（南京）//第33期//第28—30页

1071．唐寅《花月吟》连珠体七律组诗论略//李金坤//苏州科技学院学报：社科版（苏州）//第29卷第6期//第44—48页

1072．《桃花扇》的咏剧诗传播//单永军//四川戏剧（成都）//第2期//第54—57页

1073．王阳明诗歌的人生写照及美学精神//罗薇//文教资料（南京）//第8期//第13—15页

1074．吴中士人自适心态与徐祯卿诗歌创作//温世亮//北方论丛（哈尔滨）//第1期//第77—81页

1075．务达情性不计工拙：试论唐寅诗歌艺术个性及其地位//谢丹//时代文学（济南）//第7B期//第166—168页

1076．性灵与格调对抗视阈下的明代诗选：以《古今诗删》、《诗归》为中心//岳进//北方论丛（哈尔滨）//第3期//第16—20页

1077. 杨慎永昌府诗歌创作对"诗主性情"理论的实践//李董清//保山学院学报（云南）//第31卷第4期//第55—58页

1078. 杨慎云南诗歌的风格特点//杨春梅//保山学院学报（云南）//第31卷第3期//第78—83页

1079. 一介草民的忧怀国恨与救国之志：析明末清初岭南诗人陈邦彦的《疏草成》//梁巧丽//名作欣赏·下旬（太原）//第6期//第82—84，87页

1080. 易代之际的诗史之辩：以《南雷诗历》、《明文海》、《思旧录》为中心//张敏杰//文艺理论与批评（北京）//第6期//第94—98页

1081. 钟芳诗歌阴声韵部研究//周赛红，吕玉霞//语文学刊·下半月刊（呼和浩特）//第9B期//第17—18页

1082. 朱有燉悼亡诗及其风格论略//朱仰东//名作欣赏（太原）//第3期//第80—81页

1083. 朱应登诗歌艺术特色探析//周亚君//时代文学（济南）//第2B期//第195—196页

2. 词曲

1084. "不必再读"其实是一种误读：关于吴承恩词创作的探讨与商榷//王洪夏//淮阴师范学院教育科学论坛（淮安）//第14卷第1/2期//第31—36页

1085. 闺阁、青楼场域差异影响下的文学传播与接受：以明代女性词人为例//汪超//中南大学学报：社科版（长沙）//第18卷第2期//第180—185页

1086. 《金瓶梅词话》"不如不年下"等词的文学阐释//刘洪强//济宁学院学报（济宁）//第33卷第4期//第5—8页

1087. 李渔曲论"主脑"范畴意蕴探微//郭守运//湖北民族学院学报：哲社版（恩施）//第30卷第2期//第90—93，118页

1088. 论《草堂诗余》在明代的传播接受//朱建光//理论导刊（西安）//第4期//第100—102页

1089. 论《古今词统》与明末词风的嬗变//胡小林//名作欣赏·中旬（太原）//第2期//第109—111页

1090. 论孟称舜"词足达情"的戏曲审美观//储著炎//洛阳师范学院学报（洛阳）//第31卷第12期//第13—17页

1091．论明人对元刊本杂剧的改编//孔杰斌//求索（长沙）//第11期//第89—91页

1092．吕天成《曲品》成书原因初探//张毓州//甘肃理论学刊（兰州）//第4期//第158—160页

1093．梦是梦·梦似梦·梦非梦：论《牡丹亭》的梦境描写//陈文兵//四川戏剧（成都）//第3期//第40—42页

1094．明词体式品格及其价值评骘//雍繁星//中国文化（北京）//第4期//第74—80页

1095．明代词集评点的价值与特色//张仲谋//江海学刊（南京）//第1期//第201—207页

1096．明代宦官演戏剧目暨内府本作者考略//高志忠//暨南学报：哲社版（广州）//第34卷第5期//第72—77页

1097．明代戏曲散出选本反映的社会文化心理//尹丽丽//名作欣赏·中旬（太原）//第2期//第88—90页

1098．明人和宋词刍议//顾宝林//中国社会科学院研究生院学报（北京）//第2期//第92—97页

1099．《天雨花》：从弹词道影戏//张军//甘肃理论学刊（兰州）//第4期//第153—157页

1100．统治者的态度对明代宫廷戏剧的影响//郑莉//湖北民族学院学报：哲社版（恩施）//第30卷第2期//第94—98页

1101．徐渭《南词叙录》重本色的戏剧美学思想//杜琳//文教资料（南京）//第23期//第6—7页

1102．用世·感世·避世·玩世：陈铎散曲文本中的心态解读//刘英波//兰州学刊（兰州）//第1期//第166—168页

十、 清代诗歌

1．诗

1103．"博学鸿儒科"与康熙诗坛//李舜臣//民族文学研究（北京）//第5期//第37—47页

1104．曹寅诗歌的江南意蕴//孙雨晨//中国社会科学报（北京）//第10.22卷//第B1页

1105．从《红楼梦》诗歌看曹雪芹//赵生录//考试·教研（北

京）//第9期//第191页

1106. 从乾隆帝西域诗看新疆与中亚之关系//周轩//西域研究（乌鲁木齐）//第2期//第30—37页

1107. 从《双鱼鼍剑録莫子偲友芝集聊》看莫友芝诗学取向//郑永晓//国学学刊（北京）//第1期//第113—120页

1108. 段玉裁诗"合韵"的本质//刘忠华//广东社会科学（广州）//第3期//第166—169页

1109. 船山生死观与诗歌创作//李镇东//船山学刊（湖南）//第4期//第27—31页

1110. 高密派诗学所关的一代诗运：清代高密派诗学理论成因探析//宫泉久//东方论坛（宁波）//第4期//第121—126页

1111. 何绍基诗论中的诗歌本质观//彭培元//长江大学学报：社科版（湖北）//第35卷第1期//第29—30页

1112. 洪昇诗歌研究//孙玮//文教资料（南京）//第30期//第9—11页

1113. 黄遵宪的诗歌理论与实践//魏慧娟//黄河科技大学学报（河南）//第14卷第4期//第90—92页

1114. 黄遵宪诗歌民间创作中的客家民俗阐释//周晓平//济宁学院学报（济宁）//第33卷第4期//第36—40页

1115. 嘉道回族文士蒋湘南诗歌析论//吕双伟//民族文学研究（北京）//第2期//第29—38页

1116. 简论《红楼梦》诗歌的传播//庞莉芹//黔南民族师范学院学报（贵州）//第32卷第2期//第24—27页

1117. 科举考试对郑珍诗歌创作的影响//李柏霖//山东大学研究生学志（山东）//第1期//第49—57页

1118. 李绿园诗歌艺术摭给//张亚新//殷都学刊（安阳）//第33卷第3期//第47—53页

1119. 岭南诗歌清淡风格与气候之关系//曾大兴//学术研究（广州）//第11期//146—151页

1120. 论八股文与诗歌创作的嫁接：以尤侗的《论语诗》为考察文本//田子爽//江西社会科学（南昌）//第4期//第98—102页

1121. 论陈祚明的诗歌美学思想//宋雪玲//河南师范大学学报：哲社版（新乡）//第39卷//第5期//第181—184页

1122. 论黎简对佛道思想的接纳和吸收：兼论黎简诗歌多风格并存艺术特征成因//潘霞//理论界（沈阳）//第3期//第113—115页

1123. 论厉鹗诗歌的创作个性//张然//东方论坛（山东）//第6期//第98—101页

1124. 论岭南诗人张维屏的诗歌创作特征//张美娟//乐山师范学院学报（四川）//第27卷第2期//第32—35页

1125. 论莫友芝的多样化诗歌风格//马黎丽//国学学刊（北京）//第1期//第128—132页

1126. 论钱大昕诗歌的题材内容//郭园兰//湖南科技大学学报：社科版（湖南）//第15卷第6期//第141—144页

1127. 论仇兆鳌《杜诗详注》的进呈本性质与集大成特色//张家壮//福建师范大学学报：哲社版（福州）//第1期//第64—69页

1128. 论晚清"新版"学人之诗//宁夏江，魏中林//华南农业大学学报：社科版（广东）//第11卷第3期//第139—144页

1129. 论王渔洋的诗歌美学观//肖义成//湖南科技学院学报（永州）//第33卷第3期//第51—54页

1130. 吕惠如生平及其诗歌创作初探//徐新韵//乐山师范学院学报（四川）//第27卷第3期//第31—34页

1131. 名流意态，清隽醇雅：清代常州状元钱维城诗歌述评//宣燕华//古典文学知识（南京）//第16期//第77—84页

1132. 莫友芝诗歌事典析论//石青青//理论与当代（贵州）//第2期//第46—49页

1133. 莫友芝诗文对夏同龢及夏氏研究的重要意义试析：兼及莫夏姻亲关系讲述//赵青，钟庆//贵州文史丛刊（黄阳）//第1期//第107—112页

1134. 祁寯藻诗歌管窥//张剑//齐鲁学刊（山东）//第1期//第126—133页

1135. 乾嘉常州诗派中的"洪亮吉范式"//伏涛//贵州文史丛刊（贵阳）//第2期//第69—73页

1136. 乾隆帝关于土尔扈特东归的诗文//周轩//新疆大学学报：哲学·人文社科版（乌鲁木齐）//第40卷第1期//第134—140页

1137. 乾隆帝咏《史》《汉》诗二题//崔岩//史学史研究（北京）//第1期//第121—126页

1138. 钱载诗歌研究综述//程日同//嘉兴学院学报（嘉兴）//第24卷第4期//第16—24页

1139. 钱载与雍乾"野趣"诗人交游考//程日同//常州大学学报：社科版（江苏）//第13卷//第4期//第72—76页

1140. 浅谈家族诗歌文化对王士禛的影响//丁修振//陕西教育学院学报（陕西）//第28卷第4期//第34—37页

1141. 浅谈郑珍诗歌的人民性//黄万机//贵州诗联（贵州）//第7期//第42—45页

1142. 清朝诗歌中的山西灾荒：以方志为中心的考察//王璋//中国地方志（北京）//第1期//第55—58页

1143. 清代闺秀论诗诗的性别文化启蒙//聂欣晗//广西大学学报：哲社版（南宁）//第33卷第6期//第115—118页

1144. 清代江南家族文学环境与文学创造力生成//孙虎//求索（长沙）//第12期//第131—133页

1145. 清代四川状元骆成骧的诗歌创作//李晓婉，曾训骐//广东技术师范学院学报·社会科学（广东）//第33卷第6期//第90—92，104页

1146. 清代文人诗歌中的洋教与洋俗（五）//徐晓鸿//天风（上海）//第3期//第34—36页

1147. 清代西域诗所见"毡"意象述论//李彩云，高长山//青海社会科学（青海）//第6期//第199—202页

1148. 清·厉鹗人格与审美的双重追求//王蓓蓓//名作欣赏·中旬（太原）//第11期//第152—153页

1149. 清谈："摆脱与沉溺：龚自珍情诗细读"//中外诗歌研究（重庆）//第4期//第39页

1150. 丘逢甲诗歌英雄意象群的创设与其人生理想、自身际遇的关照//焦福维//宝鸡文理学院学报：社科版//第32卷第6期//第68—71页

1151. 求唐诗"神韵"以"肌理"：王士禛、翁方纲唐诗接受思想合论//张毅//复旦学报：社科版（上海）//第6期//第38—48页

1152. 少陵心事凭谁问：论文廷式诗歌对杜诗的接受//陆有富//广播电视大学学报：哲社版（内蒙古）//第2期//第43—48页

1153. 石韫玉而山晖，水怀珠而川媚：论清代贵州妇女的诗歌创作//

谭德兴//贵州大学学报：社科版（贵州）//第30卷第1期//第123—129页

1154. 试论清代常州钱氏兄弟的诗歌创作//朱平//常熟理工学院学报（江苏）//第26卷第3期//第78—84页

1155. 试析汪中诗歌的艺术风格//王亚茹，马月珍//湖南工业职业技术学院学报（湖南）//第12卷第2期//第66—67，79页

1156. 宋湘诗歌赞美彩云南：浅析《滇蹄集》中纪游赏花诗的情理艺术特色//邓仁权//客家研究辑刊（广东）//第41卷第2期//第119—124页

1157. 台岑诗社与道咸以降的禁令诗坛//刘荣丽//名作欣赏·中旬（太原）//第1期//第98—99页

1158. 同治年间张之洞在京师的诗文生活//米玉婷//山西师大学报：社科版（山西）//第39卷第1期//第124—126页

1159. 晚清闽南诗人林鹤年乡园诗歌的审美意蕴//郭丽平//泉州师范学院学报（福建）//第30卷第5期//第9—33页

1160. 王夫之的诗歌文体观：幽明之际//张胜利//烟台大学学报：哲社版（烟台）//第25卷第2期//第40—46页

1161. 王闿运对释敬安诗歌创作的影响//周欣//云梦学刊（湖南）//第33卷第1期//第102—105页

1162. 王权及其诗歌探析//陈建栋//鸡西大学学报（鸡西）//第12卷//第3期//第113—114页

1163. 王氏四兄弟与清初神韵诗潮//王小舒//文学评论（北京）//第6期//第211—219页

1164. 王士禛"神韵说"中主张的诗歌审美标准//唐燕飞//文学界（长沙）//第3C期//第43—44页

1165. 王渔洋"神韵"的审美内涵及艺术精神//蒋寅//中国社会科学（北京）//第3期//第129—148页

1166. 谓语诸闺秀，先路敢为请：单士厘旅欧诗研究//刘峰//名作欣赏·中旬（太原）//第2期//第45—46，49页

1167. 姚鼐诗歌的理学精神与古文旨趣//李剑波//甘肃社会科学（甘肃）//第6期//第123—127页

1168. 以学济诗，典丽沉雄：浅析谢震诗歌的学问化特色//林东进//漳州师范学院学报：哲社版（福建）//第26卷第2期//第59—63页

1169. 义乌才女倪仁吉诗歌研究//庄国瑞，李宁//金华职业技术学院学报（浙江）//第12卷第2期//第87—92页

1170. 吟咏苍洱大地的清代白族诗人之家//周锦国//民族文学研究（北京）//第1期//第147—152页

1171. 游幕与清初士人心态及诗风演变：以康熙己未博学鸿儒科布衣处士士人群为考察对象//高莲莲//青岛大学师范学院学报（青岛）//第29卷第3期//第55—59页

1172. 雨情雨景动留仙：浅析蒲松龄的写雨诗//王兴海//蒲松龄研究（山东）//第4期//第104—112页

1173. 郁郁怀古心，浩歌寄惆怅：由袁枚咏史怀古及人际交游诗作看其诗意个性//张绍华//北京工业大学学报：社科版（北京）//第12卷第6期//第73—78页

1174. 袁枚诗歌辑补二十二首//王顺贵//文献（北京）//第2期//第148—151页

1175. 臧懋循改本批评语境中的朱墨本《邯郸梦记》//王小岩//文化遗产（广州）//第2期//第100—102页

1176. 郑珍"学人诗"的学韩路向//易闻晓//文学遗产（北京）//第1期//第152—155页

2. 词曲

（1）纳兰词

1177. 从意象看纳兰性德词艺术风格//樊蓝燕//赤峰学院学报：汉文哲社版（赤峰）//第33卷第9期//第145—147页

1178. 赌书消得泼茶香，当时只道是寻常：浅议纳兰悼亡词的情感美与艺术美//薛玲玲//文教资料（南京）//第20期//第8—9页

1179. 论纳兰性德词的感伤成因//任立欣//文学界（长沙）//第9C期//第236,238页

1180. 纳兰成德诗中的叠音词//张小芹，丁向春//河北民族师范学院学报（承德）//第32卷第4期//第9—10页

1181. 纳兰词不入四库原因初探//谢永芳//民族文学研究（北京）//第2期//第5—12页

1182. 浅析纳兰词的意象：以"月"为中心//张晓燕//湖南工业职业技术学院学报（湖南）//第12卷第4期//第79—81页

（2）其他

1183. 八旗词坛与清代词坛//陈水云//民族文学研究（北京）//第1期//第122—130页

1184. 常州词派之张惠言的清词评成就述略//张彩云//滁州学院学报（安徽）//第14卷第1期//第48—49页

1185. 陈维崧的师友交流与其词风分期//承剑芬//学术交流（黑龙江）//第12期//第188—191页

1186. 愁绪盈怀，与花诉情：简评《葬花词》//魏丕植//遵义师范学院学报（贵州）//第14卷第5期//第73—76页

1187. 从洪亮吉与清代三大同派的关系论其词的个性特征//柏秀叶//芒种（沈阳）//第11B期//第110—111页

1188. 从《粤西词见》中辑补的况蕙风词话//王娟//广西教育学院学报（广西）//第6期//第12—16页

1189. 丁澎闺情词论析//李园//濮阳职业技术学院学报//第25卷第5期//第79—81页

1190. 顾太清咏物词的艺术特点//蔡红林//现代语文·学术综合（曲阜）//第9期//第32—33页

1191. 荷香莲动，民风浓郁：清代贵州诗人张国华《兴义府城竹枝词》赏析//刘光书//名作欣赏·中旬（太原）//第5期//第111—112页

1192. 黄人词师法境界略论//袁雷//理论界（沈阳）//第11期//第130—132页

1193. 《老学士闲征姽嫿词》在《红楼梦》艺术构思中的重要作用//张兴德//乌鲁木齐职业大学学报：人文社科版（乌鲁木齐）//第21卷第2期//第6—9页

1194. 汲古阁毛晋辑著词学典籍二则//陈湛绮，经莉//河南图书馆学刊（河南）//第32卷第5期//第135—136页

1195. 剑气箫心与龚自珍的精神世界//郭青林，杨俊//名作欣赏·中旬（太原）//第4期//第10—12页

1196. 况周颐的唐宋词史观//孙克强//江海学刊（南京）//第1期//第208—215页

1197. 《蓼园词选》的选词与评词//王德明//贺州学院学报（广西）//第28卷第3期//第27—30，38页

1198. "岭南诗派"相对论//黄坤尧//学术研究（北京）//第3期//第124—126页

1199. 刘毓盘的词集辑佚研究//董凯扬//赤峰学院学报：汉文哲社版（赤峰）//第33卷第7期//第92—94页

1200. 流转新异抒闺怨：清初女词人吴绡和她的词//程丽华//鸡西大学学报（鸡西）//第12卷第12期//第106—107页

1201. 卢见曾幕府与清代中期扬州诗坛//张兵，侯冬//甘肃社会科学（兰州）//第2期//第133—137，161页

1202. 论船山词用典的类型化特征//黄水平//韶关学院学报（韶关）//第33卷第9期//第37—40页

1203. 论船山词中的愁情//郭美玲//辽东学院学报：社科版（辽宁）//第14卷第5期//第97—99页

1204. 论况周颐的词集及其佚词文献//秦玮鸿//河池学院学报（广西）//第32卷第6期//第70—76页

1205. 论况周颐《粤西词见》//王德明//百色学院学报（广西）//第25卷第5期//第87—91页

1206. 论临桂词派渊源及其粤西词人影响：临桂词派系列研究之三//张利群//贺州学院学报（广州）//第28卷第4期//第29—34页

1207. 论蒲松龄的灾难诗//王建平//蒲松龄研究（淄博）//第1期//第75—84，102页

1208. 论钱谦益、朱鹤龄杜诗笺注对宋注的使用//张家壮//福州大学学报：哲社版（福州）//第26卷第1期//第60—64页

1209. 论清初邵瑸《情田词》中的闲愁//雷灵丹//现代语文·学术综合（曲阜）//第11期//第25—27页

1210. 论清代女作家熊琏词的艺术特色//杜霖//宿州教育学院学报（安徽）//第15卷第6期//第105—109页

1211. 论谭莹对浙派的接受与反拨//徐玮//文艺理论研究（上海）//第6期//第35—43页

1212. 论晚清四大家词共通的生命意识//刘红麟//河池学院学报（广西）//第32卷第4期//第63—68页

1213. 清代的海外竹枝词及其文化使命//王辉斌//阅江学刊（南京）//第4卷第1期//第107—114页

1214. 清代地域文学群体诗文交往动因及价值考察：以"毗陵七子"

为例//蓝士英，纪玲妹//河南社会科学（郑州）//第20卷第2期//第91—94页

1215. 清代两次博学鸿词科对诗坛的影响：兼谈清代士人文化认同变迁及与朝廷的离合之势//张丽丽//湖北民族学院学报：哲社版（恩施）//第30卷第4期//第93—96页

1216. 清代女词人吴藻与沈善宝的词作风格比较//甘华莹//绵阳师范学院学报（绵阳）//第31卷第12期//第51—54页

1217. 清代书院词学教育//成嫩生，张西焱//海南大学学报：人文社科版（海口）//第30卷第1期//第29—34页

1218. 清代咏藏竹枝词的民俗内容及其特点//米海萍//青海师范大学学报：哲社版（青海）//第34卷第6期//第59—63页

1219. 清：厉鹗人格与审美的双重追求//王蓓蓓//名作欣赏·中旬（太原）//第11期//第152—153页

1220. 清《神池县志》所载节序竹枝词的民俗文化//王利明//太原大学学报（山西）//第13卷第4期//第56—59页

1221. 情感体验与字面经营：纳兰词与王次回诗//张宏生//社会科学（上海）//第2期//第168—178页

1222. 诗派标准与"岭南诗派"//杨权，陈丕武//学术研究（广州）//第3期//第114—123页

1223. 试论陈维崧的性格二重性与词作的复式变调//承剑芬//东岳论丛（济南）//第1期//第140—144页

1224. 试论陈维崧"尊词体"的文化性格动因//承剑芬//南京政治学院学报（南京）//第28卷第1期//第85—89页

1225. 汤国梨《影观词》研究概说//孙衍章//剑南文学·经典阅读（绵阳）//第12期//第33页

1226. 晚清词坛的自我经典化//张宏生//文艺研究（北京）//第1期//第65—74页

1227. 晚清临桂词派的词学地位及其词坛影响："临桂词派"的桂学研究之一//张利群//河池学院学报（广西）//第32卷第6期//第64—69页

1228. 晚清杂志与诗词关系初探//焦宝//社会科学战线（长春）//第2期//第252—254页

1229. 王船山词风格简论//徐峰//现代语文·学术综合（曲

阜）//第9期//第24—26页

1230. 王士禛词学活动与广陵词坛对清词中兴的贡献//余柱青//哈尔滨师范大学社会科学学报（哈尔滨）//第3卷第4期//第86—89页

1231. 湘籍闺秀黄婉璩及其《茶香阁词》研究//李金平//文教资料（南京）//第26期//第129—131页

1232.《玉燕堂四种曲》的舞台艺术//刘崇德，樊兰//河北大学学报：哲社版（保定）//第37卷第3期//第56—60页

1233. 张惠言词史地位演变历程辨//莫立民//求索（长沙）//第5期//第89—91页

1234. 周济词学思想的儒家色彩//周燕明//湖州师范学院学报（湖州）//第33卷第5期//第33—36页

1235. 周之琦与嘉道词风//孙传竹//黑龙江史志（黑龙江）//第24期//第59—61页

1236. 竹屋词的升沉起伏与清代词学的演进//黄浩然//南京师大学报：社科版（南京）//第2期//第141—147页

十一、近代诗歌

1. 诗

1237. 白话新诗之争：论学衡派的诗歌观//李广琼//华南理工大学学报：社科版（广东）//第14卷第6期//第69—73页

1238. 不专一体，气格高雅：黄遵宪的诗歌理论及其行书信札//黎向群//书法（上海）//第3期//第102—104页

1239. 从黄鹤龄《不暇懒斋诗钞》看道咸年间台湾社会之状况//刘荣平//台湾研究集刊（厦门）//第1期//第55—63页

1240.《海天诗话》与中国比较诗学的滥觞//方汉文，夏凤军，张晶//兰州大学学报：社科版（兰州）//第40卷第2期//第1—7页

1241. 黄遵宪诗歌创作"歌谣化"的现代阐释//周晓平//成都大学学报：社科版（四川）//第2期//第63—68页

1242. 黄遵宪诗歌民间创作中的客家民俗阐释//周晓平//济宁学院学报（济宁）//第33卷第4期//第36—40页

1243. 近代诗歌的纪实性及其影响//宁夏江//重庆社会科学（四川）//第6期//第59—64页

1244. 近代诗人黎庶蕃的诗歌创作//罗永忠//贵州民族学院学报：哲社版（贵州）第1期//第10—13页

1245. 论苏曼殊笔墨中的忠烈与遗民意象//朱兴和//中山大学学报：社科版（广州）//第52卷第2期//第52—62

1246. 吕美荪诗歌的艺术特色//徐新韵//淮南师范学院学报（安徽）//第14卷第1期//第83—87页

1247. 民初遗民诗词的同题群咏研究//罗惠缙//东南学术（福州）//第1期//第245—254页

1248. 浅论报纸副刊对近代诗歌的影响//刘鹏//文教资料（南京）//第20期//第24—25页

1249. 浅论谭嗣同诗歌中的江河意象//王娟娟//鸡西大学学报（鸡西）//第12卷//第1期//第111，137页

1250. 任鸿隽诗歌初探//李英//剑南文学·经典阅读（绵阳）//第4期//第46—47页

1251. 少年击剑又吹箫：论童年经验对龚自珍人格构成及诗歌创作的影响//谢斐//名作欣赏·中旬（太原）//第10期//第12—13页

1252. 胡适"别"解古典诗词//杨建民//中华读书报（北京）//第4卷第25期//第15页

1253. 《唐祈诗选》艺术概观//王建华//牡丹江师范学院学报：哲社版（牡丹江）// 第4期//第15—17页

1254. 陶行知诗歌教育思想新探//赵凤雪//生活教育（北京）//第1B期//第35—39页

1255. 张大千诗歌与绘画关系析探//申东城//四川戏剧（四川）// 第2期//第124—127页

1256. 中国维度下"天使岛诗歌"史诗性与文学性再解读//易淑琼//暨南学报：哲社版//第34卷第10期//第41—49页

2. 词

1257. 从胡适《词选》看民初词体革新的新诗话倾向//刘兴晖//中南大学学报：社科版（长沙）//第18卷第3期//第211—215页

1258. 论近代词人黎庶焘的词作//罗永忠//贵州文史丛刊（贵阳）//第1期//第103—106页

1259. 媒介嬗变与近代上海词坛生态：以早期《申报》为中心//陈璇//兰州大学学报：社科版（兰州）//第40卷第1期//第41—49页

1260. 南京近代词人陈作霖与《可园词存》刍议//于师号//南京师范大学文学院学报（南京）//第4期//第86—90页

1261. 王国维词的主题及情思内涵//杨军//池州学院学报（安徽）//第26卷第4期//第81—85页

十二、诗歌理论

1. 诗学

1262. "比兴"论的言义转换与郑玄的理论贡献//杨允//社会科学辑刊（沈阳）//第2期//第186—190页

1263. 陈恭尹"性情论"诗学思想简论//李永贤//河南师范大学学报：哲社版（新乡）//第38卷第6期//第203—206页

1264. 重倡儒家诗学的格调与神韵：李梦阳诗学再解读//汪泓//江西社会科学（南昌）//第1期//110—115页

1265. 酬唱诗学的三重维度建构//吕肖奂，张剑//北京大学学报：哲社版（北京）//第49卷第2期//第71—79页

1266. 从苏轼诗论看"平淡"诗歌的审美张力//曾辉//文教资料（南京）//第17期//第6—7页

1267. 从新、旧体诗之争看学衡派诗歌理论//刘锋//文学界（长沙）//第2C期//第189—190页

1268. 读吴乔诗论札记//蒋寅//上海师范大学学报：哲社版（上海）//第41卷第2期//第46—53页

1269. 方苞"绝意不为诗"之辨及其诗论//宋豪飞//北方论丛（哈尔滨）//第2期//第73—76页

1270. 《赋格》的诗学价值与文学史意义//蒋登科//中外诗歌研究（重庆）//第3期//第15—16页

1271. 赋：作为铺成、排比扩展的空间思维方式：从空间思维重释中国诗学传统赋比兴之一//邓伟龙，尹素娥//中国文学研究（长沙）//第1期//第52—56页

1272. 高密派诗学所关的一代诗运：清代高密派诗学理论成因探析//宫泉久//东方论坛（青岛）//第4期//第121—126页

1273. 高启的心态变化与诗学思想变迁//周海涛//西南交通大学学报：社科版（成都）//第13卷第2期//第33—37，134页

1274．古典诗歌的叙事批评论：以诗话为中心//李孝弟//齐鲁学刊（山东）//第4期//第136—142页

1275．建构世界性诗论的尝试：刘若愚诗论的实质及意义//邱霞//文艺评论（哈尔滨）//第2期//第156—160页

1276．皎然《诗式》"作用"与唐五代诗格的"磨炼"理论//李江峰//中国文学研究（长沙）//第1期//第77—81页

1277．金陵诗坛与郑孝胥同光诗风的演进//马国华，陈伟庆//名作欣赏·中旬（太原）//第11期//第8—10页

1278．金圣叹分解鉴赏诗歌内容解析//肖振宇//宁夏师范学院学报（宁夏）//第33卷第4期//第21—23，30页

1279．"镜喻"文化与"水月镜花"诗论//严红彦//学术论坛（南宁）//第35卷第2期//第182—185，191页

1280．"理感"说与中古诗学的突破//曹胜高//文史哲（济南）//第2期//第66—73页

1281．刘克庄对黄庭坚的诗学批评//杨美蓉//当代文坛（成都）//第2期//第114—116页

1282．刘勰的通变观与宋代诗学//贺小敏//文艺评论（黑龙江）//第12期//第44—46页

1283．略论全真教教徒的诗学观//胡传志//江苏大学学报：社科版（江苏）//第14卷第5期//第48—51页

1284．论陈傅良的事功诗学思想//郄丙亮//求索（长沙）//第11期//第95—97页

1285．论船山诗学"中和"之美//石朝辉//船山学刊（长沙）//第1期//第41—44页

1286．论古典诗歌学问化//魏中林，宁夏江//民族文学研究（北京）//第5期//第19—27页

1287．论胡适的杜甫诗歌批评//高玉侠，周沭红//语文学刊·下半月刊（呼和浩特）//第3期//第89—90页

1288．论纪昀的诗歌评点及其研究现状//徐美秋//殷都学刊（安阳）//第33卷第3期//第42—46页

1289．论岭南诗人张维屏的诗歌理论主张：以《国朝诗人征略》为中心//张美娟//宁夏大学学报：人文社科版（宁夏）//第34卷第3期//第45—49页

1290. 论《毛诗·大序》在诗歌理论方面的经典价值及其成因//钱志熙//北京大学学报：哲社版（北京）//第49卷第4期//第59—66页

1291. 论女性话语对清代诗学的建构//聂欣晗//满族研究（沈阳）//第1期//第111—115页

1292. 论钱谦益、朱鹤龄杜诗笺注对宋注的使用//张家壮//福州大学学报：哲社版（福州）//第26卷第1期//第60—64页

1293. 论清初诗歌选本中的诗学反思//李永贤//郑州大学学报：哲社版（郑州）//第45卷第4期//第135—139页

1294. 论任渊《山谷诗集注》的诗学批评//何泽棠，吴晓蔓//东方论坛（青岛）//第4期//第116—120，126页

1295. 论儒家诗教论在明代诗学中的影响：兼论名人观念中的形式理论与诗教论关系//张立敏//兰州学刊（兰州）//第3期//第44—50页

1296. 论诗的"别趣"美//周声//名作欣赏·中旬（太原）//第2期//第156—158页

1297. 论《诗洲诗话》的神韵诗说倾向//莫崇毅//北京化工大学学报：社科版（北京）//第4期//第40—45页

1298. 论舒位"寓性情"诗论的内涵//石天飞//广西民族大学学报：哲社版（南宁）//第34卷第2期//第153—156页

1299. 论苏轼赵次公注的诗学阐释//何泽棠//北京工业大学学报：社科版（北京）//第12卷第1期//第74—78页

1300. 论王阳明的中和诗学观//杨洋//中国文化研究（北京）//第4期//第68—73页

1301. 论"兴寄说"与杜甫"沉郁顿挫"诗风//王抒凡//西南农业大学学报：社科版（重庆）//第10卷第3期//第143—146页

1302. 论秀水派诗人钱载的诗学思想//平志军//名作欣赏·中旬（太原）//第12期//第154—155页

1303. 论"以诗证史"的可能与必要：以吕温出使吐蕃期间的诗歌为例//马海龙//西北民族大学学报：哲社版（兰州）//第2期//第169—175页

1304. 洛夫与中国古典诗学//章继光//中国韵文学刊（湘潭）//第26卷第4期//第102—106页

1305．律诗之妙，全在无字处：论诗歌空白与未定性的诗学解释学价值//李有光//福建论坛：人文社科版（福州）//第8期//第136—140页

1306．民族诗学新论//马卫华//学术论坛（南宁）//第35卷第3期//第179—182页

1307．认知的挑战：蒲龄恩诗学的新近诠释//雷艳妮，陈尚真//外国文学研究（武汉）//第1期//第168—172页

1308．认知诗学视阈的李煜后期词作解读//李志远//重庆科技学院学报：社科版（重庆）//第7期//第112—114页

1309．"神韵"与"性灵"的消长：康、乾之际诗学观念嬗变之迹//蒋寅//北京大学学报：哲社版（北京）//第49卷第3期//第10—26页

1310．沈德潜诗学思想研究：以《说诗晬语》为中心//葛亚敏，徐曲星//牡丹江师范学院学报：哲社版（牡丹江）//第3期//第7—9页

1311．沈德潜与钱谦益"伪体"观的异同：兼论沈、钱"别裁"编诗的得失//梁琳//西北师大学报：社科版（兰州）//第49卷第1期//第42—47页

1312．审美境界与人生境界的沟通：中国古代诗学对现实人生的启示意义之一//周红波//咸宁学院学报（湖北）//第32卷第5期//第63—65页

1313．生态学视野中的《二十四诗品》意象批评与意境创造//于年湖//中南民族大学学报：人文社科版（武汉）//第32卷第1期//第162—164页

1314．诗格理论"技术"、"艺术"层面论析//杨星丽//文艺评论（哈尔滨）//第2期//第9—13页

1315．诗话新论：对诗话研究中存疑之处的探讨//硝砚凌//四川师范大学学报：哲社版（成都）//第39卷第2期//第97—104页

1316．《诗缉》的成书时间及其"以诗解《诗》"//周东亮//西南交通大学学报：社科版（成都）//第13卷第1期//第43—46页

1317．诗学中"作用"的美学价值：会通思理与自然//王世梅//兰州学刊（兰州）//第1期//第156—159页

1318．"诗言志"与"诗缘情"矛盾的非矛盾性//孙婧//成都理工

大学学报：社科版（成都）//第 20 卷第 1 期//第 90—94 页

1319. "诗言志"在汉儒阐释中的歧出意义及其本意之失落//钟锦//学术界（安徽）//第 12 期//第 156—165 页

1320. 史容《山谷外集诗注》的诗学阐释//何泽棠//长安大学学报：社科版（陕西）//第 14 卷第 3 期//第 107—112 页

1321. 试从江郑重翻手，倘是风骚覿面时：论夏承焘先生的诗学宗尚与各体诗的创作成就//钱志熙//中国韵文学刊（湘潭）//第 26 卷第 4 期//第 1—10 页

1322. 试论诗歌作品是中国诗学研究的核心//黄玮玮//湖南农机·学术（湖南）//第 39 卷第 5 期//第 198—199，201 页

1323. 试论叶燮以"正变"为核心的诗歌发展观//刘静//语文学刊·上半月刊（呼和浩特）//第 1 期//第 121—122 页

1324. 说江西诗病：严羽"妙悟入神"的活法美学体系：重新认识严羽的禅宗美学思想//束景南，赵瑞广//浙江社会科学（杭州）//第 2 期//第 113—120 页

1325. 宋代南渡诗论对元祐诗学的承袭与突破//顾友泽//南通大学学报：社科版（南通）//第 28 卷第 1 期//第 69—76 页

1326. 苏轼与中国诗学"活法"说论考：从"弹丸脱手""兔起鹘落"说起//曾明//西南民族大学学报：人文社科版（成都）//第 33 卷第 1 期//第 160—166 页

1327. 王船山诗歌退化论刍议//曾也鲁//衡阳师范学院学报（湖南）//第 33 卷第 2 期//第 13—16 页

1328. 王船山诗学境遇中的现量概念分析//魏春春，李欢//船山学刊（长沙）//第 1 期//第 33—36 页

1329. "晚唐异味"与诚斋诗的底蕴//丁功谊//文化学刊（沈阳）//第 2 期//第 54—60 页

1330. "韦柳"诗风辨//龚玉兰//学术论坛（南宁）//第 35 卷第 2 期//第 197—200，210 页

1331. 《文苑英华》诗歌分类的文化观照//姜广振，张宪华//绥化学院学报（绥化）//第 32 卷第 1 期//第 79—80 页

1332. 吴宓、陈寅恪杜诗接受之比较//孔令环//中州学刊（河南）//第 6 期//第 169—172 页

1333. 夏承焘诗论初探//刘青海//中国韵文学刊（湘潭）//第 26

卷第4期//第11—16,32页

1334. 仙凡之隔：船山诗学视域中的二曹诗歌//秦秋咀//衡阳师范学院学报（湖南）//第33卷第2期//第1—6页

1335. 心慕"神韵派"，诗多"杜陵篇"：论启蒙思想家郑观应的诗艺与诗观//龚刚//北京联合大学学报：人文社科版（北京）//第10卷第2期//第42—49页

1336. "性灵说"与诗法论：论袁枚诗学的综合向度//段宗社//陕西师范大学学报：哲社版（西安）//第41卷第1期//第101—105页

1337. 严羽《沧浪诗话》的诗歌批评理论及其创作心理//侯宏业//时代文学（济南）//第4A期//第172—174页

1338. 严羽诗学之"气象"与"兴趣"//程小平//北京工业大学学报：社科版（北京）//第12卷第1期//第79—82页

1339. 杨万里"性灵"观的诗学旨归//郭艳华//文化学刊（沈阳）//第2期//第61—66页

1340. 姚莹诗论刍议//王启芳//求索（长沙）//第1期//第213—215页

1341. 殷璠《河岳英灵集》"兴象"概念论析//黄琪//重庆师范大学学报：哲社版（重庆）//第2期//第91—95页

1342. 《御览诗》诗学观念论析//刘勇//时代文学（济南）//第1B期//第182—184页

1343. 查慎行诗歌评点之学探论：以查评《瀛奎律髓》为例//田金霞//聊城大学学报：社科版（聊城）//第6期第30—35页

1344. 中道自然的渐行渐远：以皎然"至丽而自然"说为中心//李佳//合肥师范学院学报（合肥）//第30卷第2期//第86—89页

1345. 中唐西晋诗歌批评简论//曾毅//前沿（呼和浩特）//第7期//第197—198页

1346. 朱光潜对诗歌现代形态的把握方式//丁筑兰//北方论丛（黑龙江）//第2期//第38—40页

1347. 追源溯流法的非正常使用：论钟嵘主观意图对批评客观性的负面影响//陶春林//湖北社会科学（武汉）//第1期//第127—129页

2. 词学

1348. 词派统序与郭麐的词史浮沉//曹明升//浙江学刊（杭州）//第2期//第69—78页

1349．词学史上的"潜气内转"说//彭玉平//文学评论（北京）//第 2 期//第 197—208 页

1350．从"遗民"视角看《人间词话》的内在矛盾//王艳丽//齐鲁学刊（曲阜）//第 3 期//第 126—130 页

1351．风格·渊源·地位：欧阳修词论//胡可先，徐迈//河南社会科学（郑州）//第 20 卷第 2 期//第 85—90 页

1352．《旧京词林志》著者及文献价值述略//吴娱//宁波广播电视大学学报（宁波）//第 10 卷第 4 期//第 122—125 页

1353．李清照《词论》思想重释：以李八郎之例考证为基础//柏红秀//文学遗产（北京）//第 6 期//第 77—85 页

1354．略论李清照以词言志的诗话美//王晓霞//宁夏社会科学（银川）//第 2 期//第 157—160 页

1355．论李渔"俗中带雅"的词学观//石昭//文教资料（南京）//第 25 期//第 14—15 页

1356．论南宋理宗时期的理学与词//张潆文//哈尔滨师范大学社会科学学报（哈尔滨）//第 3 卷第 4 期//第 81—85 页

1357．论欧阳修词学观与词创作的背趋性//周建军，伍玖清//江西社会科学（南昌）//第 32 卷第 11 期//第 102—106 页

1358．论唐圭璋对常州词派理论的继承与超越//朱惠国//南京师大学报：社科版（南京）//第 1 期//第 138—147 页

1359．论夏承焘的词学思想及其渊源//朱惠国//中国韵文学刊（湘潭）//第 26 卷第 4 期//第 33—39 页

1360．论向迪琮词学观及其词作//朱国伟，宗瑞冰//河南社会科学（郑州）//第 20 卷第 5 期//第 104—106 页

1361．吕碧成词学渊源考论//王慧敏//求是学刊（哈尔滨）//第 39 卷第 2 期//第 130—134 页

1362．《梦窗词集校注笺证》弁言//薛瑞生//书品（北京）//第 6 期//第 13—18 页

1363．明清词谱中的"同调异体"//李冬红//齐鲁学刊（曲阜）//第 2 期//第 119—123 页

1364．明清性灵思潮与词学演变//袁美丽//学术论坛（南宁）//第 35 卷第 2 期//第 192—196 页

1365．凄婉、悲音、悲情、清艳：王闿运词学思想新探//袁志成//

湖南大学学报：社科版（长沙）//第26卷第2期//第99—102页

1366. 清代词学理论与词创作的关系探析：以陈维崧、朱彝尊、张惠言为例//刘桂华//湖北师范学院学报：哲社版（黄石）//第32卷第2期//第58—61页

1367. 山谷雅词创作与其词学观//付旭阳//文教资料（南京）//第26期//第110—112页

1368. 生命本真的审美升华：论婉约之美//黄丹纳//贵州师范大学学报：社科版（贵阳）//第2期//第61—67页

1369. 试论朱彝尊对张炎雅正、清空说的不同接受//李碧华，胡足凤//名作欣赏·中旬（太原）//第1期//第143—144页

1370. "视域融合"视野下"以诗为词"的论辩//赵英超//中国石油大学胜利学院学报（东营）//第26卷第4期//第56—58页

1371. 苏轼词论浅析//何卓彦//襄樊职业技术学院学报（襄樊）//第11卷第6期//第72—75页

1372. 唐宋词调考实//谢桃坊//文学遗产（北京）//第1期//第61—68页

1373. 夏承焘《天风阁词》综论//刘梦芙//中国韵文学刊（湘潭）//第26卷第4期//第17—32页

1374. 张泌词说//郑福天//内蒙古民族大学学报：社科版（通辽）//第38卷第2期//第33—35页

1375. 张廷之"豪放"与"婉约"论//曹俊敏//语文学刊·上半月刊（呼和浩特）//第2期//第9—10页

3. 曲学

1376. 案上新书近百卷，观堂惭愧感红多：任半塘和他的曲学研究//苗怀明//扬州大学学报：人文社科版（扬州）//第16卷第2期//第70—78页

1377. 《长生殿》传奇末尾的八句诗//黄强//古典文学知识（南京）//第6期//第138—142页

1378. 读《〈霓裳羽衣曲〉考》有感//张寒宁//黄河之声（山西）//第10期//第35页

1379. 黄自艺术歌曲的创作风格及演唱特征：以《春思曲》为例//张璐//黄河之声（山西）//第18期//第22—23页

1380. 孟称舜戏曲风格观念析论//金艳霞//兰州大学学报：社科版

（兰州）//第 40 卷第 3 期//第 61—65 页

1381. 梦入游园品昆曲，余韵悠悠：昆曲艺术简论//高燕//黄河之声（山西）//第 24 期//第 83 页

1382. 曲在我国诗歌发展史中的特殊地位//丁芒//吕梁学院学报（山西）//第 2 卷第 3 期//第 1—3 页

1383.《桃花扇》与王国维戏曲观念的变迁//王维玉//四川戏剧（成都）//第 3 期//第 36—39 页

1384. 吴梅曲学文献观论议//李占鹏，窦开虎//求索（长沙）//第 5 期//第 92—94 页

1385. 徐渭《南词叙录》重本色的戏剧美学思想//杜琳//文教资料（南京）//第 23 期//第 6—7 页

十三、文献考订、书评及研究综述

1. 文献考订

1386. 白居易诗歌系年献疑：以下邽退居时期的创作为例//滕汉洋//河南师范大学学报：哲社版（新乡）//第 39 卷第 4 期//第 217—220 页

1387. 白居易与洛阳"七老会"及"九老会"考论//卢燕新//河南大学学报：社科版（开封）//第 52 卷第 1 期//第 107—112 页

1388. 残本《刘知远诸宫调》曲牌考证//白宁//交响（西安）//第 31 卷第 1 期//第 66—71 页

1389. 岑参梁州诗新考//马强//陕西理工学院学报：社科版（汉中）//第 30 卷第 1 期//第 7—11 页

1390. 陈毓罴发现沈复诗之献疑//张一民//图书馆杂志（上海）//第 31 卷第 4 期//第 94—95 页

1391. 刍议清史选本视域中的"江左三大家"//王兵//内蒙古大学学报：哲社版（呼和浩特）//第 44 卷第 1 期//第 97—102 页

1392. 春秋诗歌《诗·小雅·正月》、《雨无正》、《都人士》、《鱼藻》创作年代考论//邵炳军//广东社会科学（广州）//第 1 期//第 187—194 页

1393. 从杨万里诗考赵次公卒年纪交游//郭如贞//杜甫研究学刊（成都）//第 1 期//第 87—92 页

1394. 杜甫《塞芦子》创作时间考辨//黎爱群//名作欣赏·中旬（太原）//第2期//第90—92页

1395. 杜甫《闻官军收河南河北》诗中的"白日"考辨//杨为刚，邓嘉裕//杜甫研究学刊（成都）//第1期//第82—86页

1396. "杜夔传旧雅乐四曲"考//李婷婷//齐鲁学刊（曲阜）//第1期//第111—115页

1397. 杜诗《投简咸华两县诸子》诗题、编年考订//曾晓云//甘肃联合大学学报：社科版（兰州）//第28卷第1期//第49—51页

1398. 敦煌本《高适诗集》考述：以敦煌写本形成时间为中心//王彦明//社科纵横（兰州）//第27期第1卷//第111—113页

1399. 敦煌本《下女夫词》的写本考察及相关问题研究//宋雪春//敦煌学辑刊（兰州）//第4期//第74—83页

1400. 敦煌诗歌语词释证//赵家栋，董志翘//贵州师范大学学报：社科版（贵阳）//第1期//第6—10页

1401. "归去来兮辞"渊源考论//徐国荣//文艺研究（北京）//第3期//第50—59页

1402. 《国朝闺秀正始集》史料价值和文学意义的多学科考察//马珏玶//古籍整理研究学刊（吉林）//第5期//第13—17页

1403. 《国朝杭郡诗辑》系列成书考//周敏//浙江学刊（杭州）//第1期//第69—75页

1404. 海宁图书馆所藏查继佐诗钞两种考述//夏飘飘//文献（北京）//第1期//第31—39页

1405. 《韩昌黎诗集编年笺注》李宪乔批校在粤地的流传//李福标//文献（北京）//第2期//第127—135页

1406. 《韩诗外传》与先秦《诗》学渊源关系探略//房瑞丽//北方论丛（哈尔滨）//第1期//第121—124页

1407. 汉魏六朝江海赋考论//王允亮//北方论丛（哈尔滨）//第1期//第1—5页

1408. "何风"草低见牛羊？有关《敕勒歌》的描写季节判定//杨青舟//名作欣赏·下旬（太原）//第1期//第133—134页

1409. "会籍二清"论略//卢燕平//宁波大学学报：人文版（宁波）//第25卷第1期//第7—12页

1410. 惊鸿瞥过游龙去，虚恼陈王一事无："感甄故事"与"感甄

说"证伪：《洛神赋》//范子烨//文艺研究（北京）//第 3 期//第 60—67 页

1411. 荆轲是"壮士"吗？左思《咏史》第六首析疑//韩立平//古典文学知识（南京）//第 6 期//第 132—137 页

1412. 孔尚任《续古宫词》创作时间考//颜健//济宁学院学报（济宁）//第 33 卷第 4 期//第 30—35 页

1413. 李白《古风》五十九首探源：以《文选》为中心//林英德//重庆师范大学学报：哲社版（重庆）//第 2 期//第 72—78 页

1414. 《列朝诗集》稿本考略//孟飞//文献（北京）//第 1 期//第 18—30 页

1415. 《脉望馆钞校本古今杂剧》扇子道具考//杨秋红，喻赛赛//贵州师范大学学报：社科版（贵阳）//第 3 期//第 73—77 页

1416. 《毛诗正义》校文与刊本《毛诗故训传》之渊源：以国家图书馆馆藏宋刊《毛诗故训传》为例//徐建委//文献（北京）//第 2 期//第 38—49 页

1417. 《毛诗正义》与《毛诗释文》关系考辨//韩宏韬//文艺评论（哈尔滨）//第 2 期//第 135—139 页

1418. 《孟东野集》编排探原//范新阳//淮阴师范学院学报：哲社版（淮安）//第 34 卷第 6 期//第 782—785 页

1419. 纳兰成德《侧帽词》考//赵秀亭//河北民族师范学院学报（承德）//第 32 卷第 4 期//第 1—6 页

1420. 清初江南地区诗社考：以陈瑚《确庵文稿》为基本线索//朱则杰，李杨//苏州大学学报：哲社版（苏州）第 33 卷第 11 期//第 129—134 页

1421. 《青邱高季迪先生诗集》版本辨析：古籍中版印差异现象例举//杨芬//图书与情报（兰州）//第 2 期//第 141—144 页

1422. 清王轩《耨经庐诗集续编》研究//蒋丹//山西煤炭管理干部学院学报（山西）//第 25 卷第 3 期//第 70—72 页

1423. 《全清词·顺康卷》漏收秦道然词辑补//丁鹏//南阳师范学院学报（南阳）//第 11 卷第 11 期//第 59—67 页

1424. 《全宋诗》误收唐诗考辨//朱腾云//河南大学学报：社科版（开封）//第 52 卷第 2 期//第 92—101 页

1425. 《全唐诗补编》佛寺校考//李谟润//河南师范大学学报：哲

社版（新乡）//第38卷第6期//第193—196页

1426．《全唐诗》牛丛《题朝阳岩》正误//张京华//中国国家博物馆馆刊（北京）//第2期//第64—72页

1427．《人间词话》诸稿文本对勘说//杜华平//江西师范大学学报：哲社版（南昌）//第45卷第1期//第61—65页

1428．任昉晚年作诗"欲以清沈"考论//冯源//河南师范大学学报：哲社版（新乡）//第39卷第3期//第169—173页

1429．上博简逸诗《多薪》考论//常佩雨//河南师范大学学报：哲社版（新乡）//第39卷第1期//第174—176页

1430．试论汤显祖的《花间集》评点//赵山林//东南大学学报：哲社版（南京）//第14卷第1期//第93—101页

1431．宋赋巫山地理补证//姚守亮//河南师范大学学报：哲社版（新乡）//第38卷第6期//第203—206页

1432．《宋诗别裁集》选源考//高磊//阴山学刊：社科版（包头）//第25卷第6期//第32—35页

1433．唐圭璋与晚晴民国词学的源流和谱系//彭玉平//南京师大学报：社科版（南京）//第1期//第128—137页

1434．唐末五代袁州诗歌考论：基于交通形势和及第进士数量变化的考量//段双喜//江淮论坛（合肥）//第1期//第154—160，81页

1435．《滕王阁序》"勃三尺微命，一介书生"新解：以正仓院藏王勃诗序为线索//道坂昭广//古典文学知识（南京）//第6期//第53—62页

1436．晚清松茂古道的一次民间行吟考察：对董湘琴《松游小唱》整理与研究的思考//张起//湖北民族学院学报：哲社版（恩施）//第30卷第6期//第83—87页

1437．王安石诗文五首系年考//刘成国//文献（北京）//第1期//第163—168页

1438．王梵志诗佛教典故补注//李小荣//敦煌研究（兰州）//第1期//第65—70页

1439．翁方纲手批《杜诗附记》稿本及其价值//赖贵三//古典文学知识（南京）//第6期//第79—87页

1440．萧统诗歌真伪及相关问题考论//徐艳，朱梦雯//兰州大学学报：社科版（兰州）//第40卷第3期//第46—52页

1441．新发现的《陈献章集》集外诗文//黎业明//深圳大学学报：人文社科版（深圳）//第29期第1卷//第44—48，79页

1442．新见《翁批杜诗》稿本考论//张之为，戴伟华//国家图书馆学刊（北京）//第21卷第3期//第108—112页

1443．以韩国李圭景《诗家点灯》所辑文献为中心的范成大研究//聂垚，沈文凡//内蒙古民族大学学报：社科版（通辽）//第38卷第6期//第44—48页

1444．《蟫史》作者屠绅佚诗九首考释：兼辨期若干生平事迹//许隽超//文献（北京）//第1期//第114—119页

1445．元代葛罗禄族诗人廼贤诗风考论//黄鸣//中央民族大学学报：哲社版（北京）//第39卷第1期//第119—125页

1446．月泉吟社的寓名、成员及诗集版本考证//邹艳，袁演//南昌大学学报：人文社科版（南昌）//第42卷第6期//第124—128页

1447．“乐”与"诗"孰伪：《管锥编》中的"乐"、"诗"作伪问题//冯樨，黄海燕//江西社会科学（南昌）//第12期//第83—86页

1448．《赠周处士》、《寻周处士弘让》为"庾肩吾"作辩证//何世剑//文献（北京）//第2期//第152—156页

1449．中国政治诗学的起源：以先周诗功能的演变为中心的考察//俞艳庭，李梅//理论学刊（济南）//第1期//第108—115页

2．书评

1450．"比"、"兴"皆源于"赋"：读朱熹《诗集传》偶识//倪祥保//中国社会科学报（北京）//第9．28卷//第B4页

1451．沉潜深入、体大虑精：评尚永亮先生等著《中唐元和诗歌传播接受史的文化学考察》//左志南//中国韵文学刊（湘潭）//第26卷第1期//第113—116页

1452．驰骋古今，贯通中西：《中国古典诗歌英译理论研究》评价//胡玢，吴斐//沈阳工程学院学报：社科版（沈阳）//第8卷第4期//第514—516页

1453．从《全宋词审稿笔记》看唐圭璋对《全宋词》的修纂及其人格风范//潘月福，王兆鹏//南京师大学报：社科版（南京）//第1期//第120—127页

1454．从绍嵩《亚愚江浙纪行集句诗》看宋人对唐宋诗人诗歌的接受//张福清//中国韵文学刊（湘潭）//第26卷第4期//第79—84页

1455. 从《中国文学批评史》看郭绍虞先生对神韵论的探索//温玉林//阴山学刊：社科版（包头）//第25卷第5期//第49—52页

1456. 读黄庭坚《小山词序》札记//陈中林，徐梦吟//名作欣赏·中旬（太原）//第11期//第144—145页

1457. 《二十四诗品》与江南园林//凌郁之//古典文学知识（南京）//第6期//第149—152页

1458. 复古与抒情双重协奏：论徐祯卿《谈艺录》//邬国平//文艺研究（北京）//第2期//第59—68页

1459. 古典的法则与明晰诗意的生成：读李少君《草根集》//张伟栋//海南师范大学学报：社科版（海口）//第24卷第6期//第147—149页

1460. 古典诗歌的余辉远霭：评马亚中的《中国近代诗歌史》//钱锡生//东吴学术（常熟）//第2期//第151—154页

1461. 古典诗学研究的新理路：评魏中林教授近著《古典诗歌学问化研究》//花宏艳//韶关学院学报（韶关）//第33卷第9期//第205—208页

1462. 关于樊晃与《杜工部小集》//张忠纲//杜甫研究学刊（成都）//第4期//第48—54页

1463. 《鹤林玉露》论诗歌形式美//崔含//长城（石家庄）//第5B期//第103—104页

1464. 回归文学研究本位，阐扬一代之性灵与文术：评冯小禄《汉赋书写策略与心态建构》//李鹏//辽东学院学报：社科版（丹东）//第13卷第6期//第152—153页

1465. 开拓诗歌研究的新领域：读《魏晋南北朝乐府制度与歌诗研究》//陈龙勋//山西大同大学学报：社科版（山西）//第26卷第1期//第94—96页

1466. 《列朝诗集》稿本考略//孟飞//文献（北京）//第1期//第18—30页

1467. 论《顽潭诗话》的文献与文学价值//王文荣//山西师大学报：社科版（山西）//第39卷第6期//第74—77页

1468. 略论湖湘诗歌史上的近现代女诗人：《湖南女士诗钞》导言//王攸欣，贝京//中国文学研究（长沙）//第4期//第22—25页

1469. 论《集注分类东坡诗》的历史阐释//何泽堂//北京化工大

学学报：社科版（北京）//第1期//第5—29，15页

1470. 论《诗林广记》对宋诗宋注的摘引//李晓黎//安徽大学学报：哲社版（合肥）//第36卷第3期//第60—66页

1471. 南京近代词人陈作霖与《可园词存》刍议//于师号//南京师范大学文学院学报（南京）//第4期//第86—90页

1472. 释解疏不易，粗率生错讹：评卢兴基《顾太清词新释辑评》//胥洪泉//文艺研究（北京）//第1期//第143—150页

1473. 谁是诗中疏凿手：评狄宝心《元好问诗编年校注》//胡传志//晋阳学刊（太原）//第1期//第137—139页

1474. 思辨词学，嘉惠学林：评欧明俊教授新著《词学思辨录》//顾宝林//中国韵文学刊（湘潭）//第26卷第4期//第116—118页

1475.《宋韵》创作随想//龚保家//美术观察（北京）//第3期//第56—58页

1476. 王国维的选词与论词：以《唐五代二十一家词辑》为考察中心//王湘华//求索（长沙）//第3期//第178—180页

1477. 王庆澜《和长吉诗》在李贺诗歌接受史上的价值//何新所//中州学刊（郑州）//第1期//第181—183页

1478. 王应麟的"词科"情结与《辞学指南》的双重意义//王水照//社会科学战线（长春）//第1期//第227—233页

1479. 我国古典词学研究的又一重要收获：评胡建次《中国古典词学理论批评承传研究》//汪素琴//上饶师范学院学报（江西）//第32卷第1期//第118—120页

1480. 系统提示曲词起源发生的历史图景：评木斋先生《曲词发生史》//曾维刚//中国韵文学刊（湘潭）//第26卷第4期//第57—60页

1481. 寻根究底，务实求真：《文心雕龙》研究感言//周勋初//古典文学知识（南京）//第6期//第3—12页

1482. 杨钟羲《雪桥诗话》学术价值述略//雷恩海//社科纵横（兰州）//第27卷第1期//第86—92页

1483. 以旧的姿态矗立：重读《尝试集》//陈爱中//广东社会科学（广东）//第1期//第202—208页

1484. 艺术史视野中的唐宋词：评《唐宋词艺术发展史》//郑平//

暨南学报：哲社版（广州）//第34卷第1期//第158—161页

1485. 寓真于诗，以心为文：品读李玉臻诗集《晚籁集》//王亚//山西日报（太原）//第3卷29期//第B1页

1486. 元初私塾诗学教育与唐诗评点本的文化传承功能：《赘笺唐诗绝句选》评点中的造民之恨与理学之思//查炳球//河南师范大学学报：哲社版（新乡）//第38卷第6期//第197—202页

1487. 元和诗人文学生命沉浮录：读《中唐元和诗歌传播接受史的文化学考察》//葛刚岩//武汉大学学报：人文科学版（武汉）//第65卷第4期//第126—127页

1488. 中国古典诗歌研究的新拓展：《中国古典诗歌在东瀛的衍生与流变》述论//孟国栋，刘双庆//中国出版（北京）//第5B期//第67—68页

1489. 自是"古体清英雅秀"：读《东坡乐府》札记//陈菁华//名作欣赏·中旬（太原）//第5期//第4—5页

1490. 最后的双子座：书《文论十笺》、《文论讲疏》后//童岭//古典文学知识（南京）//第6期//第143—148页

3. 研究综述

1491. 白隐与寒山诗解读：以《人问寒山道》为例//郑文全//日语学习与研究（北京）//第2期//第50—59页

1492. 储光羲研究综述//唐欢欢//郑州航空工业管理学院学报：社科版（郑州）//第31卷第1期//第29—31页

1493. 从历代著名唐诗选本看李白杜甫诗歌的接受//申东城//中华文化论坛（成都）//第2期//第19—25页

1494. 杜诗与新文学的建构//谢东升//河北学刊（石家庄）//第32卷第1期//第81—84页

1495. "歌尽桃花扇底风"新解//胡乃长//解放军艺术学院学报（北京）//第2期//第68—70页

1496. 顾随讲论放翁诗//高献红，赵林涛，顾之京等//河北大学学报：哲社版（保定）//第37卷第1期//第50—53页

1497. 《河岳英灵集》的地域性、派别性问题：兼及"开元十五年"新解//吴光兴//文学评论（北京）//第2期//第176—180页

1498. 建国后中国古代戏曲序跋体批评研究述评//唐明生//湖北民族学院学报：哲社版（恩施）//第30卷第2期//第81—85页

1499. 近二十年温庭筠诗歌研究述评//袁春艳//绥化学院学报（绥化）//第32卷第1期//第76—78页

1500. 近三十年来《圆圆曲》研究综述//王静//甘肃联合大学学报：社科版（兰州）//第28卷第1期//第58—63页

1501.《九家集注杜诗》与"伪苏注"//彭燕，徐希平//云南师范大学学报：哲社版（昆明）//第44卷第2期//第150—156页

1502. 旧学与新知的复杂交汇：试论二十世纪上半叶的汉魏六朝诗歌史研究//钱志熙//文艺理论研究（上海）//第32卷第1期//第87—96页

1503. 刘商诗歌艺术综论//王增学//河北大学学报：哲社版（保定）//第37卷第1期//第46—49页

1504. 论《苏诗佚注》中的赵次公注//何泽棠//华北电力大学学报：社科版（北京）//第1期//第97—102页

1505. 茅于美文学创作历程略论//韩荣荣//名作欣赏·下旬（太原）//第1期//第111—112页

1506. 名家选本的初始化效应：王安石《唐百家诗选》在宋代的流传与接受//查屏球//安徽大学学报：哲社版（合肥）//第36卷第1期//第62—73页

1507.《茗柯词》中的兴寄信息解读//韩宝江//中国文化研究（北京）//第1期//第115—121页

1508. 明末《唐诗画谱》翻刻之盛及其文学意义//韩胜//文艺评论（哈尔滨）//第2期//第145—148页

1509.《钱钟书手稿集·容安馆札记》与南宋诗歌发展观//王水照//文学评论（北京）//第1期//第55—62页

1510. 清代明诗选本论七子派平议//马卫中，尹玲玲//西北师大学报：社科版（兰州）//第49卷第1期//第31—35页

1511. 清代女词人顾太清研究综述//张健//语文学刊（呼和浩特）//第4B期//第66—67页

1512. 清人编宋诗选本动因初探//高磊//湖北大学学报：哲社版（武汉）//第39卷第1期//第39—44页

1513.《人间词话》与中国现代词学//陈水云//厦门大学学报：哲社版（厦门）//第2期//第48—55页

1514. 三百年等一加：从《全唐诗》到《全唐五代诗》//吴菲//

中华读书报（北京）//第 3 卷第 21 期//第 4 页

　　1515．邵祖平论杜甫与杜诗辑佚//熊飞宇//杜甫研究学刊（成都）//第 1 期//第 73—81 页

　　1516．诗可以洗心，诗亦可以养心：有感于徐德凝的诗化教育//王莉萍//文化学刊（沈阳）//第 2 期//第 9—12 页

　　1517．“苏诗”王文浩注失误举隅//王睿//图书馆理论与实践（银川）//第 2 期//第 38—41 页

　　1518．唐五代词发展综述//李博//长江师范学院学报（重庆）//第 28 卷第 7 期//第 126—129 页

　　1519．《王荆公文诗李壁注》二题//李晓黎//中南大学学报：社科版（长沙）//第 18 卷第 2 期//第 149—152 页

　　1520．王维诗歌与陶、谢的渊源新探//刘青海//求是学刊（哈尔滨）//第 29 卷第 1 期//第 125—132 页

　　1521．文本差异与近古诗歌阐释学中的精神融合//阳清，刘静//中南大学学报：社科版（长沙）//第 18 卷第 2 期//第 136—139 页

　　1522．现代"词学"考论//陈水云//兰州大学学报：社科版（兰州）//第 40 卷第 2 期//第 8—13 页

　　1523．新发现的《陈献章集》集外诗文//黎业明//深圳大学学报：人文社科版（深圳）//第 29 卷第 1 期//第 44—48，79 页

　　1524．新世纪十年：古代赋学研究的繁荣与趋向//何新文//湖北大学学报：哲社版（武汉）//第 39 卷第 2 期//第 1—7 页

　　1525．徐德凝诗歌现象的文学社会学意义//刘欣//文化学刊（沈阳）//第 2 期//第 32—41 页

　　1526．张大千思乡爱国情怀三变探微//申东城//文艺理论与批评（北京）//第 2 期//第 126—130 页

　　1527．中国古代戏曲传播研究论纲//杜丽萍//名作欣赏·下旬（太原）//第 6 期//第 129—130 页

　　1528．中国古典词学中词曲之异论的承衍//胡建次，袁芳//中南民族大学学报：人文社科版（武汉）//第 32 卷第 2 期//第 152—156 页

（编辑：滕祥辉）

2012年中国古典诗歌研究硕士论文索引

◇闫　祺　整理

一、总论

1. 中国早期文献中的远古谣歌研究// 王艳// 李昌集// 江苏师范大学// 中国古代文学
2. 九疑山诗歌研究// 李亮// 牛海蓉// 湖南大学// 中国古代文学
3. 金陵怀古诗词的符号学阐释// 魏冉// 艾秀梅// 南京师范大学// 文艺学
4. 风景名胜题咏诗与旅游研究// 王延波// 费洪根// 延边大学// 中国古代文学
5. 古典诗词中的灯烛意象及其文化意蕴探究// 李严琴// 吴昌林// 华东交通大学// 中国古代文学
6. 古歌用韵与宫调关系研究——以诗词与南北曲为例// 刘秦生// 姚艺君// 中国音乐学院// 音乐学
7. 清商曲辞的辞乐关系研究// 韩雨笑// 张新科// 陕西师范大学// 中国古代文学
8. 从诗酒之关系看文学创作心理——中国古典文学中诗酒情怀// 郑朋朋// 赵维森// 延安大学// 文艺学
9. 赠答诗,一种艺术的交往符号// 陈露// 苏桂宁// 暨南大学// 比较文艺学
10. 先秦汉魏晋南北朝寓言诗研究// 陈万灵// 叶文举// 安徽师范大学// 中国古代文学
11. 先秦汉魏晋南北朝诗句脚字声律研究// 赵团员// 孙玉文// 北京大学// 汉语言文字学
12. 《诗经》与魏晋文学——人与自然关系的两种类型// 时红

娟// 程世和// 陕西师范大学// 中国古代文学

13. 荔枝题材与意象文学研究——以汉—宋为考察中心// 赵军伟// 程杰// 南京师范大学// 中国古代文学

14. 千古兰亭风流在——兰亭意象解读// 王慧// 胡晓明// 华东师范大学// 中国古代文学

15. 中国古代七夕诗词的审美研究——以唐宋诗词为例// 赵妮// 刘洁// 西北民族大学// 文艺学

16. 诗意的飞翔——先唐诗歌鸟意象研究// 王博文// 魏耕原// 陕西师范大学// 中国古代文学

17. 先唐兄弟谣谚探析// 王林飞// 易小平// 广西大学// 中国古代文学

18. 唐前游仙诗研究// 郭俊芳// 程丽芳// 河南师范大学// 中国古代文学

19. 宋前悼亡诗研究// 史贝贝// 郭建勋// 湖南大学// 中国古代文学

20. 先唐陇西李氏家族的演变及文学成就// 王兴邦// 丁宏武// 西北师范大学// 中国古代文学

21. 唐宋女冠与唐宋诗词// 张治秀// 李剑亮// 浙江工业大学// 中国古代文学

22. 论日本汉学家白川静的诗经研究——以诗歌的文学要素为线索// 温锐// 林在勇// 华东师范大学// 中国古代文学

23. 《楚辞》在韩国的传播与影响// 文智律// 林家骊// 浙江大学// 中国古代文学

24. 曹操、曹植游仙诗与朝鲜李春英游仙诗比较研究// 袁野// 赵玉霞// 延边大学// 中国古代文学

25. 存在主义哲学视角下的阮籍及其诗文研究// 温怀伟// 董家平// 青海师范大学// 中国古代文学

26. 唐诗典故英译对比研究// 吴可嘉// 夏廷德// 大连海事大学// 英语语言文学

27. 汉诗英译的押韵研究——以许渊冲译《唐诗三百首》绝句为例// 王靖怡// 夏廷德// 大连海事大学// 英语语言文学

28. 意象图式理论视角下唐诗英译的意象传递研究// 柳景荣// 董广才// 辽宁师范大学// 英语语言文学

29. 从认知诗学角度解读诗性隐喻——一项基于《唐诗三百首》的研究// 杨秋红// 孙毅// 西安外国语大学// 外国语言学及应用语言学

30. 试论柳晟俊的唐诗研究// 尹廷银// 翁其斌// 上海师范大学// 中国古代文学

31. 许渊冲英译李白诗歌中意象再现手法研究// 周蓉// 彭利元// 湖南工业大学// 外国语言学及应用语言学

32. 李白之诗与海德格尔之思// 陈琳// 陈维振// 福建师范大学// 英语语言文学

33. 李白浪漫主义的隐喻分析和杜甫现实主义的转喻分析// 殷俏// 束定芳// 上海外国语大学// 英语语言文学

34. 李白诗歌象境，道家精神与其翻译研究——由洪氏语言观入，从道家象景出// 杨莉// 包通法// 江南大学// 英语语言文学

35. 从审美的模糊性体验角度看杜甫七言律诗的翻译——以《秋兴八首》的翻译为例// 何慧珍// 杨天庆// 四川师范大学// 英语语言文学

36. 语篇功能视角下杜甫诗歌英译研究// 张丽梅// 范敏// 曲阜师范大学// 英语语言文学

37. 诗学视角下古典诗歌英译研究——以杜甫的"登高"及其四个英译文为个案研究// 米亚宁// 曹依民// 西北师范大学// 英语语言文学

38. 晚唐香奁诗对朝鲜朝中期艳情诗的影响// 王轶男// 赵玉霞// 延边大学// 中国古代文学

39. 中国古典诗歌英译"三美"再现——以许渊冲英译文本《长恨歌》为例// 李政// 陆云// 广西师范学院// 英语语言文学

40. 古词中文化意象英译的阐释学解读——以李清照词两个英译本为个案研究// 何旭明// 刘全国// 西北师范大学// 英语语言文学

二、先秦诗歌

41. 《诗经》中的巫文化研究// 任百平// 敖依昌// 重庆大学// 中国古代文学

42. 《诗经》与汉乐府言情诗歌比较研究// 王翼荟// 李昌集// 江

苏师范大学// 中国古代文学

43.《诗经》祝愿语研究// 谭永燕// 李海霞// 西南大学// 汉语言文字学

44.《诗经》中的隐逸者和隐逸诗// 李春燕// 郭丹// 福建师范大学// 中国古代文学

45. 周代礼乐仪式与《诗经》宴饮诗// 张雪松// 傅道彬、李洲良、侯敏// 哈尔滨师范大学// 中国古代文学

46. 周代婚姻礼俗与《诗经》解读// 刘熹桁// 程水金// 南昌大学// 中国古代文学

47.《诗经》农事诗与西周农业社会// 耿静静// 李军靖// 郑州大学// 中国古代史

48.《诗经》中植物隐喻的认知分析// 张艳莉// 苗兴伟// 山东大学// 英语语言文学

49.《诗经》感伤母题研究// 董永静// 魏永贵// 内蒙古大学// 中国古代文学

50. 论《诗经》中的天命信仰// 孙楠// 蓝旭// 中央民族大学// 中国古代文学

51.《诗经》的哲学意蕴// 田洁莎// 李光福// 天津大学// 中国哲学

52.《诗经》与孔子之天命观比较研究// 王刚// 白奚// 首都师范大学// 中国哲学

53.《诗经》意象的生命之美// 洪玉凤// 刘昌安// 陕西理工学院// 中国古代文学

54.《诗经》格言与中国传统文化// 杨博// 王保国// 郑州大学// 中国古典文献学

55.《诗》与画——《诗经》的另一种解读// 王瑜// 张庆利// 辽宁师范大学// 中国古代文学

56. 试论《诗经》民俗因子的文学价值// 李珊// 吕书宝// 广西民族大学// 中国古代文学

57.《诗经》的女性世界// 马瑞芳// 刘卫平// 西北大学// 中国古代文学

58.《诗经》女性劳动生产诗歌研究// 谢春娟// 王晓平// 天津师范大学// 中国古代文学

59.《诗经》思妇诗与弃妇诗研究——兼论先秦儒家对女性问题的关注// 李贝贝// 程世和// 陕西师范大学// 中国古代文学

60. 论《诗经》中的孝思想// 陈发银// 黄黎星// 福建师范大学// 中国古代文学

61.《诗经》中的家园意识研究// 卢美杨// 刘绍瑾、危磊// 暨南大学// 美学

62.《诗经》中的物候描写研究// 刘赪秀// 郭丹// 福建师范大学// 中国古代文学

63.《诗经》采摘意象研究// 陈抒// 汪耀明// 复旦大学// 中国古代文学

64.《诗经》植物药用名称研究// 张嫒// 赵鸿君// 辽宁中医药大学// 中医医史文献

65.《诗经》玉文化研究//刘汉景// 黄黎星// 福建师范大学// 中国古代文学

66.《诗经》鸟意象研究// 曹志亮// 周远斌// 山东师范大学// 中国古代文学

67.《诗经》中的交通工具意象// 史晓燕// 艾春明// 渤海大学// 中国古代文学

68. 诗经《崧高》篇美学思想初探// 戴丽莉// 钟仕伦// 四川师范大学// 美学

69.《孟子》《荀子》引《诗》、说《诗》比较研究// 齐文英// 夏先培// 长沙理工大学// 中国古代文学

70. 诠释学视域下的《荀子》引《诗》研究// 吴宇迪// 鲍恒// 安徽大学// 中国古代文学

71. 秦、豳风诗与近楚风诗的比较研究——论《诗经》中二《南》、《陈风》与《秦风》、《豳风》的文化背景与诗风// 赵璐// 赵逵夫// 西北师范大学// 中国古代文学

72. 从《豳风》到《秦风》——故秦地诗学与文化研究// 倪童// 刘卫平// 西北大学// 中国古代文学

73. 中原三国风诗研究// 司昌晶// 赵逵夫// 西北师范大学// 中国古代文学

74.《诗经·国风》河东地区与黄河下游诗风比较研究// 李贤文// 赵逵夫// 西北师范大学// 中国古代文学

75.《国风》音声描写研究// 刘爽// 艾春明// 渤海大学// 中国古代文学

76.《诗·王风》辨// 丁国杰// 翁其斌// 上海师范大学// 中国古代文学

77.《国风》与"花儿"之比较研究// 马志林// 刘生良// 陕西师范大学// 中国古代文学

78.《诗经·豳风》考论// 孙晶// 梅显懋// 辽宁师范大学// 历史文献

79.《诗经·曹风》研究// 刘洋// 鲁洪生// 首都师范大学// 中国古代文学

80.《诗经·唐风》主旨及文学价值研究// 齐清仙// 龙文玲// 广西师范学院// 中国古代文学

81.《诗经》、《尚书》与孔子教学// 陈波// 杨朝明// 曲阜师范大学// 专门史

82. 二十世纪《诗经·齐风》阐释史论// 袁文举// 何海燕// 湖北大学// 中国古代文学

83.《诗经·小雅·常棣》研究// 段赫静// 刘毓庆// 山西大学// 中国古代文学

84.《诗经·小雅·四牡》研究// 杨澜// 刘毓庆// 山西大学// 中国古代文学

85.《小雅·皇皇者华》考// 李彦霞// 刘毓庆// 山西大学// 中国古代文学

86.《鹿鸣》与周代礼乐制度// 冯茂民// 刘毓庆// 山西大学// 中国古代文学

87.《诗经》与《楚辞》语气词比较研究// 申欣// 刘冠才// 南京师范大学// 汉语言文字学

88.《毛诗草木鸟兽虫鱼疏》研究// 杨菂// 李道和// 云南大学// 中国古代文学

89. 朱熹《诗集传》训诂研究——《诗经·国风》的实词注释// 罗晨// 于峻嵘// 河北师范大学// 汉语言文字学

90.《毛传》与朱熹《诗集传》释《诗》比较研究// 茹婧// 董运庭// 重庆师范大学// 中国古典文献学

91. 论朱熹《诗集传》对《小序》的改造// 袁英// 郝桂敏// 沈

阳师范大学// 中国古代文学

92.《诗经胡传》研究// 苏日旭// 张玉春// 暨南大学// 中国古代文学

93. 牛运震《诗志》研究// 倪李鹏// 汪祚民// 安庆师范学院// 中国古代文学

94.《诗经稗疏》训诂研究// 雷双凤// 周玉秀// 西北师范大学// 汉语言文字学

95. 戴君恩《读风臆评》研究// 刘燕// 张玉春// 暨南大学// 中国古代文学

96. 马瑞辰《毛诗传笺通释》研究// 刘精盛// 吉首大学// 汉语言文字学

97. 闻一多《诗经》研究评议// 赵秀芹// 刘精盛// 吉首大学// 汉语言文字学

98.《楚辞》联绵词计量研究// 张靖奇// 李波// 黑龙江大学// 语言学及应用语言学

99. 楚歌与骚体文学研究二论// 姚鹏举// 钟振振// 南京师范大学// 中国古代文学

100. 屈原神性思维研究// 黄文雁// 韩云波// 西南大学// 中国古代文学

101. "屈原否定论"论争研究// 张静宇// 黄金明// 漳州师范学院// 中国古代文学

102. 屈骚意象体系与神境研究// 张世磊// 田耕滋// 陕西理工学院// 中国古代文学

103. 礼制视野下的屈宋辞赋研究// 陈天佑// 吴广平// 湖南科技大学// 古代文学

104.《楚辞》民俗因子文学价值解析// 刘娥// 吕书宝// 广西民族大学// 中国古代文学

105.《招魂》与《大招》研究// 马海波// 曹胜高// 东北师范大学// 中国古代文学

106.《楚辞·招魂》研究述论// 魏泽奇// 金荣权// 信阳师范学院// 中国古代文学

107.《淮南子》与屈赋比较研究// 朱晓晖// 陈广忠// 安徽大学// 中国古代文学

108. 论屈骚生命诗学精神及其对李杜诗歌创作的影响// 杨华// 田耕滋// 陕西理工学院// 中国古代文学

109. 宋玉文学研究// 林立坤// 魏耕原// 陕西师范大学// 中国古代文学

110. 宋玉作品中的女性形象研究// 崔爽// 刘刚// 沈阳师范大学// 中国古代文学

111. 论唐代诗人对宋玉的接受// 彭昕// 刘明华// 西南大学// 中国古代文学

112. 《易经》婚恋歌谣研究// 刘敏// 李诚// 四川师范大学// 中国古代文学

113. 先秦民间歌谣的社会功能研究// 梁春红// 徐克谦// 南京师范大学// 中国古代文学

三、两汉诗歌

114. 汉代诗歌与汉代士人心态// 张怡雅// 韩维志// 华中师范大学// 中国古代文学

115. 辞赋在两汉时期的传播// 何杏// 邹然// 江西师范大学// 中国古代文学

116. 诗入史传之研究——以《史记》、《汉书》为例// 黄晓芳// 张新科// 陕西师范大学// 中国古代文学

117. 汉魏六朝代言体诗探析// 胡祥华// 潘啸龙// 安徽师范大学// 中国古代文学

118. 汉魏六朝文人爱情诗研究// 胡纪珍// 潘啸龙// 安徽师范大学// 美学

119. 汉魏神仙诗歌探微：汉魏政治和社会因素对其诗人诗歌创作的影响// 安娜// 苟世祥// 重庆大学// 中国古代文学

120. 两汉文人五言诗与五言乐府之比较// 严静// 张节末// 浙江大学// 美学

121. 乐府古辞研究// 张建华// 王福利// 江苏师范大学// 中国古典文献学

122. 汉乐府诗叙事艺术研究// 李晓玲// 李昌集、王立增// 江苏师范大学// 中国古代文学

123. 汉代乐府诗中三言句式的源流及诗体意义// 郭雯// 夏先培// 长沙理工大学// 古代文学

124. 谶纬与汉乐府// 孙诗苑// 王彦辉// 东北师范大学// 中国古代史

125. 《乐府诗集》中陇右作品研究// 邱小培// 秦丙坤、伏俊琏// 西北师范大学// 中国古典文献学

126. 论汉乐府《长安有狭斜行》的拟作诗（汉—唐）// 夏欢// 于淑娟// 浙江师范大学// 中国古代文学

127. 乐府《巫山高》系列诗歌的意象研究// 孙婷婷// 张采民// 南京师范大学// 中国古代文学

128. 西汉雅歌诗与郊庙歌诗研究// 王朋// 熊良智// 四川师范大学// 中国古典文献学

129. 汉代郊庙歌辞研究// 刘露芬// 林家骊// 浙江大学// 中国古代文学

130. 论《古诗十九首》表现的生命意识// 张莎莎// 王卫东// 云南大学// 美学

131. 《古诗十九首》研究// 岳世颖// 程水金// 南昌大学// 中国古代文学

132. 汉末士人心态与《古诗十九首》// 王轶群// 魏永贵// 内蒙古大学// 中国古代文学

133. 汉代杂体诗研究// 姜涛// 马世年// 西北师范大学// 中国古代文学

134. 汉晋交友诗研究// 景方方// 韩晖// 广西师范大学// 中国古代文学

135. 敦煌民间诗歌词汇研究// 刘昊// 刘力坚// 浙江师范大学// 汉语言文字学

四、魏晋诗歌

136. 魏晋南北朝诗歌副词研究// 冯茹// 方有国// 西南大学// 汉语言文字学

137. 魏晋南北朝少数民族作家诗文研究// 刘洁// 王琳// 山东师范大学// 中国古代文学

138．魏晋南北朝诗歌与志怪小说之关系研究// 许晓颖// 李鹏飞// 北京大学// 古代文学

139．论魏晋酒风影响下的酒诗意蕴// 王文成// 邹然// 江西师范大学// 中国古代文学

140．论魏晋文学的悲情特征// 林媛// 杨晓斌// 西北师范大学// 中国古代文学

141．魏晋别诗研究// 张竞怿// 张亚军// 河南大学// 中国古代文学

142．魏晋玄言诗论// 张迎春// 傅正义// 重庆工商大学// 中国古代文学

143．魏晋诗赋中女性形象的文化研究// 钟丽// 祝菊贤// 西北大学// 美学

144．魏晋赠答诗与士人的精神世界// 白杨青// 张新科// 陕西师范大学// 中国古代文学

145．论晋代山水诗赋与地理环境的关系// 谢海南// 陈松青// 湖南师范大学// 中国古代文学

146．论晋宋士人园林与隐逸诗// 丁晋// 岳毅平// 安庆师范学院// 中国古代文学

147．曹魏时期曹氏文学家族诗歌研究// 朱慧// 傅正义// 重庆工商大学// 中国古代文学

148．邺下诗风的转变研究// 胡油油// 蔡彦峰// 福建师范大学// 中国古代文学

149．曹植诗赋的叙事研究// 杨玉婷// 刘松来// 江西师范大学// 中国古代文学

150．曹植、阮籍诗歌比较研究// 钱刚// 张振龙// 信阳师范学院// 中国古代文学

151．阮籍、曹植抒怀诗比较研究// 吴珉煜// 褚大庆// 延边大学// 中国古代文学

152．文学史视域下的三曹生命意识及其表达// 胡波// 张振龙// 信阳师范学院// 中国古代文学

153．阮籍四言诗研究// 李磊// 杨晓斌// 西北师范大学// 中国古代文学

154．阮籍诗歌的表达艺术与美学价值// 郑文龙// 邓福舜// 东北

师范大学// 中国古代文学

155．左思及其诗歌研究// 杜维新// 杨晓斌// 西北师范大学// 中国古代文学

156．左思《三都赋》及李善注研究// 骆盼盼// 李丹博// 山东师范大学// 中国古典文献学

157．左思接受史研究// 徐淑娟// 邹然// 江西师范大学// 古代文学

158．古钞本《文选集注》残存太康诗文研究// 赵培波// 刘志伟// 郑州大学// 中国古代文学

159．二陆诗歌与西晋文学// 赵忠原// 傅道彬、李洲良、侯敏// 哈尔滨师范大学// 中国古代文学

160．郭璞游仙诗研究// 冀明霞// 柏俊才// 山西师范大学// 中国古代文学

161．郭璞《游仙诗》中美学思想研究// 陈泓伶// 刘敏// 四川师范大学// 美学

162．郭璞《游仙诗》研究// 曹珺// 王今晖// 青岛大学// 中国古代文学

163．支遁及其诗文研究// 袁子微// 胡大雷// 广西师范大学// 中国古代文学

164．陶渊明饮酒诗研究// 王传军// 徐传武// 山东大学// 中国古代文学

165．陶渊明的生命哲学// 王浦衡// 张怀承// 湖南师范大学// 中国哲学

166．论陶渊明此生追寻之梦// 刘纯// 董家平// 青海师范大学// 中国古代文学

167．养真衡庐，人淡如菊——陶渊明与司空图比较研究// 梁琦// 李芳民// 西北大学// 中国古代文学

168．南北朝陶渊明接受史研究// 李娜// 陶礼天// 首都师范大学// 美学

169．宋前陶渊明文化形象生成研究// 张丹丹// 李军均// 华中科技大学// 中国古代文学

170．李纲对陶渊明的接受// 黄关蓉// 王红霞// 四川师范大学// 中国古代文学

171. 庾阐诗文研究// 刘敏华// 胡大雷// 广西师范大学// 中国古代文学

172. 谢灵运诗歌用典艺术研究// 黄漫// 孙金涛// 河北师范大学// 中国古代文学

173. 谢灵运对初盛唐诗坛之影响// 经欢// 陈道贵// 安徽大学// 中国古代文学

五、南北朝诗歌

174. 刘宋拟诗研究// 崔洁// 周广璜// 山东大学// 中国古代文学

175. 佛经与南朝宫体诗// 翟倩// 程世和// 陕西师范大学// 中国古代文学

176. 谢朓山水诗艺术研究// 曾洁// 张亚军// 河南大学// 中国古代文学

177. 鲍照辞赋研究// 白广磊// 郑训佐// 山东大学// 中国古代文学

178. 鲍照山水诗研究// 王亚青// 赵茂林// 西北师范大学// 中国古代文学

179. 江鲍体研究// 邓成林// 刘运好// 安徽师范大学// 中国古代文学

180. 吴均及其诗文研究// 梁倩倩// 董家平// 青海师范大学// 中国古代文学

181. 周弘正研究// 王浩// 周苇风// 广西师范大学// 中国古代文学

182. 庾信诗歌研究三题// 王天怡// 王军// 首都师范大学// 中国古代文学

183. 庾信研究三题// 王晓妮// 魏耕原// 陕西师范大学// 中国古代文学

184. 庾信及其诗赋创作的文化意义// 陈传福// 张仁福// 云南大学// 中国古代文学

185. 论《玉台新咏》中的怨妇诗// 张丹丹// 郑训佐// 山东大学// 中国古代文学

186. 《玉台新咏》研究// 黄敏婕// 张采民// 南京师范大学// 中

国古代文学

187．江总与宫体诗// 裴殿玲// 黄河// 华侨大学// 中国语言文学

188．江总诗歌校注// 王娜娜// 李芳民// 西北大学// 中国古典文献学

189．从句法看南朝五言诗对唐诗的影响// 张怡// 孙力平// 浙江工业大学// 中国古代文学

190．南朝咏史诗研究// 刘楠// 张蕾// 河北师范大学// 中国古代文学

191．南朝诗歌中的佛寺研究// 李晓红// 王志民// 山东师范大学// 中国古代文学

192．南朝群体性诗歌创作研究// 韩安逸// 严明// 上海师范大学// 中国古代文学

193．六朝春禊诗研究// 严雁// 张蕾// 河北师范大学// 中国古代文学

194．阴铿研究// 张海娥// 柏俊才// 山西师范大学// 中国古代文学

195．从齐梁诗风演变看张正见的诗歌艺术// 周若卉// 钱志熙// 北京大学// 中国古代文学

196．刘孝威诗歌研究// 梁梦// 郭建勋// 湖南大学// 中国语言文学

197．萧统诗歌研究// 冯宇君// 徐艳// 复旦大学// 中国古代文学

198．何逊微探// 夏俊梅// 魏耕原// 陕西师范大学// 中国古代文学

199．沈约咏物诗研究// 张翼// 曹旭// 上海师范大学// 中国古代文学

六、唐五代诗歌

200．唐代五言绝句研究// 李启坤// 黄仁生// 复旦大学// 中国古代文学

201．唐代诗歌中的时间表述研究// 林天文// 方坚铭// 浙江工业大学// 中国古代文学

202．唐诗模糊修辞研究// 王诗媛// 罗渊// 湖南科技大学// 中国

语言文学

203．论唐诗中的夜情境// 刘洪忠// 许总// 华侨大学// 中国语言文学

204．论唐诗创作中的日月星辰意象// 王磊// 曾智安// 河北师范大学// 中国古代文学

205．唐诗龙凤意象研究// 戴丹鸽// 黄建荣// 东华理工大学// 文艺学

206．唐宋"燕"诗词研究// 申明镜// 曹辛华// 南京师范大学// 中国古代文学

207．唐宋文人诗谶研究// 李敏// 孙尚勇// 西北大学// 中国古代文学

208．唐代蝉意象研究// 杨微// 方丽萍// 青海师范大学// 中国古代文学

209．唐诗蝉意象研究// 胡明霞// 张震英// 湖北大学// 古代文学

210．唐诗头发描写之文化研究// 周艳桃// 张海沙// 暨南大学// 中国古代文学

211．《全唐诗》中的"眉"意象研究// 李龙// 杨存昌// 山东师范大学// 美学

212．唐代咏竹题材诗论稿// 代景丽// 沈文凡// 吉林大学// 中国古代文学

213．盛唐怀才不遇诗初探// 窦珊珊// 吴言生// 陕西师范大学// 中国古代文学

214．盛唐诗歌中的越地意象研究// 秦兰勇// 黄刚// 上海师范大学// 中国古代文学

215．唐、宋茶诗词中的"茶意象"研究// 司书娟// 朱建军// 北京林业大学// 应用心理学

216．此心安处是吾乡——唐宋时期中原流寓文人作品的广西意象// 张超// 滕福海// 广西大学// 文艺学

217．唐诗中的扇意象研究// 吕欣欣// 张海沙// 暨南大学// 中国古代文学

218．唐诗雨意象研究// 刘倩// 高林广// 内蒙古师范大学// 中国古代文学

219．唐诗东风意象研究// 杨珊// 曾志华// 陕西师范大学// 中国

古代文学

220．唐诗中的玉意象及其文化意涵// 刘碧珊// 李浩// 西北大学// 中国古代文学

221．唐诗中的胡姬形象研究// 赵娜// 高建新// 内蒙古大学// 中国古代文学

222．唐代的"荆轲"诗研究// 王丹凤// 刘金柱// 河北大学// 中国古代文学

223．唐代"少年游侠"诗研究// 石燕聪// 傅绍良// 陕西师范大学// 中国古代文学

224．从诗歌到绘画——唐代涉画类诗歌研究// 陈亚萍// 朱刚// 复旦大学// 中国古代文学

225．论唐代题画诗// 赵婵媛// 范军// 华侨大学// 中国语言文学

226．唐代郊庙歌辞研究// 成福君// 赵敏俐// 首都师范大学// 中国古代文学

227．唐朝边塞诗意象的认知分析// 岳成娜// 韩大伟// 燕山大学// 外国语言学及应用语言学

228．唐代边塞诗特定背景研究——由汉至唐从中原赴西域路线的考察// 何央央// 陶然// 浙江大学// 中国古代文学

229．唐代边塞诗中的功名意识与忧患意识// 刘怡茗// 傅绍良// 陕西师范大学// 中国古代文学

230．唐代咏物诗与唐诗意境之构成// 魏勇军// 杨晓霭// 西北师范大学// 中国古代文学

231．唐代咏台诗论稿// 刘姝瑾// 沈文凡// 吉林大学// 中国古代文学

232．唐代题壁诗探论// 曾改琴// 郑福田// 内蒙古师范大学// 中国古代文学

233．唐人咏侠诗研究// 王苗// 曾志华// 陕西师范大学// 中国古代文学

234．唐代商妇诗研究// 董艳玲// 周奇文// 东北师范大学// 古代文学

235．唐代咏妓诗研究// 雷陈生// 付兴林// 陕西理工学院// 中国古代文学

236．唐代吐蕃诗研究// 张瑛// 戴建业// 华中师范大学// 中国古

代文学

237．试论唐代的西域乐舞诗// 陈娇// 高林广// 内蒙古师范大学// 中国古代文学

238．唐代田园诗概观// 王润格// 方丽萍// 青海师范大学// 中国古代文学

239．唐代赋得体诗研究// 王大卫// 焦体检// 河南大学// 中国古典文献学

240．唐代皇子的教育与诗歌创作// 刘文辉// 李浩// 西北大学// 中国古代文学

241．唐代音乐诗研究// 杨杨// 聂永华// 天津师范大学// 中国古代文学

242．唐代试律诗研究// 沈艳// 赵俊波// 四川师范大学// 中国古典文献学

243．唐代鬼诗研究// 魏琼// 郭醒// 辽宁大学// 中国古代文学

244．唐代"长安诗"研究// 袁姝婧// 任海天// 黑龙江大学// 中国古代文学

245．唐代天台山诗歌研究// 应银华// 陈道贵// 安徽大学// 中国古代文学

246．唐代陇头诗研究// 和晔// 高建新// 内蒙古大学// 中国古代文学

247．唐代南阳诗歌研究// 刘欢// 高建新// 内蒙古大学// 古代文学

248．唐代凉州诗歌研究// 熊春霞// 高建新// 内蒙古大学// 中国古代文学

249．唐代潭州诗歌研究// 刘红红// 胡遂// 湖南大学// 中国古代文学

250．汉水上游唐诗研究// 马玉霞// 付兴林// 陕西理工学院// 中国古代文学

251．唐代洛阳诗歌研究// 刘冬亚// 莫道才// 广西师范大学// 古代文学

252．曲江与唐文人心态研究// 郭书攀// 方丽萍// 青海师范大学// 中国古代文学

253．唐代寺院题材诗研究// 胡小龙// 张一平// 温州大学// 中国

古代文学

254．唐代扬州交通与诗歌创作研究// 生力刚// 莫道才// 广西师范大学// 中国古代文学

255．三月三与唐代上巳诗研究// 薛冰// 丁佐湘// 华东交通大学// 古代文学

256．唐人论诗之"喻"研究// 付艺波// 刘中文// 哈尔滨师范大学// 中国古代文学

257．《全唐诗》神仙辑考// 于向宇// 盛险峰// 安徽大学// 专门史

258．唐诗题序研究// 刘宏民// 周相录// 河南师范大学// 中国古代文学

259．论唐人病中吟// 刘文娟// 刘中文// 哈尔滨师范大学// 中国古代文学

260．唐末艳情诗研究// 廖怡// 殷祝胜// 广西师范大学// 中国古代文学

261．唐代颂圣诗研究——以初盛唐为考察中心// 李清凌// 付兴林// 陕西理工学院// 中国古代文学

262．《全唐诗》双音节异文研究// 郑章云// 黄灵庚// 浙江师范大学// 汉语言文字学

263．唐代律诗诗体风格研究// 李鑫// 史红伟// 河南大学// 中国古代文学

264．唐代崔氏诗研究// 谷芳平// 彭万隆// 浙江工业大学// 中国古代文学

265．唐代窦氏文学家族交游与创作研究// 王新立// 付兴林、王伟// 陕西理工学院// 中国古代文学

266．初唐七律格律研究// 梁小玲// 汪业全// 广西民族大学// 汉语言文字学

267．初唐文人隐逸风尚与诗歌研究// 张颖婷// 栾睿// 新疆师范大学// 中国古代文学

268．"文章四友"诗歌创作研究// 潘雪// 尹占华// 西北师范大学// 中国古代文学

269．李峤杂咏诗的文体学研究// 张琦// 曾志华// 陕西师范大学// 中国古代文学

270．杨炯研究// 王礼亮// 赵章超// 西南大学// 中国古代文学

271．张鷟诗文代词研究// 陆菡// 方有国// 西南大学// 语言学及应用语言学

272．唐太宗唐玄宗诗歌比较研究// 肖丽萍// 赵成林// 湘潭大学// 中国古代文学

273．储光羲诗集校注// 朱敏杰// 李芳民// 西北大学// 中国古典文献学

274．初盛唐边塞诗的嬗变——以闺阁思妇与征夫游子的描写为例// 杨金柱// 郑永晓// 中国社会科学院研究生院// 中国古代文学

275．崇高的和谐走向——盛唐边塞诗生态审美研究// 李妍// 袁鼎生// 广西民族大学// 美学

276．盛唐士人事功追求与边塞诗// 张乐// 东方乔// 天津师范大学// 中国古代文学

277．交游天下才 悲歌伤怀抱——高适交游诗研究// 刘峰// 王军// 首都师范大学// 中国古代文学

278．岑参早期生活及诗歌研究// 戴先斌// 杜华平// 江西师范大学// 中国古代文学

279．岑参送别诗初探// 刘文娟// 吴言生// 陕西师范大学// 中国古代文学

280．岑参与高适边塞诗的异同比较研究// 王征// 冯建国// 山东大学// 中国古代文学

281．明代岑参接受研究// 徐熙芸// 孙学堂// 山东大学// 中国古代文学

282．盛唐宫廷诗研究// 张宁// 殷祝胜// 广西师范大学// 中国古代文学

283．盛唐诗歌与书法关系研究// 宋磊// 冯建国// 山东大学// 中国古代文学

284．武后时期歌行体研究// 付尚书// 张安祖// 黑龙江大学// 中国古代文学

285．论李白诗中的"影"意象// 夏芹// 赵树功// 宁波大学// 中国古代文学

286．李白诗文中的"仕"与"隐"// 袁媛// 严明// 上海师范大学// 中国古代文学

287. 李白漫游期间诗歌论略// 常铖// 徐紫云// 华东交通大学// 中国古代文学

288. 李白诗赋与神话// 陈鹏// 李乃龙// 广西师范大学// 中国古代文学

289. 论王世贞对李白的接受// 任龙// 王红霞// 四川师范大学// 中国古代文学

290. 论杜甫蜀中诗的功名意识及其超越// 邓德润// 傅绍良// 陕西师范大学// 中国古代文学

291. 杜甫长安十年的生活与创作// 谭莹// 曹丽芳// 辽宁师范大学// 中国古代文学

292. 杜甫"行诗"研究// 李祥鹏// 冯建国// 山东大学// 古代文学

293. 论杜诗中的地方感// 肖舒// 杜华平// 江西师范大学// 中国古代文学

294. 杜甫近体诗用典初探// 程萍// 郝润华// 西北大学// 中国古代文学

295. 杜甫古体诗歌用典研究// 李凤菲// 郝润华// 西北大学// 中国古代文学

296. 杜甫诗与李齐贤诗对比研究// 孙莹// 孙惠欣// 延边大学// 中国古代文学

297. 杜甫五七言格律组诗研究// 邹蕙全// 刘怀荣// 青岛大学// 中国古代文学

298. 杜诗集重言词研究// 吴江伟// 方有国// 西南大学// 语言学及应用语言学

299. 杜甫诗歌的负面意象群研究// 娄长云// 刘明华// 西南大学// 中国古代文学

300. 杜甫咏物诗对魏晋南北朝咏物诗的继承和发展// 李园媛// 刘明华// 西南大学// 中国古代文学

301. 张问陶对杜诗的接受研究// 王旋// 刘明华// 西南大学// 中国古代文学

302. 《杜诗偶评》研究// 刘爱平// 江合友// 河北师范大学// 中国古代文学

303. 张溍《读书堂杜工部诗集注解》研究// 王丹// 聂巧平// 暨

南大学// 中国古代文学

304．浦起龙《读杜心解》研究// 邱筱君// 张宏生// 南京大学// 中国古代文学

305．皇甫冉及其诗歌研究// 张华// 潘百齐// 南京师范大学// 中国古代文学

306．休闲与盛唐山水田园诗的意义生成// 余翠萍// 刘绍瑾// 暨南大学// 文艺学

307．孟浩然近体诗意象研究// 李静// 周相录// 河南师范大学// 中国古代文学

308．论孟浩然及其诗歌在唐代的接受与传播// 刘峰峰// 蔡阿聪// 漳州师范学院// 中国古代文学

309．孟浩然田园诗歌英译中的象似性研究——以许渊冲2000年译本为例// 杨晓琳// 白彬// 辽宁师范大学// 英语语言文学

310．盛唐气象与王维诗风研究// 刘金高// 王树海// 吉林大学// 文艺学

311．王维《辋川集》研究// 江树英// 李小荣// 福建师范大学// 中国古代文学

312．佛心诗意——王维与终南山之研究// 何瑾// 文师华// 南昌大学// 中国古代文学

313．王维孟浩然山水田园诗异同论// 杨卫丽// 冯建国// 山东大学// 中国古代文学

314．王维山水田园诗作中的禅境审美观照// 吴正鑫// 陈元龙// 西安电子科技大学// 美学

315．王维山水诗物我关系的存在论// 玉最东// 张国庆// 云南大学// 文艺学

316．王维研究馀渖// 谭庄// 陈忻// 重庆师范大学// 中国古代文学

317．李达和王维诗的比较研究// 金舒// 尹允镇// 吉林大学// 亚非语言文学

318．韦应物五七言绝句研究// 张婷// 孟庆丽// 辽宁大学// 中国古代文学

319．韦应物清淡诗风研究// 袁芳林// 单芳// 西北师范大学// 中国古代文学

320．《元刊韦苏州集》研究// 李兴// 曹丽芳// 辽宁师范大学// 古典文献学

321．孟郊诗的流传与授受研究// 韩蓉// 查屏球// 复旦大学// 中国古代文学

322．江左诗僧灵一研究// 朱晓玲// 崔小敬// 浙江师范大学// 中国古代文学

323．元结诗歌题材分类研究// 刘备// 杨有山// 信阳师范学院// 中国古代文学

324．天地玄黄——天宝十五载与盛唐诗人的命运转折// 姚兰// 李浩// 西北大学// 中国古代文学

325．《中晚唐诗叩弹集》研究// 幸玉珊// 李舜臣// 江西师范大学// 文艺学

326．中晚唐艳诗研究// 熊啸// 魏祖钦// 江西师范大学// 中国古代文学

327．中唐文人入蜀研究——以入蜀文人在蜀所作诗歌为考察对象// 梁谋燕// 陆永峰// 扬州大学// 中国古代文学

328．大历桃源诗研究// 马丽樱// 郑慧霞// 河南大学// 中国古代文学

329．乔亿《大历诗略》研究// 吴小娟// 雷恩海// 西北师范大学// 中国古代文学

330．诗僧皎然研究// 温永明// 张勇// 安徽师范大学// 文艺学

331．耿湋诗歌研究// 李岚// 梁德林// 广西师范学院// 中国古代文学

332．杨巨源研究// 贺茜// 柏俊才// 山西师范大学// 中国古代文学

333．论张籍的诗歌创作成就——兼论对韩孟、元白诗派的贡献// 王静// 王军// 首都师范大学// 古代文学

334．王建宫词研究// 高敏// 罗秉武// 中南民族大学// 中国古代文学

335．李群玉及其诗歌研究// 王可端// 雷恩海// 兰州大学// 中国古代文学

336．刘商考论// 肖琴// 吴怀东// 安徽大学// 中国古代文学

337．张祜题咏诗研究// 高率// 陈道贵// 安徽大学// 中国古代

文学

338．晚唐五代莲荷诗的基本内蕴研究// 何旭冉// 胡遂// 湖南大学// 中国语言文学

339．中晚唐庶族与韩孟、苦吟诗派// 任雅芳// 王南// 首都师范大学// 文艺学

340．晚唐白体诗研究// 梁玉刚// 尹占华// 西北师范大学// 中国古代文学

341．中晚唐五代白居易诗歌接受研究// 邱美玲// 海滨// 新疆师范大学// 中国古代文学

342．白居易咏物诗研究// 刘园园// 陶新民、李霜琴// 安徽大学// 中国古代文学

343．白居易饮酒诗研究// 秦利英// 付兴林// 陕西理工学院// 中国古代文学

344．白居易女性诗研究// 李春芳// 付兴林// 陕西理工学院// 中国古代文学

345．白居易洛阳时期的"中隐"思想与诗歌创作研究// 姜树景// 傅绍良// 陕西师范大学// 中国古代文学

346．白居易诗歌物象运用研究// 周丽莉// 戴训超// 江西师范大学// 中国古代文学

347．白居易亲情诗研究// 宋喜娥// 胡遂// 湖南大学// 中国语言文学

348．白居易诗歌中的量词研究// 朱晓芳// 曾昭聪// 暨南大学// 汉语言文字学

349．《白氏长庆集》四分类法新探// 吴雨洁// 吴光兴// 中国社会科学院研究生院// 中国古代文学

350．元稹贬谪诗歌研究// 宁欣// 高建新// 内蒙古大学// 古代文学

351．元稹诗歌叙事性研究// 夏芳莉// 吴怀东// 安徽大学// 中国古代文学

352．刘禹锡诗序的美学思想初探// 毛清旭// 王树海// 吉林大学// 文艺学

353．分司文化视野下的刘禹锡东都诗歌研究// 刘怀辉// 程郁缀// 北京大学// 中国古代文学

354．刘禹锡夔州诗文研究// 余婷// 郑敬东// 重庆工商大学// 中国古代文学

355．柳宗元山水诗研究// 张永吉// 丁佐湘// 华东交通大学// 中国古代文学

356．柳宗元的佛教思想与其文学创作研究// 宋光明// 范军// 华侨大学// 中国语言文学

357．清人对韩愈诗歌的选评研究// 别美卉// 周延良// 天津师范大学// 中国古典文献学

358．清代韩愈诗歌注本研究// 张彦琳// 周延良// 天津师范大学// 中国古典文献学

359．韩愈讽喻诗研究// 李平// 陶新民// 安徽大学// 中国古代文学

360．《韩昌黎诗集编年笺注》研究// 李小雨// 冯乾// 南京大学// 古代文学

361．司马札及其诗歌研究// 刘姗姗// 吴怀东// 安徽大学// 中国古代文学

362．论薛涛诗歌的美学意蕴// 彭静// 李天道// 四川师范大学// 美学

363．吴融及其诗歌研究// 张淑玉// 吴明贤// 四川师范大学// 中国古代文学

364．唐代诗人施肩吾的生平与诗歌研究// 詹飘飘// 李亮伟// 宁波大学// 中国古代文学

365．李贺诗歌的"陌生化"特征// 田耘// 罗漫// 中南民族大学// 中国古代文学

366．杜牧诗文与幕府生活// 于伟// 赵睿才// 山东大学// 中国古代文学

367．杜牧诗歌异文研究// 韩应彬// 胡安顺// 陕西师范大学// 汉语言文字学

368．杜牧诗歌艺术风貌刍论// 董雪// 刘越峰// 沈阳师范大学// 中国古代文学

369．试论杜牧咏史诗与唐朝政治的关系// 伏铃子// 杜玉俭// 广州大学// 中国古代文学

370．李商隐政治诗浅谈// 苏筠// 周奇文// 东北师范大学// 古代

文学

371．海外李商隐研究——以无题诗为中心// 王鹏飞// 邵明珍// 华东师范大学// 中国古代文学

372．李商隐《无题》艺术研究// 冉雪芹// 刘明华// 西南大学// 中国古代文学

373．李商隐诗歌的隐喻研究// 郭娟// 秦海燕// 曲阜师范大学// 语言学及应用语言学

374．李商隐文学复古思想研究——以标榜齐梁为中心// 丁洁琼// 方丽萍// 青海师范大学// 中国古代文学

375．李商隐诗歌异文研究// 李偲佳// 张生汉// 河南大学// 汉语言文字学

376．方干诗用韵研究// 罗多贝// 于广元// 扬州大学// 汉语言文字学

377．马戴考论// 方奇// 戴建业// 华中师范大学// 中国古代文学

378．刘驾诗歌研究// 武丽俊// 李乃龙// 广西师范大学// 中国古代文学

379．《李端诗集》研究// 杨晴// 王太阁、徐正英// 郑州大学// 中国古典文献学

380．晚唐诗人李山甫研究// 康扎西// 房锐// 四川师范大学// 中国古代文学

381．李洞及其诗歌艺术研究// 杨贺// 潘百齐// 南京师范大学// 中国古代文学

382．黄滔诗歌校注// 周雪芹// 李芳民// 西北大学// 中国古典文献学

383．温庭筠诗歌意象论// 行丽丽// 曹丽芳// 辽宁师范大学// 中国古代文学

384．论唐末至后梁由北入蜀文人心态及其创作——以诗歌为中心// 高静// 马自力// 首都师范大学// 中国古代文学

385．《花间集》闺怨作品研究// 管明捷// 郭醒// 辽宁大学// 中国古代文学

386．《花间集》副词研究// 李涛// 钱宗武// 扬州大学// 汉语言文字学

387．花间词在晚唐五代的传播// 张学辉// 李建华// 宁波大学//

中国古代文学

388．孙光宪咏史词与边塞词研究// 王婧// 陈忻// 重庆师范大学// 中国古代文学

389．五代西蜀词人艺术追求的同与异// 余灵芳// 成松柳// 长沙理工大学// 中国古代文学

390．南唐文化与冯延巳词之新变研究// 马奔奔// 吴怀东// 安徽大学// 中国古代文学

391．冯延巳词的悲剧风格及其成因// 王璇// 曹志平// 曲阜师范大学// 中国古代文学

392．《浣溪沙》研究// 左晓婷// 曾智安// 河北师范大学// 中国古代文学

393．唐宋鸿雁词研究// 王梦玉// 邓红梅// 南京师范大学// 中国古代文学

394．唐宋《西江月》词研究// 徐倩// 曹辛华// 南京师范大学// 中国古代文学

395．唐宋竹枝词研究// 陈敏// 孟庆丽// 辽宁大学// 中国古代文学

396．唐宋《菩萨蛮》研究// 刘振乾// 莫道才// 广西师范大学// 中国古代文学

397．乐府《巫山高》系列诗歌的意象研究// 孙婷婷// 张采民// 南京师范大学// 中国古代文学

七、宋代诗歌

398．宋诗"兴发感动"的审美表现研究// 刘斌// 于永顺// 辽宁师范大学// 文艺学

399．宋代民间歌谣研究// 蔡金成// 党银平// 南京师范大学// 中国古代文学

400．宋人咏庐山诗词研究// 王楠// 王克平// 延边大学// 中国古代文学

401．宋代省试诗研究// 孙志轩// 罗莹// 沈阳师范大学// 中国古代文学

402．宋初"晚唐体"审美空间及诗人自由生命之构建// 周小燕//

孙琴安// 上海社会科学院// 古代文学

403．宋初三朝文人的结盟风气及诗史意义研究// 肖昌菊// 张再林// 广西师范学院// 中国古代文学

404．北宋诗序研究// 孙英// 杨理论// 西南大学// 中国古代文学

405．宋代苦吟诗论// 赵文洁// 郭鹏// 山西大学// 文艺学

406．宋代梦诗研究// 王鹿// 孙立尧// 南京大学// 中国古代文学

407．宋代禽言诗研究// 王福苓// 骆晓倩// 西南大学// 中国古代文学

408．宋代咏茶诗词的审美研究// 岳晓灿// 郭平// 南京师范大学// 文艺学

409．宋代文人的茶诗生活与交谊——以苏轼及同时代人为视点// 邓敏// 余悦// 南昌大学// 中国古代文学

410．宋代陶诗评论与宋诗平淡自然审美理想之构建// 王伟杰// 程相占// 山东大学// 文艺学

411．江苏非吴语区宋诗用韵研究// 林海丽// 徐朝东// 南京师范大学// 汉语言文字学

412．地域文化与洛阳钱幕文人集团唱和诗研究// 王书荣// 孙先英// 广西大学// 中国古代文学

413．宋代童趣诗研究// 李丹// 杨理论// 西南大学// 中国古代文学

414．宋代洗儿诗与示儿诗研究// 吴春秋// 王友胜// 湖南科技大学// 中国古代文学

415．宋诗话中"趣"范畴的研究// 杨秀平// 李应志// 西南大学// 美学

416．宋代闺阁女诗人及其诗作研究// 侯志敏// 高建新// 内蒙古大学// 中国古代文学

417．宋代女性爱国诗词研究// 魏肖肖// 史红伟// 河南大学// 中国古代文学

418．宋代茶诗三题// 何珊// 刘中文// 哈尔滨师范大学// 中国古代文学

419．《文苑英华》诗歌类目分类体系研究// 高娟// 陈冠明// 鲁东大学// 中国古代文学

420．北宋应制诗研究// 王楠// 张一平// 温州大学// 中国古

文学

421．北宋中期文人集会诗文研究// 章文明// 张再林// 广西师范学院// 中国古典文献学

422．徐铉唱和诗及其思想研究// 颜修// 陈忻// 重庆师范大学// 中国古代文学

423．李昉诗歌研究// 郭雪玲// 邹志勇// 辽宁师范大学// 中国古代文学

424．潘阆研究// 张伟// 邹志勇// 辽宁师范大学// 中国古代文学

425．宋白及其诗文研究// 王帅// 陈元锋// 山东师范大学// 中国古代文学

426．张咏及其诗歌研究// 王敏// 王勇// 山东师范大学// 中国古代文学

427．祖无择及其诗歌研究// 李艳芳// 徐安琪// 华中科技大学// 中国古代文学

428．从《诗本义》到《诗》本义——欧阳修"四义"说研究// 戚欣// 张奎志// 黑龙江大学// 文艺学

429．赵抃入蜀及蜀中诗歌创作研究// 彭清宜// 张海// 四川师范大学// 中国古典文献学

430．文彦博及其诗歌研究// 李海舰// 陈元锋// 山东师范大学// 中国古代文学

431．蔡襄诗歌研究// 李娜// 龙延// 鲁东大学// 中国古代文学

432．蔡襄诗歌与其书法创作之关系研究// 郭俐兵// 聂巧平、余意// 暨南大学// 中国古代文学

433．陶弼在广西的经历及其诗歌创作研究// 刘瑞// 梁德林// 广西师范学院// 中国古代文学

434．文同及其诗文研究// 马郁// 孙尚勇// 西北大学// 中国古代文学

435．司马光酬唱诗研究// 李双霜// 王建// 湖南师范大学// 中国古代文学

436．黄庶及其诗歌研究// 唐红艳// 吴晟// 广州大学// 中国古代文学

437．彭汝砺诗歌研究// 司志杰// 杨国安// 河南大学// 中国古代文学

438．韦骧及其诗歌研究// 张鹤// 阎福玲// 河北师范大学// 中国古代文学

439．刘攽诗歌研究// 王继敏// 巩本栋// 南京大学// 中国古代文学

440．黄庭坚题画诗研究// 李广艳// 肖庆伟// 漳州师范学院// 中国古代文学

441．黄庭坚戏题诗研究// 徐煜辉// 陶新民、李霜琴// 安徽大学// 中国古代文学

442．黄庭坚贬谪巴蜀时期诗词研究// 肖艳华// 薛新力// 重庆工商大学// 中国古代文学

443．黄庭坚学陶诗研究// 李瑞// 陈元锋// 山东师范大学// 中国古代文学

444．《山谷诗集》三家注研究// 郑剑丽// 吴晟// 广州大学// 中国古典文献学

445．北宋无为杨杰诗文研究// 刘长根// 李寅生// 广西大学// 中国古代文学

446．北宋徽宗朝唐庚诗歌研究// 刘丽丹// 杨国安// 河南大学// 中国古代文学

447．南宋六言诗研究// 张瑞芳// 庆振轩// 兰州大学// 中国古代文学

448．《全宋诗》南宋江西诗人用韵研究// 章江艳// 李军// 南昌大学// 汉语言文字学

449．南宋诗人苏泂研究// 赵明// 许结// 南京大学// 中国古代文学

450．“岭南探花”李昴英诗词研究// 刘银春// 曾大兴// 广州大学// 中国古代文学

451．白玉蟾道教诗词研究// 赵娟// 黄杰// 浙江大学// 中国古代文学

452．叶适诗文研究// 彭静岑// 钟振振// 南京师范大学// 中国古代文学

453．林光朝及《艾轩集》研究// 李梦// 孙先英// 广西大学// 中国古代文学

454．薛季宣研究// 周琦// 程杰// 南京师范大学// 中国古代文学

455．张耒乐府诗述论// 李朋// 刘天利// 辽宁师范大学// 中国古代文学

456．邹浩诗歌研究// 谷学颖// 梁德林// 广西师范学院// 中国古代文学

457．陈渊诗歌及思想研究// 吴倩// 史红伟// 河南大学// 中国古代文学

458．诗僧惠洪诗歌创作研究// 范昕// 杨国安// 河南大学// 中国古代文学

459．葛胜仲及其《丹阳集》研究// 柳絮// 李静// 吉林大学// 中国古代文学

460．许景衡及其诗歌研究// 乔庆刚// 阎福玲// 河北师范大学// 中国古代文学

461．郑刚中及其诗歌研究// 秦丹丹// 汤江浩// 华中师范大学// 中国古代文学

462．靖康之变与吕本中诗歌新变// 焦群// 吴怀东// 安徽大学// 中国古代文学

463．论曾几的诗歌// 赵薇// 陈忻// 重庆师范大学// 中国古代文学

464．南宋中兴三大诗人的梦诗研究// 路薇// 张文利// 西北大学// 中国古代文学

465．论陆游乡居诗中的"太平气象"// 管舒// 胡传志、叶帮义// 安徽师范大学// 中国古代文学

466．探赜索隐，探骊得珠——陆游论诗研究// 田多瑞// 庆振轩// 兰州大学// 中国古代文学

467．陆游论书诗探论// 马志华// 庆振轩// 兰州大学// 中国古代文学

468．陆游诗词梦意象的美学研究// 卢玮玮// 胡家祥// 中南民族大学// 文艺学

469．陆游诗歌意象研究——以"月"、"雁"、"雪"、"灯烛"为中心// 张啊咪// 欧明俊// 福建师范大学// 中国古代文学

470．宦游如梦记平生——杨万里的宦游生涯与诗歌写作// 岳娜// 张鸣// 北京大学// 古代文学

471．杨万里咏物诗研究// 李娜// 阎福玲// 河北师范大学// 中国

古代文学

472. 朱熹组诗研究// 曾清燕// 欧明俊// 福建师范大学// 中国古代文学

473. 朱熹咏梅诗词的研究// 马玉红// 李宝龙// 延边大学// 中国古代文学

474. 陈傅良与吕祖谦诗歌比较研究// 李美慧// 沈如泉// 西南交通大学// 中国古代文学

475. 文谠王俦韩诗注释研究// 杜学林// 郝润华// 西北师范大学// 中国古典文献学

476. 薛师石研究// 刘丽芳// 张来璞// 曲阜师范大学// 中国古代文学

477. 永嘉四灵的诗歌与禅宗// 王洪漪// 龙延// 鲁东大学// 中国古代文学

478. 陈傅良诗歌研究// 穆延柯// 闫华// 暨南大学// 中国古代文学

479. 西麓诗研究// 张敏// 李康// 哈尔滨师范大学// 中国古代文学

480. 从闲情逸致到亡国之音——简论宋词题材的几次重大变化// 谢诚// 孙琴安// 上海社会科学院// 中国古代文学

481. 宋词四十二字及以下小令词律研究// 陈玉// 王兆鹏// 山东师范大学// 汉语言文字学

482. 《全宋词》四十三字至四十六字小令词谱研究// 翟丽丽// 王兆鹏// 山东师范大学// 汉语言文字学

483. 《全宋词》五十至五十五字小令词谱研究// 玄婷婷// 王兆鹏// 山东师范大学// 汉语言文字学

484. 宋词五十六字以上小令词律研究// 周雷// 王兆鹏// 山东师范大学// 汉语言文字学

485. 宋代寒食词研究// 关君怡// 孟庆丽// 辽宁大学// 中国古代文学

486. 《全宋词》中的舞词研究// 尹航// 李勤印// 首都师范大学// 中国古代文学

487. 《全宋词》中的乐舞词研究// 刘艳超// 王祥// 沈阳师范大学// 中国古代文学

488．宋代帖子词研究// 徐利// 李霜琴、陶新民// 安徽大学// 中国古代文学

489．两宋黩括词研究// 李颖// 刘焕阳// 鲁东大学// 中国古代文学

490．宋代元宵词研究// 林晶晶// 王德明// 广西师范大学// 中国古代文学

491．宋代端午帖子词研究// 张多姣// 郭建勋// 湖南大学// 中国语言文学

492．宋代山水田园词研究// 张培// 王建平// 河南大学// 中国古代文学

493．宋人选闽词研究// 郭如贞// 肖庆伟// 漳州师范学院// 中国古代文学

494．宋代季节词的情感世界// 肖迪// 王克平// 延边大学// 中国古代文学

495．宋代咏茶词研究——以咏茶词中所蕴涵的情感为中心// 吴启桐// 王克平// 延边大学// 中国古代文学

496．宋词柳絮意象研究// 李妍// 孟庆丽// 辽宁大学// 中国古代文学

497．宋词帘意象研究// 邓龙飞// 范军// 华侨大学// 中国语言文学

498．宋代游仙词研究// 秦永红// 张震英// 湖北大学// 中国古代文学

499．宋代女词人常见意象分析// 彭艳芳// 刘锋焘// 陕西师范大学// 中国古代文学

500．北宋词本事研究// 项鸿强// 曾志华// 陕西师范大学// 中国古代文学

501．北宋词本事研究// 郝青// 江合友// 河北师范大学// 中国古代文学

502．北宋豪放词的发展流变研究// 杨阳// 郭艳华// 北方民族大学// 中国古代文学

503．北宋"正人艳词"研究// 林倩帆// 阳静// 广西大学// 中国古代文学

504．宋朝女性词作中的民俗// 肖云姣// 邹然// 江西师范大学//

中国古典文献学

505．宋南渡时期唱和词研究// 王琼// 童向飞// 湖北大学// 中国古代文学

506．论南宋咏物词的审美范式// 晏婷// 刘锋焘// 陕西师范大学// 中国古代文学

507．南宋咏史怀古词主题研究// 荆帅帅// 刘锋焘// 陕西师范大学// 中国古代文学

508．南宋贬谪词研究// 李杰// 庆振轩// 兰州大学// 中国古代文学

509．柳永与张先：北宋慢词的开疆与精构// 苏丹桂// 许总// 华侨大学// 中国语言文学

510．唐宋变革下的"骫骳从俗"——以柳永为研究中心// 张博// 卢永璘// 北京大学// 文艺学

511．北宋张先考辨// 罗刚// 陈忻// 重庆师范大学// 中国古典文献学

512．张先词探究——兼论张先的词史地位// 朱敏// 李冬红// 曲阜师范大学// 中国古代文学

513．二晏词比较研究// 杜晓燕// 李子广// 内蒙古师范大学// 中国古代文学

514．从苏轼辞赋创作看其文艺思想// 赵毅// 冷卫国// 中国海洋大学// 中国古代文学

515．从苏轼词中的酒、月、水意象看苏轼的人品追求// 刘艳飞// 高凯征// 辽宁大学// 文艺学

516．苏轼杂体词研究// 夏小凤// 王德明// 广西师范大学// 中国古代文学

517．苏轼登高词研究// 梁淑婷// 刘怀荣// 青岛大学// 中国古代文学

518．苏轼陆游咏梅诗词比较// 邓海燕// 张文利// 西北大学// 中国古代文学

519．禅宗与苏轼诗词创作研究// 尹欣欣// 李锐// 陕西理工学院// 中国古代文学

520．晏几道、秦观词的比较研究// 高莹// 周奇文// 长春师范学院// 中国古代文学

219

521．清代对秦观词的接受研究——以云间词派、常州词派为例//王玉娟//曹志平//曲阜师范大学//中国古代文学

522．舒亶及其词作研究//赵淑英//李勤印//首都师范大学//中国古代文学

523．秦观与周邦彦恋情词比较研究//汪鑫//杨有山//信阳师范学院//中国古代文学

524．贺铸《东山词》的艺术独特性//罗乔赟//戴训超//江西师范大学//中国古代文学

525．贺铸诗词互见研究//王余方//曾志华//陕西师范大学//中国古代文学

526．苕溪词研究//马天骄//刘航//首都师范大学//中国古代文学

527．赵彦端《介庵词》研究//刘少文//李康//哈尔滨师范大学//中国古代文学

528．蔡伸及其词研究//何抗//张幼良//苏州大学//中国古代文学

529．蔡伸《友古词》研究//赵婷婷//李康//哈尔滨师范大学//中国古代文学

530．希真词意象论//韩小兵//刘锋焘//陕西师范大学//中国古代文学

531．洪皓使金及其诗歌创作//朱士萍//李成//辽宁师范大学//中国古代文学

532．萧观音与李清照诗词比较//张春梅//王星汉//新疆师范大学//中国古代文学

533．李煜与李清照词作中的艺术世界//刘姝麟//高小和//云南大学//中国古代文学

534．清代李清照研究//邹帆//周德美//湖北大学//历史文献学

535．李清照词中的美学意蕴//甘少迎//吴家荣//安徽大学//美学

536．李清照词的接受史研究//黄玫菱//聂安福//复旦大学//中国古代文学

537．王重阳诗词研究//陶秀真//龙延//鲁东大学//中国古代文学

538．陈简斋诗歌研究// 徐立// 巩本栋// 南京大学// 中国古代文学

539．张元干词研究// 王玞玥// 周奇文// 长春师范学院// 中国古代文学

540．范成大《石湖词》研究// 向红霞// 吴明贤// 四川师范大学// 中国古代文学

541．牟巘《陵阳集》研究// 陈彦池// 曾抗美// 华东师范大学// 中国古代文学

542．《玉楮诗稿》校注// 孙园园// 李寅生// 广西大学// 中国古典文献学

543．后村词意象论// 梁婷婷// 刘锋焘// 陕西师范大学// 中国古代文学

544．沈瀛其人其词研究// 熊媛媛// 刘航// 首都师范大学// 古代文学

545．论辛弃疾前期词创作// 汪洋// 王海燕// 青岛大学// 中国古代文学

546．辛弃疾谐谑词研究// 徐晶// 胡耀震// 江西师范大学// 中国古代文学

547．稼轩词用典研究// 张宇// 李静// 吉林大学// 中国古代文学

548．贺铸、辛弃疾侠士词比较研究// 唐可// 杨雨// 中南大学// 中国古代文学

549．论宋金背景之下的元好问词与辛弃疾词// 刘玉华// 牛贵琥// 山西大学// 中国古代文学

550．姜夔、史达祖词风比较// 晏慧// 刘锋焘// 陕西师范大学// 中国古代文学

551．刘过与刘辰翁词比较研究// 王大鹏// 叶新源// 赣南师范学院// 中国古代文学

552．吴潜词比较谈// 丛何// 胡元翎// 黑龙江大学// 中国古代文学

553．吴潜词编年研究// 刘宏辉// 聂安福// 复旦大学// 古代文学

554．吴潜词研究// 庞春妍// 李康// 哈尔滨师范大学// 中国古代文学

555．赵汝鐩诗歌研究// 司亚萍// 阳静// 广西大学// 中国古代

文学

556．周密《绝妙好词》研究// 李萌// 雷恩海// 西北师范大学// 中国古代文学

557．周密词研究// 杨永萍// 王星汉// 新疆师范大学// 中国古代文学

558．南宋王炎诗词研究// 贺莹// 钟振振// 南京师范大学// 中国古代文学

559．张炎词云意象研究// 伍艳// 刘锋焘// 陕西师范大学// 中国古代文学

560．王沂孙词审美研究// 何秋平// 张文涛// 四川师范大学// 美学

561．清代王沂孙词接受史// 陈术// 罗秉武// 中南民族大学// 中国古代文学

八、金元诗歌

562．论《遗山乐府》的艺术风格// 牛敏洁// 王安庭// 山西师范大学// 中国古代文学

563．遗山"丧乱诗词"比较论// 侯芳宇// 王昊// 吉林大学// 中国古代文学

564．论元好问容受稼轩词的特征// 李姣// 王昊// 吉林大学// 中国古代文学

565．元好问在金元易代时期的诗歌创作及影响// 辛昕// 李成// 辽宁师范大学// 中国古代文学

566．元好问南渡与其文学观念之形成研究// 乔晓瑜// 牛贵琥// 山西大学// 中国古代文学

567．张雨诗歌研究// 陈玉平// 张廷兴// 广西大学// 中国古代文学

568．《元诗别裁集》研究// 段厚永// 张三夕// 华中师范大学// 中国古代文学

569．元四家题画诗研究// 陈玉慧// 刘永良// 浙江师范大学// 中国古代文学

570．元人刘因研究// 沈莹// 李道和、曾莹// 云南大学// 中国古

代文学

571. 贡师泰诗歌研究// 岳峰// 柳宏// 扬州大学// 中国古代文学

572. 贝琼诗集校注// 李娇// 吕斌// 湘潭大学// 中国古典文献学

573. 《江湖风月集》研究// 张聪// 金程宇// 南京大学// 中国古代文学

574. 论关汉卿散曲的"蛤蜊"风味// 李平// 黄季鸿// 东北师范大学// 中国古代文学

575. 贯云石散曲研究// 姬茜// 霍现俊// 河北师范大学// 中国古代文学

576. 词曲异同论——以同曲牌的散曲与宋词作品为例// 师歌// 张燕瑾// 首都师范大学// 古代文学

577. 曾瑞散曲研究// 李健中// 高益荣// 陕西师范大学// 中国古代文学

578. 冯子振隐逸散曲研究// 马爱萍// 胡颖// 兰州大学// 中国古代文学

579. 王九思及其杂剧、散曲创作研究// 高瑞玲// 吕文丽// 山西师范大学// 戏剧戏曲学

580. 全真七子词在宋金俗词流变中的作用// 邵琰泽// 左洪涛// 宁波大学// 中国古代文学

581. 元末明初色目诗人丁鹤年及其诗歌创作研究// 郭兰英// 多洛肯// 西北民族大学// 中国少数民族语言文学

582. 丁鹤年及其诗歌研究// 魏丽// 张兵// 西北师范大学// 中国古代文学

583. 回族民歌研究// 李青// 高峰// 南京师范大学// 中国古代文学

九、明代诗歌

584. 台阁体之美颂研究// 孙燕娜// 严明// 上海师范大学// 中国古代文学

585. 明初江西文人的台阁文学创作研究// 熊娜娜// 涂秀虹// 福建师范大学// 中国古代文学

586. 明代诗社与文人心态研究// 张娴// 何宗美// 西南大学// 中

223

国古代文学

587. 歌谣与明代社会// 何理// 侯虎虎// 延安大学// 中国古代史

588. 明代茶诗与明代文人的精神生活// 林玉洁// 白寅// 中南大学// 中国古代文学

589. 明代诗人陈献章诗歌用韵研究// 李花波// 陈建初// 湖南师范大学// 汉语言文字学（专业学位）

590. 解缙文学研究// 黄迎霞// 韩晓// 湖北大学// 中国古代文学

591. 明中叶四明诗人张琦生平与诗文创作研究// 王都// 周明初// 浙江大学// 中国古代文学

592. 李开先诗文与戏曲创作关系研究// 张冠男// 苏涵// 集美大学// 中国古代文学

593. 沈周诗歌研究// 吉增芳// 李永贤// 河南师范大学// 中国古代文学

594. 陈眉公诗歌研究// 杨晓芳// 李永贤// 河南师范大学// 中国古代文学

595. 陈沂诗文研究// 王卫杰// 史小军// 暨南大学// 元明清文学

596. 王廷相及其诗歌研究// 戴园园// 孙海洋// 湖南大学// 中国古代文学

597. 何孟春诗文研究// 王娜// 史小军// 暨南大学// 中国古代文学

598. 陆深诗文研究// 韩扣兄// 李时人// 上海师范大学// 中国古代文学

599. 何景明诗文研究// 吕艳萍// 魏青// 山东师范大学// 中国古代文学

600. 杨慎谪滇词研究// 彭新有// 彭国忠// 华东师范大学// 中国古代文学

601. 张含与杨慎之交游及唱酬研究// 李宇舟// 冯良方// 云南大学// 中国古代文学

602. 孙蕡研究// 李甜// 李时人// 上海师范大学// 中国古代文学

603. 江盈科诗歌研究// 欧阳春勇// 张维// 广西大学// 中国古代文学

604. 公安派北京时期（公元1598—1600年）研究// 韦珮华// 黄毅// 复旦大学// 中国古代文学

605. 方以智诗歌研究// 吴运兴// 马大勇// 吉林大学// 古代文学

606. 龚鼎孳诗歌研究// 唐攀// 张永刚// 广西民族大学// 中国古代文学

607.《密庵诗稿》校注// 和泽杰// 张维// 广西大学// 中国古典文献学

608. 万寿祺及其诗文研究// 李澄琦// 李忠明// 南京师范大学// 中国古代文学

609. 朱鹤龄诗歌研究// 王建涛// 阙真// 广西师范大学// 中国古代文学

610. 方维仪及其诗歌研究// 何翠薇// 方锡球// 安庆师范学院// 中国古代文学

611. 顾炎武赠答诗研究// 解玉// 孟庆丽// 辽宁大学// 中国古代文学

612. 顾炎武咏史诗研究// 李婵// 赵望秦// 陕西师范大学// 中国古代文学

613. 陈确诗歌研究// 冯琳芝// 贝京// 湖南师范大学// 中国古代文学

614. 明清之际南浔董氏家族诗风嬗变研究// 王雪霞// 楼含松// 浙江大学// 中国古代文学

615. 戴冠及其《戴氏集》研究// 李晓军// 郝润华// 西北师范大学// 中国古典文献学

616. 谢肇淛的诗歌理论研究// 刘巧娜// 罗爱华// 湖南大学// 中国语言文学

617. 明代词人地域分布研究// 孟瑶// 张仲谋// 江苏师范大学// 中国古代文学

618. 瞿佑词研究// 祖秋阳// 张维// 广西大学// 中国古代文学

619. 论吴梅村的词史意识及其表现// 陈泠西// 王于飞// 重庆师范大学// 中国古代文学

620. 梅村"诗史"：作品与观念// 李勇岚// 刘炜、冯良方// 云南大学// 中国古代文学

621. 傅山诗歌研究// 李洁// 郭万金// 山西大学// 中国古代文学

622. 王夫之咏物词研究// 李友辉// 杨胜宽// 四川师范大学// 中国古代文学

623．李曾伯词研究// 孔凡娜// 王勇// 山东师范大学// 中国古代文学

624．明末清初关中代表诗人用韵研究// 崔静// 刘晓南// 南京大学// 汉语言文字学

625．明代艳歌研究// 冯卫沙// 刘勇刚// 辽宁师范大学// 中国古代文学

626．从《挂枝儿》、《山歌》看明代民歌与散曲的关系// 王宇明// 陈书录// 南京师范大学// 中国古代文学

627．明代浙江作家南曲用韵考// 尤寅灵// 马重奇// 福建师范大学// 汉语言文字学

十、清代诗歌

628．清初遗民叙事诗研究// 洪茂宁// 陈玉兰// 浙江师范大学// 中国古代文学

629．清代千山诗歌研究// 矫彩霞// 郭醒// 辽宁大学// 中国古代文学

630．清初女性诗歌嬗变研究// 吴琳// 朱则杰// 浙江大学// 中国古代文学

631．岭南三大家诗歌研究// 张承天// 刘永良// 浙江师范大学// 中国古代文学

632．徐枋及其诗文研究// 罗世杰// 张兵// 西北师范大学// 中国古代文学

633．袁枚咏史怀古诗研究// 贾君// 赵望秦// 陕西师范大学// 中国古代文学

634．才子苍梧怨——董元恺及其《苍梧词》研究// 倪良菊// 邓红梅// 南京师范大学// 中国古代文学

635．董元恺《苍梧词》的文化解读// 李娟// 胥洪泉// 西南大学// 中国古代文学

636．家与诗：略论清代中叶江南女性诗人的家庭角色与诗歌教养——以《江南女性别集》为例// 褚友翠// 胡晓明// 华东师范大学// 中国古代文学

637．李因诗歌考察// 杨玉菡// 莫立民// 湘潭大学// 中国古代

文学

638．陈之遴诗词研究// 周玉琴// 柳海松// 辽宁大学// 中国古代文学

639．清初山左诗人王苹诗歌研究// 于琮// 王小舒// 山东大学// 中国古代文学

640．清初诗人徐釚研究// 陈慧丽// 罗时进// 苏州大学// 中国古代文学

641．清《国朝杭郡诗辑》研究// 杨帆// 彭万隆// 浙江工业大学// 中国古代文学

642．顺康之际梁溪顾氏词人群体研究// 唐何花// 邓乔彬// 暨南大学// 中国古代文学

643．黄生诗歌研究// 唐芳明// 魏世民// 安徽大学// 中国古代文学

644．范承谟生平及诗歌研究// 于美静// 柳海松// 辽宁大学// 中国古典文献学

645．红梨社研究// 黄建林// 罗时进// 苏州大学// 中国古代文学

646．清代常州钱氏家族诗歌研究// 朱平// 罗时进// 苏州大学// 中国古代文学

647．顾太清及其唱和诗词研究// 安明宏// 刘新文// 漳州师范学院// 中国古代文学

648．张埙年谱// 李伟// 赵兴勤// 江苏师范大学// 中国古代文学

649．担当诗论和诗歌研究// 傅晶// 陈友康// 云南民族大学// 中国古代文学

650．蒲松龄诗歌研究// 时小珍// 李萃茂// 赣南师范学院// 中国古代文学

651．裘琏研究// 毋丹// 汪超红// 浙江大学// 中国古代文学

652．郑板桥诗歌意象研究// 苏东泽// 王克平// 延边大学// 中国古代文学

653．汪中诗歌研究// 王亚茹// 颜建华// 长沙理工大学// 中国古代文学

654．吴骞文学研究// 刘敏// 孙敏强// 浙江大学// 中国古代文学

655．王式丹诗歌研究// 王昆仑// 马卫中// 苏州大学// 中国古代文学

656．顾嗣立诗歌研究// 周翠萍// 马卫中// 苏州大学// 中国古代文学

657．清代布衣诗人李果研究// 单海萍// 孙力平// 浙江工业大学// 中国古代文学

658．康雍乾三朝热河诗歌研究// 王丽娜// 阎福玲// 河北师范大学// 中国古代文学

659．朱筠幕府中的诗歌创作活动研究// 姜良萍// 沙先一// 江苏师范大学// 中国古代文学

660．秀出天南笔一支——朱膺的诗歌研究// 马萌// 段炳昌// 云南大学// 中国古代文学

661．曹寅诗歌研究// 杨程// 于景祥// 辽宁大学// 中国古代文学

662．朱卉及其七言诗研究// 李亮亮// 诸伟奇// 安徽大学// 中国古代文学

663．杭世骏诗歌研究// 杨成靖// 马珏玶// 南京师范大学// 中国古代文学

664．爱新觉罗·岳端及其诗歌研究// 杨晓涵// 石玲// 山东师范大学// 中国古代文学

665．纪昀诗歌专题研究// 周燕// 江合友// 河北师范大学// 中国古代文学

666．胡天游诗歌研究// 梁辉// 颜建华// 长沙理工大学// 中国古代文学

667．《天瘦阁诗半》"士不遇"主题研究// 梅艺// 康清莲// 重庆工商大学// 中国古代文学

668．彭兆荪诗歌研究// 黄伟// 马珏玶// 南京师范大学// 中国古代文学

669．法式善及其诗歌研究// 王娟娟// 张兵// 西北师范大学// 中国古代文学

670．萨玉衡诗歌研究// 翟倩倩// 陈庆元// 福建师范大学// 中国古代文学

671．孙原湘文学研究// 杨晓秀// 石玲// 山东师范大学// 中国古代文学

672．张问陶诗歌研究// 马月珍// 颜建华// 长沙理工大学// 中国古代文学

673. 朱休度研究// 王利民// 赣南师范学院// 中国古代文学

674. 孔昭虔文学创作研究// 杨春// 石玲// 山东师范大学// 中国古代文学

675. 邓显鹤《南村草堂诗钞》研究// 许华贤// 杜海军// 广西师范大学// 中国古代文学

676. 陈文述诗歌与乾嘉女性// 魏巍// 杜桂萍// 黑龙江大学// 中国古代文学

677. 张作楠诗文集整理研究// 高朝富// 陈年福// 浙江师范大学// 中国古典文献学

678. 龚自珍运河诗文研究// 董立// 张强、曹书杰// 东北师范大学// 中国古代文学

679. 清代回族学者蒋湘南及其诗文研究// 李超// 多洛肯// 西北民族大学// 中国少数民族语言文学

680. 赵熙巴渝诗歌研究// 秦思// 薛新力// 重庆工商大学// 中国古代文学

681. 黄任诗歌研究// 李剑// 马珏玶// 南京师范大学// 中国古代文学

682. 道咸以降题红诗研究// 寇春华// 王人恩// 集美大学// 中国古代文学

683. 张荫桓诗文研究// 周陈希// 王进驹// 暨南大学// 中国古代文学

684. 翁同龢诗歌研究// 王倩// 赵雨// 吉林大学// 中国古代文学

685. 清代"词史"概念的演变与辨析// 孙敏慎// 刘雨// 东北师范大学// 文艺学

686. 清初词小序研究// 祁晏如// 沙先一// 江苏师范大学// 中国古代文学

687. 《全清词》（顺康卷）咏剧词研究// 许传霞// 杜桂萍// 黑龙江大学// 中国古代文学

688. 咏剧诗歌若干问题研究// 常鹏飞// 胡颖// 兰州大学// 中国古代文学

689. 顺康之际广陵词坛扬州词研究// 刘赛男// 米彦青// 内蒙古大学// 中国古代文学

690. 曹亮武词研究// 张琛// 胥洪泉// 西南大学// 中国古代文学

691. 梁清标及其词研究// 何丽娟// 胥洪泉// 西南大学// 中国古代文学

692. 尤侗《百末词》研究// 高赵宏// 梅向东// 安庆师范学院// 中国古代文学

693. 纳兰性德词的颜色词语研究// 庞祖雪// 赵学清// 陕西师范大学// 语言学及应用语言学

694. 《纳兰词》名词研究// 杨智娟// 管锡华// 四川师范大学// 汉语言文字学

695. 纳兰词反映的南方文化心理及其成因研究// 李倩// 李睿// 安徽大学// 中国古代文学

696. 董儒龙词研究// 刘晓芳// 胥洪泉// 西南大学// 中国古代文学

697. 熊琏词研究// 高新// 张廷兴// 广西大学// 中国古代文学

698. 张惠言词的学者化倾向研究// 黄漪// 阙真// 广西师范大学// 中国古代文学

699. 黄日纪研究// 朱思凡// 陈庆元// 福建师范大学// 中国古典文献学

700. 史承谦《小眠斋词》研究// 洪婷// 魏远征// 安庆师范学院// 中国古代文学

701. 清代词人叶申芗研究// 李国龙// 邓红梅// 南京师范大学// 中国古代文学

702. 周之琦词研究// 陈小燕// 朱惠国// 华东师范大学// 古代文学

703. 周之琦词选研究// 宋毅// 沙先一// 江苏师范大学// 中国古代文学

704. 《忆云词》笺注// 赵保胜// 力之// 广西师范大学// 中国古典文献学

705. 清代词人顾翰及其词研究// 周娟// 邓红梅// 南京师范大学// 中国古代文学

706. 龚自珍词研究// 李花宇// 宋巍// 渤海大学// 中国古代文学

707. 论清代湖湘散曲// 邓庆华// 王毅// 湖南师范大学// 中国古代文学

708. 《聊斋俚曲集》韵部研究// 郑淑招// 都兴宙// 宁波大学

汉语言文字学

十一、近代诗歌

709．李慈铭诗歌研究// 阳柳// 刘再华// 湖南大学// 中国古代文学

710．一拳打破古来今——论吴昌硕题画诗// 傅欢// 段晓华// 南昌大学// 中国古代文学

711．江山才人笔，家国逐客心——文廷式诗歌研究// 张燕// 吴中胜// 赣南师范学院// 中国古代文学

712．吕碧城诗文研究// 关建琴// 龚喜平// 西北师范大学// 中国古代文学

713．李瑞清及其诗歌浅论// 赖文婷// 段晓华// 南昌大学// 中国古代文学

714．莫友芝诗歌研究// 孟晓晓// 杨宝林// 沈阳师范大学// 中国古代文学

715．莫友芝诗歌的酸涩诗风// 夏丽娟// 李剑波// 湘潭大学// 中国古代文学

716．近代宋诗派诗人杨增荦诗歌研究// 张发奋// 魏中林// 暨南大学// 明清文学

717．华焯《持庵诗》研究// 肖伟// 胡迎建// 华东交通大学// 古代文学

718．散原诗意象与语言艺术研究// 李晓田// 郭浩帆// 济南大学// 中国古代文学

719．清末民初文学期刊中的"杂歌诗"研究// 裴颖// 汤哲声// 苏州大学// 中国现当代文学

720．上海都市文化与洋场竹枝词研究// 王菁// 孙逊// 上海师范大学// 中国古代文学

721．"词心""词史"与蒋春霖词// 戴倩// 梅向东// 安庆师范学院// 中国古代文学

722．晚清民国词人徐乃昌研究// 刘岳磊// 曹辛华// 南京师范大学// 中国古代文学

723．《庚子秋词》研究// 陈尤欣// 马大勇// 吉林大学// 中国古

代文学

724．民国词人廖恩焘词研究// 齐芳// 冯乾// 南京大学// 古代文学

725．民国女词人丁宁及其《还轩词》// 陈硕// 李剑亮// 浙江工业大学// 中国古代文学

十二、诗歌理论

726．两汉经学视野下的《诗》论// 叶铸漩// 左克厚// 青海师范大学// 中国古代文学

727．南宋四明地区的《诗经》学研究// 娄璐琦// 南志刚// 宁波大学// 中国古代文学

728．两汉至宋代"赋"论研究——以《诗》六义之"赋"为中心// 朱林霞// 蓝旭// 中央民族大学// 中国古代文学

729．郑玄诗学研究// 周信敏// 赵辉// 中南民族大学// 中国古代文学

730．西汉赋与《诗》学传统// 肖赛璐// 王长华// 河北师范大学// 中国古代文学

731．《经典释文·毛诗音义》异文研究// 付莹// 窦秀艳// 青岛大学// 汉语言文字学

732．《毛诗正义》诗学观研究// 马连菊// 陈向春// 东北师范大学// 中国古代文学

733．"诗言志"到"诗缘情"的嬗变研究// 王明蔚// 左克厚// 青海师范大学// 中国古代文学

734．吴闿生《诗义会通》研究// 龙小兰// 刘松来// 江西师范大学// 中国古代文学

735．黄节汉魏六朝诗学研究// 石延平// 冯乾// 南京大学// 古代文学

736．陶渊明人格、诗文风格与批评研究// 高巍// 阮忠// 海南师范大学// 文艺学

737．文气说理论研究// 杨琪// 左克厚// 青海师范大学// 中国古代文学

738．论"味"// 刘元// 左克厚// 青海师范大学// 中国古代文学

739．试论刘勰"味"的美学思想// 郭敏艳// 张连武// 河北师范大学// 文艺学

740．刘勰"情"论探微// 石静// 张连武// 河北师范大学// 文艺学

741．唐宋钟嵘《诗品》接受研究// 王秀霞// 张进// 陕西师范大学// 文艺学

742．钟嵘《诗品》谢朓条疏证// 谭笑// 陈允锋// 中央民族大学// 中国古代文学

743．《诗品》诗"怨"理论研究// 翟晓娟// 徐柏青// 湖北师范学院// 文艺学

744．《诗品》与《文镜秘府论》之诗学比较研究// 张帅// 孙德彪// 延边大学// 中国古代文学

745．现象学视野下的《二十四诗品》研究// 李亮// 李锐// 陕西理工学院// 中国古代文学

746．诗话重构　初唐新语——宇文所安的初唐诗观价值论析// 刘梅芳// 邓新华// 三峡大学// 文艺学

747．异域之眼——论宇文所安的唐诗研究// 尹青青// 刘成国// 浙江工业大学// 中国古代文学

748．浦起龙《读杜心解》阐释学研究// 张康// 张奎志// 黑龙江大学// 文艺学

749．金圣叹《杜诗解》研究// 沈妤// 欧阳江琳// 江西师范大学// 中国古代文学

750．"不平则鸣"说统摄下的韩愈诗论// 王讯飞// 王南// 首都师范大学// 文艺学

751．晚唐五代诗格与中国诗学的再度自觉// 王珍// 郭鹏// 山西大学// 文艺学

752．宋代诗味说研究// 张旭// 连秀丽// 哈尔滨师范大学// 文艺学

753．宋诗话中"趣"范畴的研究// 杨秀平// 李应志// 西南大学// 美学

754．从《诗本义》到《诗》本义——欧阳修"四义"说研究// 戚欣// 张奎志// 黑龙江大学// 文艺学

755．黄庭坚诗学理论研究// 侯春晖// 王则远// 齐齐哈尔大学//

文艺学

756．赵令畤《侯鲭录》诗学思想研究// 李丹// 张海沙// 暨南大学// 中国古代文学

757．论吕本中"活法""悟入"说// 魏素芬// 徐可超// 辽宁大学// 文艺学

758．《后山诗话》研究// 王翠翠// 郭醒// 辽宁大学// 中国古代文学

759．《竹坡诗话》研究// 张雅婷// 陈向春// 东北师范大学// 中国古代文学

760．论《沧浪诗话》的诗悟理论// 王文琪// 王凯// 青岛大学// 中国古代文学

761．严羽对前后七子诗学观的影响// 侯雪岩// 崔海峰// 辽宁大学// 文艺学

762．严羽诗学思想的成熟和影响扩大// 高菲// 俞士玲// 南京大学// 中国古代文学

763．朱熹《诗集传》义理研究// 张元野// 田汉云// 扬州大学// 古代文学

764．吕祖谦《吕氏家塾读诗记》初探——从朱熹《序》谈起// 李伟// 汤君// 四川师范大学// 中国古典文献学

765．马端临《文献通考·诗》研究// 胡正艳// 谢明仁// 广西大学// 中国古代文学

766．柳贯文学思想研究// 刘丹丹// 高洪岩// 沈阳师范大学// 中国古代文学

767．论张戒的唐诗观// 陈莉静// 许总// 华侨大学// 中国语言文学

768．明诗话"趣味"研究// 朱以竹// 寇鹏程// 西南大学// 美学

769．明代中期诗话与朝鲜朝前期诗话关联研究// 陈沫// 孙德彪// 延边大学// 中国古代文学

770．论高棅的唐诗观// 张海敬// 许总// 华侨大学// 中国语言文学

771．李东阳诗学思想研究// 张英// 程相占// 山东大学// 文艺学

772．李东阳格调诗论// 盛莎// 胡光波// 湖北师范学院// 文艺学

773．谢榛诗法论研究// 李伟// 方锡球// 安庆师范学院// 中国古

代文学

774. 明清李攀龙批评研究// 龚兰兰// 黄仁生// 复旦大学// 中国古代文学

775. 《诗薮》研究// 陈正林// 雷磊// 湘潭大学// 中国古代文学

776. 陆时雍《古诗镜》研究// 叶静// 林大志// 漳州师范学院// 中国古代文学

777. 论陆时雍的"情真"与"韵长"// 张倩// 崔海峰// 辽宁大学// 文艺学

778. 陆时雍诗学理论研究// 高彪// 江守义// 安徽师范大学// 文艺学

779. 徐泰《皇明风雅》及其诗学理论研究// 徐卫// 李时人// 上海师范大学// 中国古代文学

780. 顾有孝《唐诗英华》研究// 王慧// 黄刚// 上海师范大学// 中国古代文学

781. 冯时可研究// 何娟// 查清华// 上海师范大学// 中国古典文献学

782. 晚明竟陵派诗歌理论研究// 刘宇// 王则远// 齐齐哈尔大学// 文艺学

783. 竟陵派诗学观探幽——以《古诗归》为探讨中心// 郜卫博// 赵望秦// 陕西师范大学// 中国古典文献学

784. 钟惺"清物"说诗学思想研究// 孔海亭// 袁愈宗// 广西师范大学// 文艺学

785. 明代陶诗批评研究——以《诗薮》《诗源辩体》《古诗归》《古诗镜》为中心// 李晓蓉// 陈斌// 福建师范大学// 中国古代文学

786. 黄文焕《楚辞听直》研究// 郭春阳// 汪祚民// 安庆师范学院// 中国古代文学

787. 贺贻孙《诗触》研究// 曹莲香// 刘松来// 江西师范大学// 中国古典文献学

788. 《唐诗归》与《唐诗镜》比较研究// 陈艳芬// 李先耕// 黑龙江大学// 中国古典文献学

789. 钱谦益的文学批评研究// 韩广// 黄霖// 复旦大学// 中国文学批评史

790. 清初西泠派及其诗学思想研究// 监青// 孙学堂// 山东大学//

中国古代文学

791．李调元诗学思想研究// 且志宇// 李凯// 四川师范大学// 文艺学

792．吴乔《围炉诗话》研究// 罗佩钦// 胡建次// 南昌大学// 文艺学

793．何焯诗歌批评研究// 孙丽华// 汪群红// 江西师范大学// 文艺学

794．薛雪《一瓢诗话》研究// 黄庆发// 陈向春// 东北师范大学// 中国古代文学

795．赵翼诗歌理论研究// 王继承// 王则远// 齐齐哈尔大学// 文艺学

796．谢章铤论唐宋词// 吴芳芳// 欧明俊// 福建师范大学// 中国古代文学

797．沈德潜、薛雪对叶燮诗学思想的继承和发展// 刘静// 石海光// 内蒙古师范大学// 中国古代文学

798．论叶燮《原诗》中的"法"// 张玉红// 徐可超// 辽宁大学// 文艺学

799．桐城派与中国诗学传统——以刘大櫆为中心// 吕敏// 刘飞// 安徽大学// 文艺学

800．桐城派诗论与近代中国的转型——以"曾门文人"为中心// 宋秀芝// 刘飞// 安徽大学// 文艺学

801．姚鼐诗学思想与诗歌创作研究// 王若琼// 潘务正// 安徽师范大学// 中国古代文学

802．翁方纲论诗诗的诗论思想研究// 田丽// 景遐东// 湖北师范学院// 文艺学

803．清代学术视域中的"姚门四杰"诗论研究// 朱天一// 刘飞// 安徽大学// 文艺学

804．黄子云《野鸿诗的》研究// 殷瑜// 陈向春// 东北师范大学// 中国古代文学

805．方东树《昭昧詹言》诗学思想研究// 黄振新// 杨柏岭// 安徽师范大学// 美学

806．乾嘉古诗学散论// 王丹// 郭醒// 辽宁大学// 中国古代文学

807．《唐宋诗醇》诗学思想研究// 王苗苗// 赖力行// 湖南师范

大学// 文艺学

808．牟应震《诗问》初探// 祝清雪// 谢明仁// 广西大学// 中国古代文学

809．《养一斋诗话》研究// 张文萍// 张钧// 牡丹江师范学院// 文艺学

810．铁保诗学思想研究// 钟义彦// 宋晓云// 新疆师范大学// 文艺学

811．李慈铭的诗学思想与诗歌批评// 张艺// 刘再华// 湖南大学// 中国古代文学

812．典故的诗学研究// 李军// 刘朝谦// 四川师范大学// 文艺学

813．晁氏家族词学观念及其词作研究// 林婧// 李康// 哈尔滨师范大学// 中国古代文学

814．李渔词学理论研究// 刘铭// 侯敏// 苏州大学// 文艺学

815．先著、程洪《词洁》研究// 吴晓洁// 沙先一// 江苏师范大学// 中国古代文学

816．论《词源》的层次与张力// 胡玄// 潘晓彦// 牡丹江师范学院// 文艺学

817．《词源》美学研究// 吴恋// 毛宣国// 中南大学// 美学

818．王灼《碧鸡漫志》词学批评理论研究// 张丹卉// 宋娟// 牡丹江师范学院// 文艺学

819．李清照《词论》研究之批评// 户伯涛// 李小兰// 东华理工大学// 文艺学

820．朱彝尊词学思想研究// 侯芳// 王济民// 华中师范大学// 文艺学

821．徐绍棨及其词学研究// 王延鹏// 鲍恒// 安徽大学// 中国古代文学

822．孟称舜戏曲思想研究// 李将将// 王济民// 华中师范大学// 文艺学

823．焦循戏曲理论研究// 裴雪莱// 冯仲平// 广西民族大学// 中国古代文学

十三、文献考订、书评及研究综述

824. 《诗三家义集疏》的主要辑佚成就及与《三家诗补遗》的对比研究// 文婷// 杨新勋// 南京师范大学// 中国古典文献学

825. 汉初子书引《诗》考// 王艳// 王洪军// 哈尔滨师范大学// 中国古典文献学

826. 汉赋引《诗》考论// 陈曦// 于茀// 哈尔滨师范大学// 中国古典文献学

827. 《太平御览》引《诗》考论// 韩囡// 刘立志// 南京师范大学// 中国古典文献学

828. 朱鹤龄《诗经通义》文献学研究// 施马琪// 谢明仁// 广西大学// 中国古典文献学

829. 乾隆时期《诗经》文献研究// 杨柳// 郝桂敏// 沈阳师范大学// 中国古代文学

830. 曾几《茶山集》考论// 王兴华// 赵海菱// 山东师范大学// 中国古典文献学

831. 谭献词学文献研究// 顾淑娟// 欧明俊// 福建师范大学// 中国古典文献学

832. 陈祚明与《采菽堂古诗选》研究论略// 张欢// 林大志// 漳州师范学院// 中国古代文学

833. 二十世纪阮大铖研究综述// 董晓荣// 胡颖// 兰州大学// 中国古代文学

（编辑：闫祺）

2012年中国古典诗歌研究博士论文索引及摘要

◇闫 祺 整理

1. 诗歌总集编选与古今诗歌文化语境变迁// 张羽// 谈蓓芳// 复旦大学// 中国文学古今演变

摘要：元诗歌总集编纂是一种社会文化行为，这种行为本身受各种复杂因素的影响。其中包括诗歌体式、风格、主题，包括编者、读者的文化水平、生活经验、文艺趣味、政治倾向，甚至还包括整个社会的文化风尚。可以说，诗歌总集编纂是诗歌、编者、读者、社会文化四因素相互影响、共同合力的结果。诗歌总集是了解诗歌和时代的窗口，是诗歌研究不可或缺的内容。它能反映出特定的时代人们对于诗歌的理解，也能透露出诗歌文化语境的诸多信息。作为文学研究者，我们需要知道在消逝的历史文明中诗歌存在的真实状态，以及整个社会文化结构中人与诗歌、诗歌与社会之间的关联。不知此，就无法真正理解中国诗歌的本质，也就无法对中国诗歌古今演变有深入的思考。本文通过古今诗歌总集编选的解析，试图清晰地展示出诗歌文化语境复杂而立体的影像。本文分为两个部分："上编"以古典诗歌总集的纵向梳理为主。主要揭示新诗总集产生之前各个不同历史阶段诗歌文化语境的特征。先秦两汉是"《诗经》的时代"，中国诗歌总集编纂刚刚开始，总集编选的诸多要素有了初步的展现。其中最重要的一点就是《诗经》中"风"、"颂"的划分对汉代诗歌总集编纂的影响，诗歌文化语境中充斥着政教和娱神的色彩。魏至隋是注重诗体和娱人的时期，此时的总集编纂从先前对政教和神的关注转向对诗歌艺术本身和人的世俗生活的关注，这是一个承上启下的阶段。隋唐至宋元，中国古典诗歌总集发展成熟。唐人以极具自信的心态用总集编选诠释"风雅"的内涵，并用个性化的编选体例多维度地呈现唐诗的辉煌。在唐人的总集编选中，我们看到了诗歌全面进入唐代文人的生活：诗歌可用来酬唱送别，展现诗意的生活，甚至还可以担负起家族文明的传承。宋人的心态是博大而内省的，其总集编选也表现出不同于唐人的特点。宋代文人对一时一地的诗歌结集有浓厚的兴趣，在宋人眼里，地域是经、史、子、集构筑的空间，他们将史学精神贯穿于地域诗歌总集的编纂，将唐代的自然地理上升为人文地理。此外，宋代文人进士阶层还将"文雅"和"雅正"的精神气质注入编选，目光所及侧重于文人书斋生活的细节和道德精神的力量。在宋人的编选中还用结集的方式呈现诗派、确立诗学准则、进行诗歌教育，这是开启后代的编选。明清两代是中国封建文化的总结和新变期，诗歌总集和古典诗学也同样有待总结。大量"求全"、"求备"型总集在此时集中出现了，编者自觉运用文献辑佚的方法，对诗歌、诗人做网罗一空式的汇集，这是对断代或通代诗歌创作成就的总结；同时这个时期的总集编纂也在编选体制、审美风格、编选体例等维度全面扩充，这也是对总集自身的总结。在中国封建文化末期，中国文化内部也孕育着新变的因素，明清两代的诗歌总集和诗歌创作中开始关注女性、儿童、歌谣、域外，这些都成为五四新文化运动的先兆。在古典诗歌总集的纵向梳理中我们看到了诗歌文化语境的变迁，具体来讲有三点：第一，中国文学由政教本位、娱神本位向娱人本位、文学本位的过渡；第二，文化主体从贵族到精英，再到平民的过渡；第三，中国诗学从单一的国内语境到国际语境的过渡。1920年，中国第一部新诗总集《新诗集》诞生了。从此，中国诗歌编选进入到了古典、新诗总集编选的"共存期"，这是本文"下编"论述的范围。"共存期"的诗歌总集编纂往往被古代文学和现当代文学的研究者忽视。这个时期，古典诗歌总集编纂和新诗总集编纂都各有特色。就1920—1949年阶段古典总集编选而言，它注重对前代经典总集的重新演绎，注重内容类目的划分，注重诗歌、诗人的地域，还关注酬唱类和诗社单位的结集，在延续传统的时候表现出了新时代特点。而此时的新诗总集则处于"尝试"的阶段，它从传统总集中继承了类目的划分、对诗人特征的分析，以及按诗社单位的编纂。相对古典总集而言，新诗总集编纂中酬唱类、氏族类、蒙童类不再成为编者关注的重点，新诗与现代人的生活愈去愈远、新诗尚未担负起家族文明的传承、传统的诗教精神也在新诗教育中不复存在。在悲观之余，我们也看到了漫画类、网络类、中西合选类新诗总集大量出现，新诗与新型绘画、新型传媒、西方诗歌等有了紧密的联系，这是新诗存在的境遇，也是新诗发展的机遇。新文化运动的悖论、新诗合法性的争论、现代性土壤的单薄也决定了古典诗歌和新诗、古典诗歌总集和新诗总集必将长期共存。"共存期"中,古典、新诗总集也表现出趋同性的特征,这是因为二者处于相同的文化语境中。以1920—1949年为例,"提倡白话"、"崇尚爱情"、"民族危亡"、"小说兴起"同时作用于这个时期的诗歌创作和总集编纂。"共存期"还是一个共时性的平台。在这里我们可以对古、今诗歌总集做横向的比对。在对古典诗歌总集《瀛奎律髓》和现代新诗总集《20世纪中国新诗分类鉴赏大系》的类目比较中,我们清晰地看到了古典诗歌和新诗涉入生活领域的异同;并在古今总集类目的梳理中看到了诗歌语境中人与世界关系的调整、传统秩序的解体,以及诗性生活的隐退。

2.《诗经》采集文化研究// 孙秀华// 廖群// 山东大学// 中国古代文学

摘要:《诗经》是中国古代文学最重要的元典之一,是我们了解古代社会和民族的物质文明与精神文明的重要典籍,其广博而丰富的内容,也承载着丰厚的文化传统。先哲时俊对于《诗经》文化有着精彩的解读,因而,深入挖掘《诗经》中隐含的采集文化,以采集文化的视角阐释《诗经》中的相关诗歌,并再现《诗经》时代的社会生产与生活,应该是很有意义的探索与尝试。这可以完善对于《诗经》采集、渔猎、农业等三个从生产方式方面着眼的文化解读,以更好地理解先民们的日常生产生活,达到文化理解与认同的高度。《诗经》的文化品性是对于《诗经》进行文化解读的前提,而《先秦两汉文化与文学》、《诗经与中国文化》、《诗经的文化精神》等则提供了理论性的指导,具有示范性的作用。"《诗经》与采集文化"、"《诗经》与植物文化"、"《诗经》与植物名物"、"《诗经》与考古"等各方面的相关研究成果,正是进行"《诗经》采集文化研究"的坚实基础。认识到《诗经》中所蕴含的文化的信息不会局限于诗歌所产生的时期,而是包含此前的人类文化积淀,也即《诗经》时代是立足于西周春秋时期,以之作为基点的,而在对某些具体内容进行辨析时,又会有一些对于夏代、商代文化的追溯。而正是因为认识到《诗经》里隐含着如此古老而又丰富的文化遗留,才使得深入探讨《诗经》时代的采集生产与采集文化成为可能。采集生产是原始先民赖以生存的最重要的生产方式之一,有其漫长而又独立的发展历程。与渔猎经济对比,采集经济有着明显的优越性,曾长期作为社会的支柱经济而存在。原始农业起源后,采集生产一度作为重要的社会经济补充。在《诗经》的时代,种植农业渐趋昌明发达,然而真正精耕细作的时期并没有马上到来,因此在灾荒、战乱、饥馑等侵袭的年代里,采集生产的救急功能愈加彰显。在《诗经》中,关乎采集的诗歌丰富多彩,引人入胜。解读这些诗歌,基于它们对于采集生产活动的反映,可以将它们分为三种情况,实写采集的,以采集起兴的和直接描摹植物意象以表情达意的。《诗经》采集文化相关诗歌涉及的内容,与先民们的衣、食、住、行紧密相关,这主要反映了采集文化的物质层面。就衣而言,是由动物皮毛、葛、麻、丝等不同材料制成,都与采集生产、采集文化直接相关。食则最重要的是菜蔬,主要是指采集而得的野菜,这既为先民日常所食用,也是饥民赖以活命度过荒年的依靠。其次也有各种果实,以及几种昆虫。先民们的住与行也多用到采集生产得来的材料,这在《诗经》中仍有着一些生动的歌咏。《诗经》采集文化相关诗歌涉及的内容,还进一步涵盖到了先民们的社会生活,这主要反映了采集文化的精神层面。而深入探寻,这些采集文化相关诗歌或隐或显的含有巫术、宗教方面的意义,反映的是人们的精神生活。这基于先民们的原始思维,即万物有灵的思维,表现为物我的互渗,以及在一些诗歌中所流露出的以植物比附自我的"生命的律动"。从原始思维的角度而言,《诗经》采集文化相关诗歌所体现出的主要是交感巫术的影响,还有生殖崇拜、祖先崇拜的庄严与神圣。深入探讨这些诗歌所含有的深层的文化因素,能使我们更好地理解这些绚烂的诗歌,走进先民们花草芬芳、林木含情的生活,领略他们相对神秘而又美丽的精神世界。从中可见,《诗经》采集文化相关诗歌深深植根于先民们的精神家园,其文化意蕴绚丽多姿,美不胜收。对于《诗经》采集文化相关诗歌从名物的、民俗的、文学艺术的以及比较文学的等四个角度进行解读,是一种多重阐释的尝试。《诗经》名物解说的历史积淀深厚,其专书则始于值得细致考究的《毛诗草木鸟兽虫鱼疏》。作为个案,基于名物的解说,考察了《诗经》中的"葛藟",从文字训诂、考古发现、植物分类等多方面考辨,得出"葛藟"应为葡萄科葡萄属的葛藟葡萄(V. Flexuosa Thunb.)的结论。在民俗方面,采集本身就可称之为"采集风俗",而《诗经》采集文化相关诗歌深刻反映了祭祀民俗、婚恋爱情等方面。祭祀所用的祭品,多与采集相关,《诗经》中直接反映这一生产生活实际内容的诗歌比较多,有的就写到了芳香植物的采集和用以祭祀,而有些诗歌也同时与爱情婚恋相关。《诗经》采集文化相关诗歌其艺术上的特质,在于其突出而又集中的运用比兴的艺术手法,在于其婉转含蓄而又韵味深长的抒情特色,也在于其典型的复沓叠唱的吟咏,从被采摘植物的变换里体现出来的音乐的制约、套语的模式和意象的复合。《诗经》与外国文学与文化的比较,选取了"槲寄生与寄生草"、《雅歌》与《国风》、《万叶集》与《诗经》等视角来多侧面揭示《诗经》采集文化相关诗歌的自身特质,相比较而言,《诗经》采集文化相关诗歌是十分典雅含蓄的,呈现出鲜明的中和之美。《诗经》采集文化相关诗歌上承自远古歌谣,与逸诗、《尚书》、《周易》、《山海经》以及神话中关于采集的描写、记载相比较,体现出了形象生动而又质朴尚实的特点。《诗经》采集文化相关诗歌绝大多数是以采摘起兴的,这种用以起兴的采集意象虽然来自于真实具体的采集生产活动,但往往只是在诗歌里流露出或隐或显的意愿和情韵。尽管如此,《诗经》采集文化相关诗歌在题材与主题上的开创上还是十分丰富的,举其要者言之,大致有"香草美人"、采草怀远、采桑诗歌、采莲歌曲、树喻的母题等,而在后世的演变中,桃花吟咏、折柳诗歌的发展较为突出,而采草作为民俗流传,渐渐兴起了"斗草"风俗。作为个案研究,《古诗十九首》的植物意象很突出,有四类,即:时序之草:与白露、秋蝉、东风、回风等相关联的草意象;生命之树:与陵、墓、古墓等相联系的松柏、白杨;遗远芳华:采摘以遗远方所思的芙蓉、芳草、奇树之花;情爱依附:孤生竹、蕙兰花和表达夫妻情深的菟丝、女罗等。《古诗十九首》的植物意象表达显然是对《诗经》、《楚辞》植物意象的继承与发展,但较之于《诗经》、《楚辞》,《古诗十九首》植物意象具有唯美化、组合化和更为情景交融的特点,体现了"婉转附物,怊怅切情"的审美特质。

3. 先秦至宋代楚辞学研究// 江瀚// 王锺陵// 苏州大学// 中国古代文学

摘要:《楚辞》作为中国文学的源头之一,在文学史上占据着极其重要的地位。在各个朝代,对《楚辞》的研究和评价都是当时文学活动的中心内容之一。本文以先秦至宋代的楚辞学为研究对象,对这段时期《楚辞》研究有代表性的言论和著作进行了详细的梳理,力求贴近历史原貌,揭示楚辞学发展的内在脉络和历史规律。全文分绪论、正文和结语三大部分。绪论部分主要阐述本文的研究方法和核心概念。结语部分概括总结全文。正文部分共分五章。第一章分析了"楚辞"赖以产生的历史文化背景和自然地理条件,梳理了屈原家族所在的楚国王族世系。同时对当时楚辞的代表作家屈原、宋玉、唐勒、景差等人的生平和著述做了详细的考证。第二章以汉代楚辞学的发展作为研究对象。这一阶段是楚辞学的形成时期。以汉武帝的"罢黜百家,独尊儒术"作为分界线,汉代对楚辞的评价,经历了前后期的不同。前期的楚辞评论受到了黄老思想的影响,以贾谊、司马迁为代表。后期的楚辞评论,则始终为经学所笼罩。无论是刘安、扬雄、班固、王逸等人对屈原及其作品所做的或褒或贬的评论,他们均以经学作为自己的立论基础。第三章分析了魏晋南北朝时期楚辞学的发展。这一时期的《楚辞》研究,逐渐摆脱了政教束缚,其文学和美学价值得到了重视。刘勰和钟嵘在他们的著作中,分别就这个方面做出了详细的评论和分析。第四章对隋唐五代时期楚辞学做了讨论。《楚辞》在这个阶段已经成为文学经典,唐人以新的文风建设为目标,围绕着《楚辞》的文学和思想价值,展开了广泛激烈的辩论。晚唐以后,社会矛盾激化,以皮日休为代表,强调《楚辞》的忠君爱国精神和讽谏意义。第五章叙述了宋代楚辞学的发展。这个时期以靖康之变为界,前期对《楚辞》的评论基本集中在作品讽谏意义的分析讨论上,后期的家国之变,导致了屈原的爱国忠诚之心和《离骚》的深沉时事之忧,再一次成了作家们关心和讨论的焦点。对《楚辞》文献的搜集整理、名物的考证、词语的训诂等,占据了《楚辞》研究的中心地位,出现了数量众多的《楚辞》注释著作。其中,洪兴祖的《楚辞补注》是继东汉王逸《楚辞章句》之后,出现的又一部集大成的《楚辞》注释著作。朱熹的《楚辞集注》,则标志着楚辞学从汉学向宋学的转折发展。

4. 两汉魏晋南北朝楚辞批评研究// 高林清// 郭丹// 福建师范大学// 中国古代文学

摘要:本文立足于特定的时代背景和文化环境,试图利用文学批评理论及接受美学理论对两汉至魏晋南北朝楚辞批评进行全景式的描述与观照,理清各个阶段楚辞批评的发展状况,并在分析批评者个人的立场、文学观念的基础上,对各个朝代楚辞批评主要成就、基本特征进行梳理和论证,并深入阐述楚辞批评与时代思潮的互动关系,从中了解和把握各个朝代整体的文化风貌和独特的诗学精神。本文分上下两篇。上篇以汉代楚辞批评为研究对象,在梳理汉代楚辞学基本脉络的基础上,从汉代楚辞批评的三大类型入手,揭示每种批评类型中的代表作家及作品的批评态度、批评思想,从而展示出时代思想文化的发展轨迹以及士人的精神嬗变;最后总结评述两汉经学时代的楚辞批评特征。下篇以魏晋南北朝时期的楚辞批评为观照对象,着眼于这一时期楚辞批评的历史新变,概述魏晋南北朝楚辞批评的风貌,选择最具代表性的批评理论家的作品逐一进行细致剖析,从而展示出文学本位的批评视野,最后从宏观上把握"文学自觉"时代楚辞批评的新特点,开掘出楚辞批评更多层面的意义与价值。

5. 魏晋南北朝道教与文学// 刘育霞// 徐传武// 山东大学// 中国古代文学

摘要:魏晋南北朝是中国道教最为重要的形成期和创制阶段,该时期道教对文人、文学产生了不容忽视的推动作用和影响。抛开古人对宗教与文学关系的感悟不论,学界关于道教与文学关系问题的研究起步较晚,20世纪30年代始有学者偶作涉及,70年代以后,关注逐渐增多。经过几十年的探索,该课题取得了较为可观的成绩,不仅收获了许多综合性的研究成果,在一些分门别类的问题上,诸如道教与小说、道教与诗歌、道教与戏曲、道教与文艺美学、道教与民间文学等方面,也都取得了不菲的成绩。然而,对现有成果进行综合考察,发现存在着一些不足,不少问题值得我们做进一步地挖掘探究。首先,就目前取得的成果来看,学界对道教与文学关系的讨论侧重于道教成熟兴盛以后,即唐、宋、金、元、明时期。较而言之,作为中国道教创制和改造的重要阶段,魏晋南北朝道教与文人、文学间的相互关系,学界关注略显不足。本文拟以道教的创制形成期即魏晋南北朝为时间范畴;以道教与文人、文学间的种种关系为研究对象,包括道教对文人思想、诗文创作的影响,道教对文学题材、审美风格的影响,及道教受文人影响的具体层面;同时,本文拟将魏晋南北朝全部的文学现象作为考察范畴,而不单单局限于《道藏》所收录的作品。其次,讨论的对象偏重于个别作家和经典作品,还有不少作家、作品的研究呈现空白状态。研究者们关注的焦点往往着眼于少数有明显奉道行为的一流作家，考察范围十分有限。对于无确切史料证明、却存在诸多奉道迹象的作家，以及兼奉佛、道的作家们，学界关注度有所欠缺。本文拟对那些重视不够，甚至尚未引起关注的作家、作品，进行个案分析。挖掘诸如曹操、曹丕、曹植、阮籍、嵇康、张华、陆机、陆云、皇甫谧、嵇含、成公绥、郭璞、干宝、王羲之、陶渊明、庾阐、谢灵运、沈约、江淹、孔稚珪、萧衍、杨衒之、郦道元、颜之推、庾信等人，参与服食修道、好尚方术、思慕成仙等行为背后的家族渊源和时代因素。解析儒、释、道交互影响下，道教对文人所产生的独特影响。再次，学界关于魏晋南北朝时期北方少数民族的国情、文化、民俗、宗教政策、文人信仰、文学表现等问题的研究，存在较多空白。北朝的文学研究和宗教研究皆不及南朝丰富，这也是进行南、北朝比较研究的难点所在。本文试图通过详细研读北朝宗教和文学，进而归纳出南朝、北朝道教与文学关系的不同规律和特征。综合上述三点来看，对"魏晋南北朝道教与文学"这一课题进行深入研究显得十分必要。关于宗教与文学关系的考察，先贤们提供了诸多宝贵的经验，结合各家所长，作为本文研究方法的重要参照。首先，重视作家本人的家学渊源、仕宦、师从、婚姻、交游等问题，以便于揭示道教教义、方术活动对作家思想产生的作用。魏晋南北朝重视门阀制度，两晋尤甚，而该时期高门士族世代奉道现象又十分突出，考察家学门风与婚姻交游就显得格外重要。其次，挖掘文学作品本身的思想内涵，广泛联系时代背景、社会思潮等，揭示作品的深层意蕴。整个南朝，宋、齐、梁、陈四代的开国皇帝皆非出自高门大户，他们往往既重视儒学，又释、道并重，形成与此前各个时期不同的儒、释、道鼎立之局面。在这样大的时代背景下，许多文人并没有特别坚定的宗教观，他们往往以皇室贵胄的宗教信仰为取舍标准，依违于佛、道之间。因此，考察该时期的学术背景、社会思潮，及王室贵胄的宗教态度，就显得格外重要。另外，为了实现对本选题多角度、多层面的研析解读，还将广泛联系宗教学、社会学、艺术学、文化学等多学科的知识。本文篇章结构安排如下：第一章，魏晋南北朝道教与文学关系概述。考察魏晋南北朝道馆（观）的发展源流、参与的社会文化活动，及其对文人创作提供的诸多裨益；考察该时期道教仙境系统、神仙谱系、服食养生术等方面内容的发展完善，及各自所对应的文学表现。通过这些内容，对魏晋南北朝道教与文学的关系做宏观地把握和了解。第二章，三国道教与文学。主要探讨方士、方术、仙道思想与曹操、曹丕、曹植的神仙思想及游仙诗创作;阮籍的精神慕仙及其对汉魏游仙文学的超越;嵇康的养生思想、修道行为及诗文表现;同时,对东吴、西蜀的道教发展情况与文学关系做简单探讨。第三章,西晋道教与文学。概述西晋道教与奢靡世风、博物之学的关系,探讨张华的知识构成、思想构成及代表作《博物志》与道教之间的诸多关联,陆机、陆云诗文作品的仙道意象,以及皇甫谧、成公绥、石崇、嵇含等人作品中的道教意蕴。第四章,东晋道教与文学。作为该时期道教发展的勃兴阶段,东晋道教与门阀世族的家学门风、山水诗、志怪小说等,均有密切关联。讨论世族奉道与族内子弟文学创作,道教福地洞天说与山水诗的关系,道教神仙传说与志怪作品的关系等。在深入解读这些问题的基础上,具体讨论郭璞、干宝、王羲之、庾阐、陶渊明等人的道教思想与文学创作。第五章,南朝道教与文学。与儒学、佛教的交互影响是南朝道教发展的显著特色之一,故该时期道教对文人思想的影响也显得更为复杂。本章主要讨论谢灵运、沈约、江淹、孔稚硅、萧氏父子等人的宗教信仰与文学创作的关系,揭示道教在他们的思想和创作中扮演的重要角色。第六章,北朝道教与文学。北朝政权更迭频仍,导致宗教思想缺乏连贯和前后继承,但个别皇帝、权臣的大力倡导,促使道教在北朝仍产生较大影响。本章主要围绕庾信、杨衔之、郦道元、颜之推、崔浩等作家作品展开论述。第七章,道士与文学。考虑到该时期著名道教学者在宗教和文学方面的双重贡献,故设专章进行论述。包括西晋的王浮,东晋的葛洪、杨羲、王嘉,南朝的陆修静、陶弘景、顾欢,北魏的寇谦之等。该部分侧重于对他们作品的思想性和文学性进行挖掘。余论,就本文的研究情况进行梳理总结;明确该选题在多学科交叉方面的重要意义。

6. 汉魏晋南北朝边塞乐府诗研究// 于海峰// 钱志熙// 北京大学// 中国古代文学

摘要:相对于其他诗歌类型而言,边塞诗在地理因素、战争题材、情感基调等方面的特殊性更为明显。地理因素决定了边塞诗不同于中原的山水风物之作;胡汉交战的征战性质又不同于中原地区的军阀混战,其哀怨豪壮的情感基调也迥异于温柔敦厚的中正之音。这诸多的与众不同构成了丰富多彩的边塞诗内容。先秦时期,"边"、"塞"的内涵虽不如汉唐明确,但《诗经》中的部分篇章已经涉及后来边塞诗的相关内容,如铺叙战争场面、抒发相思怀归之情等,这都为边塞诗的写作提供了丰富的诗歌素材。汉代胡汉战争频繁,但在诗歌中的表现还不多,汉乐府中仅有几首表现厌战思想的诗歌。但是在《史记》、《汉书》等史传作品中有详细记载。历史典籍中有关胡汉战争的记载为边塞诗提供了丰厚的艺术素材,成为后世不少边塞诗歌中语典、事典的重要来源。在艺术表现方面,汉乐府的创作传统成为边塞诗创作的主要方法之一。汉乐府作为一种综合性的艺术,对边塞诗的影响也是多方面的。作为一种音乐艺术,鼓吹曲、横吹曲铿锵豪壮的音乐风格,奠定了后世边塞乐府诗的基本情感基调;作为歌辞的乐府诗内容,流露出强烈的厌战情绪,如《战城南》、《十五从军征》,成为后世同类边塞乐府诗的先声;作为一种娱乐艺术,汉乐府诗略显夸张性的铺叙方式及对话技巧,成为后世边塞乐府诗不可企及的艺术典范;"感于哀乐,缘事而发"的诗歌创作方式对建安文人拟乐府也产生了直接的影响,并最终确立了诗歌创作的现实主义传统。总之,无论在题材主旨、诗歌语言还是表现技巧方面,汉乐府都对后世边塞诗的发展产生了深远的影响。而乐府诗也成为边塞题材的主要诗歌文体,借助于此,即使没有边塞经历,也能创作出极具地域色彩的边塞诗。汉末建安时期是中古文人诗发展的初始阶段,这一时期乐府与音乐的关系,相对汉代是淡化了,但相对晋宋,又是联系紧密的。边塞乐府在这双重性的音乐环境中表现出了既具音乐性的特点,又表现出鲜明的徒诗化倾向。这一时期,边塞乐府诗确立了以旧题写时事的文人乐府诗创作方法。同时,也扩大了边塞题材的乐府诗题,如曹操的《步出夏门行》、曹丕的《燕歌行》、曹植的《白马篇》、王粲的《从军行》等。曹魏时期是边塞乐府发展的关键性阶段,在诗歌内容上,建安诗人第一次把游侠与边塞相结合;在方法上,以乐府旧题写时事的创作方法为乐府边塞诗提供了可贵的借鉴。晋宋是乐府诗发展的一个重要阶段,这一时期清商三调虽成为雅乐正声,但乐府拟作与音乐的关系却更为疏离,乐府的徒诗化倾向更为明显。在"诗赋欲丽"的大环境下,文人拟作主要集中于相和歌辞,且以曹植、陆机的乐府诗为主要模拟对象。在诗歌内容上,晋宋乐府虽然突破不大,但在诗歌技巧上,却进一步地强化了乐府诗的徒诗化发展方向,如陆机、颜延之的乐府诗。陆、颜的边塞乐府诗在题材内容方面无甚发展,全是对建安同题乐府的亦步亦趋,但在诗歌技巧上,却赋予了乐府更强的文人化色彩,如追求藻饰,讲究对偶,谐和声韵,表现在诗歌风格上便是"采缛于正始,力柔于建安"。这一时期,鲍照边塞乐府可谓横空出世,独映当时。这两位诗人比较集中地创作边塞乐府除与当时文坛浓重的拟作风气有关外,还与他们的身世背景有关。鲍照的边塞乐府,尤其是七言乐府诗创作对后世影响很大,唐代边塞诗人鲜有不被其泽。齐梁陈隋是近体诗发展的重要时期。这一时期清商三调虽仍被视为雅乐正声,但却淡出文坛,仅被视为仪式礼乐,而流行于朝野的却是吴声西曲。在这样的文化环境中,文人拟汉魏旧曲者趋少,更多的是受新声俗曲影响写作的乐府歌辞。永明新体顺势应时的出现,标志着新体乐府诗歌创作传统的开始。之后,诗人拟作的边塞乐府诗篇幅趋短,韵律和谐,表现出了乐府近体化的倾向。梁陈时期,"赋题法"被广泛地应用于拟作汉横吹曲题,促成了梁陈边塞乐府的繁荣。南朝文人所开创的用"赋题法"拟作汉横吹曲题的边塞乐府创作模式一直影响到唐代。在尚新求变的南朝文学氛围中,伴随南北交战、文化交流的进程,北歌南传对梁陈文人边塞乐府诗的创作产生了直接的诱发作用。北朝乐府民歌在边塞乐府诗的发展过程中,具有重要意义,尤其是其尚武的精神品格。边塞乐府诗经过北朝、隋代的发展,尤其是庾信、王褒入北以来,在诗歌技巧方面虽是沿袭齐梁,但在诗歌内容方面却表现出了纪实性的特征,以杨素、薛道衡、卢思道为代表。梁陈边塞乐府诗因囿于社会现实及个体经历,在诗歌题材上出现了类型化的倾向,但在诗歌艺术形式上却对唐代边塞乐府诗的发展有直接的影响作用,如开创了"赋题法"创作模式;形成了"以汉喻今"的表达模式;确立了典型的边塞意象;丰富了边塞题材的表现内容等。可以说,唐代边塞乐府诗的艺术渊源便是直接从南朝边塞乐府诗中来。

7. 中国古典诗歌中的季节表现 ——以中古诗歌为中心// 张晓青// 蒋寅// 中国社会科学院研究生院

摘要:讨论中国古典诗歌中的季节表现,最初受到了日本文学的启发,俳句、俳谐与连歌等日本诗歌体裁中"季语"的运用、季节感的浓郁,促使我们反观中国古典诗歌自身的季节性。从创作实践上看,古典诗歌的名篇名作往往包含了优美的季节景物描写,而在文学批评方面,早在陆机《文赋》中,随着中国诗歌抒情特质的揭示与确立,季节物色就已经成为触动诗情的要素得到了理论家们的注意。遗憾的是，对诗歌季节表现的思考往往是零散的，既无历时的考察，更没有形成日本文学里整理、总结季节表现而来的"季语"体系。这一研究状况催生了本文的写作。论文共分为四大部分，包括：第一部分"绪论"，介绍目前中国古典诗歌季节表现的研究现状，以及论文选题的来源、研究方法、学术价值与创新之处。第二部分为第一到第四章，历时地考察季节表现如何一步步参与到中国诗歌的抒情结构中。论文首先以《礼记·月令》为中心，分析了一般意义上季节意识与古代农耕社会的关系，接着按时间顺序探讨了先秦、汉魏晋、南北朝诗歌中的季节表现，再现了诗歌季节表现从奠定基础，到继承与新变，再到深化与定型的发展全过程。第三部分为第五章，在阅读、整理与统计的基础上，总结出中国古典诗歌主要的季节表现方式，并尝试着列举出我国诗歌的"季语"。第四部分为结论。通过论文的写作有如下发现。首先，在季节表现与古典诗歌抒情结构的关系方面，先秦诗歌中，季节作为诗情的触发点开始被吸收进诗歌的抒情结构，并且个人的生命意识第一次与季节物色发生关联。汉魏诗歌继承了先秦感物模式与象征手法，诗歌对季节的描绘也常与思念、生命主题相关，此时代以承续上代为主；晋代诗歌则出现新变，季节表现关联的诗情更多样，并开始作为诗情发生的背景与环境而非触发因子存在。这两个变化在南北朝诗作中显现得更为清晰，季节愈加普遍而频繁地参与到诗歌创作中，在感物与背景、氛围营造两种模式下，季节表现与诗歌抒情间建立起前所未有的广泛而可能的联系，季节感作为支撑古典诗歌感觉表达方式与结构形态的基本属性之一，其地位也最终得到了确立。其次，中国古典诗歌季节表现的主要方式大致分为四类，即直接点明季节、对自然景物的描绘、对人类活动的记载与对前代诗文成词成句与典故的运用。

8. 中古五言诗形式美学研究——以用典和律化为中心// 李鹏飞// 张节末// 浙江大学// 文艺学

摘要：中古以五言诗为主体的文人诗与外在音乐分离后，诗人多方探求，努力于诗歌的形式中建构其内在音乐性，经过漫长的探索、实验，取得很大成绩。我们经由对中古五言诗审美经验的还原与分析，发现：《古诗十九首》把用典作为一种结撰技术，使抒情主题获得转折、升华，平列、对比的美学效果。转折、升华性结构为转调，是时间性的，为把生命意识之自觉落实为当下选择，诗歌抒情主题随之转调以适应结构垂直发展的需要，而不同典故可内在地联系于不同主题，借助于用典来实施转调避免了直接转调的突兀。平列、对比性结构为复调，是空间性的，抒情主题的复调发展与男女声部的复唱赋予诗篇丰富的横向变化，结构不再单调与直白。用典的转调与复调成功地将时间性与空间性、垂直性与平行性交错组合，诗篇于是演化为丰满的织体。《古诗十九首》用典技术的成熟，是比兴传统退场后诗歌形式的新突破。诗人由乱世中的迷茫退回至抽象玄思，以抽象的形式技巧建立一个虚构的寒门士人的人生模型，以此作为迷茫乱世中的心理依托。左思利用自身在赋体写作中娴熟的对比技巧，以对比结构为核心组织全诗，这一结构的主干部分即对比性用典形式。对比性用典一方面改变了诗歌的线性结构，另一方面通过对比两端的相互发明，弱化了典故的象征意义与现实指向性，强化了文本的自洽性。左思创造了抽象与对比的诗学结构，其美学意义在于促使典故所代表的历史事象走向自由化，成为诗歌中重要的形式质料。永明诗歌运动，以诗歌声律美学为中心，追求对比性声律形式。"竟陵八友"等永明诗人，在佛经诵读的启发下发明四声说，进而借助八病说实验诗歌联句四声调配的声律技术。以声律说为核心的永明体诗歌，在四声说、八病说指导下，律化水平显著提高，而且诗人还在五言诗全篇声律的结构模型中不断探索，创造了对式律、粘式律、混合律等多种形式，逐渐生成一种细部音声的对比和谐与整体音声的浑厚圆融相合一的五言诗新形式。初唐宫廷诗继承了六朝诗人的形式美学经验，终于整合、创造出近体律诗形式。诗人将永明体以来潜在的四声二元化倾向规则化，稳定诗歌的长度与韵部的规则，将诗歌的节奏点确定为二、四字，将四声调声简化为平仄对比调声，并选择粘式律诗为正宗体式。诗人继承六朝诗人对偶经验，结合三部式（介绍、描写、反应）的诗歌结构，确立中间对仗原则。律诗以中间对仗的展开对比结构，描写风景、时空对比，最大程度上以空间性结构消解了诗歌线性叙事的时间性特点。诗人还继承左思开创的用典技巧，成功地将历史典故转化为历史事象，成为律诗结构伸展时间—极成时间、空间对比结构的基本技术。在完整内在音乐结构的带领下，诸形式要素都被诗人置入律诗格律的形式，高度整一化的美学形式中，实现着诗人们创造审美经验的种种审美游戏。

251

9.《汉书》与汉代《诗经》学——以西汉三家《诗》为中心//王红娟//王彦辉// 东北师范大学// 中国古代史

摘要：本文研究主要把握两条线索。其一，以《汉书》为主要依据，参照《史记》、《后汉书》等其他史料，力图对汉代《诗经》学发端、发展的社会环境、发展轨迹和学术形态等予以还原和充实。其二，结合《诗经》学研究成果，通过对《艺文志》的"六经""六艺"含义范畴、"六经"排序原则的探索，对《地理志》的郡国排序和风俗阐释方法的考察，以及对《汉书》的"采诗"、"孝武立乐府"、"乐府采诗"说形成背景、内涵和内在关联的分析，进而对刘歆、班固等人的重要《诗》学观点予以发掘和整理。引言中，笔者分别对本文的研究价值、研究目的、研究方法等予以系统阐述，并着重对与本选题相关的以往研究成果予以回顾。正文共计五章。第一章是对《汉书》记载的西汉今文三家《诗》学的发端情况予以整理。其一，梳理三位宗师的生平事迹；其二，借助《汉书》对陆贾称《诗》、孝惠除挟书律、文景时期三家宗师立为博士官的记载，探索三家《诗》学在汉初的发端轨迹；其三，推导、整理三家《诗》发端期《诗》本复原经过、《诗》说来源和《诗》学成果。第二章是对《汉书》记载的西汉今文三家《诗》学的发展情况予以整理。其一，结合经学发展背景，分别探讨武帝、昭宣和元成之后的《诗》学发展情况，把握西汉三家《诗》学的"经"化历程；其二，梳理三家《诗》传承谱系、《诗》学成果及《诗》学特征。第三章是对蕴藏于《艺文志》的刘歆、班固等人的《诗》学定位予以发掘。其一，总结"六经"、"六艺"内涵转化和先秦、汉初时人混用二者以指代《诗》《书》六典的情况。分析班固在借鉴《七略》基础上形成的用"六艺"指代儒家主体学术，用"六经"指代儒家核心学术，亦即《诗》《书》六典的"经艺观"，这反映了班固对《诗》在"六艺"系统中的定位。其二，考察先秦至汉的"六经"排序，发现先秦时人基于对孔门《诗》教的认识已经形成了相对固定的以《诗》为首的"六经"排序。战国、秦汉之际，次序废乱。汉初虽有恢复，但也表现出新的排序倾向。新序生成于刘歆《七略》，并因班固的采用、发扬得以推广。除著述早晚、复兴先后外，刘歆排序的主要原则是用《易》与《春秋》对应"天地"、"人"道，将《诗》等对应"五行"，再用"新五德终始说"的"五行相生"逆序串联四经。与之不同,班固的排序原则是将《春秋》排除在与"五常"对应的"五经"之外,并将其置于按照"五行相生"逆序依次排列的《易》、《书》、《诗》、《礼》、《乐》之后,由此形成了与刘歆排序相同但原则不一的"六经"排序。在此基础上,可借"六经"排序窥见先秦至汉《诗》在"六经"系统内的定位差异。第四章是对《地理志》汲取、利用《诗经》地理学思想、列国区划、风俗信息和先秦典论的情况予以发掘。其一,分析《地理志》郡国排序,发现其具有以"中"为始,自东至南次西次北的顺时针环进特点。该序思想源于先秦,与《山经》的"五山"序次和《禹贡》等"九州"排次所含先秦地理学思想有相合之处,更与先秦"国风"列国排序所体现出的以"中"为始和东南西北的顺时针方位叙述逻辑相合;其二,发现、归纳"风俗篇"对《诗经》地理区划、地理民俗和先秦典论的吸取、运用,进而对班固考述地理民俗时有意取材于《诗》的思想、方法、成就、影响等予以总结。第五章是对《汉书》的"采诗"、"孝武立乐府"和"乐府采诗"说予以考察,在对各说形成背景、思想来源和历史详情予以考辨、分析的基础上,把握刘歆、班固对各说的持论角度和加工过程。发现二人寄于其中的是对《诗》之本质为"诗"及"诗"可"言志"、"观志"功用的深刻认知。

10. 曹魏士风递嬗与文学新变// 张兰花// 林家骊// 浙江大学// 中国古代文学

摘要:论文在全面统计魏、蜀、吴三国文人资料的基础上,以曹魏疆域内的文学为统一考察对象,打通文学史中"建安"和"正始"等以历史年代为文学断限的分割习惯,以公元196年至265年的曹魏士风与文学"四期三变"的双线演变为线索,系统梳理士风四次递嬗所导致的文学四个分期中三次新变的关联图景,探究目前三国文学研究存在的诸多薄弱环节,解决诸如文学体式和新文风为何只在曹魏疆域得以拓展,建安风骨苍然的文风到正始时为何突变为玄言清谈,邺下时期娱乐俳谐文学的萌兴以及鉴识人伦引入文学批评的特征,曹魏代汉前后九锡文和劝禅礼文的新创性,曹魏黄初文学与太和文学的承转图景,祥瑞颂德和庙堂文学的复兴等问题,试图为更全面真实地再现曹魏文学发展的原生态,为全面了解三国文学史提供动态数据依据。论文共分六个部分,分绪论和五个章节进行论述。在绪论部分界定曹魏文学、曹魏文学时间断限、三国文人标准、士风等基本概念的基础上，第一章首先按文人标准梳理出含有 245 位的"三国文人基本信息数据表"，清晰测量出三国各疆域文学发达区域的特征，提供"文在曹魏"的数据指标，并进一步分析曹魏文人的籍贯分布及群体聚合特征。在全面把握三国文人数据的基础上，将视角锁定曹魏疆域，以曹魏政治三次演变带动士风四次递嬗，并引发文学四期变化中文风的三次演变为一贯线索，以此解释曹魏文学主流文风的生发和新变。即从第二章起，每章考察一个分期的士风与文学新变的呼应关系。据此理路，第二章具体考察了聚集许下的文人群体活动，并梳理了汝南月旦评及乡党鉴识人伦之风对许下文人的影响，特别是曹操和孔融的党人精神，引爆了道统坍塌下士人英雄尚义激情的迸发，加之此期士人多怀匡救乱世的功业理想，故崇尚忠直和英雄文学主题开始出现，文学意识由"模糊"到"多元实用"，文学体式也由"旧"趋"新"，由此催成了慷慨悲凉的"建安风骨"。第三章具体考察了曹氏集团由许下迁至邺城之后文人群体的活动，认为曹丕广求异妓促使了邺下士人崇尚通艺风尚的盛行，而他与文人频繁的游宴活动也掀起了娱乐文学和酬唱文学的新高潮，加剧了文人崇尚竞技及娱乐诗赋"欲丽"之风的繁盛，文学由前期慷慨质朴为主流的曹魏文学风尚，转向悲美嬉娱风格为主。第四章以建安二十二年大瘟疫事件影响士人生命意识为视角，观察凸显在文学中的疫灾衷情以及与灾异概念相对立的祥瑞文化的骤兴。可见，在曹魏代汉前后，曹魏三祖尊儒、贵学、崇文的举措和对祥瑞的奖挹，有力地拓展了文学的政治功利性，致使颂祝、劝进、专题赋讴等祥瑞文学迅速衍生。尤其是九锡文和禅代礼文的肇兴，将祥瑞由文化现象纳入纯粹"典礼"的政教行列，成为后世禅代政治的效仿模板。第五章以正始之后的名士群体学术活动为考察中心点，观察政治形势变幻下，从魏初名士浮华受黜、正始名士援道释儒的玄论，直到竹林逸士谈玄远祸等士人群体的分化特征，可见，因士风由前期依附皇权求功名而转为半疏离状态下，所导致的祥瑞颂赞之风的消歇和新兴的带玄理探讨的诗文之渐兴情景。其中何晏、王弼等儒道互释的学术论辩活动，开启了"正始之音"，使文学发生了由抒情主题风格到以思辨为主题风格的转变。代表性文人是嵇康和阮籍，他们追求老庄理想境界、追求自然之真的玄理思辨性诗歌，是后世玄言诗歌的滥觞。

11. 曹植研究// 王萍// 魏耕原// 陕西师范大学// 中国古代文学

摘要：建安文学一直是古代文学研究领域的热点之一，而作为建安之杰的曹植更是受到了人们特别的关注。建安时期形成了以三曹为代表的建安风骨，而曹植以其卓越的文学成就（现存诗歌有 90 余首，赋 50 余篇，文章表书信等散文 120 余篇）在数量与质量上都当之无愧地成为三曹之翘楚。他在文学上有多方面的开创之功，并且取得了足以代表一个时代的巨大的成就。他继承了先秦《诗》、《骚》的优秀文学传统，又从两汉辞赋民歌中汲取营养，骨气奇高，词采华茂，兼收并蓄，从内容与形式上两个方面丰富了诗赋，从而为六朝隋唐文学开辟了前进的道路。新中国成立以来，虽然对于曹植的研究有了许多方面的突破性拓展，但是主要的研究成果依然还是体现在文本校注、作家作品研究、资料汇编上，且都以单篇论文为主，而研究曹植的专著则相对较少。作为一个乱世，建安既给当时的人们带来了无尽的灾难与伤痛，同时也卸掉了套在人们头上的精神枷锁，伴随着"人的觉醒"，人们纷纷寻找着自己的思想皈依。作为"群才之英"的曹植，其思想具有开放性、相济性和多元性等特点，他一生既执着于儒家追求"三不朽"，渴望建功立业，积极入世的精神，同时又带有道家文化中全素葆真的人生态度以及尚大求真的审美倾向，其次，还有侠文化中尚义、尚勇的个性特征。曹植的思想与人格特征是其不朽文学成就的基点，也是本文开篇之所在。汉魏六朝是诗运转关的重要时期，而曹植作为汉魏六朝时期的重要诗人之一，他的诗歌创作对后世形成了深远的影响。游仙诗、女性题材的诗歌与宴游诗是当时出现的三大题材，本文就以曹植的游仙诗与女性题材的诗歌为主，对其诗歌追源溯流，归纳总结艺术特色。曹植现存较为完整的辞赋共 50 余篇，其中歌功纪行一类赋作一方面说明汉大赋的题材内容在建安延续了它的影响的同时也充满了时代的气息，是建安赋作者的肺腑之言，而不能简单视为阿谀溢美之辞。娱宾游宴类是作为贵公子的曹植在"洒笔以成酣歌，和墨以藉谈笑"的良好精神状态下创作的赋作，有其积极的一面。感时咏物类作品占曹植赋作的 1/2，都含一定的寄托于其中，是曹植在各个时期的不同心理状态和心志的反映。再有曹植的怀思言志的辞赋之作，亦是其敏感多情的内心世界的反映，是读者理解其终其一生的功业思想与坎坷人生的一个重要的媒介与桥梁。以《洛神赋》为代表的爱情婚姻题材的辞赋之作是曹植作品中的巅峰之作，其卓越的艺术成就使其成为空前绝后的"千古美文",古今中外为之驻足观赏,赞叹不已。总之,曹植的辞赋整体成就高,它题材广泛,用辞赋来表现日常生活,感情生动,言辞优美,音韵和谐。曹植的散文是研究其文学创作不可忽视的重要一环。其儒道互补之思想,政治理想与不凡的军事见地在其散文中都有体现,尤其还是我们研究其文学思想与艺术理念的重要资料。曹植文学思想已经达到他那个时代最高的水平,虽然他没有曹丕《典论·论文》那样的文学批评专著问世,但文学思想却相当丰富且成体系。因此,对曹植文学思想的深入研究必将使我们更全面和深入地理解建安文学在中国文学史上的意义。

12. 山与中国诗学 ——以六朝诗歌为中心// 李杰玲// 曹旭// 上海师范大学// 中国古典文献学

摘要:山意象是中国古典诗歌中重要的意象之一,不仅数量多,且意味丰富,其丰富性首先体现在山意象所对应的物理原型众多:我国是一个多山的国家,山地和丘陵面积约占国土总面积的百分七十,古人常常登高而赋,留下大量山岳诗歌,我国古典诗歌涌现众多的山意象,是有地理渊源的。这些诗歌中的"山"各有特点,而且其意象组合方式丰富多样,不同组合体现不同的情感和意味。山与诗人、诗歌创作具有内在联系,学界关于山与诗歌的相关研究止于山水诗,往往山水并提而忽略山、水意象各自的特性。且从意象诗学专门研究山的,学界迄今未有,为了能从理论上深入研究古典诗歌山意象,对意象做理论梳理是必须的,其次,对学界仍然时不时混用的"意象"、"符号"和"image"等近似术语进行辨析,同时介绍国内学术界意象研究现状,指出术语模糊和滥用这一现象的存在。通过溯源和辨析,从理论上肯定意象诗学赖以生长、发育的土壤是中国古典诗歌,而非西方意象派或其他。意象与中国古典诗歌有着血浓于水的关系,所以意象诗学的研究应该回归到中国古典诗歌的大背景中。为了深入理解山意象的生发过程,首先须对六朝诗歌中的"山"进行历史性的梳理,在以时间为序进行梳理的同时,抓住并突出各阶段代表作品中"山"的艺术特点和文化内涵,如《诗经》中的"山"表现出明显的母体文化意味,从古人婚礼、葬礼及祭祀山神的仪式可以看出,而《诗经》中的"南山"分别和爱情、长寿祝福联系起来;楚辞中的"山"则带着女性的柔美色彩,透出浓郁的神话气息;庾阐诗中的"山"是审美的先声；阮籍的"山"仿佛忧郁的固体，带着浓重的悲痛抑郁的个人情感，等等。其间有继承，也有新变与发展。为了更好地说明六朝山意象的生发，特以附录一"山物象、意象诗歌年谱"佐证正文论述，更好地展示山意象的历史性、文化性和文学性。此外，从理论角度来探讨山意象生发过程中的显著特性，结合大量的山岳诗歌进行研究，探讨山意象与传统文化，如道教神仙信仰、古代生死观念和禅宗思想的密切关系。其中，尤以泰山诗歌中的"泰山"意象为主展开论述，泰山诗歌的创作深受神仙信仰和生死观念的影响。山意象本身也具有显著的特性，如情感性、多样性和传承性，以及山意象组合的丰富性，这类特性可以通过众多诗例的分析得到体现，它们的产生与诗人、诗歌创作、时代文化背景都有非常紧密的关系。值得注意的是，影响深远的山神多为女性神，女性与大自然自古关系亲密，山意象的生成与女性山神的关系不可忽略，从"昆仑"意象和西王母、"巫山"意象和巫山神女的比较分析可以看出这一点。山意象的影响不仅止于古代诗歌，它对现当代新诗也有不可低估的作用，在20世纪80年代兴起的朦胧诗等新诗创作中，可以发现古典诗歌意象的影子。古诗与新诗本质上是相通的。另外，山与诗学的相关研究还可以向文学地理学、生态文艺学等方向开拓，并可以在旅游文化的领域中进行新的拓展，山与诗学是一个可持续发展的论题。

13. 汉魏六朝诗歌学问化问题研究// 崔向荣// 魏中林// 暨南大学// 中国古代文学

摘要："学问化"是魏中林教授近年来致力中国古典诗学研究所提出的一个新概念和新范畴。诗歌"学问化"问题的提出，其意义就在于将素来被视为"枝叶"的学问或学力作为诗学的一个重要内容来思考。历来的文学批评虽然也曾有过类似的话语和相关的讨论，但大多是以分散而相对自足的方式存在。迄今为止，现有的研究尚缺乏从学理的层面或学理的高度来对中国古典诗学的这一极具民族思维特征与民族文化特征的重要诗学现象加以整体的研究和阐发。基此，将"学问化"作为诗学的新范畴纳入诗学研究的视野，对我们进一步把握中国诗学的特殊品质无疑具有新的学术启迪意义。学位论文之所以选择汉魏六朝诗歌为研究对象，主要是考虑到汉魏六朝尤其是六朝时期的诗歌，不论其创作还是理论均处于畔古趋新的重要转捩时期。汉魏六朝诗学所面临的诸多问题堪称"空前而启后"（郭绍虞先生语）。笔者认为，透过学问化的新视角来检视汉魏六朝时期若干重要的诗学问题，将有助于厘清和把握中国古典诗学学问化在形成时期的特殊面貌及其演进轨迹，并为进一步认识与发掘中国古典诗学的独特内涵提供助力。

论文共分七章：第一章是全文绪论部分，旨在阐明"学问化"问题提出的意义，说明"学问化"作为诗学范畴的具体含义及构成因素，并就笔者对"中国古典诗学学问化"诗学命题及汉魏六朝诗歌创作及理论的学习和思考，谈谈几点认识。第二章首先从赋与诗的天然联系上阐明汉赋是诗歌学问化发展链条中极其重要的一环，并进而分析汉赋的文体特征与其后六朝诗歌的演进存在着的因循关系，以及汉赋作者的创作观和琢炼自觉对六朝诗人文学观和创作实践产生的深刻影响。第三章论述汉晋之际诗赋摹拟与学问化的关系。认为"欲丽前人"是魏晋诗赋摹拟的重要竞技观念和学问姿态，由此探析三个相关的问题：一、诗赋摹拟成为作者借以"立言"扬名的重要凭借；第二，诗赋摹拟成为一种"体物"的竞技艺术；第三，诗赋摹拟使诗赋体制本身的竞技性表现因素得以凸显。第四章论述诗乐分途与魏晋诗歌人工途辙的确立。侧重厘析三个问题：一、诗乐分途之势与作为诗体观念的确立；二、诗乐分途之后诗歌建立人工途辙的时代要求；三、俗乐新声背景下别构"雅正"新体的诗法意识与实践。第五章论述玄言诗与诗歌学问化的联系。认为学问其实乃是玄谈和玄言诗的一个要素，并进而剖析玄言诗在两晋之际玄风转向中的角色意义与学问担当作用，以及玄言诗在晋宋之际转入山水诗之后如何促成观物态度的新变与促成摹写对象、摹写之技的确立。第六章论述山水诗与诗歌学问化的关系。着重探讨元嘉山水诗在晋宋之际新自然观确立之后、山水景物成为客观表现对象的特殊文化背景下"以才济变"的大胆赋法意识和实践，分析了以谢灵运为代表的元嘉诗人的新追求以及元嘉山水诗体琢炼与生新的学问化特征。第七章主要探讨性情与学问的关系，认为汉魏六朝是真正在诗学的层面上开始对性情与学问关系问题展开讨论的时期，但汉魏六朝人的认识充满矛盾。钟嵘的"直寻"说反映了其时诗歌学问化已成为显在的问题。而永嘉诗人与永明诗人的创作实际上正是对问题的回应和思考。

14. 汉魏六朝清商乐曲辞研究// 潘筱蒨// 林家骊// 浙江大学// 中国古代文学

摘要：本论文题目为《汉魏六朝清商乐曲辞研究》，论文主体论述共分五章，第一章主要是对清商乐曲辞的定义进行概述与分析，以此总结出清商乐曲辞的范畴与内涵。在此章节首先从字义的角度对"清商乐"进行探讨，即分析从"清"至"清商"至"清商乐"曲辞定义的流变过程。其次分析了清商乐曲辞与"商乐"、"郑声"的关系。最后，通过探讨清商乐曲辞的范畴，为此论题的"清商乐曲辞"设定本位的立场。因此，第一章梳理了清商乐曲辞的范畴，共有五项曲辞，分别是《相和歌辞》、《清商曲辞》、《杂舞曲辞》、《琴曲歌辞》与《杂曲歌辞》。第二章至第五章是论文主要的研讨内容，大体是讨论清商乐曲辞间的关系。因此，第二章主要在《清商曲辞》与《相和歌辞》关系考究。从探讨彼此的产生的时代与渊源，来窥探两者是否存有相似的源头，以此探悉两者之间存有的影响与相通性。另也从文艺角度对彼此间的音乐与文学特色进行分析，以此得出两者间在歌诗创作方面有着什么样的文艺关系。结论是：一为汉魏流行的清商乐曲辞，另一为六朝流行的清商乐曲辞，彼此在产生时代有一点衔接关系，但却拥有各自独特的艺术性。第三章主要研讨课题在于《琴曲歌辞》与《相和歌辞》、《清商曲辞》的关系考究。首先探讨了《琴曲歌辞》产生的时代渊源，以此窥探与相和歌、清商曲所产生的时代与渊源是否有相似之处。另也从文艺角度比较琴曲与相和歌、清商曲的文学与音乐特点。第四章研讨课题在于《杂舞曲辞》与清商乐曲辞的关系，这里的清商乐曲辞亦包含了相和歌与清商曲。首先探讨了杂舞古辞所产生的时代渊源，以此得出杂舞古辞所产生的时代渊源与相和歌、清商曲所产生的时代渊源是否存有相似点。另亦从文艺角度分析三者间的文艺关系，从中得悉三者间在曲辞创作方面存在着相互的影响力。第三章和第四章进行《琴曲歌辞》、《杂舞曲辞》与《相和歌辞》、《清商曲辞》之间的文艺关系分析。这是因为《相和歌辞》在汉魏时代是主流的曲辞，在清商乐曲辞中具有一定的影响力，而《清商曲辞》取代了《相和歌辞》成为六朝的主流曲辞。第五章研讨课题在于《杂曲歌辞》与清商乐曲辞的关系，杂曲本身具有多元化的特征，同时具有其他清商乐曲辞的文艺特点，但也保存了自己的独特性，即"多元"与

"杂"。因此，此章从曲辞产生时代渊源与文艺特点分析，探讨杂曲与其他清商曲辞所存有的文艺关系。

15. 魏晋南北朝战争诗文研究// 宋雪玲// 王德华// 浙江大学// 中国古代文学

摘要：魏晋南北朝时期战乱频仍，战争诗文蔚为大观。通过研究战争诗文，可以揭示这一时期文学发展的特殊现象及其演进轨迹。故本文以魏晋南北朝战争诗文为研究对象，探讨其发展演进规律以及与当时历史、社会、文化的深层联系，发掘其在特殊历史背景下文体的发展及其所蕴涵的精神内核。本文共分七章，除绪论以外，主体内容分为战争诗研究、战争文研究两大部分。第一章明确本选题的理论价值、学术依据、研究范围；分析魏晋南北朝战争诗文的繁荣及其背景；通过学术史的回顾，说明本文研究的重点和主要论题。第二章至第四章论战争诗。以时间为序，分别论述汉末三国、两晋、南北朝战争诗。汉末三国是战争诗繁荣期，不仅曹氏、王粲战争诗创作丰富，而且阮籍、嵇康也间有涉及战争题材的作品。从建安偏重于描绘乱离图景到正始偏重于关注个体生命，是这一时期战争诗发展的基本走向。而曹氏文人前期纪实、抒情并重，风格慷慨悲凉，后期发展为以抒情为主，风格壮阔飞扬；王粲也由发愀怆之词转变为写理想之歌，是这一时期不同文人诗风的发展变化。两晋时期，战争虽也连绵不断，战争诗创作却不多。西晋战争诗前期以平吴大捷为核心，以赞美王朝统一为主调；中期或抒写征人思乡，或描述军旅艰辛，或美化王朝武功，缺少刚健昂扬、慷慨任气的风骨；唯有后期刘琨战争诗慷慨悲壮，表现出对建安风骨的回归。东晋诗人虽也有"神州陆沉"之痛，由于习染玄风，较少关注现实，唯有郭璞在游仙之余而及乱离，而陶渊明则仅以动乱的背影投映于田园诗歌的背后而已。南朝的战争诗数量不少，多以拟乐府的体式，或纪实，或咏史，或以宫体入诗，追求艺术新变。但南朝诗人多无从军经历，其战争诗多是依据经籍史传创设虚拟情境，表现出比较显明的"经史化倾向"。北朝战争诗数量较少，但是成就较高，风格刚健有力，呈现尚武的地域特色，下开隋唐战争诗之先风。魏晋南北朝鼓吹曲辞，魏、晋、梁以歌颂开国君主军功为主体；宋、齐则涉及战争音乐、战场厮杀，内容有歌颂君主，亦有美赞藩臣。其功能由庙堂之乐到案头文学，从内容到功能都发生了很大变化。第五章至第七章论战争文。分别论述魏晋南北朝劝战止战文、檄文和武功赋。魏晋南北朝出现了许多劝战和止战的文章,不同时期的劝战文体现士人的不同政治诉求;而止战文往往也并不是怯懦思想的表达,而是承载着深厚的民生观、历史观、通变观、华夷观以及趋于一统的国家观念。劝战、止战文长期以来形成了相对稳定的言说方式,这是传统文化沉淀于言说者内心的表现。细致考察劝战文和止战文的言说方式,有利于进一步认识魏晋南北朝士人的战争观念和文化心理。魏晋南北朝时期是檄文的兴盛期,本文对檄文的文体功能、檄文的内容表达模式和文体结构模式、檄文的语词风格和语体效果、檄文的话语方式和文化心理结构以及檄文的特殊文体体制等方面进行了系统的探讨,并对学界众说纷纭的司马相如《难蜀父老》的创作背景、讽谏主旨、文化意义和表达模式进行了详细的考察。武功赋是赋体的一个题材门类,武功赋兴盛于建安,嗣响于西晋,消亡于南北朝。虽然数量不多,质量也呈现出初创期的稚拙,但是从所发生的社会环境来看,却可以折射出当时的文人心态、文风特点和社会文化心理。而且将"武功"引入了赋作,遥接楚辞,拓展了赋的表现题材,也为唐代武功赋的繁荣提供了一些借鉴。

16. 潘岳研究// 高胜利// 王永平//扬州大学// 中国古代文学

摘要:潘岳(247—300),字安仁,荥阳中牟(今属河南)人,西晋太康时期的著名文学家。他的诗文言浅情深,真挚动人,在中古文坛占有重要的位置。本文试图通过对潘岳人生经历与仕宦沉浮的细致爬梳来探究其思想、心态的变化过程。潘岳是西晋太康时期文士的典型代表,通过研究他的生存状态从而可以窥探当时士人的内心世界和社会风尚。论文由导言、正文和附录三部分构成。导言部分,对该选题的来源以及研究的目的和意义、学术史回顾、研究的范围和方法进行了具体阐述。正文共分十章。第一章对荥阳潘氏潘岳一族的家族世系、家世背景以及主要家庭成员进行了细致考证。荥阳潘氏自东汉末年便定居在河南中牟县,潘岳祖父官至安平太守,潘岳父亲官至琅邪内史,是故潘岳出身于中下层士族阶层。潘岳的出身及其家族的社会地位,使得他必须像其他士人一样依附于豪门贵戚,以求得在仕途上的发展和文学上的凭借。此外,本章还对潘岳在青少年时期的生活经历以及晋武帝、晋惠帝时期的仕宦状况进行了论述与分析,并结合潘岳的相关作品,对其生平仕历中史书无载的事迹加以补证。潘岳在青少年时期因为才华横溢和容貌出众获得了较高的社会声誉,顺利踏上仕途之路。但此后由于才名冠世,为众所嫉,加之因为卷入当时的党派斗争中,遂长年栖迟下僚,抑郁不得志,直到咸宁五年才被外任为河阳令、怀县令等。在西晋国运昌盛之时,士人可以一展雄心壮志,实现抱负之际,潘岳却仕途不顺,遂加快了追逐功名利禄的脚步,这在他的诗文中多次呈现出来。惠帝时期,潘岳先后依附权贵杨骏、贾谧等人,仕途顺利,官至黄门侍郎的清要职位,但却乾没不已,贪恋荣华富贵,最终卷入残酷的政治斗争中失去了性命。第二章是关于潘岳的品行人格及其思想风貌对文学创作影响的具体论述。潘岳性格中既有轻浮躁竞的一面又有懦弱胆怯的一面,潘岳性格的这两个方面使得他既追名逐利、趋炎附势,又不敢公然与当权者抵抗,于是陷入统治者争斗的泥潭中而无法自拔。潘岳的为人与为文既有统一的一面也有对立的一面,当不牵涉到自身政治利害关系的时候,他的文学创作是真实地展现其内心世界的;伴随着其道德人格的逐渐堕落,他的文学创作活动则表现出明显的势利化倾向,这些出于政治目的的作品与其人品是不一致的,说明了潘岳人品与文品的复杂性。潘岳既受儒家思想的影响,又受玄学思想浸润,造就了其复杂而矛盾的思想性格,处在显性层面的是积极入世思想,处在隐性层面的是隐逸思想。这两种思想通过其作品表现出来,他的部分作品带有明显的目的性、指向性,是为了获得统治者的认可,以求得升迁的机会。因为仕途的坎坷,所以作品中展示的既有得意时的豪情又有失意时的牢骚,从现存的潘岳的文学作品来看,往往触发其创作动机的虽然与一己情志的偶然冲动有关,但更多的是对以往某一时期生活状态和生活经历的总结与安排以及对未来的展望,即其创作的出发点重在展示与现实生活、个体情感的关系,具有较强的写实性,但由于过于注重现实生活,缺乏开阔的视野和理论的高度以及形而上的思辨能力,使得潘岳的文学创作缺乏丰富的内涵,显得器局狭小。第三章从士族门第的视角探究潘岳等人加入鲁公"二十四友"的心态以及考察该文人集团成员的家世背景、地域分布与其入选之关系。"二十四友"为西晋时期重要士大夫生活之现象,他们依附贾谧是当时特定社会环境下多种因素相互作用的结果:在外戚争权和八王之乱的动荡政局下,正常的入仕格局被打破,他们要想保存性命并求得仕途上的发展,必须寻求权势的庇护;文人集团依附政治,是中国传统文士依附权势的普遍心态,具有历史的共同规律;"二十四友"成员中大部分来自司州、豫州及周边地区,儒家的积极入仕思想、玄学思潮影响下的任情及纵欲思想深刻地影响到士人人格精神的生成和人生价值取向。"二十四友"依附贾谧具有人生态度上的共同点,就是追求政治上的腾达,除此之外,他们中的大部分成员具备相当的文学才能,在日常的交游中也留下了很多文学作品,可以说他们的文学活动成就了太康文学的繁荣局面。潘岳、陆机二人在依附权贵寻求仕途发展的过程中,虽然都有强烈的克振家声的宗族意识,但由于出身背景及家风影响的不同而附势心态亦不尽相同。第四章分别探讨西晋时期任情、隐逸、清谈之士风对潘岳文学创作的不同影响。门阀士族占主导地位的西晋时期,九品官人制阻碍了中下层士人的正常入仕之路,这些士人为了自己的利益而纷纷依附于豪族、权门,同时也不可避免地卷入残酷的政治斗争中,时刻面临杀身之祸,生存困境使他们强烈地感受到生命的可贵,任情之风由是兴起。与此同时,该时期盛行的名教即自然的玄学思潮,在理论上消除了名教与自然的矛盾,肯定了现存秩序和人的欲求的合理性,因而为中朝士人在积极追求事功的同时而又宅心事外、不婴事务提供了理论支持。生长在玄风环境中的人,出现了对隐逸思想的认同感,而庄园经济的发达为士人的园林之隐提供了条件;加之政局动荡,在仕宦沉浮及生命忧虑的痛苦中,使得他们的隐逸思想时常涌现,于是创作了大量企慕隐逸、歌咏隐士的作品。西晋中朝,清谈之风甚盛,此时的言玄清谈不只是为了谈玄析理,同时又是一种带有社交性质的、精巧的智力活动,有时还兼有展示口才的目的。为了显示自己的才华与风采,谈者往往采用丽辞骈句作为语言表达方式,这种对丽辞对偶艺术的自觉追求自然影响到文人们的文学创作,潘岳作为该时期的代表作家,亦不例外。潘岳作品中所体现出的浓郁的深情、对隐逸生活的向往及对丽辞对偶技巧的追求,正是西晋士风中的任情之风、隐逸之风及清谈之风通过对创作主体的影响进而影响其文学创作的结果。第五章阐述了潘岳的诗歌成就。该章围绕以下几个主要问题进行了论述:讨论了潘岳的悼亡诗歌的艺术成就及其对后世文学创作的影响,潘岳的悼亡诗确立了悼亡诗歌的体制,实现了悼亡诗歌的"名篇定制",遂奠定了悼亡诗歌的历史地位,并确立了一种新的诗歌类型,从此以后,悼亡诗作为诗歌创作的题材类别之一,进入了中国诗歌的创作领域。潘岳诗风之形成是综合学习王粲、曹植、张华等人创作的结果，潘岳诗风中体现出的关注民生疾苦的倾向和情感上的凄怆情调是继承了楚辞的传统精神；此外，潘岳的五言诗从语言、结构等方面还汲取汉乐府民歌的营养；除了对潘岳诗歌进行风格特征的概括外，还对其诗歌中作者存疑的篇章进行了详细考辨。第六章论述了潘岳的辞赋成就。主要围绕以下几个问题进行：纪行赋是传统的述行之赋，潘岳以前，纪行赋结构比较简单，还处在纪行赋发展的初期阶段，而潘岳的《西征赋》以其完美的结构和形式，在鸿篇巨制中将时间、历史、地理等元素巧妙地融合在一起，使得文章整体气势恢宏，错落有致，富于变化，标志纪行赋的创作已经进入成熟的阶段，此赋一出，开启后世作家无数法门。潘岳的抒情小赋学习了曹植、王粲等人的辞赋创作，继承了汉末建安抒情小赋抒情性强烈，篇幅短小，文辞华丽等特点，又形成了自己的风格：写景叙事，语言简洁；情景交融，意境深远；结构流畅，层次分明；文风清新流丽。潘岳还开创了《藉田赋》等新的辞赋题材。此外，对潘岳辞赋中作者存疑的篇章进行了考辨，并总结、归纳了潘岳辞赋的总体风格特征。第七章论述了潘岳的哀诔文成就。该章首先探讨了潘岳哀诔文的主题类型、风格特征，然后对潘岳哀诔文的创作时间进行了考证，最后论述了潘岳诔文的创作观及其对前代文学的继承与发展。潘岳作为西晋时期的著名作家，其出身于具有儒学背景的文学家族，受传统文化之熏染，故对诔文述德之传统功能是非常重视的；此外，受到社会文化环境的影响，且其哀诔文创作也是学习曹植等人的，是故，其对诔文之述哀功能也是接受的，并付诸实施。潘岳的哀诔文在继承前人的基础上形成了自己的特色，具体表现为：其哀辞着力刻画哀悼对象的美丽容貌，以煽动悲痛之情感；在语言形式上，用艳丽的辞藻来叙写凄恻的哀情；以景写情，营造伤感氛围。其诔文将叙事与议论融为一体，实现夹叙夹议式抒情，诔文还以史传笔法作序，使得序言具有独立存在的文学价值，开创了后世哀诔文大序之典范。第八章是关于潘岳的容貌与才情的分析及其在后世作品中的接受情况。西晋社会唯美风尚的盛行，使得人们对容貌姣美之人给予高度赞誉，加之人物品评也重视人物的潇洒风神，从而使得这些士人在获得社会声誉的同时，也对他们的仕途起到积极的推动作用。潘岳因其姿容甚美和才华横溢，不仅赢得了当时社会的广泛认同，而且对后世产生了深远的影响。"才比子建，貌似潘安"，已成为大众共识，后世诗文、戏曲中多有潘岳美丽容貌的描写，可见人们对潘岳其人审美接受的普遍性，"潘安"俨然已成为美男子的代名词，也被认为是美男的象征。自从钟嵘《诗品》作出"陆才如海，潘才如江"的评价之后，"潘江"亦成为才华横溢的代名词。潘岳的才学也被广泛认同，其才子形象亦被普遍接受。潘岳少年时期游玩洛阳道的风流韵事为南朝人津津乐道，后来被萧纲等人写入乐府中，其他文人亦纷纷仿作，遂开创了拟横吹曲辞《洛阳道》的写作题材，被当时及后世文人广泛采用并略加扩充，使得《洛阳道》最终成为描写京都贵族出游盛况题材的横吹曲辞名称。第九章是关于潘岳作品在当时及后世接受情况的具体论述。潘岳作品在后世的审美接受主要包括以下几个方面。对其诗文的模拟，尤其是潘岳的《悼亡诗》，后世作家创作的悼亡类诗歌多受其影响。对其作品的引用，主要表现在引用词语或成句、袭用意象、引用篇名等方面。此外，潘岳的诗文被编入《文选》，这也是其作品接受的表现形式之一。历代评论家对潘岳诗文及创作的评价和对其创作风格及地位的评价也是接受方面的内容之一。六朝、隋唐时期对潘岳的评价相当高，评论家无论是对潘岳之为人还是对其文学创作而言，都基本上持肯定的态度。而宋至明清时期对潘岳的评价开始出现逆转，批评之声始终不断，主要集中在人品与诗艺的不一致上，从对潘岳人品的否定进而否定其文学作品，总体来说是贬多于毁。对潘岳作品及创作风格评价的差异，是中国社会思想文化发展变化和读者的"期待视野"发生了改变的结果。余论部分主要探讨三个问题。一是从门阀士族制度下的士人求仕之路这个视角来探究潘岳作为西晋社会中下层士人的代表性，从而窥视当时中下层文人的生存状况并对潘岳躁竞不已的附势心态给予合理性的解释。二是从西晋文士及其作品中普遍缺乏崇高精神风貌这一现象来阐述士风与文学创作的关联性，对士风如何影响文学创作进行了具体分析。三是通过讨论太康文学在中国文学史上的地位进而论述了潘岳的文学史地位及影响。

17. 南朝江东本土文人创作研究// 杨健// 林家骊// 浙江大学// 中国古代文学

摘要：本文的研究对象是南朝江东本土文人创作。所谓"江东"，即长江下游以东地区，主要包括今天的浙江全境、江苏南部、安徽南部等以吴语区为核心的地区以及作为六朝古都的南京。南朝江东本土文人指自东汉以来世居"江东",且一生主要活动范围基本不出江东地区,并有诗歌、辞赋存世或别集著录以及据史传记载能文的南朝文学创作之士。经笔者统计,南朝江东本土文人共 109 位,存诗 633 首,赋 47 篇(另含存目 13 篇),文 473 篇。永嘉乱后,中原衣冠南渡,避地江东,东晋政权的建立揭开了中国南北分治的序幕,由于政治、地理的阻隔,文学的地域化倾向日趋明显。综观各地文学发展状况,南朝以江东最为繁荣。然而在南朝以前,江东本土文人数量较少,本土文学的发展相对缓慢,作品不多且影响有限。先秦两汉时期尚处于孕育和起步阶段,几无作品值得称道;魏晋以来,随着东吴政权的建立和永嘉南渡的影响,江东地区迎来了良好的发展机遇,出现了陆机、陆云、张翰等著名文人;晋、宋两代,具有江东地方特色的乐府民歌——吴声歌曲悄然兴起,并盛极一时。紧接着便迎来了南朝江东本土文学发展的新时期。论文以南朝江东本土文人的文学创作为中心,主体部分共分五章:第一、二两章是对南朝江东本土文人的综合考察:先是依次探讨地理环境、政治、经济、学术、宗教与南朝江东本土文人生活及其创作的关系,然后简要梳理他们的作品和别集的流传情况。这两章基本属于文学的外部研究。第三、四、五章以南朝江东本土文人的作品为研究重点。第三章考察其诗歌创作,从作品题材入手,选取乐府、咏物、赠答、游宴、咏怀、行旅等六类诗歌作为研究对象,对其思想内容、体式结构、表现手法、艺术风格等分别加以分析;第四章论述南朝江东本土文人的辞赋创作,在概括其总体面貌及创作背景的基础上,具体探讨它们在题材、功能、体式、语言等方面的特征;第五章论述南朝江东本土文人的应用文,以作品数量最多的公牍文、书牍文、序论文、颂赞箴铭文、碑志哀祭文五大类文体作为考察对象,划分其题材类型,揭示其文体功用,并探究其写作技巧和艺术特色。这三章基本属于文学的内部研究。最后,结合以上论述,对南朝江东本土文人及其创作的影响做出相对客观、公允的评价,进而确定江东本土文人在文学史上的地位。

18. 晋隋之际南北文学融合研究// 周悦// 李生龙// 湖南师范大学// 中国古代文学

摘要:晋隋之际是指东晋建立到隋灭陈(316—589)这一时段,是处于两汉、隋唐大一统局面之间的南北政权对峙时期,南北文学急剧分化导致各方面差异彰显。与此同时，也开始了新一轮的南北融合进程。本文主要是立足晋隋时段，辅以上溯下延，以通观南北的视角论述南北文学的融合进程，揭示南北文学融合的规律。全文共分七章。第一章立足于晋隋南北差异的历史积淀，论述先秦至六朝南北差异的诸种表现。南北虽为地理概念，但实际上蕴含非常复杂的意义。南北差异是南北融合的前提，而先秦至六朝的南北差异表现在很多方面，本章主要论述最具有标志性的几个方面：南北个性、风习差异；南北学术、宗教差异；南北语言、艺术、文学差异。论述南北差异，意在说明南北融合的复杂性。第二章立足于晋隋南北融合的文学起点，论述先秦至西晋南北文学融合之大势。先秦至西晋已经形成的南北文学融合成果，是晋隋之际南北文学融合的基础。该章的论述，意在为研究晋隋之际南北文学的融合做出宏观铺垫。首先辨析融合的一般含义，然后分时段具体论述先秦时代南北文学的融合，两汉时代南北文学的融合，建安至西晋时期南北文学的融合。指出南北文学的转关其实是在西晋时期。第三章立足于晋隋南北文学融合的文化基础，主要从三个方面展开论述。一是华夏法统的争相承继，南北双方都对华夏血统和文化传统保持深厚的认同感。二是文学传统的共同承续，南北双方创作者以汉族士人为主，认同和接受的都是先秦汉魏西晋的文学传统。三为审美心理的彼此趋同，文学艺术中所隐含的审美心理的彼此趋同是文学能达成深度融合的基础。该章的论述，意在说明南北政权对峙时期，南北文学何以在急剧分化的同时，旋即呈现不断融合的进程和结果。第四章立足晋隋南北文学融合的表现形式，论述东晋以后南北文学之交流、互动与融合。南北文学交流和互动是融合的表现形态，在南北文学交流的不少途径中，该章具体论述聘使往来中的文学交流，士人迁徙所导致的南北文学交流。尤其是士人的迁徙极大的促进南北文学的融合，故该章选取了王肃与萧综，王褒与庾信，徐陵与颜之推三组在南北文学交流互动融合过程中具有重要标志意义的人物加以详论。第五章立足江左南北文学融合的推进特征，论述东晋南朝内部南北文学融合之进程。首先说明东晋南朝内部南北融合的含义，然后从文学创作和文学理论两个方面阐述：就创作而言，一方面是南朝对汉、魏、西晋文学传统的承续，另一方面则是作家极尽追求辞采、对偶和音律，显示日益南化的趋向。就理论而言，主要是齐梁文质论中隐含南北文学融合的理念，文质兼备成为南北文学融合的取法标准。第六章立足北朝南北文学融合的演变历程,论述北朝内部南北文学融合之进程。首先说明北朝内部南北文学融合的含义,在北朝,文学的南北融合与胡汉民族融合相伴相随,在不同的时期,文学融合呈现不同的态势。该章分三个时段论述融合的进程:先是北方地区文学的衰落与北中有南、局部南北融合,其次是北魏汉化与北方内部南北文化、文学融合的提速,最后是北齐、北周时期,南方文学对北方文学影响的加大,南北文学融合进一步加强,南北文学融合的成果初现。第七章立足晋隋南北文学融合的归宿成果,论述隋至盛唐南北文学之大融合进程。首先论述隋代大一统局面下的南北融合,其次论述隋代南北文学的冲突与融合,最后说明初唐至盛唐南北文学的进一步融合。该章的论述意在显示晋隋之际南北文学融合的延续和结果。

19. 偈与颂:以中古时期汉译佛典为中心// 王丽娜// 湛如// 南开大学// 中国古代文学

摘要:佛教自东汉时期传入汉地后,旋即开展佛典的传译,绵延持续千余年。中古时期,印土僧徒和居士信众精诚合作,翻译了卷帙浩博的佛典。佛教对中国的哲学、伦理学、文学、艺术等领域产生了广泛而深刻的影响。佛教深深植根于中国文化土壤之中,改变了中国文化因子。偈颂是佛教十二分教之一,亦是汉译佛典的一种重要文学体裁。佛典在传译中,一般采用汉地诗歌的三言、四言、五言、七言等形式。偈颂主要包括两种重要类型:伽陀与祇夜。偈前无长行的称为孤起偈,即伽陀。偈前有长行并以韵文重颂之称为重颂偈,即祇夜。广义的偈颂二者均包括,狭义的偈颂只包括伽陀。本文主要研究广义内涵的偈颂。偈颂以其少字收摄多义,反复重说长行的内容,利养众生赞叹之用等而受到广泛的传诵。中古时期佛典译业大略可以分为四个历史时期:起步的汉末时期、草创的三国西晋时期、辉煌的东晋南北朝时期、巅峰的隋唐时期。每一时期的汉译佛典偈颂都展现出独特的文学风貌。通过对这四个历史时期汉译佛典概况的回顾,及对代表性译师和佛典偈颂的精心梳理,进一步总结和分析每一时期偈颂的文学性格。在对整个中古时期汉译佛典偈颂条分缕析的基础上,我们可以初步总结出偈颂文学风貌的变迁:表达内容上,中古时期主要以说理性偈颂为主,赞叹性偈颂、叙事性偈颂为辅;句式言数上,中古时期五言偈颂居于主导地位,七言次之,兼及其他;篇幅上,中古时期偈颂经历了从短篇小偈逐渐发展到鸿篇巨制的过程;修辞手法上,偈颂从后汉时期以譬喻为主逐渐发展至东晋南北朝时期多种修辞手法灵活并用;语言上,中古时期偈颂在后汉、三国时期相对古朴生涩,及至东晋南北朝渐趋华丽生动。在中古时期卷帙浩繁的汉译佛典中,《法句经》和《佛所行赞》是极具代表性的。二者具有宗教、哲学、伦理、文学等多方面的内容与价值,本文重点分析其文学性格。这两部佛典均通篇采取偈颂的形式,前者长于说理后者善于叙事,以二者为代表的佛典偈颂对中古时期文学的发展产生了一定的影响。《法句经》在南传佛教国家中拥有极高的声誉,被视为蕴藏着佛理的宝藏。上座部佛教徒将《法句经》视为佛教的入门书,将其教义作为日常修行的准绳。《法句经》是佛陀随缘应机说法,因而其内容见于原始佛教阿含经和上座部佛典之中。《法句经》在长期的传播过程中形成了巴利文和梵文两个系统,两个系统的《法句经》在品目上有一定的差别。而汉译《法句经》在流播过程中也发生了诸多变化,目前主要有《法句经》、《法句譬喻经》、《出曜经》和《法集要颂经》。笔者将《法句经》辑录原始佛典的情况做了比对汇总,以希冀进一步明晰《法句经》的历史概况。《法句经》不仅在亚洲广受欢迎,亦流行于世界各地。目前《法句经》有拉丁语、英语、法语、德语等不同语种的多种译本。《法句经》在汉地流传甚广,深受佛门释子和信众的喜爱。笔者在对巴利文《法句经》的重要两品《双要品》和《述佛品》进行汉巴翻译比对的基础上,借以考察和分析吴本《法句经》的内容和文学性格。《法句经》在内容上主要阐述佛理,采用汉地诗歌的表现形式,运用四言、五言等形式,并灵活使用了譬喻、对比、排比、反复等修辞手法,语言质朴凝练。《法句经》涉及佛教义理的方方面面,其善于说理议论的风格、表现方式、修辞手法等对中古佛门偈颂和文人的诗歌创作产生了深远的影响。以《大庄严论经》为例,在内容上多处引用《法句经》中的偈颂,其修辞手法、语言风格、用典、句式等方面都深受《法句经》的影响,是《法句经》偈颂风格的延伸和发展。以《法句经》为代表的佛门偈颂,对山水诗人谢灵运诗歌富于说理性亦产生了一定程度的影响。白话诗人王梵志的诗歌机智幽默,富于理趣,其通俗白话的语言风格亦可以体味到对《法句经》的借鉴。《佛所行赞》是通篇采用偈颂形式的叙事性佛典,公认为佛传文学中的翘楚。作者马鸣是印度古典梵语文学史杰出的佛教文学家、戏剧家、音乐家,具有相当崇高的文学声望。笔者对《佛所行赞》第三章前二十偈进行了梵汉翻译比对。通过比对，我们可以看到北凉昙无谶所译的《佛所行赞》较为真实地再现了梵文原典内容，但对女姿描摹等内容做了一定的删减和处理，翻译中意译处也不少。《佛所行赞》的文学性格较为突出。它塑造了佛陀、净饭王、车匿、瓶沙王、给孤独长者、魔王、摩耶夫人、大迦叶等几十个有血有肉的人物形象。《佛所行赞》的布局相当严密紧凑，并有大量的场景、心理、神态、动作等描写。《佛所行赞》还大量地运用了比喻、拟人、设问、反问、排比等修辞手法，语言优美动人。以《佛所行赞》为代表的佛典叙事性偈颂对我国古典叙事诗，如白居易等诗人的创作产生了相当绵远的影响。

20. 唐代怀乡诗研究// 李春霞//邹进先//哈尔滨师范大学//中国古代文学

摘要：唐代诗歌是中国古代诗歌的高峰，各种题材的诗歌在此期间得到了充分的发展，取得了远大的成就。怀乡诗同边塞诗、咏史怀古诗、山水田园诗一样成为唐诗百花园中的一朵奇葩。它抒写了个体对自我生命及当下处境的关注，在浓烈的怀乡情感中蕴含着诸多人生体验：生命意识的自觉、对亲情的渴望、对羁旅漂泊的厌倦、生命短暂功业无成的哀叹、归家的热望、欲归不能的痛楚，还有战乱时期家国一体的深刻体认等。唐代怀乡诗不仅展现了唐代士人们的生存状况、情感心志，也反映了唐代当下的政治、经济、思想、文化状况。从这个意义上说，唐代怀乡诗是我们了解唐人及唐代社会的一个窗口。怀乡诗在中国古代诗歌史上源远流长。本文是对怀乡诗的断代研究，笔者力图在充分占有材料的基础上对唐代怀乡诗的思想和艺术做全面、细致、深入地探讨，揭示出唐代怀乡诗对前代的继承与发展，论述怀乡诗在唐代的新发展和新成就。研究的重点是怀乡诗的艺术形式和艺术特点。论文由绪论、正文和结论三部分组成。绪论部分论述怀乡诗的产生、怀乡诗的审美特质、唐代怀乡诗的概况及研究状况。正文分六章。第一章探讨唐前怀乡诗的发展与成就。按照先秦、汉魏和两晋南北朝三个阶段，以主要作家作品为重点，描述怀乡诗的思想艺术和历史流变。第二章对唐代怀乡诗做纵向的考察与描述，阐释初、盛、中、晚四个阶段怀乡诗思想内容、情感基调和艺术特点诸方面的状态、特点和成就。第三章揭示和论述唐代怀乡诗的情感蕴涵，其中包括羁旅漂泊的孤凄、生命将逝的哀叹、对于亲情的渴望、仕途坎坷的悲慨以及征戍难返的哀怨等,论述这些情感产生的原因,揭示唐人生存状态和情感心态的一个重要方面。第四章分析唐代怀乡诗的时空情境和时空结构。从时间和空间两个方面系统梳理了唐人故乡之思产生的情境特点,论述唐代怀乡诗时间和空间回环交错的结构模式。第五章研究唐代怀乡诗的审美意象。唐代怀乡诗在抒发乡情时营造了很多意象,如江鸟、雁、鹧鸪、浮萍、白云、流水、月亮、猿啼、乡梦、家书、乡泪等,该章对其中的主要意象进行研究与分析,揭示唐代怀乡诗的审美特征和审美价值。第六章论析唐代怀乡诗的叙写艺术。揭示唐代怀乡诗中以事态叙写抒发思想感情的审美机制和表现形式。结论部分简要总结了唐人怀乡与思归意识在精神层面的审美意义。

21. 吴兢《乐府古题要解》研究// 李娜// 刘志伟// 郑州大学// 中国古典文献学

摘要:作为音乐与文学相结合的产物,乐府及乐府古题之文学、文化传统受到音乐尤其是音乐文化的决定性影响。乐府古题作为乐府文学、文化传统的载体,其与乐府诗歌产生的种种纠结,也是在音乐文化的诸种分流中发生、发展的。本文第一、二章即围绕此二点探讨中国古代音乐文化对乐府以及乐府古题文学、文化传统所产生的种种影响。大体说来,中国古代音乐文化可区划为三个分野:其一,作为史学载体,记史言事;其二,作为儒家乐教理论的有机组成部分介入礼乐政治,实现其教化人心、安邦定国的社会价值;其三,满足人类的审美与娱情悦性需求。前二者适应了统治者对音乐的定位,第三点则满足了人类最普遍的精神欲求,这种分化又进而促成乐府诗歌发展为两股潮流:前二者赋予乐府诗歌在后世作为《诗经》后继者的崇高文化地位,同时也促使乐府诗歌创作和研究更多关注古题本事本义;而第三点则推动乐府诗歌创作不甘受制于古题本义之束缚,更注重向形式美的方向发展。《乐府古题要解》正是在初、盛唐时期两种乐府诗歌潮流兴替之际应运而生,其对乐府古题本事、本辞的追溯及对其本义的发掘,正与开元礼乐政治文化背景下文人大力创作古题乐府诗歌的文学潮流相呼应,这在本文第三章有详论。第四章集中对《乐府古题要解》进行本体研究,在详考其版本、内容体例的基础上,阐明《乐府古题要解》在乐府研究史及乐府解题著作发展史中的价值和地位。其中，重点考察《乐府古题要解》明抄本之源流，在前人研究基础上得出如下新结论，即《乐府古题要解》今实有三种完整版本，并非前人所论两种：其一，毛晋汲古阁津逮秘书本，乃今日通行之版；其二，明代藏书家柳佥正德抄本，现存于日本东京静嘉堂文库；其三，明人陆东据《乐府诗集》校勘之柳佥抄本，后为明人梁梧刻印，今藏于国家图书馆。在内容方面，《乐府古题要解》不仅收录大量古题，并从本事、本辞中寻绎其本义；对不同古题按其音乐种类予以分类；并收录大量魏晋南北朝以以来的杂体诗。作为唐人对汉魏六朝古题的总结，《乐府古题要解》乃承前启后之作，不仅集中吸收了唐前乐府以及乐府解题研究的成果，并对唐后的乐府研究及乐府解题产生深远影响，乃乐府研究及乐府解题史中具有里程碑意义的权威文献。《乐府古题要解》所采用唐前文献主要包括四类：诸史之乐志、相关歌辞总集、解题类著作以及笔记小说，其中重点参考了《宋书·乐志》、《古今乐录》、《琴操》、《古今注》等著作。《乐府古题要解》对后世《乐府诗集》等产生巨大影响。《乐府古题要解》的学术传承主要体现在乐府分类和乐府解题两个方面。在分类方法上，《乐府古题要解》在《宋书·乐志》按照音乐种类将古题分八类的基础上，结合南北朝以来乐府文本的发展，将乐府诗歌分为十类，《乐府诗集》则在此基础上又结合隋唐乐府诗歌的新发展将乐府诗歌分为十二类。在解题方面，《乐府古题要解》通过各相关著作追溯古题之本事、本辞以详考古题本义，其对古题之释义也具有经典性价值：不仅郭茂倩《乐府诗集》几乎全部采录，历代解释乐府古题也都以《乐府古题要解》之说为宗，后世乐府解题著作也都大量学习《乐府古题要解》之解题体例。《乐府古题要解》之作者吴兢，乃唐代著名史学家，本文第三章第四节从其生平家世以及学术思想入手，探讨《乐府古题要解》与其政治理想之间的联系。在此基础上，第五章进一步分析《乐府古题要解》所承载的吴兢乐府观，即从文学、历史、政治三个角度解读古题；进而评价乐府古题诗歌，批判了背离古题本义的乐府诗歌潮流。其书不仅体现了吴兢以其史学眼光对古题本身史学价值的审视，更蕴含了一名史官对国家礼乐文化的关注和思考。此外，吴兢之乐府观的形成与唐代乐府诗歌创作和唐人乐府观也有密切联系。唐初士大夫即接受以乐府为《诗经》之后继的观念，并形成了雅正文学思潮：在创作中重视回顾古题本事、本辞；对于乐府的文化定位，由于唐代前期国家大力复兴礼乐文化，而倾向于《雅》、《颂》,中唐以后则由于社会原因,更重视以《国风》之义来指导乐府创作。

22. 唐代游艺与诗歌// 王赟馨// 沈文凡// 吉林大学// 中国古代文学

摘要:诗歌发展至唐代,达到了一个鼎盛时期。在这个中国历史上大繁荣、大发展、大融合的强盛时代,经济、政治、文化空前发达,多民族的融合为文化的交流与传承添加了一抹异彩,坚实的经济基础、开放的政治环境、浑厚的文化底蕴、丰富的社会生活,也使唐代的文学成就达到了一个高峰。有唐一代,诗歌成为诗人抒情、言志的最常用和最直接的文学形式,卷帙浩繁,气势磅礴,绚烂多姿,作品风格多样,作者身份多元,反映了唐代社会生活的各个层面,展现了时代精神。唐代诗歌题材丰富,诸如边塞诗、山水诗、田园诗、咏史诗、咏物诗、应制诗、讽喻诗、悼亡诗、送别诗、闺怨诗等,不胜枚举,古今中外研究者不计其数,涉及内容广泛,研究深入透彻。游艺活动在古代人的社会生活中占据着重要的位置,人们通过游艺活动强健体魄、愉悦心情、陶冶情操,而唐代政治强大、经济繁盛、文化先进、物质生活丰富,这就促使唐人产生追求更丰富的精神生活的欲望,游艺活动恰恰满足了他们这一需要。在游艺活动过程中,人们用诗歌记录场面和过程,或摹景状物,或抒情言志,自成一类,虽然不若其他题材诗歌数量众多,却也相当可观,有待于深入的整理和研究。而唐代游艺诗不仅能展现唐代游艺活动的风貌,更为我国古代游艺活动状态和文化的研究提供了宝贵资料,有丰富的史料价值。本文以《全唐诗》为研究文本,整理并研究涉及游艺活动描写的篇章,对唐人游艺活动的诸多方面进行深入的探讨与呈现。其中包括专门描写游艺活动和诗句中提及游艺活动的诗歌,整理为运动竞技、休闲娱乐、岁时节令游艺活动与诗歌三个部分进行梳理研究,分析其艺术特色,力图通过对游艺活动及其诗歌的整理与研究,展现唐代的一些社会生活风貌和民族习性,以及文化的交流与融合。绪论之外,分为五章对研究主题进行论述:唐代经济繁荣,国势强盛,民族大融合使其政治空前开明,思想也较之其他朝代更加自由,受少数民族开放的风气和勇武之风的影响,唐代人们的竞争意识较之其他各代更加强烈。自唐代统治者就具有强烈的竞争意识,正是这种意识使唐人更加充满了热情豪放、积极进取的拼搏精神。唐人将这种竞争精神带入了娱乐意味较浓的游艺活动中,不仅成为消遣娱乐方式,更成为统治者选拔人才的手段。第一章整理分析运动竞技游艺诗:分射猎、球戏、角抵三大类,内含五小项,共计一百八十余首。人们茶余饭后,闲暇休憩时,常通过各种游艺活动聊以自娱,活动形式多样,如棋之安静闲雅,充满智慧,如博之投机取巧,一赌输赢,如绳技戴竿之惊险刺激,夺人心魄,又有无忧无虑充满童真童趣的小儿之戏,驯化以表演的动物之戏,宴飨集会之投壶、藏钩、射覆,家禽牲畜斗戏如斗鸡走狗。文人雅士或参与,或观赏,间或评价数语,或用笔墨描绘渲染一番,也因此,在诗歌大行其道的唐代产生了许多诸如此类游艺活动的诗作,从中也可窥见活动的盛况。第二章整理分析休闲娱乐游艺诗:分弈棋、博戏、乐舞、筵席宴飨、斗鸡、技巧、小儿戏七大类,内含二十二小项,共计近七百首。我国节俗有着非常悠久的历史,蕴含厚重的文化积累,逐渐形成独特的岁时节令文化,顺应形成了各自不同的风俗习惯,游艺活动正是诸多民俗形式的一种。岁时节令的游艺活动形式多样,如上元观灯,寒食清明蹴鞠、秋千、斗鸡、端午龙舟竞渡、重阳登高等,表示庆祝、纪念、祭祀、祈福等美好的心愿和寄托,同时亲人相聚,朋友相约,增进情感,放松身体,调整心情。第三章整理分析岁时节令游艺诗:分上元观灯拔河、寒食秋千、端午竞渡、重阳登高四种,共计二百余首。唐代游艺活动的蓬勃发展,游艺诗虽不比田园诗、山水诗、边塞诗等自成一类,却也融入各种题材的诗歌中,独树一帜,具有鲜明的艺术特色和独特的审美意识。第四章分析唐代游艺诗的艺术特色和审美意识:唐诗中专题描写游艺的诗较少,其描述大多依附与穿插于其他内容;以典故入诗;运用比喻、拟人、夸张等多种修辞方法;场面表现生动鲜活,写人状物形神兼备。其游艺形式以身体活动为主,则诗歌描写多呈现刚健雄浑和柔和绮丽之美;以脑力活动为主,则往往表现出闲雅宁静、淡泊超脱之美;当诗人通过游艺活动抒写送别、思念、不遇等心情郁结时,其作品则呈现出沉郁悲凉之美。唐代盛世繁华带给人们安逸的生活,唐人好玩乐,享受游艺活动带来的身体的快感和心灵的愉悦,创作于活动期间的游艺诗表情达意,言志抒怀,展开了一幅幅生动的唐人休闲游艺画面,多角度呈现了唐代游艺文化属性,并在一定程度上反映了唐代的社会生活状态和民族习性。第五章分析唐代游艺诗所见游艺文化及其对社会生活的观照:从游艺诗创作中可以看出,唐代游艺文化具备娱乐性、竞争性、民俗性、开放性和创新性的内涵意蕴,从中也可看出唐代社会上行下效、文人尚武、女性参与、僧道交往和对外交流等方面的社会特点。

23. 唐代组诗研究// 杨国荣// 陈庆元// 福建师范大学// 中国古代文学

摘要:组诗既是一种文体,也是一种表达方式,是唐代重要的文学现象。本研究主要包括唐代组诗的发展与演变、组诗的主要类型分析、重要诗人专论及组诗的结构等内容。绪论部分定义组诗概念,概括介绍唐代组诗的研究概况。第一章以各时期组诗的表现风格、结构、创作技巧等分析为基础,梳理唐代组诗前后继承、创新的发展脉络与轨迹,对各时期组诗的文学史地位进行准确的定位与评价。第二章探讨四种类型组诗的发展演变的轨迹,总结各类型组诗的创作典范与创作惯例,探讨唐代组诗典范与惯例前后继承、发展与创新的脉络及规律。第三章以杜甫与元白的组诗为典范,分析诗人对组诗形式的使用情况,着重分析几位诗人对发展与创新唐代组诗的结构、章法、技巧等表现艺术的历史贡献。第四章总结分析了唐代组诗中常见的十种结构形态,探讨唐代组诗声律的演变与发展轨迹,总结唐代组诗的声律运用方法与技巧。

24. 唐诗四论// 谭显宗// 刘石// 清华大学// 中国语言文学

摘要:在君主倡导下,诗歌发展蓬勃,越来越多的官员加入创作,有唐人特色的律诗得以快速成型,而且逐渐趋向定型,"文质斌斌,尽善尽美"。唐人律诗典雅华美,极能充分体现唐代那种堂皇而繁荣的文化气息,确是古今中外罕见,而此种由文学融入政治文化,一直在唐代宫廷及民间持续流传。全文共有以下六章:第一章、"引言":可概阅整篇论文的来龙去脉,同时说明本论文的定题来由、选题意义、研究内容、文献简述及研究情况等。第二章、"论推动唐诗发展的四种因素":诗歌,为唐君主所看重,有计划、有组织地去塑造大唐文化景象,而士人在弘文政策下凭借诗赋之才成为进士,甚至"天子私人"专掌内命的翰林学士,由此"写诗入仕"成为事实;再加上文人编选、印抄、藏肆诗歌习尚等,这些都是推动唐诗发展的主要因素。第三章、"论唐人律诗的承接与创新过程":论唐人律诗承接过程,尝试上追溯魏晋南北朝，下至盛唐，借由相关诗歌和诗论，探究唐诗所组成的基本元素及其源出之处。接着论创新过程，先论以太宗为首创作的"宫廷诗"，再论"沈宋"诗的"研练精切"，最后论杜甫诗的"尽工尽善"，达到所谓"文质并重"，充分展示这一段唐人诗歌史上追求"美善"艺术之创作过程。第四章、"论唐人选唐诗（十五种）诗集"：本章以傅璇琮编撰《唐人选唐诗新编（十三种）》为基础，再自行增加《高氏三宴诗集》和《香山九老诗》共成十五种。先论编纂者之祖籍分布、家世状况、选诗时限、编撰时地；再对被选诗人之身份类别、诗歌数量进行分析统计。最后从以下三种类别直观诗艺：一是宫廷与民间的特色性诗类；二是女性僧人老人的特殊性诗类；三是地方吴人与国朝大手名人、河岳英灵与国秀、寒士与名士的比较性诗类。第五章、"唐人诗论的六个范畴"：首先简述唐人诗论家之身份地位及诗论来源，并探究唐人诗论取向。再将诗论内容归纳为以下六个范畴：儒家色彩"风雅"说、美善期盼"文质"说、声色俱备"声律"说、刚健质朴"风骨"说、写诗作法"诗格"论和诗心禅趣"意境"说，然后综论"唐人论唐诗"之特色及其演变情况，以见唐人诗论之梗概。由此，唐人诗论——风文声骨格意，风格鲜明。第六章、"结论"：从三方面综述，一是"综论推动唐诗发展原因与唐人律诗创作美善过程"；二是综论"唐人选本"与"唐人诗论"；三是综论"唐代唐诗学之启迪"，在总结全文四论后，提出唐代唐诗学四大特质，此亦为本文探究"唐代唐诗学"的意义所在。

25. 唐洞庭湖诗和太湖诗比较研究// 肖献军// 赵晓岚// 湖南师范大学// 中国古代文学

摘要：唐代洞庭湖和太湖地区发展相差悬殊，然而在诗歌上取得的成就却不相上下。本课题将从自然因素、人文地理、社会环境、诗歌本体及诗人主观情志等多角度探析洞庭湖和太湖诗发展的原因，同时揭示二湖诗在地域特征和文化特征上的共性和个性。通过比较，探寻两地诗歌差异性产生的本源，还洞庭湖和太湖诗以本来面貌。全文除绪论和结论外，共分七章：绪论部分阐述了近年来地域文学研究的动态及研究中存在的一些问题，并从自然地域、文化地域和行政地域的角度对本课题研究对象进行了界定，指出洞庭湖四州和太湖三州在地域特征和文化特征上呈现出的共性与个性，论证了二湖诗的可比性及比较的可行性,并对本课题研究中要采用的方法和手段进行了说明,强调了地域文学研究中图表使用的重要性及资料搜集与整理的必要性。第一章论析自然因素与二湖诗创作的关系。指出地域的分割性、相对稳定性及开放性等影响着诗歌的创作,并分析了二湖地区水系的相似特征,揭示出两地诗歌在表现手法及艺术特征等方面接近的原因。同时也指出,二湖地区水系还承载着不同的功能,受此影响,洞庭湖诗多写旅途之艰辛与宦海之浮沉,太湖诗多抒写对生活的热爱。该章还对二湖地区山岳、气候、物产等方面的异同点及对二湖诗创作的影响做了阐述。第二章论析唐前人文地理对唐二湖诗创作的影响。该章对唐前二湖地区人文地理做了总的概述,并从人文历史、文学传承、民情风俗三方面阐述了人文因素对唐代二湖诗创作的影响。指出在洞庭湖地区,贬谪人文意蕴深厚,而太湖地区历史人文意蕴较浓,故唐代洞庭湖地区诗歌多具悲情性,太湖地区诗歌则多哲理之思。第三章论析现实社会环境与二湖诗歌创作的关系。唐代重大历史事件对二湖诗创作影响较大,该章以安史之乱、永贞革新、甘露之变为依据,把二湖诗发展划分为四个阶段:酝酿期、繁荣期、鼎盛期和转型期。并对每一阶段二湖诗发展背景、发展原因、基本特征进行分析,指出由于唐代政治、经济、军事、教育等因素对二湖诗影响不平衡,因而每一阶段二湖诗的发展既存在一定共性又有所区别。第四章论析二湖诗在题材方面的特征。指出二湖诗在题材上有相同之处,如,较少写重大历史题材、较少反映个人抱负的题材、较少歌功颂德的题材。但有些题材的诗,如送别诗、怀古诗、交游唱和诗、贬谪诗在呈现出一定共性时又表现出不同的特征。二湖诗中虽然都存在大量的送别诗、怀古诗,但其中蕴含的情感有别;而二湖诗中的交游唱和诗、贬谪诗则明显呈不对等发展。第五章论析本土诗人的二湖诗创作。指出由于受历史因素的影响,唐洞庭湖地区前三阶段本土诗歌发展远远落后于太湖地区,但随着客籍文人的到来和科举考试对该地影响的加大,洞庭湖地区本土诗歌在第四阶段得到了较快发展。太湖地区虽然家族势力对文学的影响仍然较大,但家族对文学的影响逐渐弱化,科举对该地文学的影响逐步加大。同时,该章还对二湖地区本土诗人诗歌创作在风格和审美特色方面的异同点及其原因进行了阐述,并对李群玉等人的二湖诗创作进行了个案分析。第六章论析客籍诗人的二湖诗创作。该章阐述了二湖地区客籍诗人具有的心理特征和创作倾向,指出虽然客籍诗人创作的二湖诗有许多共同的特征,但在情感的深度上存在较大差别。同时,该章还对二湖地区客籍诗人在移入前期、中期和后期的诗歌创作进行了比较分析,指出了在不同时期二湖诗具有不同特征。另外,还从个人的政治境遇和生存状态等角度对双重客籍诗人刘长卿、刘禹锡等进行了个案分析。第七章论析二湖诗在唐代文学中的地位及对地域文化的影响。唐人及后代文论家对两地诗人诗作评价较多,对洞庭湖诗多从情感的角度进行评价,强调"诗能穷人";对太湖诗多从人品与诗品的角度评价,强调高情致雅。并对二湖诗对后世文学、地域精神及地域文化建设产生的影响进行了阐述。本课题最后总括了研究得出的结论,并对课题在地域文学研究领域的价值做了阐述,同时,也对后续研究进行了展望。另外,本课题的附录一对唐洞庭湖诗和太湖诗进行了编年,这为本课题研究提供了充分而又翔实的资料。

26. 唐宋行旅词研究// 朱国伟// 邓红梅// 南京师范大学// 中国古代文学

摘要:"唐宋行旅研究"是对唐宋"行旅词"的文学研究、文化研究,揭示"行旅"对词在创作方面的作用与影响,剖析词人心态,把握"行旅词"的主题思想与艺术规律,彰显唐宋"行旅词"在"中国古代行旅文学史"上的意义与作用、影响。论文首次从行旅题材入手,从行旅的视角对行旅与唐宋词的关系、唐宋词中的"行旅"题材、"行旅"艺术以及"行旅"文化等方面进行研究。力求在拓展唐宋词研究空间的同时,揭示唐宋词的艺术特点与魅力形成的重要原因。唐宋行旅词是行旅文学的一类,以"行旅"为抒写对象、反映行旅生活、行旅内容,以行旅为主题的词作,即为行旅词。历代类书、诗文总集、选集对"行旅"的分类并不完全一致,笔者论述"行旅词"从江湖行旅、贬谪行旅、播迁亡国行旅、军戎之旅(军旅)等几个方面展开。中国人重土安迁,不习惯旅行,宋代士大夫不乐意出京做官,一出京任职,即有沦落失意之感。加上宋代水路发达,故传统分类的"羁旅行役"词,大部分都可归入"江湖行旅词"。唐宋行旅词在内容上主要是:宦途失意、江湖飘零、贬谪落魄、亡国之痛、从军之苦、旅途艰辛、驿馆孤寒、旅况凄凉、思乡怀人、离情别绪、道中酬唱等。论文共分十个部分:绪论主要是对行旅词的概念进行界定,对选题的意义和理由、研究现状、研究内容、目标、方法等进行介绍。第一章从行旅文学的角度对行旅词进行溯源。第二章对唐宋行旅词发展历程和特点概述。第三章至第八章分别从"江湖行旅词"、"贬谪行旅词"、"军旅词"角度,具体论述其创作概况、内容主旨、艺术特色、词史意义、文化意义,是总论部分的具体展开。"余论"部分就尚未展开的"播迁、亡国"行旅词等内容做了简单论述,并对整篇论文进行总结。"附录"部分是在论文写作过程中对一些作品主题、本事、词意等问题所做的一些考辨、解读,未能割爱,聊附于后。综合研究结论,笔者以为在对行旅词的艺术价值、词史意义、文化意蕴等问题的探讨上,有较多的新意。通过对"江湖行旅词"、"贬谪行旅词"、"军旅词"等类型的行旅词的多角度探究。本论题首次揭示了唐宋行旅词具有独特的艺术价值。一、空间的变化,带来词境的开阔、词风的疏宕。北宋词承五代花间遗风,词境狭小,多描写室内、庭院、酒筵、美人、装饰等,多表现城市生活,由此而来的是词风的柔靡、秾艳。从而形成了词为艳科、以婉约为正宗的词风。行旅词从开始就将词从闺阁酒宴带到江河湖泊、水村山驿、大漠边塞之中,词境开阔、风格疏宕有致,并对豪放词风的形成产生了重要影响。二、雅化的艳情与行旅词的结合,是对豪放词风的收敛和中和,从而使词达到张弛有度。行旅词中,江湖漂泊会思念佳人,贬谪途中也有歌女"粉丝"的追慕,亡国之旅有对旧日欢会的回忆,军旅词常常会写到征妇闺怨。但这种"艳情"是一种弱化、淡化、雅化的艳情,明显与歌筵酒会上逢场作戏有很大不同。如果说空间的转换带来的是词在风格上向诗的靠拢,而艳情的点染则是词向以婉约为正宗的回归。三、暗喻、象征、寄托等手法的应用提高了词的品格。"词为艳科"的传统使人把词看作聊佐清欢的小玩意儿,只是酒酣耳热之际的儿女闲愁。而行旅词的漂泊江湖、贬谪蛮荒、亡国贱俘、从军塞外等内容使词的整体具有悲凉的风格和悲剧的意识。故在行旅词中常用暗喻、象征、寄托等艺术手法,这样,词在反映生活的内容上就融入了重大的题材、宏大的意义(个人政治升沉、保家卫国、宗社倾覆),如此,则词的品格自然得到提高。四、"由地及史"的方法,使咏史、怀古与行旅结合起来,是时间、空间的相互交织。行旅词的一个重要特征是"地理性",在某一具体地点又具有丰富的历史人文典故,故贬谪行旅词、江湖行旅词多于川峡写巫山神女,洞庭、湘水写湘妃、屈原、贾谊。亡国行旅词则多写历史兴亡(如六朝于金陵之兴替、隋炀帝于江都之灭亡等)。这种写法就使行旅词具有一种古今同悲的苍凉风格和意味。在论述各类行旅词的基础上，本文又揭示了唐宋行旅词具有重要的词史意义。一、行旅词拓展了词的内容、题材，扩大了词的生存空间。在唐五代及北宋前期，词多表现女性闺阁闲愁、酒宴之上妓女的声色之美。后来大量的行旅词创作出来，像贬谪、亡国、漂泊江湖、从军等很少在词中出现的内容，一下子在行旅词中铺展开来，这必然带来词在内容、题材上的扩张，也为词的生存、发展开辟了道路。二、行旅词的创作是"尊体"观念在词史上的反映与实践。词体不尊，由来已久而成风习。行旅词多写江湖漂泊、贬谪、亡国、军戎征战等对国家、个人具有重要意义的内容，词体之尊的变化就自然发生了。三、行旅词的创作促进了词体的"诗"化。新的内容、题材对词的艺术手法的运用也有影响，"衬托、暗喻、象征、寄托"，这些在诗中常用的艺术手法也全面应用到行旅词的创作之中。如"日"与"长安"代表着皇帝和京师，是有象征意味的意象，也是表达政治诉求的诗所常用的意象和手法。把这些意象写进词中，自然使词向诗的内容和表达手法有所靠近，促进了词体的诗化。四、行旅词多以"赋"法入词，促进了慢词的发展。行旅词因经历地方多，空间变化大，自然景物丰富，人文历史繁多，这都有利于创作内容丰富的行旅慢词。行旅词人往往因个人遭遇而感慨良多。所以在漫长的行旅中可以创作篇幅较长的慢词（酒宴这种当场作词的环境不利于慢词的打磨、创作）。词人题序中的"过某某地"、"作于某某道中、舟中"等标记明确显示了这一点。驿亭、寺庙题壁词的众多也证明了这一点。当然这些词不一定全部是行旅词，也有一些词是行旅之后而写，但内容是对行旅的回忆，仍然是行旅词。与此同时，通过大量的文本解读，本论文又从多个方面来论述了唐宋行旅词具有深厚的文化意蕴：以词证史。首先，通过对行旅词的研究，可以加深对历史事件的认识。如贬谪行旅词和亡国、播迁行旅词中所反映的重大历史事件。其次，具体辨析词人的行踪（如贬谪的时间、路线等）。再次，可以辨析词创作的具体时间和背景，如北宋末年的欧阳询的《踏莎行》词，到底是在什么时间和背景下写作的。最后，可以借以考察、印证唐宋时期的交通状况和行旅习俗。五、行旅洲"本事"背后的文化意蕴。行旅词多因贬谪、亡国、飘零江湖等而作，故"故事化"的"本事"记载较多。这些"故事"不一定真实可靠，但荒谬表象的背后往往蕴藏着"历史真实"，具有深厚的政治、宗教、民族心理等文化意蕴，值得挖掘。六、行旅词的"传播"意义值得重视。很多行旅词写于途中,又往往题写于驿亭、寺庙之壁,故传布四方。实际上行旅词的作者也非常重视词在传播上的优势,用词达到自己的各种目的。

27. 唐宋诗中的孔子研究// 周岩壁// 胡晓明// 华东师范大学// 中国古代文学

摘要:本文主要就唐宋诗对孔子的表征进行系统的考察;以唐宋诗歌为材料,采用传统的乾嘉朴学研究方法,结合西方新批评文本细读理论,强调文本的中心地位,也顾及传统的作者在意义阐释中的价值,通过考察孔子在唐宋诗歌中的种种表征来研究这位"千古一圣"。引言,描画孔子自汉代以来到唐宋为止这一时段在国家意识形态中的地位变化。纵贯地看,孔子地位不断上升,尊崇日隆,这和专制政体不断增强的趋势相一致;在朝代内,对孔子的尊崇,比如其祭仪则有兴衰起伏,这和朝代政治的兴废相吻合。合起来看,就是"螺旋式上升"。唐宋时期,孔子在国家意识形态中地位仍有所攀升,并在宋代达到顶峰,它对唐宋思想文化的发展有促进作用。第一章,对孔子个人生活史在唐宋诗里的表征进行考察。发现诗歌对孔子历史事件的表征是有选择性的:手法上,是点式表征,用典是突出特点之一;内容上,诗人更感兴趣的是孔子生时的不幸与磨难。这些事件引发后人共鸣,成为借浇块垒的咏怀;点式表征的陈陈相因,过度征用,使之失去了打动人心的力量。唐人诗歌对孔子行道上表现出的厌倦情绪远较宋人浓厚。这和唐代儒释道三教并重和唐代士族还在社会上很有势力有关。整个说来,宋人对孔子行道,更多的是持一种乐观的肯定态度。这是宋代士大夫主体意识加强、理学逐渐兴盛而导致孔子地位更加尊崇大有关系。但宋诗中的厌倦问津,甚至歌颂隐逸的调子始终存在,其本质原因在于君主专制下的志士仁人不能实现他们改革社会的理想,而且注定要失败。第二章,对孔子的学术生活,即孔子与六经关系在唐宋诗里的表征进行考察。发现唐宋人大都相信六经是经过孔子订正的;唐人对六经多取一种功利态度,宋人则多抱着求知的纯知识态度。宋人与唐人的本质差异在于宋人强调孔子与六经的关系,认为孔子是六经的根源,意图由此保证六经的神圣性、合法性。从唐到宋,对孔子与六经关系的强调和孔子在国家意识形态中地位的攀升、专制政权的加强同步。第三章,对孔子和道释二教关系,即他们对孔子的误读及其在唐宋诗里的表征进行考察。对孔子的误读，实质是道佛二教对无法打倒的儒教教主采取的一种斗争策略——力图将其吞并，使之归在旗下，为本教服务。他们对孔子的误读，对唐宋诗人造成巨大影响。在宋代士大夫主体意识增强的背景下，应合佛道对孔子的误读，儒生敢于指斥教主、君父，具有冲击意识形态网罗、追求思想解放的积极意义。孔子在民间的偶像化在唐宋时期夭折，原因是：统治者和儒教人士竭力反对；孔庙不具备适当的开展偶像礼敬的祭司阶层；孔子思想自身的非神秘化与对形而上的漠然。这样，孔子在某种程度上，成了统治阶级和儒教人士专用的偶像崇拜对象。第四章，考察了杜甫在诗歌中表现出的对孔子的态度变化，及其相应的策略。杜甫对孔子的幻灭感是诗人一生的关键性事件，是他生命中的分水岭。这种幻灭感是由开元天宝那种病态的社会现实造成的，在这样的君主专制体制下，抱着孔子式的济民救世理想的人，必然是四处碰壁，一无所成。作为一个诗人，杜甫成功地将这一心路历程形诸诗歌。在晚年的杜甫身上，存在着深刻的矛盾性。原因在于杜甫当时所能接触到的文化资源的局限。在没有更有效的外来文化资源注入的情况下，杜甫除了在否定、幻灭之后，又回到对孔子认同，别无他法！第五章，考察了孔子遗物和画像在唐宋诗表征它们时，显现出的一些特色。随着孔子地位在国家意识形态和社会上的提升与尊显程度的加大，孔子遗物数量在增多。孔子塑像、画像和诗歌的描绘相比，具有更多的偶像化倾向，宗教意识显得浓厚。在对孔子的表征上，诗歌与雕塑、绘画，手法明显不同。这是诗画各自的特性限定了的，在价值上则难分优劣。唐宋诗歌对孔子进行表征时表现出多样性、多元性、同一性和自由性的特点。

28．杜甫七言歌行艺术研究// 辛晓娟// 钱志熙// 北京大学// 古代文学

摘要：本文通过对杜甫诗集中现存的一百四十余篇歌行作品进行编年梳理，力求系统呈现杜甫歌行一体的创作历史。并分为五个专题，从抒情、叙事、审美风貌、体制、音乐等五个方面对杜甫歌行作品进行研究，指出杜甫歌行艺术以"革新为复古"的精神实质。在歌行一体高度成熟、日趋走向文人化的盛唐，杜甫有意识地回归更早的乐歌传统，从抒情、叙事、审美风貌、体制、音乐五个方面继承了汉魏乐府的精神内核，开拓了歌行艺术的表现力，最终将歌行一体艺术成就

推到无以复加的高度。抒情上，杜甫主动向前代乐府歌行学习，将歌的抒情手法援引入诗歌之中，"以歌为诗"，表达出强烈的歌者意识，从而加强了诗歌的音乐性与抒情性，最终解决了文人纯诗艺术的高度发展与抒情性减弱的矛盾。叙事上，杜甫综合了诗经与乐府两大不同的叙事传统，一方面以《诗经》传统为精神内核，记述重大历史事实，展现诗歌的史学批判价值；另一方面，向着被忽视的乐府叙事传统回归，强调叙事的虚构性、情节性、传奇性等娱乐特质，最终创作出一批写人叙事与伦理价值完美融合的杰作，并深深影响了中唐叙事诗的繁荣。审美风貌上，杜甫深入研习并纯熟掌握了初盛唐歌行通体高华流利的艺术特征，一方面以革新的姿态，用大量率意句子入诗，破其"丽"；一方面又以一种超越后的姿态向丽的基调回归。用重大的悲剧色彩冲破丽的凝滞感，诞生出瑰玮沉郁的艺术效果；用丽的笔调与色彩书写重大的悲剧事件，既保留了诗歌的蕴藉典正，又为悲创造出多层次、浑融深广的境界；悲句与丽句交替出现，反映今昔、盛衰、荣辱之对比，呈现出悲与丽交相辉映的巨大张力。体制上，杜甫歌行作品"自创新题"，摆脱了拟篇法和赋题法的局限，开拓了乐府歌行一体的境界，直接开启了中唐"新乐府运动"。在杜甫同时代，旧题乐府是当时诗坛的主流。盛唐诸家都有大量创作。但杜甫却极少创作旧题乐府。其原因除了锐意创新、规避李白等旧题乐府名家成就外，更重要的是，"以革新为复古"，从一个更高的层面回归汉魏乐府传统，恢复乐府一体抒情与叙事的最大自由。音乐上，杜甫七言诗歌突破了前代特有的音乐节奏，完成了七言诗歌从"曼声促节"向"沉郁顿挫"的节奏特色的转变，也标志七言诗歌的音乐节奏系统从正音到变体两方面达到高峰。这是杜甫对七言诗歌的巨大贡献。

29．王棨研究// 谭泽宁// 刘真伦// 华中科技大学// 语言学及应用语言学

摘要：王棨，字辅文，是晚唐时期律赋名家，其赋作以内在精神气质成为"唐调的后劲"，在形式的探索方面，与中唐创作体式的整饬化倾向呈逆反状态，可谓"宋律的先声"。通过对这位作家的个案研究，既可以对其生平、交游、思想及诗文创作做一全面清理，对其地位和价值重新评估，凸显作家的独特魅力；同时，以个体研究为切入点，深入探讨晚唐律赋创作转变的原因。本文分上下两编：上编：生

平研究、版本研究、王棨律赋研究、王棨省题诗研究；下编：《麟角集》校注，共五个部分。生平研究，主要是编撰王棨年谱，该谱在曾广开《王棨考》、葛成飞《王棨生平考辨》的基础上列出，并按年列出王棨所处福建地域相关历史事件。版本研究，首先对历代书目著录王棨文集不同处做了辨析，并对《麟角集》的结集时间做了详细辨证，最后对王棨流传下来的不同的版本做详细的梳理。王棨律赋研究，首先对历代研究者及历代收录其赋作总集的分类方式得失做了评议，并以主题的外在功用做分类标准，分其赋作为三大类：表现政治情怀、表现文人情怀、表现世俗情怀。旨在同类题材的纵向对比中探讨各类不同赋作本身的特色，及对前代赋作的承继渊源。具体来讲，政治情怀之作，承继唐代律赋创作的主流传统，标的"雅正"，引经据典，表现"事"、"理"、"意"等"道"的具体内涵，以指陈政治得失、颂扬太平及建构美政理想为旨归，以"卒章显志"为主要的创作方式，而在审美风貌上则明显承继汉代赋学"追求繁富"。表现文人情怀之作，基本上脱离了政治诉求的羁绊，当为主流赋作的变调，此类赋作在王棨赋作中艺术性最高，而主要以人生的穷通富贵及对自然山水的描幕为创作目的，多表现爱、恨、悲、哀等"情"的主题，追求语言的绮丽，开启新的纪元，为游离于正声之外的"变调"。此类赋作多从六朝赋作，尤其是庾信赋作中汲取营养。世俗情怀之作，以表现社会世俗文化为旨归，注重叙事完整，以夸张、诙谐为主要的表现方式，多从唐代文化中吸取营养。王棨省题诗歌研究，首先对王棨省题诗作的体制做了探讨，认为王棨省题诗在体制上完全符合唐代应试诗要求，但由于外在的体制限制了作者的才情，使其诗歌创作内容过于狭窄，几乎成了政治的传声筒。下编主要以知不足斋丛书本《麟角集》作为底本，以现存十二个清代善本，以及《文苑英华》、《历代赋汇》、《全唐文》收录的王棨文章作为参校，对王棨文集进行校勘并注释。总之，王棨作为晚唐时期的一位著名的赋家，在律赋创作的转型过程中起到了承上启下的作用，在对中唐赋文创作继承的基础上又有新的开拓。

30. 白居易生活与文学考论// 滕汉洋// 查屏球// 复旦大学// 中国古代文学

摘要：自陈寅恪《元白诗笺证稿》问世后，白居易研究已经有了长足的发展，从基本的生平梳理、全集的校勘整理到诗学史意义的阐发,都出现了一批很有价值的研究成果。但白居易研究仍有较大的学术空间可待开掘。相比于李白的好言仙道、王维的耽溺佛禅、杜甫的崇儒忧国、韩愈的以道自任,白居易具有明显的俗世情怀,其世俗生活理念与生活方式,在唐宋文化转型中具有典型意义。因此,从世俗生活的角度加以研究,是白居易研究的一个可行思路。白居易的俗世情怀及由此形成的世俗化创作特色,与其特定的家庭环境、生活境遇密切相关。立足于白居易本人的生活与创作的考察,可以纠正或者补充前人研究的不足,推进对于白居易诗文理解的深度,这也是考察其思想与生活实态的基础。本文从生活史的角度梳理相关问题。由于这一论题蕴含丰富,内容繁多,因此本文主要采取个案考察的方式,不以求全为目的。通过对白氏相关重要经历的考察,分析其具体生活与相关创作的关系,试图在深、细两方面有所开拓,达成以点带面的研究目的。论文以白居易生活的时间先后为序,采用文史互证的研究方法,主要探讨九个方面的问题。第一章通过对白居易长兄白幼文生平的钩沉,探讨白居易的子嗣及父母的婚姻问题。第二章对白居易早年寄居符离的重要生活经历加以考察,以揭示白氏入仕前的生活对其思想塑造及创作的意义。第三章考察白居易任校书郎后期的华阳观迎考生活,在此基础上说明《策林》的写作时间、写作背景及其与永贞革新的关系等问题。第四章通过对白居易由盩厔尉转任左拾遗、翰林学士的考察,说明《长恨歌》的早期传播效应与白氏仕途迁转的关系,并结合《长恨歌》的具体创作方式与元和初期的政治氛围,说明此诗主题在当时发生的演变。第五章通过对白居易丁忧退居下邽生活的考察,说明《新乐府》的写作时间与创作目的。第六章考察白居易的江州编集情况,分析白居易的编集目的及其诗学思维的变化等相关问题。第七章考察白居易州郡官任上的"吏隐"生活,揭示其对白居易提出并践行"中隐"观的先导意义。第八章以白居易诗歌自注的考察为中心,依次考察白氏以诗为生活记录的观念与自注的生成、白诗自注的真伪、自注与白居易浅俗诗风等问题。附论则通过考察韩愈弟子皇甫湜与白居易争名一事的真实性和文学史内涵,对白居易和韩愈所代表的文坛两派的基本分野做出分析。

31. 中晚唐文学的南方化// 郝红霞// 葛剑雄// 复旦大学// 历史地理学

摘要：中国古代文学更注重研究时间长河中的文学家、文学作品以及文学的发展演变等问题，对于广袤空间意义上的中国文学则关注较少，尤其是对空间演变所带来的文学变化，涉及更少。事实上，中国文学正处于这样一个自然地理环境、人文地理环境极其复杂的背景之下，如果单单重视时间线索，而忽视空间定位，所做出的研究一定是缺乏立体感的。从地域、空间来观照整个唐代文学的发展，我们不难发现，中唐之后，文学在逐步向南发展，这表现在越来越多的北人有了南方生活经历，越来越多的诗歌在南方创作，越来越多的南方风物在诗歌中表现，此外，南方本土文学得到迅速发展，南方文学在全国所占的比重越来越大，这直接促成了中晚唐文学的南方化。本文所论的南方化，即中晚唐以来南方文学的兴起与发展。"南方化"具体表现为两个层次：第一个层次包括，南方籍文学家数量的增多，南方文学创作活动的兴盛和发展，文学作品中对南方描绘的增多；第二个层次包括，作品意象南方化，作品风格南方化，作家创作心态、审美趣味南方化，以及南方化带来的南方文学地域风格的淡化。全文分为六章。第一章概述论文的研究对象、意义和方法，随后叙述本课题的学术研究史，最后介绍论文的研究思路与方法。第二章以南方籍诗人地理分布和南方诗作地理分布为基础，依次从静态走向动态，从平面走向立体，从单向走向多元，以期全方位地展现南方地域的文学创作活动。第三章首先列表统计江南东道本土诗人及诗歌创作概况，其次讨论中晚唐以来润州本土文学的衰落、杭州本土文学的兴盛、闽地本土文学的起步、苏州本土文学的稳步发展以及浙西浙东的诗酒文会与联句创作，最后探讨了北人南迁、城市兴起、交通优势、文化传统等对本土文学发展的影响。第四章分别讨论江南西道、山南东道、岭南道、剑南道、淮南道本土文学的发展状况，并探讨了晚唐时期袁州本土文学兴盛的原因，以及淮南道、剑南道本土文学没落的原因。第五章论述贬谪与南方文学。中唐之后政局不稳，文人贬谪现象突出，这对文学的南方化产生了重要影响，本文即以元和五大诗人——刘禹锡、柳宗元、元稹、白居易、韩愈为对象，探讨文人贬谪对南方文学的影响。第六章选取李商隐与杜牧两位晚唐时期最负盛名同时又有多次入幕经历的诗人为讨论对象,探讨幕府生涯对其文学创作的影响。

32. 唐末五代西蜀文人群体及文学思想研究//孙振涛// 肖占鹏// 南开大学// 古代文学

摘要:本学位论文致力于唐末五代西蜀文人群体及文学思想研究,全面考察唐末、前蜀、后蜀三个不同政权背景下西蜀文人群体的生成态势、群体人格及文学创作思想的整体演变态势。同时,深入研究蜀地宗教文化和地域文化与西蜀文人群体及文学思想演变之间的关系,全面考察处于"承唐启宋"转型时期的西蜀文人群体及文学思想对南唐和宋初文坛所产生的深刻影响。本学位论文共分为六章内容。第一章对唐末西蜀文人群体的生成态势、群体人格及文学思想进行全面研究。首先,对唐末寓蜀文人群体的生成态势及群体人格进行全面考察,其次,对蜀中文人群体的"崇杜"情结与感事写实的文学创作思想进行深入分析;对唐末帝王的中兴美梦与蜀中文人群体复古崇雅的文学思潮进行全面考察;对西蜀文人开掘内心、追摹贾岛和追求雕琢"苦吟"的文学创作倾向进行深入解读。第二章对五代前蜀一朝蜀中文人群体的生成态势、群体人格及文学思想进行全面研究。首先,对前蜀王朝统治下的蜀中文人群体的生成态势和活动方式进行考察。其次,对这一特定历史时期蜀中文人群体的思想心态和价值取向进行深入分析,探讨其由"功名"到"名利"、由"守道"到"顺时"、由纵情享乐到"醉入花间"的群体人格裂变情况。再次,对深受社会政局变动、时代经济发展、文人群体人格裂变及前朝风习浸染等诸因素制约的前蜀士人文学创作思想进行全面研究,考察其居于时代主流地位且引领社会创作风尚的质俚浅切和市井俗化的文学创作倾向以及缘情绮靡、寻芳猎艳和回归六朝"宫体"的文学创作思潮。第三章研究探讨五代后蜀一朝文人群体的生成态势、群体人格及文学思想。孟氏二主四十年多年统治下的后蜀文坛自成段落、自具特色,首先全面考察后蜀一朝蜀地文人群体的构成方式、生成态势及群体人格思想等内容。其次,深入探讨韦縠《才调集》"韵高"、"词丽"的诗学思想内涵以及与五代西蜀文学思潮之间的律动关系。再次,分析探讨西蜀《花间集》的编纂特点、选词标准及编纂思想,全面考察其与后蜀文学思潮之间的律动关系,并对其所代表的后蜀文人集体无意识的词学审美思想进行深入解读。第四章就唐末五代时期蜀地宗教文化与西蜀文人群体的生成态势、人格心态及文学思想之间的关系进行深入探讨。首先，全面考察蜀地佛教的发展状况、西蜀社会的崇佛思潮以及西蜀文人的禅悦情怀，其次深入研究佛教传播与西蜀文人群体和文学创作思想之间的关系。再次，全面考察道教在蜀地的传播情况、西蜀文人群体的佞仙情怀以及道教传播对西蜀文人群体和文学创作神仙道化色彩之间的关系。第五章就唐末五代时期西蜀地域文化与蜀地文人群体及文学创作思想之间的关系进行全面考察。首先，采用对比的视角分析探讨巴、蜀、汉中三大地理文化版块与蜀地文人群体的分布状态之间的关系。其次，采用流动的视角全面考察唐末、前蜀、后蜀三大政权背景下西蜀文人群体，对巴蜀地域文化认知和感受方面的历时性和阶段性的演进态势。再次，全面考察蜀地平原文化与西蜀地域文学中的神话色彩及乡邦文化色彩之间的关系，深入分析巴峡山地文化与西蜀地域文学中的竹枝情韵与楚骚风味之间的关系。此外，花蕊夫人《宫词》颇具西蜀地域文化风貌特征自有其独特的艺术审美特质，本章最后专列一小节予以关注和探讨。第六章运用动态化的文化对比视角，全面考察和分析西蜀文人群体及文学创作思想对南唐和北宋文坛的影响态势。首先，深入探讨西蜀"花间词"对南唐词坛的影响，分析考察南唐词人对西蜀"花间"词人的曲词创作范式和词学审美理想的认知和接受情况。其次，全面考察由孟蜀一朝入宋的遗民文人群体在宋初文坛中的生成态势及群体人格思想。再次，分析探讨蜀籍遗民文人群体与宋初崇尚"白体"和"晚唐体"诗歌创作思潮之间的律动关系。最后，考察分析西蜀"花间"词人对宋初词坛的创作审美范式及词学崇雅思潮的深刻影响。

33．竹枝词发展史// 孙杰// 黄仁生// 复旦大学// 中国古代文学

摘要：竹枝词是一种特殊的文体，它名为词而非词，以七言四句为主要形式但又非诗歌七绝。它发源于楚地，最晚当在中唐以前即已出现。竹枝词的整理与研究自20世纪80年代以来越来越受到人们重视。目前，在竹枝词整理方面，汇编出版规模最大者当推丘良任等的《中华竹枝词全编》。在竹枝词的研究方面，鉴赏、笺释类的论文与书籍已有很多，对竹枝词的研究也开始向纵深发展，如竹枝词的产生时间、地点、源流、发展演变历程及其在体式、内容、音韵上的一些规律，已引起学者的兴趣。在竹枝词的地域研究、断代研究、作家作品

研究等领域,也都出现了一些质量较高的论文。但是,竹枝词的研究还存在很多不足,还有一些模糊认识需要厘清,如竹枝词的起源问题,杜甫是否是竹枝词开创者的问题,等等。也还有一些前人尚未充分重视的学术空白需要填补,如竹枝词的体式、别称等。最迫切的是,竹枝词及其研究发展至今,需要出现一部对竹枝词发展历史进行整体研究的论著,这样有助于学界对竹枝词做进一步的深入研究。本文共分八章,除第一章是概论外,其余各章按照朝代排列下来。而清代(含近代)的竹枝词数量最大,因此将其分为三章来论述。第一章主要对竹枝词的起源时间、地域及其风格、体式、名称、语言特色等进行探讨,并对竹枝词的各种别称进行梳理。提出竹枝词源于楚地、至晚出现于中唐以前,竹枝词既非诗也非词,有六种体式、四十二种名称。第二章,对唐代竹枝词进行研究,认为杜甫的诗歌创作受到竹枝词影响,他并非竹枝词的开创者。对刘禹锡、白居易在竹枝词发展史上的地位和作用进行考量,指出刘禹锡广为传颂的《竹枝词》九首,创作时间还晚于白居易的《竹枝词》四首,充分肯定白居易具有与刘禹锡同等重要的作用。该章对唐代竹枝词的创作与歌唱情况进行了阐述与分析。第三章对宋代竹枝词进行研究,认为宋代竹枝词在体式和创作手法上有了新的发展,题材重心转向记述地方风物。该章还对宋代竹枝词的传播地域进行了梳理,对宋代竹枝词出现叠句的唱法进行了分析。第四章,对元代竹枝词在传播地域、题材、语言、情感特征等方面出现的新变化进行了研究,指出自元代始,竹枝词作家开始出现了强烈的风土意识,并出现了唱和群体。该章还对杨维桢的竹枝词及其在竹枝词发展史上的地位、作用进行了分析。第五章研究了明代竹枝词的演变特征,指出明代竹枝词尤为受到社会环境和文艺思潮的影响。明代竹枝词开始出现俗化特征,而其地方竹枝词亦开始颇有规模,为清代地方竹枝词的繁荣埋下了伏笔。第六章对清代竹枝词中一百首以上篇幅的作品进行了梳理、罗列,对清代竹枝词繁盛的原因及文坛唱和竹枝词之风进行了阐述。通过对竹枝词词序的梳理,对清代竹枝词在理论研究上的成就进行了总结。第七章通过分析竹枝词与方志的合流关系,进一步梳理了清代地方竹枝词的发展情况,对各地竹枝词做了简要总结。该章对吟咏外国的竹枝词及商业竹枝词、娼妓业竹枝词、官场竹枝词也进行了研究。

34. 唐宋词声音意象研究// 白帅敏// 杨海明// 苏州大学// 中国古代文学

摘要：关于唐宋词意象研究，可以说是词学研究的传统话题了。但以前的研究，多从物象的色彩、画面、场景等视觉感受入手，对声音、听感的关注则相对阙如。然而正如王安石《菩萨蛮》所写："梢梢新月偃。午醉醒来晚。何物最关情，黄鹂三两声。"午后枕边的三两声莺啼，悠然地置于词尾，不仅让词人情感尽展，也让词境界全出。这正是词中声音意象的效果，不同于"绿柳红花"的别样美感。唐宋词中还有许多诸如此类的声音，如雨声、鹃声、蝉声、蛩声等自然之声，鼓声、琴声、歌声、漏声、卖花声、捣衣声等人世之声，甚至仙乐鬼啸等异界之声。它们或洪亮或隐约，或清脆或呜咽，充斥在过去与现在，现实与梦境的每一个空间，丰富、广泛、活跃而生动。通过它们，我们可以清晰地感受到词人丰富的情感以及词作优美的意境。从"声音"入手，关涉唐宋词意象研究，也为词学研究提供了新视角。本文共分为七章，笔者选取"总—分—总"的结构进行论述，首先对唐宋词中的所有声音进行"多元"透视，中间结合多个典型个案设专题分析，最后再总体论述声音在唐宋词中的作用。大体内容如下：第一章选取昼夜、季节、地域、作家等四个角度，对唐宋词中声音意象进行"多元"透视。昼夜方面，主要分析光线与环境的不同对声音的影响，及声音对昼夜的表现；季节方面，主要研究四季的不同声音，及季节因素对声音的作用，着重分析了春秋两季的声音问题；地域方面，选取巴蜀、江南、边塞等三方"领地"，论述了地域与声音关系；作家方面，选择辛弃疾、吴文英两位个性迥异的词人，分析不同词人对"声音"的差异表现。二至六章是专题论述，也是本论文的主体部分。为了突出不同声音意象的个性，同时也为了提供更多的研究视角以资借鉴，笔者特对每一个专题，采取不同的研究体式，分别论述了唐宋词中雨声、莺声、鹃声、蝉声、蛩声、鼓声和琴声等七个声音意象。第二章从雨的多感性切入，集中论述了不同季节、不同生活状态的听雨感受，以及雨声多感交融的意境美。而这些美和感受主要通过杏花雨、荷花雨、梧桐雨、芭蕉雨、梅雪雨及驿馆听雨、舟船听雨、山居田园听雨、渔隐听雨、并床听雨、剪灯听雨等几个传统模式加以表现。第三章从前代"莺声"的表现史切入，集中论述了唐宋词中莺声的柔美特征及莺声在唐宋词中的作用。通过晓莺残月、莺声小院、柳浪闻莺、花外流莺等意象模式表现其声音之美。同时，论述莺声中的春之感、意境之美、娇慵之美和歌舞文化内涵。第四章从杜鹃的三个传说——杜宇化鹃、杜鹃啼血、杜鹃催归——切入，集中论述了鹃声中的悲剧文化、历史文化和地域文化。并着重分析了鹧鸪催春、子规叫月、泣血言归等意象模式的美学意味。第五章是蝉声和蛩声对比论述，并以此为基础兼论虫声的时令感。该章主要从声音之外的蝉文化和蛩的文化切入，通过对比蝉鸣蛩吟的时间、地点、与人的亲密程度，及所营造的境界等多个方面，以展示其差异性，并从其"候虫"的共性入手，兼论虫声的时令感，尤其是秋感。第六章是鼓声和琴声的对比论述，并以此为基础兼论乐声的俗情雅韵。该章主要从鼓和琴基础常识切入，对比其共性和个性，从而揭示鼓声之闹与琴声之静，并在此基础上进一步论述鼓声之俗与琴声之雅。然这种俗情雅韵并非一成不变，唐宋词中鼓声可雅而琴声可俗，关键在于其所表达的情感是什么。第七章总论声音意象在唐宋词中的作用，主要剖析声音意象与情感表达和词境塑造的关系。声音意象是触发情感的媒介，也是寄寓情感的载体，在受情感支配的同时对词人心灵世界又有涤荡作用。声音意象通过声与声的合奏，声与色的联手，塑造出许多美好之意境来，其中又以"深静"之境最优。通过对唐宋词中声音意象的考察，为我们传统的以视觉模式解读词作的做法提供了新路径，在一个五彩斑斓的视觉世界之外，添加了一个鲜活生动的"美声"世界。它们同词人那复杂多变的心灵世界和词作那珠圆玉润的音律世界一起，为我们绘制了一幅交织着欢笑与哀怨、沧桑与平淡的词学长卷。

35. 中书舍人与北宋诗文研究// 侯佳// 佟培基// 河南大学// 中国古典文献学

摘要：人类自从进入到文明时代以来，总是生活在特定的政治制度之下。人类所有的行为方式都是通过政治制度体现并受其约束的。无论从事任何方面的社会研究，只有从政治制度入手，才能对历史现象有本质、全面的把握。政治制度对文化能够产生破坏或促进作用。中书舍人作为宋代社会政治制度的一个组成部分，注定要参与到宋代社会生活中来，并对宋代文化产生影响。中书舍人是皇帝身边负责起草制敕的秘书官，历来选任有文名者为之。北宋的中书舍人在历史上影响最大。他们不仅在政治舞台上举足轻重，还参与到北宋社会生活的各个方面。除了撰述王命之外,他们还负责修撰制度、编修典籍、典掌选举,显示了浓厚的文学性质。中书舍人在北宋受到皇帝特别的礼遇,他们能够以自身的道德、文章为天下士人做出表率,从而影响文坛风尚。中书舍人作为皇帝倚重的朝臣,其中不乏文坛宗师,他们是北宋文坛上的活跃群体,在不同时期促进了北宋文学的发展。作为学位论文,如何把中书舍人与北宋文学之间建立起有效联系,证明这一群体是如何在凭借其中书舍人身份对北宋文学产生影响,揭示政治制度的变迁与文学演进之间的关系,是值得覃思精研的问题。中书舍人史料庞杂,线索纷繁。本文的讨论范围,纵向历时性方面以北宋为主;横向共时性方面以诗文为主,以突出中书舍人作为文学高选的特色。本文的意图是,致力于揭示制度文明中蕴含的政治与文化内涵,通过史学与文学的相互渗透,考察北宋中书舍人这一知识精英阶层特有的从政方式、生活状态及其群体特征,从更广泛的社会角度来研究北宋文士的生活及文学创作,以寻找出中书舍人与北宋文学演进之间的联系。本课题作为群体研究,依据研究对象的特点和学位论文的要求,采用"制度—文人—文学"的结构模式,利用文史结合的方法,共分五部分。第一部分:北宋中书舍人职官制度考论。该部分在充分借鉴史学界已有成果的基础上,梳理北宋中书舍人的职名、选任、管理等问题,探讨了北宋中书舍人的职能演变及其在行政中枢中的作用,并与翰林学士比较,以突出中书舍人身份的独特性。第二部分:北宋中书舍人的文学活动。该部分首先考察中书舍人的宫廷唱和活动。宋初君主崇儒好文,宫廷文化气息浓厚,北宋前期经常有宴赏赋咏活动。中书舍人作为天子的文学侍从,是宫廷宴会的主要参与者。他们唱和的对象上至君王,下至翰苑馆阁。他们创作的应制诗和不仅是宋诗的组成部分,还对北宋中前期的诗风产生了重要影响。其次考察了中书舍人与北宋的科举考试的关系。北宋一朝中书舍人知贡举者不在少数。尤其在北宋初期,贡举主要由中书舍人权知。中书舍人在知贡举过程中与及第进士建立起的关系,为宋代文学盟派的形成提供了重要机缘。再次考察中书舍人参与修书的情况。北宋大量中书舍人曾有过兼修或者兼任馆职修撰大型典籍的经历。他们在修书过程中互相切磋、众人酬唱,修书之余编有唱和诗集,形成风尚并影响文坛。最后考察中书舍人与北宋文士的交游情况。作为文坛宗主,中书舍人表现出了极大的推重文士的热情。他们以自身的政治地位吸引了许多文士的趋附与认同，许多后进文士正是通过中书舍人的提拔举荐进而名声大振并走上仕途的。第三部分：中书舍人与北宋诗坛。该部分主要考察中书舍人的诗歌创作与北宋诗风演进的关系，以时间先后为顺序共分三部分：首先探讨中书舍人与宋初盛行的白体、西昆体。白体以李昉、王禹偁等为代表，西昆体则以杨亿、刘筠等为主将。这些诗人在任知制诰期间，文学思想发生了较大转变，对白体与西昆体的成熟影响深远。其次探讨中书舍人对北宋中期诗坛的影响。欧阳修与王安石两位诗人知制诰的经历对他们诗歌艺术的成熟起了关键作用。最后探讨中书舍人对于北宋后期诗坛的贡献。北宋后期诗坛影响最大的流派当属元祐体。而元祐体的兴衰与中书舍人的关系十分密切。在北宋文学走过的百余年历程中，集文章、学术、政事于一身的中书舍人始终主导着北宋诗坛，他们的创作清晰地显示了北宋诗风演进的脉络。第四部分：中书舍人与宋文研究。该部分主要研究中书舍人对宋文的贡献。宋文的成就主要在古文方面。北宋的古文运动不仅使古文大放异彩，而且波及诗、赋等各种文体，成为宋代诗文革新的关键。中书舍人在古文运动中发挥了不可忽视的作用。例如王禹偁知制诰期间，大力提倡古文创作，举荐了大量习古文的举子，为宋初古文复兴做出了巨大贡献，这些活动奠定了他古文领袖的地位。欧阳修知制诰期间力主创作文风平易的古文，反对险怪奇涩的文风，为北宋古文创作持续健康地发展指明了方向。身为词臣，中书舍人的主要职责是撰写制诰，而制诰文又属于骈体文，因而他们十分精于骈文写作。宋初的五代派骈文与西昆派骈文的创作主体均是由中书舍人构成。欧阳修任知制诰时，有意识地将骈文制诰中加入古文的气势，形成了宋代骈文的新特色。附录部分：北宋中书舍人表。该部分依据《宋史》、《宋会要辑稿》、《续资治通鉴长编》以及文集、方志等史料，依朝代排列，主要统计北宋中书舍人的任职时间、籍贯、科举出身等材料，以便对北宋中书舍人有一个完整详细的把握，为深入研究宋代中书舍人提供翔实可信的依据。

36. 苏轼、苏辙、苏过贬谪岭南时期心态与作品研究// 严宇乐// 王水照// 复旦大学// 中国古代文学

摘要：本文旨在探讨苏轼、苏辙、苏过三人在贬谪岭南时期的心态与作品。第一章为导论，简介研究动机、解题、研究方法、文献综述等；第二章解释绍圣年间新党复兴的原因，包括君主的心理、党争

激化引致报复等,亦描述谪命对苏家的影响,包括家族离散,而苏氏兄弟两人心理准备之多寡亦影响到他们对逆境的对应;第三章阐述贬谪生活对苏氏家族的各项挑战,包括政治压力、恶劣自然环境等,以及他们的对应方式,包括寄托于山水、艺术,借助亲朋支持及对上天的祈求,另觅意义,调适心理等;第四章考察苏轼父子的唱和诗和同题诗;第五章展示苏轼、苏辙如何通过经典注解,包括苏轼注《易》、《书》、《论语》,苏辙注《老子》,以重构他们的人生观、政治观、宇宙观;第六章分析三人的史论。

37. 佛禅与王安石诗歌研究// 宫波// 王树海// 吉林大学// 古代文学

摘要:《佛禅与王安石诗歌研究》这篇论文,是笔者对王安石诗歌研究的一种开拓与尝试。本人以王安石人生经历为脉络,以宋代至臻成熟的佛禅思想对诗歌内容所起的潜移默化之影响为依据;以佛禅在诗歌中所表现的活水源头为新能量,全面系统地研究佛禅与王安石诗歌的关系。笔者在此关注的不仅仅是文学作品,更着眼于佛禅对王安石诗歌创作的启发和影响,旨在为深入研究佛禅与宋诗的关系提供一个比较典型的案例。王安石的一生与佛教结下了不解之缘,其具体表现是多方面的。他出生在一个佛教世俗化的时代,自幼家乡佛教氛围浓重,成长过程中又受到佛教的熏陶。他少负绝资,"无所不读",所读之书多与佛学有所沾染;为官之后更愿亲近佛教,所到之处必游历寺庙,广交高僧大德;经世济民期间更愿援禅入儒。晚年退隐钟山、与僧为伴、以寺为家、精研佛藏、游走山林、深悟禅意,并自号"半山道人"。其对宇宙人生的感怀,亦达佛家的"真如境界"。从王安石诗歌作品中看,其受佛禅影响至深,在他现存的 1700 多首诗中,与佛禅相关的诗歌占有相当大的比重。诗中可见其博大精深的佛禅思想,以及对诗歌与佛禅两种意境的互济互融。体现出其高超的创作形式和技巧,使他的诗歌具有独特魅力。其诗歌风格引领了宋代诗歌风貌。因此从佛禅的角度切入,来研究王安石诗歌创作是十分必要的。全文共分为六部分:绪论主要介绍了论文选题的依据、目的和意义。简述宋代佛禅研究概况,宋诗研究概况,以及各时期"佛禅与王安石诗歌研究"的相关情况,阐明了本文的研究方法,介绍了写作内容。第一章:王安石的佛禅修习与林下交游。以王安石人生脉络为主线,系统地阐述了他学佛修禅的历程。通过其林下交游、寺庙游历,力求准确描述佛教之于王安石的早期影响。第二章:王安石诗歌创作中彰显的佛禅精神。王安石的佛禅修习历程对其精神世界影响至深,他能从佛禅中汲取思想精华,以此用于人生实践和提升自我的精神世界。在他的诗歌作品中,亦能展示佛禅"万法皆空、人生如梦;本心是佛,无心是道;自性清净,随缘任运"的精神本体。第三章:王安石的诗歌构思与佛禅思维。王安石的诗歌构思得益于佛禅思维的泽润,与他深研佛典和禅僧交往有着密切的关系。他熟练掌握禅宗临济、云门的授课方法,深通"无念为宗、即事而真、触类是道"等修持方法,深刻理解"静观默想"、"直觉顿悟"以及"二道相因"等佛禅思维模式。静观默想思维模式丰富了他诗歌构思的本体,使"其身与竹化,无穷出新"所体悟的自然景物诗,往往具有无禅语而有禅意禅趣,寓禅理而不落形迹,可直感而不可诠说的特点。直觉顿悟思维模式使他"得鱼忘筌、舍筏登岸",化解了他诗歌创作中"感性与理性、瞬间与永恒、个体与整体"的内在矛盾。"二道相因"的思维模式,使他的诗歌富有更深层次的含义。第四章:王安石诗歌技巧和佛禅的启示。王安石诗歌创作形式和技巧亦有自己的独特风貌,其诗歌技巧的形成与他非凡的经历、坚忍的意志、丰富的情感和对佛理禅旨的精妙把握关系密切。禅宗"翻案法"直接启示了王安石的翻案诗的创作。无论是翻历史旧案还是推陈出新都能化腐朽为神奇,即或付诸议论亦能获得美轮美奂的诗情和诗境。禅宗"颂古"直接影响了他的诗歌创作形式,"绕路说禅"在他这里直接变成了"绕路说诗",其隐语的大量使用,使他的诗歌更为含蓄委婉,语句精丽,诗境内涵丰富。禅宗偈颂技巧直接启示了他的诗歌创作技巧,使其晚年诗歌技巧越发显得质朴清新、生动活泼、通透洒脱。在融入佛禅的同时,他能巧妙地剪裁和熔铸佛事。用语精深亦能达到自然天成,蕴含丰富的特点。其阐释佛理灵活,既能在叙事中点化出佛理之高深,又能在写景中蕴含佛义之内涵,还能在议论中化用佛理之精髓。可见,王安石诗歌的技巧受佛禅启示,亦显现出巧夺天工,诗禅合一的高深境界。第五章:禅风流被与王安石诗风。宋代禅风流被与宋代特殊的政治和文化背景有着密切的关系。在帝王的支持下,在文人士大夫的簇拥下,禅宗得以迅速发展。其中文人归禅、僧人通儒和理禅融通为佛禅的自我完善创造了有利的社会条件,使之既看到了自身的不足,又从中找到了改造自我的方式和方法。在不断适应中国传统文化的同时,自我流变。特别是文字禅的兴盛,对禅宗的发展具有划时代的意义,使佛禅摆脱了过去尴尬的局面,广泛地使用语言和文字。僧人以诗证禅,文人以禅说诗,禅风的流被对王安石的诗风产生了积极的影响。他早期的诗歌作品受禅风浸染,其意气风发的诗风中亦蕴含着忧郁;中期他投入佛禅怀抱,诗歌作品"峭劲雄伟,光昌超逸";晚期他融入佛禅,使其诗风"深婉精妙、空灵明净"。本文的创新与意义:第一,目前国内学术界之于禅宗与王安石诗歌的系统研究相对薄弱。王安石诗歌与佛禅的诸多关联尚未给予准确全面地揭示,真实可采信的历史描述及审美价值的有效传达尚有巨大的学术探讨空间。本文力求以宋代禅宗发展史和王安石的人生经历为脉络,从"佛禅"的角度,把禅宗与王安石诗歌的关系,完整、立体、准确地呈现出来,填补佛禅与王安石诗歌研究的某些空白,这是本文努力的方向目标,也是研究佛禅与宋代文学的新视角、新思路。第二,禅宗与王安石早期作品的研究往往容易被忽略,本文将依据宋代士大夫禅悦风行的大背景,依据王安石的佛禅修习、林下交游所形成的诗歌作品,研究王安石早期作品与佛禅、居士交往诗和寺院游历诗,可视为本选题的一个创新。第三,苏轼、黄庭坚禅宗与诗歌文学研究方兴未艾,而佛禅与王安石诗歌的研究起步稍晚,多数研究者将注意力放在王安石晚年诗歌的研究上,即使对王安石的诗歌进行全面研究的学者也将探讨"荆公体"作为其研究的侧重点。本文立足于王安石诗歌中彰显的佛禅精神,来展示王安石博大精深的佛禅修为,也是本文的一种创新。第四,通过禅宗思维方式对王安石诗歌构思的影响,禅宗偈颂、翻案诗对王安石诗歌创作技巧的影响,来研究禅宗对王安石诗歌创作构思和形式技巧的启示,是本选题的又一创获。第五,宋代禅风的流被直接影响宋代的诗风,在目前存在的王安石诗歌研究方面,有关禅风对王安石诗风的影响,研究者只是寥寥数语,有的甚至一带而过。本文将就禅风流被对王安石诗风的影响进行全面而深刻的探讨,从而展现禅风与诗风互融共进的历史真实,这是本文学术价值的又一体现。

38. 亡宋北解流人诗文研究//闫雪莹//曹书杰//东北师范大学//中国古代文学

摘要:南宋亡国后,大批南宋宫室、朝官、太学生等被元军押解北上，元廷希望他们与元人合作，但是对那些拒绝合作者或流放或软禁，使之长期滞留于北方，成为宋亡之际一个特殊的群体。这些宋亡后被元朝押解北上的宋人，有以宫人王清惠、琴师汪元量为代表的宫室群体，以家铉翁为代表的祈请使群体，以文天祥为代表的崖山群体，以谢枋得为代表的拒聘群体等。这些人有的长期流寓北方，有的终得南归，有的客死异乡，有的以身殉节，以其特殊的人生遭际书写了宋亡之际的历史，是元初流寓群体的典型代表。因此，又可以划入"流人"的范畴，故称之为"亡宋北解流人"。亡宋北解流人怀着亡国之恨、故国之思，创作了大量感人肺腑的诗词佳作，为宋代文学写下了悲切而高亢的最后一个音符，正如钱谦益所云："宋之亡也，其诗称胜。"研究亡宋北解流人的创作，对探讨以宋遗民文学为讫点的宋代文学，以"宋金遗老"为元初文坛主宰的元代文学，具有一定的学术价值，对于理解宋季文学的传播和影响具有一定学术意义。鉴于以上认识，本文将亡宋北解流人置于具体的历史及文化背景下，在充分占有原始文献资料的基础上，以文学为本位，史论结合，运用辑佚、考证、校勘等文献学的方法，同时吸收传播学的研究方法，系统论述亡宋北解流人及其创作的相关问题。本文主要分为四部分：一是绪论，二是总论，三是专论，四是附录。共八章。具体如下：绪论：亡宋北解流人研究缘起于对宋末元初一则政治谶谣《江南谣》的关注。《绪论》从中国古代文学史的关涉、宋末元初文学研究的关涉以及代表作家作品的专门研究等三个方面，对以往亡宋北解流人领域的研究成果进行梳理和总结，阐述该领域的研究意义。总论：第一章《江南谣：亡宋北解流人群体概论》：第一节解读不同文献记载中的《江南谣》文本，了解《江南谣》的主角即元朝丞相伯颜杰出的军事才能。第二、三、四、五节分别对亡宋北解流人的四个群体——祈请使群体、宫室群体、崖山群体和拒聘群体进行概括，介绍各个群体的主要成员。专论：第二章《二嫔妃：皇宫女眷的悲吟与绝唱》：王昭仪（清惠）和朱美人是北解流人中有作品流传的两位嫔妃。第一节《〈满江红〉：王昭仪的千古悲吟》，钩稽王清惠的生平行实，解读王清惠的《满江红》词，分析文天祥、邓光荐和汪元量的和词，探讨王清惠《满江红》词在宋人中的传播；分析吴本泰、彭孙贻、王继朋等的和词，探讨王清惠《满江红》词在明末清初的接受和传播。王清惠词有"随圆缺"一语，被文天祥所讥讽，引起后世词评家的关注和争议。文中结合史实对词评家争议的焦点做出客观评价。第二节《〈袖中遗诗〉：朱美人的贞烈绝唱》探讨朱美人《袖中遗诗》的本事，结合史实对《袖中遗诗》进行深入解读。考察后世接受者如陶宗仪、刘辰翁、刘麟瑞、王逢等的生平行实，认为士人阶层如此褒奖朱美人等的以死抗节，反映出作家本人对儒家忠孝节义的推崇与追求。第三章《家铉翁：临危受命者的故国情怀》：家铉翁是南宋著名的爱国士大夫，临危受命，充祈请使北上，义不二君，被元朝圈禁河间，十九年后终得南归。第一节对家铉翁的家族世系进行考证，知其父在南宋理宗时曾任经筵之职，家学有传，弟祖仁勤于《易》，入元隐居不仕。第二节论述家铉翁的生平事迹，分为宋亡之前、北解河间和南归之后三个部分。第三节深入解读《则堂集》，探讨家铉翁作品中的乡国之思、故国之情。第四章《家铉翁：元明清的接受与传播》：第一节探讨元代婺州作家群对家铉翁的接受和传播。从张枢、杜本、柳贯、吴师道等婺州作家群对家铉翁的接受情况，可以看出家铉翁高尚气节的影响力，也反映出元代婺州作家群不但以儒学名重当世，而且具有崇尚忠义气节的优秀品质。第二节探讨明代对家铉翁的接受。以瞿佑《归田诗话》及其读者群为核心的群体是家铉翁事迹的传播途径之一，而杨慎、安磐等"大礼议"事件中的谏臣以及官员何乔新等则是明代接受、传播家铉翁事迹的主要代表。第三节探讨清代对家铉翁的接受。明末遗民贺贻孙、方文是家铉翁事迹的主要接受者。异族的入侵使他们经历了亡国之痛，作为遗民，他们更能体会到家铉翁正义之举及持节之志的可贵之处。学者蔡世远则从《春秋》入手评价家铉翁的著述，称其"明快"，以抗元志士文天祥为坐标评价家铉翁，进一步提高了家铉翁的影响力和知名度。第五章《汪元量：黄冠鳌服者的亡国之痛》：水云诗有"宋亡诗史"之誉，在宋末元初诗坛占有重要地位。本文从宋亡之际的具体史实入手，第二、三、四节以南宋亡国为界，将汪元量的创作分为宋亡之前的忧国之愤、宋亡之际的亡国之恨、宋亡之后的怀国之情三个阶段，分析汪元量诗词的文学取向。汪元量的部分作品写得较为隐晦，学界或有误读，如诗《北师驻皋亭》、词《满江红》（和王昭仪韵）等，研究中结合相关文献加以考释。汪元量与文天祥在大都的交往唱和是文学史的一段佳话，学界涉人不深，该章第四节以汪元量和文天祥的酬赠之作为对象，分析汪元量与文天祥在大都的交往和情谊。第六章《汪元量：元明清的接受与传播》：第一节《宋遗民对汪元量的接受》。汪元量南归后，其事迹与诗作在遗民中广为传播，产生一定影响。本章分析刘辰翁、赵文、邓光荐等诸多遗民的序跋及题诗，认为南宋遗民主要从水云诗的"诗史"价值、人品上的忠贞义尽、艺术上的高超琴艺，对汪元量给以崇高的敬意和赞誉。第二节《元代对汪元量的接受》。汪元量一生跨越宋元两朝，后半生都生活在元朝的统治之下。对他的接受既有南宋遗民故老，又有在元朝成长起来的元人，具有时代的特殊性。元代刘将孙、黄与言与汪元量生前曾有交往，对汪元量的经历赞叹不已；吴莱从谢翱《哀江南操》入手，慨叹汪元量凄美的琴音所承载的亡国悲痛；色目族诗人廼贤则对汪元量北征南归的经历感慨良多，说明汪元量在元代的影响已经打破了民族的界限。此外，郑元祐《遂昌杂录》、陶宗仪《南村辍耕录》对汪元量及其诗作的记载，突出了汪元量作品中的亡国情怀。第三节《明代对汪元量的接受》。主要表现在两个方面：一是陈谟对汪元量绘画的关注和认同；二是瞿佑《归田诗话》、田汝成《西湖游览志余》对汪元量事迹及诗作的记载。第四节《清代对汪元量的接受》。明末清初钱谦益对《水云诗》的发现开启了清代刊刻汪元量集的热潮。清初学者潘耒、晚清学者王国维对汪元量事迹多有考证，王国维的关注开启了20世纪学界研究汪元量的先河。第七章《谢枋得：最后殉葬者的人生挽歌》：谢枋得是继文天祥之后，以气节彪炳史册的南宋著名爱国志士。宋亡之际，他毁家纾难、力拒元兵；宋亡之后，他五拒元廷征聘，被元朝强制押往大都，终以绝食殉国，孤忠尽节，为世人推重。《谢枋得北解作品析论》是本章论述的重点。谢枋得北解一事，历时半年有余，涉及人物众多，是宋末元初轰动大江南北的政治事件。其北解期间的作品表现出深邃的思想内涵：一、北解之前的作品：《上程雪楼御史书》表现出对老母的孝义，《上丞相留忠斋书》表现出对宋朝的忠义，《与参政魏容斋书》则表现出对品行节义的推崇；二、北解之际的作品，表现出谢枋得以扶植纲常为己任的崇高社会责任感；三、北解途中的作品，表现出谢枋得不惜以生命为代价，恪守儒家道德理想的品质特征。第三节《谢枋得拒聘殉节在当时的影响》。谢枋得拒聘北解之时，既有著名遗民王奕、陈杰等赠诗送别、名士何中守候途中为之饯行，又有门人与之唱和，轰动一时。谢枋得绝食殉国后，著名遗民谢翱、王奕，友人李仲栗，门人周岳，家乡人洪光基等纷纷赋诗作文进行悼念。这些都表现出谢枋得拒聘殉节在当时社会产生的巨大影响。第八章《谢枋得：元明清的接受与传播》：元明清各

299

代都有对谢枋得策问江东、起兵抗元、辞聘殉国等事迹的赋诗咏赞，对他的忠义情怀钦佩不已。第一节《元代对谢枋得的接受》。谢枋得殉国后，鄱阳周应极为其撰写《叠山公行实》，翰林学士李源道撰《文节先生谢公神道碑》。除此之外，刘埙《隐居通议》、刘一清《钱塘遗事》对谢枋得江东策问均有记载，龚璛源于家世影响而对谢枋得门人虞韶卿北上请谥立祠的吟咏，李存源于地域影响而对谢枋得临终遗笔的慨叹，从不同方面体现出谢枋得事迹在元代的传播和接受。谢枋得江东策问一文在周密《浩然斋意抄》和刘埙《隐居通议》中均有收录，然而一直没有被学界发现。本文作以辑佚、校点和注释，并结合具体史实，对谢枋得在策问中提出的十个问题加以阐述。这一发现对研究谢枋得生平及思想具有重要意义。第二节《明代对谢枋得的接受》。谢枋得在明代影响颇大：王行、胡俨对江东策问一事评价颇高，庄昶、刘命清对北解却聘书吟咏赞叹。明代多次刊刻《叠山集》，所作序跋文表达出对谢枋得忠义精神的崇高赞颂。第三节《清代对谢枋得的接受》。乾隆皇帝对谢枋得策问一事持有反对观点，对了解谢枋得的性格具有启发意义。分析谢枋得生平行实和北解作品，我们认识到谢枋得不但有着轰轰烈烈又悲壮惨烈的人生，亦有着重情重义又近乎愚忠愚义的豪情。无论当时还是后世都对谢枋得精神极力推崇。后世弘扬谢枋得的忠义精神，以此砥砺民族精神，振兴浮华世风。谢枋得对于后世的意义已经超出了其殉国时对于南宋王朝的价值。附录：一、亡宋北解流人年表；二、家铉翁《则堂集》漏佚、隐佚、误收诗文考。

39. 宋诗与明代诗坛//郑婷//陈广宏//复旦大学//中国古代文学

摘要：明代诗坛尊"唐"贬"宋"，这是一个确定不移的文学史事实，然而，就这一事实所进行的研究，却不必一定服从这一事实本身的判断，从而认为明诗的研究真的不能打开一个"宋"的视角。事实上，学界对于明代的宋诗影响论还没有一个较为系统的整理和论述，本文拟从这个边缘化的途径出发，完成一个对于明代诗坛宋诗接受的系统整理和论述。本文在明诗研究的两个基本文学史层面上，展开了五个章节的讨论。首先，在明代前中期台阁文学体制的建立和运作上，展开第一、二、三章的讨论。第一章论述洪武、永乐年间"台阁体"诗歌建立过程中经历的三次变化，探讨台阁文学势力最终选择了"唐"诗作为正宗的义理根据。第二章论述"康节—白沙—甘泉"这一唯一被明人正面接受、处于显学地位的宋诗流派。"康节—白沙—甘泉"的宋诗模型,在"台阁体"的话语框架下,先于宋诗之真正主体而成为明代宋诗影响力的第一代表,但事实上,康节—白沙—甘泉的继承关系,就诗歌自身的内在审美特征而言是很难成立的,这一宋诗模型是依靠外部力量来维持的。在很大程度上这是明人所造的"新"宋诗,而这个"新"字,固然和台阁文学导向有关。第三章就吴中地域文学在明代文学区域格局中的特殊个性,对吴中以至于江南地区的宋诗阅读现象进行分析,而相对于第二章论白沙诗教的"新"义,将这一地域那一种不牵涉政教功能和集体主义的、个人化的宋诗阅读称为明前中期卑宋风气下的宋诗接受之"旧"。其次,在明代中后期"性灵"主义兴起,诗文风气转变的文学史层面上,展开第四、五章的讨论。第四章讨论嘉靖、万历间诗坛风向的转变与宋诗阅读的重新开启,以复古诗学的内部分化和公安袁宗道、袁宏道的宋诗言论为主干,辅之以嘉靖、万历前后其他的宋诗阅读现象,对这一时期的宋诗接受的情状做一整体描述。第五章以钱谦益为核心,讨论在"复古"、"新变"义的交加影响下,明末宋诗视域的承续性开放,并就易代之际的特殊历史感受,介绍明季末世心态下的几例宋诗阅读现象。本文附录《涌动的出版界与沉默的评论界——明代宋诗文本繁衍状况调查报告》,则对明代宋诗文本的官私收藏、明人编选的现存宋诗总集、明代宋诗文本的刊抄,以及明代宋诗文本的新辑这四个方面展开调查,以对宋诗文本在出版界和评论界的不平衡遭遇做一简单论说。

40. 宋代雅乐乐歌研究//徐利华//张毅//南开大学//中国古代文学
摘要:作为宋代诗歌的一种体裁,雅乐乐歌是诗歌和礼乐文化相结合的产物。本文试图以"诗"为中心,参照礼、乐两个维度对其进行阐释。第一章,对宋代雅乐乐歌的作者、作年进行考证。宋代的雅乐乐歌的编撰,除了皇帝和宰执偶尔客串,在北宋主要由翰林学士院负责,至徽宗崇宁四年建立大晟府,雅乐乐歌创作被归为大晟府之职。宣和二年,大晟府被罢之后,雅乐乐歌的修撰被移交秘书省;到了南宋之后,雅乐乐歌主要由秘书省、翰林学士院负责,也有一部分两省官员参与创作。太常寺作为宋代雅乐的主要管理机构,无论是在北宋还是南宋,都在雅乐乐歌的创作中起着至关重要的作用。第二章,将宋代礼仪程序和乐歌演唱结合起来,研究祭天、享祖、朝会等几种有代表性的典礼中的仪式环节和雅乐乐歌的设置，勾勒出同一种典礼在不同时期仪式环节和乐歌演唱的沿革变化。在宋代典礼仪式中，大多数环节都是以乐歌的始终为始终，通过乐歌的变换，推动仪式程序的进行，掌控整个仪式的节奏。雅乐乐歌是诗乐交融的艺术形式，其乐曲有着独特的宫调系统和节奏特点，而这些都直接影响着诗与乐的结合方式。宋代雅乐乐歌中降神曲的宫调依《周礼》旧制，而奠献乐歌的宫调，虽试图采用唐人依月用律之法，但在实际操作中却很难实现。从《中兴礼书》中保留的雅乐乐谱，我们可以对南宋雅乐乐歌的宫调特征窥见一斑。宋代雅乐乐歌的节奏，以一字一音、一音一拍为主，同时也存在一字多音的情况。宋代以前，雅乐乐歌创作中虽然也曾出现先乐后辞的情况，但并不多见，"诗言志、歌永言"依然是雅乐乐歌创作的传统。到了宋代之后，雅乐乐歌中"由乐以定辞"的情况开始频繁出现，在北宋徽宗崇宁年间至南宋高宗绍兴四年，先制谱而后命辞甚至成为雅乐乐歌创作的主要方式。宋人已经深刻意识到先诗后乐和先乐后诗，不仅仅是简单的创作次第上的问题，它涉及对于诗歌发生、诗歌功能等问题的认识。同时，这种创作次第的变化，也会直接影响到作者的创作心态，从而决定着作品的内容和风格特点。正是基于这样的认识，宋代雅乐乐歌创作最终回归到"诗言志、歌永言"的传统。第三章，研究宋代雅乐乐歌的文体特征。雅乐乐歌的曲名，往往隐含着统治者制礼作乐的政治深意。同时，曲名还有着更为实际的功能：通过曲名，能够区分祭祀对象、祭祀级别、祭祀主持者和祭祀场合的不同。在同一组乐歌中，也可通过曲名的变换，显示出祭祀环节的推进，又通过相同曲名之间的呼应，将前后性质相同的环节勾连起来。宋代雅乐乐歌的体裁以四言为正宗，同时也有五、七言乐歌，还有少数乐歌采用了骚体的形式，其押韵形式既受近体诗的影响，又与词韵有某些相通之处。宋代雅乐乐歌在体裁的选择上所呈现出的种种特征，既有特定的诗学渊源，与宋人对于雅颂传统的认同有关，又和当时诗词发展的形态紧密相连。典礼程序的特点同样会影响到乐歌体裁的选择，根据仪式步骤的需要确定乐歌的体裁，在某些环节通过体裁的变化来展示等级观念，营造特定的仪式氛围，这些都是乐歌创作者所必须考虑的重要因素。第四章，研究仪式场景和宋代雅乐乐歌意象生成之关系。举行不同的典礼仪式，会选择不同的场景。雅乐乐歌的创作者往往会对仪式场景进行描绘，从而增强作品的现场性。从宋代雅乐乐歌中，我们不难发现，很多意象都与仪式场景有关，仪式场景的特点直接影响到乐歌的意象生成。从仪式场景来看，宋代的祭祀可分为"坛祭"和"屋祭"两种类型，而在"坛祭"所用的乐歌中，祭坛往往成为乐歌中的中心意象，这与宋代祭坛形制的变革有着密切关系；宋代的景灵宫地位重要，是宋代祭祖的主要场所之一，其结构布局和官员设置都与道教有着密不可分的渊源。而景灵宫的祭祀乐歌往往以天道喻人道，以仙境来写现实之境，赞颂祖先的功德，从而完成祭祖的功能；宋代朝会有进瑞的环节，乐歌演唱形成了瑞曲联唱的体制，祥瑞意象在乐歌中频频出现，既隐含着深刻的政治话语，又与仪式氛围相契合。光怪陆离的祥瑞意象，极具装饰性，在朝会乐歌中构成一场美感盛宴。

41. 宋词的女性化特征演变史//孙艳红//木斋//吉林大学//古代文学

摘要：本文的研究是以时间为线索，以宋代每位代表性词人为着眼点，通过对其相关文本的考证和量化统计，具体分析其词作中的女性题材、女性化的情感表达、女性化的意象和语言等，追溯出宋词的女性化特征发展演变过程。全文由绪论、正文和结论构成。绪论：主要阐述宋词的女性化特征之内涵、研究现状、研究意义、研究方法和主要内容框架等问题。正文：宋初词承唐而下，以艳科的手法去表现士大夫情怀，以感伤的女性情怀观照万物。其词即不失词之本色，又有一种绵邈含蓄的抒情特征，实现了五代词人向宋代词人的转化与过渡。柳永词的总体风貌是艳科俗词，具有"俗艳深挚"的女性化特征，将市井艳科词推向了极致，使词的本色特征进一步定型化，对后世苏轼、秦观等人产生了极大的影响。晏欧词和张先词应该是北宋中前期士大夫觉醒的产物，实现了由应制、应歌向士大夫之间应社的转型。晏欧是"雅笔写柔情"，从不同层面承袭了花间余续。欧阳修又受柳永俗词的影响，为后来的少游、易安甚至陆游在表现女性内心隐曲世界方面的词创作奠定了基础。张先在词的创作中改温韦之艳丽变为清丽婉约，其词开启了伶工之词向士大夫词的转变。张先词超越柳永词"俗"的特质并走向雅化，从而孕育了东坡的以诗为词之雅词的出现。宋词的女性化特征发生重大变化应该是东坡词的出现，苏轼以诗为词，使词体发生了变化。苏轼虽然以诗为词，扩大了词的题材和表现形式，但词体的音乐属性决定了东坡词必须具有应歌的性质，词本体的柔媚风格也使苏词离不开对女性题材、女性心理的描写，是一种豪放背后"健笔写柔情"的女性化特征。东坡词对当时的苏门四学士和后来的周邦彦、辛弃疾等人填词产生了重大影响。晏几道和秦观因其词而被称为"古之伤心人"，他们的词呈现出"感伤哀婉"的女性化特征。小晏以一种自恋式的女性化倾向写词，充分地保持了词的"当行本色"，对少游词的创作产生了一定影响。少游先学柳词，又受东坡词启示，"将身世之感打并入艳情"，以自哀式的女性化倾向，承担了词向词本体的女性化特征回归的使命，为美成词的凄婉的女性化风格的形成导夫先路。黄庭坚和贺铸在词学传统做法和苏轼雅化革新双重冲击之下，都创作大量艳情俗词。山谷受到柳永市井俚俗词的影响创作了大量俗艳词，这是黄庭坚对词本体"别是一家"柔婉绮丽俗艳特质的继承，可以看作是后世金元曲子词的滥觞；而受东坡"以诗为词"创作方法的影响创作的雅词，扩大了词的表现力。综合来看，山谷词或俗或雅，以俗为雅，对词本体的女性化特征是一种继承与发扬。贺铸词受晚唐艳情诗和花间词的影响，大部分词作符合传统审美风貌，情思绵渺，妖冶幽艳，近乎当行本色。到了周邦彦，词体再度为之一变。美成词则可以看作是一种末世悲凉意绪下的凄艳之美，既有法度精神，又有严于韵律的和谐。但这不意味着美成词偏离了词本体女性化特征的要求，而是随着时代的发展，女性化特征的反映形式有所变化罢了。美成是把自己的末世情怀、感伤故事融入对女性的审美观照，表现出"雅艳凄婉"的女性化特征，成为维系南北宋词脉的重要纽带。词至易安，其女性身份，及其写作对象和性别视角，无疑使词的女性化特征表现得更为酣畅淋漓。易安直承美成的是艺术化地使事用典，还经常以平常白话语填词，多少又杂有着柳词的特色，但又明显略胜柳词一筹。易安词真正做到了化俗为雅，表现出女性独有的"真纯自然"特征。稼轩词以豪放著称，似乎偏离了词本体的女性化特征，但稼轩词中大量景物的选取、典故的运用形成了词的幽深隐约之美，加之女性题材与女性语言的使用，生动地描绘出人类心灵的另一层面，是豪放刚健与阴柔如水相结合的词体特征，具有深邈婉曲的艺术魅力。姜夔词又开启了一个新的时代。其恋情词，不仅情感专注，更秉持中和之道，意象清空，措辞骚雅，而不落词之冶艳俗套，开骚雅情词一路，即便是咏物之词，白石亦有香草美人骚雅之风，使其词具有"骚雅冷艳"之致,呈现出一种别样的女性化特征。白石词继承了晏几道、秦观、周邦彦追求骚雅的创作思路,并对吴文英产生积极的影响。吴文英词是唐宋词体发展到尾声时代的一次整合,可以看作是唐宋词的最后辉煌。梦窗词并不是简单的对南宋词的收束,同时他也包涵了北宋的词风,甚至于涵纳了晚唐五代之神韵。梦窗词以一种女性的敏感思维来感伤国事,自觉不自觉地流露出女性化的意味。梦窗词既有柳词风貌,又似少游情怀,有一种"密丽深邃"的女性化特征。结论:总结归纳宋词的女性化特征演变历程。

42. 北宋仁宗词坛研究//魏玮//刘锋焘//陕西师范大学//中国古代文学

摘要:仁宗词坛是宋词繁盛的肇端,在仁宗朝政治稳定、经济繁荣、文化大发展的背景下,词也出现了繁荣的局面。仁宗词坛既有继承的一面,也有发展的一面,本文力图对仁宗词坛做一综合描述,并结合多方面因素还原仁宗词坛的真实面貌。绪论部分主要考察了论文选题的研究现状、阐述了选题的研究思路及方法。第一章主要论述了仁宗词坛的历史背景,从政治、经济、文化三个方面展开论述。在政治方面,北宋至仁宗朝立国已稳。宋仁宗虽不是千古明君,但他任人唯贤,善于纳谏,围绕在他身边的是一群北宋朝出类拔萃的名臣。他本人仁厚宽容、不纵私欲、克己复礼,治国有方,维持了北宋朝的稳定。北宋朝在签订澶渊之盟后,军事局面稳定,百姓安居乐业。在经济方面,仁宗朝出现经济繁盛的局面,农业、手工业有了长足的发展,商业经济的发展更是突飞猛进,大都市随之兴起,市民阶层逐步壮大,这都为词的繁盛提供了良好的条件。娱乐业的繁荣促进了词的繁荣,城市经济的发展也促使词作本身走向商业化的道路。在文化方面,一方面,仁宗朝继承了宋朝开国初期崇文尊儒的文化传统,注重文治教化、继承了宋太祖崇文抑武、善待文士的传统;科举制度完备,重视人才的选拔与培养;宋仁宗自身重视文化,鼓励士人掌握文化知识,并且,在仁宗朝,文化开始在市民阶层普及;另一方面,仁宗朝上下普遍崇尚娱乐,宋仁宗本人公开提倡娱乐,上行下效,宋代士人关注自身的生活状态,并注重娱乐,表现出人格分裂化的特征,他们忠君爱国,以儒立身,怀有强烈的政治使命感的同时纵情声色、沉溺享乐。由于市民阶层在仁宗朝的崛起,新兴的市民阶层有他们的娱乐需求,仁宗朝，并存着两种不同类型的娱乐文化，一种是士大夫阶层崇尚的文人雅会式的娱乐，一种是市民阶层推崇的纵情狂欢式的娱乐。两种娱乐文化的并存，也促使仁宗词坛出现了两种不同的审美追求。第二章综论仁宗词坛的创作格局。从仁宗朝词作者身份的构成，仁宗词坛创作中心的形成和仁宗朝两大词人群体的形成三个方面展开论述。仁宗朝词作者身份呈现出"多样化"与"集中化"的趋势，多样化指仁宗词坛词作者分布在社会各个阶层，集中化指仁宗词坛的主力军是官僚阶层。并且，仁宗朝出现了四位存词量大，艺术成就较高的词人——柳永、晏殊、张先和欧阳修。仁宗词坛形成了地域性的创作中心，以首都汴京为中心的京畿地区，成为仁宗词坛创作最为繁盛的地域，除此之外，仁宗朝也形成了较为零散的，规模较小的地方性创作中心。由于仁宗朝存在着两种不同类型的娱乐文化，词的风格也存在两种不同的类型，一种主要受到雅文化影响，形成了崇尚雅致之感、主张含蓄蕴藉之美的词作风格，一种主要受到俗文化的影响，形成贴近市民审美趣味，浅俗直白的词作风格。仁宗朝的四大词人也可以分成崇雅派与尚俗派，由于两派词人同时受到两种文化的影响，崇雅派的词人有拟俗词的创作，而尚俗派词人的部分词作也呈现出雅致的风貌。第三章主要论述庆历党争与仁宗词坛的关系，梳理了庆历党争的大体过程和词人在庆历党争过程中的个人命运，并通过对晏殊、欧阳修、范仲淹、柳永的个案研究，揭示庆历党争对词作者个人的影响。第四章主要论述仁宗朝的词学观。从认同、功能及分歧三个方面展开论述。在认同上，仁宗朝市民阶层与士大夫阶层对词的认同相异，市民阶层对词表示接受、认同与喜爱，士大夫阶层对词的认同则存在矛盾性，一方面，他们对这种新兴文体十分喜爱，另一方面，他们又认为词为小道，不能登上大雅之堂。两大阶层对词的娱乐要求也有所不同，市民阶层要求词能满足他们感官与精神的双重要求，满足他们纵情娱乐的需求，士大夫阶层则要求词能满足他们在娱乐中对雅致的追求。在功能观上，词在仁宗朝不仅仅是尊前花间的娱乐工具，同时也初步具备了言志功能和社交功能。在分歧方面，由于仁宗朝雅俗两大文化圈并存，词作风格也呈现出雅、俗两种不同的追求，词体的雅俗之辨也自仁宗朝肇端。第五章主要论述仁宗词坛的特色，从主题、体式与结构、意象三大方面展开论述。在主题取向方面，仁宗词坛主要表现为传统题材的新变和新兴题材的出现。在体式与结构方面，主要是长调慢词的勃兴，和令词"上景下情"抒情结构的被打破，表现为情景的散化与多种铺叙结构的运用。在意象方面，仁宗词坛的词人在意象选取上，主要沿袭花间意象系统，较少新变。在意象的类别上，主要以描述性、象征性的意象为主，在意象描述方面呈现出共性化与个性化的特征，并以晏殊、欧阳修为个案，研究二人词作意象组合的特点。第六章主要论述仁宗词坛的定位与评价。在定位方面，仁宗词坛的定位是宋词发展的第一个重要时期，起着承上启下的重要作用。它不仅仅使得五代词朦胧幽约的词体特质得以保留，同时仁宗词坛的一些新变因素也对后世词坛产生了较大影响。在评价方面，长期以来，词评界对晏殊、欧阳修的评价皆以好评为主，而对柳永的评价则毁誉参半，随着近现代对柳永评价的提升，对仁宗词坛的总体评价也应以正面评价为主。

43. 北宋士大夫词研究//马里扬//袁行霈//北京大学//中国古代文学

摘要：本文以北宋士大夫词作为研究之对象，立足歌词的文本细读与文学发生背景的还原考证，提出以士大夫词为中心的"盛宋词史"这一概念，就宋词之盛这一文学现象产生的外部历史原因、内在文学动因以及具体之演进历程，展开详细地考证与阐释。士大夫词之内涵，是以王国维《人间词话》（1908）提出的"士大夫之词"为基点，包含有对王灼《碧鸡漫志》（1150）标举苏轼等"士大夫作者"的近千年传承，更携带着晚清常州词派（1822—1911）推尊"学人之词"的深刻影响，最终沉淀为一种深广阔大之词境的指称。词境的生成，包括词人的现实处境与歌词文本时、地、人、事之构成要素，而最为核心、同时也是词境高下深浅的决定性因素，是寄寓于歌词之中的时代精神。北宋士大夫词，是士大夫之"宋型"特质渗透入歌词，形成了作为"词中心史"的"词史"。借助"词史考微"，重新建构出北宋士大夫词的发展历程亦即"盛宋词史"，约分为确立、极盛与衰退三个时期：以欧阳修景祐元年（1031）离开洛阳入汴京作为盛宋词史的起点。经过嘉祐年间（1056—1063）以王安石等士大夫词人对《花间》、南唐词风的离析，至熙宁、元丰之际（1074—1082），苏轼从词学观念、创作方式、体格内容等方面完全改造士大夫词，从而将盛宋词史推至极盛；其中，王安石更为突出地体现出"词运转关"之表征，而东坡词则成为"词学极盛"的典型呈现。进入哲宗元祐年间（1086—1093），士风的分化导致士大夫与歌词间的关系极为尴尬，但同时也催生出明晰自觉之士大夫词学观。哲宗绍圣至徽宗初年（1094—1101）放逐西南的黄庭坚更以疏放自由的创作态势，在歌词之中寄寓深意，散发出北宋士大夫歌词创作的最后一道光彩。词格、词境、词体，作为词学专有之领域，是与士大夫词纵向演进之历史进程相交互的横剖面。北宋士大夫词，是以《花间》词之体格特征为基础；而"词格独立"又渊源于士大夫知识结构中"缘情绮靡"之诗学内在传统。入宋之后，秉承南唐词风的士大夫词人，通过词境中空间以及时间、人事等构成要素的渐次迁移，逐步在歌词文本之中寄寓与传达士大夫的思想与情感。与此同时，伴随"燕乐饮曲"的改造，倚声填词的方式也在士大夫创作中不断变更，最终建构起符合士大夫审美情趣并与诗体相对应之歌词"长短句体"。

44. 东坡词思想研究//尚雪红//木斋//吉林大学//古代文学

摘要：本文以《苏轼词编年校注》（邹同庆、王宗堂校注，中华书局2007年版）中收录的331首词为研究对象，兼采今影响较大的其他诸家注本（龙榆生《东坡乐府笺》、曹树铭《东坡词》、石声淮和唐玲玲《东坡乐府编年笺注》、薛瑞生《东坡词编年笺证》），将苏轼一生331首词作中涉及儒释道三家思想的157首词作列为研究对象与统计对象，按照时间顺序分别做统计分析，并将统计数据制作成直观的图表；从语言学角度的研究与量化统计，以期解决东坡词中表现出的儒释道思想问题，从而对苏轼思想研究给予有力的补充与细节上的纠正。期望本文的研究能对后来者起到基本的文献贡献作用，所得结论亦能为后世研究者足资借鉴。在逐篇爬梳分析研究的基础之上，将苏轼词作中所表现的思想予以阐发，主要是儒释道三家的思想状况，指出苏轼在黄州时期、元祐时期、惠州儋州时期是一生中释道思想发展的三个连续相关的高峰，儒家思想并非自始至终地成为忧国忧民的苏轼的主导思想。北宋时期三教合一的大背景，使得文人士大夫的思想中普遍存在外儒内释道的思想状况。苏轼的诗作较多地承担了嬉笑怒骂的批判的社会精神，词作则更多展示了苏轼个人的性情怀抱。宦海沉浮、人生感悟，较多地表现在了词中。东坡词因大量表现儒释道思想，不再依红偎翠，也促进了苏轼以诗为词的手法的形成，更使苏轼的词作具有了或旷达或洒脱或深沉的多重艺术内蕴。

45. 多元文化背景中元代边塞诗的发展//郭小转//云峰//中央民族大学//中国古代文学

摘要：元是蒙古族入主中原所建立的统一的多民族国家，这种多民族的交流、融合使元代文学处在多元文化氛围中。这种氛围对元代所有的文学样式都有深远影响，包括元诗，特别是元代边塞诗。元诗，特别是元代边塞诗的创作，力图突破唐诗、宋诗的束缚，虽取得了不俗的成就，但由于受后世对元曲研究的关注，被弱化了。我们在元代多元文化背景中对元代边塞诗的研究，实际上是对元诗，特别是元代边塞诗创作成就的一种回归或重视。在中国诗歌，特别是边塞诗发展史上，元代边塞诗正处于上承唐宋、下启明清的连接位置。若失去了对它的客观对待，对中国古代诗歌，特别是边塞诗发展的整体观照便可能会有所偏颇，这是我们应该注意的。元代边塞诗在整个边塞诗发展史上有着承上启下的作用，本文从继承与发展两个方面去考察多元文化背景中元代边塞诗的发展：一方面，元代边塞诗中有许多传统题材，这些诗歌在征夫思妇、边塞风光等方面很好地继承了唐代边塞诗的优良传统；另一方面，即使是这些传统题材的元代边塞诗中也独具特色，如元代对雁意象的含义延伸等。此外，西征诗与扈从诗又是边塞诗在元代的新发展，它们在多元文化背景中熠熠生辉。在元代的多元文化背景中，我们从政治、经济、文化等多方面入手，对与边塞诗联系紧密的御前奏闻、质子军、上都分省，农业、牧业和渔猎，元代文人心态及多元文化并存等内容重点介绍。在其后的作品分析中，则有机穿插如怯薛制度、藏传佛教等重要内容。对元代多元文化背景的介绍是研究元代边塞诗的准备阶段，在接下来的几章中，拟从继承和发展两方面对元代边塞诗的研究现状进行分析。"边塞诗"与"元代边塞诗"是关系紧密的两个概念。元代边塞的特殊性使元代边塞诗具有比前代更为丰富的内容。这就需要通过对传统边塞诗的概括和分析，去发现和归纳元代边塞诗所独具的时代性和民族性。对边塞战争的描写、对征夫思妇的描述、对边塞风光的描绘等都是边塞诗的传统内容。在元代边塞诗中，还特意选取了捣衣、雁等题材与意象去解读其背后的社会内涵。成吉思汗及其子孙的三次西征是蒙古汗国及元朝时期历史中的重大事件，也是元代边塞诗中西征诗的重要内容。本文通过对第一次西征的介绍,重点突出在此过程中所产生的西征诗。以丘处机和耶律楚材为代表的西征诗人对元代边塞诗的发展做出了重要贡献,在此表现出来的边塞诗内容的拓展和情感的变化,都是元代边塞诗发展的重要特征。忽必烈建元后,两都制成为元朝的重要制度,元朝皇帝每年巡幸上都成为国之重事。扈从人员在此过程中所创作的扈从诗也为元代边塞诗画上了浓墨重彩的一笔。元上都的自然物产、风俗人情等成为元代边塞诗中的重要题材,而融合了边塞诗与宫词两种题材的元代宫词又成为扈从诗中的亮点,成为元代边塞诗中的特殊组成部分,也为宫词和边塞诗的发展做出了贡献。元代边塞诗的发展首先体现在疆域扩大带来的内容拓展。与汉唐疆域相比,元代疆域有着明显的扩大。蒙古汗国及元朝时期复杂的疆域组成也带来了边塞诗内容的拓展。其次,在描述方法与思想情感方面,元代边塞诗亦表现出了很大的发展空间。元代边塞诗的写实手法与客观描述,以及对边塞自然风物习俗的热爱之情等都是它明显的变化。再次,在元代边塞诗创作队伍中的少数民族诗人群体和边塞诗创作体式中的组诗加注等形式,也为元代边塞诗的发展做了很好的注脚。最后,从诗歌史的角度去观照元代边塞诗和元诗,更容易看出元代多元文化背景对元诗,特别是元代边塞诗创作的重要影响。

46. 玉山雅集与元末诗坛//刘季// 查洪德//南开大学//中国古代文学

摘要:元末顾瑛主持的玉山雅集,是中国历史上时间跨度最长、参与人数最多、影响最大的文人雅集,吸引了那个时代几乎所有的诗坛名流。顾瑛的玉山佳处对于元末文人来说,是战乱中一块安定的乐土,是文人心灵的理想国,又成为明清文人一个说不完的话题,是留在中国文人心中的诗坛神话。玉山雅集只能是那个时代的产物,是后世只能追慕不能复制的奇迹。对顾瑛及其玉山雅集做深入考查,认识和感受雅集所体现的文人生活理想、价值追求和人格精神,是一个很有价值的学术课题。探讨这一雅集与元末诗坛的关系,对于元代文学史的研究和中国诗史研究,都具有重要意义。论文主体内容分七章,第一章是对于元末政治格局和元末诗坛情况的介绍,探讨元末江南一带政治环境、经济条件和文学发展的大背景,以及元末东南地区士人的生存状态。第二章主要介绍顾瑛的生平和玉山雅集。首先是通过对顾瑛诗歌作品的整理,阐释他的多面人格与多变诗风,并分析其人格与诗风的成因和表现方式。然后梳理中国古代文人雅集的源流,以及吴中地区雅集之所以兴盛的原因,并以玉山雅集为例介绍元末文人雅集的新特点。第三章着眼于玉山雅集的诗歌作品。以玉山雅集的和韵诗、分题分韵诗、联句诗以及诗中频繁出现的意象等为对象,通过对雅集倡和诗的梳理与分析得出雅集诗歌的崇杜倾向以及以诗为戏的创作态度和文学价值观,归纳总结玉山诗歌创作的特点。展示元代文人雅集的多样化,雅集诗求新求奇的取向。第四章主要是对玉山雅集宾客的一个研究。玉山宾客可以看作是元末诗坛的一个标本,通过这个标本,可以具体地认识和把握元末诗坛,特别是东南诗坛。顾瑛几乎与同时期所有在吴中活动过的文人都有交往,与他唱和的有名有姓,有作品流传下来的达二百多人。他们中有元末著名的诗文家、画家、散曲作家,有本地的文人学者,还有因流寓、游学、仕宦等原因路经吴地的文人。除了汉族士人之外,还包括蒙、回等非汉族士人,他们与汉族士人一起燕游唱和,真诚交往,共同唱响了玉山诗歌不朽的篇章。该章另将宗教信仰作为区分标准,单列玉山佳处的特殊宾客,他们包括僧侣、道士,答失蛮(伊斯兰教背景)和也里可温(基督教背景),以及他们在雅集上的表现和诗歌创作的特点。力图从宾客构成的复杂性这一点来揭示玉山雅集是一个多元化、跨地域、多层次、多政治取向、各民族文人共同拥有的一个文人雅集,说明玉山雅集以其超越时代的包容性,成为当时文人的一个共有的精神家园。由玉山宾客构成的这些特点,在一定程度上体现了元末诗坛的特点。玉山雅集最为独特之处是它的纯粹性。以顾瑛为例,他召集如此大规模的文人雅集,几乎倾尽所有,只是要追求一种文人化、理想化、艺术化的生活,除此之外,别无所求。既无攀附之意,也无功利之想。玉山雅集诗人的活动,对元末的文学风貌、文化精神都有着深远地影响,所以论文的第五章是对雅集诗人心态的研究。通过他们心态的递变、出世之想与用世之心的矛盾以及慕雅情结的分析,揭示元末诗人独特的心态与心灵追求,即保持文人的独立人格,以一种雅逸的、艺术化的方式追求自己生命体验的完满等。第六章是关于玉山雅集与同时期文人雅集关系的研究。分为两个方面,一是考察其同时期其他文人雅集的相同相似之处;二是考察比对玉山雅集与同时期文人雅集的相异互补之处。在对比的过程中揭橥吴中文人雅集的关联与交流情况,以便更加清晰地了解顾瑛以及玉山雅集的独特之处。论文的最后一章是考察玉山雅集对元代文学的影响。主要是从元末士风与诗风两方面进行考量。玉山雅集诗歌结集刊行的包括《玉山璞稿》、《玉山名胜集》、《草堂雅集》、《玉山纪游》、《玉山倡和》、《玉山遗什》等,收录了雅集唱和中的大部分诗作。这其中包含了元代后期大多数著名诗人的诗作,作品的数量占元代后期诗歌总数的十分之一。可以这样说,如果没有玉山雅集,元末诗坛可能会是另一种面貌。玉山雅集超长的时间跨度和宾主潇洒自适的行为方式,无疑都对元末的诗坛和士人产生了巨大的影响。玉山雅集作为元代规模最大的文人雅集,以其无不涵容的气度成为中国古代独有的文化史现象。论文最后的余论主要探讨诗歌创作以外的雅集文化生活。这里探讨玉山宾佳处的诗、书、画、乐、茶道等,以求对玉山雅集有一个全面、详细的了解,尽可能地还原雅集当时的面貌。

47. 元散曲风格特质及其成因研究//张筱南//戴建业//华中师范大学//中国古代文学

摘要:本文通过分析元散曲语言修辞、句式章法、情趣立意等方面雅、俗文化元素的并立,论析了元散曲以俗见雅、雅俗合一的风格特点及其构成方式。本文的中心论旨为元散曲包蕴了元代雅俗多层次的文化元素,它得益于元代士人借俗写雅,以雅化俗的主观努力,是元代士人主动顺应社会文化环境的必然结果。围绕这一中心论旨,本文主要从元散曲雅俗交融风格特质的构成、雅俗冲突与融合的方式、雅俗合一风格特质的成因等三个方面,考察和分析元散曲独特的艺术风貌。本文上编论述元散曲雅俗交融风格特质的构成,主要分为四章。前两章分析了元散曲的俗文化特质。第一章从文本构成角度分析元散曲中市民化的语汇构成和散文化的章法结构营造了元散曲的"俗"味。第二章从题材内容角度探讨了元代底层文化心态对士人价值体系的渗透和改造。第三、四章论述了元散曲中雅文化特质的构成。第三章通过分析元散曲中对偶、用典、隐括等多种艺术修辞手法论述元散曲的雅化方式。第四章从元代士人心态角度分析这一雅文化特质的成因。第五、六章组成了本文的中编,集中分析元散曲雅俗冲突与融合的方式。第五章通过分析元散曲内容、结构、语言等雅俗文化元素的不匹配,认为雅与俗两种风格元素以二元对立的创作模式普遍并存于元散曲作品中。第六章探讨了元代士人在元散曲的创作中对元代俗文化元素的借用和改造,认为"和而不同"的雅俗融合方式使元散曲既"耸观"又"耸听",成为雅俗共赏的复合型文化成果。本文的下编由七、八、九三章组成,系统分析了元散曲雅俗合一风格特质的成因。第七章从社会角度分析了元散曲的现场演绎方式和接受者的生活经验、价值观念和审美趣味,认为曲家的创作内容和风格较易受到现场环境和接受者的制约和引导,这有力地推动了元散曲的雅俗交融风格的形成。第八章从文化角度论析元代多民族文化的融合、元代儒学朱陆合流的学术理念和思想界包容开放的思维方式,以及这些文化因素对元代士人平等开放的文学观念和元散曲雅俗交融风格的影响。第九章从创作心理角度分析了元代士人通过散曲创作实现自我塑造的创作动机。他们借文学创作转化焦虑,获得个体精神的替代性满足,并借以完成个体形象的自我塑造。"面子疑于放倒,骨子弥复认真"是对元代曲家创作心理的准确解读。本文主要运用社会历史分析、文本批评、接受美学等方法分析元散曲雅俗交融的风格特点及其成因。从作品审美趣味的多元化,到曲家创作动机的复杂化、再到接受者期待视野的多样化,雅俗文化元素的杂糅融合造就了元散曲独特新颖的艺术风格。

48. 李梦阳与明代诗坛研究∥刘坡∥李时人∥上海师范大学∥中国古代文学

摘要:本文以整个明代诗坛为坐标系,通过考察、研究李梦阳诗学思想对前辈诗论的继承、改革和对同时代及其后世诗人的影响,确立李梦阳在明代诗学史上的地位、价值和作用。全文除去"导言"和"结语",共分六章。第一章简述了李梦阳的生平,并详细考察李梦阳著述各版本在明清两代的刊刻情况及李梦阳的思想心态。李梦阳的著述主要分集部、史部、子部三类,考察其在明清两代刊刻的各版本,集类著述有别集本十三种,选集本二十一种,李梦阳点评本七种;史类著述两种;子类著述五种。同时以表格的形式详录各书目题跋对李梦阳著述的载录情况和国内及域外现存李梦阳著述的馆藏概况。关于李梦阳思想心态的考察则主要就其冲击程朱理学的哲学思想、摒佛弃道尊崇儒学的宗教思想和匡世济民的政治思想三方面展开,其中又从李梦阳与程朱理学的关系入手,重点研究了李梦阳的哲学思想。李梦阳顺应明代商品经济快速发展的社会现实,承续儒家一脉,将视角转入"日用生活"去寻求"道",肯定人欲,关注人本体,以积极的态度面对人生,对日益僵化的程朱理学产生了冲击,而这种新的思想渗透到李梦阳的文学复古运动中,使得其与阳明心学虽"二事根本抵牾,竟能齐驱不倍",开启了晚明文学新思潮。第二章通过对李梦阳与李东阳的关系、李梦阳对李东阳的继承与批评的研究,把握弘正诗坛盟主变化的情况。李梦阳初师从于李东阳,以茶陵派中人自居,但至弘治后期,由于政治倾向和文学主张的相异,李梦阳逐渐与李东阳疏离,和前七子其他成员代茶陵派而起,共倡复古。李东阳是李梦阳诗学思想的先导,李梦阳在诗文辨体、"格调"说、对待宋诗的态度等问题上承续李东阳而下,对其进行了理论深化和再探讨,初步完成了以古典审美理想为旨归的复古理论体系的建立。第三章将弘治末年以李梦阳为首的前七子派发起复古运动为时间节点,研究明代前半期复古诗风的消长。复古意识贯穿于整个明前期诗坛,从明初吴中、越中、闽中、岭南、江右各诗派要求恢复中古的雅正,到永乐至正统年间台阁体在经世致用诗学观主导下以"鸣盛"为第一要务,追求平和雅正的盛世之音,再到茶陵派开始注重诗歌的审美特质,并将诗歌从附庸政治解放出来,最后到前七子派,明诗经历了由尚质主义向文质彬彬,由主理抑情向扬情去理,由醇雅正大向雅俗齐鸣的转变。第四章由考察前七子派的形成入手,重点论述前七子派内部复古思想在前期的融合和在后期的分化,以动态研究的方法探讨前七子派成员诗学思想的变化。前七子派的形成是一个随着有共同文学主张的流派成员自觉向心聚集而缓慢发展的过程,这个具有强大凝聚力的关键就是李梦阳,因此,前七子派的形成也可以说是其他成员向李梦阳聚拢,与其交流,彼此影响的过程。通过对史料、诗文集相关内容的考辨得出,前七子派初步形成于弘治十六年(1503),以何景明的加入为标志;最终形成于弘治十八年(1505),以徐祯卿的加入为标志。前七子派活动前期,其复古思想的融合主要是在核心人物李梦阳的影响、引导下,通过对早期所习,尤其是对习六朝诗歌的反省与批评,以及与茶陵派分离,对其萎弱流靡之弊进行的反拨,在不断地讨论、磨合下逐渐达成较为统一的诗学主张,确立了"诗必汉魏盛唐"的复古观。到了后期,前七子派复古思想方法论为尺寸古人,由于各人才力不同、把握不当,而失之模拟,其成员为尽力挽救痼疾,或取改良之法,如何景明的"舍筏登岸";或另辟蹊径,如徐祯卿的"以情立格"。而正德、嘉靖间政局的风云诡谲,士大夫对于现实的失望,又导致了文学复古理想的破灭,王廷相、王九思等前七子派成员纷纷弃文入道，转向寻求心灵栖息之所，与文事分道扬镳。至此，前七子派复古思想不断分化，复古运动也渐趋消歇。第五章进行横向研究，内容为李梦阳与同时期关陇诗坛、中州诗坛、吴中诗坛的交往和诗学互动。关陇、中州诗人在与李梦阳亦师亦友的交往中，受其影响，成为复古运动的主力和羽翼。吴中诗人则分为两类，一类以杨循吉、文徵明、祝允明、唐寅等为代表，他们里居吴中，在缘情尚趣、任情自适之外亦致力于古文辞的修习，但取径较宽，反对尺寸古人，强调独抒性情、自立新意；一类以徐祯卿、顾璘、黄省曾等为代表，他们在李梦阳的影响和引导下形成了自己的复古思想，积极投身于复古运动。第六章为纵向研究，内容为明后期各诗歌流派对以李梦阳为首的前七子派复古诗学思想的接受。分为两类，一类是延续复古思潮，与前七子派诗学主张同质同构的嘉靖八才子、后七子、云间诗派；一类是反对复古，与前七子派异构，但在追求"真情"、"真诗"的层面上与李梦阳的"真情说"、"真诗乃在民间"同质的阳明心学和以徐渭、李贽、冯梦龙、公安派、竟陵派等为代表的晚明文学浪漫主义思潮。他们分别从不同角度继承、发扬了以李梦阳为首的恶前七子派的诗学思想。根据以上所论，李梦阳是明代诗风变化的转捩点，于明代诗坛在纵向上起着承上启下的作用，在横向上又具有领导、影响之功。本文有两篇附录，分别是《目验李梦阳著述叙录》和《历代李梦阳传记、墓铭》，以其为研究李梦阳的基础性资料，特附于正文之末，以便翻检。

49. 清人选明诗总集研究//尹玲玲//马卫中//苏州大学//中国古代文学

摘要：总集可以保存文献，记录历史，展现批评观，近年来成为学界研究的一个热点。清人选明诗总集在所有清人选诗总集中具有明显的特殊性，然学界至今对其缺乏整体研究。本文主要抓住清人选明诗总集的特点，采用文献与批评相结合的研究方法，在梳理文献概貌的基础上，沿着史与诗两条线索展开论述。清人选明诗总集的部分选者为由明入清之人，他们编选明诗有保存文献的目的，更有总结有明一代历史的动机，另外还有褒扬节义的愿望。清人选明诗总集大多集中于顺治、康熙两朝，此期总集约占百分之五十六强，与清代唐、宋、清诗选本多出现于康熙、乾隆两朝不同。部分清人选明诗总集带有强烈的时代色彩，往往与鼎革之际的士人心态联系在一起，借诗存史，或以选诗的方式反思明代历史政治，或借选诗呼唤节义，或在选诗中以微言大义的方式展现故国旧君之思。清人选明诗总集又是选者借以反思明代诗学、探寻新的诗学出路的载体，体现了明清诗学的继承性。选者在选的过程中展现有明一代之诗史，对明诗发展的各个阶段与流派给以评价，在褒贬过程中展现批评观。通过梳理他们的明诗评价，可以发现，选者多重视明初诗家与七子派，对公安、竟陵或批判或视而不见，对七子的态度又有一个先批评后肯定的大致发展过程，从中可见清代诗学与明诗复古的关系。清初《列朝诗集》与《明诗评选》对七子抨击不遗余力，往往纠缠于七子的模拟、用字等问题，对七子成就一概抹杀，盖此时选者所关注的诗学点在于复古与新变。与此同时，自明末陈子龙等《皇明诗选》起，清顺治年间《四杰诗选》、《九大家诗选》、《明诗汇选》等针对当时诗坛的竟陵余风，从正变角度出发，极力拥护七子复古。康熙年间，《明诗综》在宗唐诗风影响之下，对七子诗作进行较为客观的评价，前后七子区别对待，具体到每一诗人的诗作，则按体分别评价，指出其优缺点。雍乾间，《明诗别裁集》、《明人诗钞》则从盛世追求雅正的要求出发，回归《皇明诗选》的立场，然因《列朝诗集》的批评，故此时回归七子复古，却并非对七子全盘接受。沈德潜等较朱彝尊更注意辨体，小心地避开七子诗作的缺点，汰除形似，保留精华，以此褒扬七子。总集选者于对七子复古抑扬褒贬过程中，显示出了诗学的继承与探索。钱谦益、王夫之皆看到了拟古不化的弊端，钱氏矫之以新变、性情与学问，引领了清初宗宋诗风；王氏在赞同复古的基础上矫之以性情与神韵，开辟了复古的新路径。之后王士禛选《二家诗选》、《新安二布衣诗》，钟情于徐祯卿、高叔嗣、程嘉燧等偏于冲澹的诗人，继续王夫之的神韵之路，提出神韵说以矫七子的模拟之弊。沈德潜在崇正的前提下，中和格调与神韵，取七子之高格，济之以学古人神理的神韵，于正变与模拟两方面皆给出了解决办法。汪端《明三十家诗选》则不再纠缠于复古与新变、宗唐宗宋等问题，而是跳出圈外，从正面提出雅正清真的要求，针对变，矫之以清，针对蹈袭，矫之以真，无论宗唐宗宋，亦无论复古还是新变，只要做到清、真即可。而汪端于具体诗评中则显示了性情、格调与神韵在更深层次上的中和。另一方面，明诗中公安、竟陵的浅俗、纤佻，以及选者认为由此带来的国运衰败，使得选本以恢复诗教、重倡雅正为职志，而清政府对清真雅正与诗教的提倡又加强了选本的这一追求。但雅正在不同选者的理解中又呈现出同中之异，如陈子龙、沈德潜至朱琰一脉强调温柔敦厚、怨而不怒，王夫之则主张以古为雅。

50. 清代女性诗歌总集研究//陈启明//郑利华//复旦大学//中国古代文学

摘要：本文围绕清代女性诗歌总集进行研究，论文由绪论、正文和附录三个部分组成。绪论部分，简要回顾以往的研究状况，并对研究意义、方法及其相关概念的界定进行说明。第一章总论清代女性诗歌总集的概况，从总集的总体特征、编刊动因等方面进行论述。第二章至第四章，在历时性的视角下考察清代女性诗歌总集在三个不同时期的具体表现。在论述中，充分结合个案，对各个阶段所出现的具有代表性的重要女性诗歌总集进行深细研究，着力挖掘每部总集所包蕴的诗学价值和文献价值，以期更准确、更深入地把握整个时代的女性诗歌总集状况和女性诗学面貌。第五章探讨清代女性诗歌总集与女性诗学传统构建的关系。附录部分，对清代女性诗歌总集的版本进行叙录。考虑到女性诗歌总集的散佚或少为人知的现状，本文对目前所搜集到的清代女性诗歌总集以朝代为序一一概述，力图提供比较详尽的文献资料。

51. 惊隐诗社研究//周于飞//朱则杰//浙江大学//中国古代文学

摘要：明清之际是文人结社活动最为活跃的一个时期。清初以江苏吴江为中心，由苏南浙北一批遗民所组成的"惊隐诗社"，世人对它的重视程度仅次于当时的复社。本文试图探究"惊隐诗社"的发展历程，考察其众多成员的生平事迹，对诗社的诗歌创作与理论以及学术成就等做出分析和判断，最终从文人结社和文学史的双重角度出发给予一个恰当的定位。正文共五章，分为三个部分：第一部分包括第一章《"惊隐诗社"的历程》和第二章《"惊隐诗社"的成员》，主要对"惊隐诗社"进行史实钩沉，考察诗社本身的发展历程和成员生平事迹的考证。第二部分包括第三章《"惊隐诗社"的诗歌》和第四章《"惊隐诗社"的代表作家》，主要对"惊隐诗社"进行理论分析，考察"惊隐诗社"的文学创作和成就。第三部分即第五章《"惊隐诗社"的地位与影响》，从文人结社和文学史的双重角度，评价"惊隐诗社"的地位和影响。附录两种，分别为《"惊隐诗社"活动年表》和《"惊隐诗社"成员作品辑考》。前者以"惊隐诗社"成员生卒年为上下限，简要记录成员的主要生平活动，时间跨度从明末万历年间至清初康熙年间，约为一百年。后者收录"惊隐诗社"成员的单篇散佚作品，并简要交代今人的辑佚工作。

52. 清初淮安诗坛研究——以"望社"为中心//杨胜朋//张梦新//浙江大学//中国古代文学

摘要：本文正文共分四章，试图以"望社"为中心，多角度、多方位再现清初淮安诗坛原生态面貌，客观评论清初淮人的诗歌活动与创作。第一章主要从雅集的角度切入清初淮安诗坛研究。在介绍背景与渊源的基础上，以"望社"为中心，考察清初淮安诗人雅集的时间、地点、内容、形式及经费来源；随后探讨淮安诗人雅集交游的对象、范围、交游费用问题；继而重点结合清初淮安诗歌作品，探讨清初淮人雅集诗歌的特色。第二章主要从科举的角度切入清初淮安诗坛研究。首先对崇祯、顺治及康熙十八年前三个时段的淮安科举状况进行调查与分析。其次，对清初享有盛名的"山阳诸生落籍"事件做一全面考辨，在此基础上考定"望社"的社团性质。再次，全面考察淮安诗人代表、"望社"重要成员丘象升贬谪琼州事件始末及其文学创作。最后，论述康熙十八年的博学鸿儒科与淮安诗人的关联，以阎若璩为个案，论述淮安举荐鸿儒在学术上的成就与影响，进而论述淮安鸿儒们的诗歌艺术及其成就。第三章主要从家族的角度切入清初淮安诗坛研究。首先从现存文献资料出发，在大致考证出清初淮安文学家族及其成员的基础上解析清初淮安文学家族的布局特点。其次从缙绅家族与士人家族两个方面来解析清初淮安诗歌雅集繁多的经济原因。再次，从漕运、水利、商业、胥吏斗争四个方面，探讨清初淮安诗歌的地方特色。最后，通过对丘氏文学家族的分析，探讨清初淮安文学家族内部的运作、构成与成就。第四章首先从流寓的角度切入清初淮安诗坛研究。在辑佚流寓诗人的基础上，解析淮安多流寓诗人之原因。其次，分别以杨太常、范眉生、蒋荆名做个案分析。最后，以寓居淮安的遗民领袖万寿祺做个案分析，在论证其为"望社"成员的基础上，考辨万寿祺在淮安的交游情况，分析其诗歌创作成就及风格特征，阐述其对后世的影响。

53. 清代三秦诗人群体研究//冉耀斌//陈书录//南京师范大学//中国古代文学

摘要：本文以清代三秦诗人群体为研究对象。第一章讨论三秦诗人群体的构成及主要特征。三秦诗人群体指清代初期至中叶，活跃在陕西、甘肃两省的一个地域性诗人群体。主要由清初的"关中三李一康"、"关中五虎"、孙枝蔚、韩诗、王又旦、张晋、张恂、雷士俊，以及清中叶的屈复、"关中四杰"、"兰山诗社"、"洮阳诗社"之成员组成。三秦诗人群体的诗论，大多主动继承明代李梦阳、康海、王九思等开创的格调理论，自觉发扬以"秦风"为代表的地域文学传统。同时，他们的诗歌创作也呈现出多元文化并存的风格特征。第二章主要探讨清初关中"三李一康"和王弘撰等本土诗人。他们论诗主要继承了李梦阳等人的格调理论，并在一定程度上有了改进和完善。清初关中诗人大多抒发故国之思和兴亡之感，痛恨不义战争，悯念百姓疾苦，其创作也更有慷慨激壮、意象苍茫的"秦风"特色。第三章主要探讨清初孙枝蔚、李楷、雷士俊、韩诗等流寓江南的秦地诗人的创作。孙枝蔚和李楷、潘陆等人曾结"丁酉诗社"，这是一个具有政治色彩的文人社团。雷士俊与王岩、郑廷直等人在扬州建有"直社"，讲论时文，砥砺气节，与复社分庭抗礼。乙酉国变之后，雷士俊流寓兴化，与李沂、李沛等昭阳诗人联系紧密，共抒亡国之痛。孙枝蔚的创作表现出了西北之慷慨悲凉与南方之清丽缠绵并存的双重特征。第四章主要考查清初关中仕清诗人，他们可以分为两大部分：一部分为由明入清的"贰臣"，一部分为清朝科举文士。清初关中仕清诗人虽然也有秦中刚健之气，创作了许多反映社会动乱和民间疾苦的作品，但是在清廷高压统治之下，他们大多摧刚为柔，以朝廷"中声"为准，表现出温柔敦厚的创作倾向。第五章主要探讨乾嘉年间关中诗人屈复、"关中四杰"，以及"兰山诗社"、"洮阳诗社"成员的创作。关中诗人大多依然坚持关中诗学传统，与主流诗风保持一定的距离。屈复提出"寄托说"，强调诗歌要表现诗人的真情实感，并提倡对现实的反映和批判，与"格调说"等形式主义进行斗争。杨鸾论诗以"真情"为本，将中国古代"诗缘情"的思想推进到一个新的境界。吴镇论诗更为通达，他吸收了"格调说"与"性灵说"的合理因素，表现出关中诗学和江南诗学的交流和会通。清代中期的高压统治强烈而深刻地威慑了士人的心灵。乾嘉关中诗人之中，除了屈复尚有大胆揭露社会黑暗和吏治腐败的作品之外,其他诗人的作品中已经很难见到这些反映现实,批评时事的内容。不过,相对于那些歌功颂德的庙堂诗、吟风弄月的性灵诗和抄袭章句的肌理诗,依然具有独特的认识价值和审美价值,在乾嘉诗坛有着特殊的意义。

54. 道咸宋诗派研究//周芳//孙之梅//山东大学//中国古代文学

摘要:道咸宋诗派是近代诗坛的一大诗派,其兴起原因、诗学主张以及诗歌创作等方面都得到不同程度的发掘,宋诗派研究已经发展成为近代诗文研究的热点之一。然而,现今的宋诗派研究存在三个不能不予以正视的问题,一是宋诗派能否作为一个诗派存在尚有争议;二是对宋诗派的评价所采用的标准过于政治化,与文学本身相去较远;三是关于宋诗派各成员的师法对象以及诗歌的艺术手法等方面的分析,基本上沿用陈衍、汪辟疆以及钱仲联三人的论断,有创见的研究成果不多。因此,尽管宋诗派研究已经取得丰富成果,仍然存在广阔的研究空间。基于此,本文选取道咸宋诗派为研究对象,以道咸宋诗派各成员的诗文集为基础,借助史学著作、文学史著作、地方志、人物评传等文献,采用文史相结合的方式,运用历史学、文化学、语言学的相关知识,综合人物的性情、学问、志向、经历等方面进行细微的文本分析。研究之目的在于梳理邓显鹤、程恩泽、祁寯藻以及曾国藩在宋诗派兴起过程中的作用,并发掘宋诗派各成员诗歌的主题与艺术手法的独特性,在个性比较中探索其共性,从而揭示出这个诗派的特性与价值。并在此基础上探讨处于历史转折期的文人如何运用诗歌来表达对生命和社会的追问与思考,以及如何将努力求索的开拓精神浸透于诗歌创作中,并由此探索衰世背景下文人士大夫幽微的内心世界,研讨文学、社会与人生的复杂关系。文章分九章展开论述。第一章分析道咸宋诗派兴起的原因,从乾嘉诗坛的最后走向、嘉道之际士风与学风的转变、"三位一体"对学人诗的推动三个方面分析宋诗派崛起的必然性。乾嘉时期,传统诗学的基本论题如性情与学问之争、复古与求变之争、宗唐与主宋之争以炽热之势集中出现,极大地推动了各种诗学主张的交锋与融合,而重学问的诗学主张最终胜出以及学人之诗与诗人之诗的合流趋势则为道光时期诗风的转变奠定了基础。嘉道之际士气复苏,经世之风兴起,对诗风向重学问转变起到积极影响。而高官、学者、诗人"三位一体"现象的出现则进一步促进了学人诗的创作。以上三个因素促成了道咸宗宋诗风的兴起。第二章对道咸宋诗派进行概述。首先论证道咸宋诗派作为一个诗派成立的合理性。从成员交往、诗学主张以及创作实践来看，道咸宋诗派存在一个以邓显鹤、程恩泽为纽带的交往圈，也存在共同的诗学主张与相似的创作特征，其作为诗派存在是成立的。其次，从人生际遇、才气、学养等方面概括出道咸宋诗派成员间的差异。并在此基础上对道咸宋诗派与清代前中期诗人的宗宋策略进行比较研究，归纳出道咸宋诗派宗宋的独特性。第三章分析道咸宋诗派的促兴者邓显鹤的诗学体系、诗歌创作特点、在湖南诗坛的地位以及与曾燠、程恩泽交往的过程，进而论证邓显鹤与道咸宗宋诗风形成的关系及其在道咸宋诗派兴起过程中的作用，厘清道咸宋诗派的倡导者问题。第四章、第五章分别论述道咸宋诗派的首倡者程恩泽与推进者祁寯藻的生平、学术思想、诗学思想以及诗歌创作特点，进而分析他们对道咸诗坛的影响。第六章主要对曾国藩与道咸宋诗派的关系进行考辨。从曾国藩宗宋诗学的来源、曾国藩与何绍基的互动、曾国藩的宗黄与诗风之考察、咸同年间曾国藩诗学趣味的变化四个方面证明曾国藩对宋诗运动的影响有限，其宋诗学思想并非来源于程恩泽或何绍基，他的宗黄对黄庭坚热虽起到促进作用，但并没有开创新的诗风，因此他在"宋诗运动"中的作用并不如学者们所宣扬的"以高位主持诗教"那样高。然后分析曾国藩诗歌的主体人格以及艺术特点，并将曾国藩的杂诗与龚自珍的《己亥杂诗》进行比较。第七章分析宋诗派成员郑珍的诗歌。首先梳理郑珍的情、志、学，其次分析郑珍的诗学主张以及诗歌创作中的师法渊源，厘清师法渊源中的表层渊源与深层渊源问题。再次分析郑珍诗歌的生命意识、诗史品格、山水田园诗以及诗歌的美学创变，证明郑珍之诗达到了儒者之诗与诗人之诗的完美融合，诗境并不狭隘。最后对郑珍诗歌的成名过程进行考索，梳理郑诗经莫友芝、黎庶昌、张裕钊、张之洞、陈衍等人的宣扬而成名的历程。第八章分析宋诗派成员何绍基诗作中的师法渊源，重点厘清其师法对象的转变问题，揭示其师法体系的复杂性。然后分析何绍基的诗歌主题，肯定其金石题画之作，最后从理、情、韵三方面分析何绍基诗歌的美学风貌。第九章分析莫友芝的性情、功名观、诗学主张、诗歌主题、诗歌创作特征以及日常生活的审美化，证明莫友芝的诗歌具有典型的宋诗特征。综合来看，道咸宋诗派各成员的诗作中流露出浓厚的忧患意识与强烈的担当精神，因此若将其归

321

为"落后"、"保守"不符合事实。道咸宋诗派的诗学主张虽没有超越前人，仍属传统诗学范畴，但他们在诗歌创作中以杜韩黄及白苏为取法对象却是一种独创，尽管这种独创仍是传统诗学资源的重新组合，但证明了宋诗派进行创新的意图。最终宋诗派的创作者除郑珍外并未能达到大诗家的水准，他们试图创新而未能成功的创作实践彰显出一种无力感，这种无力感恰恰是时代衰败的一种表征。因此，道咸宋诗派的存在既推动了古典诗歌由取法唐诗到取法宋诗的转变，同时也为后人了解诗歌与时代之间的关系，诗运与时运的关系提供了一种参照。

55. 清代金陵词坛研究//袁美丽//陈书录//南京师范大学//中国古代文学

摘要：本论文在尽量占有材料的基础之上，对金陵词坛产生的地域文化因素、各时期成员状况与群体活动、词学渊源、创作成就、词学主张、对词坛的影响等进行全面的探讨，展现了这一地域词坛的整体风貌及其在词史上的价值。清初金陵词坛受政治和传统词风的双重影响，呈现了多元化的趋势。在周在浚主持和组织下，以纪映钟、何采为首的金陵词人，以冷眼旁观世事的离心姿态，鼓荡起悲慨清壮的稼轩风。而佟世南、先著、吴贯勉的词作则显示了清初词风的发展演变。嘉道之际，寓居南京的袁氏词人及其姻亲群体打破此前的沉寂局面，一跃而成为金陵词坛的主体。袁氏词人强烈的家族文化传承意识不仅使家族成为历百年不替的文化世家，而且以他们的创作反映了时世的变迁和家族文化的起落兴衰。随园不仅成为金陵词坛群集互动的中心，联系着金陵内外的词人，而且见证着金陵词坛的兴衰。它已成为金陵文化的标志，袁枚现象所透发并扩展构成的"性灵"氛围，深深地吸引着来自金陵内外的文化精英，使性灵说迅速地渗透到词学领域，不仅成为这一时期金陵词学的主要特色，无疑也给处于萎靡状态的浙派注入了新鲜的血液，使它重新恢复了生机与活力。严骏生是嘉道之际词风转变时期的关键词人，也是一位长期被忽视的词人。他的词虽突出地显示了浙派的清幽雅丽风格，但他又能够直抒性灵，兼有常派的比兴寄托。他存在的意义除了以自己的创作丰富词坛外，他的词学活动直接显示了嘉道之际词学的原生态发展。"江东词社"是道光、咸丰年间活动于金陵的一个词社。该社前后绵延十余年，入社成员二十余人，并刊有部分词社总集，绘有社图，为江东坛坫，主持风雅。与吴中词社共同构成了江南词社的主线，是浙西词派流衍江南之余脉。无论规模还是影响都非同小可。清末受晚清政治形势和常州词派的影响，金陵词坛出现了迥别前期的面貌。金陵邓氏词人群是一历经百余年的文学世家，自邓廷桢、邓尔恒、邓嘉缜至邓邦述，书香一脉，绵延不断。邓廷桢作于鸦片战争时期的忧愤心曲，其忧生念乱之强烈，直可以作为词史看待。邓家词人的所思所想是近世文化变迁的一个缩影。许宗衡与何兆瀛是金陵近代词坛大家，他们的论词宗旨接近常州词派，家园残破使得他们变成道咸之际的伤心人，伤时悼亡、追念今昔成为他们词作的主题。在清代词学向近代转型的过程中，端木埰是一个相当重要的过渡人物。以他为中心可以清楚地看清晚清民国之际，金陵词学师友传承关系以及对整个词坛的影响。端木埰在理论上兼采浙、常，在创作方面兼师王沂孙与姜夔，旁涉苏轼，以自己的创作、批点和选本，有力拓展了常州词派的理论格局，体现了晚清词学各家融合的趋势，对"晚清四大家"产生了直接而深远的影响，并由此而奠定了晚清词学的基本发展方向。《国朝金陵词钞》是有清一代金陵地区地域词学文献总集。编选者保存乡邦词学文献，构建地域词学传统，抬高本地区词学地位的意图明显。其中渗透着编者的文献录存意识及其固有的乡土情结。两者相结合，形成了他以乡邦文献为核心的区域观念。词宗两宋的词学宗旨，使编选者能不局限于一宗一派的家法，具有开阔的理论视野。在长期的历史传承和交融中，金陵词坛形成了自己独特的地域文化特色。金陵处南北文化交融的要冲，独特的地理位置，使得金陵词坛作为一个地域性的词学群体，兼有南北文化特色。一方面表现在许多作家都有宦游南北的经历，而一些外地作家也曾进入金陵词坛，如乾嘉时期的袁枚，道光时期的汤贻汾等。他们都是此一时期江东词坛的盟主，为金陵词坛的繁荣做出了贡献，影响深远。金陵词学体现了兴亡之感与忧时意识相交织的文化心态。建都金陵的王朝兴亡更迭，悲恨相继的历史，秀丽的山水，众多的人文景观自然引发人们对历史兴亡的思考，然而这种思考多是基于对现实政治的感慨。明清及近代以来金陵作为南都历经沧桑巨变，因此借怀古而发抒现实感慨的词作成为金陵词坛一道独特的风景。金陵词学具有"独抒性情"的理论主张。受明末以来性灵说的影响，金陵词人提出在词中抒写性情的主张，这一主张也成为清代金陵词坛主要的特色之一。另一方面在独抒性灵的要求下，熔铸百家，众体并存。总之，清代金陵词学以自己独有的地方特色和地域色彩，在整个清代词学中能占有一席之地，同时它又是整个清代词学不可分割的一个部分，为清代词学的繁荣做出了自己的贡献。

56. 清代纳兰词接受研究//孟洋//木斋//吉林大学//中国古代文学

摘要：本文以纳兰词在清代的接受为研究对象，考察纳兰性德之人格精神、纳兰词之文学张力、词史地位、接受维度等在清代接受的整体情况。借助接受的观照视角，进一步全面深入考察纳兰词全貌及其词史地位确立的动态过程。同时，在清代词史发展的宏观背景下进行具体细致的作家作品个案研究，以期将湮没于清词洪流中的优秀词人适当予以抉幽显晦之表章，有助于考察清代词风播迁嬗变的整体面貌。本文的撰写采用"一维历时结构"的接受史模式，即按照时间顺序综合性地叙述纳兰词在后世的接受情况，又根据纳兰词在清代的影响范围和力度，将考察时间划分为三个阶段，分别为纳兰词风在康、雍、乾、嘉四朝的发轫和影响，纳兰词接受在道、咸、同、光四朝的多元与高潮期，以及纳兰词接受在民国时期的成熟与转型期。同时，单独梳理并阐释了晚清女性词人对纳兰词风的接受情况。本文立论建立在大量文献史料基础之上，建构了纳兰词接受史宏观背景下的批评格局，对清词别集、选本予以定量考释和定性分析。研究方法上以批评家言论为考察对象的阐释接受研究和以词人词作为考察对象的创作接受研究为本文的两条历时性主线。相较于清代苏、辛、姜、张词接受研究较为明显的历史背景、社会风气、地缘文化等影响因素，清代纳兰词接受研究更倾向于个体心理的认同感，包括生命历程、审美经验等方面的影响因素，展示中华民族文化心理结构、审美经验和观念发展演变的历程。

57. 民国女性词研究//王慧敏//叶嘉莹、孙克强//南开大学//中国古代文学

摘要：作为中国女性词史的重要一环，同时又是中国文学主潮转换期中的重要一环，民国女性词本身即具有不可忽略的研究价值。通过对民国女性词的研究，可以在很大程度上填补女性词史链条中的空白，使从唐宋延续至今上千年的女性词史能够以一种更加完整的面貌呈现在世人眼前，还原整个女性词的发展轨迹，亦可以帮助后世窥见

民国这一特殊的社会转型时期，固守于传统文学阵营的知识女性这一独特群体复杂的文化心态。本文试以民国时期众多的女性词人及其作品为研究对象，从宏观上探讨在民国时期新旧交杂、中西交汇的时代背景下，女性词的发展新貌以及在整个女性词史上的艺术价值及地位；结合民国时期诸多女性词人复杂的生活经历与多元的人生选择，透视她们在特殊背景下的特殊心态以及超越于前代女词人的思想境界与情感世界；并通过具体分析民国时期女词人的作品，从微观上认识和把握民国女性词多样化的风格及其取得的成就。论文拟分为上下两编，上编是关于民国女性词的总体论述，共分为三部分，第一部分是民国女性词生存的背景。无论是从维新变法运动延续至五四运动的女性解放思潮，还是易代剧变和内忧外患的惨祸给人心造成的失望与痛苦，抑或是新型传播媒介报纸杂志对文学的介入，都或直接或潜隐地影响着民国时期女性词的面貌。这一部分就以民国时期的时代背景为研究的出发点，探讨女性词如何能够在新文学的猛烈冲击下仍然顽强地生存下来，甚至在词这一古老的文体创新空间日益狭窄之际依然能够长出新枝的原因。第二部分是民国女词人的身份变迁。在民国三十年新旧文化与思想激烈冲撞与交织的背景下，此一时期的女性词人生存状态与前代相比发生了翻天覆地的变化。她们在时代的推力下，或改变或挣脱了传统的家庭身份，又努力以一重崭新的社会身份独立于世，并以她们的词笔鉴证着中国女性由古典到现代的蜕变过程。这一部分主要把目光聚焦在这些在民国的复杂背景下顽强生存的女性词人的人生经历之上，透视她们家庭身份以及社会身份的双重变迁，探究她们迥异于前代女词人的独立自由之人生态度与文学精神。第三部分是民国女性词的发展概貌及特点。虽然民国只有短短三十几年的时间，但却因为1937年抗日战争的时变刺激，而造成了民国女性词的激变，许多女词人的词作内容与风格在抗战前后发生了截然不同的变化，以1937年为界将民国女性词划分为前后两期，可以更加清楚地看到国难当头对世道人心的刺激，看到时变对文学的影响，从而对民国女性词总体的发展概貌有一个更加清晰的把握。而由于特殊的时代背景，民国女性词明显地表现出不同于传统女性词的新特点，通过对民国女性词的特点加以分析，可以对民国女性词在整个女性词史中的地位与影响进行更加准确地定位。下编是关于民国女性词具体的作家论。第一部分是女杰兼词人的代表——吕碧城。清末民初，大批女性解放的先觉者同时亦精于治词,她们以女杰的身份拉开了民国女性词的序幕。这一部分主要以女杰词人中词学成就最为突出的吕碧城为代表,以其词作及其与众不同的生活经历作为研究的出发点,探究她在不同时期和不同文化环境中的多侧面的自我塑造,并通过对其词学渊源及词作内容的分析,把握她在民国女性词坛独特的历史和文化意义,具体了解作为民国初年女界精英的词人超越于普通女性的人生选择及其笔下不同以往的词学世界。第二部分是画家兼词人的代表——陈小翠。民国时期,以画家身份兼而治词的女性词人不在少数。而画家的身份带来的充满艺术气息的交际圈以及画家特有的风流才情与气质,使得她们的诗词作品相对于其他女词人而言往往表现出独特的风韵,成为民国女词人中别具风格的一个群体。陈小翠正是民国时期能诗擅画的名媛词人的翘楚。她的词作中充满了艺术家特有的灵性和对美的追求与感悟。虽然陈小翠没有站在时代政治的前端,但仍然逃不出动乱时势的滋扰,尤其是中年以后经历的家国沦丧更对她的心灵造成了强烈的冲击,所以她的词作在诗情画意与儿女之情中也自然地融入了兴亡之感,在表现个人情感世界的同时也时有吟咏时代风云的变徵之声,婀娜与刚健交融在一起。第三部分是学者兼词人的代表——沈祖棻。在民国词坛,存在着一批受过高等教育、引人瞩目的新式学人型女词人。她们的作品往往有着更深的文化积淀和更多的理论自觉,同时折射出身为知识分子博大的情怀和高度的社会责任感。其中沈祖棻便是创作成就最为突出的典型代表。她以血泪写成的《涉江词》悲辛满纸,典丽词句中渗透出无尽的家国之恨、故土之思,是词人身历世变流亡多年的真实记录,也是中华民族在战乱屈辱中艰难前行的真实写照,既扩大了词的创作内容,提高了词作反映社会生活的深度和广度,又从多个侧面为我们保存了历史的真实,极具词史意义。第四部分是边缘女词人的代表——丁宁。除上述三类女词人以外,在民国社会还有相当一部分女性虽然没有引人瞩目的社会身份,但却凭借词作在历史上留下了印记。她们是万千普通女性中的一员,她们的经历与情感,更带有普适性,也更能代表那个时代女性生存的现状。其中,丁宁便是经历了旧式女性到新女性的痛苦转变的典型代表。因"屡遭家难,处境日蹙"而以词遣愁寂的丁宁,将平日不愿言不忍言者寄之于词,以词抒发无尽飘零之感。这一部分便从丁宁的生平经历,词作内容及审美意趣几方面出发,对丁宁及其《还轩词》进行全面地分析把握,以求更加真实地了解在中国社会由传统向现代转变的时代夹缝中曲折生存的万千普通女性的生存状态与情感境界。

58. 神秘文化对中国古代诗学的影响——以《周易》之阴阳与气化说为例//蔺若//李天道//四川师范大学//中国古代文学

摘要：中国文化的发展，有着悠久的历史和传统的民族特色，带有浓厚的神秘主义色彩。这种传统特色通过不断的生成、积淀、融合，最终渗入并浓缩到中华民族的心理结构、性格趋向、思维程序、心态特征之中，并影响了传统的诗性观念、诗性心理结构、诗性情趣与诗性理想，从而形成中国诗学独有的风格。作为中国神秘文化的代表，《周易》的"阴阳"和"气化"学说对中国诗学有着深远的影响，其阴阳交感生化观与气化思想成为中国诗学的基本构成意识。《周易》神秘文化阴阳互动的生化观和气化思想，是"天人合一"宇宙模式的构成方式，从而将已有的文学本体论的探寻，延伸到本体构成论的研究，构成古代诗学的重要哲学基础。受《周易》神秘文化影响，在中国哲学与诗学中，处处体现着"阴阳"交感生成思想。"阴阳"之气的氤氲化生被用以说明文学创作的生命意识、心物感应构成、以"气"为主的诗性思维特征及中国古代诗学范畴的建构。"气"对创作者之诗性主体建构、诗性思维过程及诗性趣味都起着关键性作用，可以说是古代诗学诗性感知的生命基础。从"气"这一概念入手研究中国诗学之生命意识与心物感应构成思想，对准确把握中国诗学核心内涵具有极为重要的意义。

59. 汉末魏晋"缘情诗"审美经验研究//赵琼琼//张节末//浙江大学//美学

摘要：区别于西方"抒情诗"的概念，纠正古人对"缘情"做儿女私情的偏狭理解，结合诗文论上"缘情"说的理论内涵，本文提出本土化的"缘情诗"概念，概括汉末魏晋诗歌史上勃兴的缘情创作潮流，将以"感物缘情"为基本审美经验的诗歌史发展阶段作为独立之研究单位加以审视。缘情诗发生于"言志"向"缘情"的诗学经验变迁之中，依托思想史上从经学时代向玄学时代的转折展开。回溯上古诗歌，《诗经》的抒情具有公共性的特征，并不符合西方意义上的个人抒情诗概念，亦没有发展出"感物缘情"的审美经验。《楚辞》萌生了个体抒情的自觉,拥有确定的抒情主人公,并奠定了"伤春悲秋"的时序意识,为后世之缘情诗所强化;但其讽咏比兴,仍与"缘情"的理论内涵有差别。两汉诗学理论持以经学为主导的"言志"说,但在创作上却表现出若干向"缘情"新变的趋势,抒发私人化真情实感的诗歌出现,五言徒诗逐渐成形,具备一定的文人化技巧,并被应用于表现个人情感。《古诗十九首》确立了"感物缘情"的审美经验模型,以个体化的视角、内省之方式抒写普遍的真情实感,并善于调用景物意象、营造场景为情感抒发提供动因和环境依托,"物感"美学由此诞生。《十九首》个体性的自觉、珍视当下的时间本质以及担当意识,又与玄学有着若干的联系,构成玄学时代即将到来的诗学前奏。建安诗歌为缘情诗贡献了英雄主义悲情这一新的情感领域和风格,并拓展了缘情诗的题材和体类,但又表现出向楚骚式"言志"回归的趋势,其徒诗结撰技术也落后于《十九首》。当然,建安诗歌更加强化个体性以及珍视当下的时间意识,昭示着其缘情特质,并同《十九首》一般,携带着玄学时代渐趋逼近的消息。魏末玄学兴起之后对缘情诗造成双重影响:一方面,玄学启引魏晋崇情思潮,促使缘情诗的创作达至正始、太康之际的高潮;另一方面,玄学在崇情之际又对情感展开反思,并催生了诗歌史上玄言诗这一以反缘情为旨归的新诗类,在玄言诗对抒情言志传统的强势扭转之下,缘情诗时序感、悲情意识、感物缘情组织方式等根基遭致动摇,走向式微。缘情诗反拨"言志"传统,由公共性关注转向个体真情实感的抒发,并改造上古诗歌情景组织的联想式比兴美学,创造出以直接感知自然为特征的物感审美经验。但因其感物不脱缘情的品格,缘情诗并不能直接催生模山范水的山水诗类,相反,山水诗的产生和兴盛,需待玄言诗启引的诗学革命。由缘情与言志以及山水审美经验的差异可见,中国诗歌史并非单一线性发展,将"缘情"标准化或以"缘情"或"抒情"统括整个中国美学的观念值得商榷。

60. 隋唐五代诗话研究//肖砚凌//吴明贤//四川师范大学//中国古代文学

摘要:诗话,是以自由、随意的姿态阐述诗学理论,杂录诗事见闻,传授诗歌作法的论诗专著。隋唐五代诗话在中国诗话史上属于先宋诗话发展阶段,侧重于"论诗及事"的诗话。本文以"隋唐五代诗话"为研究对象,旨在揭示它的内容、特征与价值。具体的论述过程如下:"绪论"从诗话的性质、内容、体例来界定诗话,并阐述诗话的研究现状、诗话研究中存在的问题、本课题的研究意义及创新之处。第一章"《隋唐五代诗话》的辑录与整理"是介绍《隋唐五代诗话》这本先宋断代辑录体诗话的材料搜集及整理过程。《隋唐五代诗话》含诗话材料 1217 条,其时间范围为公元 581—960 年,源自 84 部作品。其辑录过程为:全录隋唐五代时期诗话作品中的材料;辑录散落于隋唐五代著述中符合辑录标准的诗话材料;用宋后编撰的隋唐五代诗话作品予以补充。《隋唐五代诗话》的体例编排借鉴《唐诗纪事》及前人编纂的唐五代诗话作品,力图在前人的基础上辑录编纂出较为完整、系统的隋唐五代诗话作品。第二章"隋唐五代诗话分类研究"是对"隋唐五代诗话"加以分类,并简述每个诗话类别的内容和价值。隋唐五代诗话可分为"论诗及事"与"论诗及辞"类诗话。"论诗及事"类包括记述有关诗歌创作、传播事件的"本事类"诗话,诠释诗中名物与用事的"诠释类"诗话,对诗歌或诗事进行考证与辨讹的"考辨类"诗话。此类诗话主要帮助读者解读诗歌内容及体会诗人情志。"论诗及辞"类包括介绍诗歌创作方法的"作法类"诗话,品第、评论诗人及诗作的"品评类"诗话,阐述诗学理论的"理论类"诗话。此类诗话具有品评诗歌优劣得失及指导后世诗歌创作的理论价值。第三章"隋唐五代诗话与诗歌创作"是通过论析"隋唐五代诗话"了解这一时期的诗歌创作情况。隋唐五代诗话反映了隋唐五代时期诗人的创作动机及诗歌的创作过程。诗人创作欲望源自外在环境对于心灵的扰动,并激发诗人心中的情感。当诗人产生将心中情感表达出的意愿,情感便转化为含情之志,这种想要抒发情感的意愿也就是诗人创作的动机。情感有许多种,但最易使诗人产生创作欲望的是悲情。因为悲情是最为真实而深刻的情感,更能激发诗人的创作欲望。但并非所有拥有强烈动机的诗人,都能产生佳作,因为心中之"志"要变为"诗",并不是容易的事情。要能完整、贴切地用文字表达心中情志,诗人必须具备相当的才能及较好的作诗方法,而为了让自己的作品能够更加突出,诗人还必须具备个性,拥有自己的创作风格。第四章"隋唐五代诗话与诗歌传播"是通过论析"隋唐五代诗话"了解这一时期的诗歌传播情况。隋唐五代诗话揭示了隋唐五代时期影响诗歌传播的因素,诗歌传播的方式,诗歌传播的影响三个问题。影响诗歌传播的因素有传者、诗作本身与受传者。隋唐五代时期诗歌传播的方式多种多样，但其中最为突出的是"题壁诗"传播。隋唐五代诗话展示了题诗的地点、特点与价值。隋唐五代诗歌传播的影响体现在提高诗人的诗名，帮助诗人实现愿望，助人获得赞赏，让人遭灾或免祸等。第五章"隋唐五代诗话与诗歌接受"是通过论析"隋唐五代诗话"了解这一时期的诗歌接受情况。隋唐五代诗话向我们展示了当时人们对于隋唐五代诗歌的三种接受方式。"解读"的诗歌接受方式包含"本事批评"与"诗谶"批评两类截然不同的解读方式。前者是为了了解诗人真实的创作意图以及理解诗歌原本的含义，后者则是根据解读者的联想，及诗歌内容和事件中的一些暗合而做出的故意"曲解"与"误读"，目的在于证明某些诗歌创作是为了印证后来所发生的事件。"品评"的诗歌接受方式指用概括、简练的语言对诗人、诗作进行"点悟式"的品评，以彰显诗人的创作特色或品第诗人、诗作的优劣高下。"论诗"的诗歌接受方式，它是对于诗人创作情况或者诗歌创作风气的全面性的理论总结。第六章"隋唐五代诗话中特殊诗人群体研究"是个案研究，分别讨论了君主诗话、女性诗话与诗僧诗话。隋唐五代君主诗话展现了君主作诗的特点、作诗的动机及朝臣对君主作诗的态度。隋唐五代女性诗话按女性身份可分为宫闱诗话、闺秀名媛诗话、青楼诗话与女仙鬼诗话。这些诗话展示了女性诗歌创作的特点及时人对女性诗歌创作的态度。隋唐五代诗僧诗话内容丰富，除了包含诗僧与文士交流，诗僧对权势的依附，诗僧发展脉络及对僧诗品评等内容外，还含有诗僧逸闻趣事的描述，诗僧诗学理论的阐释以及展现诗僧智慧及阐释僧诗禅理等内容，另诗僧诗话中还有不少诗谶的内容。通过这些诗话，我们不仅能够了解唐五代诗僧的诗歌创作情况，而且还能了解他们交游的情况及生存的境遇。

61. 朱子诗经学的民间立场//李云安//陈勤建//华东师范大学//文艺民俗学

摘要：本文分四个章节展开论述。第一章，主要说明问题提出的因由、研究现状述往，对本文使用的主要学术概念进行界定，进而说明本文的研究方法和研究框架。第二章，论述朱熹诗经学中的民间立场形成。本文认为，朱熹诗经学中的民间立场，首先源自其日常生活的实践。长期的、传承性的民俗生活，使朱子具有丰富的民间立场。

而朱熹仕宦中提出的"爱民如子"、"取信于民"、"与民同乐"、"富民为本"等重民主张，大都基于其民间立场提出，只是其中蕴含有丰富的儒家入世思想和经世济民的历史责任感。此外，宋人强烈的主体意识和求真精神，推动朱熹在平心格物求理的过程中，使朱子的民间立场具有独特的情韵。第三章，《诗集传》中的民间素质开掘。本文认为，《诗集传》集中体现了朱子诗经学中的民间立场。通过有序的有形物质民俗和行为社会民俗展演，体现朱子对理想民间生活的向往；通过揭橥无形心意民俗，解读《诗经》中的民间祭祀空间。此种民俗生活世界，是一种立体的、多维的、累积生成的文化意义之网，它既有远古的《诗经》时代所本有的民俗生活、民俗情趣和民俗事理，又融入了朱子时代的、为朱子所体验的民俗生活、民俗情趣和民俗事理，更有朱子所向往的、并积极参与社会实践的理想民俗生活、民俗情趣和民俗事理，是朱熹民间立场在诗经解释中的自然流露。第四章，朱熹诗经阐释过程中的民间立场。分四节。第一节以如下三个方面论述随文释义中的民俗叙述：引用方言、俗语和街陌巷语来训释词意；阐发诗句的文化意义；解释诗文创作的民俗土壤。第二节探究诗艺评点中的民间立场。第三节探求诗旨提炼中的民俗立场。此节分两个话题展开：以人情说《诗》为立论点批驳"美刺"说；有意识搭建民俗语境来提炼诗旨。第四节为朱熹理想民间的诗性建构。通过品读朱熹提炼的诗旨，笔者爬梳出朱熹内心深处的感恩意识和淑世情怀：《诗经》中的民俗生活方式及其理念，或因契合朱熹的理想民俗观而被朱子大加赞美，或因完全与他的理想民俗观相违逆而遭到批判，或与他的不完全相合则借以引申，朱子对民间社会秩序和民间价值本源的追问亦可窥视一斑。总之，我们唯有动态地考察朱子诗经学中的"民间"，将传统的"民间"看法从静态的、闲散的、乡土的民众生活空间走向动态的、密集的、庙堂的民众生活空间，此时，我们就会发现，其实，朱熹诗经学中的"民间"弥散于《诗集传》的每一个角落，其民俗生活无处不在，民俗事理无所不有，只不过形态发生空间转化，由《国风》中的乡土、邦国，转向《雅》、《颂》中的宗族、庙堂。"民"的华丽"转身"，让我们看到：朱子对《风》《雅》《颂》的注疏，内在蕴含着一以贯之的民俗诗"理"，是朱子"理一分殊"哲学理论的诗性表达。而朱熹诗经学坚守的民间立场是他生活时代的民俗生活的艺术折射。我们研究古代文论，只有立足于文本产生时代的民俗情境和作者本有的民俗叙事方式:才能真正实现古代文论的"文心"现代转型。

62.《楚辞后语》研究//陈伦敦//崔富章//浙江大学//中国古典文献学

摘要:本文分上、下编。上编分五章,第一章回顾了《楚辞后语》的研究情况,概述了学界讨论《楚辞后语》选编动机、表彰屈原忠君原因、批判扬雄原因、选编标准、选编用意等几个方面的情况。第二章论述了晁补之生平,注意到贬谪迁徙生活对晁补之的影响,不但有志不得施展,而且更严重的是名入元祐党籍,禁锢在家,罪名是"为臣不忠"、"奸党";正是禁锢在家闲居八年期间,晁补之编撰了《重编楚辞》、《续楚辞》、《变离骚》三书;对《续楚辞》、《变离骚》所收的作家、篇目在前人研究基础上重新考证,纠正了前贤时彦一些不正确的论断,并对可能收录的作品进行了大胆谨慎地推测;论述了朱熹《楚辞后语》的编订、成书情况。第三章略述了晁补之与元祐党禁;论述了庆元党禁的展开过程,从党禁中朱熹与道学人士所遭受到的打击,并从朱熹文集、书信、题跋中,深入体察朱子之心;党禁中朱熹关心国事、爱君忧国,欲被诬为伪学、逆党,对此党禁,身为局中人的朱熹感同东汉党锢、元祐党禁,在此背景下考察《楚辞集注》中忠君、不怨君主题,特别是《九歌》部分,故将《九歌》部分王逸注、洪与祖补注与朱熹注加以对比,发现朱熹注不同前人之处,并提出其表彰屈原忠君的原因。第四章分析探讨了端平本《楚辞后语》的文献价值。辨析了《楚辞后语》中朱熹注的不当之处,也有些是暗含有深意的,所涉篇目有《成相》、《佹诗》、《易水歌》、《垓下帐中之歌》、《大风歌》、《吊屈原赋》、《服赋》、《瓠子之歌》、《秋风辞》、《哀二世赋》、《自悼赋》、《反离骚》、《绝命词》。如《瓠子之歌》"吾山平兮钜野溢,鱼弗郁兮柏冬日"句朱熹注:"弗郁,忧不乐也。柏,与迫同。水长涌溢,秽浊不清,故鱼不乐。又迫冬日,将甚困也。"此注恐误,《史记集解》引《汉书音义》曰:"钜野满溢,则众鱼沸郁而滋长也,迫冬日乃止。"如此解释才是对的。第五章阐发了《楚辞后语》中所寄托的情怀。结合党禁背景下朱熹所遭打击及其心境,深入理解《楚辞后语》中的序、题解、注,发见朱熹所寄托的情感。如《楚辞后语》中大力批判扬雄,而这些批判是站不住脚的,进而揭示朱熹批判扬雄的真实意图;对权臣窃权的忧虑也在《楚辞后语》中有或明或隐的表达;党禁中朱熹的愤懑也通过选篇来寄托；而庆元党禁的根源，即绍熙内禅，朱熹对此问题的反思也在《楚辞后语》中有所表现；面对党禁岁寒时局，朱熹作为党魁不但要自坚其心，还要坚定其他道学人士之心，此思绪在《楚辞后语》中也有体现，故深入分析挖掘之。附录《"鄂君子晳"问疑》一文，由《楚辞后语·越人歌》朱熹题解只提"鄂君"，故对"鄂君子晳"就是"楚子晳"这一几乎成定论的习惯说法产生怀疑。"鄂君子晳"出自《说苑·善说》"襄成君始封"一文，深入追踪发现《北堂书钞》、《初学记》、《艺文类聚》、《太平御览》、《文选》注（集注、六家注、六臣注、李善注）、《事类赋》、《分门集注杜工部诗》注引《说苑》时皆只提"鄂君"，而不言及"子晳"。楚子晳乃春秋时楚康王母弟，当了十来天令尹就自杀了，且未曾封鄂君。楚封君制始于春秋之末，楚子晳时尚未有封君制。《说苑》一书宋初残缺，仅剩五篇，曾巩从别本补齐十八卷，目前能见到的《说苑》较早本为南宋咸淳元年（1235）刊本。从而推断"鄂君子晳"中"子晳"二字乃后人所加，廓清了历史迷雾，力矫学界沿误已久的"鄂君子晳"即"楚子晳"的错误看法。下编《楚辞后语》校注，全文录南宋端平二年本《楚辞后语》正文及朱熹题解、注释，并在此基础上对52篇文章加以校注；结合各个作者生平遭遇、写作背景，一一写出题解。

63. 复社文人的《诗经》学研究//受志敏//李金善//河北大学//中国古代文学

摘要：明代以朱子理学立国，《大全》的颁布并悬为功令，使得《诗经》学的官学研究开始衰落，阳明心学末流带来的束书不观的空疏学风也影响着《诗经》学研究。晚明时期，文社迭起，复社作为当时有影响的社团，掀起了明代第三次复古高潮，试图反拨空疏学风，提出"兴复古学，务为有用"的口号，掀起经学古学研究的高潮，是明代《诗经》学的重要组成部分。本文分为引言、主体、结论三部分，引言指出了本选题研究的价值和意义、研究现状、文章框架和研究方法。主体部分分为总论和分论。第一章从总体上论述复社《诗经》学的著述情况及治经思想特点。分论部分在对复社《诗经》学特点分类的基础上，分为文学评析派《诗经》学研究、科举类《诗经》学研究、诗话《诗经》学研究三个层面去展开。第二章以万时华的《诗经偶笺》和贺贻孙的《诗触》为中心进行考察，二者代表了复社文学研究的最高水平。复社的《诗经》文学研究成就斐然,并非出于偶然,这与明代尊情的文学思潮有关,而选文、社刻等活动在促进文学发展的同时,也促进了《诗经》文学研究的发展。万时华"《诗》之为诗"的解《诗》方法,贺贻孙"可与汉唐以后诗人触类旁通"的解《诗》方法,都是《诗经》文学解读的表现。贺贻孙重《小序》首句的解《诗》倾向,反映出当时的《诗》解已经走向了汉宋融通的一面。科举类的《诗经学》研究以顾梦麟的《诗经说约》为中心进行考察。《诗经说约》是当时很受欢迎的科举类《诗经》学著作,受科举考试的拘牵,它在诗旨的总体理解上表现出尊崇朱熹《诗集传》的特点;但在名物训诂上又博采众家、不烦考证,往往独出新意,对朱熹的《诗集传》进行了补充完善与订正,显示出《诗经》研究力辟空疏、走向征实的信号。明代各种学派林立、相互辩难,促进了诗话这一文学批评方式的出现。而复社与其他文社之间在古文与时文观点上不同,为了维护自身的观点而进行的交锋,客观上也促进了文学理论的发展,使得诗话这一批评体裁得到了发展。诗话对《诗经》的阐释,由于既不受传经授道的拘牵,又没有科举考试的压力,故多从文学的角度予以阐释。而明代一直以来的唐宋文之争、诗文之辨、重视源流考辨等文学活动,在诗话《诗经》学里也有不同程度的体现。本文以宋征璧的《抱真堂诗话》、徐世溥的《榆溪诗话》、方以智的《通雅·诗说》、贺贻孙的《诗筏》、陈宏绪的《寒夜录》为考察对象,考察复社诗话《诗经》学的具体特点。晚明动荡的社会,影响着复社文人的诗教观,散见于诗话专著以外的文章中的诗话,反映出他们强调"务为有用"的文学理论,表现在对传统儒家诗教观上,就是重视发挥儒家诗教干预现实的作用。陈子龙即使处于衰世也要发出盛世元音的主张及张溥重雅正的诗学观,都是对儒家诗教的弘扬。总之,复社的《诗经》学研究是明代《诗经》古学研究一派的重要力量,是明代《诗经》学的重要组成部分,在反传统的文学研究、对《诗经》学走向征实研究及诗话《诗经》学方面都有着重要的贡献。

64. 清代词律批评理论研究//刘少坤//孙克强//南开大学//中国古代文学

摘要:词律是词体构成的最核心因素,直接关系到词体的破与立。明清时期,词乐散佚,词人若想倚声填词,就必须充分考察唐宋词的用律情况,并总结、重建一套合理的创作规则。清代词学家在承继明人词律成就的同时,更加深入挖掘词律理论,构建创作规范,词律批评理论因此而日渐兴盛,争论日渐激烈,一度达到白热化的程度。在激烈的争论过程中,词律批评理论日渐深刻,硕果累累,最终集大成。本论文分为绪论、清代词律批评理论概论、清代前期的词律批评理论(第二、三、四章)、清代中期的词律批评理论(第五、六章)、清代后期的词律批评理论(第七、八章)、民国时期的词律批评理论、余论共十一部分。绪论部分分析了词律研究对于清词创作、词学研究、词人研究和词派研究的意义,对前人研究成果做出总结和评价,并介绍了清代词律研究的基本文献、框架和思路方法。第一章"清代词律批评理论概论"首先简述了清代词律学的含义、组成部分和发展历史,特别介绍了宋元明词体的变化,以及词体变化带来的词律的变化。其次分析了清代词律批评理论兴盛的背景及原因。最后总结了清代词律批评理论的总体特征。论文主体部分对清代词律学进行了分期研究,共分为三个阶段。第一阶段为清代前期(顺康),共分三章:第二章"清代前期词律批评理论的兴盛"主要分析了清初词学家对明代词律成就的承继以及自身的创新之处,特别分析了清初词学家在词韵研究上质的飞跃。第三章"万树的词律思想"分析了万树《词律》诞生的背景与学理基础,全面阐述了万树《词律》的词律思想,肯定了万树《词律》的词学史地位与意义,指出万树的《词律》开词律严密一派,是词谱书籍的集大成之著。第四章"《钦定词谱》的词律思想"分析了王奕清等人编制的《钦定词谱》,解析了《钦定词谱》的编辑特征以及词律主张,指出《钦定词谱》代表官方的词律观,为词人创作树立了典范作用。清代中期(雍正至道光十九年)是词律批评理论的升华期。此阶段分为两章:第五章"清代中期词律批评理论的升华"分析了此一阶段词律学升华的原因,并把这一阶段的代表分为"词乐理论研究者"、"歌唱唐宋词的实践"、"四库全书总目"中的词律思想三种,深入分析了他们的词律批评理论的思想与成就。第六章"戈载《词林正韵》的编制与词韵学的成熟"勾勒了清代词韵的发展状况,分析了戈载编制《词林正韵》的背景与学力,分析了《词林正韵》的编辑特征以及词律思想。并给予《词林正韵》一历史定位:标志着词韵书籍典范的完成。清代后期(道光二十年至宣统三年)词律研究进入总结期。此一时期分为两章:第七章"清代晚期词律思想的深化"分析了晚清词律批评理论的特征,并深入分析了王鹏运、朱祖谋、况周颐、秦巘的词律思想以及贡献。第八章"郑文焯的词律思想"特别分析了郑文焯的词律思想,肯定了郑文焯的词律贡献,并分析了词学校勘学上的"律校法",肯定万树、戈载、杜文澜、朱祖谋、郑文焯等人在词律校勘上的贡献。第九章"传统词律研究的余响"特别分析了民国时期的词律批评理论。这一时期虽然已经超越了"清代"这个探讨范围,然由于这一时期上接晚清四大词人的词律主张,故作为清代词律批评理论的余响。以四大词人弟子为代表的词学家于词律、词韵、词乐上进行了更加细密的研究工作,补证了清代词律研究的许多缺憾与不足。余论对清代词律批评理论的词学史意义进行了总结,主要体现在四个方面:第一,清代词律批评理论自身的完善为词学研究树立了榜样,词律学作为一门独立的学科而存在;第二,清代词律学完善了词学研究体系与方法;第三,清代词律研究的成果有效地指导了词人的创作;第四,清代词律学还对词籍校勘产生了重大影响。总而言之,清代词学家于词律学上的努力取得了丰硕成果,在清代词学研究中占有重要地位,具有重大的词学史意义。

65. 王国维《人间词话》"境界"理论的文化阐释//刘凌//张学忠//陕西师范大学//中国古代文学

摘要:王国维的《人间词话》是词学史上不可不提的一部著作,其中提出的一个重要概念——"境界"已成为学界研究的主要课题。自从1908年《人间词话》发表在《国粹学报》时提出该概念起,历经百余年,学界对其研究的热情仍经久不衰。但是,学者们通常从意境的角度来研究王氏的"境界"说,即把境界看作是一种意境,有的甚至直接把境界等同于意境。其实,二者的内涵是不尽相同的,意境主要指向艺术层面,而境界则不仅指向艺术层面,亦指向人生和文化层面。由于王国维在使用境界这一概念的过程中,有时亦在使用意境这一概念,这就造成了境界含义的多义性,同时也为后人留下了对这一概念进行阐释的空间。本文的研究思路就是从艺术层面开始,进而从人生与文化层面切入,对境界进行阐述,从而把意境看作境界的一个层面。本文共分为七个部分,其中导论部分主要介绍前人对王国维的《人间词话》及其"境界"说的研究情况和文献综述,以及本文的研究思路等。第一章是对王国维其人和《人间词话》的概述,秉承孟子所提出的"知人论世"理念,对王国维生活的时代及其生平、思想、著述做简单的勾勒,以期为后文诗学理念的研究提供基础。认为王国维的一生几近传奇,也是充满了悲剧的一生,给世人留下了太多的谜团,也引发了人们对他的关注。只有对王国维这个人有所了解,才有可能对其作品进行深入的解读。此章还重点介绍了王国维的几部文学和美学论著,并对《人间词话》的结构和版本进行了介绍。第二章介绍了"境界"说产生的理论渊源,辨析了境界这个概念的本义以及它是如何成为一个美学概念的。认为境界本是一个佛家用语,后来一方面逐步发展演变形成确立了中国传统诗学"意境"理论。而"境界"的佛学本义方面也一直得以保留,王氏正是继承了"意境"概念,而又回到了其佛学本义并加以自己的创造,才提出了"境界"说。王国维"境界"说的提出,除了受中国传统诗学的影响外,还接受吸收了西方的美学理论,首先是受到了康德的审美意象理论的影响,其次就是受到了叔本华的审美直观理论和尼采的"血书"论的影响。第三章立足文本,通过对《人间词话》中具体条目的辨析,对"境界"内涵的美学层面进行界定。首先分析了艺术中的境界之美,即"意境"美,认为"意境"是以"情"和"景"为其主要构成要素的,并按情景的不同比重将王国维的"意境"理论分为"意与境浑"、"以意胜"、"以境胜"三个不同的类型。接着探讨了指向人生品格的"境界"之美,这种"境界"首先是一种生命体验,其次体现出一种主体人格。所以,境界是一种开阔深沉的生命气象的呈现,而这种气象是最终根源于主体的,没有主体开阔高远的人生境界,没有主体对人生真诚执着的投入,就没有作品中开阔深沉的境界。因此,"境界"说是一种强调创作主体的美学观。第四章是从哲学层面对"境界"说进行的阐释。认为在"境界"说中,包含着浓厚的生命哲学思想。作为生命哲学的体现,境界的首要要求就是"真",具体包括真感情、真景物和真语言,而认为生命哲学特别体现在王国维提出的"赤子之心"上,因此,以李煜为例重点对赤子之心的概念进行了论述。此外,生命哲学的表现形式在《人间词话》中是以词作者的人格模式体现出来的,因此特别提到了"境界"论中的儒家的人格模式和道家的人格模式。具体表现为儒家的理想型人格(以屈原为范型)和道德型人格(以杜甫为范型)、道家的自然型人格(以陶渊明为范型)和洒脱型人格(以苏轼为范型)。第五章则是从狭义文化层面对"境界"理论所做的阐释。认为作为一个深受儒家思想影响的知识分子,王国维身上毫无疑问地具备传统知识分子素有的文化精神。这种文化精神亦渗透在其文学批评之中。因此,在《人间词话》中,也包含着深刻的文化精神,主要有儒家文化精神和道家文化精神。在受中国传统文化影响的同时,王国维也受到了西方文化的影响,即西方人文主义思想的影响。这种文化精神在王国维的文化性格上亦有所体现。王国维虽然吸收了大量的道家思想,但其文化性格的主导依然是儒家,而儒家的入世思想与王国维倡导独立的现代学术性格是矛盾的,其冲突与影响集中体现在王国维自沉于昆明湖这一悲剧性结局上,因此,对王国维自沉的文化意义进行了阐发。认为王国维的自沉显示了追求人生境界始终是王国维毕生关注的最核心的问题,这一文化精神必然体现在他一切的学术著述中,《人间词话》特别阐明并彰显"境界"理论,认为"境界"超越了传统的所谓"兴趣"、"神韵"说而成为评价一切词作的最高标准,证明了本文的核心论点,王国维的"境界"理论不只是局限于艺术层面,而是包含着生命和文化内涵的,是以主体人生境界作为其立论根柢的。另外通过对王国维其他美学思想如古雅说、游戏说、美育思想的介绍,证明了王国维的诗学是一种人生诗学。文章的最后是余论部分,论述了《人间词话》的价值和意义。其价值主要有二:一是其境界论的创立,可谓是对传统意境说的完善和发展;二是创造性地提出了自己以进化论为理论基础的词史观,勾勒出词体发展的大致轮廓,并分析了词体之兴衰的可能原因。最后论述了《人间词话》境界理论的意义:认为该书是化合中西理论资源而写成的一部理论作品,开启了现代文学理论和批评的先声。王国维以"境界"论词,以对真实的、深刻的人生展示为其根本目标,显示了王国维先生对文学的严肃性和高尚性的倡导,显示了王国维毕生对理想的艺术美和人性美的不懈追求。其意义已不仅在于建构一种理论,更在于树立一种正确的、高尚的艺术观与人生观,具有恒久的昭示价值。至此,完成了对王国维在《人间词话》中所提出的境界说的文化阐释。

66. 中国传统吟诵研究——从节奏、嗓音和呼吸角度//杨锋//孔江平//北京大学//语言学及应用语言学

摘要:吟诵是中国传统的古典诗歌创作和诵读的方法,与古典诗歌相伴而生,具有抑扬顿挫的节奏和独特的旋律腔调,是国家非物质

文化遗产。而当前会传统吟诵的人都是接受过传统私塾教育的年逾古稀的老先生，且现有吟诵的音像资料大多是零碎的，不足以供学习和研究之用，传统吟诵这一古老的文化面临消失和失传的危险。而且，从吟诵角度对古典诗歌的节奏、格律、语言与音乐关系等问题的研究尚未开展。因此本文首先从语音多模态研究的理念出发，精心挑选吟诵人和吟诵篇章，采录温州、常州、江阴和福州四个方言区四位先生的传统吟诵的视频、语音、嗓音EGG和胸腹呼吸信号，语料包括五言和七言近体诗、古体诗、词和古文共118首，最大限度地呈现和保存这门濒危的传统文化。同时编写程序建立言语呼吸韵律分析系统，用实验语音学的技术手段和语言学理论方法对吟诵进行研究，探索语言与音乐间的关系，比较古诗词文朗读和吟诵在韵律、旋律、发声和呼吸各方面的异同，探析古典诗歌节奏、呼吸与字数演变的关系，近体诗以五言、七言为主流和押平声韵的原因，以及不同方言近体诗吟诵的异同。同时归纳吟诵的方法，从而更好地学习吟诵，传承中国传统文化。本文研究结果显示：五言、七言近体诗朗读和吟诵的差异主要体现在音步节奏的划分和长短序列的差异方面，以及吟诵中句末字的拖腔特点方面。由顿歇形成的音步是节奏的基础，音步是节奏的最小单元。五言近体诗朗读中音步的结构是2+3，七言是2+2+3，音步由两个音节或句末三个音节构成。而吟诵中五言近体诗的音步结构是2+2+1，音步节奏长短序列是三拍"长+短+长"，或者"短+长+长"。七言近体诗吟诵中是四拍2+2+2+1，音步节奏长短序列是"长+短+长+短"，或者"短+长+短+长"。词和古文吟诵的句式可以分为两类，四言、六言偶数句和三言、五言奇数句，从左往右每两个音节构成一个音步，奇数句句末最后一个音节拖音延长后单独成为一个音步。古诗词文吟诵中音步时长比朗读中显著延长，音步具备"平长仄短"的规律。"平平"组合音步后音节时长大于前音节，音步内前后音节结合紧密，形成"松紧型"音步。吟诵中韵律句末字存在较长的拖腔现象，成为传统吟诵最为显著的标志。入声字通常加字拖腔。句内音节调值的高低变化是旋律产生的基础，平仄的交错变化形成旋律的高低起伏变化，朗读中调值变化同吟诵中旋律变化一致。平仄格律相同的韵律句具有相同的旋律走向，而且节奏完全一致，可以用同样的旋律去吟诵相同类型的近体诗或词牌。古诗词文传统吟诵与朗读在嗓音发声方面的主要差别在于吟诵句末拖腔的发声特点不同。吟诵中平声字拖腔的基频低、开商大、速度商小,发声比朗读中较松,高频能量弱。入声字拖腔特点表现为基频高、开商小,呈现紧嗓音特点。古诗词文朗读与吟诵呼吸的主要差别在于:近体诗朗读中腹呼吸重置分为两级,一级、二级呼吸交替出现,而吟诵中基本是一级呼吸重置。腹呼吸重置时间点早于胸呼吸,韵律短语边界在胸腹呼吸信号上体现为断点抖动或水平段。吟诵中气息量比朗读中增加数倍。词朗读中一级呼吸重置只出现在上阕、下阕开始处,而吟诵中每长句开始处都有一个一级呼吸重置。古典诗歌字数的变化本质上是节奏的变化。五言诗是在四言诗的基础上增加一个字添加一拍。七言诗是在五言诗的句首增加了一个双音节音步,从三拍变为四拍。古典诗歌以五言和七言为主流的主要原因是因为呼吸生理极限和音步节奏的缘故。押平声韵主要是因为句末的单音节需单独成为一个音步,构成一拍,而平声字比仄声字更易延长。经过分析发现四位先生的吟诵可分为两派,差异在于常州、江阴和福州三位先生的吟诵中旋律高低与平仄格律关系密切,"平平"组合音步的位置决定了韵律层级的划分和节奏模式,"平平"音步后字延长,句末字拖腔。而温州潘先生的吟诵中旋律模式和延长字的位置固定,与平仄格律无关。同时两派的拖腔特点也不同。

67. 中国古代文学松柏题材与意象研究//王颖//程杰//南京师范大学//中国古代文学

摘要:松柏分布广泛,应用普遍,与古人生活关系密切,因而很早就进入文学表现的领域。松柏的品性也得到各个时代文人的推崇,获得了丰富的比德内涵,成为我们民族理想人格的符号。松柏题材和意象的作品数量繁多,在同类题材创作中有着显著的优势。在不同历史时期,松柏题材都有一些有影响的代表作品,文学史上的重要作家也大都参与了松柏题材和意象的创作。相关作品数量上蔚为大观,质量上不乏名家名篇,而且体裁广泛,诗词文赋皆有佳作。伴随中国文学发展的进程,松柏在审美欣赏、比德内涵、文化意蕴等方面都获得了丰富积累。本论文主要以中国古代文学中的松柏题材和意象为研究对象,对松柏比德的内涵、松柏意象的审美特色和文化意蕴进行了深入和系统的探讨。论文共十一章:第一章论述了松柏题材和意象创作的繁盛及其原因。这是松柏审美特征逐渐丰富、比德内涵深入发展和文化意蕴获得丰厚积淀的基础。第二章至第四章分别对松柏比德的形成及演变、松柏比德的内涵、松柏君子人格象征进行了细致的阐述。先秦儒家关于松柏"岁寒后凋"、"松柏有心"的命题开了松柏比德的先声，松柏成为有道君子人格的象征。魏晋六朝时松柏比德有了新的变化，松常被用来表现名士的清朗仪表、风骨节操，成为风度和品德的象征。唐代松柏比德进一步丰富，唐人笔下的松柏常常是文人感物咏怀、托物自喻的媒介，松柏意象中既寄寓了唐人建功立业的抱负心、兼济天下的责任感，又体现了他们丰富的精神世界和独特的人格魅力。宋代松柏比德趋于成熟，松柏意象融合了儒家之气节操守、道家之旷达洒脱和释家之超逸风神，发展出新的比德内涵：宋人由松柏在春夏荣滋之时不争芳于时，生发出青青自若、不随流俗的含义；在松柏栋梁之才的惯常比附外，又演绎出安分随时、不求材用的新理念；在"松柏有心"的传统寓意之外，又生发出"无心"、"无情"之义；于松柏贞刚品性外，又打造出刚柔相济、高下得宜、清贞兼备的理想人格。松柏比德经过长期的发展，先后形成了岁寒后凋、坚贞有心、孤直不倚、劲挺有节、风雨历练等内涵。君子人格象征也呈现出不同的形态，既有穷且益坚、耿介孤傲的气节操守，又蕴含了高蹈越俗、淡泊超然的内在精神，其人格拟喻多样，曾被比为仁人义士、贤臣能人、隐者高人等。与其他植物意象如竹、莲相比较，松柏的人格象征有着自己的独特性，显示出特殊的文化意义。第六至第十章对古典文学中重要的松柏意象进行了论述。墓地松柏是坟墓的标识和亡灵的护佑神，又成为祭祀、追悼、怀古类文学中的重要意象，用以表达生死之叹、怀亲吊友、历史思索等复杂的情感。左思《咏史》其二首创涧底松意象，以典型的形象、浓缩的笔墨概括出西晋门阀制度下寒士的境遇及其不平与抗争，涧底松成为才秀人微者的象征。此后吟咏涧底松的作品层出不穷，涧底松意象在比德和情感方面又增添了一些新的内容和格调，由贞刚到超逸，由愤世到乐观。涧底松的象征意义鲜明独特，在意象的发展过程中，曾被比拟为寒门俊才蛰伏之士、迁客逐臣和烈女贞妇等，人格拟喻的变化，带来了象征意义的逐步丰富和深化。老、枯、病、怪松柏意象具有特殊的审美价值，突破了松柏常青、繁茂的审美传统，将沧桑、雄奇、丑怪、狞疠等也纳入松柏审美的范畴。这类意象还有着特定的象征寓意，如老松是古雅君子人格的象征，丑怪类松柏意象用以比喻那些才不得伸而出以惊世之举、骇俗之文的奇士狂生。不老松意象是长寿的象征，人们借助这一意象表达出对生命永恒的期盼。连理松柏既是祥瑞之兆,又是爱情忠贞的象征,文人赋予这一意象"岁寒同心"的道德比附以及"随俗婵娟"的禅理寓意。复生松柏是对人事兴衰、世道治乱的感应,这一意象被赋予"法身常住"的佛学寓意,有时又寄托着文人怀人思古的意绪。松风意象不仅具有独特的审美内涵:清逸、古雅、劲健,而且有着丰富的意趣寄托,文人高雅脱俗的精神、隐逸游仙的理想、生命的体验和历史的感悟等都可以借助这一意象传达出来。松林具有荫翳、深邃的景观效果和"清"、"冷"的审美感觉,诗文中的松林常被描写成具有隐逸、佛禅内涵的景象,而小说中的松林往往有着阴森恐怖的氛围或神秘奇幻的情境。第十一章论述了松与文人的生活情趣。松与文人日常生活密切相关,常与清谈、禅思、诗酒琴弈等一起,构成文人的文化生态,从而使得平淡的日常生活变得雅致与从容。文人以"松"为别号、为室名、为诗文集名者甚多,其中不乏借松标榜高洁操守之意;文人亲手种松者亦多,在某种程度上,种松即是"种德",松成为文人情志的寄托。松为文学创作提供了契机,文人之间以松为题材的唱和之作更是难以计数,文人生活中的种种风雅情事,文人之间深厚的友情,都在这些作品中得以再现。

68. 韩国诗话《诗家点灯》唐宋诗举证研究//聂垚//沈文凡//吉林大学//中国古代文学

摘要:韩国诗话《诗家点灯》,作者李圭景,问世于1850年,十一卷,1392则,每则皆有一个主题宗旨,并由题名概括。《诗家点灯》是一部研究古代汉语诗歌文化的随笔体诗话著作,继承了我国传统诗话体裁"论述诗歌兼及其人其事"的写作特征,对中国和韩国古代诗歌作品文献、思想内涵、诗人轶事等做了全面的研究。"诗家点灯"字面含义取"孤灯一点是吾师"句,采用引据、考证、训诂、诠释、点评等多种论述方法,汇聚了中国、朝鲜古代诗人、诗作、轶事的辑佚和评点,并兼收对绘画、书法、宗教、天文、地理、风俗、舞蹈、名物等的考察,内容翔实、见解独特,同时又包罗万象。李圭景在《诗家点灯》中,对唐宋诗歌进行了摘录、笺释、品藻、鉴诫、正名、正讹、辨体等,考释了唐宋诗人士大夫豪俊、轻狂、不遇、颖悟、激赏、闲适、寄赠、知遇、登览、纪梦、隐逸、吊古、伤悼等社会生活和文化环境,考察了唐宋名物、书、画、茶、酒、社会风俗等多种艺术文化。李圭景在汲取我国古代传统思想文化的同时，融入了朝鲜本民族"真、善、美"的审美理想。本论文以《诗家点灯》所辑的唐宋诗歌作品、诗话为文本研究基础，重点对这些文献做了注释、评点和鉴赏；探讨了其中的诗学价值和美学价值，并对唐宋诗歌作品的创作形式、思想、内容及与之相关的文人轶事、社会时代背景做了大篇幅的阐述，重新评估了唐宋诗学理论体系，向上可以追溯至远古、秦汉，向下则涵盖至明、清诗坛，深化了对唐宋诗歌的动态考察；运用"推源溯流、返归文本、知人论世、文化审美"等多种诗学理论和方法，对诗歌作品的思想渊源、创作过程、艺术构思、审美风格、社会背景等做了全面的梳理和研究。本论文以《诗家点灯》中唐宋诗学文献为文本研究基础，结合我国和古代韩国历代诗歌作品、诗学文献和史学研究资料，对《诗家点灯》中的唐宋诗歌文献做了详细的注释和评点，这是本论文最大的学术价值所在，并从唐宋诗学理论和社会文化背景两个角度出发，对《诗家点灯》中的唐宋诗歌作品和诗学理论做全面的探讨和阐释，具体细化为以下八个章节：第一章是绪论部分；第二章是针对《诗家点灯》中唐宋诗歌创作形式的诠释，以诗作中的"炼字"、"声律"、"诗体"和"诗病"为主要研究对象，辨析了我国传统诗歌创作形式理论与李圭景诗学理论的异同；第三章以唐宋诗人"体物—触境—趣向—颖悟"为线索，对《诗家点灯》中唐宋诗歌创作心理做了相关探究；第四章具体阐释了《诗家点灯》中唐宋诗歌作品"清新自然、疏野沉著、高韵天放、清警醒世、才情理致"等艺术风格；第五章对《诗家点灯》中的唐宋诗歌文本作品做了品藻和鉴赏，分为"诗作考释"、"摘句鉴赏"、"诗作文字游戏研究"、"诗作比较研究"；第六章考释了唐宋诗人的"政治理想"、"恋爱婚姻"、"交游酬赠"、"诗坛轶事"，以此解读唐宋诗人诗歌创作的时代背景和社会环境；第七章从唐宋诗人的诗学思想渊源入手，对唐宋时期的"儒"、"道"、"佛"思想做了重新评估；第八章是对《诗家点灯》中唐宋社会文化现象的综合考察，对绘画艺术、书法作品、诗酒文化、品花传统、科举入仕等做了总结研究。由此，本论文完成了对《诗家点灯》中唐宋诗歌文献的诠释和研究。

69. 宇文所安唐诗研究及其诗学思想的建构//高超//王晓平//天津师范大学//比较文学与世界文学

摘要：美国当代汉学家宇文所安的唐诗译介与研究，结出了累累硕果，在西方汉学界与文化界产生了广泛的影响。本文尝试着以比较文学跨文化的视角，在大量阅读国内外学者在相关唐诗研究著述的基础之上，运用文本细读、比较文学形象学和比较研究的方法，对宇文所安在唐诗的译介、阐释与唐诗史的写作方面进行比较全面、系统、深入的研究和阐释，重点探究其唐诗研究的方法及其在唐诗史写作中体现的诗学观点，力图客观地概括、评价宇文所安的唐诗研究在欧美汉学界唐诗研究进程中的地位以及其相对于中国本土唐诗研究的学术价值和理论意义。全文共分为六个部分。绪论部分主要简单介绍国内外学界对宇文所安的研究现状，以及本论文的选题意义和研究方法。第一章概述了宇文所安唐诗译介与研究的前提条件和文化背景，即追本溯源地探究法、英国汉学界的唐诗译介与研究历史以及它们对美国唐诗译介与研究的影响。第二章从宇文所安对唐诗的翻译入手，选取宇文所安的唐诗译文与几位著名的唐诗译家之译文进行对比分析，探讨宇文所安唐诗翻译的观念与策略，在此基础上对其唐诗英译的特点以及得失情况做出评价。第三章对宇文所安建构的整个唐诗史的主体架构、内容和方法进行分析研究，着重探讨其方法论的合理性及其对建构唐诗史的作用和价值。第四章运用当代比较文学形象学中关于文学阐释、文学研究文本中的异国形象理论，分析了宇文所安的唐诗研究文本中建构的"异国形象"——即宇文所安唐诗研究文本中的"唐代诗人"形象，继而以宇文所安对重点诗人李白、杜甫的诗歌研究文本为对象，进一步解析宇文所安提出"双重自我"形象的概念。最后，"结语"部分，简要概括和归纳了宇文所安在唐诗史的书写和中国古代文论研究中的诗学思想及方法论特点及其对包括唐诗研究在内的中国古典文学研究的启示性意义。

70. 《和汉朗咏集》研究——以中日文化比较为视角//辛文//卢盛江//南开大学//中国古代文学

摘要：本文的研究对象是《和汉朗咏集》及其涉及的中日诗学和艺术比较问题。《和汉朗咏集》，是以"摘句"方式编撰的一部中国诗文佳句、日本汉诗文佳句以及和歌佳句的歌谣集，由平安时代的贵族、歌学家、歌人、汉文学家藤原公任（966—1041）编撰。论文在总体思路上分为六大部分，每部分下面设二至三小节解决相关的学术问题。第一章引言：《和汉朗咏集》的研究价值及本文研究思路，重点介绍《和汉朗咏集》的文学地位及研究价值、《和汉朗咏集》的前人研究成果及其特点、本文研究思路、创新点及研究方法。第二章《和汉朗咏集》的起源、体例与版本系统，重点介绍《和汉朗咏集》歌唱方式的起源即"朗咏"的音乐属性、"摘句"体例特征形成的文学背景；《和汉朗咏集》的古写本与古注释及其特点。第三章《和汉朗咏集》的时代风格与中日诗学比较，重点探索《和汉朗咏集》与中晚唐诗风、《和汉朗咏集》与日本天历、宽弘年间汉文学之精华、《和汉朗咏集》与藤原公任时代的歌学思想三个主要问题。其中涉及《和汉朗咏集》的编撰意识与白居易"狂言绮语"艺术观的关系，菅原道真"雪月花"创作思想与《和汉朗咏集》内容特征的关系，藤原公任的和歌创作、无常观与《和汉朗咏集》中"无常歌"的关系等一系列具体学术问题。第四章《〈和汉朗咏集〉的语言、意象、意境与中日诗学比较》，《奇与偶的诗型特点——兼论汉诗与和歌诗型特征形成的文化心理》、《诗歌语言的"翻译"艺术——训读汉诗的研究价值与诗性特征》、《和歌修辞与汉诗文修辞之比较研究》分别从诗形、训读、修辞三个方面比较了汉诗与和歌语言的异同，另外对"踯躅"、"霞"、"扇"意象、"三月尽"意境进行了中日诗学的比较性解读。第五章作为书画作品的《和汉朗咏集》与中日艺术比较，以《和汉朗咏集》粘叶本为例对中日书法艺术进行了比较性研究，并以苇手下绘本《和汉朗咏集》为中心，对中日古代诗、画关系进行了考察。第六章结论：《和汉朗咏集》在中日文化交流史上的贡献，总结《和汉朗咏集》在中日文化交流史中的特殊地位。

（编辑：闫祺）

《诗经·周颂》研究综述

◇张旭晖

周代尤其西周前期是一个光辉灿烂的时代。孔子对周公极其敬重以至于形于梦寐之间。王国维也说周代奠定了以后历代王朝的统治格局,"其心术与规摹,迥非后世帝王所能梦见也"①。这表现在周代政治、经济、军事、文化各个方面都取得了新的发展。尤其是礼乐文化,更为后人所景仰。

作为仪式乐歌的《周颂》,正是礼乐文化的集中表现。因此,古人对《周颂》的地位看得很高。《左传·襄公二十九年》季札观乐时称其"至矣哉""盛德之所同也",②且不吝言辞用十八句话具体描述了其特点,评论角度涉及到性情特征、施政行为和盛世景象,可知《周颂》中蕴含了与礼制、教化、政治密切相关的内容,在这几个层面都承担了相当重要的功能。曹丕云:"盖文章,经国之大业。"于《周颂》,可以说将文章的作用发挥到了极致。

既然《周颂》有如此重要的功能和作用,这些都会呈现在文本形式中。相对于其多方面的功能,《周颂》的结构也较为复杂。探究《周颂》的功能、结构(表现形式、篇章结构特点和多样的文体因子),以之为线索,不仅可以把握周代文学的成绩和特色,同时,对后世相关文学和文化现象的研究起到疏浚源头的作用。本论文就是以此为研究起点,对《周颂》功能和结构做一个综合的考察。

《周颂》的研究,可以追溯到春秋战国时期。目前所见较早论及《周颂》的应该是季札、叔向、孔子和孟子。季札所言我们上面已经进行了简单概述。叔向对《周颂》中《昊天有成命》中成王的道德做了详细阐述。其对诗句的训释极其深刻,且与小序不同,对后世影响很

---

① 《观堂集林》,河北教育出版社2003年版,第232页。
② 《春秋左传正义》,北京大学出版社1999年版,第1095—1104页。

大。孔子的观点见于《孔子诗论》，其云："寺也，文王受命矣。讼，平德也。"正和季札的评论有相同之处。且提到文王，虽是笼统说《颂》，也应与《周颂》有关。孟子在游说诸侯时曾提到过《周颂》中的《我将》，并解释其中的"畏天"目的是保国。可以看到，早期这几则对《周颂》的论述，多着眼于其中的道德和政治作用。学界对于小序的作者和时代一直有争议。不过，小序中一些说法可以上溯到先秦是没有问题的。小序对《周颂》每一首诗歌的礼制功用都做出了说明。在很大程度上奠定了《周颂》研究的格局。后世或与之同，或与之异，却都是在小序所说的基础上探讨。汉代的毛公和郑玄基本上是依序解诗。汉代的经学有今古文之分，而在《周颂》的部分，三家基本一致。魏晋和唐代的《周颂》研究，则对《周颂》礼制背景做了很多讨论，补充了相当多的礼制细节。宋代以朱熹为代表，以文本内容为主要依据对小序的说法全面提出质疑，开启了新的研究空间。元明最有特色的是从音韵、章法、艺术成就的方面对《周颂》做深入探讨。这一脉经由方玉润等人一直延续到晚清，以邓翔《诗经绎参》为大成。清代《周颂》研究在训诂上尤其有成绩，以马瑞辰、陈奂等人为杰出代表。近现代以来，学者对《诗经》展开了精彩纷呈的专题研究，对《周颂》的研究多以考察礼制为重点。

　　这些研究从《周颂》的功能到文本内容、文本结构都为我们的研究提供了非常重要的参考。下面分别从探讨"颂"的含义、探讨《周颂》中的礼乐文化、探讨《周颂》思想、探讨《周颂》内容分类和探讨《周颂》文本结构五个方面进行概述。

（一）　探讨 "颂" 的含义

　　《诗大序》云："《颂》者，美盛德之形容也，以其成功告于神明者也。"[①] 认为《颂》是描述美德，以时王政治上的成功告祭天地鬼神。《周颂谱》云："颂之言容。天子之德光被四表，格于上下，无不覆焘，无不持载，此之谓容。于是和乐兴焉，颂声乃作。"[②] 在对"颂"的含义的看法上和《诗大序》无异。"颂"解释成"容"，见于《说文》。[③]

[①]〔汉〕毛亨《毛诗注疏》，上海古籍出版社2013年版，第22页。
[②]〔汉〕毛亨《毛诗注疏》，上海古籍出版社2013年版，第1870页。
[③]〔汉〕许慎著、〔清〕段玉裁注《说文解字注》，上海古籍出版社1981年版，第416页。

郑玄注《周礼·春官·大师》时说："颂之言诵也，容也，诵今之德，广以美之。"① 此处，郑玄关于"颂"的解释又增添了"诵"的意思。"诵"和"容"又可分为四个义项："诵"又分成诵读和称诵两层意思；"容"又分成形容和包容、持载（"容"的道德含义）两层意思。古今很多关于"颂"的解释都属于这四个义项的范围。

1. 以下阐释对"颂"的用法不出"称诵"盛德的义项：

《史记·周本纪》："兴正礼乐，度制于是改，而民和睦，颂声兴。"②

汉刘熙《释名》："称颂成功谓之'颂'。"③

《毛诗注疏》孔疏："颂声由其时之君德洽于民而作。"④

宋范处义《诗补传》："颂以美为义，言人君之功德也。"⑤

祝秀权《上博楚竹书〈孔子诗论〉释"颂"数语考释》认为："上博楚竹书《孔子诗论》中颂的意思是颂时王之成功以告神，这是《诗经·周颂》的本质特征。"⑥

2. "诵读"这一义项后来的引申义有：杨延良《〈诗经〉"颂"诗名义考原》：认为颂起源于远古时代的原始巫术，是宗教仪式上的占卜吟颂之辞。刘毓庆认为"颂"为原始宗教诵辞说，是拉长调子的歌颂："《周颂》多为祭祖所用，也当是'家长赞祝'所唱的'土语'，这里的唱，当如诵，即郑玄所谓的'以声节之'，不会是合乐演唱。"其依据有三："颂"古与"诵"通；凡诗都可称"诵"；"诵"源于宗教祭祀。⑦

3. "形容"这一义项后来又出现舞容的引申义。代表人物是王观国和阮元。后来又有对此种舞蹈形式的具体描述，如陈世辉《墙盘铭文解说》："这有带伴奏的引吭高歌，也有粗犷的化装舞蹈，等等。"⑧ 认为颂为威仪及仪式表演。裘锡圭亦持此说。周策纵认为"颂"为持

---

① 《周礼注疏》，北京大学出版社1999年版，第610页。
② 〔汉〕司马迁：《史记》，中华书局1982年版，第133页。
③ 王先谦：《释名疏证补》卷六，清经训堂丛书本。
④ 《毛诗注疏》，上海古籍出版社2013年版，第23页。
⑤ 范处义《诗补传》影印文渊阁四库全书第72册，台湾商务印书馆1986年版，第31页。
⑥ 祝秀权：《上博楚竹书〈孔子诗论〉释"颂"数语考释》，《河西学院学报》2011第27卷第1期。
⑦ 刘毓庆：《〈颂〉诗新说——"颂"为原始宗教诵词考》，《晋阳学刊》1987年第6期。
⑧ 陈世辉：《墙盘铭文解说》，《考古》1980年第5期。

瓮之舞。是从文字学上分析颂的"公"旁是瓮的意思,瓮可以做乐器。而"页"字很像一个人执器而舞。① 李守奎在《清华简〈周公之琴舞〉与周颂》中指出"颂诗何以名颂,学者多有争议。……从目前所见的材料看有两点可以肯定。第一,'颂'是'容貌'之'容'的本字,在楚文字中多本字用,例多不备举。第二,'琴舞'是指音乐与舞蹈,表明清华简中的颂诗确实是有舞"②。肯定了"颂"和"容"及舞蹈的关系。

4. 关于"包容、持载"这一义项。其实所有关于《周颂》"平德""盛德"的描述都属于这一义项的阐释和发挥。另周策纵曾从文字学上考证"颂"作"容"字讲的原因及"包容"和"容貌"两个义项之间的关系。他认为"公"旁为某种容器,而"颂"字之所以有容貌之意,是因为"容受器可以演变成乐器,执此瓮器起舞,舞当然是在表现一种容貌,所以有容貌的意思"③。

虽然古今关于"颂"的含义的解释,大致不能出郑玄的范围,但还有从乐器名称或乐调来阐释"颂"的。《仪礼》:"西阶之西,颂磬东面。"注:"形容成功曰颂,西为阴中万物之所成……是以西方钟磬谓之颂。"④ 清代杨名时也认为"颂"即是"钟",并认为其用法为:"间歌时堂上击玉磬为人声节奏,疑西阶即击颂钟颂磬应之。"⑤ 陈致《"万(萬)舞"与"庸奏":殷人祭祀乐舞与〈诗〉中三颂》一文持同样的观点。⑥ 顾颉刚《风、雅、颂之别》认为颂为乐器与声调之名:"《风》、《雅》、《颂》之别实即乐器与声调之别,绝不关涉义理。犹之今日,胡琴普遍流行,而其种类有别,其歌曲亦有别,自二胡出者为江苏小曲,自马头琴出者为蒙古歌辞,自京胡出者为京调戏剧,其曲、曲剧皆可编为专书,而其铿锵鼓舞则必非书本所得显现。"⑦

---

① 周策纵:《古巫医与六诗考——中国浪漫文学探源》,联经出版事业公司1986年版,第272页。
② 李守奎:《清华简〈周公之琴舞〉与周颂》,《文物》2012年第8期。
③ 周策纵:《古巫医与六诗考——中国浪漫主义文学探源》,联经出版事业公司1986年版,第268页。
④ 《仪礼正义》,北京大学出版社1999年版,第301页。
⑤ 〔清〕杨名时:《诗经札记》影印文渊阁四库全书,台湾商务印书馆1986年版,第22—23页。
⑥ 陈致:《"万(萬)舞"与"庸奏":殷人祭祀乐舞与〈诗〉中三颂》,《中华文史论丛》2008年第4期。
⑦ 载顾颉刚《浪口村随笔》,辽宁教育出版社1998年版。

"颂"还曾被用为"讼"。上博楚竹书《孔子诗论》第五简："又成功者何如？曰：《讼》是也。"①日本学者白川静《说文新义》分析"讼"说："盖其初形，字示于公廷祭祀祝告之意象。……又哀诉于祖灵曰'讼'。《说文》训'讼'为'争'也。又一作'一曰歌讼'，而'颂'与'歌讼'之义相近。段注曰：'讼、颂古今字，古作讼，后人假颂貌字为之'。……《颂》诗正如王国维所言，配合庙祭之仪节而奏者也。分其声容而言则为'讼'、'颂'。然'讼'有哀诉之意。'颂'有称颂之意，因其仪礼之目的不同者也。"②"讼"、"颂"是同一种艺术形式而从声、容两方面分别而说。

以上的这些探讨，对于"颂"的含义有多方面的溯源，不但对于了解何谓"颂"，而且对于了解《颂》的具体内容、表演形式和功能意义也有直接的启迪。

（二） 探讨 《周颂》 中的礼乐文化

《周颂》是礼乐文化的载体，是实施教化的重要工具。考证《周颂》具体如何参与礼乐制度的论文有王国维的《周大武乐章考》《说勺舞象舞》《说周颂》，傅斯年的《〈周颂〉说》，高亨的《周代大武乐考释》和《〈周颂〉考释》，黎子耀的《〈诗经·清庙之什〉中所见西周礼制考》，刘操南的《〈仪礼〉与诗辨析》，李瑾华的《〈诗经·周颂〉考论》，姚小鸥的《〈诗经三颂〉与先秦礼乐文化》，张启成的《〈诗经〉风雅颂研究论稿》，褚春元的《艺德合化——周代礼乐文化中的艺术本质观探论》，陆银湘的《〈诗经〉颂诗的研究》等。尤其值得注意的是：刘师培的《古乐原始论》发挥《乐记》音乐之于人心和《吕氏春秋》音乐与道德关系的思路，认为"（《周颂》等古乐歌具有）非惟振尚武之风，且欲使天下之民观古人之象以发思古之幽情"的作用。③姚小鸥的《诗经三颂与先秦礼乐文化》详细考辨了几组乐歌的用法：认为《大武》乐章为武王克商之后命周公所作之告成诗，其基本内容是向祖先报告自己的赫赫武功，并表示要继承先王遗志，"敷有四方，畯正厥民"。认为《三象》的立意为：一则赞颂先王之典型为后王效法

---

① 马承源主编《战国楚竹书》（一）上海古籍出版社2001年版，第131页。
② ［日］白川静：《说文新义》卷九上，林洁明译，见《金文诂林补》第5册，第2848页。
③ 刘梦溪：《中国现代学术经典（刘师培卷）》，河北教育出版社1996年版，第709页。

之"对象",二则颂扬后王追步前王之德,似续先祖之功。认为《载芟》、《良耜》为祭祀农神的乐歌。《臣工》《噫嘻》叙述了籍田之礼中除"尝"之外的大部分内容,是用于籍田的乐歌。《思文》与《丰年》是籍田礼之外的农事祭祀中使用的乐歌。① 王秀臣的《祭祀中的"诗"和〈诗〉中的祭祀》一文则细致分析了颂诗在仪式中具体的作用在于:渲染气氛、沟通人神、宣泄情感和具有政治象征意义。②

具体考辨《周颂》中礼制内容的有一系列的论文,如姚晓鸥、李文慧的《〈周颂·有客〉与周代宾礼》通过对周代甲骨卜辞和左传等史书的考证,认为《周颂》中的《有客》中描写了授絷、饯送之礼③。姚小鸥的《先秦礼乐文化与〈周颂〉农事诗的历史演变》考证了农事诗的祭祀礼仪④。

(三) 探讨《周颂》思想

张辉的《从颂诗看周朝统治者重视人事的特点》⑤ 认为周人祀祖并不盲目。周人是英明的统治者,是能顺应天意、推行清明政治的领袖。《周颂》中不管是祭祀诗还是农事诗都具有非常重视人事的特点。姚小鸥、郑丽娟《〈大雅·皇矣〉与文王之德考辨》⑥ 则对文王之德的具体含义进行了考辨,认为其并非指一般意义上的个人才德,而主要是指包含武功征伐在内的政治方略。祝秀权《〈诗经〉三〈颂〉性质考论》认为《颂》诗所颂美的是时王之盛德、成功。其《从〈诗经·周颂〉看周人的祖先崇拜意识》⑦ 进一步指出周人的天命思想是对前代殷人思想的继承。晓舟《〈诗经〉的哲学价值》一文从伦理学角度对《诗经》中的哲学价值进行了探讨,也有部分涉及《颂》诗。他认为,《诗经》反映了先秦伦理思想的发轫。其诗篇中表现出来的道德范畴、伦理观念、行为规范为研究古代伦理思想提供了重要依据。《诗经》的哲学价

---

① 姚小鸥:《诗经三颂与先秦礼乐文化》北京广播学院出版社 2000 年版,第 82、101、156 页。
② 王秀臣:《祭祀中的"诗"和〈诗〉中的祭祀》,《中国韵文学刊》2009 年第 12 期。
③ 姚小鸥、李文慧:《〈周颂·有客〉与周代宾礼》,《学术研究》2011 年第 6 期。
④ 姚小鸥:《先秦礼乐文化与〈周颂〉农事诗的历史演变》,《学术界》2011 年第 11 期。
⑤ 张辉:《从颂诗看周朝统治者重视人事的特点》,《湖北大学学报》1988 年第 3 期。
⑥ 姚小鸥、郑丽娟:《〈大雅·皇矣〉与文王之德考辨》,《中州学刊》2007 年第 3 期。
⑦ 祝秀权:《从〈诗经·周颂〉看周人的祖先崇拜意识》,《淮北煤炭师范学院学报》2003 年第 2 期。

值还体现在它清楚地勾勒出周代社会思想发展轨迹,从中可见宗教天命观也即周代统治者的世界观演变、衰落过程。李白《〈诗经〉祭祀诗的思想内涵》一文重点阐明了周人称天命、敬仁位、尚英雄的观念。①

(四) 探讨《周颂》内容分类

从诗歌的意义来分类,如蔡守湘、朱炳祥《人类精神初次觉醒的产物——论〈周颂〉在文化发展史上的地位》② 将《周颂》分为三类:"人神关系递嬗的赞诗,人在自然面前站立起来的颂歌(农事诗),保大定功、安民和众的乐章。"从仪式功能分类,如李瑾华《诗经〈周颂〉考论》分为祝祷、赞礼和农事三类:"《周颂》三十一首诗大体可分为三类:一类是直接祈告的祝祷诗,这类诗中不出现献祭内容,应当是告祭用诗和一部分舞诗。……另一类是与仪式配合的赞礼诗,应该是例行的常祀用诗,诗中直接出现献祭内容。……剩下一类就是农事诗。"③ 从祭祀对象和功能分类,如陆银湘《诗经颂诗的研究》:"总括而言,《周颂》大致分为三大类:第一类作品,是用于宗庙祭祀的赞美诗,这类诗篇所表现的是对上帝的敬畏和对祖先的赞颂,呈现着虔诚的宗教感情。……第二类《周颂》,是祈求祖先神灵保佑农业生产并获得丰收的诗篇。……第三类《周颂》,是对祭祀的具体场景、祭祀方式、程序以及内容有生动描述的诗篇。"④ 杨晓斌、富世平《〈诗·颂〉正名》分得更加细致。他们认为,《颂》诗内容触及了当时社会生活的许多方面,是当时社会生活的实录。并将《颂》诗分为八类:歌颂农业丰收的农事诗、歌颂汤武革命的诗、歌功颂德诗、祀祖诗、宴乐诗、迎客诗、鱼祭诗、祭神诗。并分析说:《颂》诗的内容大多与其充满着希望和生气活力的时代特征相和谐,并触及了当时社会生活的许多方面,专为铺写祭祀场面的纯祭祀诗为数很少。⑤

---

① 李白《〈诗经〉祭祀诗的思想内涵》,《牡丹江师范学院学报》2004 年第 5 期。
② 蔡守湘、朱炳祥:《人类精神初次觉醒的产物——论〈周颂〉在文化发展史上的地位》《武汉大学学报·社会科学版》1990 年第三期。
③ 李瑾华:《诗经〈周颂〉考论》,首都师范大学 2005 年度博士学位论文。
④ 陆银湘:《诗经颂诗的研究》,暨南大学 2002 年度硕士学位论文。
⑤ 杨晓斌、富世平:《〈诗·颂〉正名》,《宝鸡文理学院学报》1998 年第 3 期。

（五） 探讨 《周颂》 文本结构

1. 泛论《诗经》文本形式

从六义角度的论说：毛郑等人多所论说，其中《毛诗正义》体用的说法影响最大：《诗》之"六义"风雅颂是体，赋比兴是用。刘怀荣《赋比兴与中国诗学研究》对赋比兴和诗学的关系做了多方面检讨。该书从赋比兴的文化渊源，到其在《诗经》及后代文学中的表现和发展，做了具体的论说和诗学的提炼。① 刘跃进《"六义"与诗教：读〈毛诗序〉臆札》一文则认为"赋比兴"纯粹体现了说诗者的授诗之义，而不是作诗者的作诗之义；六义不存在什么异体异辞之分，也不存在什么作诗方法之意。② 鲁洪生《汉儒对赋、比、兴的认识》③ 一文检讨了汉儒对赋、比、兴的认识，认为汉儒用的赋、比、兴，仍然体用不分。

音乐与《诗经》文本形式的关系问题，这是诗经研究的热点。诗序认为音乐是风雅颂区别的重要的表现。王小盾进一步认为六义的区分均与音乐有关。赵敏俐《音乐对先秦两汉诗歌形式的影响》进一步从章法、文辞的角度分析了音乐对诗经文本形式的影响，认为形式有时可能是起主要作用的。④

2. 章法的研究

古人关于《周颂》的章法有很多分析。毛、郑、朱在某些分章上有不同。关于章法与文脉的具体分析，晚清四部丛刊中邓翔的《诗经绎参》非常有参考价值，其对章法、句法、字法多有精彩分析。

或认为《周颂》组诗的章法不可推究，如许学夷《诗源辨体》言《周颂》气象混沌，无有端倪："《大雅》推原王业以戒后人，故其篇长大，而布置联络，有次序可寻，有枝叶可摘，尚可学也。《颂》则形容盛德，以告神明，故其篇简短而咏叹混沦，无端倪可指，无首位可窥，更不易模仿耳。"⑤

大多数研究《周颂》章法的学者还是认为《周颂》是分章的，如

---

① 刘怀荣：《赋比兴与中国诗学研究》，人民出版社2007年版。
② 刘跃进：《"六义"与诗教：读〈毛诗序〉臆札》，《杭州大学学报》1993年第2期。
③ 鲁洪生：《汉儒对赋、比、兴的认识》，《汉中师院学报》1987年第2期。
④ 赵敏俐：《音乐对先秦两汉诗歌形式的影响》，学苑出版社2002年版，第184—192页。
⑤ 许学夷：《诗源辨体》，人民文学出版社1987年版，第25页。

《诗经偶笺》《诗经说约》《诗经绎参》都在这一问题上有卓见,是我们重点参考的对象。

组诗的篇目问题其实也涉及组诗的结构,这属于组诗的章法。这一方面代表性论文有:王国维的《大武乐章考》,姚小鸥的《论周颂·三象》等一系列对《大武》和《三象》诗篇的考辨。李守奎的《清华简〈周公之琴舞〉与周颂》实际上也探究了组诗的章法:"颂诗分章,配套使用,九成大礼最少演奏九章,今存《周颂》,散乱缺失,章次不可推究。《周公之琴舞》中的所演奏成王所作的九章使我们得见《周颂》演奏完整篇章的全貌。"①

句法研究成果较多。句式的研究如王熙元在《三颂析论》中评论了颂诗中的一些对偶句和重叠字。他评论《烈文》,是为了对偶而倒装,但他最终认为《周颂》中的对偶句是偶然形成的,是由于中国文字的特性。说《有駜》重叠字很多,有歌谣的特色,像《国风》。② 葛晓音《四言体的形成及其与辞赋的关系》认为《颂》诗大量保存了散文句法也保存了四言最早入诗的典型句式如押韵、多样化复沓。③ 此外有大量语言学论著对诗经中典型句法做了分析,很多涉及《周颂》。其中或归纳类型或阐释词义或探讨原因。如朱广祁《诗经双音词论稿》④,冯英《诗经名词性结构偏正语序》⑤,徐刚《论〈诗经〉的"中+名词"结构》⑥ 等。对套语、成语的研究,如清代学者王念孙《读书杂志》就常利用套语进行字义的辨析,为学者从文学角度进行套语和诗歌创作关系的研究提供了条件。当代在此方面的代表性著作和观点如下:姚小鸥、李文慧《〈诗〉〈书〉成语与〈周颂·振鹭〉篇的文化解读》⑦ 分析《诗经》中的成语,认为:《诗·周颂·振鹭》一篇多处运用成语,使诗篇在语言方面表现出灵动而不失典雅的特色。诗篇中"无斁""夙夜""永终"皆王国维所谓成语。王靖献《钟与鼓——

---

① 李守奎:《清华简〈周公之琴舞〉与周颂》,《文物》2012 年第 8 期。
② 王熙元:《三颂析论》,《中国文化讲话 2》,巨流图书公司 1988 年版。
③ 葛晓音:《四言体的形成及其与辞赋的关系》,《中国社会科学》2002 年第 6 期。
④ 朱广祁:《诗经双音词论稿》,河南人民出版社 1985 年版。
⑤ 冯英:《诗经名词性结构偏正语序》,《云南师范大学学报》1991 年第 1 期。
⑥ 徐刚:《论〈诗经〉的"中+名词"结构》,《语文研究》2004 年第 1 期.
⑦ 姚小鸥、李文慧:《〈诗〉〈书〉成语与〈周颂·振鹭〉篇的文化解读》,《中州学刊》2011 年第 11 期。

〈诗经〉的套语及其创作方式》①中界定了套语即"陈陈相因的习语与习惯表达方式"。书中分析了套语理论，将诗经套语分为"全行套语"和"套语式短语"，认为《诗经》是运用套语与主题创作而成的，套语与主题有莫大的关系。

3. 文体角度对《周颂》的探讨

诗体角度有从《周颂》内容看诗言志的内涵的研究。如陈桐生《礼化诗学——诗教理论的生成轨迹》②："如果志指的是志义，那么诗歌艺术与说理论文就没有什么本质的区别；只有志指的是情感，那么'诗言志'的命题才算是真正把握了诗歌艺术书写性情的本质特征。"这种说法先入为主，恐怕与上古"诗"这一概念的意思不同。与此相反，陆银湘在《诗经颂诗的研究》③中结合《颂》诗内容认为"诗言志"的"志"，最初与祭神敬祖的内容有关，并指出"诗言志"的"志"必须有教化作用。有学者认为情志关系。如王硕民《汉儒说〈诗〉情志关系思维逻辑论》。

《周颂》中颂的文体意义的研究，如韩高年的《颂诗的起源与流变》、郭宝军的《中古颂文研究》，段立超的《上古"颂类"文学精神及其体类特征》等。韩高年的论文用实证的方法考察夏、商、周三代的颂诗文本，阐述了颂诗在夏、商、西周的演变过程，提出了"颂"为"仪式叙述说"的观点。段立超的《上古"颂类"文学精神及其体类特征》认为"颂"是一种"文类"，并分析了"颂"在先秦、两汉的创作情况、最终得出这样的结论："颂"是华夏祖先沟通人神、省视自身的最高依据；其表达总是与终极意义和终极价值相关；其散发的人文精神，是中华文明最独特而根本的"向'道'而生"。④郭宝军的《中古颂文研究》则主要是对汉魏六朝时期的"颂文"进行的文本搜集，并分析了这一时期颂文的主题和内容，颂文作者的创作心理以及颂文的创作模式。⑤赵英哲《颂文文体与唐代颂文概说》以唐前颂文为主要研究对象，梳理了唐前颂文文体的发展流变轨迹。⑥

---

① 王靖献：《钟与鼓——〈诗经〉的套语及其创作方式》，谢濂译，四川人民出版社1990年版。
② 陈桐生：《礼化诗学——诗教理论的生成轨迹》，学苑出版社2009年版。
③ 陆银湘：《诗经颂诗的研究》，暨南大学2001年硕士论文。
④ 段立超：《上古"颂类"文学精神及其体类特征》，东北师大2007年博士论文。
⑤ 郭宝军：《中古颂文研究》，广西师范大学2003年硕士学位论文。
⑥ 赵英哲：《颂文文体与唐代颂文概说》，辽宁师范大学2007年硕士学位论文。

《颂》中有类似赋的文本结构,此点古人多有注意,如方玉润评《閟宫》时说:"愚谓此诗褒美失实,制作又无关紧要,原不足存,其所以存者,以备体耳。盖颂中变格,早开西汉扬马先声,固知并非全无关系也。"① 今人也常常能注意到此点。如杨晓斌、富世平的《〈诗·颂〉正名》认为:"《颂》诗中所主要采用的赋(铺陈)的诗法及其厚重典丽的形式、宏大的气魄给汉赋以极大影响。"② 但是《周颂》中的赋体因子则多不被重视。

《周颂》之中儆的文体意义也被人注意,如李守奎在《清华简〈周公之琴舞〉与周颂》中提出儆儆类颂诗,认为其体式特点有:开头有叙事性语言,儆诗每章以十二三句为常,分为启与乱两部分,内容或转或承。既有对自己的儆戒,也有对辅臣的儆戒。并考辨说:"总之,儆戒是周初文献中最常见的内容,周公所作主要是对周之多士的儆儆,成王所作主要是自儆。这些诗在今本《周颂》中大都散佚,所存《敬之》确系成王之作,《烈文》可能是周公所作儆儆中的一首。"③

此外还有关于《周颂》艺术手法研究。前人值得注意的书如:《待轩诗记》、刘玉汝《诗缵绪》、《月峰评经》、《诗义会通》、《诗经原始》、《诗经通论》、《诗经绎参》等多有发明。今人如:扬之水《颂祷声中的诗思与智慧——读〈诗经·周颂·闵予小子之什〉》对《周颂》部分诗篇进行了赏析,对其中的比喻、夸张等艺术手法进行了提炼。④ 陈凯如《摛文树义振金声——论〈诗经〉中的"三颂"》一文对三颂抒情、叙事、议论相结合的艺术表现形式及其风格特征做了描绘。⑤ 还有一些对《周颂》艺术评价不高的论著。陆侃如、冯沅君在《中国诗史》中认为就文学的技巧说,《周颂》价值不高,并指出原因是:"第一个缺点是堆砌……第二个缺点,是颂圣的句子太多。《周颂》中最佳之作当推《载芟》与《良耜》。因其叙述农家生活较有内容。"⑥ 于衍存、张志香《略论〈诗经〉文学性表现的梯式结构》认为《颂》文学

---

① 方玉润:《诗经原始》,中华书局1986年版,第638页。
② 杨晓斌、富世平:《〈诗·颂〉正名》《宝鸡文理学院学报》1998年第3期。
③ 李守奎:《清华简〈周公之琴舞〉与周颂》,《文物》2012年第8期。
④ 扬之水:《颂祷声中的诗思与智慧——读〈诗经·周颂·闵予小子之什〉》,《文史知识》2000年第9期,第48—56页。
⑤ 陈凯如:《摛文树义振金声——论〈诗经〉中的"三颂"》《朴学之路:徐复教授90寿辰学术讨论会论文集》,江苏教育出版社2004年版。
⑥ 陆侃如、冯沅君:《中国诗史》,百花文艺出版社2008年版,第143页。

性不如《风》《雅》。①

已有的对《周颂》的研究可以说已经涉及方方面面，在礼制的研究上取得了重大的成绩，在文本形式上，古人今人也多有独到之见。同时，已有的研究也存在一些问题。

第一，对《周颂》的研究探讨思想内容多，艺术分析少。《周颂》玄远简奥，多微言大义之说，描述场景较为简要，感情的抒发也较少。然而微言不是不言，简约不等于简单，抒情少、对感情的导引和培植却不少。所以，有必要找到合适的切口，对《周颂》的文学性做系统研究。

第二，对《周颂》礼制功能关注的多，教化功能关注的少。

第三，对《周颂》结构形式零散的研究多，系统的研究少。结构体系对应着《周颂》的功能，在礼制功能研究的较为充分的基础上，我们完全可以推进结构的研究。

第四，《周颂》结构形式的综合层面也即文体这一层面研究的较少，文体的多种组成及对后世文体的导源之功学界研究的远远不够。研究《周颂》文体，可以由后世文体的比对，更清楚地了解《周颂》在文体以至文学上的成绩。同时，也可以明晰后世文体的渊源。

目前仍需加强对《周颂》的研究。功能和结构研究无疑是《周颂》研究极为有力的切口。礼制功能和教化功能是文学之"用"，很大程度上决定了《周颂》的内容和性质。章法分析是析幽阐微的利器，可以于细微处发现《周颂》的结构特色。表现形式的研究可以对结构特征的形成做出艺术层面的解释，可以对形式的意义做出揭示。文体的综合研究则对后世文体的影响有阐发。综上，功能和结构研究不但会在《周颂》礼制、教化研究上有推进，对于文体和文学研究等各个层面也为《周颂》研究拓展一片新的天地。

（作者单位：首都师范大学）

（编辑：亓　晴）

---

① 于衍存、张志香：《略论〈诗经〉文学性表现的梯式结构》，《延边大学学报》2005年第9期。

近年来汉代骚体辞赋研究综述

◇钟婷婷

汉代骚体辞赋，包括汉人拟楚辞，和以"赋"为名的骚体赋两部分。汉人拟楚辞主要是指《楚辞章句》中收录的七篇，即《惜誓》《招隐士》《哀时命》《七谏》《九怀》《九叹》《九思》。汉代骚体赋主要有：贾谊《吊屈原赋》《鵩鸟赋》《旱云赋》，司马相如《长门赋》《哀二世赋》《大人赋》，董仲舒《士不遇赋》，刘彻《李夫人赋》，王褒《洞箫赋》，扬雄《太玄赋》，刘歆《遂初赋》，班婕妤《自悼赋》，崔篆《慰志赋》，班彪《北征赋》，冯衍《显志赋》，梁竦《悼骚赋》，班固《幽通赋》，班昭《东征赋》，张衡《思玄赋》，蔡邕《述行赋》《瞽师赋》，等等。

关于汉人拟楚辞的研究，历代不乏，卷帙累叠，这归功于楚辞之热的经久不衰。而以往的汉代骚体赋研究，相对薄弱，往往是被涵盖在整体的汉赋研究之内，骚体赋的独特文学史价值未得到客观充分的看待。好在近年来，汉代骚体赋的专门性研究成果越来越多，也成为一个学术热点，本文试对近年的研究成果予以综述。在此之前，关于汉代骚体赋的研究综述已有张强《新时期汉代抒情赋研究述评》①和王双《新时期骚体赋研究述评》②。笔者望予以有益的补充。

由类型看，近年来的汉代骚体辞赋研究成果分为著作、学位论文和期刊论文三种；由内容看，一是对《楚辞章句》中收录的汉人拟楚辞的专门研究，二是对以"赋"为名的汉代骚体赋的研究，三是二者相统一的研究，本文将归类综述。

---

① 载《江海学刊》2007 年第 8 期；文中包括了对骚体赋的研究述评。
② 载《河北学刊》2009 年第 5 期。

一

著作方面，有如：叶幼明《辞赋通论》（湖南教育出版社1991年版），郭建勋《汉魏六朝骚体文学研究》（湖南教育出版社1997年版）和《先唐辞赋研究》（人民出版社2004年版），王德华《屈骚精神及其文化背景研究》（中华书局2004年版），孙晶《汉代辞赋研究》（齐鲁书社2007年版），王德华《唐前辞赋类型化特征与辞赋分体研究》（浙江大学出版社2011年版），李慧芳《汉代骚体诗赋研究》（浙江大学出版社2014年版），等等。还有以思想文化为主题的相关研究成果，如刘向斌《西汉赋生命主题论稿》（中国社会科学出版社2012年版）等。并有了马积高《历代辞赋研究史料概述》（中华书局2005年版）和王双《汉唐骚体赋校辑》（中国社会科学出版社2014年版）等研究用书。

此外，涵盖在汉赋整体研究之内的骚体赋研究成果不可胜数。重要成果如，《中国诗歌通史（汉代卷）》的第九章和第十章是对汉代"骚体抒情诗"的专门论述，在总结其独特的艺术和思想价值的基础上，赋予其相当重要的诗歌史地位。再如，陶秋英《汉赋研究》（浙江古籍出版社1985年版）、王焕然《汉代士风与赋风研究》（中国社会科学出版社2006年版）等著作中，对骚体抒情言志赋的论述都占了不小的比重，在此不一一列举。

学位论文方面，汉代骚体赋的研究成果也相当丰富（已出版成书的博士学位论文不再列举）。概如，李金坤《〈风〉〈骚〉诗脉传承论》（苏州大学博士学位论文，2007年5月），张卫家《汉代抒情赋略论》（辽宁师范大学硕士学位论文，2004年5月），刘姝睿《论西汉抒情赋》（苏州大学硕士学位论文，2004年4月），程兵《两汉骚体赋研究》（安徽大学硕士学位论文，2005年5月），王星《骚体文学传统的流变研究》（四川师范大学硕士学位论文，2006年6月），夏勇《汉代拟骚作品研究》（浙江大学硕士学位论文，2006年6月），董要华《两汉言志赋概论》（陕西师范大学硕士学位论文，2008年4月），高佩佩《"楚辞"和汉代抒情赋的比较研究》（复旦大学硕士学位论文，2009年5月），姜芳《〈楚辞〉中汉代拟骚作品研究》（重庆师范大学硕士学位论文，2010年3月），高芳《两汉拟骚作品研究》（广西师范大学硕士学位论文，2010年4月），高火月《楚骚辨体研究》（山东理工大学硕士学位论文，2011年5月），熊津津《汉代骚体赋研究》（哈尔滨师范大学硕士学位论文，2012年5月），王鹤鸣《贾谊骚体赋研究》（广州大学硕士学位论文，2012年5月），姚鹏举《楚歌与骚体文学研究二论》（南京师范大学硕士学位论文，2012年5月），张宏伟《汉代抒情赋研究》（陕西师范大学硕士学位论文，2014年5月）等。这些学位论文都从特定的角度出发就相关问题进行了详尽的研究论述，但是主题和内容上存在明显的重叠现象，列此以示来者。

二

从研究成果的主题和角度来看，主要可分为四个方面：一是骚体辞赋对楚辞的继承发展关系研究，二是骚体赋文体研究（包括文体概念、题材分类、艺术特征和思想特色研究），三是骚体赋作者和文本个案研究，四是骚体赋结合汉代文人心态研究。

（一）骚体辞赋对楚辞的继承发展关系研究

首先，在数量繁多的期刊论文中，对于汉人拟楚辞作品的专门研究有不少。而被关注和探讨最多的，则是骚体辞赋对楚辞的继承发展关系研究，成果数目众多，主要可分为文体继承、思想继承和两者兼论三种类型。

1. 拟楚辞专门研究

这方面的成果有如：黄松毅《论〈楚辞章句〉中的汉代拟骚作品》[《广西民族学院学报（哲学社会科学版）》2002年第3期]，李诚《汉人拟楚辞入选〈楚辞〉探由》（《文学遗产》2002年第2期），陈恩维《汉代模拟辞赋的文体意义》（《广西师范大学学报（哲学社会科学版）》2008年第6期），张志勇《论汉代拟骚体中的隐逸化倾向》（《集宁师专学报》2008年第9期），王浩《汉代楚辞传播与拟骚诗传体性质的形成》[《五邑大学学报（社会科学版）》2010年第2期]，熊良智《拟骚作品的接受与传播》[《四川师范大学学报（社会科学版）》2010年第4期]，杨思贤《模拟中的解释——论〈楚辞章句〉中的汉代拟作》（《江海学刊》2010年第9期），何东《论汉代拟骚体中的具象思维》（《河北旅游职业学院学报》2013年第3期），等等。这些论文对于拟楚辞的相关重要问题给予了关注和探究。

2. 骚体赋对楚辞的文体继承

在文体的继承关系方面,王洲明《从汉代的拟骚创作看屈原对汉代文学的影响》[《山东大学学报(哲学社会科学版)》1993年第1期]认为,和楚辞相比,汉代拟骚作品有两个主要不同:一是叙述和铺陈的成分明显增多了,二是把楚辞的含蓄、形象淡化为明说和指陈。吴贤哲《楚辞文体在汉代的流变》[载《西南民族大学学报(人文社会科学版)》2005年第12期]则具体到每一篇作品分析汉人拟楚辞与楚辞的文体关联,例如,贾谊《惜誓》主要采用《离骚》六言句法,偶尔杂以三言、七言、八言、九言;淮南小山《招隐士》篇幅不长,但句法多样,它以《九辩》中的七言句和《九歌》中的五言句为主,杂以《九章·怀沙》的四言句,《九歌·湘夫人》中的四言、六言,以及于屈、宋楚辞中所未见的三言、六言等;东方朔《七谏》在句式上主要摹拟《离骚》六言为主,兼及《九章》四言和《离骚》五言等,其结构则摹拟《九章》。

黄松毅的《论〈楚辞章句〉中的汉代拟骚作品》①一文认为,拟楚辞在艺术手法上相比于楚辞的变化是:铺陈手法更突出,句型趋向整齐规范。杨倩则认为,拟骚体的创新价值主要体现在散句的大量使用,和"兮"字的用法变化上。②

3. 二者继承发展关系的综合研究

对于骚体赋对楚辞文体和思想继承的综合探讨,有如:张啸虎《汉人骚赋与楚辞传统》(《中国文学研究》1989年第2期),王洲明《楚骚与汉代抒情赋》[《河北师范大学学报(哲学社会科学版)》2002年第1期],吴贤哲《楚辞文体在汉代的流变》[《西南民族大学学报(人文社会科学版)》,2005年第12期],于浴贤《从骚体赋看汉人对屈骚的接受和传播》[《济南大学学报(社会科学版)》2006年第1期],黄金明《屈原作品的传播与西汉拟骚之作》(《中国韵文学刊》2007年第4期),冯小禄《不遇·玄思·宫怨·述行——简论屈骚影响下的汉代独创骚体赋》[《重庆工商大学学报(社会科学版)》2007年第12期],王浩《汉代拟骚诗在文体层面对屈骚的继承与新变》[《辽

---

① 黄松毅:《论〈楚辞章句〉中的汉代拟骚作品》,《广西民族学院学报(哲学社会科学版)》2002年第5期。

② 杨倩:《拟仿与创新——两汉"拟骚体"的文体学价值》,《中国社会科学报》2014年第10期。

东学院学报（社会科学版）》2009 年第 12 期]，师璐露《汉代的骚体赋对楚骚情感的认同》(《语文学刊》2010 年第 1 期)，李慧芳《论屈骚句式在汉赋中的流变》[《中南大学学报（社会科学版）》2010 年第 6 期]，王渭清《张衡诗赋对楚骚的承继与改造》(《咸阳师范学院学报》2010 年第 5 期)，还有学位论文《〈楚辞〉和汉代抒情赋的比较研究》(高佩佩，复旦大学硕士学位论文，2009 年 5 月)、《东汉诗赋对楚辞的接受》(杨冬琴，湖南师范大学硕士学位论文，2013 年 5 月) 等。

　　在论述汉代骚体赋对楚辞的模仿和沿承的基础上，研究者们更多地在探寻后者的异变。在文体形式方面，呈现出题材的增加、语言形式的"赋化"。"所谓拟骚诗的赋化是与屈骚相比照的结果，而所谓的赋化倾向主要是指拟骚诗铺排、铺衍成分的突出、描写的加强、对句的大量使用而形成的整饬风格。应指出的是，这种赋化倾向应置于楚辞体与骚体赋的区别以及演变的进程中去观照，而不应与文赋相比照，因为二者的来源和发展演变有着比较明显的区分。"① 这种逐渐形成的"整饬风格"，在为后来"兮"字的脱落做着铺垫。

　　持此观点的是学者王德华，"随着语言的骈偶化，骚体各种句式呈现对偶工整的前提下，篇中段与段之间承转词的运用，使得骚体表现出一种散体特征"②。"唐前骚体句式发展的总体趋势是九歌型句式的沿用与增多，离骚型句式'兮'字渐失，但节奏与字数趋于规整"，"唐前拟骚作品，'兮'字句式仍然是骚体的主要表征，但是有'兮'字的《九歌》型句式占主导地位，无'兮'字的《离骚》型句式渐增。这一特征说明，即便在后人最公认的拟骚作品中，屈原骚体《离骚》型句式'兮'字调整节奏与规整诗行的作用，因拟骚作品句式内部的节奏的稳定及句式的相对固定，'兮'字作用趋于弱化，其外在的表现就是'兮'字的失落"③。这一论述建立在精细的文本考察之上，很具启发性。

　　郭建勋认为，"在对世俗社会的否定与批判上与屈骚精神是一脉相

---

① 王浩：《汉代拟骚诗在文体层面对屈骚的继承与新变》，《辽东学院学报（社会科学版）》，2009 年 12 月。
② 王德华：《唐前辞赋类型化特征与辞赋分体研究》，浙江大学出版社 2011 年版，第 182 页。
③ 王德华：《唐前辞赋类型化特征与辞赋分体研究》，浙江大学出版社 2011 年版，第 114—116 页。

承的，但他们缺乏那种生死以亡、不计代价的悲剧意识，其怨愤与批判最终皆由老庄人生观所缓解，在这里，道家思想对屈骚精神的消解淡化起了极大的作用。……从贾谊、庄忌开始，原初骚体中屈骚精神逐渐向实践理性与现实人生漂移，悲剧意识日益淡化"①。姜芳的《〈楚辞〉中汉代拟骚作品研究》（重庆师范大学硕士学位论文，2000年4月）认为，《楚辞》中汉代拟骚作品对"屈赋"认同的同时也发生了精神谱系的嬗变，其具体表现为：对不遇之感的消解方式由激愤逐渐走向冷静；对士人品格的要求由怀君逐渐趋向忠君；创作动机由创作以抒情逐渐转向彰显"屈子之志"。

此外还有宏观角度的研究，如许结《诗骚传统与汉代文学思想的建构》（《社会科学战线》1991年第4期）等。

（二） 骚体赋文体研究

骚体赋文体研究包括很多方面，目前研究成果最为集中的，主要有三个方面：概念界定、骚体赋的艺术形式研究、骚体赋文体的历时性研究。

1. 概念界定方面

骚体赋最初是一种先有创作、后有概念的文体。汉代骚体赋的概念界定在过去很长时间内都是模糊的，《楚辞章句》中收录的汉人拟楚辞作品，便具有辞与赋的双重属性。对于以赋为名的汉代骚体赋的属性问题，历来也争议不休，曾有不少学者将骚体赋归为散文。汉代骚体赋的抒情诗属性，近年来逐渐明晰。公木（张松如）在《中国诗歌史论》中说："就汉赋来看，自然更显著的是继承楚辞向散文演化的一种形式，是一种散文化的诗体。"② 麻守中在公木主编的《中国诗歌史》（先秦两汉）中，将源于楚辞并带有诗性特征的骚体赋以"骚体诗"的概念与《诗经》一并进行了探讨。赵敏俐在《汉代诗歌史论》中，用专章讨论骚体赋相比于汉代其他文体的独特内涵与功能，得出了"骚体赋是汉代文人的抒情诗"③ 的坚实结论。早在《歌诗与诵诗——汉代诗歌的文体流变及功能分化》一文中，赵师就已简明清晰地概括道："从文体的特征入手考察，赋在汉代基本上是由两大部分组成的。一部

---

① 郭建勋：《汉魏六朝骚体文学研究》，湖南教育出版社1997年版，第84页。
② 张松如：《中国诗歌史论》，吉林大学出版社1985年版，第21页。
③ 赵敏俐：《汉代诗歌史论》，吉林教育出版社1995年版，第114页。

分是以屈原的《离骚》等作品为代表样式的骚体赋,它们虽然被汉人称为'赋',其本质仍然是诗。一部分则是以宋玉、唐勒、枚乘、司马相如等人的作品为代表的散体赋,它们虽然与诗仍然有着复杂的联系,但是已经变成一种新的文体。它们之所以以'赋'为通称,就因为它们有一个共同的特点:不歌而诵。"

此外,还有很多关于骚体赋概念界定的论文,例如,郭建勋的《骚体的形成与称谓辨析》(《湖南师范大学社会科学学报》1995年第12期)、《骚体赋的界定及其在赋体文学中的地位》(《求索》2000年第10期)、《论骚体文学研究在当代楚辞学中的定位》[《淮阴师范学院学报(哲学社会科学版)》2003年第1期],和王双《汉魏六朝骚体赋概念的界定及辑录原则》(《沧州师范学院学报》2012年第6期)等文。另有,高火月《楚骚辨体研究》(山东理工大学硕士学位论文,2010年5月),辨析了楚骚与赋,楚骚与诗的文体关系问题,楚骚的文体归属问题,和骚、诗、赋三者交融的问题。

2. 骚体赋的艺术形式研究

在艺术形式方面,郭建勋先生对骚体赋的体式特征及成因进行了详尽论述,尤其对"兮"字的艺术功能给予了较为全面的分析。王德华《骚体"兮"字表征作用及限度——兼论唐前骚体兼融多变的句式特征》[《浙江大学学报(人文社会科学版)》2008年第9期]一文则着重补充指出,"兮"字不是判断骚体文学的唯一标志,"'兮'字及其他语助词在先秦诗歌中的运用是一种较为普遍的现象,这与诗歌散体化的句式密切相关。屈原骚体'兮'字规整与突出的使用,是骚体突破四言句式、字数加长之后,使散体句式趋于诗化的一种表现。随着诗歌语言的骈偶化进程以及五言等诗体的不断实践,骚体句式本身具备了内在固定的节奏与规整的诗行,'兮'字因在句中作用的减弱而出现失落的现象,表现在唐前骚体句式上的变化就是无'兮'字句腰六言句式的大量使用以及骚体句式的驳杂。骚体'兮'字的表征作用及其限度,说明判断后世骚体不能唯'兮'是瞻,'兮'字固然是重要的表征,但不是唯一的标志。"[1] 正如作者所说,"在《诗经》与唐诗两个诗歌高峰之间,'辞赋'是先秦两汉魏晋南北朝(唐前)这一历史阶

---

[1] 王德华:《骚体"兮"字表征作用及限度——兼论唐前骚体兼融多变的句式特征》,《浙江大学学报(人文社会科学版)》2008年第9期。

段重要的文学文体。辞赋诗文两栖及赋兼众体的特点，使辞赋呈现出众多的面相"①。在鉴赏和探析这丰富的面相时，切不能用单一和静止不变的眼光。

熊良智先生《楚辞的叙述视角》（《社会科学战线》2015年第1期）一文详细探讨了楚辞的第一人称问题和拟楚辞作品的叙述身份的问题。文章指出，楚辞作品中的叙述方式虽然都采用了第一人称方式，但呈现出种种不同的叙述视角，传达出不同的叙述声音，这些"视点、视角的转换，也因了诗歌的跳跃，诗行的建构，缺少明显的转换信号"，所以表现出"你中有我""我中有你"的形态，错综交织。"如果说屈原的诗歌，因为第一人称'我'的叙述，叙述者和人物常常交织、转换，因而转换了现实与艺术的时空，而宋玉或汉人的楚辞作品叙述抒情主人公'屈原'的故事，实际上是共同的人生处境的关注，激发起作者与'屈原'的情感和心理共鸣，在历史与现实的交织中，在'屈原'与自身的交织中，二者不断换位，突破时空的界限和人物与叙述者的界限，去展示共同的遭遇和期待。"这一阐述很具说服力。

此外，还有文体比较研究，如吴昌林《汉大赋和骚体赋的比较探究》[《安徽文学（下半月）》2008年第12期]等；有思想艺术特色的专门研究，如王双的《汉代骚体赋的情感趋向及艺术表现》（《唐山师范学院学报》2009年第4期），张佩《汉代骚体赋创作模式初探》（《作家杂志》2011年4月）等。文体比较研究是很重要的一个大方面，而这方面的探讨相对还很欠缺。

3. 骚体赋文体的历时性研究

关于骚体赋文体演变历程的探讨，有孙晶《汉代骚体赋文体功能的发展演变》（《中国楚辞学》2007年第5期）、秦立《论〈楚辞章句〉中骚体赋抒情模式的衍变》[《时代文学（下半月）》，2011年第7期]等。蒋文燕认为，"在一般文学史或赋史研究著作中，对汉赋发展的描述常以骚体赋、大赋和抒情小赋为顺序展开，然而这并不符合汉赋发展的实际。因为东汉末年的抒情小赋与西汉初年的骚体赋可以说是汉代抒情言志赋在不同时期的不同形态。而与抒发'士不遇'情结的抒情言志赋一样，苑猎京都大赋和咏物赋在汉代也有一条贯穿始终的发展线索。而且赋家常选择不同的体式表达不同的情感需要。因此我们

---

① 王德华：《唐前辞赋类型化特征的文体思考》，《文艺理论研究》2008年第4期。

认为有必要对以上三种汉赋体式的类别流变过程逐一进行区分和细究，即以汉赋三种体式的类别流变来描述汉赋的发展"①。

王凤霞《汉代骚体赋运动的文化轨迹》认为，"汉代骚体赋运动的文化轨迹可以从两个方面加以描述：一是由边缘文化进入主流文化，不仅体制在文化中心得到普遍认可，而且实现了思想内容方面的转变，成为主流意识的载体。二是在其发展过程中，因袭与创新两种倾向交织、巨丽与精美两种风格并存，从汉初开始，骚体赋就由博返约，在继续推出长篇作品的同时，骚体抒情小赋应运而生"。《中国诗歌通史（汉代卷）》中说，"汉代骚体抒情诗从西汉到东汉的发展过程，是政治情怀的逐渐消解与世俗情怀的逐渐加强"②。

（三）骚体赋作者和文本个案研究

个案研究方面主要是针对贾谊、司马相如、东方朔和扬雄等重点赋家。有如：郭建勋《扬雄及其〈反离骚〉之再认识》（《求索》1989年第4期），许结《张衡〈思玄赋〉解读——兼论汉晋言志赋之承变》（《社会科学战线》1998年第6期），顾绍炯《托古喻今寄意深远——蔡邕〈述行赋〉初探》[《贵州大学学报（社会科学版）》1990年第7期]，陈碧仙《扬雄辞赋及其赋论之研究》（《福建师范大学2002年度硕士学位论文》，2002年4月），冯小禄《从模拟论扬雄〈反骚〉的范式意义》[《北京师范大学学报（社会科学版）》2003年第5期]，方铭《滑稽家及东方朔与屈原》[《湖南文理学院学报（社会科学版）》2005年第2期]，蒋文燕《张衡〈思玄赋〉对〈离骚〉的模拟及之二者精神主旨异同——兼谈汉代抒情言志赋的意义》[《宁夏大学学报（人文社会科学版）》2006年第4期]，陈恩维《论张衡拟赋与汉赋递变的路径》（《怀化学院学报》2006年第7期），郭建鹏《贾谊骚体赋对屈原"悲世之风"的解读》[《长春师范学院学报（人文社会科学版）》2009年第1期]，李霁《论贾谊在辞赋发展史上的地位》（《湖北社会科学》2009年第11期），王渭清《张衡诗赋对楚骚的承继与改造》（《咸阳师范学院学报》2010年第11期），王鹤鸣《贾谊骚体赋研究》（广州大学硕士学位论文，2012年5月），谭慧存《论东方朔的"朝隐"思想》

---

① 蒋文燕：《类别流变——汉赋研究的另一种思路》，《江西社会科学》2004年第7期。
② 赵敏俐：《中国诗歌通史（汉代卷）》，人民文学出版社2012年版，第377页。

(《史学月刊》2012年第6期)等等。对骚体赋家的研究,或以其文学创作观入手,或以其身世人格入手,重点论述其辞赋史上的影响和地位。

也有一部分论文采用以小见大的视角,由骚体赋来切入到社会文化的研究。如,潘超《汉初"士"精神世界的新变——再读〈吊屈原赋〉》[《牡丹江师范学院学报(哲学社会科学版)》2012年第2期],王学军《王褒〈洞箫赋〉与汉宣帝时期的礼乐建设》[《中南大学学报(社会科学版)》,2013年第2期]等。

(四) 骚体赋结合汉代文人心态研究

所有的文学都是人学,所以,研究一种文体和文学现象,必定离不开对创作者心态的认知和分析。"心态"大致包含人的情感状态,精神意识,思想理念,人生态度。一个时代的文人心态,取决于其内在的心理结构,而这心理结构是在社会体制和生存状态等等各种因素的共同作用下形成的。对骚体赋作者的心态研究,也可以说是对中国古代知识分子阶层在形成之初的群体心理特征的研究。此类研究,或是从汉代文人对于楚骚的文体认同的角度入手,或是直接窥探骚体抒情赋中的文人情志。

1. 文体认同的角度

徐复观在《两汉知识分子对专制政治的压力感》中说:"《离骚》在汉代文学中所以能发生巨大的影响,一方面固然是因为出身于丰沛的政治集团,特别喜欢'楚声',而不断加以提倡。另一方面的更大原因,乃是当时的知识分子,以屈原的'信而见疑,忠而被谤,能无怨乎'的'怨',象征着他们自身的'怨';以屈原的'怀石遂自投汨罗以死'的悲剧命运,象征着他们自身的命运。"① 屈原忠而被谤、贤而见疏的命运与汉代文人的现实处境有某种契合之处,这是形成文体认同的不可或缺的思想缘由。由是,汉代骚体赋,作为汉代一种不可取代的抒情言志文体,便也可以作为研究汉代文人心态的一个立脚点。

结合骚体赋来探析汉代文人心态的研究论文近年来已经有了不少,有如:刘毓庆《汉赋作家的心态研究》[《山西大学学报(哲学社会科

---

① 徐复观:《两汉知识分子对专制政治的压力感》,《两汉思想史》卷一,(台北)学生书局1989年版,第284页。

学版)》1988年第2期],马正学《宣寄情志 联类已身——两汉骚体赋与文人不遇心态》(《甘肃社会科学》1996年2月),李文洁《走向文章之士的心路历程——从汉代的三篇不遇赋谈起》(《求是学刊》2002年第3期),侯立兵《汉代文人屈原情结的心理结构》(《中国文学研究》2003年第3期),王洲明《汉代抒情赋的人性回归》[《山东大学学报(哲学社会科学版)》2003年第2期],刘向斌《从汉赋内容的变迁看西汉赋家的心态变化》(《渭南师范学院学报》2004年第3期),白崇《由失意赋看道家思想对汉代士人精神的补充》(《中国文学研究》2005年第1期),宁宇《骚体赋与汉代文人精神的流变》(《社科纵横》2008年第9期),刘向斌《西汉赋家的生命焦虑与西汉赋的生命主题》[《济南大学学报(社会科学版)》2008年第5期],赵敏俐《汉代骚体抒情诗主题与文人心态——兼论骚体赋的意义及其在文学史中的位置》(《中国文化研究》2010年第5期),李慧芳《汉代骚体赋创作动因管窥——以汉代文士政治思想压力为契机》[《浙江树人大学学报(人文社会科学版)》2010年第4期],黄金明《汉代屈原批评与文士的精神建构》[《漳州师范学院学报(哲学社会科学版)》2010年第3期],冯小禄《论拟骚体中汉人焦虑心态的表现及根由》[《重庆工商大学学报(社会科学版)》2012年第3期],李春青《汉代士人心态与身份的复杂性及其对文学观念之影响》(《玉林师范学院学报》2012年第8期),等等。

  这些成果中不乏鞭辟入里之论和提纲挈领之文。赵敏俐的《汉代骚体抒情诗主题与文人心态——兼论骚体赋的意义及其在文学史中的位置》一文,通过分析汉代骚体抒情诗的三大主题——"悲士不遇与生不逢时、全身远祸与超越世俗、行旅感怀与思念伤悼",解读出汉代文人对自身命运的强烈关怀和其心理结构中的个体自觉意识,简明而精辟地点明:"抒情传统的加强和个体人格的表现,正是这两点确立了汉代骚体抒情诗在中国文学史上的地位。"并针对近年来文学史编纂中存在的一些观念失误,强调道:"(骚体抒情诗)它不仅是汉代诗歌的重要组成部分,而且是中国古代文人诗歌发展史上的重要一环。近人治汉代诗歌,由于把它们排除在外,因而在研究中出现重大疏漏,由此也产生了重大的认识偏颇。"所以,"深刻认识骚体抒情诗在汉代的存在状况,骚体抒情诗的丰富内容与独特艺术成就,对于全面把握中国诗歌史,尤其是文人的心态史与文人诗歌史,具有特殊重要的意义"。这篇文章清理了不少学术遗留问题,在文学思想史的高度上予研究者以启发,在汉代诗歌研究界产生广泛的影响。

众研究者们对骚体赋(包括汉人拟楚辞)的承载汉代文人心态的独特作用,是持有共识的。早在1987年,曹明纲先生就说道:"在现存为数不多的西汉抒情赋中,文人学士抒写自己坎坷的经历和不平的感慨,是一个令人瞩目的重要内容。在这些作品中,作家们根据不同的遭遇,揭露并谴责了时政的昏暗、世风的败坏,同时抒写了仰慕前贤、持正不阿的情怀。它们在一定程度上展示了那个时代正直之士的苦闷心情和精神上的追求。""西汉抒情赋无论就其本身所取得的思想、艺术成就,还是它在当时和后代所产生的影响来看,其价值都是不容低估的。"①

2. 骚体抒情赋中的文人情志

近年来,骚体抒情赋中文人的思想情志,则得到更加全面和深层的挖掘和阐述。

研究者刘向斌以生命意识为视角,深层探析汉代文人的心理世界,并从个体和群体两个方面分别进行论述。"个体性生命焦虑是西汉赋作者生命追求的基点,群体性生命焦虑是他们生命理念的内核,而华章丽辞则是他们寄托生命理想的心灵宇宙。"他的论述紧贴文人的辞赋创作。"群体性生命焦虑体现了西汉赋家的政治伦理精神和舍我其谁的时代责任感。这是对儒家精神的理性接纳和追随,反映了他们超越自我的生命意识。因此,西汉赋辞的华章丽辞既是赋家自我设造的话语语境,也是他们寄托生命理念、延展理想人格的心灵空间。"②

刘向斌所探析的生命焦虑感,冯小禄将之具体表现总结为"现实倒置感、时间飘忽感、命运限定感和孤独感"等四个方面,并由此论证拟骚体在纪录汉人文学心灵的重要作用。③ 王德华则以自我价值与社会价值的两重追求之间的矛盾关系,来分析屈骚情结的根由。他在《屈骚精神及其文化背景研究》中说道:"人类更为内在的追求则是一种对自我与社会能够契合的精神渴望,因为只有在自我与社会的契合

---

① 曹明纲:《西汉抒情赋概论》,《文学遗产》1987年第1期。
② 刘向斌:《西汉赋家的群体性生命焦虑》,《延安大学学报(社会科学版)》,2003年第2期。
③ 冯小禄:《论拟骚体中汉人焦虑心态的表现及根由》,《重庆工商大学学报(社会科学版)》,2012年第3期。

中才能最终地使人的个体性与社会性得到双重实现，舍此任何一端都将是一种缺憾。"①

总之，骚体辞赋中所言说的个体生命价值追求，越来越被看重。骚体赋的独特价值及其在诗歌史上的地位，更加不容轻视了。

此外，还有研究者从汉代文人的个体精神的促因方面进行探索。例如，陈斯怀从道家思想对汉代抒情文学的影响出发，分析汉代士人心态，认为"与道家对汉代士人心态的影响密切相关，道家对士人文学的影响经历了由外在到内在、由浅入深的变化，逐渐促进了士人文学对私人空间的关切与个体精神的表达。这给汉代士人文学带来了异于儒家所重视的国事民生、政教伦理之类的内容，在儒家兴盛而群体意识强烈的汉代社会，推动着汉代士人文学个体意识的自觉，具体地激发了汉代抒情赋的兴起，并且强化了汉代文学的抒情性及中国古典文学的抒情传统"②。相类的论文还有佘正松的《道家思想与汉代抒情小赋》[《南充师院学报（哲学社会科学版）》1985 年第 6 期] 等。

（五） 其他研究角度

以上四个大方面，不足以概括所有的骚体赋研究成果。在此之外，还有一些值得关注的研究角度。

1. 汉代经学对文学的影响

汉代文学对汉代文学的影响是广泛的，不可忽视。这也是汉代辞赋研究的一个常见角度，相关的探讨有：李春英《从汉代经学的演进看汉代辞赋的创作特征——以司马相如、班固、张衡为例》[《辽宁师范大学学报（社会科学版）》2007 年第 3 期]，王洲明《汉代经学与汉代辞赋创作》[《烟台大学学报（哲学社会科学版）》2009 年第 4 期]，孙晶《阴阳五行学说与汉代骚体赋的空间建构》（《齐鲁学刊》2004 年第 3 期）等。

2. 文人文学史的角度

钱志熙先生的《文人文学的发生与早期文人群体的阶层特征》[《北京大学学报（哲学社会科学版）》2009 年第 5 期] 一文以文人文

---

① 王德华：《屈骚精神及其文化背景研究》，中华书局 2004 版，第 12 页。
② 陈斯怀：《道家与汉代士人心态及文学》，山东大学博士学位论文，2007 年 5 月。

学史的视角来看辞赋，内涵深厚且具有学术启发性。

钱先生认为，文人文学开始于辞赋。"中国古代形成的第一个文人群体，即是发源于战国、壮大于两汉的辞赋家群体。其阶层的基本属性，是依附于统治者的士阶层，其文学自觉的意识，一方面来自修辞行为上升书面创作之主流的文学自身发展的规律，另一方面则来自于士阶层的'失志'遭遇。因此可以说，中国古代第一个文人群体的整体阶层属性，是一个寒素的士人群体。这一历史事实的清晰化，对于理解中国文人文学发生及其文学传统的奠定，无疑是很重要的。"① 从文人的政治处境出发，又说道："汉代的文学家群体，正是由在政治上处于从属地位，即士人社会中相对的寒素阶层构成的。汉代文学发展的真相，正是汉代士阶层在向政治与官方儒学的发展途中，遭遇各种压抑而产生的一种力量的表达。"②

关于这种由压抑产生的"一种力量的表达"，刘向斌说，"西汉时代，赋家们一方面继承原始儒家的生命理念，将群体命运与个体命运困厄联系起来，另一方面也开始努力探索抒泻生命焦虑的合理途径。于是具有楚骚感伤情怀的抒情赋成为赋家们寄托情感意绪的主要载体"③。

在此之前，赵敏俐《"魏晋文学自觉说"反思》一文早有论述："在封建地主制社会基础上文人阶层的产生，这是中国中古文学发展的一个划时代标志。以《诗经》和楚辞为代表的中国先秦文学，从本质上讲是建立在血缘家族为纽带的世袭社会的文学，是以贵族文人为主体的文学；而中国的中古文学从本质上讲是封建地主制社会的文学，是以官僚文人为主体的文学。"并进一步说道："两汉时期，它标志着先秦贵族文学的衰落，是中国文人文学建立的开始，无论是从文体的形式探索还是文学内容的表现方面，都为魏晋六朝文学的发展奠定了坚实的基础。"④

以上文章都是结合社会历史结构的变迁，来考察汉代的文人群体

---

① 钱志熙：《文人文学的发生与早期文人群体的阶层特征》，《北京大学学报（哲学社会科学版）》2009年第9期。
② 钱志熙：《文人文学的发生与早期文人群体的阶层特征》，《北京大学学报（哲学社会科学版）》2009年第9期。
③ 刘向斌：《西汉赋家的个体性生命焦虑》，《延安大学学报》2002年第2期，第74页。
④ 赵敏俐：《"魏晋文学自觉说"反思》，《中国社会科学》2005年第2期。

的文学创作,具有重要学术价值。

3. 朝代贯通与古今结合的角度

这方面已有成果,如尚永亮《忠奸之争与感士不遇——论屈原贾谊的意识倾向及其在贬谪文化史上的模式意义》(《社会科学战线》1997年第4期)、《人生困境中的执著与超越——对屈、贾、陶的接受态度看中唐贬谪诗人心态》(《社会科学战线》2001年第4期),孙适民《从屈原、贾谊、柳宗元看中国古代的贬谪文化》(《邵阳师范高等专科学校学报》2001年第4期)和王德华《论屈骚精神对当代的启示》[《淮阴师范学院学报(哲学社会科学版)》2003年第1期]等。王德华认为,"当今的知识分子所应具备的素质与品性,正是屈骚精神基点所蕴含的。人们对当今知识分子人文精神的关注,无疑透露出了当代知识分子人文精神的失落,以及向这种人文精神传统回归的渴望。……屈子以他的诗歌和生命谱写了以维持社会自我为目的的真正抗争的人生,其维护社会自我的核心内涵,从我国'人的觉醒'的进程以及从屈骚精神在后代的接受上,都可见出屈骚精神在中国文化史、士人心理发展史上所具有的巨大的精神感召作用"。

笔者认为,这方面的思索和论述还太少。我们要更加重视汉代骚体赋作者群体的历史重要性,要从中看到汉代之于中国知识分子阶层心态之形成的源头意义,这将有益于思想史的探索。

(六) 问题与不足

由以上研究现状来看,学界近年来对于汉代骚体赋的研究成果颇丰,研究基本覆盖了汉代骚体辞赋相关的重要方面,随着时间的推移,汉代骚体辞赋的文学史价值和地位逐渐明晰,受到越来越多的关注。但是,研究成果存在重复现象,问题和不足也不少,主要有以下几点。

问题之一是,对骚体辞赋文本的细读不够。比如,汉人拟楚辞哪些篇章是代屈原立言,哪些篇章是自抒己志?对这一问题的判断大多是泛泛的,或简而言之为第一人称叙述,或笼统视为代屈原立言并暗含己志。但事实上,细读文本不难发现,汉人拟楚辞作品中的"我"的身份是变换不定的,很难一概而论,还需要将各篇区别对待。仅就东方朔《七谏》一篇而言,认真推敲可发现,其中的《初放》《沈江》《怨世》《自悲》《哀命》五节是代屈原而言,而《怨思》《谬谏》两节则是作者的自述自荐之辞。可见,对于拟楚辞文本的第一人称问题还需要更细致的辨别。

建立在文本细读基础上的楚辞与骚体赋之间的文本比较研究还不够。多数人是从总体上概而比之,而真正在各篇之间做出细致比较,并考察创作特征的历时性演变的并不多。此外,在骚体赋对楚辞的继承发展关系,以及西汉到东汉时期骚体赋发展演变方面,研究虽不断重复,深掘者却相对较少,应在文本细读的基础上做更深入的考察。

问题之二是,文体之间的对比做得不够。如《中国诗歌通史(汉代卷)》所说,"汉末以后,中国文人的抒情诗逐渐由骚体的长篇变而为五七言的短篇,其抒情写志逐渐从文人士子的政治关怀而转向世俗化的个体人情,所以在后代,我们很难再见到如汉代骚体抒情诗人这样长篇的议论,从某种意义上讲,正是这种如此深刻的关于人生和历史的议论,使这些骚体抒情诗在中国诗歌史上具有了独特的价值"①。作为一种在汉代不可取代、在后代仍发挥重要影响的抒情性文体,骚体赋的文体独特性和艺术韵致,需要得到更为深入的探索。而纵观已有的研究成果,大多是述其"是什么",而没有充分地究其"为什么"。比如,大多研究者详尽考察论述骚体赋的艺术创作规律和文学特质,而未深入探究这些规律和特质产生的原因。再比如,通过比较同一作家不同文体的创作情况,来分析骚体赋的特殊功能,为什么是骚体赋这一文体更多地显现了汉代文人的心理图像?在汉代各文体之中,为何骚体赋对诗人心理结构的表现力是最强的?是哪些文体特质决定了它的特殊功能?

通过对比汉代的各个文体,才能更客观清晰地突显骚体赋的文体特质和功能。而这方面的研究还不够。

问题之三是,结合汉代骚体赋来考察中国古代知识分子阶层最初形成之时的人性特点的研究还不够深入,没有充分地借用汉代骚体赋这一扇窗,来开拓汉代知识分子思想史的研究。尽管保留下来的汉代骚体赋文本并不多,但它们包藏着丰富的有效信息。骚体赋中反映出的一些汉代文士独有的情绪,其产生的社会政治背景是怎样的?这些情绪为什么会产生?笔者认为,应在已有的相关研究成果的基础上,继续通过骚体赋解读和作者考察,结合和补充相关社会政治背景,来

---

① 赵敏俐:《中国诗歌通史(汉代卷)》,人民文学出版社2012年版,第373页。

深入分析汉代文人的生存处境,及其思想特性,由此也才能探究骚体赋在汉代兴盛的深层原因。

这几点不足,有待研究者们更加充分地"探测"和进一步阐述。

(作者单位:首都师范大学)

(编辑:亓　晴)

试论谢灵运山水诗对赋体艺术的接受
◇袁 丁

谢灵运是南朝诗、赋兼擅的重要作家。他的山水诗创作受到赋的影响已经为学者所关注,钟嵘《诗品》就曾指出:"其源出于陈思,杂有景阳之体,故尚巧似,而逸荡过之。颇以繁芜为累。"① 这里虽然没有指出谢灵运山水诗艺术受到赋的影响,但"尚巧似""繁芜"的特点却与赋之间有内在相通之处。近人黄节称:"汉魏以前,叙事写景之诗甚少,以有赋故也。至六朝,则渐以赋体施之于诗,故言情而外,叙事写景兼备,此其风,实自康乐开之。"② 更明确提出了谢灵运山水诗受赋的影响的观点。周勋初先生也曾从散体大赋的结构、句式等角度,对大谢山水诗程式化的表现进行探源,并指出:"谢灵运融合赋体入诗,注意结构的严整,文辞的骈俪,应该说是诗歌创作上的一种发展。"③ 这些研究让我们对谢灵运山水诗的成因有了更深刻的认识。笔者以为谢灵运山水诗对赋体艺术接受这一问题还有继续开拓的空间,如谢灵运山水诗对赋体艺术的接受具体表现在哪些方面?其原因何在?从诗对赋的接受史来看,谢灵运与前代诗人有何不同?他的这种创作方法在诗学转关中的作用如何?这些问题都值得继续思考,也是笔者以下要解决的问题。

---

① 〔南朝·梁〕钟嵘著,曹旭集注:《诗品集注》,上海古籍出版社2011年版,第201页。
② 黄节:《读诗三札记》,萧涤非:《乐府诗词论薮·附录》,齐鲁书社1985年版,第368页。
③ 周勋初:《论谢灵运山水文学的创作经验》,《文学遗产》1989年第5期。

一、谢灵运山水诗对赋体艺术接受的表现

谢灵运是中古诗歌发生转变的重要人物。他的山水诗不仅拓宽了诗歌写作题材,而且取得了很高的艺术成就。通过对赋文体特征与谢灵运诗写作特点的分析,笔者以为谢灵运山水诗的艺术可能来自赋的启发。这主要表现在谢灵运山水诗写作视角选择、章法、练字以及词语的使用等方面。

首先,谢灵运山水讲究视角的变化与赋的表现十分相似。赋之所以能够表现得立体化,就在于赋的写作视角的多样化,会从不同角度展现事物的形态。从宋玉的赋作开始,到汉代散体大赋的兴盛,赋体已经形成了自己的写作模式。散体大赋的空间布局,往往以东西南北四个方向展开,然后再在每个方位分出上下、左右、远近,通过俯察、仰视等方式对景物进行细致描摹,从而形成了境界开阔而又细致入微的艺术感觉。

诗的体制较之赋明显偏小,所以很难像赋那样从各个方位进行铺写,但是通观谢灵运的山水诗,则会发现他将赋写作视角的变化融入诗的写作中,如通过俯视、仰视来观景的,《石门新营所住四面高山,回溪石濑,茂林修竹》:"俯濯石下潭,仰看条上猿。"通过举目远望方式观景的,如《七里濑》:"羁心积秋晨,晨积展游眺。"《晚出西射堂》:"步出西城门,遥望城西岑。连鄣叠巘崿,青翠杳深沉。"《登池上楼》:"衾枕昧节候,褰开暂窥临。倾耳聆波澜,举目眺岖嵚。"《游南亭》:"时竟夕澄霁,云归日西驰。密林含余清,远峰隐半规。久痗昏垫苦,旅馆眺郊歧。泽兰渐被径,芙蓉始发池。"通过四方、左右、远近变化写景的,如《登江中孤屿》:"江南倦历览,江北旷周旋。"《登临海峤初发强中作,与从弟惠连,见羊何共和之》:"秋泉鸣北涧,哀猿响南峦。"《登上戍石鼓山》:"极目睐左阔,回顾眺右狭。日末涧增波,云生岭逾叠。"《过白岸亭》:"近涧涓密石,远山映疏木。"有的作品也融合了多种视角,如《于南山往北经湖中瞻眺》:"朝旦发阳崖,景落憩阴峰。舍舟眺迥渚,停策倚茂松。侧径既窈窕,环洲亦玲珑。俯视乔木杪,仰聆大壑淙。""阳崖"即为山的南面,"阴"为山的北边,这两个方向,构成了诗人整天的活动的大范围。"眺迥渚"则是通过远望方式写湖中水路窈窕、洲渚玲珑的美妙。"俯""仰"则通过上

下展现了高处与低处的不同景致。

其次,大谢诗的写作有程式化的倾向,这已经被学界所注意。这种程式化倾向很容易与散体大赋"序以建言,首引情本;乱以理篇,迭致文契"①的写法联系在一起。但是从结构来看,大谢诗应该与行旅赋的模式更接近。行旅赋往往是从一地到另一地过程中写下的作品,这也决定了它主要通过空间转移来构思篇章。在行旅赋中,一般会交代出发地点与所去方向,然后每到一地即对当地的历史、民风、景色进行铺写,最后生发感慨。当行旅赋转变为以山水为主要背景的纪游赋时,原来行旅写作模式也会被继承下来。谢灵运的行旅山水赋如《归途赋》,现存整篇赋的一个片段,但在结构上比较完整。此段记述可以分为三个部分,第一部分为前四句,写出行的准备,船夫已经把船停在水边,正在观测风向,测量日影,做出行前的准备工作。第二部分为从"背海向溪"至"山侧背而易形",写船行于山水之间,诗人所见景象。这一段描写,生动地展现了江南秋日,万物飘零,山重水复的景象,意境清幽。最后一部分写诗人中途停舟,看到"缙云之遗迹",与千古不变的清潭与孤石时的感慨,自然物象永远如此,而人世已经经过多少变迁,含有对人类历史的悲剧感。这种写法与大谢诗三段式的写法十分相似。且举一例,如谢灵运的《发归濑三瀑布望两溪诗》:

> 我行乘日垂,放舟候月圆。
> 沫江免风涛,涉清弄漪涟。
> 积石竦两溪,飞泉倒三山。
> 亦既穷登陟,荒蔼横目前。
> 窥岩不睹景,披林岂见天。
> 阳鸟尚倾翰,幽篁未为邅。
> 退寻平常时,安知巢穴难。
> 风雨非攸怪,抱志谁与宣?
> 倘有同枝条,此日即千年。

---

① 〔南朝·梁〕刘勰著,范文澜注:《文心雕龙注》,人民文学出版社1958年版,第135页。

诗的前两句交代了时间与事件，在太阳西下、明月东升之时，诗人驾舟准备出行。然后写行舟途中所见山水美妙，清水泛着涟漪，岩石耸立两溪之间，泉水从三座山峰间倾泻而下。等到登到山顶之时，看到的是草木茂盛的景象，望不见天，只能看到夕阳的斜光。竹林幽深，但是尚可穿行。最后感叹：如果是在平时的栋宇里舒适地生活，哪能知道巢穴里的艰难。巢居穴处无法躲避风雨，内心的情志向谁诉说。如果有志同道合的，哪怕在一起一天也胜似千年。表达了诗人内心的孤独与希望得到知音的期待。从整首诗的结构来看，首先交代出行的时间，然后写途中所见，最后抒写个人情志。这与其前代的行旅赋与谢灵运《归途赋》结构特点很相似。

再次，谢灵运诗作的一大特点就是善于写景，而在写景中最擅长字词的锤炼，其中尤其是通过对动词、形容词等的精心挑选、运用，达到传神的艺术效果。如《过始宁墅诗》："白云抱幽石，绿筱媚清涟"中的"抱""媚"有拟人化的效果。《郡东山望溟海诗》："白花皜阳林，紫𧄍晔春流"中的"皜""晔"展现了白花在林中、紫𧄍对春流时色泽的鲜明，很有感染力。诗中动词的连续运用，还能增强叙述的连贯性与动感，如《从斤竹涧越岭溪行诗》："逶迤傍隈隩，苕递陟陉岘。过涧既厉急，登栈亦陵缅。川渚屡径复，乘流玩回转。蘋萍泛沉深，菰蒲冒清浅。企石挹飞泉，攀林摘叶卷。"其中的"傍""陟""过""登""乘""企""攀"等动词，每个动词都用在句子中间或开头（动词用在句子开头在赋中较为常见），十分连贯地叙写了诗人的行为过程，让整首诗呈现出动态美。又如《登永嘉绿嶂山》："眷西谓初月，顾东疑落日，践夕奄昏曙，蔽翳皆周悉。"也采用了同样的结构。

如果对谢灵运这种练字艺术进行溯源的，我们会发现，谢灵运山水诗在练字方面应是受到赋的影响。赋是善于铺陈物象的文体，但是在优秀的赋家中，我们往往不会因为物象繁多而厌倦，这主要是因为大赋自身有着很强的调节功能。除了通过不断地换韵，让赋篇富有节奏美感，还有就是善于运用动词，使得赋作富有动感与活力，同时又增强里赋篇的感染力。这种表现形式在汉代大赋作家中比较普遍，这些动词将物象的表现更加活灵活现，静态中蕴含动态，让描写更加富于表现力。谢灵运对赋善于练字的艺术，也有很好的继承，如《山居赋》中就运用了大量动词，如"抱含吸吐，款跨纡萦"连续用了八个动词。又如"岂伊临溪而滂沼，乃抱阜而带山"中"抱""带"运用得很形象。写北山景色时，动词运用十分丰富，如"抱""排""竦""倾""攒""插"等，几乎每一小句中都有一个或两个核心动词，这些动词一方面增强了物象描写的表现力，另一方面多个动词连续使用，也让整个描写场景富于动态美。其中谢诗中用到的"澄""抱""媚""触""趋""临""抗""企""映""罗""竦"等字在前人赋中经常出现。有些诗句如"林壑敛暝色，云霞收夕霏"与谢灵运《江妃赋》"收霞敛色"，"疏峰抗高馆"与《山居赋》"抗北岭以葺馆"动词使用相同，描写对象也相似。"紫蘦晔春流"与朱穆《郁金香赋》"晔若丹桂曜湘涯"也神似。虽然很难说，谢灵运山水诗中的每个动词都是从赋中，但是谢灵运这种对动词的精准而传神的运用，可能与其对赋精心研究与创作分不开的。

最后，赋中喜用同偏旁的词，谢灵运诗中也存在相似的现象。如谢灵运诗《游岭门山诗》"瀄汨两江驶"句中的"瀄汨"，枚乘《七发》中有"瀄汨潺湲"。在诗中，从逯钦立先生《先秦汉魏晋南北朝诗》中收录诗的情况来看，到了谢灵运才在诗中用这个词。后代的山水诗中此词应用较多，如沈约《饯谢文学离夜诗》："瀄汨背吴潮，潺湲横楚濑。"更是对枚乘"瀄汨潺湲"的灵活运用。又《晚出西谢堂诗》"遥望城西岑，连鄣叠巘崿"中的"巘崿"，《登池上楼》"倾耳聆波澜，举目眺岖嵚"中的"岖嵚"，《从斤竹涧越岭溪行诗》"逶迤傍隈隩，迢递陟陉岘"中的"隈隩"，这些相同偏旁的词在赋的创作中就比较常见，而用在诗中就有生僻的感觉。这一点也可以看出谢灵运诗受赋的影响。

从以上四点我们可以看出，谢灵运之所以能够创造出很多山水诗精品，可能与其深厚的赋学修养，以及对赋之艺术在诗中灵活运用有着密切的关系。

二、谢灵运山水诗对赋体艺术接受的原因

谢灵运山水诗之所以会借鉴赋的艺术，与其个人文学素养、赋体的特点与诗体功能转变密切相关。

首先，谢灵运是兼擅多种文体的大家，在赋方面的造诣也十分深厚。这可以从两个方面得到印证：其一为其赋集编纂，《隋书·经籍

志》记载谢灵运曾编纂《赋集》九十二卷①。在谢灵运之前，为赋编集的当很多，但主要是就某一题材或著名赋篇记录或注解，《隋书·经籍志》："《相风赋》七卷，傅玄等撰；《迦维国赋》二卷，晋右军行参军虞干纪撰；《遂志赋》十卷，《乘舆赭白马》二卷。"②"梁有郭璞注《子虚上林赋》一卷，薛综注张衡《二京赋》二卷，晁矫注《二京赋》一卷，傅巽注《二京赋》二卷，张载及晋侍中刘逵、晋怀令卫权注左思《三都赋》三卷，綦毋邃注《三都赋》三卷，项氏注《幽通赋》，萧广济注木玄虚《海赋》一卷，徐爰注《射雉赋》一卷，亡。"③从史书记载来看，谢灵运之前的赋集往往卷数不多，与谢灵运的九十二卷《赋集》相比悬殊，所以可以推测谢灵运的《赋集》可能是前代赋作的总集。其二为其对前人创作经验的总结与创作实践。谢灵运在《初去郡诗》云："无庸方周任，有疾似长卿。"《北亭与吏民别诗》云："贵史寄子长，爱赋托子云。"这里把自己与汉代司马相如与扬雄对比，说明他对司马相如、扬雄这样的赋家是十分喜爱的。谢灵运在写作时对前人的赋作也有较细致的研究，其《山居赋》采用自注的形式，其中就引用到贾谊、枚乘、司马相如、扬雄、班固、张衡、左思等著名赋家的典故，如写到"左湖右江"时，自注云："枚乘曰：'左江右湖，其乐无有。'此吴客楚公子之词。"注"此楚贰心醉于楚客"云："故枚乘云，楚太子有疾，吴客问之，举秋涛之美，得以瘳病。太子，国之储贰，故曰楚贰。"注"橘林、长洲"云："司马相如云："秋田乎青丘，彷徨乎海外。'……橘林，蜀之园林，杨子云《蜀都赋》亦云橘林。左太冲谓户有橘柚之园。长洲，吴之苑囿，左亦谓长洲之茂苑，因江海洲渚以为苑囿……"。从他的赋序中，我们也可以看到谢灵运对赋创作历史十分清楚，如《归途赋序》："昔文章之士，多作行旅赋，或欣在观国，或怵在斥徙，或述职邦邑，或羁役戎阵。事由于外，兴不自已，虽高才可推，求怀未惬。今量分告退，反身草泽，经途履运，用感其心。"④谢灵运把行旅赋常写的主题归纳为"欣在观国""怵在斥徙""述职邦邑""羁役戎阵"⑤四个方面，前人似乎很少这么细致

---

① 〔唐〕魏征：《隋书》，中华书局1973年版，第1082页。
② 〔唐〕魏征：《隋书》，中华书局1973年版，第1083页。
③ 〔唐〕魏征：《隋书》，中华书局1973年版，第1083页。
④ 顾绍柏：《谢灵运集校注》，中州古籍出版社1987年版，第304页。
⑤ 顾绍柏：《谢灵运集校注》，中州古籍出版社1987年版，第304页。

的题材划分。《山居赋》序："览者废张、左之艳辞，寻台、皓之深意，去饰取素，傥值其心耳。意实言表，而书不尽，遗迹索意，托之有赏。"① 这里所说的"宫观游猎声色"之类，即指赋中写皇家园林、都城、游猎等的散体大赋，这些赋是汉赋中的主流，在后代也有不少作家摹写。从谢灵运对前人赋创作的归纳来看，他对前人创作的主要题材以及缺点有着深刻体察，并能够在此基础上进行新题材的开拓与艺术提升。

其次，从艺术特质来看，赋十分擅长描写，如有学者曾指出："赋在文学史上的地位决定于它的描绘性与形似美。"② 而且赋作为最早文人文体系统③，在历代都受到文人的重视，并积累了丰富的经验。我们仅从相同题材的山水诗、赋的发展情况，也可以看出赋在山水题材表现中具有一定优势。汉代的散体大赋主要是以校猎、京都、苑囿为主要题材，所涉及内容十分丰富。这种传统在魏晋时期还有余绪，但代之而起的专题赋更加兴盛，其中山水赋创作尤为繁盛一时。如建安时期王粲《游海赋》，三国吴地杨泉《五湖赋》，晋代潘岳《沧海赋》，庾阐《海赋》《涉江赋》，孙绰《望海赋》《游天台山赋》，张载《濛汜池赋》，张协《登北邙山赋》，木华《海赋》，曹毗《观涛赋》，郭璞《江赋》，顾恺之《观涛赋》《湘中赋》《湘川赋》等，整篇赋都是写山或水，或者二者兼有的。这些以山水为主要描写对象，可以说开谢灵运山水赋之先河。如果考虑到谢灵运曾对前代赋作的编辑整理，我们可以猜测这些赋对山水的描写艺术也可能受到前人赋的创作的影响，进而影响到其诗歌创作。

与创作繁荣的山水赋相比，山水诗的创作较少，而且艺术性并不高。但其中的一些山水已经表现出了一定的赋化倾向，可以看作谢灵运山水诗对赋的艺术借鉴的前奏。如曹丕《芙蓉池诗》通过铺写沟渠、枝叶、惊风、飞鸟、丹霞、华星等展现芙蓉池的美丽。又潘尼《三月三日洛水作诗》写上巳日洛水边春景与贵族出游、娱乐的场景。这些描写，多是静态化，而且缺乏艺术感染力。也有一些行旅山水诗写得较好，如李颙《涉湖诗》，写诗人经过义兴时看到太湖广阔与浩大的气势，各种飞禽、游鱼的动态，颇具赋之铺陈特点。这些诗歌还没有达

---

① 顾绍柏：《谢灵运集校注》，中州古籍出版社1987年版，第319页。
② 许结：《中国赋学历史与批评》，江苏教育出版社2001年版，第12页。
③ 钱志熙：《文人文学的发生与早期文人群体的阶层特征》，《北京大学学报（哲学社会科学）》2009年第5期。

到谢灵运那样的艺术高度，但是可以看出山水诗对赋艺术接受是具有可能性的。

最后，诗歌表现功能的变化，在艺术上需要对赋体艺术的吸收。汉末文人五言诗主要抒写男女相思、个人内心的悲苦之情，具有浓厚的抒情性。这种表现功能是后来文人五言诗的主要功能。但是随着时代的变化，生活的内容不断拓展，这就要求诗歌所具有的功能更加多元化。于是五言诗在承担抒情功能的同时，还担当起描写功能，这在魏晋时期的宫廷诗中已经有所体现。随着诗人开始将目光转向丰富多彩的自然界，诗歌的描写功能也就更加凸显出来。而促成这种转变的，最主要的因素应该是魏晋玄学。当玄学由纯粹思辨的哲学，变为引导人们到大自然中体道时，其中已经孕育了山水诗的萌芽，只不过这些山水诗还笼罩玄言的外衣，所以刘勰称：＂庄老告退，而山水方滋。＂①玄学对中古诗歌的影响，不只是现在留存下来的一些玄言诗，它更主要的是让文人的视野发生了变化，从而也让诗歌的表现功能由传统的抒情走向描摹自然。玄学重体道，体道首先要体物，如果不对自然事物有细致的观察，就难以与自然进行微妙的对话。自然中事物的动静、生息，物象的性态，都在传达道的意蕴。山水诗作为玄言诗蜕变的产物，它开始担当起了描写自然物象的功能。这样，赋所具有"体物而浏亮"的艺术特点就可以为诗提供新的表现方式，完成其新的历史时段的新功能。

由以上分析我们可以看出，谢灵运之所以会将赋之艺术手法融入诗中，是作家的素养、文体的特性，以及文体功能转变的需要共同促成的。具体来说，谢灵运在诗、赋方面的精湛造诣，赋在长期发展过程中积累的丰富的描写物象的经验，玄学所促成的文人观察生活视角的变化与诗歌功能转变，为诗对赋体因素的借鉴提供可能。

三、谢灵运山水诗对赋艺术接受的诗史意义

文体的相互影响并促进自身艺术的变革，是中国古代文学发展的一个特点，"各种文学体裁之间相互渗透，吸收其他题材的艺术特点，

---

① 〔南朝·梁〕刘勰著，范文澜注：《文心雕龙注》，人民文学出版社1958年版，第67页。

变化出带有新的气质的作品"①。自汉末以来，很多作家的文体素养发生了变化，其中诗、赋兼擅的作家也逐渐多了起来。这在客观上有利于诗、赋两种文体间的艺术交流。不过在齐梁以前，赋对诗的影响要强于诗对赋的影响。在谢灵运之前，一些优秀作家如魏代曹丕、曹植，晋代的张华、陆机、左思等，已经在他们诗歌中表现出对赋体因素的接受。但是从作家创作中诗对赋的接受史来看，谢灵运与前代诗人有同有异，其中相异一面更能让我们看到谢灵运在诗史发展中的意义。

就相似的一面来看，文辞华丽、对偶与物象铺陈是他们的共同追求。在文辞方面，自魏代以来就出现了追求语词华丽与对偶的倾向，朱光潜先生曾对此归纳称："如果我们顺时代次第，拿赋和诗比较，就可以见出赋有意地求俳偶，比诗较早。……从谢灵运和鲍照起，诗用赋的写法日渐其盛。"② 这里朱先生强调了谢灵运与鲍照受到赋追求俳偶的影响。不过，在曹植、陆机等作家中也已经逐渐重视偶句的运用，这也早为学者所注意，如明代许学夷称："建安体虽渐入敷叙，语虽渐入构结，犹有浑成之气。至陆士衡诸公，则风气始漓，其习渐移，故其体俳偶，语渐雕刻，而古体遂漓矣。"③ 又云："至如《从军行》、《饮马长城窟》、《门有车马客》、《苦寒行》、《前缓声歌》、《齐讴行》等，语皆构结，而更如俳偶雕刻矣。"④ 在铺陈手法的运用方面，作家表现得也比较明显，如曹植《鼙舞歌》其一《圣皇篇》写兄弟归藩，朝廷赏赐丰厚："文钱百亿万，采帛若烟云。乘舆服御物，锦罗与金银。龙旂垂九旒，羽盖参班输……"各种赏赐物品的罗列、夸饰，十分繁复。又如张华的《游猎篇》，铺写游猎的过程，从狩猎前的仪仗，到狩猎场景的铺排，再到狩猎后的赏赐与君臣宴饮，结构与汉代《狩猎赋》十分相似。其中对于狩猎场面的描写，其细致程度与气势也丝毫不减汉代《狩猎赋》："由基控繁弱，公差操黄间。机发应弦倒，一纵连双肩。僵禽正狼藉，落羽何翩翩。积获被山阜，流血丹中原。驰骋未及倦，曜灵俄移晷。结罝弥薮泽，嚣声振四鄙。鸟惊触白刃，兽骇挂流矢。仰手接游鸿，举足蹴犀兕。如黄批狡兔，青骹撮飞雉。鹄鹭不尽收，凫鹥安足视。"展现了狩猎者的勇猛和狩猎场面的壮观与盛

---

① 袁行霈：《中国文学概论·余论》，高等教育出版社 1990 年版，第 229 页。
② 朱光潜：《诗论》，上海古籍出版社 2001 年版，第 169—186 页。
③ 〔明〕许学夷：《诗源辨体》，人民文学出版社 1987 年版，第 87 页。
④ 〔明〕许学夷：《诗源辨体》，人民文学出版社 1987 年版，第 89 页。

大。陆机的《齐讴行》与《吴趋行》也同样具有铺陈的品格,《齐讴行》前一部分:"营丘负海曲,沃野爽且平。洪川控河济,崇山入高冥。东被姑尤侧,南界聊摄城。海物错万类,陆产尚千名。梦诸吞楚梦,百二俟秦京。惟师恢东表,桓后定周倾。"这里首先通过空间的转换,展现了齐国地域的广阔与物产的丰富,营丘东临大海,沃野平阔,黄河、济水横贯其中,泰山高耸入云,东有姑尤山,南面有聊摄城。海里、陆地上物产种类万千,极为丰富。还有齐国在历史上曾经击败楚国、秦国的辉煌战绩,齐桓公的丰功伟绩。《吴趋行》无论从叙述模式还是赋写物象的特点上与汉赋都有相似的地方。此诗采用说唱文学的形式开头,先作一开场白。不过他针对的对象有特点,开头云:"楚妃且莫叹,齐娥且莫讴。四座并清听,听我歌吴趋。"这里明显将齐地、楚地作为对比的对象,这与汉代司马相如《子虚》《上林》二赋人物设置相似,通过突出一方而压倒另外两方的意图也一致。此诗还以夸饰的笔墨渲染吴地的盛况,与《齐讴行》相比,此诗不仅对吴地以阊门为标志的建筑予以夸饰:"请从阊门起,阊门何峨峨,飞阁跨通波。重栾承游极,回轩启曲阿。"对山泽物产丰富的交代:"蔼蔼庆云被,泠泠鲜风过。山泽多藏育,土风清且嘉。"更多的是重在对吴国历史上君主德被四海功绩的宣扬,对吴地士人盛况的赞美:"泰伯导仁风,仲雍扬其波。穆穆延陵子,灼灼光诸华。王迹隤阳九,帝功兴四遐。大皇自富春,矫手顿世罗。邦彦应运兴,灿若春林葩。属城咸有士,吴邑最为多。八族未足侈,四姓实名家。文德熙淳懿,武功侔山河。礼让何济济,流化自滂沱。淑美难穷纪,商榷为此歌。"铺列历代贤王的事迹、吴国的贤才之多以及礼让之风的盛行,与汉赋一样以铺陈、夸饰的笔法来达到颂美的目的。

但是谢灵运山水诗对赋的接受方式与前人也有不同,这主要表现在:其一,前人对赋的手法的接受多表现为汉魏古诗艺术内部融入赋法,铺陈的成分增多,但依然多为抒情服务。而谢灵运则在一定程度上突破了汉魏古诗的写作模式,赋法的融入多为自然景物描写服务。如曹丕的《大墙上蒿行》开头与结尾都是比较传统古诗笔法,而中间描写帝王佩剑之锋利,十分铺陈,但这并未改变诗歌整体的抒情品质,而只是更加突出了人生苦短、应该及时行乐的情感。又如左思《咏史诗》也往往喜欢用铺排的手法,但是铺写的内容多与个人的不平的情感形成反差,以增强个人情感的表达,如《咏史诗》其四一开头就铺写京城的状貌与贵族的生活:"济济京城内,赫赫王侯居。冠盖荫四术,朱轮竞长衢。朝集金张馆,暮宿许史庐。南邻击钟磬,北里吹笙声。"京城的繁华,贵族生活的奢靡,这样繁复的描写,最终主要是为了与扬雄故宅寂寥的对比,从而表现出诗人才华满腹却不被世重的悲苦。而谢灵运以赋法入诗,更多得表现对自然界欣赏,重视物象自身的刻画,所以王瑶先生曾指出:"词句繁芜和结构疏慢,是谢诗的通病……因为(当时)一般的作风既注重到刻画形似,于是赋的写法便影响到诗;体物浏亮的铺陈写法被一般采用了,便自然难免失繁冗。"①因为汉魏晋往往是在汉末文人古诗基础上借用赋法,形成铺陈与抒情较好的融合。谢灵运以赋法写物,抒情相对弱化,所以不禁有"繁冗"之感。其二,谢灵运不仅借鉴赋文辞华丽、俳偶与喜用铺陈手法,还借鉴赋用字手法。前人也出现了讲究用字的诗歌,如曹植《公䜩诗》"秋兰被长坂,朱华冒绿池"中的"被""冒"用得十分生动,形象地展现了物象的状态。但是总体来说汉魏古诗主要以抒情为主,在用字方面并不太重视。而谢灵运山水诗需要对物象的特点进行传神的刻画,在用字方面的要求就更强于汉魏古诗了。其三,赋的写作模式成为山水诗结构篇章的重要模式,并形成模式化的特点。这在前人诗中是较少见到的。在谢灵运之前,诗的写作模式化特点并不明显,虽然像拟古诗、乐府诗中前后继承的特点有迹可寻,但是在章法上往往追求变化。到谢灵运山水诗中,则在借鉴赋尤其是述行赋章法的基础上,形成了三段式写法,并成为大谢体的基本形式。

通过赋对诗写作方法影响的过程,以及谢灵运与前人的异同分析,我们可以看出,魏晋宋文人创作中诗对赋艺术的吸收是一个持续的过程,但在不同时期不同作家中表现有所不同。总体来看,在赋的影响下,魏晋宋文人逐渐突破了汉末文人古诗的写作特点,由借鉴赋的文辞、铺陈方面的特点,到谢灵运从章法到用字对赋艺术的吸收,古诗内部发生了深刻的变化。而在这个过程中,谢灵运山水诗对诗歌转型是有独特价值的。谢灵运诗歌创作是中古诗歌史之一大转关。在看待这个问题时,人们习惯将谢灵运诗与陶渊明的诗放在一起比较,以看出诗歌的发展与变迁,如有研究者指出从陶渊明到谢灵运,诗歌的艺

---

① 王瑶:《中古文学史论集》,上海古籍出版社1982年版,第111—128页。

术表现出了"从写意到摹象""从启示性到写实性"①的变化。这种变化，我们通过以上赋对诗歌的影响过程分析，能够得到更深刻的体会，"摹象"与"写实性"与赋的特点是有内在相通性的。

文体的发展演变，总是在多种因素的共同作用下进行的，这里有社会文化、文人群体、其他艺术等的影响与渗透，同时我们也应该注意文体间的相互影响，这也构成了文学发展的一条规律，正如有学者指出的那样："一种文体的发展，既靠自身的革新变异，又需要从其他文体接受借鉴，吸取营养，以完善丰富壮大自我，推动自身的新变。各种文体之间互相渗透、互相吸收融合，同时也互相竞争，使其在演进中不断有来自各方面的源头活水乃至挑战，从而推动一代文学整体上的发展。"②谢灵运在诗歌艺术史上的突破，可能正是得益于赋的启发，这也奠定了其在中国诗歌发展中的地位。

（作者单位：北京大学中文系 博士）
（编辑：秦帮兴）

---

① 袁行霈：《中国文学史》（2），高等教育出版社1999年版，第88—90页。
② 余恕诚、吴怀东：《唐诗与其他文体之关系》，中华书局2012年版，第6页。

别真伪　辨疑惑　正传误
——评陈尚君先生《唐女诗人甄辨》[①]

海　滨

陈尚君先生《唐女诗人甄辨》是其"以个人之力完成全部唐诗的校订"[②]之宏愿的一项成功个案，也是其整理唐诗文献之学术思想变化调整的一次具体呈现。

陈尚君先生在20世纪90年代初，曾强调整理全部唐诗应追求达到六个标准：备征善本精心校勘、备注出处以求征信、全面普查广辑遗佚、删刈伪讹甄辨重出、重写小传务求翔实、合理编次以便检用。20年后，陈先生的看法有微调，他认为，唐诗的文本多歧是由历史原因造成的，新编总集有必要将这些多歧的面貌反映出来，没有必要一定说某本某字为是而他本为误；唐诗文本写定的目标，应该努力接近或恢复唐人创作的原貌，纠订后人的改动，包括题目、本事、诗句和编次等；对互见传误诗应该有所考辨，但毕竟还有很多似是而非的作品难以确断，不妨做附存备参，毕竟被依附托伪也是一种文化现象，不必轻易忽省。[③]

正是本着这样一种整理唐诗文献的思想原则，《唐女诗人甄辨》以存真编、存疑编和祛伪编的架构，为我们还原了"不平凡时代各种具有独特个性的才女奇媛的人生与文学"[④]。

厘清传播收录历史

为什么要甄辨，因为尚君先生"近年通盘斟酌文献，逐渐发现唐代女诗人作品的传误情况非常严重"[⑤]。传误非常严重的状态何以形成，

[①] 陈尚君：《唐女诗人甄辨》，海豚出版社2014年版。
[②] 陈尚君：《e时代考证的惊喜与无奈》，《文汇报》2014年10月17日第T09版。
[③] 陈尚君：《全唐诗文整理与古籍人才培养》，《文汇报》2013年11月11日第11版。
[④] 《唐女诗人甄辨》《引言》，第7—8页。
[⑤] 《唐女诗人甄辨》《引言》，第6页。

原书的《引言》和《余论》系统地厘清现存唐代女诗人诗歌传播收录的来龙去脉。

连缀原书《引言》《余论》文字，我们发现，现存女诗人诗歌的误收讹传过程差不多是《全唐诗》同类情况的缩影。

女性唐人别集，《新唐书·艺文志》著录的，仅有武后和上官昭容的三种；宋以后有别集留存的，也大约只有薛涛、李冶、鱼玄机和花蕊夫人四家。

别集之外，唐宋之间，尚有唐代蔡省风编《瑶池新咏》，后蜀韦縠编《才调集》、南宋计有功《唐诗纪事》、宋人编《吟窗杂录》等四书，编辑时代较早，集中收录女性诗歌，所录多数可靠，堪为鉴别女诗人的重要佐证。

与此同时，唐宋的笔记和小说中也往往出现女性创作诗歌的情节，"唐人的虚构小说多有写实成分，征实笔记中又颇有离奇情节，真伪常很难区分"①，而宋人"在唐代传奇故事上颇有再创作的热情，他们的作品为后人提供了许多新的话题。但就女性作者来说，宋人还不是有意作假"②。无论作者初衷如何，这些文献所载的唐代女性诗人与诗歌已经出现真假莫辨的现象。

明代中后期，受时代风气影响，出现大量编录历代风情故事的小说丛抄类著作如冯梦龙《情史类略》，和历代女性诗歌总集如钟惺《名媛诗归》，其中互相因袭和故意作伪的现象非常严重。明末胡震亨编《唐音统签》时，本着凡唐人有残篇一句以上存世者皆予登录的原则，参据文献600种以上，当然也包括了这些著作，他以自己的判断删除了一些显然的伪作，但基本结构不变，依样存留的也不少。

《全唐诗》依据胡震亨《唐音统签》和季振宜《唐诗》草草编就，有关女性作品基本沿袭胡书，其讹误自然也相沿至今。经过这样的时代层递与累积，《全唐诗》收录名媛诗八卷，涉及117人；收录后妃、女仙等作品，涉及20余人。

与《全唐诗》的补编拾遗和考辨误收相伴随，学者陆续从古籍、碑刻中辑录出若干唐代女诗人诗作，与前合计140余人。

这些真伪混杂的唐女诗人诗歌，正是此书所要甄辨的对象。

---

① 原书《余论》，第136页。
② 原书《余论》，第137页。

甄辨真伪错讹状况

　　陈尚君先生按照其整理唐诗文献的原则，从两方面入手甄辨唐女诗人及创作。一是对传统的传世文献进行比勘、检索与细读，发现新材料、新线索、新问题，举凡各类总集、别集、类书、史乘、笔记、地志等，尽括囊中，为我所用；二是重视因公私图书散出、海外汉籍舶归、敦煌遗书发现与公布、地下文献面世而带来新材料、新线索、新问题；在普查广辑上述两类文献的基础上，追本溯源，考镜始末，结合自己对全部存世唐诗的深入体会和对所有唐诗保存文献的深切认识，穷尽式地进行甄辨。

　　现举其尤彰者例说。

　　一是有效利用敦煌文献及研究成果。目前，敦煌的绝大部分文献已经有高清影印本的刊布，这为甄辨工作提供了很好的补充和参证。唐代蔡省风编《瑶池新咏》是一本女诗人诗集，南宋后，似乎已佚，成为遗落在历史烟尘中的遗憾。幸而，近年来俄藏敦煌文献中发现此集文献的碎片，荣新江、徐俊先后发表《新见俄藏敦煌唐诗写本三种考证及校录》《唐蔡省风〈瑶池新咏〉重研》，录出李季兰等四人诗23首，其中颇多佚诗；更有意味的是，敦煌残卷所存四人诗歌收录顺序，与韦庄《又玄集》及宋人《吟窗杂录》顺序相同，尚君先生参照晁公武《郡斋读书志》的记载，并与上述两种文献比勘，理顺并补齐了23位女诗人的名单，推定编集应该在宣宗之前。正是与此相关，在唐代三大女诗人中，尚君先生对薛涛、鱼玄机等众所周知且学界认识比较一致的诗人，介绍时点到为止；而对于李季兰（李冶），则恰恰因为俄藏敦煌文献发现了多首李季兰佚诗，故而对其人其诗进行了有所侧重的考辨，反映了学界对于李季兰的新认识。至于敦煌遗书伯3812存宋家娘子《春寻花柳得情》的甄辨等则是《全唐诗补编》的成熟旧例了，不赘言。

　　二是充分利用石刻文献及研究成果。新旧石刻文献的发现、整理与刊布，不断为学界带来冲击，也充满了无穷的学术吸引力。在考辨上官昭容时，尚君先生介绍了婉儿墓志出土的信息并引导读者参看仇鹿鸣先生文章："上官昭容，即上官婉儿，近期因为陕西发现其墓及墓志，引起新闻界和学术界的广泛关注，讨论极多，基本事实都弄清楚了,详情可参看仇鹿鸣《上官婉儿之死及平反》(《东方早报》2013年9月23日)、《上官婉儿墓志透露的史实》(同上,2014年1月20日),此不赘。"① 尚君先生并未止步于此,而是在此基础上,补入了两则有关记载,并详细考述上官婉儿文集之流传和诗歌之真伪。

利用石刻文献与传世文献完美印证的另一个典型案例是考辨宋若昭,除了依据《又玄集》《唐诗纪事》、两《唐书》及《全唐诗》等文献和王建、窦常等诗歌印证之外,补充了更为有力的证据——近年在陕西出土的翰林学士宋申锡撰《大唐内学士广平宋氏墓志铭》,铭文明确记载宋若昭姊妹五人"咸酷嗜文学,贯穿坟史",得赐"女学士"之号的事实,使得作为女诗人的宋若昭史实昭然。另外,由《西安碑林全集》一九六册收驸马都尉封言道撰《大唐故淮南大长公主墓志铭》,考辨收录淮南公主李澄霞(高祖李渊第十二女,太宗之妹)并介绍其丰富的人生记录和诗歌记载;由《千唐志斋藏志》存谢承昭撰《唐秘书省欧阳正字故夫人陈郡谢氏墓志铭》,考辨收录谢迢并介绍其才思清巧,多有祖姑谢道韫之风,等等,也都是这方面很好的示范。

三是积极回应学界热点。除了关注《瑶池新咏》、上官婉儿等学界热点之外,尚君先生此著中也积极回应并深入探讨了持续时间较长的热点话题,如"花蕊夫人"的身份与"更无一个是男儿"诗的考辨讨论。尚君先生充分肯定了浦江清先生《花蕊夫人宫词考证》中的主要观点——《全唐诗》不同卷次所收之花蕊夫人与蜀太后徐氏,实为同一人,即前蜀太祖王建之妃,后主王衍之母;与其有关的《宫词》系宋崇文院传出等。并跟进一步,补充梳理了《宫词》之不同作者及真伪,再择要介绍了尚君先生发表于2013年8月25日《东方早报》的文章《"更无一个是男儿"考辨》的主要观点。这些认识,恐怕不仅仅是依靠某几种文献说话,更重要的是基于对整个唐诗文献的通观与澈察。

四是审慎对待历史遗案。因为本书旨在清理所有唐女诗人事迹,所以必然涉及唐诗史和唐诗传播史上一些聚讼纷纭、认识多歧的历史遗案,对此,尚君先生采取了审慎的态度。如对于长期以来传为佳话的"红叶诗",尚君先生逐一甄辨天宝宫人、德宗宫人、宣宗宫人红叶题诗故事,指出其虚妄附会的性质;但同时,尚君先生又谨慎地列举了近代出土张令晖《室人太原王氏墓志铭》所载"年符二八,名入宫

---

① 原书《存真编》,第14页。

闻。彩袖香裾,频升桂殿;清歌妙舞,常踏花筵。及夫思命许归,礼嫔吾室"这个目前仅见的放宫人出嫁的个案,结合他对于《本事诗》关于开元宫人的记载的评价——"虽近小说,然未能断定必无其事"①,将这四位宫人都列入了《存疑编》。限于篇幅,有些问题的讨论未能展开,但为了使读者了解和掌握更多的资讯与背景,尚君先生多次引导读者进行扩展阅读,如对于柳氏及《答韩翃》,略作甄辨,即引导读者参看傅璇琮先生《唐代诗人丛考》所收《关于〈柳氏传〉与〈本事诗〉所载韩翃事迹考实》;讨论江妃的存疑身份以及其诗《谢赐珍珠》之成篇年代,即推荐读者参看《文学遗产》2009 年第 1 期李剑国《〈大业拾遗记〉等五篇传奇写作时代的再讨论》;在《祛伪编》中甄辨葛氏女与潘雍故事时,及提醒读者可阅读尚君先生《何光远的生平与著作——以〈宾仙传〉为中心》(刊《江西师大学报》2010 年第 5 期)。而在讨论李节度姬时,详细引证了台湾大学叶国良教授评议、中华书局程毅中先生来函等学林同行的意见建议,更是尚君先生严谨审慎的学术精神的体现。

在不存任何先入之见、尽量公正客观分析史料的基础上,尚君先生甄辨了今知有名录记载的近 150 位唐女诗人,可以确认唐代实有其人的女性作者为 84 人,立为存真编;在传闻疑似之间者凡 18 人,立为存疑编;可以确认虚构、误认或者后出者为 42 人,立为《祛伪编》。

随着文献资料的不断发现和学界研究的整体深入推进,这本书的甄辨结论与细节或有可商之处,但这本书存真、存疑、祛伪的架构及其背后的文献整理思想原则无疑是给我们深刻启示的。这也正是本文开篇所强调的陈先生微调唐诗文献整理思想的真实体现。

甄辨无妨文字摇曳

尚君先生讲课著述,态度极其认真,但语言文字则在严谨整饬之外,流露着通脱从容的雅趣,这部《唐女诗人甄辨》也不例外,令常人视为畏途的精细考据文字也往往摇曳生情。

将女诗人放在整个唐代社会尤其是文学坐标中定位,令读者产生丰富的想象联想,引人入胜。如介绍乔氏,交代了她是首任安西都护、

---

① 原书《存疑编》,第 94 页。

驸马都尉乔师望之女,乔知之之妹;考辨新罗人薛瑶,介绍她出身武将之门,曾出家为尼,二十一岁嫁给时任通泉尉而后来大名鼎鼎的安西大都护、两朝之宰辅的郭元振,惜暴卒于通泉;甄辨林氏,说明了她是薛元暧妻,学涉五经,善属文,有母仪令德,训导其子彦辅、彦国、彦伟、彦云及子侄薛播、薛据等。书中还介绍了张夫人是大历十才子之一诗人吉中孚之妻,裴淑是元稹继室,等等。熟悉唐代社会历史和文学史的读者应该可以"秒建"一个简洁的女诗人地图。

将女诗人们的斐然文采和精彩故事介绍给读者,不惜笔墨,令读者心悦诚服,令读者忍俊不禁,复令读者心痴神醉。如例举张窈窕的诗句"满院花飞人不到,含情欲语燕双双",崔公远的诗句"看花独不语,徘徊双泪清",以及程长文之长诗《狱中书情上使君》,都是不逊须眉的佳作。又如例举了薛媛以自己书画诗文之能挽救婚姻、赵氏与丈夫杜羔为落第复登第而幽默规诫、蒋氏不但自己耽酒而且以诗强迫僧知业饮酒等逸闻,煞是好看;尤其是考论黄崇嘏,将其称为唐代最富传奇色彩的女诗人,明代杂剧《女状元》就是徐渭敷演其事而成的。

特别需要例举的是甄辨太原妓,全书甄辨近 150 人,正文仅 125 页,惜墨如金的尚君先生却用了 3 页篇幅讲述太原妓与欧阳詹可以信征的爱情故事:欧阳詹,韩愈同年进士,出生贫寒,勤勉读书,以求功名,素未知鬓影衣香之为蛊惑。初抵太原,居友人宴,席上妓有绝色,顾盼神飞,数目欧阳。欧阳感悦,怦然心动,两情相得,缱绻未已。欧阳詹将赴春闱一战,妓请同行,詹辞曰:"十目所视,不可不畏。期以一载,必当迎迓。"詹科场蹇连,迁延岁余而往太原迎妓。妓因积望成疾,命悬一线,弥留之际,自剪其云鬟,嘱姊妹藏之以待欧阳为信物,且为诗曰:"自从别后减容光,半是思郎半恨郎。欲识旧时云鬟样,为奴开取缕金箱。"欧阳詹后至,见妓云鬟与遗诗,一恸而卒。

将与女诗人相关的一些文化史知识,融入行文之中,内行看了有趣,外行看了普及。最典型者莫若这两则:一是考辨则天皇后武曌时说:"今人习称武则天,其实不符合古代的通例,则天初为尊号,后为谥号(先后有则天大圣皇后、则天顺圣皇后之赐),连起来称呼,就如称唐玄宗为李明皇一样。……武后于高宗在世时就并称二圣,现代通行的'天后'一词即从她开始。"二是《存真编》"公主"一节开篇:"公主是皇帝的女儿,待到她的兄弟继位后升为长公主,再升还有大长公主。"另,在全书正文之外,尚君先生还附录了关于一位女书家和四方女性撰墓志铭的短文,值得留意。这篇四方墓志的短文,若与胡可先生《文学自传与文学家传——新出土唐代墓志文体的家族因素》[1]关联来读,互相映发,则更有意趣。

如果说《唐女诗人甄辨》的遗憾,那就是不过瘾。这种不过瘾,一是因为本书的篇幅受限;二是因为对《唐女诗人全编》的期待。[2]

(作者单位:海南大学人文传播学院)

(编辑:秦帮兴)

---

[1] 胡可:《文学自传与文学家传——新出土唐代墓志文体的家族因素》,《浙江大学学报(人文社会科学版)》第43卷第5期,2013年第7期。
[2] 陈尚君先生曾在发表于《文献》2010年第2期的文章《唐女诗人甄辨》中低调表示:"今后或有机缘先作《唐女诗人全编》,在笔者不甚困难,于学人或还有参考价值。"

诗吟和健康
——代广青陇先生著《诗吟艺术的本质和形式》推荐词
◇吉野让堂　◇莫婷婷译

一

值此推荐《诗吟艺术的本质和形式》（书艺界出版社，1982年5月发行）之际，我从医学专业的角度，来谈谈诗吟，特别是广先生论述的诗吟艺术，究竟怎样有利于健康。也就是说，诗吟艺术作为咏唱文学，是用充实之气深入诗情中去，因而影响到人的器官。从医学方面想证实的是，诗吟只是局限于口腔是无益健康的，而必须是全身性运动才有利健康。

二

生者必灭，会者定离。活着的人终究会死去，相遇的人早晚也会分别。人死后有另外一个世界吗，活着的人是不可能知道的。我之所以不打算讨论人生命终结后的冥世，是因为我目前还活着，仅仅知道生世这些事。在日常生活的研究课题中，死亡通常是和生活方式息息相关的一个问题。

不闻祇园精舍钟声，万物乃无常。这是日常再平常不过的体验了。非娑罗双树，花开即落。这便是盛者必衰的道理。

因此，活着的每个人思量着自己的健康，寻求自认为最好的方式，遵循着这条道路生活下去。其中若是发现了更好的方法，就将其纳入自己的生活中，努力使其与每日的生活紧密相连。经我观察，这样的人很多。我想这便是当下人们对健康的思考方式吧。

但是，身体健康需要考察精神和肉体两个方面，在两者相互取得平衡的同一层面上进行。精神上的健康、肉体上的健康这两方面，打一个通俗的比方，就等同于车之双轮，没了其中一个轮子，另一个轮子就不会发挥作用。

就诗歌而言，诗歌是古今东西的圣人、贤人和伟人善导后人，使国家社会在思想上、精神上不断升华的珍贵财富。

诗歌告知我们应该追寻先贤走过的路，懂得生命之尊严，敬人爱邻，与人和睦，不忘尊师敬老，戒不德而积阴德，等等。基于此，吟诗或勤于作诗，正是释放大脑压力而使之轻松的最好方法。

全神贯注地吟诗，让肺脏和心脏无意识地进行合理的自律运动，内脏（肠胃、肝脏等部位）也得到适当的运动，增进各自机能有助于身体健康。

让大脑的压力得到放松，使大脑皮层广泛运作且得到更新，充分地活动脑筋，这是公认的最好的大脑健康法，如同坐禅和瑜伽体操催眠法一样。

美国哈佛大学的神经生理学研究者 E. 杰克布松博士在1908年就认为，通过让肌肉收紧随后再放松的方法，可减轻大脑兴奋程度并得到放松，主张将其系统化从而形成一种大脑放松法。

这一放松法的效果主要有以下几点：

（1）可以降压，特别是低血压值的下降，可以预防心绞痛等疾病。
（2）可治疗失眠症，治愈慢性头痛，治疗肩痛。
（3）提高精神集中能力，可治疗神经质引起的性格焦躁。
（4）可治愈大部分的慢性肠胃病，增进食欲。

杰克布松博士的研究很有价值，但需要注意的是，诗吟不单纯是为了消除大脑压力，所谓宗生流的吟诗是指回归吟诗的精神原点，即吟诵把和睦、敬爱、品格、纯真的内心融合在了诗情之中。

拜读了广先生先前的《吟道之诗》，其中写道："敬天爱人而尊重生命，吟道幽深显清纯情怀，以兴诗立礼为乐，日日为新乃人间佳境。"吟诵之后让人彻然开悟。我理解开头的"敬天"是敬自然之法则，离不开供奉掌管开阔心扉的神佛，应该常常心怀感恩之心而生活。通过吟诗，我理解到应该尊敬师长，尊敬长辈和前辈，与年轻经验少的人接触时，态度温和亲切，相互和睦，这样就自然会很好地与人交往下去。"爱人"则是告诉我们不限于宗生派成员相互之间，应广泛结识朋友，更进一步构建愉快的人际关系。"尊重生命"即敬重生命的珍贵，不要虚度一生。总的来说，什么事都要靠勤奋取得成果，吟诗之道也要专心慎行。"吟道幽深显清纯情怀"，则是告诉我们学习吟诗必须在清纯的感情中进行。我们学习吟诗，诗本身会酿造出清纯性，并会越发广大。欠缺清纯性时，不仅是我们吟诗的宗生流会员，整个人世间也会秩序混乱，失去统一，会成为乌合俗欲之众。"兴诗立礼"则是告诉我们，立足于《论语》思想，学习吟诗不能脱离诗之真意，斟酌圣贤的珍贵遗训，在自己的心里酝酿诗情，希望我们将诗歌作为人生教诲和处世训则。"立礼"是说应该守秩序，讲礼仪，保持不断进步的心态。所谓"诗为乐"，并不是说"吟诗即音乐"，而是如《论语》所说，诗和礼在修炼上都像音乐一样有韵律，达到自然生发的心境。一句话，学习吟诗实际上是在日常生活中实践诗情诗心。

互相尊敬，互相守礼仪，保持品位，在吟诗之道上专心慎行的话，自身的吟诗能力会得到提高，从吟诗中也会学到丰富多样的知识。"日日为新"即每日都有新的心态。如此，体味身体健康上丰富难得的日日清新，就会体验到"人间佳境"。

达到这样愉悦的心境应该是最幸福的，但仍有我们预想不到的吟诗能体会到的佳境。这就是广先生所说的吟诗可以领受大乘佛教似的吟诗精神的真髓。

人类只不过是大自然即拥有无限包容力的宇宙空间里的一分子，人在自然中成长，在与自然亲近中生存。自然界里有人类制造不出的美丽，接触自然风物，观赏其伟岸，会融入其中，这是人类怎么也无法模仿的天然的色彩，是无法创造的。憧憬自然美，赞赏品味的心情使人们创造出美的观念，作诗吟诗也正是在此基础上的升华。广先生常常向会员强调这一点，即人类和自然相伴相生，如果与自然相悖，人类是无法生存的。

"二战"后不仅医学治疗水平发达，药品效果显著，而且先进的医疗器械以及精湛的技术，都令人刮目相看，在病灶的新技术开发治疗上取得了骄人的成绩。

从医学和运动的关系来看，医疗脱离了以前的绝对安静医学，认为运动比绝对安静更重要。新的研究表明，让病人安静地躺在床上完全不动的话，只是延迟了死亡时间，对恢复健康来说没有意义，反而是有害的。

然而，当下却有一种趋势，想尽可能地让人类生活本身不做身体运动就能完成大量的工作。日常生活的一日三餐也好,也都用上了省力机械。殊不知,一直睡觉也会消耗人类原本的机能,使人丧失活动能力。

宇宙飞船阿波罗号到达月球需要为期一周的宇宙旅行,宇航员几乎处于休息状态。即使在美国受过了多次地面训练,宇航员在完全安静的状态下持续四五天之后,一站起来就会神志昏迷而晕倒,即使最强壮的宇航员也会这样。普通人或者病人更是如此,在保持几天的安静状态之后,会变得晕晕沉沉或者昏迷倒下。在医院长时间不站立躺在床上静养的病人,或者是病症轻微接受以安静为主的长期疗养的患者,要站立的时候也会变得晕晕沉沉站不起来,不得已又继续进行安静疗养。如此心脏的运作会衰弱,尿里会排出大量的钙,血压的调整功能会变得不稳定。这是由于重力的缘故血液会往下流,调整这一状态会使血管收紧。这一反射机能是依靠人体的运动而获得的,所以仅仅安静地待着就会使这项机能退化。

从这一原理出发,吟诗时首先姿势要正确,集中精神于丹田,下腹部用力而吟诵,以增加心脏的运转,回流到心脏的静脉血液从心房通过心室,再由肺动脉送来的新鲜动脉血液通过心脏肌肉的泵血作用,经由全身血管送至全身毛细管,让全身各个器官的机能充分运作,使我们健康起来。

并且,胸腔内脏的肺脏也会由于心脏供给的动脉血液而发挥积极作用,不知不觉间进行深呼吸,充分地吸收空气中的氧气,缓慢地吸收对身体内脏器官有好的作用,十分有利于身体健康。

可以说吟诵是受思考支配的数分钟的身体运动。广先生主张,这一运动是让气息充盈,即以气魄突入诗情之中的同时,发出优美的声调和韵律。首先,由于集中精神释放大脑皮层的大范围的压力,让其充分运作,其效果是充分增加内分泌,通过频频的深呼吸运动的发声而导致呼吸器官的健康,使血液变成含氧量多的新鲜血液,让心脏血液输送的泵血功能变得旺盛,使末梢重要器官的机能得以充分发挥。

由于吟诗运动不断变化腹压,由此可以促进肠胃不断蠕动亢进,因此有利于食物的消化吸收,适度地进行废旧物的排泄。此外,横膈膜也由此轻微上下运动而带动肺脏和心脏的微妙运作,由于有了适度的鼓动运动,起到强肺强心的作用。

再者,徐缓地刺激肝脏,肝本来的胆汁生成作用增量,经由输胆管道转送到肠管，食物脂肪的消化吸收作用会变得旺盛。

大脑皮质部日常承受着精神压力，同时控制荷尔蒙分泌，一旦遇到担忧、困扰等就会增加精神压力，从而抑制荷尔蒙分泌而使更年期症状更加恶化。精神压力，如学生的考试、纳税期的担忧等会使血液的胆固醇值增高。

心脏瓣膜症患者，要注意运动不可过量。心肌梗死患者，心脏尽管多少有些虚弱，绝对安静的时间之后也要注意时机，一点一点地做些运动比较好，长时间持续绝对安静的话，不仅心脏活动变衰弱，其他的机能也会降低。在美国，由于心脏疾病造成的死亡率非常高，每年130万人的心脏病患者中大约有一半死亡，相当于日本的四五倍。其中原因多为文明工具所致，即由于汽车的普及，步行变少，此外，家庭生活的高度电气化以及过度饮食引起运动不足，多成为心脏病的要因。

吟诗运动能消除大脑皮质的压力，充分产生内分泌，使身体器官主要是肺和心脏等部位的健全机能得以持续。

美国为了普及日常运动，设置了总统直属的咨询机构。前总统福特本人就是一个十足的运动家，把早上6点起床游泳等运动列入工作内容之中。因此民间的工作时间中也包含了身体运动的时间。

在日本，最不爱运动的是政治家，社会上的管理者阶层也不怎么运动。据统计数字表明，成为管理者后，心肌梗死发病的频率就增大。我国的心肌梗死死亡率较高，其次是中风、恶性肿瘤、心脏病，而管理阶层的心脏病比中风死亡率高，其中外交官最多。这主要是由生活习惯的不同所引起的。身体运动量不足是心脏病和血管老化的原因。通过训练，心脏泵血的血液排出量就会增加，缺少训练者的排出量每次是70—80毫升，通过训练就会达到100—150毫升的血液排量。通常一分钟约四五升的血液流通于全身，经过训练，就能增加几倍的流通量。而且，不训练的人呼吸量和脉搏数会减少，氧气也不会遍满全身。暂停工作离开办公室让身体休息，或者在大脑不休息的时候通过运动也可以解决这一问题。

身心的修养需要适当的运动。通过吟诗运动，把大脑的运作转为工作以外的事情上，是很有效的。早有研究指出克服神经衰弱和大脑压力，运动是最好的方法。吟诗练习发声之前脐下丹田及发声带动的深呼吸运动，对心脏有好处。吟诗带来的无法形容的好心情，只有体验者才能体会到的身心的爽快，可以说吟诗是身心得以平衡的运动。

　　必须强烈意识到，健康支撑着我们的生活和思想这一事实。如何看待一年一次的健康检查，自己的身体健康唯有依赖医生的建议吗？其实运动比这效果更好，通过运动这一简单而不间断的训练，从而保持自己的身体健康更重要。每个人根据自身的年龄和身体状态制定相应的具体目标，对自己的健康负责，这才是最根本的。

　　岁月不待人，在进入中老年之前，就从事吟诗这一难得的适度身体运动，神清气爽，放松身心的压力，调动第二天工作的热情，积攒身体和心灵的潜力，以精力充沛的身心力量为当天的工作而奋斗。只要健康，长期积累的经验和技术就会变成不可替代的宝物，会成为我们人生的动力。

　　由于体力的老化，体力的伸缩性潜在能力变小，而年轻的时候这一幅度很大，潜力也很大，身体的复原力很强。老人即使表面上和年轻人一样，也是无法做到这一点的。因此，平日更要留意通过身心运动和训练，来提高这一能力。吟诵正是其中之一种运动。

　　年轻健康光彩照人的奥林匹克运动员们，是不是一生都能保持健康，回答不仅是否定，而且可以说还隐藏着危险性。一般人为了促进健康每天只进行一定距离的跑步，这项运动有个人的差异值，体质弱的人进行长期的长距离跑步对身体有害，对全身有损，赫兹频率变弱，更极端的情况会引起心肌梗死而晕倒。一般人为促进健康而进行的运动和奥运选手进行的运动是完全不同性质的。对奥运选手来说，期待以肉体上最大限度的运动和巧妙的技术来更新记录获得金牌，对此健康管理只不过是一个手段。从真正健康管理这一点来考虑的话，为打破记录而高强度增加训练是不该提倡的。

　　如前所述，在医学发达的当代，即便得了心肌梗死，适当进行简单轻松的运动，也可以减轻症状。所谓心肌梗死，是指养护心脏的冠状动脉的一部分堵塞而引起的疾病。该冠状动脉和脑动脉一样，血管分解为枝状，不像手腕、脚腕和手脚那样，分枝后会在末梢部又连在一起。据此有人觉得，一旦心脏动脉阻塞就没办法了。其实不然，分解成散状的动脉相互间有各自的血管，常态下不开通，但经过渐进式训练，也会一下子打开。这称为侧支循环，通过锻炼打开侧支循环，这一部位的血液流出，病症也能好转。美国波士顿大学的赫瓦特博士就持有这一主张。这一发想起始于京都大学病理学研究室，研究人员取出死者心脏,在冠状动脉注入合成树胶,该心脏的肌肉被酸溶解,形成心脏动脉铸型,动脉状态变得清晰起来。进而发现,即使心脏的一根动脉阻塞,有了动脉的旁通(侧支循环)就不会造成心肌梗死。此外,通过内服冠扩张剂和适当运动的方法,可以经常扩张血管,继而通过平日的锻炼降低血压,减少脉搏跳动次数。运动对胆固醇高的人也有利,不运动的人血压容易忽高忽低,胆固醇值也容易上升。

　　心肌梗死的治疗,有训练疗法和食疗法,高血压患者除外。尝试运动疗法和食疗法,减少吸烟量的话,心肌梗死就能得到治疗。老年人多发心绞痛或心肌梗死,其成因也各不相同,但其主因不外乎是不当一回事的脱水、血液黏度上升、血管内凝块等。此外,严重的冠状动脉硬化和主动脉瓣硬化易发心肌梗死。对此,经常不间断地进行身心运动,如吟诗运动这样的身心活动的运动,就可以远离发病。心肌梗死的症状多数是从胸部疼痛开始,老人的症状多数是梗死灶大块疼痛,不痛的时候则呼吸困难、心脏衰竭、心律不齐而发病,多为休克症状和中风症状。

　　研究证明,掌控人老化的关键是肠内细菌的平衡。健康成人的大肠中含有双歧杆菌等乳酸菌的有益菌非常多,只有少量持有病原菌的异味杆菌和大肠菌等。可是过了壮年期后,有益菌就呈现减少趋向,异味杆菌、大肠菌和肠球菌就会增加。这个病原性的细菌产生氨、硫化氢、毒素等有害物质,加速人体老化。而吟诗运动可使肠蠕动活跃起来,让其充分地发挥机能,繁殖有益菌,阻止有害菌的增殖,有利于增进健康。坚持吟诗运动之后,和其他适度的运动一样,营养物的消化吸收也可得到改善,改善腹部状况,即感受到腹部内脏有一种舒服感,增加了胃和肝脏安静的生理性运动,增强胃液的杀菌能力,让胆汁的分泌变得亢进。胃液的主要成分是称为盐酸和胃蛋白酶的蛋白质分解酵素,具有持续杀菌功能。乳酸菌中的一种名养乐多菌,对胃液胆汁有很强的抵抗力。经过大量实验得知,养乐多菌可以在消化道内很好地生存。

　　金泽大学医学部的西田教授在报告中说,从婴幼儿到老人,饮用干酪乳杆菌,数日后大便中的乳酸菌就会增加,可持续减少坏细菌。

　　有无食欲、睡眠的好坏、通便的规律与否等是健康与否的重要晴雨表。肠胃不好就会引发食欲不振和失眠。可以说肠胃的健康和神经有密切关系。

物件如果不使用一直放置就会损坏，但过于珍惜也不好。观察不运动锻炼的人，就会发现其气色不好且没有精神。大脑也同样，不动脑的话，脑皮层就会变迟钝进而衰弱，对外界刺激反应的灵敏度会变弱，会过早引起老年痴呆。

以画家为例，画家通过视觉仔细观察事物，在作画过程中对物体的图像注入自己的感情而进行绘画。看见玫瑰美丽（感觉）可人，为其凌寒而开的生命力所震惊（感情），思考表现方式和画面构成（理智），继而提笔作画。可以说绘画几乎让所有的大脑领域都运动起来。经常运动的大脑能保持荷尔蒙的平衡，能让神经系统变得稳定。画家的劳作，既有创造性的精神运动，也有挥动画笔的肌肉性复杂运动。

吟诗也同样，可以让大脑皮层广范围运动，因此有利于血液循环，让大脑顺畅运动，可间接地预防脑动脉硬化和脑软化，不知不觉间作用于生理性转机，也可预防脑梗死和脑出血。

三

我虽有学习能乐词曲（观世流）三十年、宗生流吟诗二十年的经历，但仍在继续学习。托各位的福，虽年老但健康检查也没有发现什么内脏疾病。能如此保持健康，正是得益于以广先生的吟诗艺术论所讲述的吟诵境界为目标，通过吟诗学习而得来的身体健康。在此对广先生和各位会友致以衷心的感谢。

搁笔之际，在感谢平日里广青陇先生的谆谆教导的同时，殷切期望读者能从这本书中体味以身心追求清纯吟诗之魂，外观吟诗为艺术美，内视则与健康息息相关。

（编辑：秦帮兴）

旧时王谢堂前燕
——评《子弟书与清代旗人社会研究》
◇冷纪平

子弟书是一种奇特的文体。以诗歌演唱故事，打破中国缺少叙事诗的定论，一奇也；其作者、演唱者、观众都是八旗子弟，子弟书却是流利漂亮的汉语，二奇也；记录了清代中后期旗人社会生活的种种细节，三奇也。从这三奇可以看出，子弟书同清代八旗子弟、旗人社会有千丝万缕的联系。具体有什么联系呢？八旗子弟的生存状况是怎样影响子弟书的呢？《子弟书与清代旗人社会研究》就在这些问题上给出了相当好的回答。

该书一共五章，逻辑严密。一开始先介绍子弟书历史，包括它的兴衰时间，概念内涵，同其他文体的关系。其中比较独特的是它与八旗子弟生活方式的关系。一般我们考证一种文体的起源，多半从文学的角度着眼，难得作者能透过清代北京城的布局、交通情况和旗人的待遇来探讨子弟书的出现。正因为旗人有政府定期发放的粮米，可以无须工作，同时又收到清政府的限制，不许从事经商、工匠或演艺工作，无所事事只能自娱自乐。偏偏当时的戏园子都设在北京外城，居住在内城的旗人要想听戏就要忍受进出城门的不便和交通拥堵，无奈之下只好参照鼓词格式创作子弟书了。这种从历史现实着眼考证文学起源的角度也算新颖。细思之，也不得不承认这其中的道理。毕竟，文学是人创造的。既然是人，就不能不受生活的种种影响和限制。不同的生活造就不同的人群，不同的人群自然要有不同的文学。从根上去探索，称得上是多学科交叉研究了。

既然子弟书的诞生跟旗人特殊的政治、经济待遇和生活方式关系密切，那么子弟书自然要反映旗人的人生了。该书第二章和第三章就是介绍旗人的社会生活和家庭生活的。社会生活就是研究子弟书里反映的旗人官吏的来源、工作状况、娱乐生活和当年北京城的生活百态。家庭生活就是研究不同经济层次的旗人家庭的衣食住行。这两章最精彩的地方在于对细节的把握，尤其是考证北京旗人婚礼的一节。作者愣是凭着一部《鸳鸯扣》和丰富的清代笔记史料将一对新人从说媒到婚后回娘家的过程完完全全地考证了出来，还特地注明了和汉人婚俗的差异，解释了这些差异产生的原因。考证文章一般容易流于乏味，难得该书的可读性比较强，读来感觉如同看小说，很轻松就搞清楚了很多问题。

前三章可以说是知其然，子弟书到底是怎么回事，同旗人社会到底有什么关系。第四章和第五章就是要问其所以然了。目前存世的子弟书绝大多数是用汉语创作的。内容80%是改编自明清戏曲小说的故事，20%是旗人原创作品，讲述旗人的生活。子弟书为什么能够用流利的汉语讲述汉民族的故事？第四章就是从内容上解释子弟书的题材来源是哪里，在具体创作过程中是如何受戏曲和小说影响的。不得不说这一章很见功力。首先，考证四百余部子弟书的来源就不易。作者必须很熟悉明清戏曲小说的篇目和故事。很多故事的版本众多，小说里出现过，戏曲里演唱过，而且不同的剧种和不同的唱腔有不同的演绎。那么，这部子弟书到底是从哪一个版本上改编来的呢？这就要从子弟书的具体故事情节、语言风格来看了。比如唐伯虎点秋香的故事，在小说《警世通言·唐解元一笑姻缘》里出现过，杂剧《花前一笑》也是讲述这个故事，传奇《花舫缘》以及弹词《笑中缘》依然对这个美丽的传说津津乐道。作者通过故事情节的一致程度和语言的相似程度判断，子弟书改编自《警世通言·唐解元一笑姻缘》。这是很费功夫的事情。要判断这一点，作者必须熟读子弟书《三笑姻缘》《警世通言》《花前一笑》《花舫缘》《笑中缘》，然后才能得出结论。而改编子弟书达三百余篇，篇篇都要进行这样的考证，可以想象阅读量的庞大。而且这份工作可以说是吃力不讨好。考证对了，最多只是让大家知道个来历而已；考证错了，还要被人批评指摘。难得作者不怕费事，不怕批评，愿意冒险啃这块硬骨头。更难的是要指出子弟书的种种结构和笔法是如何受传统戏曲小说影响的。这就是一个古代文论活学活用的问题了。作者不光得熟悉戏曲小说的内容，还得了解戏曲小说的创作方式和审美特征。更要命的是没有一部曲论和小说评点会同子弟书的创作结合起来。作者要想把这个说清楚，必须全靠自己的功力。难得这位作者能知难而上，发现了八旗子弟在创作子弟书的过程中采取了以场景为中心的独特叙事方式和点线结合的戏曲化结构；讲究人物上场的艺术和吊场的技巧；通过人物的内心独白和内视角推动叙事过程。子弟书作者为了叙事灵活方便，运用停顿、场景、概要、省略等小说方式来控制子弟书的叙事节奏。还效法小说家在顺叙过程中大量使用插叙、补叙的手法增加情节，用多个视角随时切换的方式交代故事。另外，子弟书中还出现了大量含蓄、留白的笔法，追求诗意情调和高远意境。这些发现结合子弟书的具体篇目，有理有据，既不是空泛地贩卖古代文论，又不拘泥于子弟书一隅，已是难得；更难得的是叙述的语言优美流畅，读来毫无艰深枯燥之感，只觉得文字和思路都如流水一般通畅，读者很轻松就能体会到很细微的道理，真有润物细无声之感。

  第五章是解释子弟书流利优美的汉语是从哪里来的。作者独具匠心地从八旗子弟的教育背景入手谈起。漂亮的京白是清代八旗贵族积极推行汉文化教育的结果。旗人的文学修养自然同他们的教育背景息息相关，要解释他们的语言自然不能离开他们的成长文化背景。清代中后期，满语渐渐消失，但满语词汇、语法却在不断丰富汉语，逐渐形成了今天北京话的雏形。子弟书是清代八旗子弟创造的说唱艺术，其兴盛衰亡的过程恰好与满语渐渐融入汉语的过程相始终。通过研究子弟书的语言，可以了解当时旗人口语，掌握历史语言材料，了解乾隆到咸丰年间的语言变化情况。这不光是一个文学问题，也是一个语言学问题。作者在探讨子弟书中的满语汉语互相影响情况的时候一如既往地坚持不尚空论，句句联系作品的风格，得出的结论真实可信。作者的语言也如同子弟书的京白一样，漂亮利索，读来感觉不到问题的复杂，只感觉到解决问题的痛快。

  总的来说，《子弟书与清代旗人社会研究》是一部非常精彩的学术著作。它有学术著作的严谨和细致，又有文学作品的优美和流畅。能够兼顾学理性和可读性的作品不多，本书可称得上"兼美"二字。

（编辑：秦帮兴）

广博精专,缉熙于学
——评《宋玉研究资料类编》
◇亓 晴

宋玉是战国末年楚国著名辞赋家,与屈原并称"屈宋",在中国文学史上具有重要的地位,被认为是文人文学创作的先行者和赋体文学的开创者之一。其事迹作品向来受到后世学者的广泛关注,因而留下了大量研究资料。刘刚教授等学者编纂的《宋玉研究资料类编》(商务印书馆2015年版)即是对历代大量宋玉研究资料的辑录整理。该编"所收起于汉,迄于清,凡于宋玉研究可资参考者,如作家作品批评、接受、传播,人物事迹、遗迹、传说等,均在辑录之列,力求完整全面地反映宋玉研究的历史面貌"[1]。

《宋玉研究资料类编》(以下简称《类编》)为湖北省社会科学基金项目,湖北省重点学科建设立项学科成果,由项目主持人刘刚教授,项目组成员单良博士、金鑫教授、胡小林博士和李鹜博士等负责编纂。《类编》旨在辑录自汉至清各类关于宋玉的研究资料,以方便今之宋玉研究者参考检阅,而历代宋玉研究资料数量浩繁,种目庞杂,非有科学的编排体例不能达其目的,故该编在编排体例方面进行了有益探索,其遵循的原则主要体现在以下几个方面[2]:

一、客观全面。《类编》对于资料不论倾向是褒是贬,不计观点是正是误,凡与宋玉研究有所关涉者均在辑录之列,力求客观真实地反映宋玉研究的历史嬗变。

二、类目有序。《类编》将所收资料分为九个部分,每一部分又分为若干小类,设以条目,统摄具体资料。具体资料的分类编排又遵循以下原则:具体资料表现内容于分类中若有交叉,则择其侧重归纳类属,或择其要点分作两则分别归类;各类之中资料的次序,则按文献

---

① 刘刚等编《宋玉研究资料类编》,商务印书馆2015年版,《凡例》第1页。
② 以下数条编排体例原则皆据刘刚等编《宋玉研究资料类编》整理,商务印书馆2015年版,《凡例》第1—3页。

作者或编纂者所处时代与生卒年先后编排，作者、编纂者生卒年不可考者，或佚名者，权且列于其同时代之最后。

三、转引选录。古代文献存在大量转抄摘引的现象，《类编》对大量转抄摘引的资料进行考辨选录，其选录遵循以下原则：1，对于记事类资料，只要记述略有不同，即作为独立资料收录；2，对于评述、考辨、文学创作等类资料，凡文字相同或文字稍异而文意未变者，只录原典，若原典已佚则录其早出者，而转抄摘引者，则以按语形式注出其文献名称或异文，而凡转抄摘引后又附出己见或文字稍异而文意有变、旨趣不同者，则别作一条资料收录；3，对于辑佚类资料，其文字虽时有所同，但其作为研究资料却各有所值，故分别作为独立资料予以收录。

四、作品辑录。对宋玉作品的辑录，《类编》主要遵循以下原则：1，宋玉作品《集》之收录，佚本仅出其书名、卷数，辑本仅出其书名、卷数与目录；2，宋玉作品语句、语段的辑录，散见于古之辑本《宋玉集》与全文著录宋玉作品文献以外的其他文献中的摘引，不论真伪，只要古时注明出于宋玉之作品便在辑录之列，其真伪问题则于作品考辨部分进行讨论；3，宋玉作品词语释读的辑录，侧重于古之辑本《宋玉集》与全文著录宋玉作品之文献以外的散见于其他文献中的训释；4，对于涉及宋玉与其作品的文学创作，包括歌咏宋玉其人、其事、其遗迹传说和以宋玉或其作品内容为典故的文学作品，《类编》尽力从古之别集、选集与类书、志书等文献中检索搜集。

五、点校勘误。关于著录各种资料的点校与勘误，凡白文资料断以现代标点，凡资料所引文字中的衍、脱、讹、倒均予以校正，对异体字不做改动，亦不做注释。《类编》不特意作校勘记，只择其对于所引资料理解可能会产生误解者，于该则资料下按语中略作说明。

六、版本选择。《类编》所引材料均于该则材料下注明其文献出处与版本情况。版本尽量选择近当代出版的点校本，并兼顾校勘质量、流通程度与出版单位三个方面。校勘质量方面，尽可能选用知名专家的点校本或注释本；流通程度方面，尽可能选用易购易得且被学界认可的通行本；出版单位方面，尽可能选用资深出版社新近出版或再版的版本。

宋玉研究时代久远，涉及方面繁多，资料颇显庞杂散乱，而《类编》秉承上述编排原则，对历代宋玉研究资料进行了广泛搜罗与精心遴选，又在此基础上对浩繁散乱的资料分门别类并按照时间先后进行编纂，使读者可以寻纲得目、溯源求本、沿流知变，对宋玉研究者来说，可谓功莫大焉。《类编》作为汇聚宋玉研究资料的资料性工具书，具有资料丰富、内容翔实、体例科学、检索方便的特色，必将在当下及未来的宋玉研究中发挥重要的作用。

　　首先，辑录资料丰富。《类编》将所收资料分为九大类：一、生平事迹；二、遗迹传说；三、作家批评；四、作品批评；五、作品集与作品辑录；六、作品考辨；七、词语释读；八、托拟宋玉及其作品的文学创作；九、涉及宋玉与其作品的文学创作。每一大类又分为若干小类，囊括该类别所有资料。如"生平事迹"，该类所收资料不仅包括史书类、方志类、杂记类等典型的人物生平资料，还另列训诂类与类书类，对存在于《楚辞补注》《文选》李注等文献训诂以及《北堂书钞》《艺文类聚》《太平御览》等类书中的宋玉生平资料亦一一收录。同样，对宋玉作品的辑录，不仅包括各类《艺文志》《经籍志》等文献集成著作，甚至包括历代个人笔记类著作及地方志等。另如"遗迹传说"，其中一部分为与宋玉有关的遗迹传说，不仅包括宋玉宅、宋玉墓、宋玉城，甚至包括宋玉井、宋玉石等；另一部分为与宋玉作品有关的遗迹传说，包括阳云台、神女庙、白雪楼等。由前列内容可见，《类编》辑录资料极为丰富，对宋玉资料可谓兼收并蓄。而关于辑录内容之丰富，除上述几点外，还有一点值得注意，即《类编》所辑录资料不仅包括宋玉生平资料、作品和对宋玉本人及其作品的直接研究资料，还包括托拟宋玉及其作品的文学创作以及仅仅涉及宋玉及其作品的文学创作。如"托拟宋玉及其作品的文学创作"类即包括了托宋玉口吻进行的创作十余篇，拟宋玉作品的创作十余篇。而"涉及宋玉与其作品的文学创作"则分列诗、词、曲、赋、小说、戏剧六类，举凡有所涉及者无不在辑录之列。

　　其次，资料内容翔实。《类编》所收录资料皆经过精心的文字校对与出处核准，内容务求详细准确、真实可考。且以第五部分"作品集与作品辑录"为例来看。该部分细分为四类。一、佚本《宋玉集》与辑本《宋玉集》。该类辑录了《汉书·艺文志》《隋书·经籍志》及郑樵《通志》、马端临《文献通考》等近二十部典籍对佚本和辑本《宋玉集》著录情况的记载，每一条资料皆详列内容与出处。二、今存全文著录宋玉作品的文献及目录。该类辑录了今存全文著录宋玉作品的文献三十余类,每类皆详列宋玉作品之目录,并标明文献版本情况,且对需要说明的情况在该条资料下以按语说明。如:"元陈仁子《文选补遗》:卷二十九《离骚》:收《九辩》;卷三十一《赋》:宋玉《微咏赋》《笛赋》《大言赋》《小言赋》《讽赋》《钓赋》。——(元)陈仁子《文选补遗》上海古籍出版社 1993 年版。按:《文选补遗》所录《九辩》,乃补《文选》未收之部分。"① 三、著录宋玉作品的佚书。该类辑录了《文献通考》等著作所记录的著录宋玉作品的佚书资料十余条。这些佚书虽今已不可见,但将其对宋玉作品的著录情况加以辑录留存,对于了解宋玉作品在历史上的流传与研究情况有重要意义。《类编》对这些佚书的各种记录均加以认真辑录,且详细注明文献出处,充分体现了其内容翔实的特点。四、作品语句、语段摘引。该类主要辑录历代文献著作对宋玉作品语句、语段的摘引情况,所有资料按宋玉作品篇目分类排列,每一篇目下详列历代文献著作对该篇语句、语段的摘引情况。如《九辩》条目之下详列自《艺文类聚》《太平御览》等类书到个人笔记等著作中所有摘引《九辩》字句的资料,每条资料皆详细注明文献出处及版本信息。上述对"作品集与作品辑录"部分的介绍充分体现了《类编》资料内容之翔实可靠,紧随其后的"作品考辨"部分则详细辑录了历代关于宋玉创作情况、作品归属情况、作品内容、《宋玉集》流传著录情况等的考辨,两部分相结合,更显《类编》内容之翔实全面。

　　再次,编排体例科学。《类编》所遵循的编排体例原则前面已有详细介绍,不赘述。此处仅就其科学性略作举例说明。《类编》对资料的辑录编排充分体现了"类"的特色,所有资料皆详细分门别类,每类目下资料之具体编排亦按照时间先后,条理清晰。如"作品批评"大类下又细分十二小类,除"综评"类外,每一篇作品皆单列一类,如此一来,一条宋玉作品的批评资料是属于对作品的综合评论还是对某一单篇的评论就一目了然,属于某一类的评论也集中排列,读者可以按照个人所需迅速查找。而每一条目下的资料又按照时代先后顺序排列,且每一条资料皆注明文献出处与版本信息,既方便读者梳理历代研究之流变,也方便按图索骥查找原典。《类编》的编排体例确实实现了《凡例》中所追求的"寻纲得目、溯源求本、沿流知变"的查阅

---

① 刘刚等编《宋玉研究资料类编》,商务印书馆 2015 年版,第 222 页。

功效。

最后，资料检索方便。《类编》不仅编排体例科学，而且在《附录》中列出"人名索引"与"书名索引"，极大地方便了读者对资料的检索。"人名索引"将人物按照所属朝代先后分类排列，详列其所出现的页码信息，如汉代司马迁：〔汉〕司马迁，1，172，509。"书名索引"同样按照作者所属朝代先后顺序分类排列，详列其页码信息，如《汉书》：〔汉〕班固《汉书》，1，94，218，341。读者按照索引可以迅速查找到自己所需资料，科学便捷，充分体现了《类编》作为工具书的功能特色。

《宋玉研究资料类编》对于历代宋玉研究资料进行了认真仔细的辑录，完整、全面地反映了古代宋玉研究的历史面貌，并以上述资料丰富、内容翔实、体例科学、检索方便等特色成为宋玉研究中不可或缺的资料性工具书，必将得到宋玉研究界甚或学术界的欢迎，并在当下与未来的宋玉研究中发挥重要作用。然而《类编》又不仅是一部工具书，其编排本身就体现了编者的学术思想与学术追求，具有高度的学术性与专业性，正可谓"广博精专，缉熙于学"，其编纂实乃宋玉研究界乃至学术界之幸事。

（作者单位：首都师范大学中国诗歌研究中心）

（编辑：秦帮兴）

一部承前启后的呼唤之作
——朱则杰先生《清诗考证》① 评介

◇秦帮兴

　　清诗是我国古典诗歌的最后一座高峰，依当今学者的论述，它以"整合式集成"的方式完成了对前代诗歌的继承和发展，而又独具品格，足与唐诗、宋诗两座高峰并峙。近年，随着古代文学研究进一步的拓展和深入，清诗研究也取得了丰硕的成果。浙江大学朱则杰先生的《清诗考证》，就是近年问世的重要成果之一。

　　《清诗考证》全书分为三辑，分别是"文献专书类""总集别集类"和"作家作品类"，各辑都相对独立、自成体系，同时相互之间又映证补充，统摄于清诗研究的主题。是书所考人物上起明末清初的遗民诗人，下至康有为、谭嗣同等清末诗人，而并没有将所谓的近代诗人划出考证的范围，也尊重了清诗的完整面貌。

　　在第一辑中，作者对《清诗纪事初编》《清人诗集叙录》《清人别集总目》《清人诗文集总目提要》《汪辟疆说近代诗》及钱钟书先生《谈艺录》等文献专书进行了评价，就其中一些疏漏和失误进行了补正。这些专书都是部头与影响俱大，因而补订的工作也具有十分重要的意义。作者的考证涉及的诗人达百余家，一些重要的清代诗人如金人瑞、朱彝尊、梁佩兰、纳兰性德、金农、黎简、张问陶等，作者或订补其生卒年，或考论其著作，或提示其佚作，如此等等，都展现出作者很强的问题意识和细致的考察能力。

　　在第二辑中，作者对前人多未注意的清人总集进行了补正、考辨、补遗、辑佚、钩沉、勘误，仅列为条目的大问题就解决了近两百处。其中一些大型清诗总集，如《熙朝雅颂集》《国朝诗别裁集》《晚晴簃诗汇》都是至关重要的清诗文献，厘清其中存在的问题，对下一步整理清人诗集和全面评估清诗的创作情况来说，无疑是必要的基础。另

---

① 朱则杰:《清诗考证》，人民文学出版社2012年版。

外,作者对当今整理出版的几部清诗别集做了介绍和评价。依作者看,当今整理出版清诗别集实属必要,做出的一些工作也卓有成绩,但同时问题也比较明显。如受关注较多的《金农诗文集》,作者指出其在体例、版式、校勘、句读等方面皆存在较多失误,这些都将影响到展现文献原貌,也会影响今后的学术研究。我们知道,对今人的工作成果进行批评当然容易引起纠葛,朱则杰先生在书中如是说:"从严格意义上说,真正十全十美的图书几乎是不可能有的。即如笔者本人已经出版的各种著作,也同样不可避免地出现过各式各样的错误和疏漏。只是现今学术性图书出版都十分不易,既然难得有这样的机会,那自当百倍地珍惜它。我们的共同目的,便是希望在往后的日子里,能够把工作做得尽可能再好一些。"秉持这样纯学术的公心做出的研究,无疑对当下的学风建设也良有裨益。

在第三辑中,作者对一些作家作品进行了考证。如指出《牧斋有学集》中各小集名称,连同诗歌写作的时间都是他人在刻集时添加的,并不一定确切;又如一些长期混淆不清的诗人群体成员,如"长安十子""辽东三老"等,作者也考辨厘定,多有前人未发覆处;再如袁枚与蒋士铨的订交历来记载混杂,两人的记录也都不甚了了,而作者的分析考证则显示了扎实的文献功底和老吏断狱般的裁断功夫;另一个饶有意趣的例子是,作者还从清诗文献出发,连续写了五篇关于"象声"和"口技"的文章,几乎勾勒了这种民间艺术在清代流传的历史。这一辑中的文章题目大小不一,篇幅短长有别,但大部分问题都是长期以来被人们忽视的。这些缺漏或讹误如若延续,将对清诗研究造成不小的麻烦。而本书作者以狮子搏兔的精神,巨细无遗地分析解决这些问题,无疑是非常可贵的。相信这些成果都会在将来对相关诗人诗作的研究产生助力。

更难能可贵的是,作者不仅抽丝剥茧地分析解决各种问题,而且将自己长期积累下的方法和经验也全盘托出,使读者知其然而知其所以然。例如在《〈清人诗文集总目提要〉订补》文末,作者说:"由此回想起当初制定的《全清诗》工作方针,凡是已有经过今人校点整理的点校本清人诗集,都尽可能结合《全清诗》的体例要求,优先予以吸收利用,并且最好还就约请原校点整理者承担该家诗集的具体工作(称为'特约研究员'),这样有利于提高全书的质量。"在求证纳兰性德《通志堂集》中诗作数量时,文末言:"凡统计诗歌数量,仅据原有总目所标数字往往容易造成失误,必须核对集内作品始可征信。"又如在《清诗总集遗佚序跋辑考》文末,作者说:"本来从文献整理的角度来看,一般都是利用总集来为别集辑佚,包括总集正文收录的各种作品以及前后附录的序跋之类文字;然而事实上,别集同样也有为总集'辑佚'的作用,只不过体裁主要也就是这类序跋文字。"再如文献的检索,作者虽专治清诗,但并没有将自己的学术视野限制在诗歌文献当中,而是考虑诗人特征,充分地占有和利用现有各类相关文献。如在考订诗人兼戏曲家的生卒年时就充分地利用了已故邓长风先生的《明清戏曲家考略三编》,在考订杭州诗人信息时利用了清人丁丙的《武林坊巷志》,在考订陇籍诗人信息时利用了今人路志霄、王干一两位先生所编《陇右近代诗钞》,如此等等,都展现了作者广阔的学术眼光。全书当中,大至《全清诗》编纂的设想构划,小到纪年、标点的方法建议,从文献检索的方法到论文写作中需要注意的问题,作者均根据多年的文献工作经验,给出了比较适宜的做法和建议,这些处理问题的方法与理路也将迪惠来学。

  通读《清诗考证》,最直接深刻的印象便是实在。笔者以为,这种实在表现在两个方面:第一,作者的论证都建立在扎实的文献基础上。作者征引文献极为广泛,这些材料或为作者亲自寓目,或受之他人的提示馈赠,作者也一律讲明其来源。这种采铜于山的治学无疑是艰巨而值得称赞的,而在作注释时又格外细致用心,使读者一目了然。第二,在于作者立言的敦厚风范。作者对他人的研究成果毫不掠美。遇到前人的错误与疏漏时也一一指明,不为尊者贤者讳,又都出之以忠厚之旨。对自己过去研究中出现的失误也毫不避讳,对读者坦言。这些做法也都显示出作者踏实的态度与宽广的襟怀。

  在以往很长一段时间内,学界对清诗研究的关注一直不足,甚至还存在一些偏见与误会,导致我们现在也很难客观地认识和评估清诗。我认为,从这个意义上讲,《清诗考证》不啻为一部响声铿轰的呼唤之作。一方面,《清诗考证》也从侧面展现了以往对清诗研究的不足之憾,即使是清代著名的诗国大儒,如钱谦益、朱彝尊、袁枚等,以往的研究在文献版本、事迹作品系年、来往交游等各方面还都存在不少问题,从而也向学界展现了清诗中有待开垦的巨大田地。另一方面,作者通过考证,为后来的研究者解决了不少文献问题,指示了许多研究法门,发出了号召式的呼声,这些都对呼吁学人关注清诗、研究清诗贡献良多。作者这样的用心还体现在诸多方面。该书书后护封说："所附《主要征引书目》，列清人以下著作八百余种，也可为日后研究清代诗歌提供一份基本的书单。"附录二的"重要名词索引"使得本书具有了工具书的性质，方便了学者对书中成果的使用，后劲新学也必将从中得益。

可以认为，朱则杰先生的《清诗考证》是一部厚积薄发之作，做到了总结前人和启迪后学两项工作，代表了当下清诗研究的一流水平。由此书观，我们完全有理由对清诗研究的辉煌未来抱有更多的期待。

（作者单位：首都师范大学中国诗歌研究中心）

（编辑：秦帮兴）

搜罗历代之珍版，汇萃各家之庋藏
——评黄灵庚教授《楚辞文献丛刊》

◇孙巧云

《楚辞》与《诗经》犹长江与黄河，奔涌于南国、磅礴于北土，共同滋养着中华大地上历代人们的精神，成为中国古典诗歌的两大源头。尤其是《楚辞》，它以浓郁的情感、丰富的想象、绮丽的文辞，成为后世诗歌创作取之不尽的艺术殿堂。从《汉书·艺文志》诗赋类著录"《屈原赋》二十五篇"开始，历代续骚、注骚者层出不穷，收录入史册、传承于后世者繁多，《隋书·经籍志》集部载有十部楚辞类作品，《旧唐书·经籍志》《新唐书·艺文志》丁部集录"楚辞类"收"楚词七家"，至明、清达到鼎盛。这些历代的"楚辞"类作品繁富众多，要深入而广泛地开展楚辞研究，整理与编辑此类文献资料成为学术界的当务之急。目前已有两种楚辞文献丛书出版，但均存在书目辑录、版本选择等方面的问题。

2014年7月国家图书馆出版社成功推出由黄灵庚教授主编的《楚辞文献丛刊》，全书共80册。该丛书是国家社会科学基金2010年度重点课题"楚辞文献精粹汇刊与研究"的成果之一，同时也是教育部首都师范大学中国诗歌研究中心的重大项目的成果。这部书辑集自汉代至民国各个历史时期的《楚辞》重要版本207种，可谓一套大型的楚辞学文献集成。这套丛书分"章句""补注""文选·楚辞""白文""集注"和"楚辞研究文献"等六类，体例严谨、选本得当。此书的成功出版是楚辞学界的一大盛事，引起了各大院校的极大关注，学生争相购买。

历代的楚辞学主要以王逸《楚辞章句》、洪兴祖《补注》、朱熹《集注》为主要研究底本，而要将楚辞文献资料汇编成集而须以三者为主要关注对象，理清文献资料之间的版本源流与因袭关系，才称得上佳品。《楚辞文献丛刊》是从体现《楚辞》文献史的专业角度来确定入选的书目及版本，重点突出、条理清晰。在《楚辞》研究的历史长河中，东汉的王逸《楚辞章句》与南宋的朱熹《楚辞集注》是两部标志性的著作。南宋以前，《楚辞》文献研究基本上以《楚辞章句》为轴心，南宋以后至民国，基本上以《楚辞集注》为轴心。编辑、汇刊《楚辞》文献丛书，必须围绕两大轴心来编次，故而这部丛书不再以时代先后编次，而分成了"章句""补注""文选""白文""集注""明清"等系列，以注家承传、版本因袭为次序，由此体现出《楚辞》文献流传的轨迹。例如：《楚辞补注》十七卷存三卷，〔汉〕王逸撰，〔宋〕洪兴祖补注，明翻宋刻本；《楚辞补注》十七卷，〔汉〕王逸撰，〔宋〕洪兴祖补注，〔清〕王引之评，清康熙毛氏汲古阁刻本；《楚辞补注》十七卷，〔汉〕王逸撰，〔宋〕洪兴祖补注，日本宽延二年（1749）皇都书林翻汲古阁刻本；《楚辞补注》十七卷，〔汉〕王逸撰，〔宋〕洪兴祖补注，王国维批校，清初毛氏汲古阁刻本；《评点王注楚辞》十七卷，〔清〕俞樾辑评，民国六年（1917）中华图书馆石印本等"补注"系列，按传承与因袭关系排列，线条分明、脉络清晰，非常适合相关研究的开展与深入。

《楚辞文献丛刊》不仅以学术史的角度来编排次序，在版本选择上更是好中求好、精益求精。《楚辞章句》《楚辞补注》《楚辞集注》等著作，明代以后版刻甚多，需仔细比对与斟酌。如《楚辞章句》，自明正德至民国间，海内外有30余种刻本，必须收集到所有的版本逐本对勘，这样才能发现其彼此间的差异，而后断其优劣高下。黄教授经过细致的对勘、比较，发现《楚辞章句》现存刻本，任何一种均代表不了其他刻本，故虽是同一种注本，需要选用多种刻本。例如：《楚辞章句》十七卷，〔汉〕王逸撰，〔明〕黄省曾校正，明正德十三年（1518）刻本，是目前较早较完善的"章句"本。另外，《楚辞章句》十七卷，〔汉〕王逸撰，〔明〕黄省曾校正，〔清〕袁廷梼校跋，明正德十三年（1518）刻本，与前一种版本虽均为明正德本，但后一种版本附有袁廷梼校跋，具有非常重要的文献与学术价值，故两种版本被同时收录。这套丛书选用《章句》非只一两种，而是有11种不同版本，这是经过仔细对勘、分析，从学术史与文献价值的角度确定下来的。

历代楚辞文献繁杂散乱，难以搜寻与选择，从材料的收集、爬梳、辨析、斟选上可见编者用力之勤勉、学养之厚重。黄教授在收集《楚辞》文献资料的过程中，广泛征求，细大不捐，求其完备齐全，甚至不惜一切代价,想尽一切办法,远及海内外,深入各收藏单位。这套丛书汇辑了各个历史时期的注本、稿本、排印本、批注本等,其中不乏举世罕见的善本、孤本及明清名人圈点的批校本,如日本的17种古籍、美国哈佛大学的稿本,都是难得一见的珍本。尤其是《楚辞王注考异》上卷,日本学者西村时彦撰,稿本;《王注楚辞翼》二卷,日本学者董鸥洲撰,稿本,这两种书均为极其珍贵的稿本且为该收藏单位的善本,能影印到这两种书实属不易。《楚辞文献丛刊》网罗收录的历代楚辞文献,基本上已非常齐备,全书凡二百余种,超过了以往任何一种《楚辞》类的丛书,是至今最齐全、规模最大的《楚辞》文献丛书,也是独一无二的。这套丛书的成功推出,对于研究者来说是一大幸事,免去了繁重而劳心的资料收集与文献疏理之苦。

本丛书收录历代《楚辞》的重要版本、研究文献,涉及中、日、韩三国的作者,如收录日本学者西村时彦的"批校""考异""疏证""集释"及《楚辞纂说》《屈原赋说》等多种作品,为开展相关的研究提供了丰富的文献资料。除此之外,该套丛书还收录了庄允益、董鸥洲、芦东山、龟井昭阳、冈松辰等多位日本学者的研究成果,全面展现了日本学人对《楚辞》的热爱和当时的研究盛况。以收藏机构论,该丛书涵盖了中国国家图书馆、北京大学图书馆、中国社会科学院图书馆、上海图书馆、复旦大学图书馆、浙江图书馆、天一阁博物馆、山东省图书馆、日本大阪大学图书馆、美国哈佛燕京图书馆等数十家著名图书馆的珍贵版本。除了照顾文献的系统性而收录一些常见的重要版本之外,有100多种从未刊行,属于首次影印出版,其中,宋刻本4种、明刻本60多种、稿抄校本50多种,均是难得一见的楚辞文献,极大地方便了学者的相关研究。为了搜集这些珍贵版本,编者历经艰辛,可谓"路曼曼其修远兮,吾将上下而求索"。

《楚辞文献丛刊》不仅收书严谨完备,且注重版本之间的差异互补性,如陆时雍《楚辞疏》《楚辞榷》均被收录,在内容上二者差异不大,后者为前者的节略本,但编排体例上有很大的不同。《楚辞疏》的主要版本有明缉柳斋刻本、康熙乙酉文堂刊本、学山堂刊本,本丛书收录的是明缉柳斋刻本。缉柳斋刻《楚辞疏》前有陆时雍《楚辞序》周拱辰《楚辞叙》张炜如《楚辞叙》司马迁《屈原传》,陆时雍《楚辞条例》《楚辞姓氏》《楚辞目录》《读楚辞语》,其后为正文十九卷,书后附有李思志《楚辞跋》、陆时雍《楚辞杂论》。《楚辞榷》题为金兆清评，内容上与《楚辞疏》并无太大出入，但删减较多，且编排体例上颇为不同。《楚辞榷》前有陆时雍《楚辞序》、金兆清《楚辞榷条例》（内容为删减《楚辞条例》而成）、司马迁《屈原传》（文后"评"语为缉柳斋刻《楚辞疏》中《屈原传》的眉批）、《楚辞榷目录》，其后为正文七卷，卷八为陆时雍《读楚辞语》（内容有所缩减）。《楚辞榷》与《楚辞疏》的正文部分的篇章次序有较大出入，《楚辞榷》的次序为《离骚经》《九歌》《天问》《九章》《远游》《卜居》《渔父》《九辩》《招魂》《大招》《招隐士》《反离骚》《短招》等13篇，《楚辞疏》的次序为《离骚经》《九章》《远游》《天问》《九歌》《卜居》《渔父》《九辩》《招魂》《大招》《反离骚》《惜誓》《吊屈原赋》《招隐士》《七谏》《哀时命》《九怀》《九叹》《九思》等19篇，《楚辞榷》前六卷为屈原的作品，卷七为淮南小山《招隐士》、扬雄《反离骚》、陆时雍《短招》，其余6篇则全部删掉。具体内容上，《楚辞疏》与《楚辞榷》也稍有不同，《楚辞榷》将"陆时雍叙"改为"叙""陆时雍曰"改为"疏"或"评"，"旧诂"或张焕如眉批改为"参"，只保留了缉柳斋刻《楚辞疏》眉批部分张焕如的批注，金兆清的主要贡献在于对于内容的调整与缩减。《楚辞文献丛刊》将明刻本《楚辞榷》与明缉柳斋本《楚辞疏》全部收录，便于学者对此二书直接进行对比研究，可谓是指出了一条治学之捷径，为学者研究大开方便之门。

《楚辞文献丛刊》在所收录的版本选择上，除了注重稿本与最早的刻本外，还特别注重收录批校集评本，这对于研究中国古代文献中的评点本有极其重要的学术价值。如《楚辞章句》十七卷，〔汉〕王逸撰，〔明〕冯绍祖校正，〔清〕彭孙遹汇评，明万历十四年（1586）观妙斋刻本；《楚辞章句》十七卷，〔汉〕王逸撰，〔明〕冯绍祖校正，佚名批注，明三乐斋翻刻观妙斋本；《楚辞章句》十卷，〔汉〕王逸撰，〔明〕吴琯校，〔清〕钱陆灿批校，明万历十四年（1586）俞初刻本，三种版本均为"章句"系列，且都是明刻本，前两种同源自"观妙斋"刻本等，三者均被收录的原因即在于各本批校与评点者的不同。又如《楚辞补注》十七卷，〔汉〕王逸撰，〔宋〕洪兴祖补注，〔清〕王引之评，清康熙毛氏汲古阁刻本；《楚辞补注》十七卷，〔汉〕王逸撰，〔宋〕洪兴祖补注，王国维批校，清初毛氏汲古阁刻本；《楚辞补注》十七卷，〔汉〕王逸撰，〔宋〕洪兴祖补注，〔清〕谭献批点，清同治十一年金陵书局翻汲古阁刻本等，这三种版本均为"补注"系列，且都源自"毛氏汲古阁",但第一种有王引之的评语,第二种有王国维的批校,第三种有谭献的批点,各有千秋、不可偏废。编者的这种严谨而审慎的治学态度,在该套丛书的选书上体现无遗。

除了注重批校评点本外,该丛书也非常关注国外的相关文献资料及版本。如收录《楚辞补注十七卷》,〔汉〕王逸撰,〔宋〕洪兴祖补注,日本宽延二年(1749)皇都书林翻汲古阁刻本;《六家文选·楚辞》二卷,(南朝梁)萧统撰,〔唐〕李善等注,韩国奎章阁翻北宋秀州刻本;《楚辞章句》十七卷,〔汉〕王逸撰,〔日〕庄允益校,西村时彦考异,日本宽延三年(1750)刻本等,这些难得一见的珍贵文献均是编者不辞辛苦、历经各种波折得来的。该丛书将这些极其重要的日、韩文献收录其中,直观地反映了《楚辞》对这两个国家的影响程度,也印证日、韩在楚辞文献发展史上是不可或缺、不容忽视的地域。

《楚辞文献丛刊》不仅收录完备,而且体例严明;不仅关注版本的文献价值,而且注重学术价值;不仅涵盖全国各收藏单位,而且遍及海外;不仅收录中国的楚辞文献,而且几乎搜罗殆尽国外的相关资料。此套丛书是一部详备而全面的楚辞文献集成,更是一部直观的楚辞文献史,在内容的分类与次序的编排上,体现了编者极高的学术思想。除了以上成就外,黄教授还对所收录的每种文献都撰写了详尽的"述要",辨章学术、考镜源流、校勘内容、别白是非,句句均是真知灼见,非止简单的内容介绍。为了方便更多读者,国家图书馆出版社将这百余万字的"述要"加上彩色书影,单独成书出版。为了更好地展现一些特色版本的风采,张京元《删注楚辞》、闵齐伋刻三色套印《楚辞》等二种采用四色印刷,彭孙遹汇评万历四十六年妙观斋刻本《楚辞章句》等八种套色印刷,极大地方便了研究者的使用。

(作者单位:浙江师范大学图书馆)

(编辑:秦帮兴)

为元人写心，写元人之心
——评查洪德教授《元代诗学通论》①

◇唐　萌

　　自20世纪80年代以来，中国古代文学批评研究蔚为大观，多种文学理论著作相继问世。有通史研究，如敏泽《中国文学理论批评史》，复旦大学集体编写《中国文学批评史》，王运熙、顾易生《中国文学批评史》（三卷本）等代表性作品；还有断代史研究，如顾易生、蒋凡《先秦两汉文学批评史》，王运熙、杨明《隋唐五代文学批评史》，顾易生、蒋凡、刘明今《宋金元文学批评史》，等等。除批评史研究之外，一些不同体裁的专题研究亦开始起步。如袁行霈、孟二冬、丁放《中国诗学通论》，周裕锴《宋代诗学通论》，张仲谋《明代词学通论》等。在这些研究当中，研究者关注的热点多集中于传统意义上的"一代有一代之文学"，对唐诗宋词元曲明清小说及其理论着力颇多。不可否认，这些研究确实取得了令人瞩目的成就，但对一些长期被忽略的朝代与文坛情况的认识还很不够，比如元代诗学。查洪德教授新著《元代诗学通论》在全面梳理元代诗歌与文学文献的基础上，以元代文化与元代学术的大环境为背景，整理元代诗歌的发展历程，描述元代诗坛的基本面貌，从中总结元代诗学与元人特殊的审美追求。对一些经典性的文论命题做出历时的比较，将诗歌分析与理论阐释有机融合。并且针对学界对元代文学的误判做出有的放矢的补正。该书既填补了元代诗学研究领域的空白，具有开创之功，同时又是作者有为之作。

　　首先值得注意的是该书在章节安排上的逻辑性与系统性。全书分十三章，附录七篇。在绪论部分，作者交代了元代学术与元代诗学的基本问题，可视为元代社会与文化背景的说明。正文部分的十三个章节可以归结为四个基本论题——诗坛，诗学，诗风，诗论。附录部分介绍了元代几位重要作家或诗论家的诗学思想。在说明元代文学的社

---

① 查洪德：《元代诗学通论》，北京大学出版社2014年版。

会背景时,作者清理了历代以来对元代文学认识上存在的"误判",如"元人不读书","元诗居于当时文坛之边缘"。作者引证翔实的文献材料对上述误判给予归正,并指出是由于元代"文倡于下"的社会情况导致了元人怠于著述,但绝非不读书无思想。而对于"元无诗"或是"元诗居文坛边缘"的说法,作者通过统计元代诗人与散曲家数量进行对比,列举大量元诗作品及元人论诗的文献,得出元代不仅诗风大盛、论诗之风亦盛的结论。作者在清理这些后人误判的过程中,还元代文学的本来面貌,让更多的人客观地认识元代、认识元代文学、认识元代诗坛。元代诗坛受元代社会与其特殊的文化环境影响,表现出了追求正大气象与多元风格的包容,元代文人宽松自由的生活环境又决定了元人真实自然的诗歌风貌与追求清和的审美理想,同时也推动了文人之间的文化交流——雅集。通过作者对元代诗坛的这些描述,启发我们去思考元代文人的人生追求与思想。

作者以时间为序,分早前中后期,对元代诗坛的发展历程作大致概括。从元代诗坛风气中抽绎出"隐逸与游历""雅集与题画"四种风气,分两章分别讨论。之所以将此四种风气两两结合放在一起讨论,作者交代了理由:"这代表了元代诗人心灵和生活情趣的两个基本方面:前者体现了走向自然的心灵和人生取向,后者体现了对文人生活情趣的热衷。这两种取向,不仅影响了元诗的风貌,也影响了元代诗学的基本主张。"(《元代诗学通论》,第49页)由此我们可以看出,作者是根据元代诗学发展的实际情况提炼问题,设置章节,并形成全书写作的框架。

由描述诗坛风气总结出的诗歌风貌直接关联到诗学思想。本书的第二个部分"诗学"论,选取元代诗学中的代表性命题展开论述,包括"性情"论、"自得"论、"自然"论,并于其后设元代诗学风格流派论一章对元代诗学的风格与流派意识及成因等相关问题做出探讨。其中"性情论"一章,列举了以刘将孙为代表的自然性情论,赵文、杨维桢代表的个性性情论,吴澄、虞集代表的"约情归性"性情论和道学家的诗学性情论。作者对此进行了详细的分析与比较,并设专章对"性情"论相关诸问题,如性情与唐宋、性情与法度、性情与学问、性情与风格、自乐吾之性情等做了细致的说明,多角度地展现了元代诗学"性情"讨论。"自得论"一章,将"自得"概念置于宋元理学的文化背景下加以考察,列举了理学产生之前的"自得"意义的发展演变情况，并指出诗学"自得"与理学"自得"的渊源关系，从而对元代诗学"自得"论做出了具体的解析。"自然论"一章，作者从哲学意义、诗歌生成和风格论三个方面探讨元代诗论中的"自然"概念，指出了元代诗人倡导自然是对宋人刻意为诗的反思，而元人的诗学自然源于元代文人的人生自然，进而指出元代诗学"自然"论在诗学发展史和诗歌发展史的意义："在宋人的观念里，诗是诗人作出来的。元代很多论者反对这种观念，认为诗应该是自然生发出来的，它应该是自然的，是合于自然的：或合于天地之自然，或合于人心之自然。"（《元代诗学通论》，第221页）这一部分剖情析理，论述透辟，举证翔实，是全书的亮点。

  从诗坛风貌的概述到诗学思想的剖析，最终仍将落实到具体诗风或者具体的审美理想上来。在这一部分，作者向我们说明了元人的诗风追求——清和。对20世纪以来对元诗特点"雅正"的概括做出了辨正。作者认为，用"雅正"概括一个时代的诗风特点并不合适。说一个时代诗歌的特色是"雅正"，等于没有对这一时代的特色做出概括，或者说还没有找到这一时代的诗风特点。（《元代诗学通论》，第275页）并结合元代文人与政权的关系、元代文人的生存状态和心态，分析了元代诗学崇尚"清""和"的诗美理想及其多方面原因。

  要还原一个真实的元代诗学面貌，必须回到元人的诗论当中去。对于元代出现的众多诗格、诗式、诗例类著作，学者一般认为多为书贾托名名家所作。但是即便如此，却并不意味着元代诗论家就没有自己的主张。作者指出，元人很多有价值的诗学文献存在于文人的别集中，包括诗集序跋和其他论诗文字，其中蕴藏着很多有价值的诗学批评见解，不少观点是前代所无或超越前人的（《元代诗学通论》，第13页）。作者通过整理元人别集与诗人、诗论家的诗集序跋，从中钩沉出元人的诗论观。如元人对"诗法"的态度，元人的"师古"与"师心"问题，元代诗学的"主唐"与"宗宋"取向，以及元人的诗歌鉴赏心态。从这些具体且重要的问题入手，细致地考察元代诗学的情况。

  支撑起《元代诗学通论》这座大厦的除了上述严谨缜密的逻辑框架外，更重要的是原始文献的使用。书中主体部分引用文献1300多条，加上附录共1600多条，涉及400多部书。作者坚持一切观点来源于第一手材料，有一分材料说一分话，不作任何悬揣。这些材料也是作者能够将此前的误判归正于事实的重要证据。在使用材料的过程中，作者注重对比相近材料的细节,往往于细微处有所发明。如将宋代米芾为李公麟《西园雅集图》所作《西园雅集图记》与元代杨维桢为张渥《玉山雅集图》所作《雅集志》两相对比,发现出自元人之手的《雅集志》直呼文人姓名,打破了古代文人交往的一般规则。并由此洞察到:在元代,一些传统的社会观念被颠覆,儒家礼法对文人精神和生活的控制力大大削弱。这一结论对认识元代宽松的文化环境,认识元人的精神风貌起到了导向性的作用。

对于元代文学,一般的认识是元代以杂剧、散曲为主要的文学形态,元代诗文衰微,元人几乎不作诗、不读书也没有什么思想。正如古代文学史编写的那样,写到元代,无非关汉卿、马骥、郑光祖、白朴和几位少数民族作家。但事实真的如此吗?通过作者举证的大量原始材料,我们不得不反思曾经对元代文学认识的偏差。清晰地认识元诗比发现元诗的存在还要难得多。要在14万多首元诗中认清元诗的内核,给出一个准确的概括,这几乎是不可能的。这不仅需要长期沉浸于元代诗文中亲身感受,还必得经过无数次的修改与完善。如同我们认识的盛唐诗的"恢宏雄壮"与宋诗的"清雅"那样,这种认识是经过无数次的论证而形成的。如果我们不能从整体上把握一个时代的诗风面貌,那么即便对这个时代的作家作品了解得再细致也不能说认清了这个时代的文学。在《元代诗学通论》中,作者将元诗的主导性诗风概括为"清和",并从深层次上分析元代诗学崇尚清和的原因。作者指出:一是由于元代文人与政权的关系相对比较疏离,对政治的依附关系较弱,如此倒使他们拥有充分的空间,去自由地享受自己的生活情趣,表达自己的审美追求,于是"清"便在他们的诗文和诗文理论中强有力地反映出来。二是元代文人在失去政治和经济上的优势后,富与贵已经不属于他们,为了抗衡富与贵,展示自己的个人价值,就要充分张扬自身的文化优势,突出其人格高致,于是不管是从情趣说还是从人格说,抑或从为人气象说,高扬文人和文化之"清",以区别并抗衡"东华尘土"所代表的富与贵之"尘"之"俗"之"浊",就成为文人们获取人格自尊和心理平和的必然(《元代诗学通论》,第281页)。作者做出了元诗"清和"之风的结论,并给出了元诗清和之风与元人的生存境遇有关等理由。而这些理由恰恰启发我们去思考如何概括一个时代或是一个时期的诗风,如何去把握一个时期的文学风貌。

这些结论帮助我们了解元诗,为元代诗学研究敲开了一扇大门。

作者在"后记"中说，涉及元代文学研究的最初几年，元代文人对他来说是个谜。而一些学者论定元代是文人最痛苦的时代，但作者所读元人作品的感受并非如此。类似这样"元无诗""元人不读书""元人粗浅不文""元诗居于当时文坛边缘""元代诗话地盘狭窄"等论断，在阅读元代文献之后发现，这些论断是不符合实际的。据2013年由中华书局出版《全元诗》收录情况看，共收录近5000位元代诗人，14万多首诗作。迟到的《全元诗》击碎了一切不承认元代诗歌、诗人的论断，或者《全元诗》能够早些问世，那些臆断猜测会少很多。又如在这些臆断基础上铺衍出的结论，"元代诗格诗法的流行是为学诗而求师不易的人提供'无师自通'的诗学入门书"，这种基于对元代社会的错误认识。一般认为，元代尚武轻文，文化落后，知识贫乏，"加之蒙古贵族又实行种族歧视政策，文士学子深受其害，使'读书无用论'泛滥成灾，斯文扫地，师道殆废，求师不易。于是，诗歌一类通俗易懂的诗学入门书畅行一时"。首先，这些论说的理由根本不成立，统治阶层没有实施文化歧视政策，元代的文化也并不落后。其次，若如此论所言"读书无用论"遍行于世，那么文人为何还要学习写诗？作者如是反驳道。

进入一个研究领域最直接的路径是发现了其中的问题或是对现有的观点有疑义。解决了问题，解惑了疑义才能自心独得，或产生影响，甚至推进整体的研究进程。正如作者自言，《元代诗学通论》的起步也是由"迷"到"疑"，而以"释疑"为终点。在"释疑"的过程中，作者正是感受到此前的一些结论存在问题，所以才能够有针对性地解决这些问题，最终形成观点得出结论。这种研究路径对从事古代文学研究者来说是很值得借鉴的。在现今的古代文学研究中，几乎没有哪一个领域是完全没有被开垦过的。这样一来，是不是我们就没有研究可做？答案无疑是否定的。《元代诗学通论》在这个方面，为我们树立了典范。

查洪德教授早年以《元代文学文献学》一书闻名学界，新著与文献学一书一样，保持着作者一贯朴实巧妙的语言风格。如"说元人不读书，那是因为不读元人书"等，作者用这些妙语织就了一幅诗情与思想和谐共生的图卷。如果要概括查洪德师的为人与为文，我想正如老师在论述元代诗风审美理想时说到的那样：清不空寂，和而不流，至清至和。如月到中天，风来水面。

（作者单位：南开大学文学院）

（编辑：秦帮兴）

《全元诗》与杨镰先生的学术

◇张建伟

一、《全元诗》学术价值管窥

杨镰先生主编的《全元诗》已经由中华书局出版。作为元代诗歌的总集,"在纵向上,《全元诗》成书,为断代诗总集(从上古至宋)的延续,打通了自《全唐诗》、《全宋诗》向元、明、清过渡的通道。在横向上,《全元诗》则是元代四种主要文体之中的一种新总集,成为学术路径的交叉点与瓶颈。"① 在元代诗文研究日益受到关注的情况下,这部包括近5000位诗人、13万余首诗篇、多达2208万字的大型断代诗歌总集必将使元诗研究成为古代文学研究新的增长点。

《全元诗》所收诗人包括在元朝疆域生活的中国各民族,以及源自欧亚大陆的民族。就作者的宗教信仰而言,除了传统的道、释两家,还有基督教(也里可温)、伊斯兰教(答失蛮)等背景。元代诗人的族属,包括汉、蒙古、畏兀、唐兀、吐蕃、康里、大食、钦察、回回、苇林、哈剌鲁、乃蛮、阿鲁浑、克列、塔塔儿、雍古、渤海、契丹、喀喇契丹等数十个民族②。来自不同地域、不同民族、不同信仰的诗人都用汉语写作,构成了中国文学史上独特的景观。

《全元诗》包含着元代历史、文化、文学等诸多方面的内容,其巨大的学术价值不是笔者这篇文章能够概括的,仅就以下几个问题谈谈自己的体会。

首先,元代的西域诗与上京纪行诗因独具特色值得关注。

---

① 杨镰:《元诗与元代历史文化》,《文史知识》2013年第6期,第107—108页。
② 参见《全元诗》前言。

和唐宋等其他朝代不同，在元人心目中，西域早就不是秘境。耶律楚材、耶律铸、丘处机、尹志平等人都有自成卷帙的西域诗，"无论诗歌史或文化史，这都是前所未见的奇迹。《西域河中十咏》等篇什是纪实的经典。经耶律楚材倡导，中亚出现了华夏诗文的社区，河中府——撒马尔罕成为华夏诗坛的西极"①。

上京即上都，元世祖忽必烈在此营建城郭，名为上都。每年四月到九月，元朝皇帝都要到此巡幸，朝臣扈从。以塞上草原开平地区建立的上京为歌咏内容，是元诗乃至整个中国诗史上一个非常独特的现象。②翻开《全元诗》，描绘上京地理、气候、风俗等内容的诗篇众多，涉及的诗人达数十家。

其次，"元朝与域外的交往长期是中外学界的关注点，成为华夏文明走向世界的双向例证。对此，元诗提供了丰富生动的细节"③。

元代文人与域外的交流极为频繁，通过出使等活动，他们与高丽、安南等国的文人用汉语写诗，进行赠答唱和。耶律楚材与高丽使臣有过多次文化交流，在蒙哥汗期间，他在蒙古汗廷见到的高丽使者为池义深，作《和高丽使三首》，其子耶律铸的《春日席上次高丽国使新安公诗韵二首》同样是和高丽使臣诗歌唱和之作。高丽人李穀（1298—1351），字中甫，考中顺帝元统元年（1333）进士，为翰林检阅官。著有《稼亭集》二十一卷，末卷附元人欧阳玄、谢端、余阙、黄溍、宋本、宋褧、王士点、郭嘉、苏天爵、贡师泰等二十多人的诗文。④这些赠答诗都通过《韩国文集中的蒙元史料》影印本收录到《全元诗》之中，成为中韩文化交流的珍贵记录。⑤

元朝文人还与安南国人员的频繁交往，其诗歌创作中有很多内容涉及安南。安南与元朝一直有着密切的联系，出使安南成为当时政坛的大事，不但使者撰写了大量安南纪行诗，送行的文士也有很多诗作。值得注意的是陈孚的《交州稿》，描绘了安南的地形、气候、物产、礼

---

① 杨镰：《论元诗的叙事性特征》，《文学评论》2012年第2期，第187页。
② 参见李军：《论元代的上京纪行诗》，《民族文学研究》2005年第2期；邱江宁《元代上京纪行诗论》，《文学评论》2011年第2期。
③ 杨镰：《元诗与元代历史文化》，《文史知识》2013年第6期，第108页。
④ 参见邱瑞中：《高丽末年三十家文集提要（上）》，《元代文献与文化研究》，中华书局2012年版，第53页。
⑤ 参见张建伟：《北方文学家族与元代文学》，未刊稿。

仪、风俗、歌舞、传说等内容，广泛反映了安南的历史文化①。

由于元代和域外接触与交流极为广泛而频繁，元代歌咏域外风物的诗篇并不少见。舒頔有诗《骆驼鸡行》，描绘出自域外国度的贡物——非洲特有的珍奇动物鸵鸟。这种鸟长相奇特，"铁冠兀啄颈连翠，豕身鸡项足无距。"诗人不禁提出疑问："以鸡耶不能鸣而司晨，以禽耶何文采羽毛之可取。"②除了鸵鸟，非洲的另外一种动物斑马也进入了诗人的视野，元人称之为"花驴"。曹伯启有七言绝句《海夷贡花驴过兰溪书所见》四首，其三曰："天地精英及海隅，兽毛文彩号花驴"，简要描绘了斑马的特征。其二曰："航海梯山事可疑，眼前今日看珍奇"③，生长于中原的人只有在想象中才能接受这样新鲜的事物。杨镰先生认为，"这些诗篇将海上交通探及非洲的过程具体化，重设了人们曾认定的中国与世界大洲大洋的联系的时间表"④。

最后，元诗体现了元朝作为疆域广阔的大一统王朝的文化特点，即东西文化、南北文化的交融会合。

自五代时期，中原文人就见不到分界处"白沟"以外风光，南宋文人甚至在淮河边感叹"何必桑干方是远，中流以北即天涯"（杨万里《初入淮河四绝句》其一）。到了元代，蒙古、色目等民族由西北到东南的迁徙流动成为元代文坛的风景线，培养了萨都剌、马祖常、贯云石等各族诗人。在隔绝了百余年之后，南北重新统一，文人的宦游与迁徙带动了南北文化的交融。正是因为有了《全元诗》这样的文学总集，笔者计划编订"元代诗人的地理分布"，从文学地理学的角度解读元代文学。

回顾文学总集的编撰，无论是古代还是当代，大多是集体力量的结晶，像杨镰老师这样积累近三十年，自己调查诗歌存佚、确定真伪、版本，并自己完成辑佚工作的编撰，让人难以想象。同时，在这三十年间，杨镰老师还完成专著多部，发表论文数十篇，出版小说多部，在学术界、小说界、探险界等诸多领域具有广泛影响⑤。《元西域诗人

---

① 参见张健伟：《论元代安南纪行诗》，未刊稿。
② 四库本《贞素斋集》无，《全元诗》据道光本《贞素斋家藏集》卷三收入，第43册，第367页。
③ 《全元诗》据《汉泉曹文贞公诗集》卷八收入，第17册，第382页。
④ 杨镰：《论元诗的叙事性特征》，《文学评论》2012年第2期，第186页。
⑤ 关于杨镰老师小说方面的成就，请参看蒋守谦《西行的硕果——谈杨镰的小说创作》（《文学评论》2004年第2期），本文不作赘述。

群体研究》被吕薇芬先生誉为"格局新，视角新"①，《元诗史》作为第一部元代诗歌的断代专题史，既解决了文学史上前人没有解开的一些谜团，也纠正了学术界过去对元诗的一些误解②。

杨镰老师的成果之质量与数量令人叹为观止，那么，他是如何集学者、作家、探险家于一身，成为这种"复合型人才"，他的学术道路对于积累深厚、难以创新的古代文学研究有着怎样的启示呢？我们试图从《全元诗》的编撰中寻找答案。

二、《全元诗》的版本选择与文献辑佚及辨伪

编辑总集，需要对有文集存世的诗人选择善本作为底本，《全元诗》在这方面下了很大的功夫。例如，王恽的诗歌以《四部丛刊初编》影印明弘治刊本《秋涧先生大全文集》为底本，因为弘治本为翻刻元至治二年（1322）刊本，残缺较少，最为接近王恽文集的原貌（《全元诗》第5册）。同样的道理，郝经《陵川集》选用道光八年（1828）刊本为底本，以正德刻本和文渊阁四库全书本为校本（《全元诗》第4册）。

除了对传世文集作精细的比较选择外，《全元诗》还充分利用方志、新发现的碑刻、域外古籍等资料，这里仅就域外古籍举一个例子。西域拂林人金元素原名哈剌，为也里可温氏（元代信仰基督教的人）。他考中元文宗天历三年（即至顺元年，1330）进士，与文人多有交往，后追随元顺帝北遁。金元素擅长诗歌、散曲，无论从籍贯还是信仰，他都是一个文学史上独一无二的人物。但是，金元素的诗集长期隐而不显，《永乐大典》与《元诗选·癸集》一共存诗二十余首③，导致这样一个重要人物淡出了人们的视野。通过周清澍先生的介绍，杨镰老师根据日本内阁文库收藏的抄本《南游寓兴集》编录金元素诗，并且利用释来复《澹游集》、叶翼《余姚海堤集》、《永乐大典》等书辑佚校勘，使得这位身份特殊的诗人存诗达到368首（收入《全元诗》第42册），为元代诗歌、基督教等领域的研究打下了基础。

编辑《全元诗》涉及辑佚问题，有文集传世的诗人存在集外佚诗，

---

① 《元西域诗人群体研究》《专家推荐意见书（二）》，新疆人民出版社1998年版。
② 参见《文汇读书周报》2003年9月26日刊，及《全国古籍整理出版规划领导小组办公室主办通讯》2003年第9、10期合刊。
③ 金元素诗在《元诗选·癸集》中分属二人，金元素1首，金原素2首。

文集散佚的诗人更需要进行辑佚工作，辑佚时还需要必要的辨伪。

《全元诗》编辑之时，可资利用的元诗总集与别集之中，有数十种伪书，例如明人编刊的总集《宋元六十一家集》中的伪书，还有所谓夏天佑《正思斋文集》十二卷等。除此之外，元人别集之中，所录诗文互相重复，甚至于个别元人别集之间，互见作品达到数十首①。历来被学者重视的《元诗选癸集》也存在很多问题。清代中期编定的《元诗选癸集》收录了2200位元代诗人，此前一直以其为元代有诗篇流传至今的诗人的极限数字。"《全元诗》编撰过程中证实，仅《元诗选癸集》编入的诗人就出现相当大的自我重复，最多者一人在不同位置出现四次。实际《元诗选癸集》仅收录了元代不到1600位诗人的诗篇。"②

杨镰老师通过追溯文献来源，在编集过程中尽可能予以辨别。他在这方面做了大量的辑佚辨伪工作。比如，四库全书中的元人别集中有20种为《永乐大典》辑本，这些由清代学者辑佚出来的别集弥足珍贵，但是也存在漏辑、误收的情形，例如王沂（字师鲁）《伊滨集》中有半数以上诗歌应属于元明之际的另外一个王沂（字子与）③。所谓元人别集《荻溪集》《林屋山人漫稿》《成性斋集》等都是伪书，其形式有全部伪造、随意拼合、内容有误等几种情况④。元诗总集中的问题也不少，如明人潘是仁选刊的《宋元六十一家集》就是典型的伪书，而成就极高的清人顾嗣立的《元诗选》也存在一些问题⑤。

杨镰老师认为，文献辨伪最根本的方法就是追溯文献来源，例如《元诗选》二集《酸斋集》所收贯云石的两首诗为宋元之际牟才子所作⑥。通过追索最早的文献如《皇元风雅》等元代总集、方志，明清元诗总集中的误收情况都可以得到纠正。无论是编撰《全元诗》，还是撰写论著，杨镰老师总是要千方百计寻找最原始的资料。

如果仅仅编辑一部别集，为一位诗人辑佚诗篇，还可以理解，但是为元代近5000位诗人（无论诗文集存在与否）辑佚，其工作量可想而知。杨镰老师就是以几十年的孜孜不倦来聚沙成塔、集腋成裘。他

---

① 参见《全元诗》前言。
② 杨镰：《元诗与元代历史文化》，《文史知识》2013年第6期，第108页。
③ 参见《元诗文献辨伪》，《文学遗产》2009年第3期。王沂（字师鲁）诗收入《全元诗》第33册，王沂（字子与）诗收入第58册，二人重见诗皆予以注明。
④ 杨镰：《元诗文献辨伪》，《文学遗产》2009年第3期。
⑤ 杨镰：《元佚诗研究》，《文学遗产》1997年第3期。
⑥ 《全元诗》第33册，第305页。

在《金诗文献管窥》中说:"一部总集的编纂提到议事日程上来,是因为有了必要的文献积累,期望可以以新著替代以往的同类成果。文献积累,包括前人所做的与编纂者自身具有的。它主要体现为:一是再次(在一个新的层次上)确认研究范围,拉开与旧作的距离;二是对已知的(前人引称过的)文献做学术含量分析,推导文献来源,同时,在这个过程中提升研究的深度与广度。"①

文献的辑佚并非简单地收集资料,因为文献记载真伪参杂,需要细致辨析②。杨镰老师文献辨伪最著名的成果为《〈坎曼尔诗笺〉辨伪》,实际上,他在元诗方面做了大量的辨伪工作。比如《永乐大典》《诗渊》有大量署名廉公达(廉恒字公达)的佚诗,有学者据此论述廉恒的诗歌成就,然而,据杨镰先生考证,这些署名廉公达诗的作者为廉恒弟廉惇,《诗渊》误抄为廉恒③。再如,《武林往哲遗著》本《贞居先生诗集》误收了张雨诗,编辑《全元诗》时,杨镰老师都予以辨析并删除(第31册)。

杨镰先生在文献上的认真与执着是出了名的。他曾经为了贯云石的一首佚诗,专程到上海博物馆查找释可欢编的《岳忠武王庙名贤题诗》。就是在这样不懈的努力下,元代重要的畏吾诗人贯云石存诗达到51首(《全元诗》第33册)。

给笔者留下印象最深的一件事是元好问的《方城八首》的问题,今人所编《全金诗》《全辽金诗》《元好问全集》等书都将这八首诗当作元好问的作品收录其中。笔者受杨镰老师指导,收集元好问佚诗,原想既然这么多位学者都认可这八首诗,直接收入就可以了。但杨镰老师一再嘱咐,一定要亲自追寻元诗文献,眼见为真,不可人云亦云,并安排笔者到河南省图书馆出差,最终在该馆的民国《明嘉靖南阳府志校注》卷十一和民国《方城县志》卷七查到这八首诗,从而确定其为元好问作品。

杨镰老师一再强调:"文献是一切发现的基础。"他多次提到一个比喻,"文献积累,好比是修建粮仓,再艰难、再困苦也只能依靠自己

---

① 蒋寅、张伯伟主编《中国诗学》第十一辑,人民文学出版社2006年版。
② 杨镰老师说:"辑佚与辨伪则是文献研究的两个阶段,忽略了哪一个,我们的研究成果都可能成为空中楼阁。"(《在书山与瀚海之间》第87页))
③ 杨镰:《元诗史》,人民文学出版社2003年版,第53页。廉惇诗收入《全元诗》第28册。

的储存，而不能到人家的库房之中去收获。"具体到元诗研究，他说："有什么样的元诗文献研究，就有什么样的元诗研究。"①贯云石《酸斋集》、郭昂《野斋集》和廉惇《廉文靖公集》也是用同样的方式重辑成编②。杨镰老师的《西域诗人群体研究》《元诗史》都是建立在扎实的文献基础之上。

杨镰老师表示，他辨析文献，以真为归是秉承清代乾嘉学派的传统③，同时也得到三位老师的指导，即孙楷第、吴丰培与宿白三位先生④。目前，很多研究者或是追求西方新理论来著书立说，或是一味依靠电子检索来"高效率"地推出成果，在这种潮流之下，杨镰老师能坚守我国固有的求真求实的学术传统，实为难能可贵。然而，杨镰老师并未固守于书本，他在乾嘉学派重视文献考据的基础上，还有所突破，那就是实地调查与重视细节。

如果说重视文献是杨镰老师成功的双翼之一，那另一翼则是实地调查。杨镰老师自己明确地表示，他的研究基础是"从文献起步，不忽视实地调查。实地的现场感，是文献的升华"⑤。杨镰老师多次强调"我们的实地考察，是寻找为一个指令错误地删除了的文明史的细节。重视细节，是我们工作的特点。只是从结论到结论，我们的研究就缺乏了激情，我们的努力将背对受众。在寻找失落的文明的同时，我们也在寻找精神家园的守望者，古老文明的传承者，以及潜藏在文明史字里行间的永恒的情感"⑥。杨镰老师专程到河南潢川县考察马祖常墓，到汝州郏县张武楼村考察葛逻禄诗人迺贤的遗迹。

杨镰老师的论著还有鲜明的个性特点，即在研究中融会了个人的人生体验。作为《全元诗》中期成果的《元代文学编年史》就不同于一般的编年史单纯排列与考证史料，而是包含了很多细节，并附作者的评论。例如元初发生在浦江的热闹非凡的月泉吟社"咏春日田园"征诗，杨镰老师结合元代长期中断科举的背景，指出"实际这是科举

---

① 杨镰：《在书山与瀚海之间》，东方出版中心2012年版，第50、77页。
② 杨镰：《元佚诗研究》《文学遗产》1997年第3期。郭昂诗收入《全元诗》第8册。
③ 杨镰：《西域史地研究与〈坎曼尔诗笺〉的真伪》，《中国边疆史地研究》1994年第2期。
④ 参见杨镰《在书山与瀚海之间》，东方出版中心2012年版。
⑤ 杨镰：《在书山与瀚海之间》，东方出版中心2012年版，第29页。
⑥ 杨镰：《寻找马祖常与雍古人进出历史的遗迹》，《文史知识》2007年第11期，第11、77页。

的一种'补偿'或说'另类竞技'"①。真是言简意赅，一语中的。该书有不少这样的段落，比如刘埙《义犬传》、宋褧《王猩子传》、姚天福《姚忠肃公神道碑》，"范孟作乱"等②。

三、《全元诗》与元诗研究

在编辑《全元诗》的同时，杨镰先生从事元诗研究，《元诗史》《元代文学编年史》等著作都是开创性的成果。阅读杨镰老师的《元诗史》，一个鲜明的感受就是他对于每一位诗人的存诗数量与文献所在了如指掌。他的论文也是建立在扎实的文献基础之上。这与他多年来潜心编辑《全元诗》有着密切的关系。

通过《全元诗》编定，可知元代诗坛的一大特点就是不同民族的诗人多用汉语写作，进行交流。"双语诗人们，通过诗进入了'文化社区'，化解了不同民族之间的'距离感'。流传至今的双语诗篇，是元诗的定位标志。"③ 杨镰老师的元诗研究就始于双语文学作家④，他第一个关注的诗人为贯云石。

贯云石，一个祖籍北庭的维吾尔人，家族定居在大都畏吾村（今北京魏公村）。杨镰老师选择他作为元诗研究的起点，与自己在新疆十多年的工作、学习经历有关。杨镰老师研究贯云石，面临着很多困难：前人研究成果极少、资料分散难觅等。他从最基本的工作做起，根据《永乐大典》等文献，辑佚贯云石的诗歌，另外实地调查其家族定居地的遗迹，于是，付出之后的回报不只是《贯云石评传》，还有一本《贯云石作品集注》（合作，新疆人民出版社1987年版），不仅将贯云石的研究提升了一大步，而且为他人研究贯云石打下了坚实的基础。

杨镰老师重视文献，但他的研究并不仅限于文献，而是在充分掌握文献的基础上发现问题，进而解决问题。杨镰老师编辑《全元诗》期间，阅读了大量文献，对元代文化与文学的诸多问题进行了广泛而深入的探讨。

---

① 杨镰：《元代文学编年史》，山西教育出版社2005年版，第146页。
② 参见《元代文学编年史》，山西教育出版社2005年版，第276、311、403—407页。
③ 杨镰：《元诗与元代历史文化》，《文史知识》2013年第6期，第110页。
④ 参见杨镰《元西域诗人群体研究》及《元代蒙古色目双语诗人新探》，《民族文学研究》2004年第2期。

杨镰老师很早就关注元代江南的地方诗坛，在《元诗史》中单列一章来论述，以鄱阳、睦州、天台、宣城等地为例做了重点研究，他指出："元代的江南地域诗人群，是中国诗史的明清地域诗的发端。"杨镰老师在论著中多次强调元代是四种文体诗歌、散文、戏曲、小说首次齐聚文坛，那么，这四种文体之间是什么关系呢？他的论文《元诗叙事纪实特征研究》就出色地解决了这个问题，杨镰老师认为，"叙事纪实是元诗有特色的表现手法，也是元代四种问题互相接近、进一步形成各自范本的交汇点。元诗以叙事纪实之作为元代历史文化提供了丰富的细节"①。如果不是编辑《全元诗》，如果不是几乎穷尽了存世的元代诗歌作品，是不可能得出这样的结论的。

作为一部篇幅巨大的文学总集，《全元诗》不可避免地存在一些问题，也有增订的余地。② 但是，这部中国文学史上的断代诗总集对学术发展的贡献毋庸置疑，值得我们期待。

在为《中国国家地理》作讲座时，杨镰老师曾归纳了"探险家"应该具备的三个特点：第一，同样的错误，不能犯第二次；第二，困境之中，如果你自己救不了自己，那谁也救不了你；第三，在感到无路可走时，其实往往是"无路可退"，坚持向前走就是了。③ 实际上，这三条原则不只是探险需要，在生活上与学术上同样给我们以启发。在20世纪80年代，当杨镰老师撰写《全元诗》工作计划时，听到某高校编撰的《全元诗》即将出版，当时，巨大的失落感可想而知，但是杨镰老师选择的不是放弃，而是坚持。正是杨镰老师的坚持，我们今天才能看到这部划时代的断代诗总集。杨镰老师的学术道路给我们的启示，不仅表现在学术方法上，更体现在他的人文情怀④，他的坚忍执着。

（作者单位：山西大学国学院）

（编辑：秦帮兴）

---

① 杨镰：《元诗叙事纪实特征研究》，《文学评论》2012年第2期，第182页。
② 参见薛瑞兆《〈全元诗〉校读》、徐永明、毋丹《〈全宋诗〉补遗二十首〈全元诗〉补遗七十首》（《元代文学与文献研究学术研讨会暨元代文学学会（筹）成立大会论文集》，中国通辽，2014年8月）、邓富华《〈全元诗〉补遗》（《古籍整理研究学刊》2014年第6期）。
③ 参见杨镰《在书山与瀚海之间》，东方出版中心2012年版，第74页。
④ 在《在书山与瀚海之间》中，杨镰老师将探险考察"关注的焦距定在各族群众的生活状况之上"，他表示："人文情怀，是我一次一次进入戈壁荒漠的动力。感受文明、传承文明，则是我为自己设置的感情脉搏。"

第三届日本汉诗日中合作学术研讨会在日本福山召开

◇赵敏俐

2014年8月3日,第三届日本汉诗日中合作学术研讨会在日本福山市召开。此次会议由日本福山银河孔子学堂、首都师范大学中国诗歌研究中心和广岛大学中国古典文学研究中心共同主办,广岛大学北京研究中心、广岛县历史博物馆协办,福山市教育委员会、日本涉谷育英会、广岛县日中友好协会为支持单位。日本福山市市长羽田皓先生、涉谷育英会小丸法之会长、福山市教育委员会教育长三好雅章先生、福山银河孔子学堂理事长门田峻德先生、日本广岛大学副校长佐藤利行先生、广岛县日中友好协会副会长大谷育平先生、广岛县立历史博物馆馆长冈田圭史先生,及日本各方友好人士100余人出席了会议。首都师范大学中国诗歌研究中心主任赵敏俐教授、首都师范大学日本文学研究中心李均洋教授、中国人民大学文学院李炳海教授、湖北省文理学院刘刚特聘教授、首都师范大学文学院徐健顺副教授、中国石油大学文学院魏学宝副教授及首都师范大学学生吟诵团等一行12人参加了此次会议。会议由福山银河孔子学堂理事长门田峻德先生主持,日本福山市市长羽田皓先生为大会致开幕词,他回顾了北京市与福山市近十年来在中小学教育方面所进行的合作,为大会的召开表示祝贺,并祈望中日两国文化学术交流不断深入开展。日本广岛大学副校长佐藤利行先生对日本汉诗日中合作研讨会的发起及近年来所取得的成绩进行了介绍。首都师范大学中国诗歌研究中心主任赵敏俐教授在会议做了《中华吟诵的抢救、整理与研究》的主题报告。首都师范大学学生吟诵团、日本天山流备州吟咏学会福田一洲先生、福山市老年大学著名书法家藤井寿峰女士共同表演了精彩的节目。作为本次学术交流活动的一部分,8月2日下午,赵敏俐教授一行还参加了福山银河孔子学堂第三届孔子祭活动。孔子也是日本人心中的文化圣人,儒学教育至今在日本传承不衰,祭祀孔子,也是日本儒学教育的重要仪式。福山市教育委员会教育长三好雅章先生为祭祀活动致辞，他怀着崇拜之情，回顾了孔子对日本教育的深远影响。日本广岛大学佐藤利行教授，做了"孔子的教育"的主题演讲。整个祭祀仪式活动举行得庄严而肃穆，中国代表团一行深受感动。

  首都师范大学中国诗歌研究中心与日本广岛大学文学研究科，自2001年建立学术交流关系以来，14年坚持不断，取得了良好的成效。两校合作进行学术研究，以日本汉诗与吟诵为题，先后完成了多项科研规划，承担了教育部人文社会科学重点研究基地重大项目，在《光明日报》等重要报刊上发表了系列论文，在学术界产生了良好的反响。自2010年起，与福山银河孔子学堂一起，每两年举办一届日本汉诗日中合作学术研讨会，深受日本学界的重视。日本两家最大的报纸《朝日新闻》与《读卖新闻》，早在2010年就进行过专门报道。2014年两校学者合作，共同申报了《中国诗歌史通论》的中华文库日文外译项目，获得了全国哲学社会科学规划办公室的批准，本次日本汉诗日中合作学术研讨会上，首都师范大学吟诵团受邀赴日，第一次到日本展演中华吟诵，受到了日本友人的热烈欢迎。这标志着两校之间的合作走向了一个新的台阶。

（编辑：秦帮兴）

"诗歌研究：文献与方法"学术研讨会综述

◇亓 晴

2015年4月25日，由《中国诗歌研究》编辑部与《文献》编辑部共同主办的"诗歌研究：文献与方法"学术研讨会于北京召开，来自全国各高校及研究机构的二十余位知名学者出席了此次研讨会。

25日上午，研讨会由首都师范大学中国诗歌研究中心主任、《中国诗歌研究》主编赵敏俐教授主持开幕。赵敏俐教授介绍了此次研讨会的与会嘉宾及主要议题。首都师范大学中国诗歌研究中心副主任左东岭教授与《文献》杂志常务副主编张廷银教授分别代表《中国诗歌研究》编辑部与《文献》编辑部致辞。左东岭教授介绍了此次学术研讨会的缘起与目的，同时对《中国诗歌研究》的创办宗旨、刊物特色、目前状况等进行了介绍；张廷银教授亦对《文献》的创办情况、刊物特色、学科范围等进行了简明介绍。随后，与会嘉宾就"如何提高《中国诗歌研究》的专业化水平"与"各自科研项目的进展情况"等议题进行了热烈的讨论。

此次会议旨在探讨学术期刊与学术前沿研究之间的协作（刊物的宗旨、栏目设置、组编刊制度以及各项目的进展情况等），与会嘉宾皆为近五年来诗歌研究领域中国家社科基金重大项目的负责人，会议形式新颖，既为各国家社科基金项目负责人提供了交流各自项目进展情况、进行学术交流的平台，也极大地促进了学术期刊与国家社科基金重大项目的合作，必将对学术期刊的发展与各项目中期成果的展示产生重要的推动意义。

（编辑：秦帮兴）

鲁洪生教授

一、基本情况介绍

鲁洪生教授1951年4月出生于辽宁省东港市。同年10月随父迁北京，1964年考入北京四中，"文革"期间到辽宁省东港市龙王庙公社务农，1975年5月到辽宁省丹东市五龙金矿做矿工，1977年考入沈阳师范大学文学院本科，1982年初考上本校先秦两汉文学研究生，师从伍心镇教授，1984年底获文学硕士学位，留校任教，1991年评为副教授，1994年5月调入首都师范大学文学院，1997年评为教授，2001年评为博士生导师。现为中国诗经学会常务理事，北京市委讲师团特聘教授，清华大学、北京大学、中国人民大学、中山大学等高校总裁国学班主讲教授。主要从事中国先秦两汉文学、中国古代文学理论的教学与研究。

主撰或参撰、参译出版了《诗经学概论》《读懂〈周易〉》《周易的智慧》《中国古代文学名篇导读》《诗经百科辞典》《诗经析释》《先秦大文学史》《历代赋辞典》《儒家教育九面观》《二十世纪大博览》等著作20余种；多次在国家图书馆、朝阳图书馆、西城图书馆做专题演讲。主要讲授"周易的智慧""传统文化与现代文明""论语的智慧""孟子的仁政""老子的智慧""诗经楚辞"等专题。在《中国社会科学》《文艺研究》等刊物上发表学术论文60余篇。其中多篇被《中国人民大学报刊复印资料》《新华文摘》转载，多篇获学术论文奖。1993年获辽宁省优秀教学成果二等奖（个人项目），2001年获国家级优秀教学成果二等奖，北京市优秀教学成果奖一等奖（集体项目，本人为第二承担人），2004年主编《中国古代文学名篇导读》（上、下）获北京市精品教材奖。

二、主要学术成果

（一）专著

1. 《诗经学概论》，辽海出版社1998年版。
2. 《读懂〈周易〉》，中华书局2008年版。
3. 《周易的智慧》，现代出版社2013年版。
4. 《先秦两汉文学研究》，商务印书馆2013年版。
5. 《周易导读》（线装书），中国书籍出版社2014年版。

（二）合著

1. 《诗经析释》，辽宁春风出版社1985年版。
2. 《二十世纪国际大事博览》1989年版。
3. 《古诗景物描写分类辞典》，辽宁人民出版社1991年版。
4. 《秦汉神异》，辽宁大学出版社1991年版
5. 《历代古诗欣赏大词典》，上海古籍出版社1992年版。
6. 《中学语文古诗文分类鉴赏》，辽宁教育出版社1992年版。
7. 《历代赋辞典》，辽大出版社1992年版。
8. 《先秦大文学史》，吉林大学出版社1993年版。
9. 《外国爱情诗鉴赏辞典》，吉林大学出版社1994年版。

10.《古汉语实用大词典》，河南出版社1995年版。

11.《诗百科辞典》，辽宁人民出版社1998年版。

12.《中国古代文学名篇导读（上下）》，中华书局2003年版。

13.《大学语文（第二版）》，高等教育出版社2003年版。

14.《中国戏曲脸谱丛书·水浒》，中国画报出版社2003年版。

15.《中国戏曲脸谱丛书·三国演义》，中国画报出版社2003年版。

16.《中国戏曲脸谱丛书·西游记》，中国画报出版社2003年版。

17.《诗经与楚辞》，北京大学出版社2003年版。

18.《大学语文（第三版）》，高等教育出版社2005年版。

19.《大学语文（第四版）》，高等教育出版社2006年版。

20.《语文读本（第1—4册）》，现代教育出版社2006年版。

21.《大学语文（第五版）》，高等教育出版社2007年版。

22.《诗骚分类选讲》，高等教育出版社2008年版。

（三）音像作品

1.《中学语文古代文学作品艺术谈》，中央电视台1989年版。

2.《〈周易〉解读》，中国人民大学影像出版社2008年版。

3.《读懂〈周易〉》，北京电视台名师讲坛2008年版。

4.《〈周易〉智慧》，九州音像出版公司2010年版。

5.《学好〈周易〉》，吉林音像出版社2011年版。

6.《用好〈周易〉》，吉林音像出版社2011年版。

7《〈周易〉全解》（CD），中经录音录像中心2013年版。

（四）科研项目

1."诗经集校集注"，教育部古籍整理委员会，编号：高字（2005）135。

2."赋比兴研究史"，中国社科基金后期资助项目，编号：10FZW021。

（五）主要学术论文

1.《孟子散文气势初探》，《沈阳师范学院学报》1983年第3期。

2.《关于国风是否民歌的讨论》，《第二届诗经国际学术研讨会论文集》，语文出版社，1986年。

3.《从〈诗经·邶风·柏舟〉的作者谈起》，《沈阳师范学院学报》1986 年第 4 期。

4.《〈毛传〉标兴辨析》,《固原师专学报》1987 年第 2 期。

5.《汉儒对赋比兴的认识》,《汉中师范学院学报》1987 年第 2 期。

6.《从庄子之"道"看其自然观》,《东疆学刊》1987 年第 3 期。

7.《赋比兴理论的成熟(上)》,《沈阳师范学院学报》1987 年第 4 期。

8.《情景交融审美价值论》,《中师论坛》1988 年第 1 期。

9.《谈谈中国古代文学史教学中的几个问题》,《高师教育研究》1988 年第 1 期。

10.《魏晋南北朝时期的赋比兴》,《通化师范学院学报》1988 年第 1 期。

11.《隋唐时期的赋比兴》,《沈阳师范学院学报》1988 年第 3 期。

12.《赋比兴理论的成熟(下)》,《辽宁大学学报》1988 年第 5 期。

13.《"情景交融"艺术谈(上)》,《沈阳师范学院学报》1990 年第 1 期。

14.《古典诗词中运用的绘画技巧》,《辽宁商专学报》1990 年第 3 期。

15.《先秦诸子散文的文学特征》,《朝阳师专学报》1990 年第 4 期。

16.《也谈讽刺幽默与证明反驳》,《演讲与口才》1990 年第 9 期。

17.《赋比兴本义的转变》,《江西师范大学学报》1991 年第 2 期。

18.《先秦诸子散文的说理艺术》,《沈阳师范学院学报》1991 年第 5 期。

19.《"兴于诗,立于礼,成于乐"古义发微》,《学术交流》1992 年第 1 期。

20.《"情景交融"艺术谈(下)》,《沈阳师范学院学报》1992 年第 1 期。

21.《关于〈诗经〉的分类》,《锦州师范学院学报》1992 年第 3 期。

22.《简论〈诗经〉中的周民族史诗》,《辽宁大学学报》1992 年第 4 期。

23. 《从赋比兴产生的时代背景看其本义》,《中国社会科学》1993年第3期。

24. 《简论春秋赋诗言志》,《江西师范大学学报》1995年第11期。

25. 《关于〈诗经·国风〉是否民歌的讨论》,《重庆师范学院学报》1995年第4期。

26. 《第二届诗经国际研讨会述评》,《河北师范学院学报》1996年第1期。

27. 《孔子诗说研究——兼论孔子说对儒家诗论的影响》,《首都师范大学学报》1997年第4期。

28. 《从〈庖丁解牛〉谈文学鉴赏的一般规律》,《中学语文教学》1997年第9期。

29. 《〈诗经〉的价值》,《齐鲁学刊》1998年第2期。

30. 《也谈〈伐檀〉〈硕鼠〉》,《首都师范大学学报（增刊）》1998年。

31. 《第三届诗经国际研讨会述评》,《文学遗产》1998年第2期。

32. 《关于朱熹赋比兴理论的几点考辨》,《文艺研究（增刊）》1999年第1期。

33. 《第四届诗经国际研讨会述评》,《河北师范大学学报》2000年第1期。

34. 《王维诗三首赏析》,《新讲台》,中央编译局2001年版。

35. 《不求甚解,误人子弟》,《中国教育报》2001年4月5日。

36. 《思维方式的体察与转换》,《文艺报》2001年11月20日。

37. 《〈毛传〉标兴本义考》,《中国诗歌研究创刊号》2002年第1期。

38. 《重现明代诗经学的辉煌》,《江西师范大学学报》2002年第2期。

39. 《中国古代文学的总体特点》,[韩]《文学研究》2003年第1期。

40. 《郑玄〈周礼注〉比、兴观念产生的根源》,《河北师范大学学报》2004年第6期。

41. 《如何理解"个性化的阅读"》,《中学语文教学》2004年第11期。

42. 《引导自主学习，培养分析能力》，《首师大教学论文集》2005 年。

43. 《论郑玄〈毛诗笺〉对兴的认识》，《文学遗产》2006 年第 1 期。

44. 《〈诗经〉婚恋诗创作的文化背景》，《河北师范大学学报》(《人大复印资料》全文转载) 2006 年第 6 期。

45. 《朱自清对赋、比、兴的认识》，《学术论坛》2006 年第 11 期。

46. 《当前中国古代文学研究生毕业论文存在的问题与解决措施》，《学位与研究生教育》2007 年第 1 期。

47. 《汉武帝和楚辞的解读与传播》，《中国文化研究》(《人大复印资料》全文转载) 2007 年第 1 期。

48. 《〈论语·侍坐〉曾点之志本意考辨》，《学术论坛》2008 年第 3 期。

49. 《汉赋源于〈周礼〉"六诗"之赋考》，《文学遗产》2009 年第 6 期。

50. 《读懂〈周易〉》，《政协》2009 年第 8 期。

51. 《论商周文化对〈周易〉的影响》，《学术论坛》2011 年第 4 期。

52. 《〈诗经〉比兴中的"以男女喻君臣"》，《河北师大学报》2012 年第 4 期。

53. 《〈周易〉奠定"以男女喻君臣"比兴模式的文化基础》，《中国诗歌研究》2013 年第 9 辑。

三、代表性著作提要

《〈周易〉的智慧》

《〈周易〉的智慧》由现代出版社于 2013 年出版，是一部集《周易》解析与导读为一体的学术著作。《周易》是"群经之首，大道之源"，是中国古代文化典籍的元典，"易道广大，无所不包"，熔铸了"自强不息""厚德载物"的民族精神，催生了"阴阳交感""物极必反"的辩证思想，造就了"革故鼎新""与时偕行"的历史哲学，孕育了"保合大和""穷变通久"的东方智慧，深刻影响并奠定了中国人的思维方式和人生哲学观念。由于《周易》深奥神秘，千百年来，人们对它的认识存在着巨大的分歧。

《〈周易〉的智慧》首先是引导大家读懂《周易》，尽可能接近《周易》的历史原貌，理解其本义；其次是继承，取其精华，去其糟粕；再次是讲述《周易》的过程中引导大家了解、掌握读解古籍的方法。《〈周易〉的智慧》"导读"部分主要讲为何学《周易》。正文分为两大部分：第一部分讲如何读懂《周易》，破解《周易》密码，了解《周易》的思维方式、象数规则与《周易》的天道、人道。在说明《周易》的性质和其产生的文化背景后，重点讲解《周易》的思维方式及其推演的逻辑形式，并详细地阐明了《周易》怎样在"天道"的基础上推导出"人事"。第二部分讲如何运用《周易》，经传读解，讲授重点卦本义及其用法。以具体的卦象为例，细致解读如何从中领悟到其智慧。运用《周易》最终的目的是为了"明人事"，即从《周易》中学习为人处世之道。第一部分是读懂《周易》的本义，是求"真"；第二部分是对《周易》智慧的分析，是求"善"。

该作学术性与通俗性兼顾，语言浅近，深入浅出。细细品读，会发现《周易》的"智慧"体现在全书的方方面面。

四、学人之思

中国传统文化注重"通经致用"，推崇学习，学习的目的是提高智慧（修养与能力），提升智慧的目的是运用智慧理性实践；又由于师范院校的学生毕业后大部分要做教师，于是我几十年来的学术思考与研究更多是围绕着学生将来的工作需求进行。

研究任何一种文化都要注重两个关键点：运用怎样的推理判断的思维方式推导出怎样的价值观念。于是我在教学与研究中着重思考作品的读解方法，思考作者运用了怎样的思维方式表达了怎样的思想与情感。

西方学者海德格尔夸大了时代因素对读解作品的影响，伽达默尔夸大了读解中读者的主观前理解，都基本否定了探寻作者本意的可能。而我以为对中国古代文学作品要做具体分析，有些作品由于时代久远，资料匮乏，作者本意的确难以重现，如屈原的《天问》《九歌》等，有些作者不愿后人看破其本意，甚至有意隐去题目，如李商隐的"无题诗",但我们的学术研究绝不能因为有难度而放弃或改变探寻作者本意的方向,根据所掌握的资料做出相符的结论,像胡适所言"有一份证据说一份话",结论还是可以接受的;有些作品作者直言本意,如《诗经·大雅》中的《民劳》《崧高》,《小雅》中的《节南山》《巷伯》卒章显其志,直言其本意;又如白居易"讽喻诗",怕你看不懂,还要加个副标题。故对西方学者的研究也不能简单接受。

《中国教育报》2001年2月1日发表王富仁的文章《好读书,不求甚解》,王文对我国的语文教学,尤其是对阅读教学进行了批判,认为"好的书,是'读'过就'懂'的。'读'同'解'(理解)是同时完成的。在这个意义上,'读'就是'解','解'就是'读'。'解'是在读的过程或读后自然发生的现象。不存在一个'甚解'的问题。'好读书,不求甚解'才是一种正常的读书方式,接受方式。"并说"不需要还要有一个'第三者'对他的读者解释自己的作品。"更有甚者,认为以学生为主导,就应允许学生胡说八道,这还了得,无怪语文教学不断地改革,学生读写能力却不断地下滑。将"不求甚解"作为一种的训练学生胆量的方法,未尝不可;作为泛读的方法,也未尝不可;作为休闲式阅读方式,也未尝不可,但作为"正常的读书方式"在语文教学中提倡,则万万不可!教学过程中"不求甚解",考试时却要求学生去猜出题者自作多情的"标准答案",理论与实践严重背反。我们语文教学的问题不是出在"力求甚解"的目的与观念上,而是出在"力求甚解"的方法上。

对古代作品的读解见仁见智,但我常思考的是,对探寻作者本意来说是否可以梳理出基本规律与方法步骤来。

其实,古人已认识到文学作品时代、作者、作品、读者四要素间的关系:时代决定作者的创作动机,诗乐所抒发的主观情感是由社会政治决定的,故客观上,作品的内容反映了社会政治。"乐者,音之所由生也。其本在人心之感于物也。"作者的思想情感决定了作品的表达,诗、乐(文学)创作冲动源于人的本能,《礼记·乐记》:"乐者,乐也,人情所不能免也。"诗乐表现的情感是人之真情的自然流露,"唯乐不可以为伪。"政治善败决定人心之哀乐,人心之哀乐决定诗乐之哀乐,故"声音之道,与政通矣"。政治决定诗乐,诗乐反映民心,民心反映政治,故读者"审乐以知政","故天子听政,使公卿至于列士献诗。"(《国语·周语》)目的是通过诗乐了解民情、政治。社会政治

（宇宙）⟵⟶民心（艺术家）⟵⟶诗乐（作品）⟵⟶读者（观众）顺序是作品创作的历时脉络，逆序则是读解的逻辑脉络。当然，读解也要遵循发生的先后顺序。

四要素之间是有逻辑关联的，读解作品要从论世、知人始，在读解作者本意之后，当然也可以侧重不同角度的自主性阅读与研究，但自主性阅读绝不是胡说八道。

读解作品的具体操作由表及里又可以分为文本表层宣示义的诠释、意象深层意蕴的分析、作品理性价值的思考三个层次，将这三个层次与文学四要素结合，就是读解作品最基本的方法与步骤。

任何文学现象都是一定时代的产物，故对时代背景的了解格外重要。自西周初期制礼作乐之后，统治者就以礼乐治国，文学是政治的工具，形成"诗言志""文以载道"的政教文学观，形成中国古代文学的总体特征：推崇"主文而谲谏"。在天人合一的哲学观的基础上，形成"象数""比兴""类推"的思维方式。古人认为天人相通，故"观乎天文以察时变"（《易·贲卦·象传》），物我互渗，并以己观物，直觉联想，内省体验，或将社会的伦常规范比附外在自然界的客观秩序，或在自然中观照自我，只因天人物我之间存在一丝相似或相关就可"比兴""类推"，"《易》之为书，推天道以明人事者也。"（《四库全书总目提要·易类》）以至"无譬，则不能言矣。"（刘向《说苑·善说》）

原始思维的原则是：天人之间只要相似相关就认为存在情意事理的关联。而在今天看来天人之间相似相关关系引发的只是心理上联想，二者之间并不具有逻辑的必然联系。若从描写抒情言，借与己意相似相关之景委婉言之，歪打正着，正合"理念的感性显现"的审美规律，可增含蓄蕴藉之效果；若从议论说理言，"象数""比兴""类推"即今日所言"喻证"，若物（喻体）与理（本体）之间并非本质属性的相似相近，就缺乏作为论据的信度。

了解等级森严的宗法等级社会制度，才会理解理解"法先王"的政治观念，"征圣""宗经"的论证模式，做事说理要看"先王"是怎么说的（引证），要看"先王"是怎么做的（例证），要看"先王"所为与今日之异（对比论证），以至经生要"以《禹贡》治河，以《洪范》察变，以《春秋》决狱，以《三百五篇》当谏书"（皮锡瑞《经学历史》）。

中国古代为何推崇主文谲谏，委婉含蓄？因为在宗法等级森严的社会背景下，君主主掌着生杀大权。臣子若不尽职，不能及时发现、纠正君王的过失，一旦产生不良后果，倒霉的肯定是臣子；臣子若直言君过，逢彼之怒，倒霉的仍旧是臣子。险恶的政治环境逼迫臣子既要尽职，又不敢直言君主过失，只能旁敲侧击，借他物委婉暗示，在夹缝中求生存。在中国古代政治与文学始终缠夹一处，政治家往往也是文学家，故政治家温柔敦厚、主文谲谏的方式直接影响了民族性格和审美趋向，影响了文学创作上对"不着一字，尽得风流"的委婉含蓄风格的推崇与追求。

对作家创作动机的了解，要知道古代存在儒家、道家、佛教、世俗等不同的世界观、人生观；不同的思想、情感决定对外在自然景象的选择与感悟；不同的思想、情感对同一景象会有不同的感悟。对作品理性价值的思考，是作品最高美学价值的实现，这个层次包含主题归纳、文化渊源、艺术模式、社会政治、学术思想等。这就升华到学术论文的撰写了。

为了提升学生读解作品的能力，我们古代文学教研室承担了教育部"面向21世纪高校课程体系改革"项目"高师古代文学课程体系改革"的配套教材建设，按照读解作品的一般规律与方法编写了《中国古代文学名篇导读》（上、下），已由中华书局出版。

30年前有幸得到姜亮夫先生的指点，先生的指点使我受益终身，其中有两句对我影响最大：一句是"从头读"，只有历时性地"从头读"才可能读懂文本，才可能梳理出研究对象纵向发生发展的脉络；一句是"分类研究"，只有共时性地"分类研究"才可能将研究对象的复杂结构分析清楚。于是我和学生将主要精力放在原始资料的钩稽整理上，尽可能做到细致精确；文献钩稽的目的首先是读懂作品，尽可能接近作者本意；只有在读懂作品的基础上才可能做出合理的"分类研究"和理论上的升华。

让我备感欣慰的是，在我即将退休之时，我已触摸到我们师生多年来拼搏的成果：《诗经集校集注集评》获得国家出版署的出版资助，即将出版。《周易集校集注集评》已完成初稿。

当然，学术论文撰写的最终目的是分析研究中国古人运用"象数""比兴""类推"方法到底推导出什么价值观念，中华文明能够绵延五千年自有合理的因素。《周易·易传》以"天行健""地势坤"为天德依据，推导出理想人格标准："自强不息""厚德载物"。高调做事，积极拼搏；低调做人，包容厚德，中华文明培育的是能力与修养兼备的复合式人才。由"天人合一"推导出"天人合德"。《周易·文言》说："夫大人者，与天地合其德，与日月合其明，与四时合其序，与鬼神合其吉凶。先天而天弗违，后天而奉天时。天且弗违，而况于人乎？况于鬼神乎？"从自然万物的生生不已推导出积极的人生观。《周易·系辞上》中说："日新之谓盛德，生生之谓易。"《周易·系辞下》中说："天地之大德曰生。"从天道的"无往不复"的规律（《泰卦·九三》），推导出"穷则变，变则通，通则久"（《周易·系辞下》）的积极进取的人生观。由"日中则昃，月盈则食，天地盈虚，与时消息"（《易·丰卦·彖》）推导出"盈不可久也"（《周易·乾·象》）。由于时代在发展，事物在变化，推导出人也要与时偕行，中行无咎，权衡利弊，具体问题具体分析。天道、人事皆有规律，规律是不以人的意志为转移的，按照规律可以根据现在的萌芽预测未来的发展方向与结果，所以要见机而作，防微杜渐。

现在很流行的说法是"把权力装进笼子里"。其实，中国传统文化核心的价值观念就是设置一根根栏杆，"把权力装进笼子里"。天命观的主要目的是借助神权约束君权，"天命靡常"；民本思想是告诫君王"水可载舟，亦可覆舟"，"民为邦本，本固邦宁"（《尚书·五子之歌》），天意虚远，民意切近，民意即天意，"天视自我民视，天听自我民听"，"民之所欲，天必从之"（《尚书·泰誓》）；敬天保民便是德的体现，"皇天无亲，惟德是辅"；孝观念是将人之善性升华到情感的爱，落实到行为实践，善性爱心是诸种德行的伦理基础，爱父母就能孝，爱工作就能敬业，爱君主就能忠诚，君主爱子民就是施行仁政、先富后教的基础，世间充满爱，世界就和谐；礼法是行为规范，礼法之上无权威，人人都要依礼法行事；举贤授能，把权力交给真正有德有能力的贤能，真正的贤能不是溜须拍马，阿谀奉迎，而是考虑国家民族的长远发展大计；历史最终会由真相构成，君举必书，有言必录，同样是约束君权。

对传统文化的理性认知又会影响对作品的理性读解，如再读屈原《离骚》中的"举贤而授能兮，循绳墨而不颇。皇天无私阿兮，览民德焉错辅。夫维圣哲以茂行兮，苟得用此下土。瞻前而顾后兮，相观民之计极。夫孰非义而可用兮，孰非善而可服。"就可运用"笼子"理论来分析，就可理解屈原苦恋祖国的感情与追求美政理想之间的辩证关系。

任何事物皆有阴有阳，中国传统文化也有精华与糟粕，我们能做的就是取其精华，去其糟粕。

在今天看来，中国传统文化最重要的智慧是前瞻性。按照规律是可以预测未来的，预测未来的目的是提升当下趋吉避凶的智慧。科学技术是第一生产力，自强不息、厚德载物也是生产力。现代教育的终极目的也是培育德才兼备的复合式人才，"科教兴国"观念在当下显得格外重要。看一个人、一个家庭、一个国家现在在教育上的投入，就可预测其未来发展的方向与力度。如何通过教育推动国家的富强民主，便是我们学人拼搏的方向。

学人也有梦！

（编辑：亓　晴）

谢思炜教授

一、基本情况介绍

谢思炜,男,1954年10月生于北京。1977年恢复高考后第一届大学生,1982年于北京师范大学本科毕业,获文学学士学位。1984年于北京师范大学获文学硕士学位,1996年获文学博士学位,师从启功教授。1984年起任北京师范大学中文系讲师、副教授、教授,博士生导师。从2001年起任清华大学中文系教授、博士生导师,清华大学中国古典文献研究中心常务副主任。

主要从事中国古代文学、古代文献学的教学与研究,尤邃于唐宋各体文学,特别是白居易、杜甫等的研究。近年开设中国古代文学史、唐宋文学专题研究、中国文学理论批评、文学经典精读、唐宋诗歌研究等课程。著有《白居易集综论》(中国社会科学出版社1997年)、《白居易诗集校注》(中华书局2006年)、《白居易文集校注》(中华书局2011年)、《杜甫集校注》(上海古籍出版社近期出版)等十余种,在国内外学术刊物发表论文近百篇。

与日本学者冈村繁先生合影

二、 主要学术成果

（一） 专著 （含合著、 译著）

1. 孔飞力：《中华帝国晚期的叛乱及其敌人》，谢亮生、杨品泉、谢思炜译，中国社会科学出版社 1990 年版。

2. 《全宋诗》尹洙卷（卷二三〇）、吕本中卷（卷一六〇五至一六二八）校点，北京大学出版社，1991—1998 年。

3. 《孤光自照匣剑空鸣——南宋状元张孝祥外传》，《中国十状元外传》，湖北人民出版社，1992 年 1 月。

4. 铃木大拙《禅学入门》，谢思炜译，三联书店，1988 年 8 月；台北桂冠图书股份有限公司，1992 年 5 月。

5. 《隋唐气象》，北京师范大学出版社，1993 年 9 月。

6. 《禅宗与中国文学》，中国社会科学出版社，1993 年 12 月。

7. 郭英德、谢思炜（第一、三、五章）、尚学锋、于翠玲著《中国古典文学研究史》，中华书局，1995 年 11 月。

8.《燎之方扬》,《中华文学通览》明代卷,中华书局,1997年3月;香港书林出版社,1997年6月。

9.《白居易集综论》,中国社会科学出版社,1997年8月。

10.《古代文学中人物形象论稿》总论、唐宋编,北京师范大学出版社,2000年3月。

11.《唐宋诗学论集》,商务印书馆,2003年3月。

12.《白居易诗选》,中华书局,2005年1月。

13.《隋唐五代文学与政治》,《中国古代文学通论》隋唐五代卷中编第一章,辽宁人民出版社,2005年5月。

14.《杜甫诗》,人民文学出版社,2005年6月。

15.《白居易诗集校注》,中华书局,2006年7月。

16.《白居易文集校注》,中华书局,2011年1月。

17.《杜甫集校注》,上海古籍出版社,近期出版。

(二) 论文

1.《李白初入长安的若干作品考索》,《西北大学学报》1983年第3期。

2.《不写行不行?》,《读书》1984年第11期。

3.《李白对杨国忠态度之我见》,《西北大学学报》1985年第1期。

4.《吕本中与〈江西宗派图〉》,《文学遗产》1985年第3期。

5.《〈宋本杜工部集〉注文考辨》,《中国历史文献研究集刊》第5集,岳麓书社,1985年5月。

6.《"佛狸祠"与辛弃疾的兴叹》,《古典文学知识》1987年第2期。

7.《"巴山夜雨"与"却话巴山夜雨"——试谈镜像之美》《名作欣赏》1987年第6期。

8.《吕本中诗歌创作简论》,《北京师范大学学报》1987年第6期。

9.《〈周邦彦集〉点校失误举例》,《古籍整理出版情况简报》1987年12月第185期。

10.《〈丽人行〉与〈羽林郎〉——一个改造传统的示例》,《名作欣赏》1988年第4期。

11.《试说"欧公变昆"》,《古典文学知识》1988年第6期。

12.《宋祁与宋代文学发展》,《文学遗产》1989年第1期。

13.《论自传诗人杜甫——兼论中国和西方的自传诗传统》,《文学遗产》1990年第3期。

14.《杜诗解释史概述》,《文学遗产》1991年第3期。

15.《梦窗情词考索——兼论本事考索及情词发展历史》,《文学遗产》1992年第3期。

16.《先秦文学阐释的若干问题》,《吉安师专学报》1992年第3期。

17.《白居易的人生意识与文学实践》,《中国社会科学》1992年第5期。

18.《杜诗叙事艺术探微》,《文学遗产》1994年第3期。

19.《启功先生学述》,《古籍整理出版情况简报》1994年第12期。

20.《语自天成任所遭》,附入《启功絮语》,北京师范大学出版社,1994年6月第二次印刷;又载《贵州政协报》1995年4月13日、20日。

21.《杜诗的伦理内涵与现代阐释》,《文学遗产》1995年第1期。

22.《唐代通俗诗研究》,《中国社会科学》1995年第2期;英文本载《中国社会科学》英文版（*Social Sciences in China*）1998年第1期。

23.《明刻本〈白氏策林〉考证》,《北京师范大学学报》1995年第3期。

24.《净众、保唐禅与杜甫晚年的禅宗信仰》,《首都师范大学学报》1995年第3期。

25.《杜诗学》,《中国学术通览》,北京语言学院出版社,1995年2月。

26.《评张毅〈宋代文学思想史〉》,《书品》1996年第1期。

27.《〈新乐府〉版本及序文考证》,《北京师范大学学报》1996年第3期。

28.《白居易与李商隐》,《文学遗产》1996年第3期。

29.《〈后山诗注补笺〉读后》,《书品》1996年第4期。

30.《日本古抄本〈白氏文集〉的源流及校勘价值》,《中国古籍研究》第一卷，上海古籍出版社，1996年8月。

31.《启功先生的学术探讨和艺术创作》，《汉语现象问题讨论论文集》，文物出版社，1996年7月。

32.《敦煌本白居易诗再考证》，《文献》，1997年第1期。

33.《深入开掘中国诗学的蕴藏——兼评〈中国诗歌史论丛书〉》，《文学遗产》，1997年第2期。

34.《观念更新与材料考证》，《文学遗产》1997年第3期。

35.《禅宗的审美意义及其历史内涵》，《文艺研究》1997年第5期。

36.《白居易诗学思想述评》，《中国诗学》第5辑，南京大学出版社，1997年7月。

37.《明刻本〈白氏讽谏〉考证》，《历史文献研究》北京新八辑，北京师范大学出版社，1997年8月。

38.《白居易的早期佛教信仰》，《聂石樵教授七十寿辰学术纪念文集》，巴蜀书社，1997年11月。

39.《卅年磨一剑——太田次男〈以旧钞本为中心的白氏文集本文研究〉评介》，《书品》1998年第4期。

40.《试论吴世昌先生对词学索隐派的批判》，纪念吴世昌诞辰九十周年暨学术思想研讨会论文，浙江海宁，1998年11月。

41.《白集注本琐谈》，《书品》1999年第1期。

42.《从张王乐府诗体看元白的"新乐府"概念》，《北京师范大学学报》1999年第5期。

43.《白居易与"新乐府"诗体》，《文史知识》1999年第5期。

44.《评下定雅弘〈读白氏文集札记〉》，《书品》2000年第2期。

45.《中国における近年来の白居易研究概略》，谢思炜、郭勉愈撰，（日本）《白居易研究年报》创刊号（2000年），勉诚出版。

46.《传奇的衰落与词的兴起》，宋代文学国际研讨会论文，2000年3月。

47.《初盛唐的政治变革与文学繁荣》，中国唐代文学学会第十届年会论文，2000年10月。

48.《杜诗的自我审视与表现》，《文学遗产》2001年第3期。

49.《学术环境与学者的自省——评蒋寅〈学术的年轮〉》，《粤海风》2001年第3期。

50.《读白诗札记》,《书品》,2001年第4期。

51.《南北宋之际的政治学术分野与诗学分派》,《诗话学》第三、四合辑,东方诗话学会,2001年。

52.《启功先生的治学与育人之道》,《北京师范大学学报》2002年第3期。

53.《李白与盛唐山水诗——〈蜀道难〉再解读》,《北京工业大学学报》2002年第4期。

54.《〈游悟真寺诗〉考释》,《清华大学学报》2002年第6期。

55.《跑图书馆的生活》,《百年情结——我与北师大图书馆征文文集》,北京师范大学出版社,2002年5月。

56.《元稹〈代曲江老人百韵〉诗作年质疑》,《清华大学学报》2004年第2期。

57.《白居易讽喻诗的诗体与言说方式》,《陕西师范大学学报》2004年第3期。

58.《白居易诗地理人物笺释考补》,《文史》2005年第2辑。

59.《启功先生的中国文化观和历史观》,《北京师范大学学报》2005年第5期。

60.《白居易讽喻诗的创作成就和影响》,《中华活页文选》2005年第11辑。

61.《白本中交游诗人考》,《清华大学古代汉文学论集》,中华书局,2005年3月。

62.《读白诗札记》,《清华大学古代汉文学论集》,中华书局,2005年。

63.《初めての〈白居易詩集校注〉編撰事業》,(日本)《和漢比較文学》,第34号(2005年)。

64.《白居易讽喻诗的语言分析》,《文学遗产》2006年第1期。

65.《试论中唐的道教批判运动》,《清华大学学报》2006年第3期。

66.《白本中交游杂考》,《聂石樵教授八十寿辰纪念文集》,中华书局,2006年3月。

67.《文人诗歌传统与中国的实用主义诗论》,韩国诗歌学会创立十周年国际学术大会论文,2006年8月。

68.《〈全唐文补编〉(前十卷)校读札记》,《古籍整理研究学刊》

2007 年第 3 期。

69.《白居易诗中所见洛阳水系》,《牡丹》创刊 50 周年增刊, 2007 年 4 月。

70.《元稹母系家族考》,《文献》2008 年第 3 期。

71.《关于〈白氏文集〉版本校勘的几个问题》,(韩国)延世大学第二届韩国语言与文化国际研讨会论文,2008 年 7 月。

72.《拟制考》,《文学遗产》2009 年第 1 期。

73.《考史应严格依据第一手文献——以〈登科记考〉为例》,《清华大学学报》2009 年第 1 期。

74.《李杜优劣论争的背后》,《北京大学学报》2009 年第 2 期。

75.《洛阳所见白公胜碑真伪辨疑》,《文献》2009 年第 3 期。

76.《白居易诗中的麽些史料》,《清华大学学报》,2009 年第 4 期;日文本,题《モソ族の踊りと白居易》,静永健译注,《白居易研究年报》第 9 号,2008 年。

77.《白居易の詩文と唐代墓誌》,《白居易研究年报》第 10 号, 2009 年。

78.《崔郑家族婚姻与〈莺莺传〉睽离结局》,《文艺研究》2010 年第 2 期。

79.《庞德公是庞公吗?》,《文史知识》2010 年第 8 期。

80.《李白的精神世界》,《徐州师范大学学报》2010 年第 5 期;《新华文摘》论点摘编,2011 年第 1 期。

81.《杜诗人物考补》,《中华文史论丛》2011 年第 4 期。

82.《吕本中传》,傅璇琮主编《宋才子传校笺》,辽海出版社 2011 年 12 月。

83.《杜甫的精神探索与思想界限》,《徐州师范大学学报》2012 年第 3 期。

84.《〈千载佳句〉所载白居易佚诗考辨》,隽雪艳、高松寿夫主编《白居易与日本古代文学》,北京大学出版社,2012 年 7 月;日文本,题《日本古代文学と白居易》,高松寿夫、隽雪艳主编,勉诚出版, 2010 年 3 月。

85.《杜甫诗文中的历法问题》,《傅璇琮先生八十寿庆论文集》, 中华书局,2012 年 11 月。

86.《中唐诗人的"自由"观念及其思想史意义》,《文学、历史与思想的互动：对中国学术传统中"三位一体"的新探》会议（美国罗格斯大学 Rutgers University）论文，2012 年 11 月。

87.《关于〈杜甫集校注〉的编纂》，纪念杜甫诞生 1300 周年国际学术研讨会（越南作家协会）论文，2012 年 12 月。

88.《杜甫的数学知识》，《古典文学知识》2013 年第 2 期。

89.《杜诗与〈文选〉注》，《文学遗产》2013 年第 4 期。

90.《续修四库全书提要集部前言》，《中国文化研究》2013 年第 4 期。

91.《唐代葬法与杜审言夫妻合葬问题》，《清华大学学报》2014 年第 3 期。

92.《读书问学三十载——回忆〈文学遗产〉对我的栽培》，《文学遗产六十年》，社会科学文献出版社，2014 年 9 月。

三、代表性著作提要

（一）《白居易集综论》

此书为作者在博士学位论文的基础上修改而成，1997 年由中国社会科学出版社出版。

书中主要探讨唐代著名诗人白居易文集的版本源流以及他的思想和文学创作。全书分上、下两编：上编探讨白居易文集的各类版本，对其版本源流的演变和现存白集的构成情况进行了深入调查和研究，理顺了一些错综复杂的关系；下编分别就白居易的生平、思想、创作的某一方面进行讨论，包括白居易的家世和早年生活、白居易与中唐儒学、白居易的佛教信仰、中唐社会变动与白居易的人生思想、白居易的文学思想和他的叙事诗创作、白居易与李商隐的相关问题等。

全书对白居易集相关的若干核心问题进行了追根溯源的考察，是白居易研究尤其是其诗文集研究的重大推进。书中提及并运用了一批珍贵的日本文献，引起学界广泛关注。

（二）《白居易诗集校注》

此书为白居易全部存世诗歌的校注本，收录《白氏文集》中的全部诗歌作品及集外佚诗。作者在广泛吸收前人成果基础上，以宋绍兴刻本《白氏文集》为底本，参校三十四种白集版本及五种总集，尽十年之力详为校注而成。2006 年由中华书局出版,收入《中国古典文学基本丛书》。

此书底本为 1995 年文学古籍刊行社影印的宋绍兴刻本《白氏文集》七十一卷,其中卷一至卷三十七为诗。此书保留了底本原有的卷次,底本其余卷中的诗作则附于第三十七卷之末,题"补入"二字。又辑白居易集外佚诗,成《外集》上、中、下三卷,其中包括历代已辩明之伪作或存疑之作,以备参考。书后附有《白居易年谱简编》及篇目索引。此书为全部白诗作品统一编号,但因底本等因素,与日本学者所用编号不一致,索引可备互检。

白诗向无注,近代始有陈寅恪《元白诗笺证稿》,朱金城《白居易集笺校》等,及国内外选注本若干。此书尽量汲取参酌了历代以至近期与白诗训释有关的各方面成果,如编年、行踪、交游、时事等方面多据朱著,书中皆附说明。正文之注释多详明,凡与白诗内容理解、词语训释相关且有文献典据可证或有助参考者,均出注且详述文献来源。除注释外,书中还将历代有关白诗作品之评论分析材料,择取其中确关题旨之代表性意见附于篇末。

此书校勘精审,注解详尽,参校诸本中仅稀见之日本古抄本及校勘本即有十九种之多,极大地丰富了国内白居易研究之文献。

(三) 《白居易文集校注》

此书与《白居易诗集校注》配合并行,构成白居易全部作品的完整校注本。此书同样以 1995 年文学古籍刊行社影印的宋绍兴刻本《白氏文集》七十一卷为底本,收入该本除诗歌以外的卷三十八至卷七十一中的全部作品,并重编为卷一至卷三十四,作品原有编次保持不变。诸家所辑轶文编入补遗卷。书中亦为白文编号,接续《白居易诗集校注》(自 2805 号顺序而下),与日本学者所用编号不一致,书后附篇目索引可备互检。

此书编年参取陈振孙《白文公年谱》、汪立名《白香山诗集》附《年谱》、朱金城《白居易集笺校》及《白居易年谱》、罗联添《白乐天年谱》等,注释所涉史实、人物、官制、地理等参考岑仲勉诸作、朱《笺》尤多,迄今唐史研究各项相关成果亦尽量吸取,其汇集当今学者之成果洵称详备。书中对日本白居易文献及其学界研究之引入亦同样重视,校勘部分所用参校之白集版本 14 种中即含日本古抄本、校勘本多种，注释部分亦参考日本学者研究，如日本冈村繁主持新译汉文大系《白氏文集》等。

《白居易文集校注》于2011年由中华书局出版，亦收入《中国古典文学基本丛书》中，与《白居易诗集校注》合为完璧。

（四）《杜甫集校注》

此书为杜集的新编校注本。校勘方面，以最接近杜集祖本"二王本"原貌的《续古逸丛书》影印《宋本杜工部集》为底本，同时以钱谦益《笺注杜工部集》《新刊校定集注杜诗》《杜工部草堂诗笺》及《文苑英华》等为参校本，对杜集早期异文和宋以后产生的异文明确区分；在维持原有编次的情况下，在每篇作品下加编年说明。在注释方面，尽量撷取旧注中有代表性的意见，并加以辨析；对旧注所有词语典故均检查复核其书面出处，改正其中明显错漏，对前人引用不当或释义不明之处尽可能加以补充或更替。同时参考近代以来唐史研究各领域及唐语言研究成果，除对各种旧有文献细加梳理外，充分利用新见大量唐人墓志及敦煌文献等材料，对杜诗所涉及的背景、编年、地理、人物及语言运用等各方面问题加以新的探讨。

自宋代以来，杜甫被奉为诗歌集大成者，各种杜诗注本层出不穷，流传至今的有200余种。目前仍在阅读和参考的，主要是宋代的各种集注本和清人注本。清人注本中流传最广的两种仇兆鳌《杜诗详注》与杨伦《杜诗镜铨》，分别代表了较详与较简两种形式。简注本要言不烦，可以在较短时间内通读，颇便于一般阅读需要。但它不如详注本每词必究，能提供大量背景知识，有助于读者更深入地了解古典诗歌的语言用例和写作习惯。此书作为新编校注本，采用详注体，充分反映了历代以至最近的杜诗研究成果，同时也为唐诗和唐语言研究提供必要的基础性资料。

此书为新作，上海古籍出版社拟近期出版。

四、学人之思

自2000年以来，我转入杜甫和白居易两位唐代重要诗人的文集整理工作，先后完成了《白居易诗集校注》《白居易文集校注》和《杜甫集校注》三部书稿，总计500余万字。此前二十年的学习积累，可以说一直在为这几项工作做准备。在完成书稿的同时或稍后，我又就工作中遇到的一些重点和难点问题另撰文讨论，形成了一些论文，它们也是校注工作的进一步深化和拓展。

我在这之前对杜甫、白居易有过比较全面的讨论，有关杜甫的系列论文收入 2003 年结集出版的《唐宋诗学论集》，另有一部专著《白居易集综论》。但对两人文集的注释，再次把我引入一个理解和发现的新层次。我深刻地体会到，文献注释实际上是一种最有效的文本细读，深入程度超过其他，收获之大也超出预想，其中甘苦也许只有从事翻译者可与分享。在此工作中，我必须耐心细读所有作品，不漏过任何细节，对以前一些浮泛笼统的认识重新审视，纠正错误，弥补缺失；同时逼迫自己不断扩大知识范围，随诗人笔触所及，逐一探考唐王朝几个重要时期的内政外交、经济文化、制度习俗乃至其他社会活动方面。这样做下来实际是对唐史和唐诗的一次新的深入学习，在完成工作的同时又能获得这种学习机会，对笔者来说是极其幸运之事。

同时，在这一过程中遇到的一些难点问题和关键线索的发现和调查，也让我对学术研究有颇多感悟。比如，诗歌或诗人所涉及的历史，不只是大的历史背景和历史活动，更有数不清的历史细节，反映在诗文中可能只是一两句话，甚至只是一个词、一个称谓。正因为是细末枝节，所以在浩繁史料中往往难求索解。但一旦破译某个关键字词，就如同拿到一把秘钥，可以打开被锁住的一块窖藏。我所撰《白居易诗中的麽些史料》《杜甫诗文中的历法问题》《唐代葬法与杜审言夫妻合葬问题》等文，即从细枝末节入手，发掘出一些有意义的新问题。又如，历史研究必须重视第一手文献，也必须充分运用各种新材料。即使是著名学者的著作也可能出现失误，只能依据第一手文献加以澄清。而新材料虽然珍贵，却也需要保持恰当的谨慎。如墓志石刻文献为唐史研究提供了大量新材料，但对这些材料也须有所甄别。我所写《洛阳所见白公胜碑真伪辨疑》一文便涉及这方面的问题。此外，考史应相信常识，对一些疑点问题应尽量寻求合乎常识的解释。前辈学者当学风丕变之际，居高望远，往往独辟蹊径，果于立论。事过境迁，如今学术日趋踏实平常，材料利用更为方便，我们更应兢兢业业，小心求证，审慎为文。

（编辑：姚苏杰）

首都师范大学中国诗歌研究中心动态 2014 年度工作总结

◇赵敏俐

紧张而又繁忙的 2014 年过去了，在此，我代表首都师范大学中国诗歌研究中心，就 2014 年的工作总结汇报如下。

一、科学研究

2014 年，中国诗歌研究中心出版了如下著作：

1. 由本中心兼职研究员黄灵庚教授主编、中心主任赵敏俐教授、兼职研究员方铭教授为副主编的《楚辞文献丛刊》由国家图书出版社出版。丛刊十六开本 80 册，收录中国国家图书馆、上海图书馆、浙江图书馆、天津图书馆、复旦大学图书馆、华东师范大学图书馆、中科院图书馆、天一阁博物馆、北京大学图书馆、山东省图书馆、湖北省图书馆、浙江省温州市图书馆、江西省吉安市图书馆、香港中文大学图书馆、日本大阪大学图书馆、日本足利学校图书馆、美国哈佛燕京图书馆等收藏机构的重要楚辞学文献 200 余种，其中宋刻本 7 种、明刻本 37 种、稿钞校本 55 种，有百余种珍稀文献系首次刊布。收录文献的种数及成书规模远远超过了以往任何一种《楚辞》类的丛书，是迄今文献最珍稀、品类最齐全、规模最宏大、编排最科学的楚辞文献丛书。对每种入选的图书，主编黄灵庚教授一一比勘，详加考证，辨别是非，撰写了精当严谨百余万字的《楚辞文献述要》，系统总结了楚辞研究的历史与前沿成果，与《丛刊》将同时刊行。这套丛刊是教育部人文社会科学重点研究基地首都师范大学中国诗歌研究中心项目成果，也是本年度出版计划中最重要的学术成果。

2. 中国诗歌研究中心专职研究员赵敏俐教授《古典文学的现代阐释及其方法》、左东岭教授《明代文学思想研究》、吴相洲教授《乐府歌诗论集》、兼职研究员邓小军教授《古诗考释》、马自力教授《中古文学论丛及其他》、鲁洪生教授的《先秦两汉文学研究》等六部学术自选集，2013年12月由商务印书馆出版。六部自选集从不同角度显示了中国诗歌研究中心古代诗歌研究方向各位学者的学术风貌。

3. 专职研究员张桃洲教授的《声音的意味——20世纪新诗格律探索》于2014年3月由人民文学出版社出版，此书是首都师范大学中国诗歌研究中心规划项目成果。

4. 本中心兼职研究员李怡教授的《中国新诗讲稿》于2014年2月由中国人民大学出版社出版。霍俊明教授的《新世纪诗歌精神考察》于2014年5月由河北大学出版社出版。范子烨教授的《魏晋风度的传神写照——〈世说新语〉研究》《中古作家年谱汇考辑要》（三卷）于2014年6月世界图书出版公司出版。三部书均是首都师范大学中国诗歌研究中心规划项目成果。

5. 李均洋、佐藤利行教授的《中日比较文学研究》于2014年8月由外语教学与研究出版社出版。

6. 2014年是首都师范大学驻校诗人制度实行11周年，11月，漓江出版社出版了林莽和吴思敬主编的《窗前的杨树——首都师范大学驻校诗人诗选》和《诗人与校园——首都师范大学驻校诗人研究论集》。

7. 2014年8月和11月，中华书局出版了赵敏俐和徐建顺主编的《中华经典吟诵系列丛书》第一辑（6本《论语》《大学》《中庸》《弟子规》《三字经》《百家姓》《千字文》）和《中华传统读书法——吟诵影音集锦》。

2014年度，中国诗歌研究中心专兼职研究人员，以中国诗歌研究中心作为第一作者单位发表在权威学术刊物上的论文5篇，在核心刊物上发表论文14篇左右。

2014年度，诗歌中心喜获大奖，第一是《中国诗歌通史》获得了北京市人文社会科学优秀成果奖特等奖，同时还获得了首届全球华人国学大典国学成果奖。第二是张剑辑校的《翁心存诗文集》一书，获得2014年度全国优秀古籍图书奖二等奖。第三是中心的刊物《中国诗歌研究》获得了社会科学文献出版社颁发的优秀学术集刊奖。

2014年，中国诗歌研究中心在科研立项上也有新的突破。左东岭教授主持的"易代之际文学思想研究"（14ZDB073）获批为国家哲学社会科学基金重大项目，这是本中心第三次获得重大项目。刘航教授主持的"宋词与舞蹈之关系研究"获批为国家哲学社会科学基金一般项目（14BZW055）。姚小鸥教授主持的"《清华大学藏战国竹简》《诗经》类文献综合研究"（14JJD750001）和李怡教授主持的"民国时期诗歌教育资料的整理与研究"（14JJD750007）获批为教育部人文社会科学重点研究基地重大项目。雍繁星老师主持的"明末清初的诗歌与民俗资料汇刊"被列为教育部人文社会学科重点研究基地自选项目。

诗歌中心目前承担的两个国家社会科学基金重大项目进展顺利。其中"中华吟诵的抢救整理与研究"，在2014年取得了较大的进展。采录小组在北京、贵州、湖南、湖北、河南、安徽、江苏、上海、浙江、广东、江西、山东等十多个省市采录了90多位吟诵传人，其中湖南、山东各采录了20多位，江苏、浙江各有十多位，其余省市相对较少。今年采录的吟诵传人中，100岁以上有3人，90岁以上的有十多位，80岁以上的20多位，70岁以上有20多位，60岁以上有20多位。在采录的传人中，有数位吟诵得较好，并且具有深厚的吟诵理论知识，比如，江苏采录中，苏州大学的汪平教授、苏州文化局魏嘉瓒先生、张舫澜先生，浙江采录中宁波大学的张如安教授，湖南文史馆敖普安、文克成等先生，他们既是吟诵传人，又对吟诵理论有着深入的探讨，并且他们还在相应领域内进行过吟诵的推广工作，这对吟诵的研究和传承起着重要作用。

总体来看，今年的吟诵采录质量较高，一方面得益于数年来吟诵工作的持续开展，吟诵培训出来的学员到各地后都留意寻访吟诵传人，并且进行过初步交流和采集，所以省去了前两年的大量筛选功夫，提高了工作效率，采集到一批高质量的吟诵传人；二是由于今年我们将精力转移了一部分到吟诵的整理上，所以对于采录，一般都是奔着有一定名气的先生才去，其中很多是大学教授，甚至有这方面的专家，比如今年8月在宁波采录了102岁的蒋思豫，他曾是蒋介石的机要秘书，于右任的关门弟子，不但精通书法，亦是国学名家，在当地享有盛誉，其夫人也是大家闺秀，诗书门第，所以我们去采录可以了解民国时期的教育等方面的情况。在湖南长沙的树达学院，我们采录了一批曾经毕业于西南联大的老先生，平均年龄都在90多岁，他们中很多人都上过朱自清、闻一多等先生的课，亲自听到过这些名家的吟诵，并有多位有所继承，这其中还有民国时期长沙四才子之一的王俨思，也是湖湘派吟诵的代表。另外，在长沙，我们还采录了杨开慧的侄子伏家芬等德高望重的老先生。在湘潭，我们采录了湖南文史馆馆员敖普安先生，他的吟诵在今年湖南吟诵采录中最为优秀，不但有正宗的传承、腔调和规则都符合外，还有深厚的吟诵理论造诣。此外，安化的陶稳固先生吟诵了私塾中老先生所教的腔调，并且难能可贵的是，安化还保留着一套儒家的古礼，现在还活生生地在民间使用。属于朱子家礼的一个缩影。当地人还能根据主家的情况，现场创作不同词牌的词，并吟诵出来，不同篇目腔调并不同，这在我们采录的过程中绝无仅有，具有较高的学术研究和现实推广意义，现在国学复兴，很多地方想重塑礼仪，可无从下手，这些民间的遗留可以补其不足，所谓礼失求诸野，很有意义。此外，在河南采录了吟诵名家读过多年私塾的崔元章先生；在江苏采录著名国学大师、唐调吟诵创始人唐文治的弟子陆振岳、季卫东等先生，收获颇丰。

2014年，中华吟诵之采录走出了国门，远赴韩国和日本这两个曾受中国文化熏陶的国度，寻访异域汉诗吟诵。

6月，本中心专职研究员、中华吟诵学会秘书长徐健顺带队到韩国采录了30多位吟诵传人，包括李退溪之李东述先生、李栗谷之后代李相奎，以及80多岁的儒士任龙淳、安东大儒金昌会、吟诵比赛冠军李瀚雨等，其中也包括大学教授朴锡、赵钟业等学者。并考察了成均馆、怀仁书堂、训蒙斋书院、屏山书院等儒家教化场所和学校。韩国把吟诵叫作"声读"，他们有全国性的比赛，叫作全国声读大会，每年一次，在安东举行，分为幼儿到老年不同的年龄组。每次都有数百人从全国各地赶来参赛。韩国的汉诗文吟诵保留得较好，与儒学一道，在其书院中持续不断地传承着。对于中国目前国学之复兴，韩国汉学圈犹如看到曙光，都表示只有中国将儒学光大，才是真正的光大。韩国学者期望中国举办世界汉诗吟诵大会，并表示积极支持。此次采录回来之后，我们专门制作了一张关于韩国吟诵采录的光盘。

8月，中国诗歌研究中心主任赵敏俐教授以及中国人民大学等高校的教授、研究生一行十多人赴日本进行吟诵交流，赵老师在广岛大学举行吟诵讲座，介绍中国目前吟诵的状况，同行人员与日本吟诵界进行了吟诵展示交流。此次在日本一共采录了十多位吟诵专家，搜集了吟诵的录音资料以及相关著作、曲谱若干，为我们了解日本吟诵提供了方便。日本吟诵的历史悠久，流派众多，著名者如天山流、水真流等，至今传承不衰，而大多流派都有诗吟社，以此传习。我们在日本很容易就看到诗吟社，可见其普及程度之深。值得注意的是，日本的吟诵传承较好,每一个派别都有自己的谱子,供社员学习,甚为方便,他们还有全国性的比赛,有比赛规则,定得十分详细。此外,他们还有一整套吟诵发声训练的方法,这在中国却很少见。并且,他们吟诵的时候需要有伴奏,往往用一台自由伴奏机,可以为吟诵者自由伴奏,甚是便利,中国也很少见,这些都是我们可以借鉴之处。日本的吟诵已经发展出很多艺术形式,比如与舞剑结合,与茶道结合,与书法结合等,将不同的艺术门类结合在一起,共同构建出高雅的艺术形式,他们比中国保留得更好(中国只有台湾地区的吟诵稍稍有此趋势)。日本的文化传统与韩国不同,韩国受宋明影响较多,故其读书调都接近吟诵;而日本受唐朝影响较大,其对诗歌的声音处理,偏向于唱,这大概与唐代接近,七绝曾称小乐府,想必也是唱的,而日本的吟诵绝大多数是七绝和五绝,风格近于唱,至于如七律等吟味浓的反而少见。

科学研究多年来一直是中国诗歌研究中心的工作重点,我们也切实地按照教育部提出的要求,通过组织重大科研项目、产出重大研究成果,促进基础研究和应用研究协调发展,建立知识创新机制,使科学研究的整体水平居国内领先地位,并且每年都有新的提高。我们正在努力打造中国诗歌研究中心的学术品牌,不断提高其学术声誉,使之无愧于教育部人文社会科学重点基地这一称号。

二、学术交流

学术交流是诗歌中心的又一重要工作内容,包括两个部分,一是主办学术会议,一是开展走出去请进来的各种交流活动。

2014年,诗歌中心主办或者与其他单位共同主办的大小会议共有16次,下面以时间为序介绍几次重要的学术会议:

1. 4月8日至9日,由首都师范大学中国诗歌研究中心主办的"首都师范大学首届国际驻校诗人阿莱什入校仪式暨研讨与朗诵会"系列活动在首都师范大学举行。宫辉力、赵敏俐、吴思敬、张桃洲、孙晓娅、阿莱什(Aleš Šteger)、鲍捷、梅特卡·洛卡尔、玛丽娅·阿达尼娅、安德里雅·那伊扎、林莽、刘福春、西川、蓝蓝、杨方、Franka Gulin等著名学者、斯洛文尼亚驻华大使及使馆工作人员、评论家、诗人、媒体界人士以及首都师范大学中国诗歌研究中心部分硕士研究生共40余人参加了此系列活动。"首都师范大学首届国际驻校诗人阿莱什入校仪式暨研讨与朗诵会"系列活动由四个部分组成。分别是：8日上午，在首都师范大学中国诗歌研究中心会议室举行的"首都师范大学首届国际驻校诗人阿莱什与第十届驻校诗人杨方对话会"；9日上午，阿莱什于首都师范大学北一区文科楼六层会议室举行题为《1945年以后的东欧诗歌创作——小气候，抗争，追寻超越》的讲座；9日下午，"诗歌与日常经验"学术研讨会在首都师范大学北一区文科楼六层会议室召开；以及9日晚上于首师大北一区图书馆一层报告厅举行的"北京之春"朗诵会。

  2. 8月3日，第三届日本汉诗日中合作学术研讨会在日本福山市召开。此次会议由日本福山银河孔子学堂、首都师范大学中国诗歌研究中心和广岛大学中国古典文学研究中心共同主办，广岛大学北京研究中心、广岛县历史博物馆协办，福山市教育委员会、日本涉谷育英会、广岛县日中友好协会为支持单位。日本福山市市长羽田皓先生、涉谷育英会小丸法之会长、福山市教育委员会教育长三好雅章先生、福山银河孔子学堂理事长门田峻德先生、日本广岛大学副校长佐藤利行先生、广岛县日中友好协会副会长大谷育平先生、广岛县立历史博物馆馆长冈田圭史先生，及日本各方友好人士100余人出席了会议。首都师范大学中国诗歌研究中心主任赵敏俐教授、首都师范大学中国诗歌研究中心专职研究员、日本文学研究中心李均洋教授、中国诗歌研究中心学术委员、兼职研究员、中国人民大学文学院李炳海教授、湖北省文理学院刘刚特聘教授、首都师范大学中国诗歌研究中心徐健顺副教授、中国石油大学文学院魏学宝副教授及首都师范大学学生吟诵团等一行12人参加了此次会议。

  会议由福山银河孔子学堂理事长门田峻德先生主持，日本福山市市长羽田皓先生为大会致开幕词，他回顾了北京市与福山市近十年来在中小学教育方面所进行的合作，为大会的召开表示祝贺，并祈望中日两国文化学术交流不断深入开展。日本广岛大学副校长佐藤利行先生对日本汉诗日中合作研讨会的发起及近年来所取得的成绩进行了介绍。首都师范大学中国诗歌研究中心主任赵敏俐教授在会议作了《中华吟诵的抢救、整理与研究》的主题报告。首都师范大学学生吟诵团、日本天山流备州吟咏学会福田一洲先生、福山市老年大学著名书法家藤井寿峰女士共同表演了精彩的节目。作为本次学术交流活动的一部分，8月2日下午，赵敏俐教授一行还参加了福山银河孔子学堂第三孔子祭活动。孔子也是日本人心中的文化圣人，儒学教育至今在日本传承不衰，祭祀孔子，也是日本儒学教育的重要仪式。福山市教育委员会教育长三好雅章先生为祭祀活动致辞，他怀着崇拜之情，回顾了孔子对日本教育的深远影响。日本广岛大学佐藤利行教授，做了"孔子的教育"的主题演讲。整个祭祀仪式活动举行的庄严而肃穆，中国代表团一行深受感动。

会后，赵敏俐教授一行在日本广岛地区进行了吟诵采录，此次在日本一共采录了10多位吟诵专家，搜集了吟诵的录音资料以及相关著作、曲谱若干，为我们了解日本吟诵提供了方便。日本吟诵的历史悠久，流派众多，著名者如天山流、水真流等，至今传承不衰，而大多流派都有诗吟社，以此传习。此次日本之行，赵敏俐教授等还采访了日本广岛县教委，与广岛县小学教师进行座谈，了解了日本小学学习儒家文化的方式与方法。参观了现存最古老的日本私立孔学堂，设立于1670年的日本冈山县闲谷学校，体验了日本当下少年儿童的儒学教育课程。

首都师范大学中国诗歌研究中心与日本广岛大学文学研究科，自2001年建立学术交流关系以来，14年坚持不断，取得了良好的成效。两校合作进行学术研究，以日本汉诗与吟诵为题，先后完成了多项科研规划，承担了教育部人文社会科学重点研究基地重大项目，在《光明日报》等重要报刊上发表了系列论文，在学术界产生了良好的反响。自2010年起，与福山银河孔子学堂一起，每两年举办一届日本汉诗日中合作学术研讨会，深受日本学界的重视。日本两家最大的报纸《朝日新闻》与《读卖新闻》，早在2010年就进行过专门报道。今年两校学者合作，共同申报了《中国诗歌史通论》的中华文库日文外译项目，获得了全国哲学社会科学规划办公室的批准，本次日本汉诗日中合作学术研讨会上，首都师范大学吟诵团受邀赴日，第一次到日本展演中华吟诵，受到了日本友人的热烈欢迎。这标志着两校之间的合作走向了一个新的台阶。此次活动，在日本当地的报纸上有及时报道。

3．8月14日，由浙江师范大学江南文化研究中心、首都师范大学中国诗歌研究中心、中国屈原学会和国家图书馆出版社联合主办的"《楚辞文献丛刊》出版暨楚辞文献整理座谈会"在国家图书馆古籍馆隆重召开。全国哲学社会科学规划办公室副主任杨庆存、国家新闻出版广电总局出版管理司古籍整理与规划处处长杨芳、浙江师范大学党委书记陈德喜、首都师范大学党委副书记缪劲翔、国家图书馆副馆长张志清等出席会议,国家图书馆出版社社长方自今主持会议。

浙江师范大学江南文化研究中心首席专家黄灵庚教授、首都师范大学中国诗歌研究中心主任赵敏俐教授、中国屈原学会会长方铭教授、国家图书馆原党委书记、常务副馆长詹福瑞教授、北京语言大学彭庆生教授、中国社会科学院文学所党委书记刘跃进研究员、北京大学廖可斌教授、首都师范大学中国诗歌研究中心左东岭教授、中国人民大学李炳海教授、清华大学廖名春教授、中国政法大学黄震云教授、浙江大学王德华教授、闽南师范大学汤漳平教授、福建师范大学郭丹教授、四川师范大学毛庆教授、山西大学刘毓庆教授、南昌大学程水金教授、日本富山大学大野圭介教授等30多位来自海内外的楚辞学专家参加座谈会。

座谈会上,与会专家对《丛刊》的编纂和学术价值给予了高度赞誉,认为丛刊的出版,极大地推动了楚辞学研究的发展,可以作为文学史料整理乃至古籍整理的一个范例。杨庆存指出,《楚辞文献丛刊》属于国家文化建设项目的基础工程、重要工程,符合文化创新的精神,为学界提供了便利,为中华民族优秀传统文化传承体系的建设做出了重要贡献。杨芳认为,该书的出版是学术界与出版界日益融会贯通的一个实例,图书的编纂者是学界权威,出版者是业界有口皆碑的优秀出版社,二者紧密结合,体现出严谨的治学态度和精益求精的出版精神。杨芳介绍说,该书早在2009年即获得国家古籍整理出版专项经费资助,2010年3月,原计划的30册出版任务(时名《楚辞珍稀文献丛刊》,全30册)全部按时完成。但就在此时,主编黄灵庚先生多年联络、收藏于日本的近20种楚辞研究文献稿本被同意复制;同时,经出版社的长期努力,包括美国哈佛燕京图书馆在内的一些收藏机构的楚辞版本也获得使用许可。在此情况下,编者与出版社共同研究决定,在已有百种文献的基础上,广泛征求、小大不捐,加入从海内外新收集到的100余种重要而珍稀的楚辞文献,重新编纂,并对装帧印刷进行精心设计,经过几年努力,最终形成我们今天见到的80册的规模。张志清认为,该书的出版是国家古籍整理保护的又一个重要成果,是国家图书馆出版社发挥自身优势、服务学术研究的特点体现。詹福瑞强调,编书的根本目的,就是为了方便读者使用,而《丛刊》具有很强的针对性,经过编者的研究性编纂工作,使得以往散落各地的图书重新汇集并具备学术可信性,从而便利了楚辞研究学者。

4. 9月15日至18日,"第三届北京国际诗会"在北京召开。这是中国诗歌研究中心2014年重要的一项国际诗歌交流活动，共有四项内容。其中，9月15日下午，"诗歌的跨界以及诗歌选集的编选问题"学术研讨会在首都师范大学召开，诗人佐拉尼·米基瓦（Zolani Mkiva）（南非）、托尼·巴恩斯通（Tony Barnstone）（美国）、尤兰达·卡斯塔纽（Yolanda Castano）（西班牙）、修蕾·沃尔普（Sholeh Wolpe）（伊朗/美国）、布莱恩·莫泽蒂奇（Brane Mozetic）（斯洛文尼亚）、姆芭丽·诺斯丁茨（Mbali Kgosidintsi）（南非）、西川、欧阳江河、王家新、敬文东、张桃洲、姜涛、胡续冬、西渡、周伟驰、冷霜、翟永明、明迪、潇潇、安琪、寒烟等诗人、学者参加了此次会议。与会者从诗歌跨界的可能性、诗歌与音乐的关系、诗歌翻译、诗集编选、写作与读者期待等多个角度进行了多方位讨论。

15日晚，第三届北京国际诗会开幕式暨"北京之秋"诗歌朗诵会在首都师范大学北一区图书馆报告厅召开，诗人佐拉尼·米基瓦（Zolani Mkiva）（南非）、托尼·巴恩斯通（Tony Barnstone）（美国）、尤兰达·卡斯塔纽（Yolanda Castano）（西班牙）、修蕾·沃尔普（Sholeh Wolpe）（伊朗/美国）、布莱恩·莫泽蒂奇（Brane Mozetic）（斯洛文尼亚）、姆芭丽·诺斯丁茨（Mbali Kgosidintsi）（南非），以及中国当代著名诗人吉狄马加、西川、翟永明、欧阳江河、王家新、周庆荣、明迪、蓝蓝、沈浩波、潇潇、安琪、寒烟、春树分别朗诵了自己的代表作品。

17日上午，"诗歌与我"——诗人走进课堂活动在首都师范大学北一区文科楼107教室举行。来自美国、南非、斯洛文尼亚、西班牙、伊朗的六位国际诗人托尼·巴恩斯通（Tony Barnstone）、布莱恩·莫泽蒂奇（Brane Mozetic）、修蕾·沃尔普（Sholeh Wolpe）、尤兰达·卡斯塔纽（Yolanda Castano）、佐拉尼·米基瓦（Zolani Mkiva）、姆芭丽·诺斯丁茨（Mbali Kgosidintsi）与同学们分享自己与诗歌的故事。

18日晚，第三届北京国际诗会闭幕式暨"诗·相聚"露天诗歌朗诵会在首都师范大学北一区图书馆前举行。本次朗诵会从室内走出来，自由开放的朗诵形式加强了中外诗人之间的相互联系，活跃了校园文化生活，丰富和拓展了学生的视野。

5. 10月31日至11月3日，由首都师范大学中国诗歌研究中心、首都师范大学文学院、北京大学中国新诗研究所联合主办的"如何现代，怎样新诗——中国诗歌现代性问题学术研讨会"在北京香山饭店召开。来自中国、美国、日本、意大利和中国台湾地区等地80名学者出席了大会。此次研讨会以"如何现代、怎样新诗——中国诗歌现代性问题"为主题，从新诗的语言形式、感觉经验、想象方式、趣味风格的现代性等角度，着重探讨了（1）现代、现代化与中国诗歌的现代性；（2）现代性与中国现代主义诗歌；（3）汉语诗歌语言与形式的现代性；（4）移植与转译的现代性；（5）当代都市诗歌的风景线；（6）风格特异的现代性诗人（或重要诗歌文本）研究等重要议题。与会专家提交论文70多篇，分别从宏观、微观及典型个案等方面探讨了现代性在中国诗歌中的表现形态。

6. 11月29日上午，"首都师范大学驻校诗人十年回顾"研讨会在北京金龙潭大饭店会议室召开，来自中国及韩国的学者以及首都师范大学11位驻校诗人参加了本次研讨会。他们就国内外驻校诗人制度的比较研究，首都师范大学驻校诗人制度的意义、特色、成绩、不足以及对驻校诗人制度未来的展望与建议等议题展开讨论，十一位驻校诗人也就此发表感言。

29日下午，"秋华十载暨首都师范大学驻校诗人十周年回顾朗诵会"在北京金龙潭大饭店会议室举行。首都师范大学的驻校诗人、中国诗歌研究中心朗诵艺术团及首都师范大学部分学生分别朗诵了十一位驻校诗人的代表诗作。

此外，还有1月12日举行的"首都师范大学中国诗歌研究中心第十三届学术委员会年会"，4月12日举行的"《中国诗歌通史》配套项目编委会"，5月14日举行的"首都师范大学驻校诗人杨方对话会"，5月25日召开的"生命之光——侯马诗歌创作研讨会"，7月6日举行的"首都师范大学驻校诗人杨方诗歌创作研讨会"，9月18日召开的"首都师范大学第十一位驻校诗人慕白入校仪式"，等等。

2014年，诗歌中心还先后邀请了许多国内外著名专家学者来中国诗歌研究中心访问与讲学。5月21日，中国社会科学院文学研究所研究员刘福春教授来中心做了《关于论文文献索引编年体例及史料资料研究的使用方法》的讲座；5月23日，台湾著名诗人陈黎做了《诗与译诗》的讲座；5月30日，诗人周庆荣做了《对诗歌日常经验的一些思考》的讲座；6月16日，北京师范大学文学院李怡教授做了《研究中国新诗的几个误区》的讲座；6月18日，中国人民大学文学院张洁宇副教授做了《作为诗人的沈从文》的讲座；6月27日，南开大学文学院孙昌武教授做了《学点佛学》的讲座；9月16日下午，山东大学文学院马兵副教授做了"费穆的《读心术——重观〈小城之春〉》"的讲座；9月16日下午，诗人寒烟做了《心灵在辽阔的异乡相遇蔚蓝的目光——我与外国诗歌》的讲座；10月29日，首都师范大学驻校诗人慕白做了以《七首半诗与一个人的"包山底"和"诗无达诂——日常生活与诗歌写作"为主题的讲座》；11月5日，当代诗人安琪做了题为《外国诗歌之于我》的讲座；11月9日，当代著名女诗人蓝蓝做了题为《存在于隐喻之中——我与外国文学》的讲座；12月3日，当代著名诗人欧阳江河做了题为《诗歌智慧的当代形态》的讲座；12月17日，诗人潇潇做了题为《我·纪年·与外国诗歌》的讲座；12月25日，中国人民大学文学院张洁宇副教授做了题为《新诗格律漫谈》的讲座；12月31日，当代著名诗人、中国人民大学文学院王家新教授做了题为永恒的《"我与你"——诗歌和翻译中的生命辨认与对话》的讲座。

　　中国诗歌研究中心的校内专兼职研究人员，也赴国内外参加各种学术活动。平均每位成员每年参加过3次以上的国内学术交流，海外学术交流活动进一步加强。比较重要的国际交流活动，除了上面提到的赵敏俐教授一行与日本共同举办第三届日本汉诗学术研讨会、吟诵采录与日本的儒学教育考察之外，2014年10月7日至14日，首都师范大学中国诗歌研究中心主任赵敏俐教授、副主任孙晓娅副教授赴南非进行学术交流。8日，与南非"Mkiva"人道主义大奖组委会、中国诗歌万里行走进南非全体成员、南非《每日快报》、南非福埃尔大学与巴勒斯坦大使、国际谈判代表埃里卡特一起就"和平如何取得"与"和平是一种可能"进行对话；9日，访问开普敦的歌德学院，走进亚非语系课堂，介绍中国诗歌，互赠刊物，为当地社区的孩子们举办中国古诗吟诵讲座；10日上午，作为嘉宾出席在沃尔特·西苏鲁大学巴特沃斯校区（巴特沃斯为主校区，四个校区，注册学生1.6万人，主校区学生6000人）举办的一年一度的米基瓦人道主义大奖；10日下午，在沃尔特·西苏鲁大学巴特沃斯校区参加了由校方举行的研讨会，并与该大学文化学院院长进行关于加强两校日后深入交流的对话，提出可行发展的建设性方案；10日晚，参加了"2014年姆基瓦人道主义奖"的颁奖晚会；11日，访问约翰内斯堡大学，并与东亚系学者进行交流；12日，参观约翰内斯堡的曼德拉文化广场和书店，与当地诗人进行对话漫谈，就诗歌的跨语际发展展开研讨对话，最后参加了由南非著名诗人佐拉尼主持的中南诗歌朗诵会。

此外，2014年5月26—28日，中心主任赵敏俐教授赴香港参加了香港中文大学举办的"今古齐观：中国文学中的古典与现代国际学术研讨会"。2014年11月4日—6日，赴澳门参加古典诗歌写作与吟唱学术研讨会。2014年6月5—8日，中心副主任吴思敬教授赴香港参加了香港岭南大学举办的"两岸四地第六届当代诗学论坛"。中国诗歌研究中心的学术影响力近几年来持续增长，受到了越来越多的关注。11月28日，中心主任赵敏俐教授受邀参加了丹麦驻华大使裴德盛先生为欢迎丹麦文化大臣访华举行的午宴，与丹麦文化大臣进行了学术交流，介绍了中国诗歌研究中心的情况，现场吟诵了李白的《赠汪伦》。丹麦文化大臣玛丽安娜·耶维德女士将丹麦著名诗人本尼·安徒生的《另一个安徒生诗集——如果这是世界上最后一首诗》赠送给赵敏俐教授。12月9日晚，中心主任赵敏俐教授参加了丹麦大使馆新年晚宴，与文化参赞讨论了下一步进行中国与丹麦诗歌文化交流事宜。2015年1月8日，丹麦文化大臣玛丽安娜·耶维德特别为赵敏俐教授发来感谢信，感谢赵敏俐教授对中国诗歌的介绍，使她对中国诗歌与文化有了更多的了解，确信"艺术和文化能够为巩固两国人民和两国之间的关系提供特别的契机"，"期待中国和丹麦能够共同维护并拓展两国之间的文化纽带，同时造福于两国"。

随着时间的推移，学术交流在诗歌中心的位置越来越重要，对诗歌中心整体学术的发展所起的推动作用也越来越大。自2010年开始，中国诗歌研究中心的学术交流活动比以往有所增加，我们有意识地加强了与港澳台地区与世界各国的学术交流。我们正在通过请进来"走出去"的多种方式，发挥中国诗歌研究中心的学术交流窗口作用，全面推进中国诗歌研究中心的发展，沿着教育部提出的建设目标努力，使之成为具有国际化特色的高水平的学术研究阵地。

三、信息资料、网站建设和刊物的出版

2014年，中国诗歌研究中心购置了8万元的图书，今年的购书重点仍然集中在中国古代诗歌方面，主要购买《毛诗集释》《现存日本唐乐古谱十种》《先秦史研究文献三种》（全八册）《谢国桢全集》等，进一步充实了诗歌中心的资料库。

中国诗歌网的影响不断扩大，信息上传及时，内容丰富，深受广

大诗歌研究者与爱好者的欢迎，保持着它的中国诗歌门户网站的地位，现在每天的上网点击率基本保持在1.5万左右，总点击率已经超过了6000万次，有注册会员95000多人，在人文社会科学基地网站中应该是名列前茅的。但由于上级主管部门的要求，从今年4月起，诗歌网的论坛关闭，会员只能在网站的博客上发表诗作、交流诗歌信息等，无法再进行与论坛相关的活动。由中国诗歌研究中心与北京国学时代文化传播公司合办的国学网的影响也在持续扩大。

　　诗歌中心现有的四个刊物，出版基本正常。其中，诗歌中心独立创办的《中国诗歌研究》由社会科学文献出版社出版，目前已出版至十一辑；《诗探索》目前的编辑出版工作主要由诗歌中心下属诗探索会所承担，每年出版四期。《中国诗歌研究动态》，由学苑出版社出版，每年出版两辑，运行正常。《乐府学》主要由吴相洲教授负责，每年出版及时。2014年度，上述刊物的稿源都有所增加，这说明它们在学术界的影响也在增加。

四、诗歌教育与传播

　　诗歌中心在成立之初，就把"诗歌教育与传播研究"作为一个重要的研究发展方向，探讨如何充分利用中国诗歌这一丰富的传统文化资源，如何使优秀的中国诗歌在大众的审美教育和人文素质教育方面发挥作用。近几年我们做出了有益的探索，目前常年坚持开展的主要工作如下：

1. 中华吟诵教育与传播系列活动

　　面向中小学教师的吟诵宣讲与培训是我们本年的一项重点工作。2014年寒假我们举办了两期初级吟诵师资培训班，200余位教师参加学习。2014年暑假，我们举办了一期初级吟诵师资培训班，一期中级吟诵师资培训班，分别有150余位和100余位教师参加学习。中级班历时35天，系统讲授了吟诵的理论与方法，并对吟诵背后的语言学、文学、音乐学的相关学理，以及吟诵与古琴的配合，吟诵节目的编排等各部分进行讲解。众多中级班毕业的学员成为当地吟诵工作的骨干，推动当地吟诵工作的深入与普及。

　　自2012年起，我们建设了中华吟诵网，在网上免费提供全套吟诵学习资料（80G以上），并拍摄编辑了全套吟诵学习的网络课程，包括吟诵方法、教学方法和其他相关内容，有 10 多位老师授课，免费提供给所有吟诵爱好者。我们还建设了全国吟诵微信、QQ 群、论坛等，各地建设的吟诵 QQ 群有近百个，一半省份都有吟诵 QQ 群，各地的群里的老师目前有数万名。

2. 继续坚持驻校诗人制度

2014 年 9 月 18 日，举行了首都师范大学驻校诗人慕白入校仪式。围绕着驻校诗人，诗歌中心每年固定要召开两次学术研讨会，一次是新的驻校诗人的入校仪式与学术研讨，一次是驻校诗人离校前的学术讨论。首都师范大学每年入选的驻校诗人都是青年诗人的优秀代表。诗人慕白是第 11 位驻校诗人，这也意味着我们的这项工作已经坚持了 11 年。11 年的时间，中国诗歌研究中心的驻校诗人制度已经在社会上产生了重要影响，国内其他大学也纷纷学习我们的经验，聘请诗人或者作家进行驻校创作和研究。2014 年 11 月 29 日举办的"首都师范大学驻校诗人十年回顾"系列活动，是对 10 年来驻校诗人制度的总结，活动隆重热烈，在社会上反响甚大。

3. 团结社会力量，共同推进中国诗歌的推广普及与繁荣

中国诗歌研究中心作为一个开放的学术研究机构，得到了来自社会各界的支持。直接挂靠在中国诗歌研究中心的和《诗探索》名下的"诗探索·中国新诗会所"，2014 年取得了非常突出的成绩。总计编辑出版《诗探索》4 辑 8 册（第 4 辑正在印制中）；与会员保持联络和沟通的《诗探索·中国诗歌会所会刊》已出版 2 期，第 3 期正在印制中；与漓江出版社合作，9 月出版了《2014 华文青年诗人奖获奖作品》，12 月出版《2014 中国年度诗歌》。

2014 年 10 月 27 日上午，在海南澄迈举行"2014 澄迈·诗探索奖颁奖典礼"，诗探索杰出成就奖授予安徽诗人杨键。此外，今年还组织了"第十一届华文青年诗人奖"评奖、"第三届红高粱诗歌奖"评奖、"2014 诗探索·年度诗人"评选、"驻校诗人讨论会"、"百名诗人同写雄关"的活动，还发起和组织了"凝视与聚焦·六刊一报新世纪诗歌联展"。会所在 2014 年中，保持与各地联络站和会员的沟通工作，这对诗歌研究中心的学术研究和对外宣传是一个极大的支持。

4. 参加了全国各地的各种诗歌朗诵、表演、评奖、创作等活动

近年来，各地纷纷举办各种类型的诗歌节和各种类型的诗歌创作、研讨等活动，诗歌已经成为社会文化活动的热点。作为教育部批准的

科研机构，中国诗歌研究中心在其中的地位也日益显现。诗歌中心主任赵敏俐，副主任吴思敬，专职研究员孙晓娅、张桃洲，兼职研究员刘福春、霍俊明、树才、范子烨、刘梦芙、胡迎建等人，这些活动，说明中国诗歌研究中心在诗歌教育与传播方面的重要影响。

2014年，中国诗歌研究中心朗诵艺术团继续开展各种活动。

9月7日，参加了在中华世纪坛举办的第六届中秋国际原创诗会。我团为协办单位之一，汪葆明团长担任朗诵总监。我团共有8名团员与各国诗人同台朗诵。其中有来自瑞典的著名诗人、曾任诺贝尔文学奖评委会主席的艾斯普马克，由我团赵晓义朗诵了他的诗歌《俳句选自〈巨大的谜团〉》，《北京日报》在头版头条刊发了图片新闻。汪葆明团长朗诵了原创诗歌《记忆的丰碑——汶川地震六周年祭》，引来现场不少粉丝请求签名，北京新闻播放了图像。

2014年9月6日，受邀参加了由谭五昌主编，北京师范大学出版社出版的《2013中国诗歌排行榜》首发式暨朗诵会。我团共有8名团员参加了朗诵。京内外近百名诗人、评论家与艺术家参加了首发式。

2014年11月29日，受邀参加了"秋华十载·首都师范大学驻校诗人十周年回顾研讨会暨朗诵会"。我团共有6名团员参加了朗诵。

2014年12月20日，汪葆明团长受邀参加了北京师范大学国际写作中心2014诗歌周《冬日的回响》我们读诗会。共朗诵了三首诗歌，其中汪葆明团长朗诵的耿林莽诗作《骨头，骨头，骨头！》——凭吊南京大屠杀纪念馆，令在场的灵焚等多位诗人热泪盈眶。

除了参加这些有影响力的诗会，我团还积极参与了一些社会公益活动。

2014年3～8月，我团参与了"中国梦·朗诵之星"青少年电视评选活动全国大赛。本次大赛由中国诗歌协会朗诵演唱专业委员会、中国诗歌研究中心、北京语言学会朗诵研究会主办，并携手北京阿特斯特培训中心共同开展，共有来自全国32个省区市的近15000名选手报名，经过层层严格选拔，最终有140名优秀选手进入全国总决选。本次大赛期间，为选手安排了包括名家讲座、参观交流、专业指导、比赛及颁奖典礼等诸多丰富多彩的内容，不仅让参赛选手增长了知识，也开阔了眼界。我和团员胡乐民作为评委参加了总决赛的评审活动。

2014年12月11日，参与了《中国梦·第二届全国青少年语言艺术展评活动》，本次展评活动由中国诗歌协会朗诵演唱专业委员会、中国诗歌研究中心、北京语言学会朗诵研究会、北京阿特斯特培训中主办,中央电视台数字频道、中国教育电视台全程报道。此活动是以习近平总书记提出的"中国梦"构想为指导思想,以弘扬中华文化为宗旨,以提高并培养我国青少年语言艺术水平为目的的大型全国性系列活动。本次活动将在全国36个省市及港澳台地区进行海选,通过海选的优秀选手将前往北京参加为期4天的全国总评选活动。汪葆明团长代表主办方之一中国诗歌研究中心在新闻发布会发言,并参加总决赛的评审。

我团胡乐民还独创了演诵艺术并举办了个人诗歌演诵会,瞿弦和、虹云等老艺术家均前往助兴。他同时还应邀在首都师范大学成立了"鹿鸣演诵社",无偿为大学生辅导演诵艺术。

我团于晓鹏在孔庙主持了多场成人礼,祭孔大典等活动。

我团姬国胜独创了视觉朗诵艺术,并与798艺术区的艺术家们共同合作、演出。

诗歌不仅仅是学者们案头研究的对象,更是社会文明建设的载体。中国诗歌的教育和传播工作,虽然纳不入教育部具体的考核指标,却有重要的社会价值和意义。我们坚持学术追求,同时也关注社会文化的建设和中华民族精神文明的提升,自觉承担着促进中国当代诗歌繁荣和复兴社会文化的道义。

五、研究生招生、人才培养及日常管理工作

为进一步加强诗歌研究中心的管理工作,2014年9月,校党委第八十五次会议通过了《关于规范中国诗歌研究中心人事管理的决议》,核定了诗歌研究中心的人员编制,责成人事处与诗歌中心研究提出新的岗位聘任方案,同意增聘孙晓娅副教授为中心副主任,将诗歌中心所属图书资料室划归学校图书馆做分馆建设,由图书馆负责人员管理和业务管理,同时仍作为诗歌中心发展规划建设的一部分。

一年来,中国诗歌研究中心的日常管理工作日益规范化,完成了学校交给诗歌中心的各项任务,与文学院形成了良好的互补互动关系,在寒暑假与文学院合作创办了多期的中华吟诵培训班。一年来,诗歌中心的工作得到了校领导和有关部门的大力支持,经费方面得到了基本保证,这将为中国诗歌研究中心的发展起到重要的推动作用。

2015年1月24日

(编辑:亓　晴)